Marion Johanning

Der fremde Reiter

Historischer Roman

TINTE & FEDER

Deutsche Erstveröffentlichung bei
Tinte & Feder, Amazon Media E.U. S.à r.l.
5 Rue Plaetis, L-2338 Luxembourg
Januar 2018

Umschlaggestaltung: bürosüd° München, www.buerosued.de
Umschlagmotiv: © Peangdao / Shutterstock; © Amir Bajrich / Shutterstock;
© Creative Travel Projects / Shutterstock; © faestock / Shutterstock
1. Lektorat: Kanut Kirches
2. Lektorat: Cathérine Fischer
Korrektorat: Kristin Bamberg/DRSVS
Printed in Germany
By Amazon Distribution GmbH
Amazonstraße 1
04347 Leipzig, Germany

ISBN: 978-1-542-04978-8

www.tinte-feder.de

Für meine Freunde
Ihr seid wunderbar!

I

VISSEL AM RHEIN, IM JAHRE DER MENSCHWERDUNG DES HERRN 1188

Kapitel 1

»Warum müssen wir jetzt noch sammeln?«, maulte Friedrich und stapfte missmutig über die Wiese. »Ich hab doch schon den ganzen Tag beim Heuen geholfen. Ich kann nicht mehr laufen.« Er warf seinen Korb auf den Boden, ließ sich auf die Wiese fallen und rupfte ein paar Grashalme aus. »Guck mal, meine Beine«, rief er und deutete auf seine verkratzte nackte Haut zwischen Beinlingen und Schuhen.

Lioba baute sich vor ihrem jüngeren Bruder auf und stemmte die Hände in die Hüften. »Ich hab mit Mutter heute nur gewebt. Meinst du, das war schön? Die ganze Zeit im Dunkeln zu sitzen, nur weil die Stoffe für die Herrschaft fertig werden müssen. Lieber wär' ich mit euch draußen gewesen.« Sie hob ihren Fuß und stieß ihren Bruder am Schuh. »Jetzt komm schon, Fiedi! Wir müssen Mutter die Lattichblätter gegen den Winterhusten holen. Du weißt doch, wie schlimm der immer bei ihr ist und wie er ihr aufs Gemüt schlägt.«

Sie blickte auf ihren Bruder. Er sah wirklich zerschunden aus – seine Beinlinge waren an den Unterschenkeln abgeschnitten und an vielen Stellen durchlöchert, seine Schuhe zu klein und mit Flecken übersät und sein Hemd hatte auch schon bessere Zeiten gesehen. Schweiß glänzte auf seiner Stirn unter den buschigen blonden Haaren. Er war noch im Knabenalter und hätte viel lieber mit den anderen Dorfkindern in der Dämmerung Verstecken gespielt, aber sie brauchte ihn jetzt, denn sie fürchtete, dass es am nächsten Tag regnen könnte. Außerdem hatte sie sich den ganzen Tag eingesperrt gefühlt und wollte noch ein wenig hinaus in die warme Sommerluft.

Aber Friedrich dachte gar nicht daran, auf seine Schwester zu hören. Er ließ sich nach hinten fallen und streckte die Arme aus. »Siehst du die Wolke?«, rief er und deutete zum Himmel. »Sieht aus wie ein Schwein.«

Lioba ließ sich nicht ablenken und schenkte dem klaren Himmel des Brachmonats keinen Blick. Sie stellte sich so vor ihren Bruder, dass ihr Schatten auf ihn fiel. »Willst du, dass Hulda dich holt?«, drohte sie.

»Neeiiiin, aber hol du mich doch!« Er sprang auf und lief los.

Lioba fluchte und rief ihm allerlei Verwünschungen hinterher, wohl wissend, dass sie ihm mit ihrem großen Korb auf dem Rücken nicht so schnell folgen konnte. Warum hatte sie ihn überhaupt mitgenommen? Sie hätte sich denken können, dass er nach einem ganzen Tag Heutreten keine Lust mehr zum Sammeln haben würde. Aber sie wollte, dass er etwas über Kräuter lernte, und außerdem mochte sie nicht allein in den Wald gehen.

Mit zusammengekniffenen Augen beobachtete sie, wie er über die Wiese zum Gebüsch am Waldrand lief, um sich dort zu verstecken.

Eine Spur umgeknickter Gräser und Blumen zeigte, wo er entlanggelaufen war. Lioba seufzte.

Friedrich verschwand im Gebüsch am Waldrand. Ärgerlich nahm Lioba seinen Korb und folgte ihm. Also gut, sollte er mit ihr Verstecken spielen. So wäre er wenigstens schon mal im Wald, wo sie hinwollten. Sie folgte seiner Spur im hohen Gras bis zu den Büschen und schlug sich durch die Sträucher.

»Fiedi?«

Nichts. Sie hatte seine Spur verloren. Dieser kleine Schurke! Vermutlich lauerte er hinter dem nächsten Busch, um sie zu erschrecken. Lioba stapfte weiter durch das Unterholz, spähte hinter Hecken und Büsche – nichts. Nicht die kleinste Spur von ihrem Bruder, kein abgeknickter Ast, kein Fußabdruck. Es war, als hätte sich der Boden aufgetan und ihn verschluckt.

»Na warte«, rief sie in die Stille hinein. »Wenn ich dich kriege.« Sie warf ihren Korb zu Boden und lief am Waldrand entlang.

Ärgerlich brüllte sie den Namen ihres Bruders in den Wald, doch nur Vogelgezwitscher und das Summen der Bienen auf den Wiesenblumen antworteten ihr.

Dieser Mistkerl mit seinen Versteckspielen! Sie würde ihn nicht mehr zum Sammeln mitnehmen. Sollte er doch dumm bleiben und nie erfahren, wo die Hustenkräuter wuchsen, wenn ihr einmal etwas zustoßen würde. Niemand aus der Familie würde dann noch etwas über diese Dinge wissen, aber ihr könnte das dann ja egal sein.

Sie riss sich zusammen. Wo könnte sich der Junge versteckt haben? Sie spähte zum Weg, der in den Wald führte. Dann in die andere Richtung zu den Sträuchern. Vor ihr führte ein Trampelpfad in den Wald, den sie immer benutzten – eine schmale Schneise zwischen Nesseln.

Lioba lief über den Pfad. Völlig sinnlos, sich über Friedrich zu ärgern. Er war eben ein Kind, das nach einem Tag anstrengender Arbeit spielen wollte. Hoffentlich war er noch nicht zum Weg gelaufen, denn bald dahinter begannen die Sümpfe, ein ausgedehntes, unzugängliches Gebiet, in das sie nicht hineindurften.

Aber nein, beruhigte sie sich, ihr Bruder kannte die Gegend und wusste, wie weit er sich in den Wald wagen konnte. Außerdem hatte sie ihn immer wieder davor gewarnt, dass der Leibhaftige sich in den Sümpfen aufhalten könnte. Aber trotzdem wurde ihr bang zumute, je weiter sie dem Trampelpfad folgte.

»Fiedi?« Ihre ängstliche Stimme piepste durch den Wald. Keine Antwort. Sie rannte vorbei an den Kräutern, die sie eigentlich hatte sammeln wollen. Beerensträucher wucherten unter mächtigen Buchen und mannshohen Bäumchen. Ihre feinen rosa Blüten schienen sie still zu beobachten. Der Trampelpfad führte zu einem breiteren Weg, der nun vor ihr auftauchte – ein schmaler Streifen Sonnenlicht. Etwas erhöht lag er im Wald; auf ihm fuhren manchmal Bauernkarren zum nächsten Dorf. Hin und wieder kamen auch Händler vom Rhein hierher, aber das war eher selten.

Lioba hielt inne und lauschte. Der Weg erschien ihr heute anders.

Etwas stimmte nicht. Die Nesseln am Wegesrand waren niedergetreten, und ein paar Zweige lagen auf den ausgefahrenen Karrenspuren, als hätte sie dort jemand verstreut. Wer immer das getan hatte, hatte sie nicht abgebrochen, sondern abgeschnitten.

Warum sollte jemand Äste abschneiden und auf den Weg werfen? Lioba spähte über die niedergetretenen Nesseln hinweg in den Wald. Zwischen den Sträuchern schimmerte ein heller Körper.

Etwas, das aussah wie ein Mensch.

Ihr Herz tat einen gewaltigen Satz, ehe es heftig zu pochen begann. Gebannt starrte sie auf die Gestalt und erwartete, dass diese sich jeden Augenblick erheben und davonlaufen würde. Aber nachdem sie eine Weile gewartet und sich nichts geregt hatte, überwog die Neugierde, und sie ging näher heran.

Der Mann auf dem Waldboden lag auf dem Bauch, mit halb angewinkelten Armen, und war nackt bis auf ein fleckiges Stück Stoff, das wohl seine Bruoch war. Er hatte mehrere Schürfwunden an seiner Haut, und an seinem dunklen Haarschopf klebte feuchtes Blut.

Liobas Herz hämmerte. Rasch sah sie sich um, ob jemand in der Nähe war, dann ging sie zu dem Mann. Er war noch jung.

Schwarze Locken bedeckten fast vollkommen sein fein geschnittenes Gesicht. Am Kinn hatte er eine dicke Beule. Der Mund stand leicht offen, als würde er nur schlafen, aber er war sicher bereits tot. Jemand musste ihn beraubt und erschlagen haben.

Lioba betrachtete den glatten Oberkörper und die nackten Beine, an denen dunkle Härchen sprossen. Das Blut in den Abschürfungen war bereits getrocknet. Oben am Nacken, wo die Sonne hinkam, war die Haut gebräunt. – Schade. Viel zu früh war der Mann gestorben! Was waren das nur für Barbaren, die so etwas taten?

Lioba bückte sich und tippte mit dem Finger an seinen Rücken. Seine Haut war warm.

Sie fühlte seine Stirn. Nicht kalt.

Ihre Hand zuckte zurück. Wenn seine Haut noch warm war, lebte er vielleicht noch.

Sie starrte auf den Oberschenkel des Mannes, der auf ein paar wilden Erdbeeren ruhte, die sie eigentlich hatte ernten wollen. Hastig atmete sie die frische Waldluft ein, als sie ein Geräusch hinter sich hörte. Sie fuhr herum.

Friedrich stand zwischen den Nesseln und starrte mit großen Augen auf den Mann hinunter. Lioba stieß einen leisen Schrei aus, so erleichtert war sie, ihn wiederzusehen.

»Herrgott, Fiedi, wo warst du?«

Anstatt zu antworten, kam der Junge ein paar Schritte näher. »Wer ist das?«

Lioba zuckte mit den Schultern. Sie hob ihre Hand und strich ein paar dunkle Locken aus dem Gesicht des Mannes. Seine Lippen schimmerten bläulich. Sie hatte ihn noch nie gesehen.

»Ist er tot?«, fragte Friedrich.

»Ich weiß es nicht.« Lioba spürte, wie sie unter ihrem langen Zopf im Nacken zu schwitzen begann. Sie nahm allen Mut zusammen und beugte sich tief über das wächserne Gesicht, bis die Lippen beinahe ihre Wangen berührten.

»Atmet er noch?«

»Keine Ahnung.« Lioba fuhr hoch und warf ihren Zopf auf den Rücken. »Kann sein, dass er noch lebt.«

»Aber sieh doch nur!« Friedrich deutete auf die blutende Wunde am Hinterkopf des Mannes.

»Lauf und hol mir ein paar Blätter vom Wegeblatt«, befahl Lioba. »Beeil dich!«

Friedrich nickte und rannte fort. Er hatte seine Schwester schon oft genug begleitet, um das Wegeblatt, das fast überall wuchs, zu kennen. Bald kam er zurück, und Lioba presste die Blätter auf die Wunde.

»Was machen wir denn jetzt?«, fragte Friedrich und beäugte den Verletzten misstrauisch.

Lioba sah kurz auf ihren Bruder. Wenn sie auch sonst alles an ihm liebte, diesen misstrauischen Blick konnte sie nicht leiden, denn damit sah er aus wie seine Mutter. »Wir müssen ihm helfen, Fiedi.«

Der Junge blieb unschlüssig stehen. »Aber warum ist er denn nackt?«

»Ich vermute, Diebe haben ihm die Kleider weggenommen. Lauf ins Dorf und hol Vater. Er soll den Karren mitbringen. Aber sag sonst keinem was. Beeil dich!«

In Friedrichs breitem Gesicht arbeitete es. Dann nickte er, wandte sich um und lief zum Dorf.

* * *

Gott sei Dank kam ihr Vater allein. Begeistert war er nicht, nach der Heuernte noch mal losziehen zu müssen, aber er sagte nicht viel. Er war ein nüchterner Mensch, der niemals großes Aufheben um etwas machte. Seine Hände waren breit und kräftig, von lebenslanger harter Arbeit gezeichnet.

»Ich lass euch nicht mehr in den Wald«, sagte er nur, während sie den Verletzten zu dritt auf den Karren hoben. »Wenn sich das Gesindel schon wieder hier rumtreibt.«

Vorsichtig betteten sie den Mann auf eine Wolldecke und wickelten ihn darin ein. Lioba hatte seine Kopfwunde notdürftig verbunden, wofür sie ein Stück ihres Untergewands geopfert hatte, damit ihre Stiefmutter nichts merkte. Sie hoffte, dass der Mann das Gerüttel und Geschaukel des Karrens überstehen würde.

»Wir werden ihn zum Pastor bringen«, bestimmte ihr Vater. »Der kann ihm vielleicht noch helfen.«

»Bitte, lass mich ihn pflegen!«, flehte Lioba. »Ich hab ihn gefunden.« Sie setzte ihre Bitt-Miene auf, aber die nutzte nichts.

Ihr Vater sah sie nur mit seinem nüchternen Blick an. »Auf gar keinen Fall.«

»Aber ich kann ihm helfen!«

Einen Atemzug lang schienen die hellen Augen in dem zerfurchten, wettergegerbten Gesicht ihres Vaters ihren Geist zu durchleuchten. Dann wandte er sich ab und nahm das Maultier am Zügel. »Besser nicht.«

»Aber …«

»Kein Aber und keine Heimlichkeiten! Wir bringen ihn zum Pastor, und wenn er stirbt, wird er in geweihter Erde ruhen.«

»Aber wir wissen doch gar nicht, wer er ist.«

»Vielleicht kennt ihn der Pastor oder jemand aus dem Dorf.«

Lioba krallte ihre Hand in die Decke, während sie neben dem Karren herlief. *Mutter,* dachte sie bitter. Er tut es ihretwegen. Ihre Stiefmutter würde niemals einen fremden verletzten Mann unter ihrem Dach dulden, weil sie keine Scherereien haben wollte.

* * *

Niemand schien sie zu bemerken, als sie den Weg zur Kirche nahmen. Das Dorf Vissel – ein versprengter Haufen einzelner Höfe in der flachen Landschaft – lag still in duftenden Feldern und Wiesen, nur hin und wieder flöteten Amseln von den Giebeln einiger Gehöfte ihre Abendlieder. Schon von Weitem konnten sie die kleine Steinkirche sehen, deren heller Turm sich über ein paar Häusern erhob. Gleich neben dem Kirchhof lag das Haus des Pastors.

Pastor Werinhart arbeitete mit seinem Knecht im Garten. Die beiden kamen sogleich zu ihnen, als sie den Karren auf dem Kirchweg hörten.

»Berthold.« Der Pastor beschattete sein schmales Gesicht mit einer Hand gegen die untergehende Sonne. Sein neugieriger Blick huschte kurz über den Bauern und dessen Kinder und blieb schließlich an der Gestalt hängen, deren Umrisse sich unter der Decke im Karren abzeichneten.

Ein kalter Schauer überlief Lioba, obwohl ihr vom Laufen warm war. Der magere Pastor sah in seinem schwarzen Gewand wie eine Dohle aus. Sie nahm Friedrich an die Hand, beobachtete, wie Werinhart und ihr Vater die Wolldecke anhoben und den Verletzten betrachteten.

»Wir haben ihn oben gefunden, im Wald.«

»Wer hat ihn gefunden?« Werinhart hob den Kopf und bedachte Liobas Vater mit einem aufmerksamen Blick.

»Meine Tochter.«

»Was macht deine Tochter so spät noch im Wald?«

»Sie … wollte Kräuter sammeln. Gegen den Husten meiner Frau.«

»Warum nimmst du nicht die Kräuter aus Gottes Garten, die in geweihter Erde wachsen?«, fragte der Pastor und deutete auf seinen Kräutergarten. »Nichts hilft besser als sie. Dann bräuchte deine Tochter nicht mehr in der Dämmerung allein in den Wald zu gehen.«

Lioba beobachtete ihren Vater. Er hätte auch einfach sagen können, sie wäre Blumen pflücken gewesen, schoss es ihr durch den Kopf. Aber ihr Vater würde niemals den Pastor belügen. Er hielt Werinharts Blick stand. »Für den armen Burschen war es ein Glück, dass sie im Wald war und ihn gefunden hat«, erwiderte er nur.

Werinhart besann sich wieder auf den Verletzten. »Wer hat ihm denn diesen Verband angelegt?«, wollte er wissen.

»Meine Tochter.«

»Ah.« Eine feine Falte bildete sich zwischen den Brauen des Pastors. Lioba sah auf den Boden. Als sie wieder aufblickte, sah sie Werinhart über den Rücken des jungen Mannes gebeugt. Er trug selbst noch an diesem warmen Tag seine dicht gewirkte schwarze Kappe. »Tragen wir ihn rein«, wies er knapp an.

Die Männer trugen den Verletzten ins Haus. Lioba und Friedrich folgten ihnen in einen dunklen Raum, in dem es nach alten Feuern und Holz roch. Der Pastor öffnete die Holzläden eines Fensters. Licht fiel auf einen Esstisch, auf dem noch das Geschirr der letzten Mahlzeit stand.

»Legt ihn auf den Tisch«, befahl der Pastor und schob hastig die Näpfe und Schüsseln beiseite, während die Männer den Fremden auf den Tisch wuchteten.

»Nein, andersherum!«, bestimmte er. »Ich will sehen, ob er noch mehr Verletzungen hat, und horchen, ob er noch atmet. Patto, halte seinen Kopf. Aber vorsichtig!« Der Knecht nickte und hob den dunklen Lockenschopf vorsichtig an, während Werinhart und Berthold den jungen Mann auf den Rücken drehten. Der Pastor legte sein Ohr auf die Brust des Verletzten und lauschte.

»Ja, er lebt noch«, rief er. »Der Allmächtige hat ein Wunder getan! Aber er scheint mir auch ein kräftiger Bursche zu sein. Er hat nur ein paar Schrammen abgekriegt, wie es aussieht.«

Leg ihn wieder auf den Bauch, beschwor ihn Lioba still, die alles beobachtete und hoffte, dass der Pastor ihre Anwesenheit vergessen würde. *Die Wunde blutet sonst zu stark.*

Aber Werinhart dachte gar nicht daran. Er befahl Patto, ein Feuer zu machen und ein Lager für den Verletzten herzurichten.

Ohne nachzudenken, trat Lioba hinzu und nahm den Kopf des Mannes in ihre Hände, ehe der Knecht ihn auf die harte Tischplatte zurücklegen konnte. Sie spürte seine weichen Locken. Sein Blut war in den Verband gesickert und fühlte sich feucht und warm an. Dunkle Wimpern lagen auf seiner wächsernen Haut, ebenso dunkel wie die feinen Haare auf Brust und Unterarmen.

Auf einer Gesichtshälfte hatte er Druckstellen vom langen Liegen.

Er sah doch älter aus, als sie zuerst gedacht hatte – ein junger Mann, gerade ins Mannesalter gekommen. Bedauern durchfuhr sie bei dem Gedanken, dass er sterben könnte.

Der Pastor warf ihr einen misstrauischen Blick zu. »Wo hast du ihn denn genau gefunden?«

Sie wich seinem scharfen Blick aus. Seine Stimme klang hart und glatt und erinnerte sie an einen Kieselstein, der beständig dem kalten Bachwasser trotzte, das über ihn hinwegfloss. »Gleich hinter der Dorfwiese und dem Niederbruch. Ich wollte den Lattich am Weg sammeln.«

»Du hast ihn wirklich so nackt aufgefunden?«

»So, wie er ist.«

»Es stimmt, was sie sagt, Herr Pastor«, bekräftigte Friedrich. »Ich hab mich vor ihr versteckt, und als ich sie wiederfand, kniete sie vor dem Mann.«

Erleichtert warf Lioba ihrem Bruder einen Blick zu. Er schien den Argwohn gespürt zu haben, den der Pastor gegen sie hegte.

»Kennst du den Mann?«, fragte Berthold.

Werinhart schüttelte den Kopf. »Noch nie gesehen. Kommt sicher nicht von hier. Vielleicht ist er ein Kaufmann, der nach Brügge wollte.«

»Seltsam, dass er allein unterwegs war.«

»Vielleicht war er das ja nicht«, meinte Werinhart. »Vielleicht hat er sich nur den falschen Leuten angeschlossen. Ich habe gehört, dass sich in den Städten Räuberbanden als fahrende Händler ausgeben und Reisende anlocken, die mit ihnen fahren wollen. Kaum sind sie im Wald, töten sie die Armen und rauben sie aus. Städte sind wahre Sündenpfuhle, guter Berthold.« Er ergriff das Holzkreuz, das ihm an einem Band vor der Brust baumelte, und presste es fest an sich.

»Wenn es so war, dann ist die Bande sicher über alle Berge«, sagte Liobas Vater.

»Beten wir, dass es so ist.«

»Wir müssen trotzdem die anderen warnen.«

Der Pastor nickte. »Ja, geh und tu das. Ich werde mich um den armen Burschen kümmern. Betet zum Allmächtigen, dass er es überlebt. Dann werden wir von ihm alles erfahren.«

* * *

Die Nachricht, dass Lioba einen verletzten Mann im Wald gefunden hatte, sprach sich wie von Vögeln verbreitet herum. Vor einigen Jahren hatte schon einmal eine Diebesbande die Handelswege in der Nähe unsicher gemacht. Die Überfälle hatten sich über Monate hingezogen, bis sie so unvermittelt endeten, wie sie begonnen hatten. Niemand wollte noch einmal in dieser Angst leben.

Am selben Abend kniete Lioba hinter ihren Eltern vor dem kleinen Hausaltar ihres Bauernhofs. Durch die geöffneten Fenster drang das letzte Tageslicht und ein herrlicher Duft nach frisch gemähten Wiesen, Blumen und Kräutern herein. Vor dem schlichten Holzkreuz an der hell getünchten Lehmwand leuchtete gelbes Johanniskraut, das der Pastor zu Johanni gesegnet hatte.

Liobas Stiefmutter Hildegundis betete das Vaterunser mit leiser, freudloser Stimme.

»... denn dein ist das Reich und die Kraft und die Herrlichkeit in Ewigkeit. Amen.«

Sie bekreuzigte sich, und die anderen taten es ihr nach. Lioba sah auf Hildegundis' weißen Nacken und ihren dunklen Haaransatz, der unter ihrem Kopftuch hervorlugte. Sie hatte nur mit halbem Ohr zugehört und den Anschein gegeben, mitzubeten, während sie in Wahrheit ihr eigenes Gebet führte.

Lass ihn bitte nicht sterben, flehte sie. Sie wollte sich nicht ausdenken, was der Pastor mit ihm anstellte, so grob, wie er gewesen war. Würde er auch die richtigen Kräuter nehmen und ihn richtig betten? Er hatte Hedwig vom Buscherhof nicht retten können und ihre kleinen Geschwister auch nicht.

Die leise Stimme ihrer Stiefmutter, die nun die heilige Margareta beschwor, drang wieder an ihr Ohr.

Lioba bemerkte, wie Friedrich unruhig neben ihr auf den Knien schaukelte, und gab ihm ein warnendes Zeichen. Sofort wurde der Junge ruhig. Auch Hildegundis hörte auf zu sprechen, und für eine Weile war nur noch der melodische Gesang einer Amsel zu hören, der durch das offene Fenster klang.

»Allmächtiger Herr, erbarme dich unserer Seelen und der Seele des armen Mannes, der heute überfallen wurde. Lass kein Gesindel mehr in unsere Gegend«, fuhr Hildegundis fort. »Hilf Pastor Werinhart. Lege deine schützende Hand auf unser Haus und Vieh. Verschone uns von Hass, Niedertracht und Bosheit und lass die Sünde nicht in unsere Herzen kommen. Amen.«

»Amen«, echoten alle anderen. Das tägliche Gebet war wegen der besonderen Umstände des heutigen Tages länger ausgefallen.

Hildegundis erhob sich und scheuchte die Kinder ins Bett. Lioba schob Fiedi zur Pritsche gleich an der Wand zum Stall, die sie sich teilten. Sie lauschte den Stimmen ihres Vaters und der Stiefmutter, die draußen saßen und leise miteinander sprachen, aber sie konnte nicht verstehen, was sie sagten.

Bald hörte sie die regelmäßigen Atemzüge ihres Bruders neben sich. Sie faltete ihre Hände. *Lieber Gott, bitte lass ihn leben,* flehte sie nochmals inbrünstig, während sie sich gleichzeitig Vorwürfe machte, den Mann an den Pastor ausgeliefert zu haben. Aber was hätte sie sonst tun sollen? Selbst zusammen mit Friedrich hätte sie es nicht geschafft, ihn in den Schafstall zu tragen, um sich selbst um ihn zu kümmern, so schmächtig wie sie war. Lioba hatte gerade mal ihren vierzehnten Winter überstanden und war noch nicht einmal eine Frau. Ein Reh sei sie, sagte Hildegundis immer, mit einem schmalen Kopf und Armen dünn wie Weidenzweige.

Ärgerlich betrachtete Lioba die Silhouetten ihrer schmalen Hände in der Dunkelheit. Sie wusste, dass ihre Hände kräftig waren. Hatten sie nicht schon monatelang Weberschiffchen durch Fäden getrieben, Brotteige geknetet und sogar die schweren Vorratskrüge gewuchtet? Das musste doch ebenso viel zählen wie Feldarbeit. Was konnte sie dafür, wenn der Allmächtige ihr einen zarten Leib gegeben hatte und sie nicht so kräftig gebaut war wie Hildegundis und ihr Sohn Friedrich?

Gerade Hildegundis musste doch verstehen, dass der Allmächtige die Menschen nach seinem Willen schuf und nicht, wie es die Menschen wollten.

Liobas Augen füllten sich mit Tränen, schon wieder. In der letzten Zeit hatte sie oft geweint, manchmal auch ohne Grund. Warum nur? Was war mit ihr los? Sie hatte heute einen Mann gerettet, und mit Gottes Hilfe würde er leben. Gleich morgen, nahm sie sich vor, würde sie nach ihm sehen.

Kapitel 2

Am nächsten Tag musste sie weben, weil die Stoffe für die Herrschaft fertig werden mussten. Als sie abends müde und mit brennenden Augen aus dem Grubenhaus kam, hatte Hildegundis schon Friedrich mit einem Korb Brot und frischen Kirschen zum Pastor geschickt. Missmutig hockte Lioba sich zu Hildegundis und der Magd Gertrud, die im Schatten vor dem Hof saßen und Kirschen entsteinten. Sie hörte dem Gespräch der beiden nur mit halbem Ohr zu, während sie es kaum erwarten konnte, dass ihr Bruder endlich wiederkam. Natürlich hatten sie über den unbekannten Mann gesprochen und Lioba noch einmal alles Mögliche gefragt, dann ergingen sie sich in Mutmaßungen darüber, wer er wäre und ob er überleben würde.

»Wenn sie ihn bestohlen haben, muss er reich gewesen sein«, meinte Gertrud und presste ihr Holzstäbchen durch die Kirsche. »Bestimmt ein reicher Händler. Oder ein Bote mit einem wichtigen Schreiben, das man ihm gestohlen hat. Vielleicht ist er sogar ein Spitzel.« Sie reckte ihren mageren Hals nach vorn, wie sie es immer tat, wenn sie meinte, etwas Unterhaltsames gesagt zu haben.

»Unsinn«, erwiderte Hildegundis. »Was du dir immer alles ausdenkst! Was soll ein Bote hier in unserer Gegend? Wir sind doch viel zu abgelegen. Möchte gern wissen, was der hier gemacht hat.«

»Vielleicht hat er jemanden besucht«, warf Lioba ein.

Gertrud grinste. »Ja, ein heimliches Stelldichein. Ein Ritter, der seine geliebte Dame besucht. Vielleicht wollte er zur Herrin?«

Sie kicherte laut, fing einen warnenden Blick von Hildegundis auf und schlug sich selbst die Hand auf den Mund. Lioba wunderte sich, wie man das dumme Geplapper von Gertrud ernst nehmen konnte. Jede hier wusste, dass ihre Lehnsherrin Ida von Rothe Mutter von zwei erwachsenen Söhnen war und ihre besten Jahre schon lange hinter sich hatte.

Aber Hildegundis nahm immer alles ernst.

Lioba konnte sich nicht erinnern, sie in den letzten Jahren auch nur einmal unbeschwert lachen gesehen zu haben. Bleich wie Brotteig schimmerte ihre Haut in dem breiten Gesicht. Darin die hellen Augen unter den dunklen Brauen, die stets vorwurfsvoll blickten, der schmale Mund – ihr Gesicht war ein einziger Vorwurf. Ein Vorwurf an das Leben, das ihr von den vier Kindern, die sie von Berthold empfangen hatte, nur Friedrich gelassen hatte. Die anderen waren als Säuglinge gestorben oder hatten kaum den zweiten Winter erlebt.

Nun richtete sich der vorwurfsvolle Blick wieder einmal auf Lioba. »Du gehst nicht mehr in den Wald.« Sie warf eine entkernte Kirsche in den Eimer.

Lioba ließ ihr Holzstäbchen sinken. Nicht mehr Kräutersammeln? Wie konnte ihre Stiefmutter ihr das nur verbieten? Sie hatte im Sommer immer Wildkräuter gesammelt, und niemand hatte etwas dagegen gehabt. Im Gegenteil, Hildegundis hatte die Salate und Tränke, die sie aus den Kräutern herstellte, immer gern gegessen und getrunken und auch die

Salbe gegen Friedrichs blaue Flecke und Verstauchungen angenommen. Lioba war stolz, dass sie so viel von dem wusste, was ihre Großmutter ihr beigebracht hatte.

Sie konnte es nicht fassen. »Aber jetzt blüht doch die Kamille überall!«, rief sie. »Und das Metkraut! Und …«

»Das findet die Gertrud auch«, schnitt Hildegundis ihr das Wort ab. »Oder?« Sie wandte sich an die Magd, die hastig nickte, ohne Lioba anzusehen.

Lioba sah hilflos von einer zur anderen und fühlte, wie die Tränen ihr in die Augen schossen. Immer war ihre Stiefmutter gegen sie. Als würde sie ihr vorwerfen, dass sie noch lebte und ihre eigenen Kinder tot waren.

Mit Mühe schluckte Lioba ihre Tränen hinunter. Himmel noch mal, sie durfte jetzt nicht weinen! Das konnte sie heute Abend im Bett noch tun, aber jetzt musste sie sich beherrschen, denn Tränen erweichten Hildegundis' Herz niemals. Jedenfalls nicht *ihre* Tränen.

»Aber ich muss doch für die Kräuterbündel sammeln«, stieß sie mit zitternder Stimme hervor.

»Das wird die Gertrud machen«, sagte Hildegundis. »Du gehst nicht mehr in den Wald. Es ist zu gefährlich für dich und Friedrich.«

»Die Wegelagerer sind doch längst weg«, entgegnete Lioba.

Hildegundis' Kopf schnellte nach vorn wie eine Schlange. »Genug jetzt! Du tust, was ich dir sage. Keine Widerrede mehr.«

Lioba schloss den Mund. Eine Weile sagte niemand etwas, während die entsteinten Kirschen nacheinander in den Eimer flogen.

In Liobas Magen ballte sich eine Faust. Hildegundis wollte ihr noch das letzte Stück Freiheit nehmen, das sie besaß. *Sie hat nur auf eine Gelegenheit gewartet,* dachte sie

Tränen stiegen auf, aber sie hielt sie mit großer Mühe zurück. Widerrede hatte keinen Zweck, und sie wollte Hildegundis auf keinen Fall den Triumph gönnen, in ihrer Gegenwart zu heulen.

Eines Tages, dachte sie, *werde ich heiraten und meinen eigenen Hof haben. Dann kann sie mir nichts mehr befehlen.* Wenn sie doch nur endlich zur Frau würde, damit ihre Eltern sie verheiraten konnten!

Sie hielt den Atem an, als sie Friedrichs sandblonden Haarschopf den Weg am Zaun entlangkommen sah. Ihr Bruder grinste und schwang seinen leeren Korb, während die drei Frauen ihn erwartungsvoll ansahen.

»Was ist?«, drängte Lioba. »Sag schon, lebt er noch?«

Friedrich schwieg eine Weile und genoss seinen Wissensvorsprung, dann nickte er. Gierig sah er auf die leuchtenden Kirschen im Korb.

»Er lebt und hat sich schon bewegt. Aber er ist noch nicht wach.«

»Oh.« Lioba ließ die Kirsche sinken, die sie in der Hand hielt. »Durftest du zu ihm?«

»Nee. Alle waren da und wollten ihn sehen, doch der Pastor hat's verboten. Patto passt auf ihn auf.« Er ließ den Korb fallen und nahm sich eine Handvoll Kirschen aus dem Eimer. »Darf ich jetzt spielen, Mama?«

Hildegundis nickte, und Friedrich stürmte johlend fort zum Nachbarhof. Lioba seufzte und beneidete ihn. Bis zur Dämmerung würde er noch mit den anderen Jungs aus dem Dorf auf den abgeernteten Wiesen toben, um nach dem Essen und dem Gebet sofort einzuschlafen.

Als er später am Abend neben ihr schlief, lag Lioba noch lange wach und weinte. Doch dann, als ihre Tränen versiegt waren, fasste sie einen Plan.

* * *

Am nächsten Morgen schickte Hildegundis sie zum Pastor. Wahrscheinlich befürchtete sie, Friedrich würde unterwegs wieder Ratten jagen. Lioba war froh, nicht im düsteren Grubenhaus weben zu müssen, und genoss den Spaziergang durch die morgendliche Kühle. Sie zog das Tuch über ihrem Korb zurecht, unter dem neben Brot, Kirschen und ein paar letzten Erdbeeren auch ein sauberes Leinentuch und ein Fläschchen mit einem Kräutersud standen. Sie war sich nicht sicher, ob Werinhart das Garbenkraut verwendete, aus dem sie ihren Sud bereitet hatte. Bestimmt nahm er nur, was in seinem Garten und auf dem Kirchhof wuchs, und das waren nur die üblichen Hauskräuter und der Holderbusch. Er kannte sich mit Wildkräutern nicht aus.

Lioba verbarg sich hinter einem Baum am Kirchweg und wartete. Nach einer unglaublich langen Zeit, wie ihr schien, öffnete sich die Tür zum Pfarrhaus und Werinhart kam heraus. Anstatt zur Kirche zu gehen, wie sie es erwartet hatte, strebte er zum Weg und kam direkt auf sie zu. Hastig verbarg sie sich hinter dem Baum und hoffte, dass er sie nicht sah. Zum ersten Mal war sie froh, nicht kräftig zu sein, sondern so schmal, dass der Baum sie ganz verdeckte.

Sie hörte, wie sich seine Schritte auf dem Weg von ihr entfernten, während er leise ein Lied summte. Sie sah ihm eine Weile nach, beobachtete, wie seine Cotte hinter ihm her wirbelte, als er energisch den Weg entlangschritt, dann eilte sie zum Pfarrhaus. Hastig ordnete sie ihr langes blondes Haar, das sie ausnahmsweise nur lose mit einem Band zu einem Zopf zusammengebunden hatte, und pochte gegen die Tür.

Patto erschien bald, offenbar ungewaschen und gereizt wegen der Störung, doch als er sie erblickte, trat ein Lächeln in seine Miene.

»Lioba!« Er ließ sie sogleich eintreten, und sie folgte ihm in die Wohnstube und stellte den Korb auf den unaufgeräumten Tisch.

»Ihr werdet sicher überschwemmt von Vorräten, nicht?«, meinte sie und streifte sich den Umhang ab, nachdem sie sich versichert hatte, dass Patto ihr zusah. Dabei löste sich das Haarband wie zufällig aus dem Zopf und ihre Haare fielen in einem Schwung auf ihre Schultern herunter. Patto starrte sie mit offenem Mund an.

Sie wusste, dass es mehr als ungeheuerlich war, was sie tat, und der Pastor hätte sie sicher aus dem Haus gejagt. Aber sie durfte ihre Haare offen tragen, weil sie noch unverheiratet war. Warum sollte man die Pfründe, die das Leben einem in die Hand spielte, nicht nutzen? Der Allmächtige hatte ihr zwar keinen kräftigen Leib geschenkt, wie er für eine Bauersfrau nützlich war, dafür aber helle lange Haare und ein hübsches Gesicht. In der letzten Zeit hatte sie immer öfter die Blicke der Männer bemerkt, die sie auf eine Weise ansahen, wie sie es bisher noch nicht getan hatten.

Genau auf diese Art starrte Patto sie jetzt an.

Sie tat, als würde sie seinen Blick nicht bemerken. »Wir haben viele Kirschen«, erzählte sie, während sie den Korb ausräumte und die Vorräte auf dem Tisch verteilte. »Ihr habt nur Äpfel und Birnen im Garten, oder?« Sie schenkte dem verdutzten Knecht ihr liebenswürdigstes Lächeln. »Nun, dann habt ihr mal etwas Abwechslung«, meinte sie und deutete auf die Kirschen.

Sie nahm das Fläschchen mit dem Kräutersud und das Leinentuch aus dem Korb. Für den Sud hatte sie Wasser genommen, welches sie in der Johannisnacht aus dem Brunnen geholt hatte und seitdem aufbewahrte. Es besaß besondere Heilkräfte.

»Wo ist denn der Verletzte?«, fragte sie mit honigsüßer Stimme.

Patto deutete auf eine angelehnte Tür. »In der Kammer des Pastors.«

»Oh? Er wacht selbst bei dem Kranken?«

»Nein, meistens ich.« Patto kratzte sich an seinem Kopf, von dem die Haare in Büscheln abstanden. In Lioba stieg Mitleid auf, als sie ihn und den ungeordneten Haushalt betrachtete. Offenbar war er mit der Arbeit überfordert.

»Ich habe ihm etwas mitgebracht.« Lioba hielt Patto das Fläschchen hin.

»Was ist das?«

»Kräutersud für die Wunde.« Sie zwang sich wieder zu einem Lächeln, von dem sie wusste, dass es seine Wirkung nicht verfehlte. Sie hatte es heute Morgen vor dem alten Spiegel geübt, den sie von ihrer Großmutter geerbt hatte und seitdem heimlich unter ihrem Strohlager versteckt hielt.

»Ich darf niemanden zu ihm lassen«, sagte Patto.

»Ach bitte!« Lioba lächelte weiter. Sie wusste, dass es Sünde war, schon allein das Üben vor dem Spiegel, und die Eitelkeit, die daraus erwuchs. Aber schließlich diente es nur einem Ziel, nämlich, den armen Verletzten nicht allein dem Pastor zu überlassen. »Ich habe ihn doch gefunden.«

Patto sah sie mit einem Blick an, der eher *du hast mir das alles eingebrockt* sagte. Doch dann willigte er ein. »Aber schnell, er darf nichts merken.«

Lioba nickte und folgte Patto in Werinharts Kammer.

In einer Ecke lag der Mann auf einem Strohlager, über das man Kissen und Wolldecken ausgebreitet hatte. Ein dicker Verband umschlang seinen Kopf. Neben ihm standen ein Wasserkrug und ein Becher auf dem Dielenfußboden. Lioba kniete sich an das Lager. In dem Licht, das durch das geöffnete Fenster hereinfiel, sah sie, dass der Mann etwas mehr Farbe im Gesicht hatte als gestern. Seine dunklen Locken ringelten sich unter dem Verband hervor. Sie nahm seine Hand – warm und weich lag sie in ihrer. Kräftige braune Hände hatte er. Wenn er ein Kaufmann war, dann saß er sicher nicht nur in seinem Kontor.

Lioba strahlte. »Ich glaube, er hat's geschafft. Jetzt muss er nur noch wach werden.«

»Er war gestern schon wach«, sagte Patto müde. »Wir konnten ihm sogar zu trinken geben.«

»Ach wirklich?« Lioba hob überrascht die Augenbrauen. »Hat er schon etwas gesagt?«

»Nein.«

»Wann wurde der Verband denn gewechselt?« Missbilligend sah sie auf den gräulichen Stoff hinunter, der die Stirn des Mannes bedeckte.

Patto zuckte mit den Schultern.

»Was gibt er ihm zu trinken?« Sie roch an dem Krug und rümpfte die Nase.

»W-wasser. Der Pastor wird schon das Richtige tun.«

Lioba warf dem Knecht einen zweifelnden Blick zu. »Hilf mir, damit ich seinen Verband wechseln kann«, sagte sie und nahm ihr sauberes Leinentuch.

»Das darfst du nicht!«, protestierte Patto. »Wenn der Pastor das merkt, wird er …«

»… soll er ruhig tun, was immer er will.« Sie beugte sich nach vorn, sodass der Knecht ihr Untergewand sehen konnte. Sie hatte nicht vor, zuzulassen, dass der Mann unter Werinharts unkundigen Händen starb wie alle anderen. »Nun halt schon seinen Kopf, damit ich den Verband wechseln kann.«

Patto klappte den Mund zu und tat wie ihm geheißen. Vorsichtig drehten sie den Mann, und Lioba betrachtete die Wunde an seinem Kopf. Offenbar hatte der Pastor sie wenigstens gereinigt, ehe er den Verband angelegt hatte. Sie sah nicht mehr so schlimm aus wie gestern. Ein Blutfleck leuchtete rot in dem Stoff.

Lioba träufelte ein wenig von dem Kräutersud auf den sauberen Leinenstoff und legte den neuen Verband an. Als sie das Kraut geerntet hatte, hatte sie Jesus Christus inständig um

Hilfe angefleht. Sie war überzeugt davon, dass er ihr helfen und den Mann retten würde. Sie bemerkte, wie die Hände des Mannes zuckten. Seine Augenlider flackerten. Erschreckt fuhr sie zurück.

Patto ließ den Kopf des Mannes auf das Kissen sinken. »Er wird wieder wach.«

»Er friert. Ihr müsst ihn ans Feuer legen.«

»Nein, der Pastor will, dass er hierbleibt.«

»Hier in seiner kalten Kammer? Damit er sich den Tod holt?«

»Damit er ruhig schlafen und gesund werden kann.«

Lioba stieß einen missbilligenden Laut aus. Sie sah auf den jungen Mann hinunter, der wieder ruhig schlief, als wäre nichts gewesen.

»Habt ihr nicht noch eine Decke? Er sollte einen Kräutertrank bekommen, nicht nur Wasser.« *Herrgott, Pastor Werinhart kommt aus einem Kloster, er müsste so etwas wissen. Meine Mutter hat es doch auch gewusst,* dachte Lioba bei sich.

Sie nötigte Patto, das Feuer zu schüren und Wasser zu erhitzen. Dann ließ sie sich von ihm auf den Dachboden führen und suchte ein Büschel frisch getrocknete Kamille. Wenigstens das besaß Werinhart.

»Wenn der Pastor erfährt, dass du hier warst, bekomme ich Schläge«, jammerte Patto, als sie die Stiege hinunterkletterten. »Er merkt doch, dass der Verband nicht von ihm ist.«

Lioba legte das Kraut auf den Tisch und trennte die kleinen gelben Blütenköpfe von den Stielen. *Er wird sich auch über die fremden Kräuter wundern,* dachte sie. »Du sagst nichts, Patto. Du weißt nicht, wer hier war. Sag, du wärst eine Weile im Garten gewesen und hättest nichts bemerkt.«

Patto sah zerknirscht aus. Erst jetzt schien ihm zu dämmern, auf was er sich eingelassen hatte. »Du kennst ihn nicht«, meinte er nur und sah dabei so traurig aus, dass er Lioba wieder leidtat.

»Doch, ich kenne ihn«, sagte sie seufzend und warf die Blütenköpfe in einen Krug. Sie sah aus dem Fenster und kämpfte gegen Erinnerungen, die von ihr Besitz ergreifen wollten. Ihre Hand glitt zu dem kleinen Anhänger, den sie an einem Band unter ihrem Kleid trug.

»Was hast du?« Patto legte ihr die Hand auf die Schulter.

»Nichts.« Sie bekreuzigte sich und versuchte, sich zu beruhigen. Manchmal überfielen die Erinnerungen sie plötzlich, aber bisher war es ihr immer gelungen, sie zurückzuscheuchen. »Du kannst jetzt das Wasser aufgießen.«

Sie beobachtete, wie Patto das heiße Wasser in den Krug füllte.

Bald verbreitete sich angenehmer Kamillenduft in der Wohnstube.

»Kann ich wiederkommen?« Sie schenkte ihm noch mal das Lächeln.

»Nein. Er merkt es doch, und was soll ich ihm sagen?«

»Nichts. Dir fällt bestimmt was ein. Bitte!«

»N…nur, wenn du mich küsst.«

»Aber Patto, wie kannst du das verlangen? So was tut ein anständiges Mädchen nicht.«

Der Knecht sah wieder zerknirscht aus. Er schien einen inneren Kampf auszufechten.

»Bitte!«

Er seufzte. »Also gut«, sagte er schließlich. »Aber ich tu es nur für dich! Außerdem schuldest du mir was.«

Lioba nickte glücklich, als es an der Tür pochte. Rasch öffnete Patto ihr die Tür zum Stall. »Hier, geh hinten raus. Er betet übrigens immer morgens nach dem Essen und abends bei Sonnenuntergang.«

Sie packte ihren Korb und schickte ein kurzes Dankgebet zu Jesus, als sie durch den Stall das Pfarrhaus verließ. Sie machte einen großen Umweg durch die Felder nach Hause zurück. Der Regen hatte aufgehört, und die Sonne schien warm auf sie herunter.

Lioba summte ein Lied. Der Mann lebte, war sogar schon einmal wach gewesen! Sie hatte Patto auf ihre Seite gebracht, und mit seiner Hilfe würde sie den Mann heilen können. Jetzt musste es ihr nur noch gelingen, sich jeden Tag von zu Hause wegzustehlen. Ihr fiel ein, dass sie noch gar nicht darüber nachgedacht hatte, wie sie das bewerkstelligen sollte. Sie musste sich etwas einfallen lassen.

* * *

Pastor Werinhart erreichte sein Ziel. Schwer atmend hielt er inne und beschattete seine Augen mit der Hand gegen die Sonne, die höher gestiegen war und den kühlen Sommermorgen erwärmt hatte. Er schwitzte unter seiner Cotte vom langen Gehen, und sein Mund war ausgetrocknet. Unterwegs hatte er die Bauern dabei beobachtet, wie sie das feuchte Heu wieder zum Trocknen ausbreiteten und noch einmal mehr dem Herrn gedankt, der ihn Priester und nicht Bauer hatte werden lassen.

Er hatte das Glück gehabt, als Findelkind nicht getötet, sondern vor der Pforte des reichen Benediktinerklosters Werden abgelegt worden zu sein. Die Mönche hatten ihn aufgezogen, im Lesen und Schreiben unterrichten lassen und ihn – weil er sich als gelehrig und gehorsam erwiesen hatte – vor einigen Jahren als Priester in die Visseler Dorfkirche St. Clemens geschickt.

Er konnte zufrieden sein. Zu seinen Einnahmen gehörte nun ein Teil des Jahresertrags eines Bauernhofs, die Erträge aus einer Hühnerstallung, eine Gans, ein Pfund Wachs und drei Pfund Öl. Dafür musste er sonntags die Messen lesen und manchmal Dorfbrunnen segnen, taufen und beerdigen. Viel war nicht zu tun in der kleinen Gemeinde, weshalb er sich meistens seinen Studien widmen konnte.

Werinhart seufzte und zog sich in den Schatten einer Buche zurück. Vor ihm lag die Burg in der Sonne. Ein modriger Geruch stieg von ihrem Wassergraben auf. Dahinter erhob sich der Palisadenzaun der Vorburg, über dem das hölzerne Herrenhaus derer von Rothe thronte. Die Burg lag still, als hätte die sommerliche Hitze sie gelähmt. Eine Holzbrücke führte zum verschlossenen Tor. Daneben jedoch war der Helm eines Bewaffneten in einer Vertiefung der hölzernen Wehrmauer zu erkennen.

Werinhart gab sich einen Ruck und verließ seinen schattigen Platz unter dem Baum. Er war nicht gern hier, aber er musste seinen Pflichten nachkommen. Schließlich war Herr von Rothe Lehnsherr der meisten Bauern des Dorfes und Lehnsträger des Grafen von Saffenberg. Werinhart strebte über die Brücke der Burg auf das Tor zu, als der Bewaffnete ihm befahl, stehen zu bleiben. »Was willst du?«

Werinhart hielt sich die Hand über die Augen, um den Mann besser sehen zu können. Er war an freundlichere Begrüßungen gewöhnt und wollte dem Kriegsknecht in ebenso barschem Ton antworten, überlegte es sich aber anders.

»Gott segne dich, guter Mann. Ich möchte zu deinem Herrn!«

Das Gesicht unter dem Eisenhelm blieb abweisend. »Der Herr ist nicht da.«

Werinhart atmete tief durch. Er hatte sich schon auf einen erfrischenden Becher Brunnenwasser in der Burgküche gefreut. Er hatte nicht den ganzen Weg gemacht, um sich mit einem kurzen Satz abspeisen zu lassen. Mit der ganzen Autorität, die das Amt des Dorfpastors ihm verlieh, richtete er sich zu seiner vollen Größe auf und musterte den Mann streng.

»Ich habe eine sehr wichtige Neuigkeit!«, rief er zum Palisadenzaun hinauf.

Die Miene des Bewaffneten blieb ungerührt. »Dann musst du noch mal wiederkommen.«

»Wann denn? Wann ist der Herr wieder da?«

»Weiß ich nicht. In ein paar Tagen vielleicht.«

»Und die Herrin? Kann sie mich nicht empfangen?«

»Sie empfängt niemanden.«

Verflucht noch mal! Werinhart stemmte die Hände in die Hüften und verwünschte den Wächter im Stillen, obwohl dieser nichts für die Abwesenheit der Herrschaft konnte. Ihm war schon aufgefallen, dass Ida von Rothe seit Wochen nicht mehr zur Messe gekommen war, aber er wusste nicht warum. Er hatte nicht gewagt, danach zu fragen.

»Ist sie krank?«

Der Mann zuckte mit den Achseln. »Sie empfängt niemanden. Komm ein andermal wieder.«

Werinhart runzelte die Stirn. Er spürte, wie sich der Schweiß auf seiner Stirn sammelte, als er zum Bewaffneten hochstarrte. Die ausgeblichenen Pfähle des Palisadenzauns rochen nach trockenem Holz, über dem Wassergraben tanzten Mücken. Er musste daran denken, dass auch der Burgherr nur äußerst selten die Messen besuchte. Wenn, dann verschwand er meistens sofort danach und sprach selten mit jemandem, nicht einmal mit ihm.

Entrüstet wandte Werinhart sich ab und stapfte über die Brücke zurück auf den Weg. Nachdem er den barschen Bewaffneten im Stillen in die Hölle gewünscht hatte, beschloss er, einem seiner Bauernhöfe einen überraschenden Kontrollbesuch abzustatten.

Mit der wichtigen Nachricht für die Herrschaft würde er sich Zeit lassen. Viel Zeit.

Kapitel 3

Lioba hatte Glück, denn Hildegundis schickte sie am nächsten Morgen wieder zum Pfarrhaus. Friedrich hatte gemault, er hätte keine Lust, immer den weiten Weg zu gehen, und Lioba war ihm sehr dankbar dafür.

»Du bist spät dran«, sagte Patto, als sie das Haus betrat. »Aber du hast Glück, er ist gerade zu einem seiner Höfe gegangen.«

Lioba schenkte ihm ihr Lächeln, lud ihren Korb aus und ging zur Schlafkammer. »Wie geht's dem Kranken?«

»Gut. Er schläft.«

»War er schon wieder wach? Hat er getrunken?«

Patto nickte schläfrig. »Er war wach und hat deinen Kräutertrank getrunken. Aber er spricht nicht. Er war verwirrt.«

»Natürlich ist er durcheinander«, meinte Lioba. »Wer weiß, was die Diebe mit ihm gemacht haben.«

Sie kniete am Lager des Mannes nieder und roch an dem Krug. Wenigstens einen neuen Kräutertrank hatte Patto aufgebrüht. Auch ihr Verband vom Vortag saß noch fest. Aber die Wangen des Verletzten sahen schmaler aus.

»Habt ihr ihm noch nichts zu essen gegeben?«

Patto schüttelte den Kopf.

»Er sollte bald essen! Könnt ihr ihm keine Hühnerbrühe machen? Er muss doch wieder zu Kräften kommen.« Sie tastete nach der Hand des jungen Mannes.

»Unmöglich, ihm was zu geben. Er schläft immer nur, und wenn nicht, dann starrt er mit offenen Augen an die Decke und redet nicht. Wenn wir ihn ansprechen, antwortet er nicht.«

»Vielleicht ist er taub geworden«, sagte Lioba und legte die Hand des Mannes wieder zurück auf die Wolldecke. Sie öffnete ihre Gürteltasche und nahm ein frisches Leinentuch heraus. Dann träufelte sie etwas von dem Kräuterwasser aus ihrem Fläschchen auf den Stoff. Vorsichtig wickelte sie den alten Verband ab.

»Hat *er* den fremden Verband bemerkt?«, fragte sie möglichst beiläufig.

»Natürlich.«

»Was hat er gesagt?«

»Nichts.«

»Nichts?« Ungläubig hielt Lioba inne.

»Er hat mich gefragt, und ich hab ihm erzählt, wie wir's besprochen haben. Er hat mir geglaubt, denk ich. Jedenfalls hat er nichts weiter gesagt.«

»Schön.« Lioba konnte es nicht fassen, dass Pastor Werinhart Pattos grobe Lüge geschluckt hatte. Aber vielleicht war es ihm ohnehin gleichgültig, was mit dem Verletzten geschah, so wenig, wie er sich um ihn kümmerte. Sollte er ruhig glauben, dass sich irgendeine Seele aus dem Dorf heimlich des Mannes annahm.

Sie knotete die Enden des Verbands zusammen und betrachtete zufrieden ihr Werk. Dann öffnete sie einen kleinen Napf und tauchte ihren Finger in die kühle Salbe, ihre Allzweckwaffe gegen Fiedis aufgeschürfte Knie und Prellungen. Vorsichtig strich sie sie auf die Beule am Kinn des Mannes. Beim Allmächtigen, wie hatte man den Armen nur zugerichtet! Wer immer das war, er musste einen guten Grund gehabt haben, es zu tun.

»Mutter.«

Lioba fuhr hoch, als sie die Stimme vernahm, die nicht zu Patto gehörte. Der Verletzte hatte die Augen geöffnet und sah sie an.

»Mutter.« Er lächelte, und um seine dunklen Augen bildeten sich kleine Fältchen. Er streckte die Hand aus und strich Lioba sanft über die Wange. Sie erstarrte vor Schreck. Steif erduldete sie seine Liebkosung und brachte es nicht übers Herz, ihm zu sagen, dass sie nicht seine Mutter sei.

Er ließ seine Hand sinken und sah mit ausdruckslosem Blick ins Leere.

»Du musst trinken«, mahnte Lioba. »Patto, hilf mir, ihn aufzurichten!«

Gemeinsam richteten sie den Mann auf. Lioba hielt ihm den Becher vor, und er trank ein paar Schlucke, um danach wieder kraftlos zurückzusinken. Eine Weile war es still. Durch das geöffnete Fenster wehte ein warmer Windhauch herein.

»Wo bin ich?«

Die klare Stimme des Mannes riss Lioba aus ihren Gedanken.

»In Vissel, im Haus des Pastors«, antwortete sie.

Der Mann starrte sie unverwandt an. »Was ist Vissel?«

»Unser Dorf.«

Er sah sie an, als redete sie eine fremde Sprache.

»Du hast davon noch nie gehört? Dann kommst du sicher nicht von hier.«

Er öffnete den Mund. Eine Weile mühte er sich, doch es kam kein Laut hervor. Erschöpft sank er auf das Kissen zurück und atmete tief.

Lioba nahm seine Hand. »Wenigstens sprichst du unsere Sprache«, sagte sie tröstend. »Und du bist auch nicht taub. Du musst nur noch ein bisschen schlafen und dich ausruhen, dann wirst du wieder gesund.«

Sie lächelte ihr einstudiertes Lächeln, aber der Mann lächelte nicht zurück. Etwas schien ihm keine Ruhe zu lassen, und er mühte sich weiter, zu ihnen zu sprechen.

»W-w-warum b-b-in ich hier?«

Lioba wechselte mit Patto, der näher getreten war, einen raschen Blick.

»Ich habe dich im Wald gefunden«, erklärte sie. »Du warst schwer verletzt. Wir haben dich hierhin gebracht.«

Der Mann sah sie wieder an, als hätte er sie nicht verstanden. »Wer seid ihr?«

»Wir sind … also das ist Patto, Pastor Werinharts Knecht, und ich bin Lioba. Ich kenne mich ein bisschen mit Kräutern aus«, setzte sie stolz hinzu. »Sagst du uns deinen Namen?«

Der Verletzte starrte sie unverwandt an. Er öffnete den Mund, und eine Weile sah es so aus, als wollte er ihnen etwas sagen, aber dann schloss er die Lippen und schüttelte den Kopf.

»Oh«, meinte sie nur und versuchte, ihre Bestürzung zu verbergen. Der Mann tat ihr leid. Sie drückte seine Hand.

»Warte nur, dein Name wird dir bald wieder einfallen. Schlaf nur weiter, und wenn du aufwachst, bekommst du eine gute Hühnerbrühe, nicht wahr, Patto?«

Der Knecht nickte eilfertig.

»Pastor Werinhart hat genug zu tun und kann sich nicht immer um dich kümmern, aber ich werde morgen wiederkommen und dir einen neuen Verband anlegen. Die Salbe lasse ich hier, damit kann Patto deine Wunden und die Abschürfungen einreiben. Warte nur ab, alles wird heilen.« Sie versuchte, so viel Zuversicht wie möglich in ihre Stimme zu legen, aber leider gelang es ihr nicht, dem Mann auch nur den Hauch eines Lächelns abzuringen. Mit geschlossenen Augen lag er einfach nur da.

»Das hast du aber lieb gesagt!«

Lioba wandte sich um. Hinter ihr stand Pastor Werinhart im Türrahmen, das schmale Gesicht unter der schwarzen Kappe spöttisch verzogen. Er holte aus, um Patto ins Gesicht zu schlagen, doch dieser wich schnell zurück. Patto prallte gegen das Schreibpult des Pastors, wobei ein dicht beschriebenes Blatt Pergament zu Boden fiel. Mit einem wütenden Laut hob Werinhart das Pergament wieder auf. Patto duckte sich und huschte flink wie eine Maus an ihm vorbei aus der Kammer.

Der Pastor richtete sich auf, wischte den Staub vom Pergament und legte es zurück auf das Pult.

Lioba erhob sich. Einen Augenblick fürchtete sie, er würde auch sie schlagen, aber er tat es nicht. Seine schmalen dunklen Augen funkelten sie an. Er hatte ein mageres Gesicht, in das sich tiefe Linien zwischen Wangen und Mundwinkel gegraben hatten.

Sie stürzte an Werinhart vorbei aus der Kammer, aber der Pastor hielt sie fest. »Morgen willst du ihm einen neuen Verband machen, ja?«, schrie er. »Für wie dumm hältst du mich eigentlich? Hier einfach herzukommen und meinen Verletzten mit deinen Teufelskräutern zu behandeln! Glaubst du, ich merke das nicht? Glaubst du, ich lasse mich von den dummen Lügen meines Knechts täuschen?«

Lioba zitterte. Sie starrte in das verzerrte Gesicht des Pastors und fragte sich einen Atemzug bange, ob er sie jetzt aus der Kirche ausschließen würde, sodass sie ein Leben als Ausgestoßene verbringen müsste und später nicht auf dem Kirchhof begraben werden könnte. Dieser Gedanke jagte ihr solche Angst ein, dass sie in Tränen ausbrach. »Ich wollte ihm doch nur helfen«, schluchzte sie und flehte innerlich um Jesu Beistand. Sie konnte nichts dafür, dass sie die Tochter ihrer Mutter war. Ihr Vater war ein guter Mann und hatte Zeit seines

Lebens hart gearbeitet und seine Abgaben geleistet. Niemand konnte ihm etwas vorwerfen.

Werinhart musterte sie verächtlich. Seine langen Finger umklammerten ihren Arm. »Warum hast du dich hier reingeschlichen?«, fauchte er. »Warum hast du mich nicht um Erlaubnis gefragt?«

Weil du es nie erlaubt hättest, schrie sie ihn innerlich an. Sie wich seinem Blick aus und schwieg.

»Sieh mich an.«

Lioba gehorchte nicht. Sie wagte nicht, ihn anzusehen, aus Angst vor den Erinnerungen, die sie dann überfluten würden.

»Nun mach schon, sieh mich an!« Fest packte der Pastor ihr Kinn und zwang sie, ihn anzusehen. Lioba fühlte sich, als wäre das Böse, das sie damals vertrieben geglaubt hatte, wieder zurückgekehrt.

»Du bist genau wie *sie.* Verdorben und nur dem eigenen Willen gehorchend. Aber glaube mir, ich habe dich im Blick! Solltest du es wagen, dich jemals wieder zu erheben, hier in meinem Dorf, dann werde ich dich vernichten!«

Lioba ließ sich vor ihm auf die Knie fallen. Von dem, was er sagte, hatte sie kein Wort verstanden, aber sie begriff, dass er etwas in ihr sah, das nicht der Wahrheit entsprach, und dass sie sich mit allen Mitteln verteidigen musste. »Pastor Werinhart, ich bin nur ein unschuldiges Mädchen«, weinte sie. »Ich habe den Mann gefunden und wollte ihm helfen, bitte glaub mir doch! Dass ich mich hier hereingeschlichen habe, war nicht recht von mir, das seh ich ein. Bitte verzeih mir.«

In der folgenden Stille konnte man nur den schweren Atem des Pastors hören und das Gezwitscher der Vögel von draußen. Angsterfüllt starrte Lioba auf die staubigen Schuhe Werinharts und wartete ab, was er tun würde. Schließlich fühlte sie seine Finger an ihrer Schulter. Er zischte etwas Unverständliches, packte sie am Arm und zerrte sie aus seinem Haus. Dann trieb er sie wortlos durch die Felder zu ihrem Elternhaus zurück.

* * *

Von da an war nichts mehr wie vorher. Hildegundis schlug Lioba und sperrte sie ins Webhaus. Von morgens bis abends musste sie weben, nachts schlief sie auf einem Felllager in einer Ecke. Jeden Tag brachte Gertrud ihr eine Mahlzeit und verschwand, ohne ein Wort mit ihr zu reden. Hildegundis gab Lioba frisch gesponnene Wolle für die Winterstoffe, und wenn sie den Webstuhl nicht hörte, pochte sie an die Tür und ermahnte Lioba, weiterzumachen.

So webte Lioba Tag für Tag in der Kühle des Grubenhauses, während sie durch die geöffneten Fensterluken sehen konnte, wie draußen ein warmer sonniger Tag nach dem anderen verging. Nachdem das Heu eingefahren worden war, begann die Kornernte. Jeden Morgen hörte sie ihren Vater mit dem Knecht und den Tagelöhnern, die als Erntehelfer ins Dorf gekommen waren, den Ochsen anspannen und mit dem Wagen aufs Feld fahren. Abends hörte sie sie im Hof vor dem Bauernhaus essen und reden. Sie hörte Fiedi mit ihnen scherzen und singen, und sie konnte Hildegundis und Gertrud tagsüber vom Fenster aus im Garten beobachten. Eigentlich hätte sie helfen müssen, für die Tagelöhner zu kochen und die Vorräte anzulegen. Die Winterstoffe hatten noch Zeit, und die Sommerstoffe für die von Rothes waren fertiggestellt. Aber offenbar war Hildegundis Liobas Bestrafung wichtiger als ihre Hilfe. Was Lioba getan hatte, musste in Hildegundis' Augen einem Vergehen an Gott gleichkommen, denn sie verehrte Pastor Werinhart, als wäre er der Allmächtige selbst.

»Was für ein kluger Mann er doch ist«, schwärmte sie oft. »Er liest Bücher und schreibt Briefe an Gelehrte im ganzen Reich.

Wir sollten Gott danken, dass wir ihn haben und nicht einen dieser Tölpel, die nicht mal die Messe richtig lesen können!«

Aber Lioba bereute ihr Handeln nicht, im Gegenteil – sie fühlte, dass sie das Richtige getan hatte, und sie würde es wieder tun, selbst wenn Hildegundis sie den ganzen Sommer hier einsperren würde.

Nur abends, wenn sie die anderen auf dem Hof reden und singen hörte, fühlte sie sich allein, und sie wäre gern bei ihnen gewesen. Aber ihr blieb nichts anderes übrig, als am Fenster zu sitzen und zu beobachten, wie die Sonne allmählich hinter den Feldern versank.

Eines Abends im Erntemonat hörte sie Fiedis leichte Schritte und erhob sich rasch von ihrem Lager. Zwischen Flechtzaun und Fenster sah sie den blonden Haarschopf ihres Bruders in der Dämmerung auftauchen.

»Hier, hab ich dir gepflückt!« Er hielt ihr einen Strauß Blumen hin. Sie stieß einen leisen Freudenschrei aus. Der Strauß roch würzig und schien die unzähligen Sonnenstunden, die er empfangen hatte, wieder auszuströmen.

»Ich hab noch was.« Friedrich nahm seinen Stoffbeutel, den er quer über seine Schultern gehängt hatte, und gab ihn Lioba, dann zog er sich an der Brüstung hoch und kletterte durch das Fenster hinein. Lioba öffnete den Beutel und holte einen Kanten Brot, zwei gekochte Eier und eine Birne heraus.

»Hab ich vom Feldessen«, erklärte er stolz.

Lioba strich ihm über das Haar. Sie konnte sich denken, was der Verzicht ihm, der immer hungrig war, ausgemacht haben musste.

»Was hast du denn heute gewebt?« Neugierig ging er zum Webstuhl hinüber.

»Nicht viel.« Sie blickte müde auf das kümmerliche Stück Wollstoff, das im Webstuhl hing.

»Mama ist sehr streng«, meinte er und fuhr mit den Fingern über den Stoff. »Aber Vater wird dich bestimmt bald rauslassen, er sagte so was neulich zu ihr, das hab ich belauscht. Er sagte, sie könnten dich nicht ewig hier drin lassen, schließlich müsstest du ihr bei der ganzen Arbeit helfen und so schlimm wär' das ja nicht gewesen, was du gemacht hast.«

Lioba nickte hoffnungsvoll. Sie hatte gehofft, dass ihr Vater sich für sie einsetzen würde. Aber die Herrin im Haus war Hildegundis. Sie hatte den Hof von ihren Eltern geerbt. Liobas Vater konnte froh sein, dass Hildegundis ihn, den armen Witwer und Tagelöhner, der noch dazu eine Tochter mitbrachte, nach dem Tod ihres Vaters geheiratet hatte.

»Was hat *sie* gesagt?«, fragte Lioba ängstlich.

Doch ihr Bruder zuckte nur mit den Schultern.

»Ich muss hier raus«, rief sie, als könnte er an ihrer Lage etwas ändern. Ihr Blick fiel auf seine zerkratzten Beine. »Diese verfluchte Gerste. Reib dich nur immer schön mit der Salbe ein, ja?«

Friedrich nickte und vermied es, sie anzusehen. »Ich kann dir noch Kräuter bringen, wenn du willst.«

»Ach Fiedi.« Lioba kniete nieder und nahm ihren Bruder in die Arme, drückte ihn fest an sich. Sein Haar roch nach Feld und dem Erbsenbrei, den Hildegundis heute gekocht hatte. »Lass dich bloß nicht erwischen! Wenn Mutter es erlaubt, gehen wir wieder sammeln, ja? Dann ernten wir die Nesselsamen, und ich zeig dir, wo die Wolfswurz wächst, die du nie anfassen darfst.«

»Woher weißt du das eigentlich alles? Konrad, also der Korri, meint, deine Mutter war eine Hagazussa.«

Seine unverblümten Worte überraschten Lioba, und sie ließ ihn los. »So, sagt er das?«, meinte sie spitz. »Dann sag ihm, dass das nicht stimmt. Meine Mutter war eine fromme Frau. Frag Vater, wenn du's mir nicht glaubst.«

Friedrich sah an ihr vorbei auf den Webstuhl. »Was weißt du denn noch von ihr?«

»Warum willst du das wissen?«, fragte sie misstrauisch zurück. »Haben die anderen dich geärgert? Eins will ich dir sagen – die wissen gar nichts. Die käuen nur wider, was ihre Mütter ihnen sagen, wie dumme Kühe. Meine Mutter war eine Nonne. Sie wusste alles über die Kräuter und wie man Menschen mit ihnen heilt. Als sie starb, war ich noch klein, jünger als du jetzt.«

»Aber wie kann sie denn Vaters Frau gewesen sein, wenn sie eine Nonne war?«, fragte Friedrich. »Nonnen leben im Kloster und haben keine Männer.«

Lioba biss sich auf die Lippen. Sie hätte ihm nicht so viel verraten dürfen. »Du hast recht, Nonnen haben keine Männer und auch keine Kinder. Meine Mutter ist aus dem Kloster geflohen, weil sie es dort nicht gut hatte. Sie ist hierhin gekommen, dann hat sie Vater getroffen, und er hat sie zur Frau genommen. So hat er's mir erzählt.«

Friedrich betrachtete sie nachdenklich. »Dann weißt du das mit den Kräutern also von ihr«, stellte er fest.

»Nein«, erwiderte Lioba, »ich war noch viel zu klein. Das meiste weiß ich von deiner Großmutter, Gott hab sie selig.«

Sie bekreuzigte sich rasch, als sie über Fiedis verstorbene Großmutter sprach, Hildegundis' Mutter, die im vorletzten Winter gestorben war. Von ihr hatte Lioba tatsächlich das meiste über Kräuter gelernt, wo und wann man sie fand und wie man sie am besten zu heilenden oder erfrischenden Tränken verarbeitete, wie man die Salbe für Fiedis aufgeschürfte Knie herstellte und wann man das Wasser aus Brunnen und Quellen schöpfte, damit es seine größte Kraft entfalten konnte. Sie hatte ihr gezeigt, welche Kräuter man für die Kräuterbündel nahm, die Haus und Stall beschützten, und sie hatte ihr auch ein paar von jenen geheimen Worten verraten, mit denen man Wunden besprach.

Lioba bedauerte einen Atemzug lang, dass diese gutherzige Frau nicht mehr bei ihnen war, denn sie war anders als Hildegundis gewesen, die nie etwas von dem Wissen ihrer Mutter lernen wollte und alles immer nur als »Teufelszeug« bezeichnet hatte.

Trotzdem trank Hildegundis ihren Hustentrank immer, wenn es ihr schlecht ging, und sie duldete es, wenn Lioba Fiedi mit der Kräutersalbe behandelte, aber wirklich recht war es ihr nie. Es war ihr auch nie recht gewesen, dass ihre Mutter Lioba so viel beibrachte. Das hatte sie mehr als einmal deutlich gemacht. Aber die Großmutter hatte sich von ihr nichts sagen lassen.

»Schade, dass Großmutter tot ist«, meinte Fiedi und warf sich neben Lioba auf das Lager. »Sie war immer so weich und hat so gut gerochen. Nach Milch.«

Er legte den Kopf in Liobas Schoß, und sie erkannte die Aufforderung und kraulte ihm den Nacken. Er brummte zufrieden.

»Weißt du was?«, meinte er nach einer Weile. »Der Mann ist aufgestanden.«

»Beim Allmächtigen! Das sagst du mir erst jetzt?« Sie zog ihn an den Haaren. »Wer ist er?«

Fiedi schüttelte den Kopf. »Er weiß nichts mehr, nicht mal seinen Namen. Der Pastor hat ihn Thomas genannt, weil du ihn zu St. Thomas gefunden hast.«

Lioba fuhr mit der Hand durch Fiedis dichten Haarschopf und kraulte ihn. Nicht mehr wissen, wie man heißt. Alles vergessen zu haben – wie schlimm musste das sein! Sie mochte es sich nicht vorstellen.

»Er ist jetzt auf dem Heidhof.«

Lioba erinnerte sich daran, dass dies der Hof war, aus dem auch der Pastor seine Einkünfte bekam. »Ist er denn schon wieder gesund?«, wunderte sie sich.

»Muss wohl, sonst hätten die ihn ja nicht genommen. Jedenfalls hat Pastor Werinhart dem Allmächtigen bei der letzten Messe gedankt, dass er den Mann ... äh, Thomas ... gerettet hat. Schade, dass du nicht dabei sein konntest. Thomas war auch in der Messe.«

Lioba kraulte mechanisch weiter. Thomas. Sie sah ihn wieder vor sich auf dem Waldboden liegen. In die Freude über seine Rettung mischte sich Traurigkeit.

Als ihr Bruder gegangen war, kniete sie sich vor ihr Lager und dankte Jesus Christus für die rasche Genesung des Mannes.

Doch als die Nacht kam und es im gegenüberliegenden Bauernhaus still geworden war, kroch mit der Kühle eine Erinnerung in ihr hoch. Die Erinnerung an eine warme Hand, die ihre Hand umfasste. Die steinige Erde eines Feldweges, Blumen überall. Jemand, der ihr das kleine Tausendschön gezeigt hatte.

In Lioba stiegen Tränen auf, aber sie kämpfte sie mit aller Macht nieder. Sie durfte nicht weinen, denn jede Träne war ein Tropfen Öl im Fegefeuer ihrer Mutter. Auf keinen Fall durfte sie weinen.

Kapitel 4

Ida von Rothe wollte sich nach dem Abendessen zum Gebet zurückziehen, als ihr die Magd Pastor Werinhart ankündigte. Ärgerlich über den ungelegenen Besuch ließ sie ihn eine Weile warten, während sie in dem Handspiegel, den sie immer in einem Beutel bei sich trug, den ordentlichen Sitz ihres Schleiers prüfte. Dann ließ sie sich am größten Fenster des Saals nieder, ergriff ihre Näharbeit und ließ den Pastor rufen.

Werinhart wirkte klein in dem Saal, wie Ida zufrieden feststellte. Es entging ihr nicht, wie er sich rasch umsah, offensichtlich beeindruckt von der Größe des Raumes mit seiner schweren Balkendecke, dem Kamin und dem Fußboden mit Platten aus Drachenberger Gestein. Aufmerksam beobachtete sie, wie der staunende Blick des Pastors über die Längswand glitt, wo das Wappen der Familie von Rothe prangte – ein goldener Anker auf rotem Grund –, eingerahmt in kunstvolle Blumenornamente. Dafür hatte ihr Mann vor Jahren eigens einen Maler aus Köln kommen lassen.

Es wunderte sie, dass der Pastor sich so verhielt, obwohl er schon zwei- oder dreimal hier gewesen war. Umso mehr erfüllte sie es mit Stolz.

»Möchtest du unseren Wein probieren, guter Werinhart?«, fragte sie großmütig, nachdem sie die üblichen Höflichkeiten ausgetauscht hatten. »Wir haben einen guten Moselwein.«

Er nickte und ließ sich auf der Bank neben ihr nieder, während Ida nach der Magd rief und den Wein orderte. »Du warst vor drei Wochen schon einmal hier, nicht wahr? Ich konnte dich leider nicht empfangen, weil ich krank war.«

Das war eine Lüge, denn in Wahrheit war sie so tief ins Gebet versunken gewesen, dass sie nur wenig Lust verspürt hatte, ihn zu empfangen.

»Ich hoffe, es war nichts Ernstes?«, fragte Werinhart und beugte sich für ihren Geschmack etwas zu neugierig nach vorn.

»Nein, nur ein Fieber, das aber sehr hartnäckig war und mich lange ans Bett gefesselt hat. So konnte ich auch die Messen nicht besuchen.«

»Schade. Ich habe mir, ehrlich gesagt, Sorgen um Euch gemacht, Herrin.« Werinhart überflog ihre Gestalt mit einem raschen Blick, dem nichts entging, und Ida stellte zufrieden fest, dass kein noch so kleines Zeichen in seiner Miene auf Unmut hindeutete.

Er hatte auch keinen Anlass dazu. Als kleiner Dorfpriester musste er mit der Erscheinung seiner Herrin mehr als zufrieden sein. Ihr grüner Bliaut saß tadellos, und die Stickereien an Gürtel und Säumen passten zu jenen auf ihrem Schleierreif. Die Ärmel ihres Bliauts hingen der Mode entsprechend lang an ihren Armen herunter, aber nicht unziemlich lang. Außerdem – und dessen war sie sich bewusst – war sie trotz ihres Alters immer noch eine schöne Frau. Sie besaß eine makellos weiße Haut, eine schlanke Figur und ein schönes Gesicht, in das sich jedoch zu ihrem Bedauern inzwischen die Falten der Jahre gelegt hatten.

Sie beobachtete, wie ihre Magd den Wein brachte und Werinhart die silbernen Becher bestaunte, die sie vor ihnen auf einen kleinen Tisch stellte.

»Danke.« Huldvoll nickte sie der Magd zu, die knickste und rasch verschwand. Ihre Gäste wurden nur durch geeignete Leibeigene bewirtet, die sie sorgfältig unterwiesen hatte. Sie wollte Werinhart zeigen, dass er es mit einem gut geführten herrschaftlichen Haushalt zu tun hatte. Er sollte nicht ahnen, dass dieser Saal schon lange keine festliche Tafel mehr gesehen hatte und dass der Hausherr die meiste Zeit des Jahres unterwegs war.

»Mein Mann und meine Söhne sind in Köln. Sie müssen ausgerüstet werden. Wie du vielleicht weißt, gibt es dort die besten Schwertfeger«, erklärte sie Werinhart, um seiner Frage zuvorzukommen.

»Für die große Pilgerfahrt Christi«, stellte er fest.

Ida nickte. »Nachdem unser Kaiser im Frühjahr das Kreuz genommen hat, wird es ja nicht mehr lange dauern, bis die Männer fortgehen.« Sie seufzte innerlich bei diesem Gedanken.

»Kaiser Friedrich hat gelobt, innerhalb eines Jahres aufzubrechen«, sagte Werinhart.

»Ja, und er wird zu seinem Wort stehen, das er Gott und der Welt gegeben hat«, bestätigte Ida und bemühte sich darum, ihre Stimme von jedem Bedauern frei zu halten. Der Priester durfte auf keinen Fall merken, wie ihr in Wahrheit zumute war.

»Euer Mann und Euer Sohn haben die Ehre, den Grafen auf die Pilgerfahrt zur Eroberung der Heiligen Stadt zu begleiten«, meinte Werinhart. »Nur Euer jüngerer Sohn …«

»Sigboto wird hierbleiben«, schnitt ihm Ida mit fester Stimme das Wort ab. Sie hätte am liebsten hinausgeschrien, wie froh sie war, dass wenigstens ein Sohn hierblieb, während das Schicksal ihres ältesten, auf den sie besonders stolz war, von Gottes Gnade abhängen würde.

Sie straffte sich und richtete einen strengen Blick auf den Pastor. »Einer wird bleiben, um Land und Bauern zu beschützen«, sagte sie. »Es wäre eine große Dummheit, das eigene Land wehrlos zurückzulassen, um ein anderes zu retten.«

»Gewiss, Herrin«, entgegnete Werinhart rasch. »Der Allmächtige möge Eure Familie beschützen. Ich bete jeden Tag, dass es unseren Männern gelingen wird, die Heilige Stadt aus den Händen der Ungläubigen zu befreien.«

»Ich auch.« Sie hob ihren Becher. »Auf unsere mutigen und tapferen Männer.«

Sie tranken beide, und in diesem feierlichen Augenblick schien es, als seien sie sich tatsächlich einig. Aber Ida von Rothe war alles andere als einer Meinung mit Werinhart, der in seinen Messen oft genug gepredigt hatte, wie unerlässlich es für Ritter von Ehre sei, die Heilige Stadt aus den Händen der Heiden zu befreien.

Er konnte in seinem beschaulichen Pfarrhaus bleiben, während ihre Männer jeden Tag den Gefahren eines Kriegszuges ausgesetzt wären, den sie beschönigend »Pilgerfahrt« nannten. Gott mochte ihr Zeuge sein, dass sie immer wieder versucht hatte, diesem Geschehen etwas Gutes abzugewinnen, aber sie konnte es nicht. Selbst wenn es um die heiligste Stätte der Christenheit ging. Selbst wenn ihnen alle gebeichteten Sünden vergeben würden und sie das ewige Leben erlangten, wenn sie als Soldaten Christi sterben sollten.

Sie hatte Gott auf Knien angefleht, in ihr einen Sinneswandel herbeizuführen. Sie hatte sich selbst angeklagt, weil sie so eigennützig war und ihren Sohn lieber bei sich haben wollte, anstatt ihm von Herzen das ewige Leben zu wünschen. Aber so oft sie auch gebetet hatte, es war ihr nicht möglich, die Pilgerfahrt gutzuheißen.

Immerhin gelang es ihr für den Augenblick, ihre Sorgen mit ein paar Schlucken vom köstlichen Moselrotwein hinunterzuspülen, den Werinhart eilfertig lobte.

»Nimm dir auch vom Brot«, bot sie ihm an und beobachtete, wie er offenbar mit großem Behagen ihrer Aufforderung nachkam und sich ein Stück Weizenbrot abbrach, das die Mägde heute erst gebacken hatten.

»Wie ich sehe, habt Ihr alles gut für den Aufbruch Eurer Männer geordnet«, meinte Werinhart und schob sich das Stück Brot in den Mund. »Eure Felder sind gut bestellt und Eure Bauern und Leibeigenen gehen ihrer Arbeit ohne zu murren nach.«

»Gewiss«, sagte Ida.

Werinhart schluckte den Bissen hinunter und räusperte sich. »Ich nehme an, dass Ihr inzwischen von dem verletzten Mann gehört habt, den das Bauernmädchen im Wald gefunden hat?«

»Ja, man hat es mir erzählt«, sagte Ida und nickte. »Es wäre aber besser gewesen, wenn ich solche Neuigkeiten nicht erst von meinen Leuten erfahren müsste.«

Sie beobachtete zufrieden, wie ein Schatten über das magere Gesicht des Pastors flog, ehe er sich verflüchtigte. Also hatte sie ihn getroffen, wie sie es beabsichtigt hatte. Er musste begreifen, dass *sie* die Herrin ihrer Ländereien war, solange ihr Mann fort war.

»Sicher. Es tut mir leid. An dem Tag, als ich Euch aufsuchen wollte, hatte man mich nicht vorgelassen.«

»Du hättest eher wiederkommen können.«

In Werinharts Miene zuckte es, und sie merkte, wie er sich mühsam beherrschte. Oh, wie sie ihn verachtete, sein mageres Gesicht mit den schmalen Lippen!

Ida von Rothe strich über ihr Kleid. »Nun, wie auch immer, wir müssen solche Dinge natürlich sofort wissen. Was ist nun mit dem Mann?«

»Durch Gottes Gnade hat er inzwischen seine Gesundheit wiedererlangt.«

»Sehr gut. Hat er etwas gesagt? Was ist mit ihm passiert?«

»Das wissen wir immer noch nicht. Er spricht zwar, kann sich aber an nichts mehr erinnern. Er weiß nicht einmal mehr, wer er ist.«

Sie runzelte die Stirn. »Er kennt sich selbst nicht mehr? Unglaublich.«

»So ist es leider. Er hat einen mächtigen Hieb auf den Kopf bekommen.«

Ida fröstelte, als ein feiner Luftzug durch die geöffneten Fensterläden des Saals hereinkam und einen großen Wandteppich erzittern ließ, den sie selbst einst bestickt hatte. Noch kälter wurde ihr bei dem Gedanken, dass so etwas auch ihrem geliebten Sohn passieren könnte.

»Glaubst du ihm?«, fragte sie scharf und forschte in Werinharts Gesicht.

Der Pastor nickte. »Als ich noch im Kloster war, hatten wir einmal einen verletzten Söldner in unserer Obhut. Er hat seine Erinnerung nicht wiedererlangt, bis er an einer Krankheit starb.«

»Wer weiß, warum unser Herrgott diesem Mann die Erinnerung nimmt«, überlegte Ida laut. »Er hat sicher seine Gründe.«

»Die Wege des Herrn sind unergründlich«, sagte Werinhart.

»Wo ist der Mann jetzt?«

»Er macht sich als Helfer auf … meinem Zinshof nützlich.«

Ida von Rothe hob ihre dünnen Brauen. »Sagtest du nicht, die kleine Lioba hat ihn gefunden?«

»Ja.«

»Nun, dann wäre es angebracht, wenn der Mann auf *ihrem* Hof hilft, damit ihr Vater einen Tagelöhner weniger durchfüttern muss. Oder spricht etwas dagegen?«

Werinharts Mundwinkel zogen sich nach unten. Er presste seine Finger gegeneinander.

»Nun, wenn Ihr meint, er sollte lieber auf Euren Zinshof, wäre das natürlich Euer gutes Recht, denn das Mädchen hat ihn gefunden«, meinte er schließlich. »Ich denke allerdings, es wäre … nicht der passende Ort für den Mann.«

»Warum nicht?«

»W-weil das Mädchen, das ihn gefunden hat, Lioba, sich in unziemlicher Weise in mein Haus geschlichen hat, um den Mann zu pflegen. Sie war der Meinung, dass er in meinen Händen nicht gut genug aufgehoben wäre.«

Mit Mühe unterdrückte Ida von Rothe ein Lächeln, als sie die Wut aus seinen Worten heraushörte. Endlich hatte sie die Gelegenheit gefunden, diesem elenden kleinen Kirchenmann einen Stein in den Weg zu legen, ihm wenigstens etwas von dem heimzuzahlen, was er ihr durch seine Predigten angetan hatte.

»Sie war besorgt um ihn, guter Pastor. Schließlich war sie es doch, die ihn gefunden hat.«

Werinhart runzelte die Stirn. »Sicher, aber … wisst Ihr nicht mehr, *wessen* Tochter sie ist? Dass ausgerechnet *sie* den Mann gefunden hat!«

Ida von Rothes Miene gefror zu Eis. In ihrem Magen braute sich ein schlechtes Gefühl zusammen – eine alte Wut, gemischt mit neuem Zorn. Sie fühlte den Wunsch aufsteigen, den Mann augenblicklich aus ihrer Burg zu jagen.

»Natürlich weiß ich, wer ihre Mutter war«, versetzte sie scharf. »Sie war die Frau, die meine Töchter auf die Welt geholt hat – Gott sei ihren armen Seelen gnädig. Hüte dich vor voreiligen Urteilen, Pastor! Ich sehe keinen Grund, warum der Mann nicht auf den Hof dieser Familie sollte.«

Werinhart wich ihrem Blick aus und nickte knapp. »Wie Ihr wollt, Herrin.«

»Wie ich weiß, ist die Hausfrau dort eine sehr gottesfürchtige Frau. Sie wird sicher damit einverstanden sein, wenn du sie darum bittest.«

»Gewiss, Herrin.« Werinhart räusperte sich wütend, während Ida innerlich triumphierte. Wie köstlich dieser Abend doch wider Erwarten verlief. Sie hatte Werinharts Pläne durchkreuzt, und er würde ihren Befehl widerwillig ausführen müssen. Außerdem hätte er keine billige Arbeitskraft mehr für seinen Hof. Aber es reizte sie, noch weiter zu gehen.

»Ich will ihn sehen«, bestimmte sie.

Überrascht ließ Werinhart seinen Brotkanten sinken und legte ihn zurück auf den Silberteller. Sie merkte, wie er um die passende Antwort rang. »Ich habe bereits eine Messe für ihn gelesen. Als Ihr … unpässlich wart. Aber er kann selbstverständlich zu Euch kommen, ich werde ihn …«

»Nein! Ich werde ihn selbst aufsuchen.«

Er starrte sie an. »Ihr wollt selbst …?«

»Warum nicht?«, fragte sie lächelnd. »Wenn so ein ungewöhnlicher Fund auf meinen Ländereien auftaucht, dann möchte ich ihn selbst in Augenschein nehmen. Ich möchte mich davon überzeugen, wie es dem Mann geht. Vielleicht kenne ich ihn sogar.«

»Natürlich.« Werinhart lächelte freudlos.

Ida von Rothe erhob sich und entließ den Pastor.

Kapitel 5

Lioba musste blinzeln, als sie am frühen Morgen aus dem Grubenhaus trat. Von dem grellen Sonnenlicht tränten ihre Augen. Tief atmete sie die klare Luft ein und blickte sich um, als sähe sie ihr Elternhaus zum ersten Mal: das ausgeblichene Strohdach, die kleinen Fensterluken mit den geöffneten Holzläden, der Gemüsegarten hinter dem Flechtzaun, die Obstbäume. Die Früchte der frühesten Apfelsorte waren schon groß und leuchteten grün in der Sonne. Als sie ins Webhaus geschickt worden war, waren sie noch viel kleiner gewesen.

Am Wagen wartete ihr Vater, das Gesicht tiefbraun unter dem Sonnenhut. Wortlos sank sie in seine Arme und weinte.

Fiedi jauchzte, riss sich von der Hand seiner Mutter los und umklammerte Lioba. »Endlich bist du wieder da!« Er vergrub sein Gesicht in ihrem Kleid.

Liobas Blick fiel auf Hildegundis, die blass und schmallippig hinter ihrem Mann wartete und sie musterte. »Wie siehst du nur aus! Geh dich waschen, flechte deine Haare. Morgen kommt die Herrin.«

»Die Herrin?«, stammelte Lioba überrascht. »Sie kommt *hierhin,* zu *uns?* Warum?«

Sie würde doch nicht etwa ihretwegen herkommen? Sie hatte genug gebüßt für ihre Schuld, da musste sie nicht noch von der Herrschaft bestraft werden.

Hildegundis lächelte ein freudloses Lächeln. »Da staunst du, was? Das hast *du* uns alles eingebrockt!«

Lioba schluchzte auf.

»Genug jetzt!«, maßregelte Berthold seine Frau. »Die Herrin kommt nicht deinetwegen, Lioba. Sie möchte Thomas kennenlernen.«

»Thomas? Aber er ist doch …« Rechtzeitig brach sie ab, ehe sie verraten hätte, was sie von ihrem Bruder wusste, nämlich dass Thomas auf dem Zinshof des Pastors arbeitete.

»Er ist hier bei uns«, keifte Hildegundis. »Pastor Werinhart hat ihn gestern gebracht. Die von Rothe hat darauf bestanden, dass er zu uns kommt.«

Lioba blickte sich um, als erwartete sie, Thomas jeden Augenblick aus dem Haus kommen zu sehen.

»Er ist mit den anderen auf dem Feld«, erklärte ihr Vater, der ihren Blick bemerkt hatte. »Wir können ihn jetzt bei der Kornernte gut gebrauchen«, setzte er an seine Frau gewandt hinzu. »Ich habe mit Albert vom Sandnerhof geredet, der nimmt mir dafür einen Tagelöhner ab.«

Doch Hildegundis achtete nicht auf seinen Einwand. »Wir können keinen zusätzlichen Esser den Winter über durchbringen!«, rief sie. »Wir werden doch so schon kaum satt.« Sie warf einen Blick auf Gertrud und ihren Knecht, die etwas abseits vorn beim Maultier warteten und taten, als würden sie nichts hören. Dann wandte sie sich an Lioba und fuhr sie an: »Hättest du ihn bloß nicht gefunden! Nichts als Ärger hab ich jetzt damit.«

»Frau!« Berthold stemmte die Arme in seine Hüften. »Lioba kann nichts dafür. Thomas bleibt den Sommer über hier, danach kann er mit den anderen weiterziehen, wenn er bis dahin immer noch nicht weiß, wer er ist.«

Hildegundis' Gesicht verzerrte sich. »Sie kann nie was dafür!«, rief sie. »Immer nimmst du sie in Schutz.«

Berthold packte seine Frau am Arm. »Beherrsch dich! Dieses Mädchen hat zwei Wochen lang in dem dunklen Loch gesessen. Sieh doch nur, wie sie aussieht – wie der Tod auf Beinen. Aber auch sie ist Gottes Geschöpf.«

Hildegundis starrte ihren Mann eine Weile lang an. Dann riss sie sich von ihm los und stapfte ins Haus.

»Geh und wasch dich, sie wird sich schon wieder beruhigen.« Ihr Vater strich mit seiner rauen Hand über Liobas Wange, ehe er zum Wagen ging und das Maultier am Zügel nahm. Er ging fort, ohne sich noch mal umzusehen, und Lioba starrte dem Wagen noch lange hinterher.

* * *

Trotz ihres Streits erlaubte ihr Hildegundis, sich im Bach zu waschen, der nicht weit von ihrem Haus entfernt durch die Felder floss. Als Lioba wiederkam, flocht sie ihr das Haar, als wäre nichts gewesen. Lioba ihrerseits bemühte sich, nichts zu tun, was den Zorn ihrer Stiefmutter erneut hätte erregen können.

Sie half ihr beim Kochen und dabei, das Haus für den hohen Besuch herzurichten. Gemeinsam mit Gertrud fegten sie den Hof und die Wohnstube, pflückten Sommerblumen im Garten und hängten den Strauß an die Tür. Gertrud jätete Unkraut, bürstete die einzige Kuh, die sie besaßen, und wusch ihr den Schwanz ab. Als die Männer vom Feld zurückkehrten, leuchtete ihnen ein geschmückter, sauberer Bauernhof entgegen.

Lioba zupfte sich hastig ihren Zopf zurecht und klopfte sich den Dreck aus ihrem Gewand. Sie erkannte Thomas sofort in dem Häuflein müder, meist älterer Männer mit ihren sehnigen, braun gebrannten Körpern und den roten Gesichtern unter ihren Hüten. Leichtfüßig schritt er neben ihnen her, als hätte ihm der lange Arbeitstag nichts ausgemacht. Hinter ihnen gingen die Frauen der Tagelöhner – mager, tiefbraun und mit einer Haut, die verschrumpelten Äpfeln glich.

Lioba bemerkte die Blicke der Männer, als alle im Hof saßen und sich von ihr nach dem Essen Wasser und Bier einschenken ließen.

»He, Fiedi, warum hast du deine Schwester die ganze Zeit vor uns versteckt?«, scherzte einer der jüngeren Tagelöhner. »Find ich nicht gut!«

»Ja, dafür musst du morgen ins Korn, bis die Alte dich holt!«, meinte ein anderer.

Fiedi jaulte auf. »Ich geh nicht ins Korn, da geh ich nicht hin!«

»Gut, wenn du nicht ins Korn willst, dann ruf ich sie eben her«, meinte der Ältere und beugte sich zu Friedrich herunter. »Ich kann sie nämlich locken, wann immer ich will. Mit einem Gesang, den sie gern hört.« Er stimmte eine kleine Melodie an.

»Hör auf!«, rief Fiedi erschrocken.

Der Mann grinste und entblößte dabei den einzigen Schneidezahn, den er noch besaß. »So hab ich sie schon oft gelockt.«

Neugierig trat der Junge näher. »Du hast die Kornalte gesehen? Wirklich?«

»Aber ja!«

»Wie sieht sie denn aus?«

»Na, wie 'ne uralte Frau, 'ne Hexe eben! Hat ein runzliges Gesicht und soooo dicke …«, er beschrieb einen weiten Halbkreis vor seiner Brust, »… und ein Hinterteil so breit wie ein halbes Fass!« Alle lachten, und er senkte seine Stimme. »Wenn es dunkel wird und die Kinder noch im Korn spielen, dann kommt sie und schnappt sich eins.«

Er packte Fiedi, der gellend aufschrie.

»Dann frisst sie sie auf.« Der Mann tat, als würde er in Fiedis Arm beißen, doch der Junge riss sich los und rannte zu seinem Vater.

»Hol mich doch!«, rief er, aber der Mann schüttelte nur den Kopf und leerte seinen Metbecher. »Thomas, wie ist das bei euch? Gibt es die Kornalte auch da, wo du herkommst?«

Alle sahen Thomas gespannt an. Der zögerte eine Weile, als müsste er erst nach den passenden Worten suchen. »Nein, ich habe sie noch nie gesehen«, sagte er dann, und es klang so leutselig, dass alle lachen mussten.

»Na, sie zeigt sich längst nicht jedem«, witzelte der Mann weiter. »Nur mir!«

»Ja, weil du sie bezirzt hast. Jetzt kommt sie immer zu dir und stellt dir nach«, rief ein anderer, und erneut brach die Runde in Gelächter aus.

»Wart's nur ab, bald öffnet sie ihre Schenkel und drückt dir ihre fetten Brüste ins Gesicht! Hahaha! Du musst sie nehmen, ob du willst oder nicht, du wirst sie nie wieder los.«

Die Männer brüllten vor Lachen, die Frauen kicherten, und Lioba ging ins Haus, um Wasser zu holen. Doch es war nichts mehr da, und sie musste neues schöpfen. Sie ging hinter das Haus zum Brunnen und schob das Brett, das den Baumbrunnen bedeckte, von der Öffnung. Sie zog den Balken hinunter und beobachtete, wie der Eimer in dem hohlen Baumstamm verschwand.

»Warte, ich helfe dir!«

Lioba fuhr herum. Thomas war unbemerkt hinter sie getreten. Er ging zum Brunnen und drückte das Gegengewicht nach unten, bis der gefüllte Eimer aus der Tiefe wieder auftauchte. Rasch nahm Lioba ihn ab und stellte ihn neben sich. Es kam ihr merkwürdig vor, Thomas so lebendig vor sich zu sehen.

»N-normalerweise macht das unser Knecht«, meinte sie und wischte sich die Hände am Kleid trocken.

Thomas nickte und schob die Brunnenabdeckung wieder zurück auf ihren Platz. Lioba betrachtete seine Hände und stellte zufrieden fest, dass seine Haut wieder eine gesunde Farbe zurückgewonnen hatte.

»Hast du noch Schmerzen?«, fragte sie.

Er lehnte sich gegen den Brunnen. »Eigentlich nicht mehr. Nur manchmal noch hier …« Er deutete auf seinen Hinterkopf.

»Du bist sehr robust«, stellte Lioba fest. »Jemand anders an deiner Stelle wäre sicher gestorben. So, wie du aussahst …«

Hastig biss sie sich auf die Lippen. Sie wollte ihn nicht an den Überfall erinnern.

Er sah aus, als suchte er nach den passenden Worten. »Du bist Lioba, nicht wahr? Ich habe dich im Haus des Pastors gesehen, du warst an meinem Krankenlager.«

Sie nickte, erfreut darüber, dass er sich noch daran erinnerte.

»Pastor Werinhart hat mir erzählt, dass du mich gefunden hast.«

»Ja, und du kannst dich doch erinnern.«

Er sah sie mit verständnislosem Blick an. »Ich erinnere mich an gar nichts mehr.« Mit einer hilflosen Geste nahm er seinen Hut ab und wischte sich mit dem Handrücken den Schweiß von der Stirn, an der seine schwarzen Locken kleben blieben.

»Doch, du erinnerst dich an mich«, entgegnete sie.

Er starrte sie an. »Es ist, als hätte ich vor dem Überfall ein anderes Leben geführt. Eins, das ich nicht mehr kenne. Ich war ein anderer. Wie bei einem Buch, bei dem die ersten Seiten verbrannt sind. Stell dir vor, du bist auf einmal irgendwo, irgendwer und weißt nicht mehr, wie du dorthin gekommen bist.«

Lioba begann zu ahnen, wie ihm zumute sein musste. »Fällt dir denn gar nichts mehr ein? Nicht das kleinste bisschen?«

Er schüttelte den Kopf und sah zu Boden. Sie hatte auf einmal das Bedürfnis, seine Hand zu nehmen und ihn zu trösten, aber das war eine unziemliche Berührung, die sich nicht gehörte.

»Es wird dich bestimmt jemand suchen«, meinte sie. »Du hattest sicher eine Familie, irgendwo kommst du doch her.« Kaum hatte sie es ausgesprochen, merkte sie, wie dünn ihre Worte klangen.

Wer weiß, wo er herkam! Seine Familie – sofern er eine hatte – würde vielleicht woanders nach ihm suchen.

Er hob den Kopf und sah ihr geradewegs in die Augen. »Bitte zeig mir die Stelle, an der du mich gefunden hast.«

Sie wich ein wenig zurück. »Ich darf nicht mehr in den Wald gehen. Meine Stiefmutter hat's mir verboten.«

»Bitte!« Seine dunklen Augen beschworen sie, während sich sein Mund zu einem Lächeln formte, das schöne weiße Zähne freigab.

Überwältigt starrte Lioba ihn an. Er war gesund, kräftig und sah auch noch gut aus. Dieser Mann war außergewöhnlich. Überhaupt, dass er noch lebte, war ein Wunder, und sie war in besonderer Weise mit ihm verbunden, weil sie ihn gerettet hatte. Aber sie durfte nichts mehr tun, was Hildegundis erneut verärgern würde. Wer wusste schon, was ihr dann noch alles einfiele, um sie zu bestrafen.

»Bitte, wer sollte mir sonst die Stelle zeigen? Du hast mich gefunden und weißt genau, wo es war. Vielleicht fällt mir wieder etwas ein, wenn ich erst wieder da bin.«

Lioba zögerte. Vom Hof her erklangen die Lieder der Männer, und Hildegundis würde sicher bald nach ihr suchen. Ihre Strafe wäre entsetzlich, wenn man sie beide zusammen im Wald entdecken würde. Andererseits wollte sie Thomas helfen. Also gab sie sich einen Ruck und willigte ein.

Er lächelte erfreut, dann trug er ihr den Eimer zum Haus zurück.

* * *

Die Herrin erschien erst am Mittag des nächsten Tages, als die Hitze des Erntemonats ihre ganze Kraft entfaltete. Heiß brannte die Sonne auf den Hof des Bauernhauses und trocknete die festgestampfte Erde zu Staub. Die Hühner hatten sich verkrochen, und der Hofhund lag träge vor seiner Hütte und hechelte. Lioba saß mit Hildegundis und Gertrud im Schatten des großen Walnussbaums und schnippelte Bohnen, als Fiedi ihnen atemlos das Herannahen der Herrschaft meldete.

Sofort schickte Hildegundis ihn zum Feld, damit er die Männer holte. Auch wenn es hoher Besuch war – kein Bauer konnte es sich in der Erntezeit leisten, einen ganzen Tag der Feldarbeit fernzubleiben.

Hildegundis und Lioba erhoben sich und strichen ihre Kleider glatt, Gertrud eilte ins Haus, um die Erfrischungen für die Herrschaft zu holen – kühles Brunnenwasser, Brot und einen Gemüsebrei, den sie am Morgen zubereitet hatte.

Hildegundis stopfte hastig eine Haarsträhne unter ihr Kopftuch und warf einen letzten kritischen Blick auf Lioba, als die Pferde auch schon den Weg herankamen. Lioba fühlte ihr Herz pochen. Was für ein ungewöhnlicher Anblick, die Pferde hinter ihrem Flechtzaun! Ida von Rothe ritt eine schöne dunkle Stute und wurde von zwei Bewaffneten begleitet, die ihre tropfenförmigen, rot bemalten Schilde mit dem goldenen Anker darauf trugen und beeindruckend lange Schwerter. Sie schwangen sich eilig von ihren Pferden, um dann der Herrin von ihrem zu helfen.

Lioba wagte Ida von Rothe kaum anzusehen. Sie sank in einen tiefen Knicks, dabei hörte sie das Zaumzeug der Pferde klirren und den armen Knecht, der sich verzweifelt mühte, den Hofhund zu beruhigen. Sie hörte Hildegundis' Stimme neben sich, die vor Aufregung ganz piepsig war.

»Willkommen auf unserem Hof, Herrin. Welch eine Ehre, dass Ihr uns besucht.«

Lioba sah Schuhe aus feinem, hellem Leder unter einem grünen Gewand hervorblitzen und roch süßliches Parfüm. Es erinnerte sie an den Duft einer Blume, die sie schon einmal gerochen hatte.

»Steht auf, ihr beiden.«

Hildegundis und Lioba gehorchten. Lioba betrachtete Ida von Rothe aus den Augenwinkeln, während diese ein paar höfliche Sätze mit ihrer Stiefmutter austauschte. Sie hatte sie schon öfter bei den sonntäglichen Messen in der Kirche gesehen, aber noch nie aus der Nähe. Ida von Rothes Gesicht war makellos und klassisch schön geschnitten unter dem Schleier, doch sie sah älter aus als von Weitem. Ihre Stimme klang klar und befehlsgewohnt, aber freundlich. Nun wandte sie sich an Lioba: »Und du hast den armen Mann gerettet.«

Ihr Blick senkte sich einen Atemzug lang in Liobas Augen. Lioba lächelte, aber über das schöne Gesicht Idas huschte ein schmerzlicher Schatten, der sie verwunderte.

Sie knickste hastig. »Nicht ich habe ihn gerettet, sondern der Allmächtige«, erwiderte sie.

Das war in der Tat eine Antwort, die Hildegundis gefallen musste und sicher auch Ida von Rothe, aber diese nickte nur und wandte sich wieder an Hildegundis. In diesem Augenblick kam Fiedi mit Berthold und Thomas zurück. Fiedi war zunächst so begeistert von den Pferden, dass er die Anwesenheit der Herrin beinahe vergaß; er verbeugte sich kurz mit seinem Vater vor ihr, um sich gleich nach der Begrüßung wieder mit den Pferden zu beschäftigen.

Thomas trug nur seinen Strohhut und ein mit einer Kordel gegürtetes Leinenhemd über seinen Beinlingen, das von der Feldarbeit schon Flecke hatte. Er nahm den Hut ab und verbeugte sich tief vor Ida von Rothe. Die hob erstaunt die Augenbrauen hoch.

»Du bist also der Verletzte«, stellte sie fest.

»Zum Glück bin ich wieder gesund. Darf ich Euch zum Tisch geleiten?«

Ida von Rothe nickte überrascht und ließ es zu, dass er sie zu einem Schemel führte.

»Möchtet Ihr Kirschsaft?«, fragte er, nachdem sie sich niedergelassen hatte.

Sie nickte. Ehe Gertrud etwas tun konnte, nahm Thomas den Krug und schenkte ihr ein, dann häufte er ihr einen Löffel Brei auf den Holzteller.

»Probiert ihn, Herrin, er schmeckt gut wie alles hier.« Er nickte Hildegundis zu, die mit hochrotem Kopf neben ihm saß.

Gertrud gab jedem einen Löffel Gemüsebrei auf den Teller. Normalerweise aßen sie gemeinsam aus der Schüssel, aber das war der Herrin natürlich nicht zuzumuten. Ein Wunder, dass sie überhaupt mit ihnen aß. Fiedi kam angerannt und rief nach Wasser, dann fiel ihm wieder ein, dass die Herrschaft anwesend war, und er verstummte.

»Entschuldigt den Jungen«, sagte Thomas. »Er ist noch in dem Alter, wo er sich mehr für Pferde interessiert als für Damen.«

Ida seufzte. »Das wird sich sicher bald ändern.« Fiedi rutschte schweigend neben Lioba auf den Schemel, und sie presste unter dem Tisch seine kleine warme Hand.

»Du erinnerst dich wirklich an nichts mehr?«, fragte Ida und musterte Thomas aufmerksam.

Er schüttelte den Kopf.

»Schade. Nach deinem Benehmen zu urteilen würde ich sagen, du bist ein vornehmer Mann.«

»Bestimmt nicht. Lioba fand mich halb nackt auf dem Waldboden.«

»Gewiss hat man dir alles gestohlen.«

Thomas beugte sich nach vorn. Seine Haut war inzwischen tiefbraun von der Sonne. »Ich war aber ohne Begleitung«, entgegnete er. »Reisen Vornehme nicht immer mit Gefolge? Habt Ihr nicht auch Berittene zu Eurem Schutz dabei?«

»Natürlich.« Ida von Rothe kräuselte ihre Lippen. »Meistens jedenfalls.«

»Außerdem hatte ich kurze Haare, als man mich fand, nicht wahr, Lioba?«

Lioba nickte rasch. Ja, es stimmte, er hatte die Haare kürzer getragen, als sie es von Herrn von Rothe und seinen Söhnen gewohnt war. Nun trug er sie noch kürzer, denn Hildegundis hatte ihm tags zuvor die Haare geschnitten. Er sah aus wie einer von ihnen.

Ida von Rothe musterte ihn mit zusammengezogenen Brauen. »Nun, wir werden sehen. Mit Gottes Gnade wirst du deine Erinnerung wiedererlangen, und dann werden wir wissen, wer du bist.«

Sie erhob sich, und Thomas sprang auf. Er begleitete sie zu ihrem Pferd und half ihr beim Aufsteigen. Die Stute tänzelte, doch Thomas tätschelte dem Tier beruhigend den Hals.

»Zu Erntedank erwarte ich meinen Gemahl und meine Söhne wieder zurück«, meinte Ida. »Es wäre schön, wenn du uns dann auf Burg Rothe besuchen würdest.«

»Das wäre mir eine große Ehre.« Thomas machte noch eine Verbeugung, ehe Ida von Rothe mit ihren Männern davonritt. Die Hufe der Pferde klopften dumpf auf den Erdweg.

Lioba sah den Berittenen noch lange hinterher. Wie aufmerksam Thomas der Herrin gegenüber gewesen war! Sie hatte zum ersten Mal ein Gefühl, das sie bis dahin noch nicht kannte: Eifersucht. Sie war eifersüchtig auf eine Frau, die dem Stande nach weit über ihr war und zudem viel älter.

Kapitel 6

Die Luft war kühl, als sie durch die Getreidefelder zum Wald liefen. Es war noch fast dunkel, nur ein schmaler heller Streifen im Osten kündete vom nahen Sonnenaufgang. Lioba zog ihren dünnen Umhang enger und sah zum Roggenfeld hinüber, wo sich die Umrisse der Kornpuppen dunkel gegen den fahlen Himmel abzeichneten. Wie dunkle kleine Zelte sahen die aufgestellten Kornbündel aus, und sie durfte sich nicht ausmalen, wer oder was sich dahinter verstecken könnte.

Es erschien ihr unwirklich, hier mit Thomas zu gehen, genau diesen Weg, den sie vor gut einem Mond mit ihm auf dem Karren entlanggefahren war, und sie hatte ein wenig Angst. Wie anders war ihre Aufregung sonst zu erklären, die sie schon lange vor dem Aufstehen hatte wach liegen und sich im Bett herumwerfen lassen? Angestrengt blickte sie auf den Feldweg hinunter und versuchte, im Dunkeln nicht über die vielen Steine und Grasbüschel zu straucheln.

»Morgen werden wir mit der Roggenernte fertig«, meinte Thomas leise und deutete auf die Kornpuppen. »Danach kümmern wir uns um die Felder der Herrschaft. Hoffentlich wird es nicht regnen.«

»Nein, bestimmt nicht. Riechst du die Luft? Kein bisschen Feuchte, nur Trockenheit.«

Lioba spürte, wie Thomas sie von der Seite ansah. »Du sagst das, als sei es sicher wie das Amen in der Kirche.«

»Ist es auch«, antwortete Lioba. Sie hatte meistens eine Ahnung, wie das Wetter werden würde. Nur ganz selten lag sie mit ihren Vorhersagen daneben. Sogar ihr Vater kam, wenn er sich selbst nicht sicher war, heimlich zu ihr und fragte sie nach ihrer Meinung, aber das verriet sie Thomas natürlich nicht. Niemand durfte das wissen.

»Was auch immer ich bin, ganz sicher kein Landmann«, meinte Thomas. »Auf dem Feld mussten sie mir alles erklären.«

»Aber die Arbeit fällt dir nicht schwer.«

»Nein, die Arbeit ist mir nicht fremd. Nur manchmal schmerzt mir der Kopf.«

»Wenn du willst, mache ich dir einen Trank.«

»Wenn er besser schmeckt als der beim Pastor.«

»Bestimmt.« Lioba meinte, sein Lächeln in der Dunkelheit erkennen zu können. Ihr Herz klopfte vor Aufregung.

Sie hatten die Wiese durchquert und nun fast den Waldrand erreicht. Dunkel erhoben sich die Bäume vor ihnen. Ein Windhauch fuhr in Liobas Kleid und ließ sie frösteln. Sie hielt inne, auf einmal ängstlich vor dem, was vor ihr lag. Auf was hatte sie sich nur eingelassen?

Es war gefährlich, noch vor dem Morgengrauen in den Wald zu gehen. Niemand, selbst Thomas nicht, konnte sie vor den Wesen retten, die nachts hier draußen herumstreiften. Im Winter hörte Lioba sie manchmal sogar nahe am Haus, das letzte Mal in der Nacht, bevor Buschers Hedwig gestorben war.

»Was ist?« Thomas war ebenfalls stehen geblieben.

»Still …« Lioba brach ab. Sie wusste nicht, wie sie ihm sagen sollte, dass sie nicht weitergehen wollte. Sie schüttelte nur den Kopf.

Thomas blickte sich um, als sei er eine Raubkatze, die im Dunkeln sehen konnte. Dann zog er einen spitzen länglichen Gegenstand aus seiner Gürteltasche, den Lioba im fahlen Licht als Messer erkannte. Er hatte sein Messer mitgenommen, so wie jeder Bauer eins als Schutz vor wilden Tieren oder vor Angriffen bei sich trug.

Wie konnte sie ihm nur erklären, dass es gegen die Wesen nicht das Mindeste nützen würde? Vielleicht waren ja nicht nur die Seelen unterwegs, sondern der teuflische Jäger selbst, der aus den Sümpfen kam. Vielleicht hatte jener Thomas überfallen und ihm danach die Erinnerung genommen.

»Ich höre nichts«, flüsterte Thomas. »Hier ist niemand.«

Liobas Hand glitt zu ihrem Anhänger, den sie am Hals trug.

»Komm!« Thomas streckte seine Hand aus, doch sie rührte sich nicht.

»Ich *kann* nicht weiter. Es ist noch zu dunkel.«

Er trat einen Schritt auf sie zu. Er war jetzt so nah, dass sie seine Wärme spüren konnte trotz der Kühle, die der Wald ausströmte. »Vor was hast du Angst?«, fragte er mit sanfter Stimme und legte seine Hand auf ihren Arm.

Lioba atmete tief die würzige, frische Luft ein. »Vor … vor …« Sie schämte sich auf einmal, kam sich klein und feige vor. »Kö… können wir nicht warten, bis es heller wird?«

»Wenn es hell wird, stehen sie unten im Hof auf. Sie werden merken, dass wir weg sind. Was werden sie denken, was glaubst du?«

Ihr fuhr ein Gedanke durch den Kopf, an den sie bisher noch nicht gedacht hatte.

»Deine Stiefmutter wird dich wieder bestrafen«, sagte er leise, »und mich werden sie vom Hof jagen.«

Als sie immer noch zögerte, nahm er ihre Hand. »Willst du es nicht wenigstens versuchen? Es ist doch schon ein bisschen heller geworden!«

Sie spürte seine kräftige Hand, die sich warm um ihre schloss, und ein freudiges Gefühl, das sie kannte und schon lange nicht mehr gehabt hatte, durchflutete sie. Die Angst war noch da, aber sie fühlte sich sicherer. Schließlich nickte sie und ließ sich von ihm in den Wald führen.

Noch nie hatte sie den Wald im Dunkeln betreten. Wenn sie in der Morgendämmerung Kräuter gesammelt hatte, dann hatte sie sich höchstens bis zum Ende der Wiese gewagt und war dann schaudernd wieder umgekehrt. Nun aber tauchte sie mit Thomas in den Wald, und er kam ihr vertraut vor. Sie kannte das Gebiet bis zum Weg so gut, dass sie sich auch im Dunkeln zurechtfand.

Thomas schritt neben ihr her und hielt sein Messer in der anderen Hand. Wie mutig er doch war, sich nach dem Überfall wieder hierhin zu wagen! Über ihnen wehte ein leichter Wind in den Blättern der Buchen, und Lioba fuhr zusammen, als eine Waldmaus raschelnd durch das Unterholz lief. Aber Thomas drückte beruhigend ihre Hand. Bald hatten sie den Weg erreicht, und sie zeigte ihm die Stelle, an der sie ihn gefunden hatte.

»Hier.« Sie deutete auf den Wegesrand, wo die Nesseln sogar noch niedergetreten waren. »Da hast du gelegen.« Sie spähte ängstlich zu den Sümpfen hinüber.

Thomas blickte sich um. »Wohin führt der Weg?«

»Na hierhin, in unser Dorf und weiter zu den anderen Dörfern.«

»Bitte, Lioba, überleg ein bisschen! Wo kommt er her?«

»Pst, nicht so laut!« Sie sah sich rasch um. Dann überlegte sie eine Weile. Sie war bisher kaum aus ihrem Dorf herausgekommen und konnte ihm nichts Genaues sagen. »Ich glaube, wenn man da weiterreitet, weiter durch den Wald, stößt man auf den Weg, der nach Brügge führt. Da kommt man auch zum Rhein.«

»Kommen viele Reisende hierher? Könnte ich von weiter her kommen?«

»Na ja – durch unser Dorf führt der Weg nach Creinvelt, der kommt von Nüss. Vielleicht bist du daher gekommen. Aber sonst kommen nicht viele her. Ein paar Bauern und Krämer, sonst niemand.«

Selbst im Zwielicht des beginnenden Tages sah sie, wie verzweifelt Thomas aussah. Er ließ sie los, bückte sich und tastete den Weg ab, als suchte er etwas Bestimmtes.

Lioba umklammerte ihren Anhänger und kämpfte gegen die Angst. Mit Mühe zwang sie sich zu klaren Gedanken. Thomas tat ihr leid, und sie wollte ihm helfen.

»Da war noch was«, sagte sie. »Auf dem Weg lagen abgeschnittene Äste.«

Er fuhr hoch. »Abgeschnittene Äste?«

»Ja. Ich hab mich selbst gewundert.«

Er stieß leise pfeifend Luft aus. »Dann haben sie mich hier überfallen und nicht anderswo und dann liegen gelassen.«

»Deine Kopfwunde war aber nicht von einem Messer«, flüsterte Lioba. Ihr war kalt, trotz des beginnenden warmen Tages, und sie zitterte.

Thomas rieb sich nervös den Kopf. »Vielleicht ein Knauf oder ein Knüppel, es kann alles gewesen sein.« Unschlüssig blieb er eine Weile stehen, schien auf etwas zu warten. Er räusperte sich. »Nun, wie auch immer, ich werde noch einmal wiederkommen«, sagte er mit rauer Stimme. »Vielleicht geht das Erinnern im Hellen besser.«

Seine Stimme klang traurig, und das berührte Lioba. Sie wollte nicht, dass er traurig war. Sie wollte ihn trösten. »Vielleicht ist es fürs Erste besser, wenn du dich nicht erinnerst«, meinte sie.

Er nahm wieder ihre Hand, und sie gingen zurück. Als sie die Wiese erreicht hatten, fühlte sich Lioba erleichtert. Auch wenn sie Thomas nicht hatte helfen können, so kannte er nun die Stelle und konnte zurückkommen, wann immer er wollte. Wenn es der nächtliche Jäger gewesen war, der ihn überwältigt hatte, warum hatte er ihn nicht mitgenommen in sein Reich, in die undurchdringlichen Sümpfe, und ihn zu einem seiner Wesen gemacht? Warum hatte er ihn liegen lassen und ihm nur seine Erinnerung genommen?

Sie musste darüber in Ruhe nachdenken. Aber jetzt wollte sie nur die letzten ungestörten Augenblicke mit Thomas genießen. Schweigend gingen sie über den Feldweg, während die Sonne immer höher stieg und sich der Tag ankündigte. Thomas schien mit seinen Gedanken weit weg zu sein, aber er ließ sie nicht los, bis sie das Haus erreicht hatten.

Er drückte ihre Hand, ehe sie sich trennten, und sie schlich sich glücklich in ihre Kammer zurück und kroch zu ihrem schlafenden Bruder unter die Wolldecke. Sie faltete die Hände und starrte gegen das Strohdach. Sie wollte beten, aber ihr fiel nichts ein. Eine solche Freude hatte sie schon lange nicht mehr empfunden. Still lag sie da und genoss ihr Glück – das Bewusstsein, dass Thomas gleich jenseits der dünnen Wand zum Stall mit den anderen Tagelöhnern lag und wie sie tat, als würde er schlafen.

* * *

Niemand hatte ihre Abwesenheit bemerkt. Gut gelaunt stand Lioba auf, sammelte Eier und fütterte den Hofhund, während Hildegundis am frisch geschürten Feuer den Morgenbrei kochte. Danach frühstückte die Familie mit den Knechten im Haus, während die Tagelöhner, auch Thomas, im Stall aßen.

»Du gehst heute mit aufs Feld«, befahl Hildegundis Lioba, nachdem sie den Tisch abgeräumt hatten. »Die Gertrud bleibt heute hier, die hat's im Rücken.«

Lioba stellte den Krug zurück ins Regal und warf der Magd einen erstaunten Blick zu. Gertrud nickte, aber Lioba glaubte nicht, dass sie Beschwerden hatte. Sie bewegte sich nicht anders als zuvor und schien gesund wie immer.

Lioba stimmte erfreut zu. Den ganzen Tag würde sie in Thomas' Nähe sein! Außerdem wollte sie alles tun, um Hildegundis nicht zu reizen. Sollte sich die Magd ruhig ein paar Tage schonen, sie würde mit aufs Feld gehen und endlich mal in der Sonne arbeiten können. Pfeifend band sie sich ihr Kopftuch um und lief mit Fiedi, ihrem Vater und den anderen zum Feld. Ihre gute Laune wurde getrübt, als sie die schwere Arbeit verrichten musste. Mit den Tagelöhnerinnen folgte sie den Männern und ihren Sensen, hob das Korn auf und band es mit Halmen zu Garben zusammen. Thomas sah sie nur manchmal im hohen Korn auftauchen, während er mit gleichmäßigen, kräftigen Bewegungen die Halme durchschnitt, als hätte er nie etwas anderes getan. Was für ein Wunder, dass er schon wieder so arbeiten konnte!

Am Vormittag erschien Johannes vom Sandnerhof mit ein paar Tagelöhnern und half ihnen. Er sei fertig mit seinem Roggenfeld, meinte er, und überhaupt schulde sein Vater Berthold noch einen Nachmittag für die Hilfe bei der Heuernte. Berthold willigte erfreut ein und wies Johannes an, mit seinen Männern die gebündelten Garben aufzustellen. Darin war Johannes Meister, er stellte die Garben immer so geschickt zu Kornpuppen auf, dass ihnen kein Regen etwas anhaben konnte.

»Ach, sieh mal einer an! Hat deine Mutter dich endlich mal wieder aufs Feld gelassen«, sagte er zu Lioba, während er die Garben einsammelte.

Lioba richtete sich auf. Sie hatten kaum einen halben Tag Feldarbeit hinter sich, und ihr Kopf fühlte sich an wie ein Feuerball. Schweißtropfen rollten ihr den Rücken hinunter, ihr Mund war staubtrocken. Johannes reichte ihr seine

Wasserflasche. Die dunklen Augen in seinem rundlichen braunen Gesicht musterten sie belustigt. »Wird Zeit, dass du mal wieder wie eine Bäuerin arbeitest. Kannst du gar nicht mehr, was?«

Lioba schnitt ihm eine Grimasse und antwortete nicht. Sie kannte ihn seit ihrer Kindheit; früher hatten sie gemeinsam mit Christina, die auch vom Sandnerhof stammte, Mäuse gefangen und zwischen den Kornpuppen Verstecken gespielt. Johannes lachte und stellte die nächste Garbe auf.

Am Mittag kam Gertrud und brachte ihnen Brot, Wasser, Käse und die Reste vom Morgenbrei, während sie sich auf Korngarben im Schatten eines Baumes ausruhten. Lioba leerte Becher um Becher. Sie spürte jeden einzelnen Muskel und glaubte jetzt schon, sich nicht mehr bewegen zu können. Johannes, der neben ihr saß, beobachtete sie.

»Vielleicht solltest du's erst mal mit einem halben Tag versuchen«, sagte er und grinste. »Das reicht für den Anfang.«

Die Tagelöhner lachten.

»Hauptsache, du hast Spaß«, entgegnete Lioba.

»Nimm's nicht so schwer«, meinte Johannes leichthin und nahm seinen Hut ab, sodass seine fingernagelkurzen Haare zum Vorschein kamen. »Ich soll dich von Christina grüßen. Sollst dich mal wieder seh'n lassen.«

»Ja, ja.« Lioba fächelte sich mit der Hand Luft zu und fing einen Blick von Thomas auf, der sich gegen den Baumstamm gelehnt hatte und mit halb geschlossenen Augen döste.

Hatte sie sich wirklich gewünscht, dass er sie so sah, mit feuerrotem Kopf und völlig erschöpft? Schnell sah sie weg und besann sich auf Johannes, der neben ihr im Gras lag.

»Wie geht's ihr denn?«, fragte Lioba.

»Gut. So wie sie aussieht, wird's nicht mehr lange dauern.«

»Ah!« Das brachte Lioba auf andere Gedanken. Christina, Tochter einer Magd und eines unbekannten Vaters, würde nun ihrerseits einen kleinen Bastard bekommen. Das war im Frühjahr ein paar Wochen Dorfgespräch gewesen, vor allem die Vermutungen, wer der Vater des Kindes sein könnte, hatten die Klatschmäuler in Fahrt gehalten, bis sich die sommerliche Hitze auf die erregten Gemüter der Frauen gelegt und sie zum Verstummen gebracht hatte. Der Sandnerhofbauer hatte Christina nicht vom Hof geschickt, und sie hatte weiterhin die Messen besucht und ihre Arbeit verrichtet, als wäre nichts geschehen. Außerdem hatte sie eine Nacht betend in der Kirche verbracht, sodass sich bald auch die schlimmsten Klatschmäuler im Dorf beruhigten. Sogar Hildegundis sprach inzwischen von ihr wieder als ein »gottesfürchtiges und fleißiges Mädchen, das seine Sünde gebeichtet und die Buße mit Freuden angenommen hat«.

Lioba nahm sich vor, dem Sandnerhof so bald wie möglich einen Besuch abzustatten.

»Tut mir leid, ich weiß immer noch nicht, wer der Vater ist«, unterbrach Johannes ihre Gedanken und grinste wieder.

»Hab ich das gefragt?«

»Nein, aber ihr Weibsleut' wollt doch so was immer wissen!«

»Ich nicht.«

»Nein? Ach, das glaub ich nicht! Vielleicht verrät sie's dir, dann will ich's aber auch wissen!«

Lioba biss in den Käse, während sie sich eine passende Antwort überlegte. »Du wärst besser ein Weib geworden, so neugierig wie du bist.«

»He!« Johannes streckte die Hand aus und zwickte sie. »Böses Schandmaul du!«

Sie musste lachen, weil sie kitzelig war, verschluckte sich und schlug nach ihm, bis Fiedi herankam und sich vor Johannes aufbaute.

»Lass meine Schwester in Ruhe, Hannes!«

Johannes lachte, sprang auf und jagte Fiedi um den Baum, wo Berthold neben Thomas eingenickt war. Da stellte Thomas Johannes blitzschnell ein Bein, sodass dieser stolperte und hinfiel.

Johannes stand auf und rieb sich die Hände. »Was soll das?«

Thomas fächelte sich mit seinem Hut Luft zu. »Nimm's nicht so schwer.«

Johannes stemmte die Hände in die Hüften. »Wenn du nicht der Neue wärst, dann würd ich …«

»… was würdest du?«

Johannes schwieg eine Weile. Er starrte auf Thomas hinunter, während dieser zu ihm hinaufblinzelte.

»Ach, was.« Johannes machte eine wegwerfende Handbewegung und wandte sich ab.

»Man sollte erst denken, dann reden.«

Johannes wandte sich wieder um und ging langsam auf den Sitzenden zu. Dann trat er gegen Thomas' Bein.

Thomas kam blitzschnell auf die Füße. Ehe Johannes sich versah, holte Thomas aus und versetzte ihm einen Schlag in den Magen.

Johannes krümmte sich, rang nach Luft. Thomas hielt die Hände gekreuzt vor seinem Oberkörper und ließ ihn nicht aus den Augen. Er wirkte gespannt wie eine Katze vor dem Sprung.

Johannes zögerte, der Schmerz schien ihm immer noch zuzusetzen.

»Wir können das gern austragen«, meinte Thomas. »Oder du lässt mich jetzt in Ruhe.«

»Wer hat denn angefangen?«, zischte Johannes. »Du Schläger!«

Thomas trat nach vorn und runzelte drohend die Stirn. Das reichte, um Johannes zurückweichen zu lassen. Mittlerweile war Berthold aufgewacht und stellte sich zwischen die beiden.

»Ihr hört sofort auf!«, rief er.

Die beiden rührten sich nicht. An Berthold vorbei warfen sie sich wütende Blicke zu.

»Thomas, hör auf!«, befahl Berthold. »Ihr sollt arbeiten und euch nicht schlagen. Ich brauche jeden Mann auf dem Feld.«

Alle Tagelöhner waren inzwischen aufgewacht und umringten die beiden Streithähne. Lioba konnte nicht glauben, was sie sah.

Langsam ließ Thomas seine Fäuste sinken. Seine Brust unter dem dünnen Hemd hob und senkte sich rasch. Er sah auf seine Hände, als würden sie nicht zu ihm gehören.

»Ich entschuldige mich für ihn, Johannes. Was auch geschehen ist«, sagte Berthold.

Johannes, der sich immer noch den Magen hielt, warf Thomas finstere Blicke zu.

»Ich glaube, die Hitze ist euch zu Kopf gestiegen«, meinte Berthold.

»Du hast einen Kettenhund auf deinem Hof, Berthold!«, fauchte Johannes.

Berthold trat vor ihn, stemmte die Hände in die Hüften und bedachte ihn mit einem ruhigen Blick. »Halt deine Zunge im Zaum.«

Johannes schwieg.

»Vertragt euch jetzt, und dann gehen wir an die Arbeit«, verlangte Berthold.

Die beiden Männer musterten sich schweigend. Jeder wartete offenbar darauf, dass der andere den ersten Schritt tat. Schließlich streckte Thomas seine Hand aus und hielt sie Johannes hin, doch der zögerte. Er warf Lioba einen kurzen Seitenblick zu. Als sie nickte, reichte er Thomas die Hand zur Versöhnung.

Erleichtert machten sich alle wieder an die Ernte. Berthold sorgte dafür, dass Thomas weit weg von Johannes arbeitete, doch die schlechte Stimmung lastete noch den ganzen restlichen Tag mit der drückenden Sommerhitze auf den Gemütern. Selbst Johannes sprach nur noch das Nötigste, während er hinter Lioba die Garben aufschichtete. Am späten Nachmittag, als sie mit dem Feld fertig waren und die Puppen in schönen Reihen auf dem Feld standen, verabschiedete er sich rasch von Berthold und verschwand mit seinen Männern, und auch die anderen machten sich dann auf den Heimweg.

Erschöpft schlich Lioba über den Feldweg. Ihr Gesicht brannte, der Rücken tat ihr weh und ihre Hände schmerzten vom Binden der trockenen Halme. Thomas ließ sich zu ihr zurückfallen. Er trug seinen Sonnenhut schräg auf dem Kopf und die Sense, als wäre sie eine Feder. Seine leichtfüßigen Schritte schienen sie zu verhöhnen.

Sie versuchte ein Lächeln. »Ging es dir auch so am ersten Tag?«, fragte sie mit einer Stimme, die rau war vom Staub des Feldes und von der warmen Luft.

»Nein, eigentlich nicht. Ich brauchte nur lange, bis ich das Sensen gelernt hatte. Aber der Bauer vom Zinshof des Pastors ist ein sehr geduldiger Mann.« Er lächelte. Seine Zähne leuchteten hell aus seinem tiefbraunen Gesicht heraus. »Hast du denn davor noch nie bei der Feldarbeit geholfen?«

»Doch schon, ein bisschen beim Heuen. Aber Mutter lässt mich meistens nur weben. Sie meint, meine Hände wären besser dafür geeignet als für die schwere Feldarbeit.«

Sie musste ihm ja nicht erzählen, dass Hildegundis sie oft genug wegen ihrer körperlichen Schwäche gescholten hatte. Vielleicht hatte ihre Stiefmutter ja recht, und sie war wirklich nicht für die Feldarbeit geschaffen. Im Augenblick überlegte sie jedenfalls ernsthaft, Hildegundis anzuflehen, Gertrud morgen wieder anstatt ihrer aufs Feld zu schicken.

»Hm«, meinte er. »Ich glaube, dass es nur eine Frage der Zeit und der Gewöhnung ist. Wenn du erst ein paar Tage auf dem Feld warst, wird dir die Arbeit leichter fallen.«

»Hoffentlich«, seufzte Lioba und rückte sich ihr Kopftuch zurecht.

»Doch, so ist es. Der Körper gewöhnt sich daran und wird kräftiger. Dann ist es nicht mehr so schlimm.«

Sie warf ihm einen raschen Seitenblick zu. »Du hast gut reden, bist ja auch ein kräftiger Mann.«

»Das geht auch bei den Frauen. Schau dir die beiden an.« Er deutete auf die sehnigen Tagelöhnerinnen, die in einigem Abstand vor ihnen entlanggingen. Sie trugen noch Körbe mit Fallobst, das sie unterwegs aufgesammelt hatten.

»Sie arbeiten schon ihr Leben lang auf den Feldern, sie kennen es gar nicht anders. Außerdem haben sie noch Kinder bekommen und großgezogen.«

Lioba dachte zum ersten Mal darüber nach, wie hart das Leben für diese Frauen sein musste. Im letzten Sommer hatte eine der Tagelöhnerinnen noch ihr kleines Mädchen dabeigehabt, das im Winter gestorben war. Hildegundis hatte vor einigen Tagen ein ganzes Abendgebet nur für die Seele der Kleinen gebetet, wofür ihr die Tagelöhnerin die bleichen Hände geküsst hatte.

»Ich glaube manchmal, dass ich überhaupt nicht für das Leben einer Bäuerin tauge«, vertraute sie Thomas leise an. »Das Weben ist öde und langweilig, und die Feldarbeit ist zu hart. Wenn ich erst meinen eigenen Hof habe, dann werde ich es so einteilen, dass ich koche und die Gartenarbeit mache und die Mägde alles andere übernehmen müssen.«

Thomas lachte leise.

»Außerdem werde ich jeden Tag Kräuter sammeln«, setzte sie entschlossen hinzu. Allein bei diesem Gedanken wurden ihre Schritte ein wenig schneller.

»Ich habe gehört, dass du dich damit auskennst.«

»Ein bisschen. Aber Mutter lässt mich nicht mehr sammeln.« Sie biss sich auf die Lippen. Eigentlich hatte sie ihm das nicht sagen wollen, aber es war ihr so rausgerutscht. Er sollte nicht wissen, wie viel Ärger sie seinetwegen mit Hildegundis bekommen hatte.

»Deine Mutter ist streng mit dir.«

»Meine Stiefmutter.«

»Ah.«

»Mein Vater hat sie nach dem Tod meiner Mutter geheiratet. Sie ist Fiedis Mutter.«

»Sie hat bestimmt Angst um dich«, meinte er. »Sie will nicht, dass du allein herumstreifst, das kann ich verstehen. Die Gegend hier scheint unsicher zu sein.«

»Aber die Gertrud kennt sich mit Kräutern nicht so aus, sie holt nur, was jeder kennt – Kamille, Garbenkraut. Sie weiß nicht, was in Fiedis Salbe kommt, und will's auch nicht wissen. Nun ist die Salbe bald leer, und ich kann keine neue machen.«

»Hm.« Thomas dachte eine Weile nach. »Wie wäre es, wenn du deiner Mutter vorschlägst, dass du Gertrud die Stellen zeigst, an denen die Kräuter wachsen, und welche man nimmt? Gertrud kann sie dann ernten, und du kannst wieder Fiedis Salbe machen.«

»Das erlaubt sie bestimmt nicht.«

»Warum nicht? Sie will doch sicher, dass Fiedis Knie heilen, oder?«

Lioba musterte Thomas heimlich. Er war klug und schon so erwachsen – ein richtiger Mann. Sie kam sich neben ihm plötzlich klein und kindlich vor. Wenn sie doch nur endlich zur Frau werden würde! Dann könnte sie Männern wie Thomas vielleicht gefallen.

»Wenn du willst und es deiner Mutter recht ist, kann ich euch begleiten, dann erlaubt sie es dir vielleicht«, schlug er vor.

Ihr Herz machte einen freudigen Hüpfer. »Gut, ich werde sie fragen«, meinte sie schnell, als fürchtete sie, er könnte es sich wieder anders überlegen.

Thomas warf ihr ein Lächeln zu, das ihr Herz noch schneller schlagen ließ.

Später am selben Abend, nachdem sie noch lange bei Bier und Brot zusammengesessen hatten und sie manchmal Thomas' Blicke bemerkt hatte, zog sie wieder heimlich ihren Spiegel hervor.

Im Licht der untergehenden Sonne betrachtete sie ihre zierliche Gestalt, ihre kleinen Brüste und hoffte, dass sie bald fraulichere Formen annehmen würde. Sie übte ihr Lächeln lange und nahm sich vor, es so oft wie möglich Thomas zu zeigen.

* * *

Am nächsten Abend wagte sie es, Hildegundis um Erlaubnis zu fragen. Sie suchte sich einen günstigen Augenblick aus, als sie nach getaner Arbeit mit ihrer Stiefmutter und Gertrud noch vor dem Haus saß und die Flickwäsche ausbesserte.

»Wenn ich bloß wüsste, wer Thomas ist«, meinte Hildegundis, nachdem Lioba ihre Bitte geäußert hatte, und stieß ihre feine Nadel in den groben Stoff von Fiedis Beinlingen. »Die Herrin mochte ihn wohl. Aber er hat Johannes geschlagen.« Sie runzelte die Stirn und starrte eine Weile vor sich hin, bis sie sich wieder ihrer Näharbeit zuwandte.

»Ja, Angst vor Streit scheint der nicht zu haben«, bestätigte Gertrud. »Er kann uns bestimmt gut beschützen, wenn wir Kräuter sammeln.«

Lioba warf der Magd einen dankbaren Blick zu. Manchmal hatte diese richtig helle Augenblicke.

Hildegundis brummte etwas in sich hinein. »Also gut. Aber ihr geht erst, wenn die Felder der Herrschaft fertig sind. Außerdem gehst du morgen zum Sandnerhof und holst die Würste, Lioba. Ich will wissen, wie es Christina geht.«

Hildegundis' Stimme klang wie gewohnt streng, doch schien, als hätte sich ein weicherer Tonfall eingeschlichen. Auf ihren blassen Wangen lag ein feiner rötlicher Schimmer. *Sie ist in der Sonne gewesen,* dachte Lioba.

Hoch erfreut erzählte sie Thomas am nächsten Morgen, dass Hildegundis eingewilligt hatte, doch Thomas nickte nur und sagte nichts.

»Was ist mit dir?«, erkundigte sie sich, als sie in der Früh zu den herrschaftlichen Feldern gingen, die am anderen Ende des Dorfes in der Nähe der Burg lagen.

Thomas streifte seinen Hut ab, sodass dieser, vom Band gehalten, auf seinen Rücken fiel. Er fuhr sich mit der Hand durch die dunklen Locken.

»Ich habe schlecht geträumt.«

»Oh.« Lioba wartete eine Weile, ob er von selbst erzählen würde. Als er nichts sagte, fragte sie: »Von … dem Überfall?«

Er stieß einen Stein vom Weg ins Gebüsch. »Nein! Wenn ich wenigstens davon träumen würde, dann wüsste ich wieder, wer mich überfallen hat und wer ich bin. Lass uns bitte über etwas anderes reden.«

Das taten sie dann, obwohl Lioba gern mehr erfahren hätte, aber sie wagte es nicht, in ihn zu dringen. Den ganzen Tag sprach er kaum, und sie machte sich Sorgen um ihn, während sie in der Hitze den herrschaftlichen Weizen ernteten. Sie fragte sich, ob die Erinnerung an sein früheres Leben allmählich wieder zurückkehrte und was das für ein Leben gewesen war. Manchmal schien ihr, er würde sich in den Mann zurückverwandeln, der er gewesen war, und sie fürchtete sich vor einer Veränderung. Sie wollte, dass er Thomas blieb. Am liebsten für immer.

Kapitel 7

Der Sandnerhof lag in der Nähe des Waldes, eingebettet in fruchtbare Felder und umgeben von einem Wassergraben. Stolz reckte er seinen Giebel in den blauen Sommerhimmel, darunter flatterten die bunten Bänder eines Kräuterkranzes über seinem mächtigen Tor. Es war so groß, dass ein voll beladener Erntewagen hineinfahren konnte. Im Stall hatten viele Kühe und Ziegen Platz, und es gab sogar eine Räucherei und einen Fischteich. Das Webhaus, in dem Christina arbeitete, bestand aus stabilen Holzplanken.

Als Lioba den Hof betrat, kam ihr Christina schon entgegen und führte sie in den Obstgarten, wo sie sich im Schatten eines Apfelbaums auf einer Bank niederließen.

»Gut steht's bei euch«, meinte Lioba nicht zum ersten Mal und blickte anerkennend auf die Apfelbäume, die voll rotbackiger Äpfel hingen.

Immer, wenn sie hier war, beschlich sie das Gefühl, dass ihre Freundin das bessere Los gezogen hatte als sie. Vielleicht lag es an der Größe und Lage des Hauses, oder am Hofbauern Albert, der immer pfeifend seiner Arbeit nachging. Vielleicht lag es auch daran, dass man hier stets in dem Bewusstsein lebte, von allem genug zu haben. Genug Felder und Vieh, Gemüse und Obst. Große Kohlfelder, deren Ertrag so reichlich war, dass man die Überschüsse auf dem Markt von Urdingi am Rhein verkaufen konnte. Viele Knechte und Mägde, die mit der Bauernfamilie auf dem Hof arbeiteten, und im Sommer kamen viele Tagelöhner dazu.

Hildegundis sagte, der Sandnerhof sei schon immer groß gewesen. Aus irgendeinem Grund mussten die Sandnerhöfler im Gegensatz zu den meisten anderen Bauern im Dorf keine Abgaben an die Herrschaft leisten und nicht deren Felder bewirtschaften. Man munkelte, der Großvater des Herrn von Rothe sei einst der Bäuerin des Sandnerhofs sehr zugetan gewesen, und der Sandnerhöfler sei in Wahrheit ein Nachkomme der von Rothes. Aber niemand wusste etwas Genaues.

Lioba jedenfalls freute sich, immer wenn sie hier war, über das ordentlich bestellte Haus und vor allem über den herrlichen Kräutergarten, dessen Duft zu ihnen herüberwehte.

»Es ist zu trocken«, meinte Christina, »wird Zeit, dass es endlich mal regnet.«

»Für die Ernte ist's besser so«, entgegnete Lioba und blickte auf den wohl gerundeten Bauch der Freundin. »Dein Kind wächst auch gut, wie ich sehe.«

Christina lächelte. »Ja, er wächst und tritt. Ich glaube, er wird ein wüster kleiner Kerl.«

»Er?«

Christina legte eine Hand auf ihren Bauch. »Na ja«, meinte sie leise. »Die alte Notburga meint, es wird ein Junge, weil ich so gut aussehe und mir nicht ein einziges Mal schlecht war.«

»Was wünschst du dir denn?«

»Ach, das ist mir gleich, ich hoffe nur, dass alles gut geht.«

Lioba musterte die Freundin heimlich. Wie schön musste es sein, ein Kind zu erwarten! Wäre sie doch schon so weit! Christina war nur ein wenig älter als sie, aber ihr Körper hatte schon sehr früh frauliche Formen angenommen. Sie war kräftig, hatte ein hübsches Gesicht, braune Locken und einen dunklen Hautton. So, wie sie aussah, sollte eine richtige Bäuerin aussehen, fand Lioba. Wer immer der Vater ihres Kindes war, er hatte guten Geschmack bewiesen.

Als hätte Christina ähnliche Gedanken, meinte sie: »Du hast mehr Farbe im Gesicht. Die Feldarbeit scheint dir zu bekommen.« Sie lächelte, und Lioba knuffte sie sanft in die Seite.

»Johannes hat dir also von meinen Qualen erzählt.«

»Natürlich.« Christina nickte. »Er erzählt immer alles, das weißt du doch.«

»Wie hat er's denn verwunden?«

»Was?«

»Na, den Schlag in den Bauch.«

Christina runzelte die Stirn. »Er erzählt überall rum, dass der Neue gefährlich ist und man ihm nicht trauen kann. Kein guter Anfang für ihn.«

Lioba seufzte. »Ich weiß nicht, warum Thomas das getan hat. Er ist sonst nicht so.«

»Er soll ein guter Arbeiter sein, sagen unsere Leute. Es geht das Gerücht rum, dass die von Rothe ihn haben will.«

»Ach ja?« Lioba dachte daran, wie merkwürdig Thomas sich verhalten hatte, als die Herrin zu Besuch war. »Ja, sie mochte ihn wirklich. Als sie da war, hat er sich auf einmal ganz anders benommen.«

»Das musst du mir erzählen!« Neugierig beugte sich Christina nach vorn, und Lioba schilderte ihr den Besuch der Herrin in allen Einzelheiten.

»Wie merkwürdig, dass sie euch besucht hat! Überhaupt, dass sie sich in diese Angelegenheiten mischt, findest du nicht?«, meinte Christina.

Lioba nickte. »Ich hätte zu gern Pastor Werinharts Gesicht gesehen, als er meiner Mutter sagen musste, dass Thomas vom Heidhof zu uns kommt«, fügte Lioba hinzu und konnte sich das Kichern nicht verkneifen. »Das wollte übrigens die von Rothe so.« Sie mochte Christina nicht sagen, wie dankbar sie ihr dafür war.

»Warum hat sie das getan?«

»Keine Ahnung.« Lioba zuckte mit den Schultern. »Es heißt, weil ich ihn gefunden habe.«

»Ach so, deshalb meint sie, er gehört auf euren Hof.«

»Ja, aber so hat auch sie mehr von ihm, als wenn er auf dem Hof des Pastors bleiben würde, und Vater spart einen Tagelöhner.«

»... den wir wiederum gut gebrauchen können.« Christina lächelte. »Vielleicht nimmt sie ja Thomas wirklich in ihre Dienste, wo der doch so ein guter Arbeiter ist.«

Lioba nickte. Hoffnung glomm in ihr auf. Wenn die Herrin Thomas in ihre Dienste nähme, könnte er bleiben und müsste nicht im Herbst mit den anderen Tagelöhnern weiterziehen, wie ihr Vater gesagt hatte. »Aber Johannes sollte nicht so schlecht über ihn reden«, meinte sie.

»Das kann man ihm nicht verübeln«, entgegnete Christina. »Thomas hat ihn geschlagen, ohne dass Johannes ihm etwas getan hat.«

»Ich weiß.« Lioba zupfte an ihrem Kleid, das fleckig und staubig von der Feldarbeit war. »Ich weiß wirklich nicht, was mit ihm los war. Vielleicht ist ihm die Hitze zu Kopf gestiegen. Johannes hat auch immer noch Schmerzen.«

Sie fühlte den Blick der Freundin und konnte sich vorstellen, was diese dachte, schließlich kannte sie sie von klein auf.

Niemand schlägt einen anderen einfach so, wegen ein paar Worten. Das kam selbst unter den hitzigsten Bauern nur selten vor.

»Manchmal kommt der Mann zum Vorschein, der er vorher war«, sagte sie leise. »Obwohl er sich an nichts erinnern kann.«

»Bist du sicher? Glaubst du ihm?«

Lioba sah in das freundliche Gesicht der Freundin. Christina tratschte nicht herum, sie gehörte zu den wenigen Menschen, die Geheimnisse bewahren konnten. Lioba wusste, dass sie ihr vertrauen konnte. Also erzählte sie ihr, dass sie mit Thomas an jener Stelle im Wald gewesen war, wo sie ihn gefunden hatte.

»Er glaubte, dass dann die Erinnerung vielleicht wiederkommt. Aber sie kam nicht. Ich hatte furchtbare Angst!«

Christina runzelte ihre Stirn. »Es ist nicht gut, dass er dich in Gefahr bringt. Du hast schon genug für ihn getan. Du hast Pastor Werinharts Zorn abbekommen und warst zwei Wochen im Webhaus, und das alles für einen Fremden.«

»Ich musste es tun«, entgegnete Lioba. »Im Haus des Pastors ist noch keiner gesund geworden. Denk doch nur an Hedwig …«

»Ja, ja«, sagte Christina und winkte ab. »Er ist ein Priester und kein Heiler. Aber die Frauen im Dorf reden über dich.« Sie senkte ihre Stimme und sah sich rasch um, ob jemand in der Nähe wäre. »Sie sagen, du hättest dich nicht in den Pfarrhof einschleichen dürfen. Du wärst eingebildet und stolz und würdest Hildegundis nur Schwierigkeiten machen. Wenn ich dir einen freundschaftlichen Rat geben darf, dann geh zum Pastor und tu Buße.«

Liobas Herz klopfte schneller. »Aber ich habe ihn doch schon um Vergebung gebeten!«, fuhr sie auf. »Waren die Wochen im Webhaus nicht schon genug Buße? Was müssen sich die alten Klatschweiber nur so ihr Maul zerreißen! *Sie* müssten Buße tun für ihr Gerede, diese Krähen!« Sie schluckte wütend.

Christina sprach ruhig weiter. »Du weißt doch, wie sie sind. Es geht nicht darum, wer recht hat und wer nicht. Es geht um deinen Ruf, verstehst du? Gerade du solltest darauf achten und alles tun, um das Gerede zu ersticken.«

Gerade du. Lioba glaubte, nicht richtig gehört zu haben. Die Worte der Freundin schienen ihr plötzlich wie eine besondere Art der Folter, die ihre ohnehin schon schwachen Nerven noch mehr reizte.

»Du sagst das nur wegen meiner Mutter!«, stieß sie hervor. »Du meinst, sie werden mich verurteilen wie sie?«

Christina beugte sich nach vorn und legte ihr die Hand auf die Schulter. »Aber nein, Lioba, was denkst du denn? Beruhige dich doch!«

Lioba versteifte sich unter der Berührung, die Worte beruhigten sie nicht im Mindesten. Sie spürte, wie der Kloß in ihrem Hals anschwoll, und jetzt konnte sie ihn nicht mehr unterdrücken. Sie brach in Tränen aus.

»Warum sind sie nicht endlich still? Ich kann doch nichts dafür!«

»Ich weiß.« Christina legte den Arm um sie. »Du kannst nichts für das, was damals geschah, und trotzdem hängt es dir nach. Du musst damit leben und dich vorsehen. Ich will dich nur warnen.«

Lioba schluchzte eine Weile vor sich hin.

»Über mich haben sie sich auch das Maul zerrissen, und sie würden immer noch liebend gern wissen, wer der Vater meines Kindes ist«, hörte sie Christina sagen. »Aber das wird auf ewig mein Geheimnis bleiben. Nicht mal meine Mutter weiß es.«

Lioba hörte auf zu schluchzen und wischte sich mit dem Finger die Tränen ab. Sie hatte die Freundin nie gedrängt, ihr zu erzählen, wer der Vater war, obwohl sie es natürlich gern wüsste. Aber sie respektierte Christinas Wunsch, es niemandem zu sagen.

»Nun haben sich die Klatschmäuler beruhigt, wie ich gehört habe«, fuhr Christina fort. »Was ich damit sagen will – eine Nacht Buße in der Kirche kann Wunder tun.«

Lioba gab einen unwilligen Laut von sich. Sie hatte das Gefühl, dass im Gegensatz zu Christina bei ihr einige Wochen Kirchenbuße nicht ausreichen würden, um das Gerede verstummen zu lassen.

»Überleg's dir.« Christina drückte ihr die Hand. »Es ist nur ein gut gemeinter Rat. Außerdem – wenn meine schwere Stunde kommt, dann würde ich mich freuen, wenn du bei mir wärst.«

Lioba atmete tief. Ihr Groll verflüchtigte sich, und Freude trat an seine Stelle.

»Wirklich, du willst mich dabeihaben?«

»Ja wenn ich's doch sage!«

»Wie schön! Wann ist es so weit?«

»Notburga meint, vielleicht zu Mariä Geburt, vielleicht schon früher. Ich werd dich holen lassen.«

»Was für ein schöner Tag, um das Licht der Welt zu erblicken«, sagte Lioba. Sie schämte sich plötzlich für ihre Wut. »Natürlich komme ich. Aber ich werde dir keine große Hilfe sein, ich war ja noch nie bei einer Geburt.«

»Das macht nichts. Es reicht, wenn du mir beistehst.«

* * *

Während ihres Heimwegs auf dem staubigen Feldweg kehrte Liobas Wut zurück, und sie kämpfte mit widerstreitenden Gefühlen. Einerseits freute sie sich darüber, dass Christina ausgerechnet sie bei der Geburt dabeihaben wollte, wo doch die alte Notburga käme und es genügend erfahrene Frauen auf dem Hof gab, die ihr beistehen würden. Andererseits ärgerte sie sich über die Klatschmäuler, die offenbar nie verstummten. Warum nur maßten sie sich an, über sie zu urteilen? Was wussten sie schon von Hildegundis und ihr, was von ihrer Mutter oder Thomas? Was von dem grässlichen Ausbruch des Pastors? Wie kamen sie eigentlich darauf, dass die Herrin Thomas in ihre

Dienste nehmen wollte? Das konnte doch nur jemand in die Welt gesetzt haben, der bei dem Besuch der Herrin dabei gewesen war. Gertrud. Oder Hildegundis selbst.

Lioba hielt inne und atmete tief. Vielleicht waren die beiden Frauen in ihrem Haus die schlimmsten Klatschmäuler. Gertrud machte Botengänge überallhin, und Hildegundis redete jeden Sonntag nach der Messe ausgiebig mit ihren Freundinnen. An Gelegenheiten, etwas Schlechtes zu verbreiten, mangelte es beiden nicht.

Diese Erkenntnis erschreckte Lioba. Sie begriff, dass sie der Freundin nicht zürnen durfte. Christina hatte nur wiedergegeben, was im Dorf geredet wurde, und ihr damit einen Freundschaftsdienst erwiesen. Ja, eigentlich hätte sie sich dankbar zeigen müssen, stellte sie reumütig fest, und sie spürte schon wieder Tränen aufsteigen bei diesem Gedanken.

Was ist nur mit mir los?, dachte sie. *Warum muss ich immerzu heulen? Wäre ich doch so vernünftig und ruhig wie Christina!* Und überhaupt, ging es der Freundin nicht auch schlecht? Sie würde ihr Kind ohne Vater großziehen müssen, wenn sich nicht noch jemand fände, der sie heiratete. Sie hätte Christina trösten müssen, nicht umgekehrt.

Aber trotzdem hatte die Freundin keine Hilfe benötigt. Sie war bereits mit sich im Reinen gewesen, als Lioba kam, hatte alles mit sich selbst ausgemacht. Christina war wieder mal die Erwachsene gewesen, die das Kind Lioba getröstet und in Schutz genommen hatte. So, wie es immer gewesen war.

Lioba seufzte und beobachtete einen Schwarm Krähen, der sich auf dem Stoppelfeld niederließ. Der Sandnerhöfler hatte hier Wintergerste angebaut, die schon eingefahren worden war. Der Wald dahinter beschrieb einen leichten Bogen, in den sich das Feld schmiegte. Als sie zum Waldrand hinüberblickte, sah sie dort eine Handvoll Reiter auf ihren Pferden, die gerade in den Feldweg einbogen.

Die Männer trugen Kettenhemden und Eisenhelme mit Nasenschutz. Auf ihren roten Schilden leuchtete der goldene Anker der von Rothes.

Lioba atmete auf. Es waren keine fremden Ritter. Sie beschleunigte dennoch ihre Schritte, um vor ihnen an der Wegkreuzung zu sein, denn sie wollte ihnen nicht geradewegs in die Arme laufen. Aber die Pferde waren schneller. Rasch näherten sie sich über das Feld und kamen direkt auf sie zu. Lioba erkannte das strenge Gesicht des Herrn unter seinem Helm. Ihm folgten seine beiden Söhne Ebo und Sigboto mit zwei Kriegsknechten.

Sie trat an den Feldrand und ließ sich in einen tiefen Knicks sinken. Die Hufe der Pferde klopften dumpf auf den Weg, als sie an ihr vorbeiritten. Zaumzeug klirrte.

Lioba rührte sich nicht. Das Herz klopfte ihr bis zum Hals, und sie wagte nicht, aufzusehen. Das Einzige, was sie sah, waren Pferdehufe und die eisernen Beinlinge der Männer mit ihren spitzen Sporen an den Fersen. Schweigend ritten die Männer an ihr vorbei, und Lioba richtete sich erleichtert wieder auf. Sie starrte ihnen eine Weile hinterher, dann beeilte sie sich, nach Hause zu kommen.

Zu ihrem Erstaunen erwartete sie Thomas vor dem Haus. Er saß mit Fiedi auf einem Baumstamm und schälte die Rinde von einem dicken Ast. Liobas Herz tat einen Satz, als sie seinen dunklen Haarschopf in der Abendsonne sah, und ihr Ärger von vorhin verflog wie ein aufgescheuchter Vogelschwarm.

»Herr von Rothe ist zurück!«, sprudelte es sogleich aus ihr heraus. »Ich hab ihn gesehen, mit seinen Söhnen und zwei Männern.«

Thomas ließ sein Messer sinken. »Du solltest so spät nicht mehr allein gehen. Es hätten auch fremde Ritter sein können.«

»Es ist ein bisschen später geworden bei Christina«, sagte sie entschuldigend. »Wir haben uns so lange nicht mehr gesehen.«

Fiedi sprang auf. »Hatten sie Schwerter und Lanzen? Was ritten sie denn für Pferde?«

»Hengste«, meinte Thomas. »Herr von Rothe und seine Söhne ritten sicher ihre Streitrösser. Die anderen Männer wahrscheinlich Stuten, und natürlich hatten sie Schwerter dabei, Fiedi, ihre Schilde, Messer und Satteltaschen für die Vorräte. Bestimmt waren sie schon seit dem Morgengrauen unterwegs und hatten es eilig, nach Hause zu kommen.«

Fiedi und Lioba starrten Thomas an. »Woher weißt du das alles?«, rief Fiedi erstaunt.

Thomas lächelte. »In meinem früheren Leben muss ich Knecht auf einer Burg gewesen sein.«

»Du hast sie beschrieben, als hättest du sie gesehen«, sagte Lioba.

»Ich sehe sie leibhaftig vor mir.« Er runzelte die Stirn. »Ihre Schilde sind tropfenförmig und tragen ein Bild …«

»Einen goldenen Anker auf rotem Grund?«, fragte Lioba.

Thomas schüttelte den Kopf und sah auf den Boden. Lioba setzte sich neben ihn auf den Baumstamm. Ihr Blick fiel auf seine kräftige, sonnengebräunte Hand, und sie wünschte sich, von ihr berührt zu werden. »Deine Erinnerungen kommen zurück«, sagte sie leise. »Wenn dir die Schildbemalung wieder einfällt, dann weißt du vielleicht, wo deine Burg steht und wer ihr Herr ist.«

Er nickte, ohne sie anzusehen. Mit einer Hand knetete er seine Stirn. Fiedi schwang seinen neuen Knüppel, als wäre der ein Schwert.

»Ha! Ho! Ha!« Er kämpfte gegen einen unsichtbaren Gegner.

Thomas beobachtete ihn mit zusammengekniffenen Augen. »Sie sind zurückgekommen, um Herbst und Winter hier zu verbringen«, meinte er.

Lioba nickte. »Sie waren schon seit dem Frühjahr weg. Die Herrin ist oft allein auf der Burg. Mutter sagt immer, er vernachlässigt seine Pflichten, aber ich glaube, die meisten im Dorf sind froh, wenn er weg ist.«

»Man könnte meinen, ein Lehnsherr wäre überflüssig«, sagte Thomas. Sie mussten lachen ob dieses komischen Gedankens.

»Ja, was hat er schon groß zu tun?«, fragte Lioba. »Seine Hausfrau kümmert sich um den Haushalt, sein Verwalter beaufsichtigt die Bauern und achtet darauf, dass sie ihre Abgaben pünktlich liefern. Die Bauern bewirtschaften seine Felder, und die Knechte und Mägde machen alles andere. Was macht er?«

»Er sitzt zu Gericht«, sagte er. »Und er zieht in den Krieg.«

Seine Stimme klang wieder ernst. Lioba warf ihm einen raschen Seitenblick zu. Er starrte düster vor sich hin.

»Was hast du?«, fragte sie. »Tut dir etwas weh?«

»Nein …« Er hob den Kopf und sah sie an, aber er sah durch sie hindurch. »Manchmal erinnere ich mich wieder, aber nur an einzelne Dinge. Es ist, als wäre ein Krug zerbrochen, und ich finde einzelne Scherben.«

Lioba nickte, eine unbestimmte Angst beschlich sie. Sie ertappte sich wieder bei dem Gedanken, nicht zu wollen, dass er sich an sein voriges Leben erinnerte. »Das ist ein gutes Zeichen«, meinte sie mit dünner Stimme. »Irgendwann weißt du wieder alles.«

Thomas blickte sie jetzt geradewegs an. »Es ist anders«, sagte er mit gesenkter Stimme.

»Wie meinst du das?«

»Es ist ein ganz anderes Leben.«

Sie forschte in seinem Gesicht. Seine Haut war dunkelbraun unter den schwarzen Locken, die Augen unter den ebenso dunklen Brauen musterten sie offen und ein wenig neugierig. War es möglich, dass er sich schon an mehr erinnert hatte, als er ihr verriet?

Sie wagte es nicht, ihn zu fragen. Sie wollte es auch nicht wissen. Stattdessen schenkte sie ihm jenes Lächeln, das sie für

Patto einstudiert hatte. »Hauptsache, du wirst mich nicht vergessen, wenn du dich erst wieder an alles erinnerst.«

»Du hast mir das Leben gerettet. Wie könnte ich das jemals vergessen?« Er klang ehrlich entrüstet.

Lioba lächelte verlegen. »Das hätte jeder andere an meiner Stelle auch getan. Herr Jesus wollte, dass ich dich finde. *Er* hat dich gerettet.«

»Ich meine es ernst. Ich werde nie vergessen, was ich dir schulde.«

»Du schuldest mir nichts.«

»Doch, ich schulde dir mein Leben.«

»Hör auf, Thomas! Ich sagte doch, dass ich es nicht war, die dich gerettet hat, sondern Jesus. Wir sind alle Gottes Werkzeuge, hast du das vergessen?«

»Nein, wie könnte ich?« Er seufzte und starrte wieder auf Fiedi, der den Stock, sein Spielschwert, schwang. Thomas öffnete den Mund, um etwas zu sagen, dann schloss er ihn wieder, schüttelte den Kopf, als wäre es zwecklos. Er sah sie wieder mit der gleichen Miene wie vorhin an – eine Mischung aus Neugierde und noch etwas anderem.

Lioba lächelte, und in diesem Augenblick rief Hildegundis sie zum Abendbrot ins Haus.

Den ganzen Abend dachte sie an diesen Blick, und sie vergaß allen Ärger über das Gerede im Dorf und fühlte sich glücklich.

* * *

Einen Tag vor Mariä Himmelfahrt sammelten sie noch am Morgen vor der Feldarbeit mit Gertrud Blumen und Kräuter für den Kirchstrauß und die Kränze. Außer den Kornähren und den Kräutern, die im Garten wuchsen, fanden sie noch Johanniskraut, Garbenkraut und das gelb blühende Drusenkraut. Kamille für

Fiedis Kräutersud sammelten sie auch, aber die Kräuter gegen Hildegundis' Husten waren leider ausgeblüht.

Das hat sie eben davon, dachte Lioba ärgerlich. *Was musste sie mir das Sammeln auch verbieten und mich einsperren.* Sie musste ständig daran denken, dass es wahrscheinlich Gertrud gewesen war, die dem Gerede im Dorf Nahrung gegeben hatte, und sie beobachtete sie heimlich, als sähe sie sie zum ersten Mal richtig.

Eigentlich hatte sie sie noch nie gemocht. Gertrud war seit ihrer Kindheit Magd auf Hildegundis' Hof und im selben Alter wie ihre Herrin. Für Hildegundis war sie im Laufe der Jahre zu einer Vertrauten geworden, die ihr in allem willfährig zu Diensten war. Als Lioba im Webhaus eingesperrt war, hatte sie sich immer an das Redeverbot gehalten und nicht ein Wort mit ihr gesprochen.

»Wir müssen uns vorsehen«, flüsterte Lioba Thomas in einem unbeobachteten Augenblick zu. »Sie wird Hildegundis alles erzählen.«

Er grinste verächtlich und bückte sich, um mit seinem Messer den harten Stiel des Drusenkrauts abzuschneiden.

»Nein, nicht so!«, rief Lioba. »Du musst vorher etwas sagen.«

Er richtete sich auf und blickte sie amüsiert an. »Was soll ich? Zu dem Kraut sprechen?«

»Du musst bestimmte Worte sprechen, sonst schützt es nicht. Ich zeig's dir. Du sagst: ›Wie die Wunde Christi sich schloss, so möge das, was ich hier schneide, uns schützen.‹« Sie wiederholte den Satz und schnitt das Kraut.

»Und ich dachte immer, die Kräuter bekommen erst durch den kirchlichen Segen ihre Kraft«, sagte Thomas grinsend.

»Sicher«, meinte sie und warf einen raschen Blick zu Gertrud hinüber, die in einiger Entfernung Brombeeren pflückte. Sie senkte ihre Stimme. »Wenn du aber die Worte sprichst, bevor du sie schneidest, werden sie dir ihre Kraft geben. Nur dann können sie wirklich schützen oder heilen.«

»Ah.« Thomas musterte sie unter leicht gerunzelten Brauen, aber um seinen Mund zuckte es.

»Du musst es ernst meinen und alles mit dem wirklichen Wunsch in deinem Herzen sagen«, bekräftigte Lioba. »Siehst du, so …« Sie machte es ihm an der nächsten Pflanze vor, nachdem sie sich davon überzeugt hatte, dass Gertrud sie nicht beobachtete. »Wenn du es richtig machst, bekommst du ihre ganze Kraft.«

Thomas hob ungläubig seine dunklen Brauen.

»Du glaubst mir nicht«, stellte sie enttäuscht fest.

»Doch, ich glaube dir.«

»*Sie* würde es nie begreifen«, meinte Lioba und deutete mit dem Kopf zu Gertrud. »Deshalb helfen die Kräuter auch nicht, wenn sie sie erntet. Sie kennt die Worte nicht.« Sie seufzte tief. »Es war ein Fehler von meiner Stiefmutter, mir das Sammeln zu verbieten.«

»Woher kennst du denn die Worte, die man sagen muss?«, erkundigte sich Thomas.

»Von meiner Stiefgroßmutter. Sie hatte mich ins Herz geschlossen, deshalb hat sie sie mir beigebracht. Und von meiner Mutter.« Liobas Blick verlor sich in der Ferne.

»Ist deine Mutter schon lange tot?«

Sie nickte und bückte sich, um einen weiteren Stiel des Drusenkrauts zu schneiden. Langsam murmelte sie ihren Spruch und schnitt das Kraut.

»Wie ist sie denn gestorben?«

Lioba schluckte. Die dicken gelben Blüten des Drusenkrauts verschwammen vor ihren Augen und verzerrten sich zu einem anderen Bild.

Wasser. Ein Bach, der glucksend zwischen den schneeigen Ufern dahingejagt war. Kahle Sträucher, die aus dem Schnee ragten. Hinter der weiten, glitzernden Ebene der schwarze Rand des Waldes, darüber das Grau des Himmels. Die Luft war so kalt gewesen, dass es beim Atmen schmerzte.

Liobas Herz war zu Stein gefroren. Sie war kalt, innen und außen. Selbst die warme Hand ihres Vaters konnte sie nicht wärmen, auch nicht ihre Puppe, an die sie sich klammerte. Das Wasser rauschte leise durch den Schnee, zum Rhein hinunter, um sich in dem mächtigen Strom zu verlieren. Es rauschte an dem Holzgestell vorbei, das in ihm stak. Das Gestell trug einen weißlichen Pferdeschädel, dessen augenlose Höhlen Lioba anstarrten.

Sie hatte doch hingesehen, obwohl sie es nicht gewollt hatte. Sie hatte hingesehen, und er hatte sie gesehen.

Sie wusste es. Rasch hatte sie ihr Gesicht im Gewand ihres Vaters verborgen, aber es hatte nichts genutzt. Das Bild hatte sich nicht mehr verscheuchen lassen und sie immer verfolgt.

Lioba zitterte, als die Erinnerung sie jäh überfiel. Sie sah Thomas und sah ihn doch nicht, während sie gegen weitere Erinnerungen ankämpfte, die sie überfluten wollten. Sie sperrte sich dagegen wie ein Damm. »Nein!«, rief sie.

»Lioba!«

Thomas' erschreckte Miene brachte sie wieder zur Besinnung. Sie lag in seinen Armen, presste sich zitternd an ihn. Spürte, wie die Wärme sich langsam wieder in ihr ausbreitete, als hätte jemand ein wärmendes Feuer entzündet. Ihr Gesicht lag im Stoff seines Hemdes. Es roch nach Feld und einer Spur Seife, mit der es vor längerer Zeit einmal gewaschen worden war. So hielt er sie fest, bis sie aufhörte zu zittern.

Sie hob den Kopf, und ihr Blick fiel über seine Schultern hinweg auf Gertrud, die neugierig herangekommen war.

»Ist dir nicht gut?«

Thomas ließ sie los. Lioba blickte in das spitze Gesicht der Magd und hätte sie am liebsten fortgescheucht.

»Ich glaube, ihr ist schlecht geworden«, sagte er rasch.

»Vielleicht musst du nur etwas essen.« Gertrud musterte Lioba prüfend. »Du bist ja aschfahl im Gesicht. Setz dich ein bisschen hin, ja?«

Lioba schüttelte den Kopf, während ihr Herz immer noch vor Aufregung pochte. Sie warf Thomas einen dankbaren Blick zu. »Es geht schon, mir war nur etwas schwindelig.«

Thomas!, jubelte es in ihr. Er hatte sie in den Arm genommen. Die Erinnerung an den fernen Wintertag verblasste.

»Entschuldige, dass ich so viel gefragt habe«, meinte er, als sie mit vollen Körben wieder über den Feldweg zurückgingen. Er trug in jeder Hand einen Korb.

»Über manches möchte ich lieber nicht sprechen«, sagte sie leise. »Du kannst mich aber sonst alles fragen.« Ja, sie wünschte sich sogar, dass er fragte. Sie würde ihm alles aus ihrem Leben erzählen. Aber offenbar wagte er es jetzt nicht mehr, denn er stapfte nur noch schweigend neben ihr her.

Hoffentlich hält er mich nicht für dumm und weinerlich, dachte sie. *Oder für verrückt. Vielleicht hat er etwas von dem Gerede im Dorf mitbekommen.*

Verlegen biss sie sich auf die Lippen. Sie hätte ihn gern gefragt, aber das wagte sie nicht. Sie hätte ihm gern gesagt, dass das Gerede nicht stimmte, aber dann hätte sie ihm alles erklären müssen. Sie wollte aber nichts erklären, sie wollte nie wieder über ihre Mutter sprechen, ja nicht einmal mehr an sie erinnert werden. Wenn sie über ihre Mutter spräche, dann kämen die Erinnerungen wieder, und sie würde weinen müssen. Das wollte sie auf keinen Fall, denn jede Träne war ja ein Tropfen Öl im Fegefeuer ihrer Mutter. Sie wünschte sich nichts sehnlicher, als dass die Seele ihrer Mutter vom Fegefeuer in den Himmel aufstieg, zu Gott. Oft betete sie dafür.

Sie konnte Thomas das nicht erklären. Aber auch er sagte nichts, und so gingen sie schweigend im Licht der aufgehenden Sonne zum Hof zurück.

Kapitel 8

Nach der Feldarbeit banden Lioba, Hildegundis und Gertrud die sieben Kräuter zu Sträußen und Kränzen zusammen, um sie zu Mariä Himmelfahrt in der Kirche weihen zu lassen. Später würden diese dann – im Haus, Stall und auf dem Dachboden aufgehängt – den Hof und das Vieh gegen Krankheiten und Unwetter schützen.

Lioba war stolz auf ihre Sträuße, als sie sie am Morgen von Mariä Himmelfahrt neben den anderen in der Kirche vor dem Altar liegen sah. Alle enthielten sie Ähren, und in einige hatten sie Obst, Zwiebeln und sogar Rübenblätter gebunden. Sie konnten sich durchaus mit den anderen messen, befand sie, sogar mit den prächtigen Sträußen der von Rothes.

Die Herrschaft war heute auch zur Messe gekommen und hatte auf den Ehrenplätzen am Altar Platz genommen – Ida von Rothe in einem leuchtend blauen Bliaut und einem weißen Schleier, ihr Gemahl und ihre Söhne trugen ihre Sonntagscotten mit bestickten Säumen und silbernen Gewandspangen. Ihre Pferde wurden vor der Kirche von einigen Knechten bewacht.

Neugierig reckte die Gemeinde den Hals, um die Herrschaft besser sehen zu können. Sie waren nicht sonderlich beliebt – die Herrin ja, aber nicht ihr strenger Gemahl, der viel zu oft weg war und seine Frau allein ließ, worüber sich die Gemüter in den Dörfern schon häufig erhitzt hatten. Nach der Messe würden sie sich wieder über sie die Mäuler zerreißen, dachte Lioba und war froh, dass sie dann wenigstens nicht mehr Gegenstand des Geredes wäre.

Sie saß in der Mitte des Kirchenschiffs zwischen Gertrud und dem Gesinde vom Sandnerhof, was den Vorteil hatte, dass sie neben Christina sitzen konnte. Der Leibesumfang der Freundin hatte seit ihrem letzten Besuch deutlich zugenommen. Christina bewegte sich schwerfällig, ihr Gesicht war aufgedunsen und ihre Hände und Füße geschwollen.

»Wenn du könntest, welchen würdest du wählen?«, flüsterte Lioba ihr zu, um sie auf andere Gedanken zu bringen, und deutete auf die Söhne der Herrschaft. Christina spähte zu den beiden jungen Männern hinüber. Das kinnlange Haar des älteren Sohnes lichtete sich vorn bereits, obwohl er nicht mehr als fünfundzwanzig Winter zählen konnte. Der jüngere hatte dichtes dunkelblondes Haar, das ihm lang auf die Schultern floss, und die schönen Gesichtszüge seiner Mutter geerbt.

Auf ihn deutete Christina.

»Sigboto«, stellte Lioba leise fest. »Hätte ich auch gesagt.« Sie warf einen Seitenblick auf Christina, die ernst aussah.

»Wer bleibt denn von den beiden hier?«, fragte Lioba weiter.

Christina wies wieder mit dem Kopf auf Sigboto.

Lioba lächelte. Ohne die Söhne der Herrschaft näher zu kennen – sie kannte nur das Gerede im Dorf –, war sie der Meinung, dass es eine gute Wahl war, wenn der hübsche Sigboto, der jüngere von beiden, hierbliebe und der ältere mit auf die große Pilgerfahrt ziehen würde.

Heute predigte Pastor Werinhart aber nicht über die große Pilgerfahrt, denn diese Messe stand ganz im Zeichen der Kräuterweihe.

»… so heißt es in der Heiligen Schrift: Bringt Palmen, Rosen, Zimt, Myrrhe, Weihrauch, Wein und wohlriechende Kräuter herbei, um Maria zu dienen!«, rief er. Seine Stimme klang hell und hart durch die Kirche. Auf seiner glatten Stirn glänzte Schweiß.

Es war aber auch ein warmer Tag. In der Kirche regte sich kein Lüftchen, und es roch nach Kräutern und Ausdünstungen der Menschen.

»Lasst uns beten!«, rief Pastor Werinhart schließlich, und Lioba faltete die Hände über ihrem Schoß. Sie trug ihr Sonntagskleid – es war das alte von Hildegundis, das man für sie enger genäht hatte. Sie mochte es, weil es blau war – zwar ziemlich verblichen und längst nicht so leuchtend wie der Bliaut der Herrin, aber wenigstens nicht braun oder grau wie ihre beiden Arbeitskleider. Außerdem roch es nach den frisch gepflückten Lavendelsträußen, die sie in die Kleidertruhe gelegt hatte. Sie hatte sich gewaschen, und zur Feier des Tages hatte Hildegundis ihr bunte Bänder in den Zopf geflochten.

Pastor Werinhart trat vor die Kräutersträuße. »Herr, unser Gott, du hast Maria über alle Geschöpfe erhoben und sie in den Himmel aufgenommen mit Seele und Leib. An ihrem Fest danken wir dir für alle Wunder deiner Schöpfung. Durch die Heilkräuter und Blumen schenkst du uns Gesundheit und Freude.« Er machte ein Kreuzzeichen über den Kräutern und fuhr fort: »Segne diese Kräuter und Blumen. Sie erinnern uns an deine Herrlichkeit und an den Reichtum deines Lebens …«

Lioba spähte unauffällig zu Thomas hinüber, der in derselben Bank wie sie saß. Sie sah auf seine gefalteten Hände. Sein Gesicht war starr geradeaus gerichtet, aber nicht auf den Pastor. Er starrte in Richtung der Herrschaft, und Sigboto starrte zurück.

»… die dich preist durch deinen Sohn Jesus Christus in alle Ewigkeit.« Werinhart schöpfte Weihwasser aus dem Gefäß, das Patto ihm hinhielt, und besprengte damit die Kräuter. Die Gemeinde bekreuzigte sich, dann sangen alle ein Lied.

Sigboto blickte wieder weg. Er sah aus, als würde er nur die Lippen bewegen, während der Pastor das Lied aus voller Kehle durch die Kirche schmetterte. Lioba hörte Thomas zwischen den anderen summen und freute sich. Heute Mittag würden sie die Äpfel und Zwiebeln der Sträuße essen, dann wären sie alle ein weiteres Jahr gegen Krankheiten und Unglück geschützt. Die Kuh bekäme die Rübenblätter, die Ähren würde sie an die Hühner verfüttern und ein paar davon dem Hofhund unter das Futter mischen. Sie würde Fiedi noch ein wenig vom Johanniskraut geben, heimlich, wenn Hildegundis nichts merkte, denn das verhieß besonderen Schutz. *Vielleicht,* dachte sie, *mache ich das auch mit Thomas.*

»Heil dir, Maria!«, sang die Gemeinde.

Lioba fühlte, dass sie jemand betrachtete. Sie hob den Kopf und begegnete Sigbotos Blick. Er hatte die gleichen hellen Augen wie seine Mutter. Ein feines Lächeln umspielte seine Mundwinkel. Rasch schlug sie die Augen nieder, ihr Herz begann zu klopfen. Hatte er sie wirklich angesehen? Nach einer Weile wagte sie es, wieder hinüberzuspähen und bemerkte, wie er seine Blicke durch die Reihen der Gemeinde schweifen ließ. Ein unangenehmes Prickeln breitete sich vom Nacken über ihren Körper aus, und sie spürte, wie sich die feinen Härchen auf ihren Armen aufrichteten.

»... die Gnade der Himmelskönigin ...«, sang die Gemeinde.

Christina legte ihre Hand auf Liobas gefaltete Hände, drückte sie fest. Gleichzeitig zerriss ein heftiger Aufschrei das Lied der Gemeinde. Lioba wandte sich der Freundin zu. Im matten Licht der Kirche schimmerte Christinas Gesicht kalkweiß. Sie hielt sich mit einer Hand den Bauch, mit der anderen umklammerte sie Liobas Hand. Eine durchsichtige Flüssigkeit verließ ihren Körper und sammelte sich zu ihren Füßen.

»Aaaaah«, stöhnte Christina.

Die Gemeinde hörte auf zu singen, alle Köpfe wandten sich zu ihnen um. Pastor Werinhart brach mitten im Lied ab. Gertrud und das Gesinde vom Sandnerhof rückten zur Seite, nur Lioba hielt die Freundin fest.

Die alte Notburga stieß ein paar Leute weg und drängte sich energisch zu ihnen vor. »Es geht los!«, rief sie nach einem Blick auf die Flüssigkeit zu Christinas Füßen. »Gelobt sei der Herr, wenn er das Kind heute, an diesem Festtag, zur Welt kommen lässt.« Sie öffnete ihren zahnlosen Mund zu einem Lächeln und bekreuzigte sich.

Christina stöhnte. Ihre kalte Hand umklammerte die von Lioba. Das Gesinde des Sandnerhofs scharte sich um sie und starrte auf sie hinunter.

»Was steht ihr hier rum und glotzt?«, keifte Notburga. »Raus mit euch, schnell!«

Widerstrebend und tuschelnd schoben sich die Leute aus der Kirche. »Anna, Katharina, Lutgard, ihr bleibt hier!«, bestimmte Notburga.

Pastor Werinharts Gesicht tauchte auf. »Sie kann das Kind aber nicht hier bekommen!«

»Nein«, entgegnete Notburga. »Aber sie kann auch nicht mehr zum Sandnerhof zurück, das ist zu weit.«

Christinas Mutter Anna ließ sich bei ihrer Tochter nieder und tupfte ihr die Stirn mit einem Tuch ab.

Ida von Rothe trat hinzu. »Sie kann meinen Wagen benutzen!«, bot sie an. »Bringt sie damit zum Sandnerhof.«

Notburga und Anna wechselten einen erstaunten Blick. »Sie darf nicht mehr fahren«, bestimmte Notburga schließlich. »Die Geburt beginnt.«

»Aber beim ersten dauert's doch immer!«, protestierte Anna. »Sie will ihr Kind auf unserem Hof zur Welt bringen, nicht wahr?«

Christina nickte. Ihre Blicke irrten hilflos zwischen den Frauen hin und her.

»Das kann sie sich jetzt nicht mehr aussuchen. Wünsche müssen zurückstehen, wo der Herr den Weg befiehlt«, sagte Notburga streng.

»In Gottes Namen, bringt sie in das Pfarrhaus!«, rief Pastor Werinhart.

Er befahl ein paar Knechte herbei. Anna öffnete den Mund, um zu protestieren, doch Notburga bedeutete ihr mit einer Handbewegung zu schweigen.

»Wie ihr wollt«, sagte Ida von Rothe und wandte sich an Pastor Werinhart. »Ich würde mich über deinen baldigen Besuch freuen.«

Er verbeugte sich vor ihr, ehe sie, gefolgt von ihren Mägden, die Kirche verließ. Zwei kräftige Knechte trugen Christina zum Haus des Pastors, und Lioba folgte ihnen.

Sie musste an die dunkle, kalte Kammer denken, in der Thomas gelegen hatte, an Pattos unordentlichen Haushalt. In ihre Erinnerungen mischte sich ein älteres Bild, als das bleiche Gesicht von Hedwig, ihrer Freundin, vor ihr auftauchte.

Angst packte sie. Wenn es nun an dem Haus selbst lag? Wenn dort etwas wäre – oder jemand –, das den Menschen die Lebenskraft nahm? Wirkte Patto nicht auch immer müde und kraftlos? Wie könnte Christina im Haus dieses Priesters nur ein gesundes Kind zu Welt bringen?

Sie heftete sich an die Fersen der anderen und musste hilflos mit ansehen, wie die Knechte ihre Freundin in den düsteren Raum trugen. Anna folgte ihrer Tochter mit Notburga, zwei weiteren Frauen, Patto und dem Pastor. Sie selbst musste sich überwinden, das Haus zu betreten, doch sie hatte versprochen, Christina beizustehen, und sie würde ihr Versprechen halten.

Aber an der Tür wandte sich die alte Notburga zu ihr um und schob sie fort. »Du bleibst draußen!«

Lioba schluckte. Die Worte trafen sie wie Hiebe. »Christina hat mich gebeten, ihr beizustehen!«, protestierte sie.

Aber Notburga schüttelte nur den Kopf, schloss die Tür vor ihrer Nase und verriegelte sie. Wenig später wurden auch die Fensterläden geschlossen.

Fassungslos blieb Lioba vor dem Haus stehen. Sie konnte nicht begreifen, dass man sie abgewiesen hatte. Dass man sie, Christinas Freundin von klein auf, nicht dabeihaben wollte. Sie ließ sich auf die Türschwelle sinken. Gedämpft klangen die Stimmen der Frauen nach draußen, hin und wieder unterbrochen durch Christinas lautes Stöhnen. Lioba faltete die Hände und flehte Jesus Christus um Beistand für ihre Freundin an.

Nach einer Weile erschien Hildegundis. »Was drückst du dich hier vor der Tür herum? Steh auf! Du kannst dem Mädchen nicht helfen.«

»Sie wollte mich dabeihaben, aber sie haben mich nicht gelassen«, klagte Lioba und spürte Tränen aufsteigen.

»Da wunderst du dich? Deine Mutter hat ihnen Unglück gebracht, du kannst nicht erwarten, dass sie dich dabeihaben wollen.«

»Aber Christina hat's gewollt!«

»Christina ist ein kleines, dummes Mädchen.«

»Nein, sie ist eine treue Freundin! Ich hätte ihr helfen können.«

»Du hilfst niemandem mehr, schon gar nicht in des Pastors Haus«, schnaubte Hildegundis, packte sie roh und zog sie hoch. »Jetzt sei still und komm mit nach Hause. Keinen Ton mehr, verstanden? Ich will nichts mehr davon hören.«

Sie zerrte Lioba zurück zum Kirchhof, wo ihre Familie mit dem Gesinde und einigen aus dem Dorf wartete. Die Frauen hielten ihre gesegneten Kräutersträuße in den Händen und redeten aufgeregt durcheinander. Lioba bemerkte ihre verstohlenen Blicke, und sie hatte das Gefühl, dass man sehr wohl wusste, was geschehen war. Eine ältere Magd musterte sie misstrauisch und bekreuzigte sich rasch.

Sie fühlte sich elend. Bleich und schweigend wartete sie neben Hildegundis, dass sie endlich nach Hause gehen würden, als Thomas zu ihr kam. Er deutete mit dem Kopf in Richtung Kirchhof, dann verschwand er hinter der Kirche. Nach einer Weile folgte sie ihm.

»Ich weiß, was passiert ist«, sagte er unverblümt. »Mach dir nichts daraus. Eines Tages werden sie dich dabei sein lassen.«

»Du kennst sie nicht.« Lioba schüttelte traurig den Kopf. »Niemals werden sie das. Mein Ruf ist dahin, und ich bin gebrandmarkt bis in alle Ewigkeit.« Beinahe hätte sie wieder geweint, aber sie beherrschte sich.

»Aber nein, es sind nur ein paar dumme Weiber, die dich nicht mögen. Bald haben die wieder etwas Neues, über das sie sich auslassen, dann …«

»Nein! Christina hat mir erzählt, was die Klatschmäuler im Dorf über mich verbreiten …« Sie biss sich auf die Lippen, wollte Thomas gegenüber nicht wiederholen, was die Freundin ihr erzählt hatte.

»Sie sagen, du bist ungehorsam und stolz und würdest deiner Stiefmutter nur Schwierigkeiten bereiten«, sagte Thomas lächelnd.

Lioba errötete.

»Es ist nicht schwer, das herauszufinden, wenn man Ohren hat«, meinte er. »Sie reden nur, weil sie dich nicht verstehen. Sie verstehen nicht, wie man sich heimlich in das Haus des Pastors schleichen kann. Das sehen sie wohl als eine Art Verrat an. Aber du wolltest mir helfen. Es tut mir leid, dass du meinetwegen diesen Ärger hast.«

Lioba seufzte und schluckte ihre Tränen hinunter. Seine Worte taten ihr gut. »Ich hatte im Webhaus lange genug Zeit, darüber nachzudenken«, meinte sie. »Ich würde es immer wieder tun.«

Ein kleines Lächeln huschte über Thomas' Gesicht. »Dann musst du damit leben, dass sie sich aufregen«, meinte er. »Was ich sagen will – Gerede kommt und geht, man sollte es sich nicht so zu Herzen nehmen. Wichtig ist allein, dass du ein reines Herz hast. Vor Gott, nicht in den Augen der Menschen.«

Lioba seufzte, während sie einen Spatzen beobachtete, der über ein Grab hüpfte. Sie konnte Thomas ihr dumpfes Gefühl der Angst schlecht erklären – nämlich, dass das Gerede andere Ursachen hatte, die tief in ihre Vergangenheit hineinreichten. Dass die Menschen – Pastor Werinhart und Frauen wie Notburga – etwas in ihr sahen, das nicht stimmte und für das sie nichts konnte, und dass das Gerede deshalb gefährlich für sie war.

Gerade für dich, hatte Christina gesagt. Lioba hatte begriffen, was das bedeutete. Die Tochter einer solchen Mutter durfte sich keinen Fehler erlauben. Würde man sie eines Tages aus der Gemeinde ausschließen?

Sie blickte in Thomas' Gesicht, seine dunklen Augen, die sie freundlich ansahen. Vielleicht stammte er aus einer Stadt und konnte nicht verstehen, was es bedeutete, Ausgestoßene in einem Dorf zu sein.

»Andere Menschen werden nicht über deine Seele richten, nur Gott«, bekräftigte er. »Sie können nicht wissen, was er weiß, also können sie auch nicht über dich urteilen.«

»Aber hier auf Erden sind sie die Richter«, entgegnete Lioba. »Sie fällen die Urteile, wie es ihnen gefällt.«

Thomas runzelte die Stirn. »Nun übertreibst du aber. Auch ein Grundherr muss sich an Recht und Gesetz halten. Die Kirche ebenso, selbst der Kaiser muss das. Unser Gesetz ruht auf den Worten der Heiligen Schrift.«

Lioba musterte ihn erstaunt. »Ich glaube, du bist ein Gelehrter«, meinte sie. »Vielleicht warst du Schriftgelehrter in einem großen Kloster.«

Thomas hob seine sonnengebräunten, schwieligen Hände und hielt sie vor sie hin. »Was glaubst du – sind das die Hände eines Schreibers?«

Sie musste lächeln. »Nein, eher die eines Bauern oder Handwerkers.«

»Na siehst du.«

»Aber wie kannst du dann solche Dinge sagen?«

»Wenn ich es nur wüsste!« Er seufzte und schlug mit der Hand gegen die Kirchenmauer. »Sie fallen mir einfach ein.«

»Du bist keiner von uns. Ein Bauer würde nie solche Worte sagen.«

Er nahm seine Kappe ab und fuhr mit der Hand durch seine kurzen Locken. »Ich weiß«, meinte er. »Die Feldarbeit – sie fällt mir leicht, aber sie ist mir auch fremd. Vor ein paar Tagen war ich wieder an der Stelle im Wald, wo du mich gefunden hast. Im Hellen. Die abgeschnittenen Äste lagen noch dort. Ich habe noch mal alles abgesucht, aber da war nichts, nicht die kleinste Spur. Auch keine Erinnerung.«

Er lehnte sich an die Mauer und knetete seine Kappe. Die Sonne brannte heiß auf sie herunter. Liobas Herz begann, schneller zu schlagen. Er tat ihr leid, aber da war noch etwas anderes. Immer klopfte ihr Herz rascher, wenn sie ihn sah. Immer fühlte sie Freude, wenn sie mit ihm sprach. Sie musste sich einen Ruck geben, die nächsten Worte auszusprechen.

»Jesus hat dich zu uns kommen lassen und dir die Erinnerung genommen. Vielleicht will er, dass du hierbleibst.«

Sie warf ihm einen raschen Blick zu und fuhr dann fort: »Du musst nicht mit den anderen Tagelöhnern weiterziehen. Wenn du nicht auf unserem Hof bleiben kannst, dann vielleicht auf dem Sandnerhof. Oder sogar bei der Herrschaft selbst. Irgendwo findet sich bestimmt jemand, der dich als Knecht nimmt.«

Thomas blickte auf seine Kappe hinunter, packte sie und presste sie fest zusammen. »Wie schön, dass du das sagst. Aber eins ist mir klar geworden: Wer immer ich bin und wo ich herkomme – ich werde nie aufhören, danach zu suchen.«

Lioba schluckte. »Heißt das, du gehst fort?«, fragte sie mit leiser Stimme.

Er blickte sie unverwandt an und zuckte mit den Schultern. »Ich bete jeden Tag, dass Gott mir die Erinnerung an mein altes Leben zurückgibt.«

Lioba nickte enttäuscht. Er würde also fortgehen und versuchen, sein vergangenes Ich wiederzufinden. Für sie würde er ein Fremder bleiben, vielleicht einer, der eine Familie hatte, Frau und Kinder, die irgendwo auf ihn warteten. Oder Eltern, die sich nichts mehr wünschten, als dass ihr verlorener Sohn endlich zurückkehrte. Wie konnte sie da erwarten, dass er hierbliebe und einfach ein neues Leben begänne?

Sie konnte ihn sogar verstehen. Aber trotzdem stiegen wieder Tränen auf. Doch das wollte sie sich auf keinen Fall anmerken lassen. Sie nickte, versuchte ein Lächeln.

»Wir müssen zurück«, sagte sie mit rauer Stimme. Thomas nickte und folgte ihr schweigend den Pfad über den Kirchhof zurück zu den anderen.

Kapitel 9

Noch am selben Abend brachte Christina ein gesundes Mädchen zur Welt. Der Gottesmutter zu Ehren nannte sie es Maria, und Pastor Werinhart taufte es gleich am nächsten Tag. Man war sich darüber einig, dass nur ein ausgesprochenes Glückskind an einem Sonntag und noch dazu am Festtag der Aufnahme Mariens in den Himmel zur Welt kommen konnte.

Christina erholte sich ein paar Tage im Pfarrhaus von der Geburt und nahm Geschenke für das Kind entgegen, aber Lioba wagte es nicht, sie dort zu besuchen. Sie suchte Christina erst auf, als sie mit ihrer Tochter wieder auf dem Sandnerhof war, und schenkte dem Kind das Leibchen, das sie an den letzten Abenden nach der Feldarbeit genäht hatte. Andächtig betrachtete sie das winzige Wesen, das in einem Holzkasten unter dem Apfelbaum schlief, studierte seine rötliche Haut und die spinnenartigen Fingerchen.

»Wie schön sie ist«, meinte sie

Christina lächelte stolz, doch Johannes, der sich zu ihnen gesellt hatte, machte Scherze über die Umstände der Geburt und das Gesicht des Pastors.

»Wie hast du das nur hingekriegt, Christina?«, rief er. »Ausgerechnet in der Messe bekommst du deine Wehen! Nicht davor, nicht danach, nein genau beim Kräutersegen! Wenn das kein Zeichen ist. Man spricht schon von einem Wunder Mariens. Wart's ab, in ein paar Jahren wirst du noch mit deiner Kleinen zum Kloster zitiert, wenn nicht sogar zum Papst selbst, und die Kleine wird heiliggesprochen.«

»Wenn alle so reden würden wie du, bestimmt.« Christina puffte ihn in die Seite.

»Oh, seht doch, es regt sich«, rief Johannes und deutete auf den Säugling, der im Schlaf das Gesichtchen verzog.

»Hör auf, Johannes!« Christina schlug nach ihm, doch er wehrte sie ab.

Lioba wünschte ihn sich heimlich weit weg. Sie wäre gern mit Christina allein gewesen, um ihr zu sagen, wie leid es ihr tat, dass man sie bei der Geburt nicht zu ihr gelassen hatte, aber Johannes blieb.

»Eigentlich hätte die Kleine Johanna heißen sollen, nach mir«, erklärte er. »Aber nach diesen Ereignissen war es natürlich unmöglich, das Kind nicht Maria zu nennen.«

Christina verdrehte die Augen. »Hör nicht auf ihn, Lioba.«

»Hätte es vielleicht nach dir benannt werden müssen, weil du der Vater bist?«, versetzte Lioba.

Die beiden starrten sie an.

Aus Johannes' Miene wich der Spott. »Wenn ich der Vater wäre, hätte ich den Anstand gehabt, Christina zu heiraten«, antwortete er düster.

»Oh, er ist beleidigt«, höhnte Lioba. »Krieg dich wieder ein.«

»Pass auf, was du sagst!«, ermahnte Johannes sie.

»Das meint ja genau der Richtige.«

»Was willst du damit sagen?«

»Na was wohl? Dass *du* besser auf *deine* Worte achtgeben solltest!«

Johannes musterte sie von oben herab. »Ich weiß nicht, was du meinst.«

»So?« Lioba straffte sich. Sie spürte, wie die Wut über das Gerede im Dorf sich in ihrem Magen zu einer Faust ballte, die Johannes treffen wollte. »Du hast schlecht über Thomas geredet.«

»Ah.« Johannes kniff die Augen zusammen. »Darum geht's dir also. Was willst du eigentlich von dem Fremdling?«

»Ich will, dass du aufhörst, ihn schlechtzumachen.«

»Was hast du ihr gesagt?«, fuhr er Christina vorwurfsvoll an.

Christina erhob sich. »Hört auf zu streiten, ich kann's nicht mehr hören! Die Kleine wacht sonst auf.«

Johannes warf Lioba einen wütenden Blick zu, dann Christina, wandte sich um und stapfte davon. »Weiber!«, schnaubte er im Weggehen und trat nach einem Huhn, das ihm über den Weg gelaufen war.

»Meine Güte, ist der empfindlich«, meinte Lioba.

»So ein Klatschweib«, meinte Christina, und beide mussten lachen. Lioba hätte Christina gern gefragt, ob Johannes tatsächlich der Vater des Kindes war, obwohl sie sich das beim besten Willen nicht vorstellen konnte. Aber Christiana hatte gesagt, dass sie es niemandem verraten würde. Auch ihr nicht.

Lioba hätte mit Christina auch gern über Thomas geredet, von ihrer Angst, dass er nach der Ernte weggehen könnte, aber die Freundin schien in Gedanken nur bei ihrem Kind zu sein. Es erwachte, und sie legte es an und stillte es. Mit einem Stich Neid im Herzen beobachtete Lioba die friedliche Szene. Wäre sie doch auch schon so weit, ein Kind zu haben! Sie hätte ihren eigenen Hof und müsste nicht mehr nach Hildegundis' Pfeife tanzen. Sie hätte einen Mann und würde Kräuter sammeln und Salben machen, wann immer sie wollte. Vielleicht, wenn sie einst als erwachsene Frau geachtet und die alte Notburga tot wäre, könnte sie den anderen Frauen helfen, ihre Kinder zur Welt zu bringen. Doch wenn sie ehrlich zu sich selbst war – und dieser Gedanke erschreckte sie –, dann konnte sie sich nur einen Mann an ihrer Seite vorstellen – einen dunkelhaarigen, muskulösen Mann mit fein geschnittenem Gesicht und schwarzen Locken.

* * *

Das Ende des Sommers zeigte sich mit einer Folge von heißen trockenen Tagen, an denen es morgens und abends schon herbstlich kühl wurde. Das Korn war geerntet und eingefahren.

Die Männer hatten auf dem Feld des Sandnerhofs eine große Strohpuppe für das Erntedankfest zu Michaelis aufgestellt, und die Frauen banden Kränze aus Ähren, Kräutern und Blumen, sammelten Früchte und brachten alles in die Kirche.

Lioba bemühte sich, den Klatschmäulern nicht den geringsten Anlass zum Gerede zu geben, half nach Kräften bei den Festvorbereitungen und bei der Obsternte und verhielt sich mustergültig gegenüber Hildegundis.

Berthold hatte mit den Tagelöhnern begonnen, einen Teil des Korns zu dreschen, und es auch Thomas beigebracht. Zufrieden hörte Lioba nun Tag für Tag den gleichmäßigen Takt, mit dem die Dreschflegel auf die Ähren niedersausten, und das »Klau der Katz' den Schwanz«, mit dem sie sich den Takt angaben. Abends sah sie Thomas manchmal allein verschwinden, und er kehrte erst kurz vor der Dämmerung zum Hof zurück. Sie fragte sich, ob er vielleicht irgendwo ein Mädchen hatte, aber bis auf sein Verschwinden hatte sie dafür noch kein Anzeichen bemerkt. Wenn er mit einem Mädchen sprach, dann mit ihr; den anderen Dorfmädchen in ihrem Alter (es waren nur wenige) hatte er in den sonntäglichen Messen kaum einen Blick zugeworfen.

Inzwischen war sie auch endlich zur Frau geworden. Zu ihrer großen Zufriedenheit stellte sie fest, dass sich ihre Brüste nun viel besser in Hildegundis' altem Sonntagskleid abzeichneten als noch vor Kurzem. Um einen Mann wie Thomas zu gewinnen, musste sie zur Frau werden. Sie musste sich fraulich benehmen, wie eine Frau reden und sich wie eine bewegen. Sie durfte also nicht mehr rennen, nicht mehr vor Zorn aufbrausen und nicht mehr mit Fiedi spielen. Vor allem aber musste sie endlich aufhören, wegen jedem bisschen in Tränen auszubrechen.

Jeden Abend, wenn Fiedi eingeschlafen war, übte sie ihr Lächeln vor dem offenen Fenster im Spiegel, bis es ihr gefiel. Am Morgen des Erntefestes wusch sie sich das Haar und ließ es trocknen, bis es ihr in langen Wellen den Rücken hinunterfloss, gekrönt von einem Kranz aus Blumen, den sie wie die anderen unvermählten Mädchen des Dorfes trug. Zu ihrem Erstaunen ließ Hildegundis sie gewähren. Patto starrte sie mit großen Augen an, schon morgens in der Kirche, als Pastor Werinhart die Messe las, und er wich auch nicht von ihrer Seite, als die gesamte Dorfgemeinde mit einem geschmückten Erntewagen zum Sandnerhof zog, um dort zu feiern. Aber auch Johannes klebte an ihr wie die Wespe am Honig, redete unermüdlich und riss seine Scherze.

Christina trug ihre Tochter stolz in einem Tuch vor dem Bauch, und das Kind schlief trotz der Spielleute, die mit Fiedel, Flöte und Trommel auf dem Sandnerhof zum Tanz aufspielten.

»Christina, wie schade, dass wir nicht tanzen können, wenn du dauernd das Kind mit dir rumträgst«, rief Johannes und zerrte Lioba stattdessen auf die freie Fläche des Hofes. Unter Pattos düsteren Blicken wirbelte er sie herum, bis sie nicht mehr konnte und sich keuchend zurückzog. Doch kaum hatte sie eine Weile verschnauft, forderte Patto sie zum Tanzen auf. So ging es weiter, und zwischendurch kühlte Lioba ihren erhitzten Leib mit Bier, wie es alle taten.

Thomas stand abseits bei den Tagelöhnern. Manchmal war sie sich sicher, dass er sie beobachtete, doch immer, wenn sie zu ihm hinüberblickte, sah er weg und redete mit jemandem.

Lioba seufzte und reihte sich in den Kreis ein, bei dem alle jungen Leute mittanzten. Sie spürte ein paar kräftige Hände auf ihren Hüften und blickte sich um. Thomas blinzelte ihr zu. Endlich!

Freude durchflutete sie und ließ sie noch schneller tanzen. Gemeinsam ging's über den Hof, am großen Tor vorbei, wo die Älteren saßen und Hähnchen aßen. Dann endete das Lied abrupt, und in der folgenden Stille hörte man nur noch Stimmengewirr.

»Wir machen weiter, liebe Leut'!«, rief der Fiedler sogleich. »Fasst euch an den Händen und tanzt einen Kreis!«

Alle gehorchten. Die Musik setzte wieder ein. Lioba fühlte Thomas' Hand in ihrer, und ein warmes Gefühl durchströmte sie.

»Zur einen Seit', zur einen Seit', ja, so macht's, ihr lieben Leut'«, sang der Mann und griff in seine Fiedel.

Die Tänzer gehorchten, doch man konnte sich nicht sofort auf eine Seite einigen, deshalb entstand Gerempel und Gelächter, bis man sich endlich entschieden hatte.

»Zur andren Seit', zur andren Seit', ja, so macht's, ihr lieben Leut'!«

Nicht alle verstanden den Richtungswechsel sofort, weshalb es wieder einen kleinen Tumult gab. Lioba prallte gegen einen Knecht und lachte, Thomas fiel in ihr Lachen mit ein. Bald endete der Tanz in einem großen Durcheinander und Gelächter.

»Seid's lustig und heiter, so machen wir weiter!«, rief der Spielmann. Die Flöte erklang, und bald fielen Trommel und

Fiedel zu einem schwungvollen Lied mit ein. Thomas packte Lioba und schwang sie im Kreis herum. Die Alten an den Tischen, die Tanzenden, die ganze Dorfgemeinschaft verschwamm vor Liobas Augen, und sie sah nur noch Thomas. Sein Gesicht war unter all den anderen jenes, das blieb, während er sie herumwirbelte. Er hielt sie fest, sodass sie sich in seinen Armen vollkommen sicher fühlte. Mit ihm konnte ihr nichts passieren.

Auch als das Lied endete, ließ er sie nicht los. »Kannst du noch?«, fragte er, und sie nickte strahlend. Endlich zahlte sich die mühevolle Feldarbeit aus – sie war kräftiger und ausdauernder geworden, sodass sie nun Lied um Lied mit ihm tanzen konnte, während Johannes und Patto mit langen Gesichtern vom Rand des Platzes aus zusahen. Auch Hildegundis, die mit den Älteren auf den Bänken saß, warf ihnen missbilligende Blicke zu, aber das war Lioba gleichgültig. Sie war mit Thomas zusammen, alles andere zählte nicht.

»Der Kornmann brennt!«, rief jemand, als der Tag sich neigte, und alle drängten vom Hof auf das Feld.

Sie umringten die mächtige Kornpuppe, die lichterloh brannte. Knechte des Sandnerhofs hatten sie mit Fackeln entzündet. Helle Funken stieben in den dämmrigen Himmel und verglühten. Fiedi warf mit seinen Freunden Äste ins Feuer, ein paar Mädchen fassten sich an den Händen und tanzten einen Reigen. Die Spielleute waren den Dörflern gefolgt, und der Flötenspieler stimmte eine schöne Melodie an. Thomas hielt Liobas Hand immer noch fest, während sie gemeinsam ins Feuer sahen.

Dann wandte er den Kopf und blickte sie an. »Ich würde bleiben, nur um zu sehen, wie du Mond für Mond schöner wirst«, sagte er.

Sie starrte ihn an. Ihr schwirrte der Kopf vom ungewohnten Biergenuss und vom vielen Tanzen, und sie glaubte, nicht richtig gehört zu haben. Aber der Feuerschein beleuchtete sein Gesicht, und er sah aus, als meinte er es vollkommen ernst.

»Dann bleib, und du wirst es sehen«, sagte sie herausfordernd.

Er wandte sich wieder ab und blickte ins Feuer, das vor ihnen rauschte und knackte. Die Hitze ließ ihre Gesichter noch mehr erglühen. Sie sahen sich wieder an. Thomas hob die Hand und strich Lioba mit einer sanften Geste eine Blüte von der Wange, die ihr aus dem Kranz gefallen war, als das Geräusch von Hufschlägen sie herumfahren ließ. Die dunklen Umrisse von vier Reitern, die sich über das Feld näherten, zeichneten sich vor dem dämmrigen Himmel ab. Zwei Männer saßen ab und reichten ihren Kriegsknechten die Zügel.

Gemurmel entstand; die Dörfler machten eine Gasse für die beiden Söhne der von Rothes, die ans Feuer traten und sich die Hände wärmten. Die Spielleute hörten auf zu musizieren. Pastor Werinhart löste sich aus der Menge. »Herr Ebo, Herr Sigboto, willkommen in unserem Kreis.« Er verbeugte sich vor den beiden jungen Männern. »Wollt Ihr mit uns feiern? Wir haben, glaube ich, noch Bier und Hähnchen da.«

»Wir wollen uns nur ein bisschen aufwärmen, wenn ihr gestattet«, sagte Ebo. »Sobald die Sonne weg ist, wird es sehr kühl.« Er rieb sich die Hände und blickte sich neugierig um.

Die Gemeinde gaffte schweigend zurück. Manche Mädchen machten einen ungelenken Knicks, einige Männer verbeugten sich.

»Wie Ihr wünscht«, meinte Werinhart und gab den Spielleuten ein Zeichen. »Wie ich sehe, hattet Ihr einen guten Jagderfolg.« Er deutete auf die Pferde, an denen ein paar erlegte Kaninchen und Dachse baumelten.

Ebo nickte und erwiderte etwas, das Lioba nicht verstand, weil die Musik wieder einsetzte. Auch der folgende Wortwechsel ging darin unter. Die Gemeinde sprach weiter und gab sich den Anschein, dass nichts geschehen wäre, in Wahrheit aber beobachtete man die Herrschaft sehr genau. Es geschah nicht sehr oft, dass die von Rothes am gesellschaftlichen Leben der Dorfbewohner teilnahmen, und wenn, dann wollte man sich nichts entgehen lassen.

Der Sandnerhofbauer Albert gesellte sich bald zu ihnen, und Lioba, verärgert über die Störung, beobachtete, wie sich Ebo mit Pastor Werinhart und Albert unterhielt. Sigboto, der sich unter die Dörfler gemischt hatte, sah sie zu ihrem Erstaunen bei Christina stehen. Als sie wieder hinsah, war er fortgegangen und kam geradewegs auf sie zu. »Ich grüße euch beide!« Sein Blick flog kurz über Liobas Gestalt und richtete sich dann auf Thomas. »Du bist der Neuling?« Das war mehr eine Feststellung als eine Frage.

Thomas nickte und verbeugte sich vor ihm.

»Ich habe dich in der Messe gesehen.« Sigboto musterte Thomas gründlich. Das Feuer warf zuckende Lichtscheine auf sein langes Haar. Er trug nur leichte Jagdkleidung, ein Lederwams unter seinem Umhang, Beinlinge und Stiefel. Der Griff eines Dolches ragte aus dem Umhang hervor.

»Ich hoffe, ich enttäusche Euch nicht«, versetzte Thomas.

Sigboto lächelte. Im Feuerschein betrachtete Lioba sein ebenmäßiges Profil und fand, dass der Mann gut aussah. »Meine Mutter war begeistert von dir. Sie meinte, du hättest eine gute Erziehung genossen.«

»Gewiss mag das sein, aber da ich mich an nichts erinnern kann, ist das nicht von Belang«, erwiderte Thomas ruhig. »Ich fürchte, dass ich ein Verlorener bin.«

»Das wird sich noch zeigen. Wenn du wirklich so gute Fähigkeiten hast, wie meine Mutter sagt, dann wäre es schade, wenn sie auf einem Bauernhof verkommen würden.« Sigboto hielt seine Arme auf dem Rücken verschränkt und sah mit hoch erhobenem Kopf auf Thomas.

Thomas versteifte sich unter dem Blick. In Liobas Nacken prickelte es unangenehm. Sie hätte am liebsten etwas gesagt, aber eine innere Stimme hielt sie zurück. Plötzlich schnellte Sigbotos Arm nach vorn, und seine geballte Faust zielte auf Thomas' Magen. Thomas sah den Schlag kommen und wich ihm mit einem raschen Schritt zur Seite aus. Er hob die Arme zur Deckung und ballte die Fäuste.

Sigboto ließ seinen Arm sinken. Im Schein des Feuers sah Lioba ihn lächeln. »Sehr gut«, lobte er. »Meine Mutter hat recht, gelobt sei ihr Scharfblick!« Er klopfte Thomas versöhnlich auf die Schulter, warf noch einen Blick auf Lioba und stapfte dann über das Feld davon.

Thomas sah auf seine Hände, dann wechselte er mit Lioba erstaunte Blicke. Sofort kam Fiedi angerannt. Sein Gesicht leuchtete rot vom Spiel und der Aufregung. »Was wollte der Herr von dir?«, keuchte er.

»Er wollte wissen, wer ich bin«, antwortete Thomas.

Fiedi sah ihn verständnislos an. »Aber das weiß doch niemand!«

»Genau.« Thomas lächelte traurig.

»Du bist der neue Mann, der Neumann«, rief Fiedi. Er rannte wieder weg, um mit seinen Spielkameraden in der Glut der heruntergebrannten Kornpuppe herumzustochern.

Die Söhne der von Rothes schwangen sich auf ihre Pferde und ritten fort. Die herabgesunkene Dunkelheit verschluckte sie und ihre Pferde, sodass man nur noch das Stampfen der Hufe hörte, das sich zur Burg hin entfernte. Kühle senkte sich herab. Langsam löste sich die Versammlung auf, und die Dörfler gingen schwatzend und lachend – manch einer singend – zu ihren Gehöften zurück.

Thomas lief schweigend neben Lioba hinter den anderen her. Sie fror und zog ihren Umhang enger, wünschte sich, er würde sie in den Arm nehmen und wärmen, aber er tat es nicht.

* * *

In dieser Nacht konnte Lioba lange nicht schlafen. Die Gedanken an das Fest ließen sie wach liegen und sich auf ihrem Lager hin und her werfen. Aufgewühlt vor Freude und befremdet von dem seltsamen Benehmen des jungen Herrn rief sie sich immer wieder die Szenen des Fests in Erinnerung, und eine unbestimmte Angst nagte an ihr. Dumpfe Vorahnungen quälten sie, ähnlich dem Prickeln im Nacken, als sie Christinas Niederkunft und Sigbotos Schlag vorausgeahnt hatte.

Als die Nacht ihre dunkelste Stunde erreicht hatte, schlief sie endlich ein. Doch schon im Morgengrauen, noch bevor Gertrud sich erhoben hatte, um das Feuer zu schüren, erwachte sie durch das unaufhörliche Bellen des Hofhundes. Sie hörte Pferde schnauben und das dumpfe Pochen von vielen Hufen vor dem Hof. Dann vernahm sie, wie ihre Eltern hinter der dünnen Wand zu ihrem winzigen Schlafgemach hastig ein paar Worte wechselten. Sie fuhr von ihrem Lager auf, ihr Herz raste. Fiedi erwachte und sah schlaftrunken umher.

»Bleib hier, Fiedi!« Hastig schlüpfte sie in ihre Schuhe, warf sich den Umhang über und ging in die Wohnstube.

Die Tür zum Hof stand halb offen. Durch den Spalt sickerte das matte Licht des dämmrigen neuen Tages herein. Lioba schob sich hindurch nach draußen, sah Hildegundis und Gertrud zitternd in der Dämmerung stehen. Berthold trug seinen Umhang, seine Hände umklammerten einen Dreschflegel. Aber auch mit ihm hätte er nichts ausrichten können gegen das, was sich vor ihm aufgebaut hatte – Herr von Rothe auf seinem Hengst, gefolgt von vier weiteren Reitern mit langen Schwertern und Schilden. Hinter dem Flechtzaun warteten weitere Reiter in der Dämmerung auf dem Weg. Lioba erkannte Sigboto und seinen älteren Bruder Ebo gleich hinter Herrn von Rothe, daneben warteten zwei unbekannte Männer auf ihren Pferden.

Herr von Rothe hob seine Hand. »Wir kommen in Frieden!« Sein Hengst tänzelte nervös, und der alte Knecht hatte Mühe, den Hund zu beruhigen. Berthold ließ den Dreschflegel sinken.

Herr von Rothe suchte mit scharfen Blicken die Gesichter der Tagelöhner ab, die sich inzwischen auch auf dem Hof drängten.

Ein paar Atemzüge lang legte sich eine so gespannte Stille über die merkwürdige Szenerie, dass Lioba beinahe aufgeschrien hätte. Sie starrte auf die tropfenförmigen Schilde der beiden fremden Reiter – einen steinernen Burgturm, umringt von mehreren schwarzen Kreuzen – und versuchte, unter dem eisernen Nasalhelm des einen ein Gesicht zu erkennen, aber es war unmöglich.

Das Pferd eines der Fremden wieherte. Da löste sich Thomas aus der Gruppe der Tagelöhner, trat auf es zu, griff ihm in die Mähne und streichelte ihm den Hals. Das Tier, ein schön gemusterter Apfelschimmel, wandte ihm den Kopf zu, als würde es einen Freund begrüßen. Sein Reiter, ein junger Mann in einem dunklen Umhang, glitt vom Pferd.

Er blieb eine Weile vor Thomas stehen und musterte ihn lange. Dann streckte er seine Hände aus, berührte Thomas' Locken, nahm seine Hand. Schließlich umarmte er ihn. Auch er hatte dunkles lockiges Haar wie Thomas.

Thomas duldete es, dass der Jüngling sich weinend an ihn presste.

Da stieg der andere Reiter ab, stapfte mit klirrenden Sporen auf Thomas zu, packte sein Gesicht mit einer Hand, drehte es grob.

Lioba hielt die Luft an. Dieser Mann war ein Ritter, das Schwert steckte an seiner Seite, und er trug ein Gewand aus Kettengeflecht. Thomas rührte sich nicht. Der Ritter wandte sich um und wechselte Blicke mit Herrn von Rothe. Dann nahm er den Helm ab, zog die eiserne Haube von seinem Kopf.

»Erkennst du mich wieder, Otto? Erkennst du deinen alten Lehrmeister und Oheim? Ich bin Gerlach von Linn, dein Lehrer über viele Jahre.«

Flusiges graues Haar fiel dem alten Ritter auf die Schultern. Er packte den Jüngling am Arm. »Sieh hier, dein Bruder Rudolf! Er hat sich die letzten Wochen beinahe zu Tode gebangt um dich, als du nach einem Besuch bei mir nicht nach Hause zurückkamst!« Es klang beinahe vorwurfsvoll.

Der Jüngling nahm wieder Thomas' Hand. Er sah tatsächlich aus wie die kleinere und schmalere Ausgabe von Thomas.

Thomas drückte seine Hand. Nicht die kleinste Regung in seiner Miene deutete darauf hin, dass er jemanden erkannt hätte.

»Es tut mir leid, aber ich habe mein Gedächtnis verloren«, sagte er förmlich. »Ein Mädchen fand mich nackt und verletzt im Wald. Die Dörfler haben mich aufgenommen. Ich weiß nicht, wer ich bin.«

»Du bist Otto von Linn, Sohn meines Bruders«, sagte der alte Ritter.

»Wie kannst du dir sicher sein?«

»Beim Allmächtigen, ich würde dich unter Tausenden erkennen!« Zur Bekräftigung legte Gerlach von Linn die Faust auf seine breite Brust.

»Du bist mein Bruder«, bestätigte Rudolf. »Du bist es, ich kenne dich doch. Siehst du Nabor, deinen Hengst? Auch er hat dich wiedererkannt!«

Thomas trat auf das Tier zu, klopfte ihm den Hals.

»Steig auf!« Rudolf reichte seinem Bruder die Zügel.

Gerlach und Rudolf von Linn nickten ihm ermunternd zu. Unter den erstaunten Blicken aller fuhr Thomas mit dem Fuß in den Steigbügel und saß mit einem geübten Schwung auf. Der Hengst tänzelte, doch Thomas packte die Zügel und lenkte das Tier geschickt ein paar Schritte über den Hof. Dann zog er die Zügel wieder an und sah auf die anderen hinunter. Lioba begegnete seinem Blick, sah die Überraschung und auch ein wenig Stolz darin, als könnte er selbst nicht glauben, was er gerade getan hatte.

Auch sie konnte die Wahrheit nicht glauben. Sie begann zu zittern, zog hastig ihren Umhang enger, während ihr Tränen in die Augen stiegen. Sie schluckte sie hinunter.

Thomas ließ sich von seinem Pferd gleiten, gab seinem Bruder die Zügel zurück.

»Siehst du, du kannst es.« Stolz klopfte Gerlach von Linn Thomas auf die Schulter. »Du kannst noch viel mehr, das wirst du sehen, wenn du erst wieder zu Hause bist.«

»Mein Zuhause, wo ist das?«, fragte Thomas leise.

Gerlach schüttelte den Kopf. »Der Allmächtige möge sich deiner erbarmen, Otto!« Er fasste Thomas am Arm, nestelte an seiner Gürteltasche. »Wer ist der Bauer dieses Gehöftes?«

»Ich!« Berthold trat hervor. Er hatte den Dreschflegel an die Hauswand gelehnt.

Gerlach stemmte die Hände in die Hüften und musterte ihn kurz, dann drückte er ihm eine Silbermünze in die Hand.

»Hier, das ist mein Dank und dein Lohn. Wir werden auch dem Pastor ein Altarbild für die Kirche stiften.«

Berthold verbeugte sich. Fest umschloss seine Hand die Münze.

Lioba krallte die Finger in ihren Umhang. Sie musste sich festhalten, um von der Verzweiflung, die sie nun überflutete, nicht weggerissen zu werden. Doch die Welle war stärker, sie überrollte sie und riss sie mit sich fort, bis sie nichts anderes war als ein Hölzchen, das hilflos im Meer trieb.

»Thomas!« Laut gellte ihre Stimme über den Hof. Sie stürzte zu ihm und klammerte sich an ihn. »Geh nicht weg, bitte!«

Er nahm sie in die Arme, und für einen köstlichen Augenblick fühlte sie seine Wärme und roch seinen Geruch, wie am Abend zuvor beim Fest. Und davor morgens beim Kräutersammeln, als die Erinnerung an ihre Mutter wiedergekommen war. Und an den Tagen, die sie gemeinsam auf dem Feld gearbeitet hatten, oder als sie abends manchmal auf dem Baumstamm vor dem Hof gesessen und geredet hatten. Lioba schmiegte sich an ihn und hegte einen Augenblick lang die widersinnige Hoffnung, er würde bleiben, wenn sie ihn nur energisch genug darum bäte.

Er nahm ihren Kopf in seine Hände und sah sie an, dann küsste er sie auf den Mund. Einen wunderbaren Wimpernschlag lang fühlte sie seine Lippen auf ihren, und diese zarte Berührung betäubte sie beinahe. Sie wollte mehr, doch da legte sich eine kräftige Hand auf Thomas' Schulter. »Otto, lass das Bauernmädchen los.«

Gerlach warf Lioba einen strengen Blick zu. Thomas ließ sie los und wandte sich von ihr ab.

Benommen sah sie, wie er sich von Berthold und Hildegundis verabschiedete, dann vom Gesinde. Er strich Fiedi über das Haar, nickte allen noch mal zu, bevor er sich auf sein Pferd schwang und seinen Bruder heraufzog.

Dann lenkten die Ritter ihre Pferde von Bertholds Hof und ritten den Weg hinunter.

II

BURG LINN AM RHEIN, IM NEBELMONAT IM JAHRE DES HERRN 1188

Kapitel 10

Der Morgen war noch jung. Über dem Wald leuchtete der Himmel in zarten Pastellfarben: Rosa Wolken schwebten vor klarem Hellblau, bis die Sonne aufgegangen war und sie zartgelb färbte. Auf den Wiesen lag noch der Morgentau. Thomas hielt inne und beobachtete einen Vogelschwarm, der in großer Höhe über den pastellenen Himmel flog.

»Verdammt, Otto«, rief Gerlach und spie in das niedergetretene Gras. »Wo bist du mit deinen Gedanken? Pass auf!«

Er hob sein Schwert und holte zu einem wuchtigen Schlag aus. Thomas hatte gerade noch Zeit, auszuweichen. Das Schwert zischte ins Leere. Gerlach nickte, setzte erneut nach. Sein schütteres Haar flog, als er nach vorn schoss und auf Thomas' Brust zielte, die nur durch ein Lederwams geschützt war. Im letzten Augenblick hob Thomas seinen Schild, und das Schwert des Angreifers prallte gegen das Holz.

Seufzend ließ Gerlach sein Schwert sinken. »Du musst schneller werden. Wenn ein alter Mann dich jagen kann, ist das schlecht. Früher warst du besser als ich.« Seine Miene verzog sich in plötzlich aufwallendem Schmerz.

Thomas musterte seinen Oheim ruhig. Er fühlte Zuneigung und Bewunderung für diesen Mann. Schon im Morgengrauen, ohne auch nur ein Stück vom frisch gebackenen Brot im Magen, waren sie fortgeritten, um hier, auf einer stillen Wiese abseits der Dörfer, zu üben. Einzige Zeugen waren ihre beiden Kriegsknechte, die weit außerhalb der Hörweite die Pferde bewachten.

Gerlach war trotz seines Alters immer noch eine beachtliche Erscheinung. Er trug das jahrelange harte Leben eines Ritters in jedem Zoll unübersehbar an sich. Unzählige Narben auf seinen muskulösen Armen zeugten von Verletzungen, die er sich bei Kampfübungen zugezogen hatte, aber auch bei Turnieren und echten Kämpfen. Er hatte auf dem großen Turnier, das anlässlich des Mainzer Hoftages 1184 veranstaltet worden war, sogar den besten Mann des Grafen von Hennegau mit der Lanze vom Pferd gestoßen – in Anbetracht seines Alters eine beeindruckende Tat, für die er viel gerühmt wurde.

Seine Verzweiflung berührte Thomas auf eine merkwürdige Art. Der alte Mann schien sich als sein Vater zu sehen. Er hatte ihm ein Schwert geliehen und jeden Tag seit seiner Rückkehr mit ihm geübt – Schwertkampf, Lanzenstoßen, Nahkampf und Bogenschießen für die Jagd. Er hatte ihm seine Aufgaben als Lehnsträger erklärt, die Namen seiner Kriegsknechte und Mägde genannt, die Familiengeschichte der Linner Edelherren erzählt – alles wahrscheinlich in der Hoffnung, damit die Erinnerung in Thomas wiedererwecken zu können. Vergeblich.

Thomas ließ den schweren Schild sinken. Das graue Haar des Alten war feucht von Schweiß, aber auch er selbst schwitzte in seinem Lederwams, und die Zunge klebte trocken am Gaumen.

»Lass uns essen«, schlug er vor und schob das Schwert zurück in die Scheide.

Gerlach zuckte missbilligend die Schultern. Nein, er hätte sicher nicht so früh seinem Hunger nachgegeben! Er hätte weitergekämpft bis zum Mittag, bis die Sonne ihn in seinem

Kettenhemd so erhitzt hätte, dass jede Bewegung zur Qual geworden wäre.

Immer bis zum Letzten, so war er. Nie aufgeben. Ein Ritter gab niemals auf.

Er sagte nichts, aber Thomas bemerkte die missbilligenden Blicke seines Onkels, als sie sich von den Knechten das Essen bringen ließen. Sie setzten sich am Waldrand nieder und sahen über das flache Land, das sich vor ihnen ausbreitete. In einiger Entfernung lag ein Dorf. Die Sonne war höher gestiegen und schien auf die hellen Strohdächer der Bauernhäuser.

»Ich werde den Winter über bei euch bleiben«, bestimmte Gerlach, als die Kriegsknechte sich wieder zurückgezogen hatten. »Ich muss dich wieder so weit bringen, wie du einmal warst. Das bin ich uns und deinem Vater schuldig. Gott möge mein Zeuge sein, dass ich dich nicht …« Er brach ab und sah in die Ferne.

»Ich würde mich freuen, wenn du unser Gast wärst, Gerlach«, meinte Thomas. »Rudolf und ich wären sowieso allein.«

Gerlach hatte ihm erzählt, dass seine Eltern tot waren. Sein Vater war bereits gestorben, als er noch ein Knabe war, und seine Mutter war im strengen vorletzten Winter an einem Fieber hingeschieden.

Gerlach nickte und presste die Lippen fest zusammen. Thomas kannte ihn inzwischen wieder gut genug, um zu wissen, dass er das immer tat, wenn er wütend oder traurig war. »Wir werden jeden Tag üben, damit du wieder der wirst, der du mal warst.«

»Das wünsche ich mir auch, Gerlach.«

»Ich hätte dich damals nicht so ziehen lassen dürfen«, meinte der alte Mann mit rauer Stimme. »Du kannst mir glauben, dass ich mir große Vorwürfe gemacht habe. Nur mit einem Mann! Aber es musste alles schnell gehen, du wolltest zurück zu deinem Bruder. Rudolf würde die nächsten Tage nicht überleben, hieß es. Dieser gedungene Quacksalber, der das in die Welt gesetzt hat!« Er spie verächtlich ins Gras.

»Gedungen? Meinst du etwa …?«

Gerlach nickte. »Rudolf war nicht krank, das war eine gemeine Lüge. Irgendwer muss dich ausgekundschaftet und dann überfallen haben, irgendein Hundskopf. Dein Kriegsknecht und du, ihr kamt nicht in Linn an. Ich glaubte schon, du wärst tot«, fuhr Gerlach fort. »Bei Gott, wir haben jeden Stein auf dem Weg umgedreht. Haben bei allen Herren, durch deren Gebiete ihr geritten wart, nachgefragt. Nichts. Dass ausgerechnet die von Rothes dich gefunden haben! Du warst so nah, kaum einen Tagesritt entfernt.« Er biss in sein Brot und starrte düster vor sich hin.

»Ihr hättet sie fragen müssen«, stellte Thomas nüchtern fest, obwohl er es nicht bereute, dass sie es nicht getan hatten.

»Ja, es war ein Fehler, sie nicht gefragt zu haben«, räumte Gerlach ein. »Dieser alte Stolz …« Er machte eine wegwerfende Handbewegung. »Stolz ist etwas, das man sich in meinem Alter nicht mehr leisten kann, das weiß ich jetzt. *Sie* war es, die ihren Mann angefleht hat, jemanden zu uns zu schicken.«

»Ida von Rothe?«

Gerlach nickte, und sein Blick verlor sich eine Weile in den Pappeln, die das Ufer eines nahen Baches säumten. »Ich habe sie gesehen. Sie ist immer noch schön.«

Thomas schwieg, berührt von der Sehnsucht, die in den Worten des Alten mitschwang. Gerlach musste Ida von Rothe von früher kennen und etwas für sie empfinden. Rudolf hatte einmal so eine Andeutung gemacht.

Hätte sie sonst ihren Mann bemüht, Thomas wieder mit den Seinen zusammenzubringen, wenn sie nichts mehr für Gerlach empfunden hätte? Thomas fand es erstaunlich, dass der Grund seines Wiederauffindens ausgerechnet in einer alten Liebe lag, die die lange Feindschaft der beiden Nachbarsfamilien zumindest für einen Augenblick überwunden hatte. Den Grund für die Feindschaft kannte Thomas nicht, weil Gerlach ihm nichts davon erzählt hatte.

»Ich fand es merkwürdig, dass sie uns auf dem Bauernhof besucht hat«, meinte Thomas nachdenklich.

»Sie war immer schon neugierig«, sagte Gerlach lächelnd. »Sie hat sofort gewusst, dass du jemand Besonderes bist, aber sie kannte dich ja nicht. Immerhin warst du noch ein Knabe, als du zu mir kamst. Wie gut, dass Sigboto dich erkannt hat. Offenbar hat sich eure Prügelei sehr in sein Gedächtnis gebrannt.«

Ein stolzes Lächeln umspielte Gerlachs Mundwinkel, und Thomas bedauerte wieder einmal mehr, dass er nun eine solche Enttäuschung für den alten Mann sein musste.

»Wie auch immer, du hast großes Glück gehabt«, sagte Gerlach. »Von deinem Kriegsknecht fehlt jede Spur. Es war ein Wunder des Herrn, dass sie dich zurückgelassen haben.«

»Wer das getan hat, glaubte sicher, ich wäre tot. Meinen Knecht nahmen sie mit, weil er noch lebte.« Bei diesem Gedanken schauderte es Thomas. Er seufzte und sagte hastig: »Ich werde die von Rothes im Winter einladen.« Vielleicht würde es Gerlach gefallen, Ida von Rothe wiederzusehen. Er wollte ihm eine Freude machen. Doch Gerlach sah ihn nur mit einem nüchternen Blick an und verstaute die Holzflasche im Lederbeutel.

»So eilig würde ich es nicht haben, die alte Feindschaft zu beenden«, meinte er.

»Warum nicht?«

Gerlach beugte sich nach vorn. »Das ist eine alte Geschichte. Ich werde sie dir an einem langen Winterabend erzählen. Bis dahin nur so viel: Ich bin alt, und dein Bruder kann nicht kämpfen. Sie aber sind drei Kämpfer, und sie wissen, dass du geschwächt bist, weil du dein Gedächtnis verloren hast. Außerdem …« Er nahm seinen Helm und erhob sich. »Wir sollten jetzt weitermachen. Der Tag ist kurz, und wir haben wenig Zeit.«

Doch Thomas rührte sich nicht. »Was meinst du mit ›außerdem‹? Sprich aus, was du sagen willst.« Er hatte schon seit einiger Zeit das Gefühl, dass dem alten Mann etwas auf der Seele lag, das er nicht preisgeben wollte.

Gerlach sah zu ihn hinunter und schüttelte den Kopf.

Thomas sprang auf. »Warum nicht? Hast du Angst, es mir zu sagen? Meinst du, ich bin zu jung dafür? Oder zu fremd? Was ist es?«

Der Alte lächelte, und etwas Weiches trat in seine Miene. »Das ist der Otto, den ich kenne. Hitzköpfig und stolz. Du warst ein hervorragender Kämpfer.« Er seufzte, und seine Miene verschloss sich wieder. »Nun bist du ein friedlicher Bauer geworden.«

»Es tut mir leid«, sagte Thomas.

»Du kannst nichts dafür«, versetzte Gerlach. »Ich will nicht jammern, sondern Gott danken, dass du noch lebst. Wir machen weiter, bis du wieder der Alte bist.« Er zog sein Schwert, doch Thomas rührte sich nicht. »Ich kämpfe nicht eher gegen dich, bis du mir sagst, was du auf dem Herzen hast.«

Gerlach hielt inne. Dann schob er langsam das Schwert zurück in die Halterung. »Es ist zu früh. Ich wollte damit warten, bis du … bis deine Erinnerung zurückgekehrt ist.«

»Aber wenn sie nie wiederkommt?« Thomas ging einen Schritt auf seinen Oheim zu. »Sag's mir. Auch der friedliche Bauer hat ein Recht darauf, alles zu wissen, was ihn betrifft!«

Gerlach zögerte. In seiner Miene zeigte sich deutlich der Zweifel. »Also gut«, sagte er schließlich. »Heute Abend. Dein Bruder muss dabei sein.«

Thomas nickte und zog sein Schwert. Diese Schlacht hatte der friedliche Bauer gewonnen.

* * *

Sie übten noch bis zum Nachmittag. Erst als die Sonne ihre letzten milden Strahlen auf die Wiese warf, ritten sie zurück. Sie kamen an Dörfern vorbei, die zu Burg Linn gehörten, zu seinem Lehen, aber Thomas konnte noch nicht wirklich begreifen, dass er ihr Grundherr war. Den ganzen Tag lang hatte er sich tapfer gegen Gerlach geschlagen, doch der Alte war immer noch nicht zufrieden mit ihm gewesen. Er war ein Kämpfer, das wusste Thomas. Er war stark und schnell, er kannte die Bewegungen, wusste, wie man das Schwert einsetzte, wie die Lanze, wie das Messer. Das hatte er schon gewusst, als er noch auf dem Feld gearbeitet hatte, er hatte aus einem sicheren Gefühl heraus gewusst, wie er Johannes treffen konnte, wie er Sigbotos Schlag ausweichen musste.

Nur Lioba hatte er nichts davon gesagt.

Er sah über die umgepflügten Felder, deren Erde in der Sonne einen warmen Schimmer bekam. Aus dem Gesträuch am Wegesrand leuchteten vertrocknete Hagrosen. Lioba.

Ein feiner Schmerz durchfuhr Thomas, als er an sie dachte. Ob Hildegundis ihr das Kräutersammeln wieder erlaubt hatte, auch wenn er nicht dabei war? Er musste lächeln, als er daran dachte, wie sie vor dem Kräuterschneiden ihren Satz aufgesagt hatte. Doch dann schob er den Gedanken fort und versuchte, sich auf den Weg zu besinnen. Die Blätter eines Heckengesträuchs zitterten im Abendwind. Die Sonne tauchte wie ein glutroter Ball hinter den Bäumen unter und hinterließ zarte rosa Streifen am Himmel. Ein paar Vögel zogen darüber, flogen zur Burg und verschwanden hinter ihren Zinnen. Burg Linn, seine Burg.

Die Hufe ihrer Pferde klopften auf den Holzplanken der Brücke, die den Wassergraben überspannte. Sie brauchten nicht mal zu rufen, als sie den Weg zum Tor hinaufritten, die Wachmänner hatten sie längst bemerkt und öffneten ihnen sofort das Tor der Vorburg. Sie verneigten sich vor ihm,

Otto von Linn, dem jungen Herrn der Burg, und er maß sein Eigentum mit prüfenden Blicken, als würde es ihm dadurch vertrauter werden – die Wirtschaftsgebäude in der Vorburg, dann die helle Wehrmauer mit ihren Zinnen, die die Hauptburg umgab. In der Mitte thronte das Herrenhaus mit einem hölzernen Obergeschoss auf einem steinernen Sockel. Dies war der Ort, den seine Familie seit Generationen bewohnte.

Sie stiegen ab und überließen den Kriegsknechten die Pferde, dann folgten sie ihnen zum Stall, um sich zu waschen. Sofort eilte ein Knecht mit einem Eimer Brunnenwasser herbei. Thomas nickte ihm zu; Gerlach hatte ihm erst einschärfen müssen, das Gesinde nicht zu freundlich zu behandeln, damit sie ihm genügend Respekt zollten. Sie durften auf keinen Fall ahnen, dass er sein Gedächtnis verloren hatte und nun ein Fremder geworden war.

»Am besten«, hatte Gerlach gesagt, »beachtest du sie gar nicht.« Aber Thomas wusste, dass sie etwas ahnten. Als er Hemd und Wams auszog und sich mit dem kalten Wasser wusch, sah er, wie eine Magd ihn vom Gesindehaus aus beobachtete. Es war dieselbe, die ihn neulich auf eine sehr vertrauliche Art angesprochen hatte und ihn zu etwas nötigen wollte, das er nicht wollte. Er starrte stirnrunzelnd zu ihr hinüber und machte ein zischendes Geräusch. Als er das nächste Mal hinsah, war sie verschwunden.

»Was ist?«, fragte Gerlach.

»Eine Magd. Ich glaube, sie erwartet etwas von mir.«

Gerlach grinste. Dann wurde er wieder ernst. »Pass auf und lass dich auf nichts ein!«, warnte er wieder einmal. »Sie dürfen nicht merken, dass du …«

»… ich weiß«, schnitt Thomas ihm das Wort ab.

»Ich sollte mich um sie kümmern«, sagte Gerlach leise und rieb seinen narbigen Oberkörper mit einem nassen Lappen ab.

»Nein, lieber nicht«, entgegnete Thomas, der an mögliches Gerede im Dorf denken musste. »Es ist besser, sie bleibt hier. Ich werde schon mit ihr fertig.«

»Hoffentlich nicht so, wie sie will.«

»Ganz bestimmt nicht.« Thomas warf den Lappen weg und zog sich ein frisches Untergewand und eine warme Cotte über, die der Knecht ihm hinhielt. Er rubbelte seine nassen Locken trocken, die nun schon wieder etwas länger waren, aber für Gerlachs Geschmack längst noch nicht lang genug.

Als sie zum Herrenhaus gingen, fiel Thomas wieder sein Familienwappen über dem unteren Eingang zur Burg auf – eine frische Steinmetzarbeit, die sich deutlich von den älteren Steinen des Burgsockels abhob. »Warum ist eigentlich das Wappen noch vor Kurzem geändert worden?«, fragte er seinen Oheim.

Gerlach zog überrascht die Brauen hoch. »Dass du das bemerkt hast«, meinte er, während sie die Treppe zum Obergeschoss hinaufstiegen.

»Es hat also mit dem zu tun, was du mir gleich sagen willst?«

Gerlach nickte. Er sah stolz aus. »Wenigstens bist du immer noch so klug wie früher.«

Sie betraten einen großen Saal, der sich fast über die ganze Breite des Obergeschosses erstreckte. Der Hausknecht hatte schon das Feuer im Kamin geschürt, und auf dem Tisch wartete ein Krug gewürzter Rheinwein auf sie.

Rudolf stieß seine Schreibfeder zurück ins Tintenfass und erhob sich hastig von seinem Schreibpult, als Thomas ihm über die Schulter sah.

»Was schreibst du?« Er blickte auf das eng beschriebene Pergament. »Einen Brief?«

»Nein.«

»Was dann?«

Rudolf warf einen raschen, hilfesuchenden Blick zu seinem Oheim hinüber. Der beachtete ihn aber nicht, sondern ließ sich mit einem Glas Wein auf einem Stuhl am Kamin nieder und legte die Beine auf einen Schemel.

Thomas bemühte sich, ruhig zu bleiben. Herrgott, manchmal regte ihn die Unsicherheit seines Bruders wirklich auf. Der Jüngling schien aus irgendeinem Grund Angst vor ihm zu haben, wagte kaum, in seiner Gegenwart zu sprechen, und sah ihn manchmal verstohlen furchtsam an.

»Sag mir doch, was du schreibst, Rudolf«, forderte ihn Thomas mit sanfter Stimme auf. »Ich möchte es gern wissen.«

Ein überraschter Ausdruck flog über das Gesicht seines Bruders, aber er zögerte.

»Bitte«, drängte Thomas ihn sanft.

Rudolf schluckte, wobei sein Adamsapfel auf- und abhüpfte. »Eine Geschichte.«

»Eine Geschichte?«

»Ja. Im Kloster habe ich die Geschichte von Erec und Enite abgeschrieben. Nun schreibe ich eine eigene.« Er sah verlegen auf den Dielenboden herunter.

»Worum geht es in der Geschichte von Erec und Enite?«

Rudolf zögerte. »W… willst du das wirklich wissen?«

»Würde ich sonst fragen?«

Rudolf wich Thomas' Blick aus und sah auf das Pergament. »Es ist die Geschichte eines Ritters, der aus Liebe seine Pflichten vernachlässigt.«

»Du kannst ihm ruhig verraten, dass du versuchst, einen neuen Erec zu schreiben«, spottete Gerlach. »Er weiß sowieso, dass du deine Tage lieber am Schreibpult verbringst als auf dem Kampfplatz. Deine Mutter hat einen Klosterschreiberling aus dir gemacht, obwohl sie besser …«

Thomas hörte nicht mehr auf den Spott seines Oheims. Er sah das Gesicht seines Bruders vor sich, und eine Erinnerung kehrte zurück. Es war dasselbe erschreckte Gesicht, das er an jenem grauen Herbstmorgen im Klosterhof erblickt hatte, nachdem er die schlimmsten Worte der Welt ausgesprochen hatte.

»… Mutter ist tot.«

Der Wind hatte an der Mönchskutte des Bruders genestelt. In seinem Gesicht hatte sich Fassungslosigkeit gespiegelt, ehe diese in sich zusammenfiel und ungehindert den Schmerz preisgegeben hatte. Er sah die knabenhaften Hände Rudolfs, die sich an seinen Brustpanzer klammerten, seinen zitternden Haarschopf, hörte das Schluchzen.

Aber er fühlte nur Verachtung. Verachtung und Wut für den Schwächling, der seinen Tränen freien Lauf ließ, während er selbst sich jede verbot, weil die Seele der Mutter noch im Fegefeuer war. Und das, obwohl er seine Mutter mindestens ebenso geliebt hatte wie sein Bruder, ja sicher noch mehr. Niemand – davon war Otto von Linn überzeugt – hatte sie mehr geliebt als er.

Er schob den Schwächling fort und schlug ihm ins Gesicht.

»Beherrsch dich, verdammt noch mal! Du kommst mit mir nach Hause. Morgen wird sie beerdigt.«

»M… morgen schon?« Rudolf hielt sich die schmerzende Wange.

»Ich hab mit dem Abt geredet, du kommst sofort mit.«

»Aber …«

»Kein Aber! Du packst, und wir nehmen das nächste Schiff.«

Auf Rudolfs Miene zeigte sich helles Entsetzen. Otto fasste ihn am Arm und schob ihn ins Dormitorium, um das Zusammenpacken der wenigen Habseligkeiten seines Bruders zu überwachen, doch Rudolf hielt inne.

»Werde ich wirklich nicht mehr zurückkommen?«

Die zaghafte Stimme seines Bruders reizte Otto. »Herrgott, denk doch mal nach«, fuhr er ihn an. »Wer soll sonst Herr auf

Burg Linn sein, wenn ich nicht da bin? Ich bin noch bis zum nächsten Sommer bei Gerlach, hast du das vergessen?«

»Nein.«

»Na also.«

Rudolf ließ sich auf seine Pritsche sinken, eine der vielen in einer langen Reihe von Bettgestellen in dem Dormitorium.

»Aber *du* könntest doch wieder zurückkommen, Otto! Du musst doch nicht …«

Die Wut packte Otto erneut, und er musste sich sehr beherrschen, den Bruder nicht erneut zu schlagen. »Ich *muss!*«, zischte er. »Ich brauche noch ein Jahr, bis ich fertig bin. Du wirst nächsten Sommer sowieso volljährig. Ich verstehe nicht, warum Mutter dich überhaupt so lange im Kloster gelassen hat.«

»W… weil …« Rudolfs Gesicht verzerrte sich vor Schmerz. »Ich hab sie gebeten, mich hierzulassen«, schluchzte er.

Otto ging mit klirrenden Sporen auf ihn zu. »Warum?«

Rudolf sah zu ihm auf, in seinem Gesicht lag die blanke Verzweiflung. »Wegen der Bücher. Hier kann ich lesen und schreiben.«

»Ah.« Otto lachte bitter auf. »Lesen und Schreiben ist dir also wichtiger als unsere Burg?« Er packte Rudolf an der Kutte. »Nichtsnutziges Getue ist dir wichtiger als das Haus unserer Familie, das Erbe unserer Eltern? Vergiss nicht, dass es unser Geld ist, das dir dein bequemes Leben hier erst erlaubt!«

Er merkte, wie sein Bruder zitterte. Seine Wut ebbte ein wenig ab.

»Es ist k… kein bequemes Leben hier, Otto. Wir st… stehen bei Tagesanbruch auf und beten und singen achtmal am Tag, ich stehe den ganzen Tag im Scriptorium und …«

»Jaja!« Otto ließ ihn los und warf ein Kleiderbündel, das er mitgebracht hatte, auf die Pritsche. »Damit ist jetzt Schluss. Zieh das an und benimm dich wie ein Mann.«

Tränen waren Rudolf übers Gesicht gelaufen. Schluchzend hatte er das Bündel auseinandergewickelt und sich umgezogen.

Thomas rieb sich die Stirn, als die Erinnerung in sich zusammenfiel. Er atmete heftig, wünschte sich, sie zu fassen, weiterzukommen, aber sie entglitt ihm wie ein flüchtiger Nachttraum am Morgen. Wieder eine Scherbe seines früheren Selbst, zwar eine große diesmal, aber dennoch würde er noch lange brauchen, alles zu einem Ganzen zusammensetzen zu können, wenn es so weiterging. Rudolf musterte ihn beunruhigt, seine Hand lag auf Ottos Arm. Die Sorge des Bruders beschämte Thomas nun.

»Was ist, Otto?«

»Ich habe mich erinnert.«

»Oh.« Rudolfs Hand fuhr zurück.

Gerlach sprang auf. »Was hast du gesehen?«

»Wir waren im Kloster, du und ich«, sagte Thomas, ohne den Blick von seinem Bruder zu wenden. »Mutter … war gestorben.«

Rudolf senkte den Kopf. Thomas sah, wie die Hand seines Bruders zitterte, und fühlte Mitleid aufsteigen.

»Kannst du dich noch an mehr erinnern?«, drängte Gerlach. »An das, was danach geschah? An den Überfall?«

»Nein.« Thomas wandte sich gereizt ab. Warum konnten sie das nicht verstehen? Offenbar kehrte seine Erinnerung in vielen kleinen Stücken zurück, und vielleicht würden sie sich nie mehr zu einem Ganzen zusammenfügen.

Gerlach seufzte, als die Tür sich öffnete und zwei Knechte mit dampfenden Schüsseln hereinkamen. Die Männer ließen sich an der Tafel nieder, während ein Knecht das Fleisch eines Kaninchens schnitt, das sie gestern erlegt hatten, und ihnen Wein nachschenkte. Beim Essen breitete sich unbehagliches Schweigen aus, das Gerlach schließlich mit einem belanglosen Gespräch über den morgigen Tag zu beenden versuchte.

Aber Thomas konnte sich nicht darauf besinnen. »Woher hast du das Pergament, Rudolf?«

Sein Bruder, offenbar überrascht über Ottos ungewohnte Anteilnahme, lief rot an wie ein Knabe, der bei einem Streich ertappt worden war. »Wenn du meinst, es ist zu teuer, Otto, ich zahle dafür nichts! Mein Freund schickt es mir aus dem Kloster, immer ein paar von den abgekratzten Seiten.«

»Dafür verlangt er nichts?«, fragte Thomas verwundert. »Ich dachte immer, nichts ist umsonst!«

Die Gesichtsfarbe seines Bruders vertiefte sich. »Er macht das *wirklich* umsonst«, sagte er leise. »Er ist ein sehr guter Freund.«

»Aber er geht ein hohes Wagnis ein. Wenn er erwischt wird, kann der Abt ihn aus dem Kloster werfen, oder?«

Rudolf blickte auf seinen Teller hinunter und erwiderte nichts. Thomas wusste, dass er ins Schwarze getroffen hatte, aber er hatte nicht beabsichtigt, seinen Bruder zu treffen.

»Vielleicht gibt es noch einen anderen Weg, an Pergament zu kommen«, sagte er. »Du solltest deswegen keinen Freund in Gefahr bringen, selbst wenn er es für dich macht. Du musst lernen, Verantwortung zu übernehmen.«

Rudolf hob den Kopf und starrte seinen Bruder an. Gerlach runzelte die Stirn, hob sein Glas und kippte den restlichen Inhalt hinunter.

»Was ist? Habe ich etwas Falsches gesagt?« Thomas sah verwundert in die Runde. »Ich meine es ernst: Du kannst mit dem Pastor reden, vielleicht kann er aus dem Kloster …«

Gerlachs Hand krachte auf die Tischplatte. »Genug jetzt!«

Die Flamme der kleinen Tischkerze zuckte und warf ihren Lichtschein über die halb vollen Schüsseln. »Du hast keine Ahnung, wie teuer Pergament ist, sonst würdest du nicht so reden.« Er musterte Thomas streng. »Das einzig Wichtige ist, dass du eine neue Rüstung bekommst. Wir müssen dich noch in diesem Winter neu einrüsten, und das wird viel Geld kosten.« Er schlug ein Kreuzzeichen vor seiner mächtigen Brust.

Thomas starrte ihn an. »Was willst du mir damit sagen, Gerlach? Ich weiß selbst, dass ich eine neue Rüstung brauche, aber warum noch in diesem Winter?«

Gerlach wich seinem Blick aus und sah eine Weile in das Kerzenlicht. Dann hob er den Kopf und sah Thomas geradewegs an. »Im letzten Winter, ein Jahr nach dem Tod eurer Mutter – Gott sei ihrer Seele gnädig –, kam die schreckliche Botschaft in unser Reich, dass die Heilige Stadt der Christen in die Hände der Ungläubigen gefallen ist. Das gesamte Reich geriet in Aufruhr. Jedem Ritter von Ehre war klar, dass wir Jerusalem von den Ungläubigen befreien müssen.«

»Ja, nach den Königen von England und Frankreich hat auch unser Kaiser in diesem Frühjahr das Kreuz genommen«, meinte Thomas. »Das hat der Dorfpriester in Vissel in jeder Sonntagsmesse gepredigt.«

Gerlach nickte ernst. »Schon im letzten Winter, kurz nachdem die Botschaft uns erreichte, begann der Kaiser, Männer für das Heer Christi zu sammeln. Er kam auch in die Pfalz nach Weride, genau wie der Erzbischof von Köln, Philipp von Heinsberg, und viele Edle von Rang und Namen. Wir waren alle dort. Der Erzbischof suchte Gefolgsleute für die heilige Sache. Wir konnten mit seinen Männern einen Vertrag aushandeln, den du im letzten Jahr unterschrieben hast.«

Thomas schluckte. Sein Mund war auf einmal so trocken, als hätte er den ganzen Tag noch nichts getrunken, aber er rührte sein Glas nicht an. Unverwandt starrte er auf die helle Flüssigkeit darin.

»Was für ein Vertrag?«, presste er mit rauer Stimme hervor.

»Den Verkauf deiner Burg, des ›Allodiums‹ von Linn, an den Erzbischof von Köln. Es war ein gutes Geschäft, Otto. Du hast hundert Mark für Männer, Pferde und Ausrüstung bekommen und noch genug Geld für die große Pilgerfahrt übrig, wie es der Kaiser verlangt. Der Erzbischof hat dir die Burg als Lehen wieder überlassen.«

»Deshalb also das neue Wappen«, entfuhr es Thomas. Er glaubte, alles Blut sei aus seinem Kopf gewichen und hätte nichts anderes als eine leere, mit Pergament umspannte knöcherne Kugel zurückgelassen. Seine trockenen Lippen formten Wörter, während sein Verstand und seine Seele in den klebrigen Fäden hingen, die Gerlach ausgeworfen hatte. Irgendwo sickerte die Botschaft, dass er sich für die große Pilgerfahrt verpflichtet hatte, in seinen Verstand.

»Es ist nur eine Kleinigkeit: die schwarzen Kölner Kreuze neben der Burg von Linn«, sagte Gerlach besänftigend.

»Eine Kleinigkeit nennst du, dass ich meine Freiheit aufgegeben habe für einen … zweifelhaften Kriegszug in ein fernes Land? Hast du mir dazu geraten?«

Gerlach wich ein wenig zurück. Sein Mund formte sich zu einem Strich. »Du warst zu lange Bauer, sonst würdest du nicht so reden«, erwiderte er. »Ja, ich habe dir dazu geraten, und – Gott sei mein Zeuge – ich bin stolz darauf! Jeder Ritter, der auch nur einen Tropfen aufrechtes Blut in sich hat, zieht mit, um die Heilige Stadt von den Ungläubigen zu befreien, auch ich und deine beiden Vettern. Du warst nicht der einzige freie Edle, der seinen Besitz beliehen hat, um Soldat Christi zu werden.«

Thomas sah in das erhitzte Gesicht seines Oheims und hörte die Überzeugung aus seinen Worten sprechen. Gerlach war ein aufrechter Mann, das wusste er inzwischen. Wenn er ihm zu diesem Schritt geraten hatte, dann aus echter Überzeugung, nicht aus Berechnung.

»Du auch?«, fragte er mit gedämpfter Stimme.

»Natürlich«, versetzte Gerlach im Brustton der Überzeugung. »Wie hätte ich sonst deine Vettern und mich ausrüsten können? Wir werden im Gefolge des Grafen von Berg mitziehen, der die Männer des Erzbischofs anführen wird. Noch vor einem Jahr konntest du es kaum erwarten, endlich deinen Namen unter den Vertrag mit dem Erzbischof zu setzen. Du hast mich angefleht, dich auf die heilige Pilgerschaft vorzubereiten.«

Thomas atmete tief. Ein Alb saß auf seiner Brust und presste sie, während sein Verstand immer noch in klebrigen Fäden gefangen war. Nur ein kleiner Teil von ihm, der immer wachte, arbeitete weiter.

»Wann geht es los?«, fragte er mit trockener Stimme.

»Im nächsten Frühjahr. Der Kaiser hat gelobt, binnen Jahresfrist aufzubrechen.«

Der Alb presste Thomas' Herz zusammen. Kerzenschein huschte über den Wandteppich, warf sein Licht auf eine Jagdszene mit einem erlegten Hirsch.

Ein Zeichen, durchfuhr es Thomas. Gott warnt uns.

Aber er sagte nichts. Er nahm sein Weinglas, leerte es und knallte es auf die Tischplatte zurück. Der kleine nüchterne Teil in ihm, der das Gespräch in Gang hielt, drängte ihn, sich nichts von seinen Gefühlen anmerken zu lassen. Gleichzeitig suchte er wie ein gefangenes Wiesel nach einem Loch, das ein Ausweg für ihn bedeuten könnte.

»Man hat mir Rüstung und Waffen bei dem Überfall gestohlen … habe ich überhaupt noch genug Geld für den … Kriegszug übrig?«

»Du hattest Glück im Unglück – dein Streithengst war verletzt, deswegen hattest du die Stute genommen«, erwiderte Gerlach. »Sie war längst nicht so viel wert wie er. Aber du brauchst eine neue Rüstung und ein gutes Schwert. Die Schwertfeger in Köln nehmen im Augenblick hohe Preise, aber ich kenne jemanden, der mit gebrauchten Rüstungen handelt. Der könnte ein Kettenhemd und Beinlinge für dich umrüsten.«

Thomas runzelte die Stirn. Die irrwitzige Hoffnung, er könnte den Kriegszug wegen seiner Geldnöte abwenden, löste sich in Nichts auf.

»Aber mein Gedächtnis«, sagte er. »Wenn es nicht wiederkommt?«

Gerlach beugte sich nach vorn und sah ihn über die Kerze hinweg an. »Das darfst du niemandem verraten, hast du verstanden? Wir halten hier alle den Mund. Eines Tages bist du wieder der Alte!«

Die Hoffnung in Gerlachs Blick gab Thomas einen Stich. »Die von Rothes wissen es«, wandte er ein. »Sie werden es überall im Heer herumerzählen.«

»Werden sie nicht.« Ein triumphierendes Lächeln spielte in Gerlachs Miene. »Der alte von Rothe und ich, wir haben eine Abmachung. Wenn auch nur ein Wort von deinem Gedächtnisverlust über seine oder die Lippen seiner Söhne oder Gefolgsleute kommt, dann werde ich das Geheimnis von mir und seiner Gemahlin lüften.«

»Du hast die von Rothes erpresst?« Die Überraschung verschlug Thomas einen Augenblick die Sprache. Gerlach verehrte Ida von Rothe selbst jetzt noch, aber er hatte damit gedroht, ihren Ruf zu zerstören, um seinen zu retten. »Aber die Bauern! Sie wissen es doch auch.«

Gerlach winkte ab. »Die Bauern sind keine Gefahr, sie bleiben immer in ihren Hütten. Selbst wenn – wer im Heer würde schon etwas auf Bauerngerede geben? Dein guter Ruf wird bleiben, Otto, und deine Erinnerung kommt wieder. Beim Allmächtigen!«

Er schenkte allen nach und hob sein Glas. »Auf unsere Familie! Auf die von Linns!« Er prostete ihnen zu. Thomas und Rudolf taten es ihm nach, aber Thomas' Blick verschwamm, als unvermittelt ein Bild vor ihm auftauchte: das eines Mädchens mit sandblondem Haar.

Kapitel 11

Der Nebelmonat blieb noch lange ungewöhnlich mild und wandelte sich erst zu seinem Ende hin in jenen regen- und sturmspeienden Drachen, den man kannte und fürchtete. Die kahlen Bäume ächzten und knarrten in dem scharfen Nordost, der über das Land blies, und Regen peitschte gegen die Lehmwände der Bauernhäuser. Zum Glück hatte Berthold sein Haus rechtzeitig abgedichtet. Gewissenhaft und vorausschauend wie er war, hatte er jede Ritze, jedes Loch und jede schadhafte Stelle im Lehmflechtwerk aufgespürt und neu verputzt. Trotzdem fand der Wind immer noch Wege, blies durch den Rauchabzug im Giebel und ließ die Feuerfunken unter dem Rauchschirm tanzen. Das Feuer knackte und brauste, als Lioba an diesem stürmischen Herbstabend nach dem Abendgebet von ihren Eltern zu einem Gespräch gebeten wurde.

Fiedi wurde ins Bett geschickt, und auch Gertrud und der Knecht zogen sich in ihre kleine Kammer im Stall zurück, was die Bedeutung des Anlasses noch unterstrich. Lioba ahnte, um was es ging, und doch trafen sie die Sätze, die Berthold am Feuer aussprach, wie kleine überraschende Hiebe.

»… Albert hat mich für seinen Sohn um deine Hand gebeten. Johannes ist damit einverstanden, und wir hoffen, du auch.«

Lioba starrte auf die Tischplatte, knetete ihre Hände, während die Worte in ihrem Kopf tanzten. Johannes. Ausgerechnet er.

Als sie nichts erwiderte und auch nicht in Freudentaumel ausbrach, beugte sich Hildegundis nach vorn. »Du kannst froh sein, dass er dich will, nach allem, was war. Er kann weitaus bessere Mädchen haben.«

Weitaus bessere Mädchen. Die giftigen Worte ihrer Stiefmutter hallten in ihr wider, aber sie erreichten sie nicht. Mit einer seltsamen Teilnahmslosigkeit betrachtete Lioba die Blumen, die in einer bläulich schimmernden Tonvase auf der groben Tischplatte standen. Ringula, leuchtend gelb und orange blühten sie gegen die Dämmerung an, gegen Sturm und Kälte, gegen den trüben Abend. Genauso wie diese Blumen lebten ihre Gefühle für Thomas.

Ja, sie hatte sich danebenbenommen an dem Abend des Erntedankfestes, erst recht an dem Morgen danach, als sie mit ihrem Kuss allen gezeigt hatte, wie es um ihr Herz stand.

Für Hildegundis war Johannes' Antrag ein Grund zur Freude. Liobas ungebührliches Verhalten würde mit einer ordentlichen und noch dazu äußerst lohnenden Heirat aus der Welt geschafft, und das elende Gerede würde endlich aufhören.

Lioba musste wider Willen lächeln, was ihrer Stiefmutter die Zornesröte ins Gesicht trieb. »Du hast großes Glück«, zischte Hildegundis. »Wenn du ablehnst, wird dich niemand mehr nehmen. Kein vernünftiger Bauer ist so dumm, die Tochter einer …«

»Frau, sei still!« Bertholds Hand krachte auf den Tisch. »Kein Wort weiter!«

Hildegundis schloss den Mund und starrte Lioba an. Wären ihre Augen Messer gewesen, hätten sie Lioba erstochen.

Sie hasst mich, dachte Lioba erschreckt, obwohl sie immer noch lächelte. *Sie will, dass ich gehe, darauf kommt es ihr an. Sie hat mich nie gewollt.*

Mit großer Mühe schluckte sie ihre aufsteigenden Tränen hinunter.

»Lioba, du wirst es gut haben auf dem Sandnerhof. Johannes ist der Sohn, du brauchst dich noch nicht mal um die Führung des Haushalts zu kümmern. Die Anna ist eine gute und tüchtige Frau.«

Lioba nickte. Ja, ihr Vater hatte recht. Sie wusste, dass Christinas Mutter, die nach dem Tod der Sandnerhöflerin die erste Magd im Haus war, sie gut aufnehmen würde, und außerdem wäre Christina dort. Sie wäre wieder mit ihr und Johannes vereint, wie früher im Spiel. Hatte sie sich nicht schon immer im Sandnerhof wohlgefühlt und die Freundin um ihr Leben beneidet? Sie würde dort ein leichteres Leben haben, ein besseres als hier unter der Knute von Hildegundis.

»Aber …« Sie merkte, wie ihre Lippen zitterten, weil die Tränen ihr schon wieder in Mund und Nase stiegen. Sie starrte auf den Bauch ihrer Stiefmutter, der sich unter dem groben Stoff ihres Kleides wölbte. »Brauchst du mich nicht hier, Mutter?«

Hildegundis legte eine Hand schützend auf ihren Leib und schüttelte den Kopf. »Es wird schon gehen«, sagte sie hastig.

Berthold legte eine Hand auf den blank geputzten Tisch. »Nun, Lioba? Was sagst du?«

Lioba kämpfte gegen die aufsteigenden Tränen an. Der Wind blies um die Hausecken und rüttelte an den geschlossenen Fensterläden. Ein Windstoß fuhr durch die Giebelöffnung herein und ließ das Feuer auflodern. Lioba schluckte. Ihre Augen brannten vom beißenden Qualm, ihre Kehle war ausgetrocknet. Aber es gelang ihr, sich zu beherrschen. Sie nickte.

Berthold wechselte mit Hildegundis einen raschen Blick. Beide sahen erleichtert aus. »Gut, Kind! Du kennst Johannes von klein auf, er wird dir ein guter Mann sein.«

Lioba nickte. »Wann?«, fragte sie mit tonloser Stimme.

»Zu Mariä Lichtmess.«

»Aber das ist ja noch in diesem Winter!« Entsetzen packte Lioba, und sie fühlte ihre Knie weich werden. Sie hatte gedacht, sie würde erst zu Pfingsten vermählt werden, im nächsten Frühjahr, wenn die meisten Ehen geschlossen wurden. »Warum so schnell?«

Ihre Eltern saßen reglos auf ihren Schemeln und erwiderten nichts. Hildegundis' Gesicht schimmerte blass im Feuerschein.

»Warum lange warten, wenn man sich einig ist, Lioba? Albert nimmt dich auch ohne Mitgift für seinen Sohn an, das ist ein großes Glück. Wo wir doch nichts für dich aufbringen können! Ich bin beruhigt, wenn ich dich so gut untergebracht weiß«, sagte ihr Vater leise.

Lioba glaubte ihm seine Besorgnis. Er war wirklich überzeugt, dass er das Beste für sie tat, das sah sie ihm an. Ihm würde sie gehorchen, nicht ihrer Stiefmutter. Für ihn wollte sie eine gehorsame Tochter sein.

»Also gut«, sagte sie leise.

Sie würde eine Winterbraut werden. Immer hatte sie davon geträumt, im frühen Sommer zu heiraten, wenn der Duft der frischen Gräser die Luft erfüllte und die Kräuter sprossen. Nun also im Hornung, wenn die Erde noch hart und gefroren war und die Luft kalt. Wenn die Vorräte fast aufgebraucht waren und die Fastenzeit bevorstand.

Berthold erhob sich, trat zu ihr, strich ihr kurz über den Arm und nickte. Dann legte er ein paar Holzscheite aufs Feuer.

Lioba ging hinaus, ohne Hildegundis noch einmal anzusehen.

Sie warf sich ihren Wollmantel über und schlich sich auf den Hof. Der Wind pfiff um das Haus, wühlte in den kahlen Ästen des Walnussbaums, dessen Nüsse jetzt trocken in großen Körben auf dem Dachboden ruhten. Der Hund kroch aus seiner Hütte und beschnupperte Lioba. Sie kraulte ihn ein wenig, dann öffnete sie das Tor im Flechtzaun und trat hinaus auf den Weg.

Still und nass lag der Baumstumpf vor ihr, umgeben von Gras und Laub. Lioba hob die Hand, strich sanft über das feuchte Holz, dort, wo Thomas gesessen hatte. Sie weinte. Der Regen durchnässte ihr Haar und mischte sich mit ihren Tränen.

Die Erinnerung daran, wie sie hier gemeinsam gesessen hatten, schmerzte. Sie würde nie mehr über den Sandnerhof gehen können, ohne daran zu denken, wie sie dort mit Thomas getanzt hatte. War es so im Leben, dass man immer nur ein paar Stunden des Glücks erlebte und dann von den Erinnerungen an die glücklichen Stunden leben musste?

Wäre Thomas Kaufmann gewesen oder Handwerker, hätte sie mit ihm gehen können – ja, sie hätte es sogar gegen den Willen ihres Vaters getan, wenn Thomas gewollt hätte –, dann hätten sie sich gemeinsam ein neues Leben aufbauen können. Aber er war ein edler Mann, ein Ritter, noch dazu Herr über eine nahe gelegene Burg. Ein gemeinsames Leben war wegen des Standesunterschieds ausgeschlossen, selbst wenn er gewollt hätte. Nach dem Erntedankabend war sie sich sicher, dass er ihre Gefühle erwiderte. Er wollte sie, aber nun war es für ihn ebenso unmöglich wie für sie. Sie musste ihn vergessen.

Mit einer energischen Handbewegung wischte sie das Wasser vom Baumstumpf und setzte sich hin. Sie wickelte ihren Umhang eng um sich und lauschte zitternd dem Wind und dem fallenden Regen.

* * *

Thomas bemerkte sie nicht sofort. Es war auch schon fast dunkel im Stall. Nur durch ein paar kleine Löcher in den Fensterläden fiel das Licht des trüben Herbstnachmittags herein.

Wind rüttelte an den Holzwänden des Stalls, in dem neben Thomas' Hengst noch die Pferde von Gerlach, Rudolf und den beiden Kriegsknechten standen.

Nabor stampfte mit dem Huf. Er war unruhig, weil Thomas ihn wegen des Sturms heute noch nicht hatte ausreiten können, Thomas klopfte ihm beruhigend den Hals.

»Ist ja gut. Morgen reiten wir wieder aus, egal, wie das Wetter ist.«

Nabor spitzte die Ohren. Thomas nahm eine Möhre und fütterte sein Pferd. Er mochte die täglichen Stunden auf Nabor nicht mehr missen, ja er konnte sich nicht vorstellen, wie er die Wochen ohne das Tier überhaupt hatte überstehen können. Etwas in den klugen schwarzen Augen des Pferdes schien ihn zu verstehen und zu lieben, was immer er tat. Der Hengst war ihm treu ergeben, gleichzeitig von einer inneren Unruhe und Wildheit erfüllt, die Thomas gut verstehen konnte. Das Tier wollte hinaus, wie er hinauswollte, und er widerstand nur schwer der Versuchung, Nabor zu satteln und sofort im Regen und Sturm loszureiten.

Nur weit weg von hier, dem Ort, wo ihm alles fremd war, mit Eltern, die er nur aus Erzählungen kannte, einem ängstlichen Bruder und einem Oheim, der ihn auf einen grauenhaften Kriegszug vorbereitete.

Er konnte sich an kaum etwas erinnern, und die wenigen Scherben, die er aus seinem vergangenen Leben auflas, verhießen nichts Gutes.

Was hinderte ihn daran, Nabor sofort zu satteln, das Notwendigste zu packen und mit Lioba in eine Stadt zu fliehen?

Er strich über das helle, mit grauen Flecken getupfte Fell seines Hengstes. Er hatte in den letzten Nächten, seitdem er wusste, wozu er sich verpflichtet hatte, immer wieder darüber nachgedacht. Wohlweislich hatte Gerlach ihm erst so spät die Wahrheit offenbart. Er traute ihm nicht, Thomas, dem Bauern, wie er ihn manchmal nannte, und das zu recht. Thomas wusste, wie einfach es sein könnte: tief in der Nacht, wenn die Wachen schliefen (er wusste, dass sie es taten), oder an einem verregneten Nachmittag wie diesem einfach losreiten und nicht wiederkommen.

Aber würde Lioba mitkommen? Und wenn ja, wovon sollten sie leben? Er hatte nichts gelernt außer dem Kriegshandwerk. Er könnte Söldner werden, aber wollte er Lioba ein solches Leben wirklich antun? Oder sollten sie als Tagelöhnerfamilie ein hartes Leben fristen, immer in der Angst, von jemandem entdeckt zu werden?

Nein. Sie sollte jemanden heiraten, einen guten Bauern, mit ihm eine Familie gründen und ihn vergessen. Ein solches Leben war für sie bestimmt, und eines Tages, wann auch immer, würde sie ihn vergessen haben. Sie war doch noch so jung.

Thomas lehnte den Kopf an den Rücken seines Hengstes, strich ihm über das Fell. Die Wärme des Tieres und der Stallgeruch waren ihm vertraut und trösteten ihn. Er schloss die Augen.

Da vernahm er ein Knistern, als jemand auf Strohhalme trat. Er öffnete die Augen und sah die Magd hinter Nabor. Dunkles krauses Haar floss aus ihrem Kopftuch bis zu den Schultern. Ihre Haut hatte einen gesunden, rötlich braunen Ton. Ihre vollen Lippen lagen leicht geöffnet in ihrem herzförmigen Gesicht und gaben den Blick auf helle Zähne frei.

Sie tat nicht einmal so, als sei sie überrascht, ihn hier zu finden. Als sei es das Selbstverständlichste der Welt, glitt sie an Nabor vorbei zu ihm, umschlang ihn mit ihren Armen, presste sich an ihn.

»Endlich gehst du mir nicht mehr aus dem Weg«, flüsterte sie. »Ich hab dich so vermisst!« Sie hob den Kopf, legte ihre Lippen auf die freie Stelle oberhalb seiner Brust, wanderte sanft seinen Hals hinauf über den Hügel seines Adamsapfels bis zum Kinn.

Thomas erzitterte unter ihren Berührungen. Ihr Geruch kam ihm bekannt, ja vertraut vor, und er fühlte, wie sich die Begierde unter seiner Bruoch regte. Die Magd schien das zu merken, lächelte und presste sich an ihn, sodass er ihre Brüste spürte.

Ihre Hand glitt an jene Stelle, wo sich seine Begierde regte, und sie entfachte sie mit ein paar raschen, geübten Bewegungen zu steigender Lust.

»Hast du vergessen, wie schön es immer war?«, murmelte sie und lehnte den Kopf an seine Brust. »Oh, wir machen es so, dass keine Kinder kommen, versprochen.«

Sie stöhnte leise und ließ ihren Mund mit langsamen, zärtlichen Bewegungen hinunter zur empfindlichsten Stelle seines Körpers gleiten.

In seinem Kopf schwirrte es. Er dachte an Lioba und dass er den Berührungen dieser Frau nicht nachgeben wollte, doch dann packte ihn eine unglaubliche Lust, von der er wusste, dass sie nicht eher enden würde, bis sie Erlösung gefunden hatte. Er legte seine Hände auf das Hinterteil der Magd, presste sie an sich, küsste sie gierig.

Zu Füßen von Nabor sanken sie auf das Stroh und überließen sich nur noch ihren Händen und Mündern. Erinnerungen, die ihm Schauer über den Rücken jagten, flackerten in Thomas auf.

»Ich hatte schon geglaubt, du würdest es nie mehr wollen«, flüsterte die Magd, als sie später ermattet nebeneinanderlagen.

Thomas seufzte. Inzwischen war ihm ihr Name wieder eingefallen – sie hieß Agnes. Sie beugte sich vor, um seine Brust zu küssen. Ein befriedigtes Lächeln glitt über ihr Gesicht.

»Lass das.« Er schob sie fort und erhob sich.

Enttäuscht sah sie zu ihm auf. »Was ist denn? Wir haben doch sonst immer …«

»… ja, aber jetzt nicht mehr.« Er zerrte an seinen Beinlingen, nestelte an seinem Hemd, voller Reue und Widerwillen. Sie streckte die Hand nach ihm aus, doch er schob sie fort. »Ich habe gesagt, du sollst das lassen!«

Sie sah ihn mit einer Mischung aus Überraschung und Enttäuschung an. »Was ist los mit dir? Du bist ein anderer Mann geworden.«

»Ach ja?« Er baute sich vor ihr auf. »Steh auf!«

Sie starrte ihn erschreckt an, ihre Augen waren runde, dunkle Löcher in der Dämmerung.

»Zieh dich an.«

Hastig griff sie nach Kopftuch und Kleid, zog es sich über, schlüpfte in ihre einfachen Schuhe.

»Ich will nicht mehr, dass du mich verführst. Ich will es nicht mehr, hast du verstanden?«

In der Dämmerung sah er sie ängstlich nicken. »A… aber w… warum denn nicht, Otto?«

»Nenn mich nicht Otto!«, fuhr er sie an. »Wir sind nichts als Herr und Magd, und du sprichst mich nicht mehr an, verstanden?«

Agnes starrte ihn mit offenem Mund an.

»Hast du verstanden?«, wiederholte er.

Sie nickte und schluchzte auf. Er packte sie an ihrem Kleid. »Und noch etwas – du wirst mit niemandem darüber reden. Tust du es doch und ich bekomme mit, wie du meinen Namen in den Dreck ziehst, dann schicke ich dich in dein verdammtes Dorf zurück!«

Agnes nickte hastig. Die Schluchzer blieben ihr im Hals stecken. Als er sie losließ, rannte sie aus dem Stall, als wäre der Leibhaftige hinter ihr her.

Nachdem die Tür hinter ihr ins Schloss gefallen war, hob Thomas seine Hände und betrachtete ihre Umrisse in der Dunkelheit. Die Wut rauschte immer noch in seinem Kopf, und er fühlte sein Herz klopfen. Er kannte diese Wut, es war dieselbe, die ihn in dem Kölner Kloster den Bruder hatte schlagen lassen. Es war die Wut der Verzweiflung.

Kapitel 12

Als der Sturm sich endlich gelegt hatte, befand Gerlach, es sei Zeit für die Rehpirsch, damit sie endlich mal wieder Wildbret essen könnten. Außerdem, meinte er, seien die Tage, die sie wegen des Sturms und des Regens untätig drinnen hätten verbringen müssen, nun wirklich genug gewesen.

Sie ritten in ihr Jagdgebiet, einen nahe gelegenen Wald, ließen die Kriegsknechte mit den Pferden in der Jagdhütte zurück und machten sich auf den Weg. Später trennten sie sich, um allein auf die Pirsch zu gehen, nur Rudolf blieb bei Thomas. Gerlach war zunächst dagegen, er schien Thomas noch nicht zu trauen und ließ ihn nur ungern allein, aber die beiden konnten ihn schließlich davon überzeugen, dass sie es auch allein schaffen würden. Beide hatten den Wunsch, ungestört miteinander zu reden. Kaum waren sie allein, begann der sonst so schüchterne Rudolf zu erzählen.

»Du bist früher gern auf die Jagd gegangen«, fing er an. »Auf die Bockjagd, aber auch auf die Pirsch. Ich war dabei, als du einen wilden Keiler mit dem Spieß erlegt hast. Ich hatte Angst, aber du bist ganz ruhig geblieben.«

»Ja, das Töten ist mir nicht fremd«, erwiderte Thomas. »Auch das Kämpfen nicht.« *Und ein paar andere Dinge auch nicht,* setzte er in Gedanken hinzu. »Dafür kannst du schreiben.«

Rudolf lächelte. Unter der Stoffkappe leuchteten seine Wangen rötlich von der frischen Luft, und er wirkte gelöst und zufrieden. Im Gegensatz zu seinem Bruder trug er nur ein Messer unter dem Wollumhang, während Thomas seinen Jagdbogen geschultert hatte und mehrere Pfeile im Köcher bei sich trug.

»Wie merkwürdig, dass du dich an diese Dinge erinnerst, aber an uns nicht mehr«, meinte Rudolf.

»Es gefällt Gott offenbar, mir die Erinnerung nur in Teilen wiederzugeben.« Thomas hielt inne, denn sie hatten jetzt jene Stelle bei den Eichen erreicht, wo die Rehe oft hinkamen, um zu äsen. Lange warteten sie still hinter ein paar Büschen, aber von Rehen keine Spur. Sie gaben sich Zeichen und gingen weiter.

»Gerlach wird bestimmt etwas erlegen«, meinte Thomas. »Aber weißt du was? Ich fände es nicht schlimm, wenn ich nichts vor den Pfeil bekäme.«

»So etwas hättest du früher nie gesagt.«

Thomas ließ die Hand sinken, mit der er seine Augen beschirmt hatte, um besser sehen zu können. Sie waren jetzt am Waldrand angelangt. Vor ihnen erstreckte sich ein abgeerntetes Feld in der Morgensonne. Dahinter, am Rand eines weiteren Waldausläufers, erblickten sie die Umrisse von zwei Rehen – eine Ricke und ihr Kalb. Sie blieben stehen und warteten still. Der Wind stand richtig, die Tiere bemerkten sie nicht. Thomas nahm den Bogen und einen Pfeil aus dem Köcher, legte ihn ein und spannte die Sehne. Zielte. Er kniff die Augen leicht zusammen, um das Reh besser sehen zu können. Die Tiere standen in einer günstigen Position. Das Kalb äste gleich hinter seiner Mutter, sie waren auch nicht zu weit entfernt. Ein sauberer Blattschuss, und das Tier wäre innerhalb von wenigen Atemzügen tot. Er würde in Gerlachs Achtung steigen, wenn er wenigstens ein Kalb erlegte.

Aber er zögerte.

In diesem Augenblick krächzten Krähen in den hohen Bäumen am Waldrand. Die Ricke hob den Kopf, bewegte wachsam ihre Ohren, dann floh sie mit ihrem Kalb ins dichte Unterholz des Waldes.

»Zu spät«, sagte Thomas und wechselte mit seinem Bruder einen raschen Blick, in dem kein Bedauern lag. Beide mussten lächeln.

Sie machten kehrt und liefen durch das Dickicht zurück zum Weg, als sie Hufschläge hörten. Thomas packte seinen Bruder am Arm, zog ihn zurück ins Unterholz und drängte ihn hinter ein paar Brombeersträucher. Still verbargen sie sich hinter den Sträuchern, während sie herankommen hörten, wovor die Krähen gewarnt hatten. Vorsichtig lugte Thomas über die Sträucher hinweg. Er sah eine Handvoll Reiter, die sich rasch näherten. Die Männer trugen abgewetzte Lederbeinlinge und Helme ohne Nasenschutz. Ihre Schwerter steckten in speckigen Lederhüllen. Ihre Schilde unterschieden sich in Form und Größe, doch sie hatten alle kein Wappen.

Einer der Männer trug ein Kettenhemd, in das Lederärmel eingenäht waren. Er hatte ein gut geschnittenes, aber ausdrucksloses Gesicht und lange dunkle Haare, die unter seinem Helm hervorkamen und bis auf seine Schultern hingen. Thomas tauchte hinter die Sträucher zurück, sein Herz klopfte wie wild, als die Erinnerung seinen Kopf durchzuckte.

Der Mann hatte vor einem Wagen gekniet, der umgekippt war und den Waldweg versperrt hatte. Das Rad hatte daneben gelegen, ein paar Säcke der Ladung waren heruntergefallen.

»Ihr versperrt den Weg!«, rief er ungehalten und zügelte sein Pferd.

Der Mann seufzte und sah ihn hilflos an. »Gott zum Gruße, Ritter! Könntet Ihr mir helfen, den Wagen wieder aufzurichten?

Ich brauche nur ein paar kräftige Hände, die mit anpacken, das Rad wieder daranzusetzen. Ich werde auch sofort abladen.«

Otto zögerte. Er hatte es eilig und nicht vor, seine Zeit mit einem törichten Bauern zu vergeuden, der seinen Wagen nicht instand halten konnte.

Seine Blicke glitten durch die lichten Bäume. In einiger Entfernung lagen wie helle Kleckse die Bauernhäuser hinter den Wiesen.

»Ich habe es eilig«, knurrte er unwillig. »Hol dir einen Bauern aus dem Dorf.«

»Bitte!«, flehte der Knecht. »Ich muss bis Sonnenuntergang bei meinem Bauern sein, sonst bekomme ich Hiebe. Seid ein guter Mann und helft einem armen Knecht, Gott wird's Euch vergelten.«

Unwillig gab Otto seinem Kriegsknecht ein Zeichen, stieg vom Pferd, trat zum Wagen. Er sah noch das Lächeln des Mannes, das sich in ein tückisches Grinsen verwandelte. Zu spät bemerkte er die Männer, die mit gezogenen Schwertern aus dem dichten Gebüsch sprangen. Er hatte noch sein Schwert ziehen können und gehört, wie ein anderes zischend durch die Luft gefahren war. Er hatte es klirren und die Pferde wiehern gehört und dann einen mächtigen Schlag auf dem Hinterkopf gespürt, der ihn in Dunkelheit und Kälte gestürzt hatte.

Mein Knecht!, durchfuhr es ihn, und er sprang hinter den Sträuchern hervor. Aber er sah nur noch die Hinterbacken seiner Stute, ihre schwarze Mähne, die zottelig auf das rötliche Fell fiel, als die Männer den Waldweg hinunterritten. Er riss sein Messer aus dem Gürtel, maß die Entfernung ab, um wenigstens noch einen von den verdammten Kerlen erwischen zu können, doch sie waren schon zu weit weg.

Schwer atmend hielt er inne und starrte ihnen hilflos hinterher. Seine Pfeile würden ihre Kettenhemden nicht durchdringen können. Er hatte seinen Kriegsknecht nicht bei ihnen gesehen. Vielleicht hatten sie ihn getötet.

Rudolf kam und legte ihm die Hand auf den Arm.

»Was ist, Otto?«

Thomas vernahm die Stimme seines Bruders nicht. Er starrte auf den Waldweg, wo die Reiter in der Ferne verschwanden. Lange hörte er noch das Klopfen der Hufe auf dem Boden, bis es endlich verklang. In seinem Kopf schwirrte es.

»Ich hätte ihn erwischen können!«, rief er.

»W… wen denn?«

Thomas starrte seinen Bruder an. Sah in sein ängstliches Knabengesicht, das seine zukünftigen männlichen Züge bereits gut erahnen ließ – die eines weichen, schwächlichen Mannes, der nie seine Angst verlieren würde. Aus dem nie ein Krieger werden würde. Seine Mutter hatte richtig gehandelt, als sie ihn im Kloster gelassen hatte, das war der passende Ort für ihn.

»Den Mann, der mich in die Falle gelockt hat.« Er stieß einen groben Fluch aus.

»A… aber das geht doch nicht! Wir können uns nicht mit allen anle…« Rudolfs Augen rundeten sich. »Du *weißt* es wieder? Du kannst dich an den Überfall erinnern?«

Thomas nickte. »Diese gottverdammten Kerle haben mir einen Hinterhalt gelegt, mit einem Wagen …«

Er erzählte seinem Bruder von seiner Erinnerung.

Rudolf sah entsetzt aus. »Sie sind noch hier in der Nähe!«

»Oder sie kommen immer wieder. Ihre Schilde trugen keine Wappen«, sagte Thomas. »Wahrscheinlich sind sie Raubritter, verfluchte Mörder. Komm, wir müssen zurück zu Gerlach.« Ungeduldig zerrte er am Gewand seines Bruders.

»Aber sie haben uns doch nicht gesehen? Nicht dass sie sich verstecken und uns irgendwo auflauern!«

Der ängstliche Ton in der Stimme seines Bruders ärgerte Thomas.

»Herrgott, wenn sie uns gesehen hätten, hätten sie uns sofort erledigt! Wir müssen zurück zur Hütte, die anderen warnen.«

Er langte unter seinen Umhang und vergewisserte sich, dass das Messer noch an seinem Platz steckte. Rudolf nickte, und sie gingen den Weg zurück.

* * *

Gerlach kam erst spät zur Jagdhütte, mit einem erlegten Rehkalb. Er strahlte, nachdem er Thomas' Geschichte gehört hatte.

»Du kannst dich wieder erinnern. Ein Wunder ist geschehen! Mein Otto ist zurückgekehrt!«

Er packte Thomas und drückte ihn an seine Brust. Als er ihn losließ, sah Thomas in das Gesicht des Alten, das ihm nun wieder vertraut erschien. Das dem seines Vaters so ähnelte. Von dem er wusste, wie es bei plötzlich aufwallendem Zorn aussah oder mit Stolz erfüllt, denn dieses Gesicht hatte ihn immer voller Stolz angesehen.

Er sah noch mehr – seine beiden Vettern Hartwich und Volkmar, mit denen er während seiner Knappenzeit bei Gerlach aufgewachsen war und die ihm vertrauter waren als Rudolf. Er sah Gerlachs Frau Irmgard und Burg Altendonk, in der er lange gelebt hatte. Er sah den kleinen Rudolf auf dem Arm seiner Mutter. Die Mutter, wie sie einen toten Säugling in der Wiege zudeckte, ihr gütiges Gesicht voller Kummer.

Mutter!

Er sah ihr wächsernes Gesicht in den Kissen, und der Schmerz packte ihn mit Wucht. Nie mehr würden sich diese Augen öffnen. Nie mehr würde er ihre Stimme hören. Er war allein. Allein mit einem Schwächling von Bruder.

Thomas musterte Rudolf, als sähe er ihn zum ersten Mal. Aber jetzt spürte er keine Verachtung mehr für ihn. Er sah nur den schmalen Jüngling, der kein Kämpfer war, sondern ein Träumer und Schreiber, der niemandem etwas zuleide tun könnte. Warum sollte man solche Menschen verachten? Waren sie nicht die besten Geschöpfe des Herrn?

Er sah den Schrecken, der sich im Gesicht Rudolfs widerspiegelte, und schenkte ihm ein Lächeln.

Rudolf starrte ihn ungläubig an.

»Wir müssen die Männer fassen«, drängte Thomas. »Vielleicht sind sie noch in der Nähe.«

»Wie schön, dass du wieder wie früher bist«, sagte Gerlach. »Aber es ist zu spät. Gleich wird's dunkel. Nein, mein Junge, wir versuchen es morgen. Wenn wir Pech haben, sind die sowieso längst woanders.«

»Aber sie haben meine Stute!«, rief Thomas. »Ich habe sie gesehen! Meine Rüstung auch! Und was ist mit meinem Knecht?«

Gerlach zog bedauernd die Brauen hoch und seufzte. »Deine Rüstung kriegst du nicht wieder, Junge. Selbst wenn wir die Kerle erwischen. Sie haben die längst verkauft und wahrscheinlich ein Vermögen damit gemacht. Es gibt genug Söldner, die nicht das Geld für eine Rüstung aufbringen können. Allein dein Schwert …«

Thomas machte eine ungeduldige Handbewegung. »Ich weiß, wie teuer es war«, entgegnete er gereizt. »Es war neu, genau wie das Kettenhemd.« Er fluchte und ging verärgert in der Hütte auf und ab. »Wenn wir den Kerlen nicht das Handwerk legen, hören die doch nie auf.«

»Wir werden morgen mit unseren Männern die Gegend absuchen«, versprach Gerlach. »Gott gebe, dass wir sie finden!«

* * *

In den nächsten beiden Tagen suchten sie mit den Kriegsknechten der Burg die Wälder in der Umgebung ab, ritten zur Rheinfurt, wo die alte Handelsstraße über den Fluss führte, folgten dem Weg nach Brügge – vergeblich.

»Wir könnten Männer zu den Burgen in der Umgebung schicken«, meinte Gerlach, als sie abends im Burgsaal zusammensaßen.

»Ja, sicher.« Thomas saß auf einem Stuhl mit kunstvoll geschnitzter Lehne und starrte gedankenverloren ins Feuer. Er hatte die Hoffnung aufgegeben, die Kerle noch vor der großen Pilgerfahrt wiederzufinden. Weitere Bilder stiegen in ihm auf, mehr, als ihm lieb waren. Es war, als hätte die Erinnerung im Wald einen Damm geöffnet, durch den nun sein ganzes bisheriges Leben hereinstürzte.

Eine frühe, blasse Erinnerung an seinen Vater: ein ernstes Gesicht über dem Kettenhemd. Blondes, von grauen Strähnen durchzogenes Haar, das auf die Schultern fiel. Die Mutter dagegen jung und weich, mit warmen Händen und einer freundlichen Stimme. Später, nach dem Tod des Säuglings, seiner kleinen Schwester, hatte sich ein trauriger Zug in ihre Miene geschlichen, vor allem, wenn sie sich unbeobachtet gefühlt hatte. Nach dem Tod seines Vaters war dieser Ausdruck immer öfter in ihre Miene gekommen, und seit sie Rudolf im Kloster untergebracht hatte, war er nur noch selten aus ihrem Gesicht gewichen – eigentlich nur noch zu den wenigen Gelegenheiten im Jahr, zu denen Otto sie auf Burg Linn besucht hatte – zum Fest der Christusgeburt, zu Ostern und zu Pfingsten. Er wollte bei ihr bleiben, aber sie hatte nicht gewollt, dass er ihretwegen seine Lehrzeit vor der Schwertleite abbrach. Er musste ein Kämpfer werden wie sein Vater und sein Großvater vor ihm. Dafür hatte sie sich geopfert, allein in ihrer Burg, für ihre Söhne, damit diese vernünftig erzogen würden.

Später war er nicht mehr gern zurückgekommen. Zu sehr hatte ihn seine traurige Mutter gerührt und befremdet. Burg Altendonk war sein Zuhause geworden; Gerlach, Tante Irmgard und die Vettern, seine Waffenbrüder. Dort konnte er seine Tage mit Übungen, Wettkämpfen, Reiten und Jagen verbringen, wie er es liebte, mit Würfelspielen am Abend und kleinen Tändeleien mit Mägden. Die Dame, der er bei Tisch aufwarten musste, war seine Tante, die Wert auf gute Tischsitten und Höflichkeit legte, aber ein allzu steifes Zeremoniell hasste. Lustig und frei ging es im Hause Gerlachs zu, es wurde viel gelacht, gespielt, geraten und gesungen, und er liebte dieses Heim bald mehr als sein eigenes. Er hasste die Schuldgefühle, die er deswegen seiner Mutter gegenüber hatte. Er versuchte alles, um sie aufzuheitern, aber was er auch tat – der traurige Ausdruck wich nie mehr aus ihrem Gesicht. Er blieb bis zu ihrem Tod. An jenem schrecklichen Tag kniete Otto vor ihrem Leichnam und schwor bei der Seele seiner Mutter, alles zu tun, wofür sie sich geopfert hatte. Er würde der Sohn werden, den sie sich immer gewünscht hatte. Er würde Mut und Tapferkeit beweisen und dem Familiennamen Ehre machen. Wenn ihre Seelen sich dereinst in einem anderen Reich wiedersähen, dann würde sie stolz auf ihn sein.

Sie hätte ihn sehen sollen, wie er zwischen den anderen Rittern, Grafen und hohen kirchlichen Würdenträgern im Saal der Pfalz stand, wo der Kaiser in seinem festlichen Ornat eine Rede hielt. Der Ruf zu den Waffen erklang auch hier noch einmal, wie schon zuvor im Winterhof des Kaisers in Straßburg. Es wurde über nichts anderes gesprochen als über die Niederlage des christlichen Heeres bei Hattin und die Eroberung der Heiligen Stadt durch den Teufel in Menschengestalt, Sultan Saladin. Man war sich darüber einig, dass man es auf keinen Fall dulden könnte, die Heilige Stadt und die Reliquie des Wahren Kreuzes in der Hand der Heiden zu lassen. Kein Mann von Stand, der gesund, jung und reich war, könnte zurückbleiben, ohne sich mit Schande zu bedecken, und er, Otto von Linn, war jung, gesund und reich. Er hatte zwar gerade erst die Schwertleite hinter sich, aber hier am Hof des Kaisers gehörte er zum Kreis der Ritter, hier machte es keinen Unterschied, ob er jung war oder ein erfahrener Kämpfer. Man war eine Gemeinschaft im Kampf gegen die Ungläubigen, und er gehörte dazu. Gott hatte ihn zum Kämpfer gemacht, und nun wusste er auch, warum. Er würde seine Sünden beichten, und wenn er auf dem Feldzug stürbe, dann hätte seine Seele das ewige Leben beim Herrn erlangt, wie der Papst es gesagt hatte. Wie auch die Seele seiner Mutter, davon war er überzeugt.

Seine Mutter hätte ihn sehen sollen, als er in einer feierlichen Zeremonie in der Linner Kirche das Kreuz genommen hatte und zum Ritter Christi geworden war. Er wusste, sie wäre stolz auf ihn gewesen.

»… dass wir das Weihnachtsfest auf Altendonk verbringen sollten … Otto?«

Otto von Linn fuhr aus seinen Erinnerungen auf und sah auf seinen Oheim, der mit einem Glas Wein am Kamin stand.

»Was meinst du, Otto?«

»Weihnachten bei euch, warum nicht? Ich sehne mich schon lange nach eurem Rehbraten. Was sagst du dazu, Rudolf?«

Sein Bruder, der bisher schweigend am Tisch gesessen hatte, zögerte überrascht. Offenbar war er es nicht gewohnt, von Otto nach seiner Meinung gefragt zu werden.

»Warum nicht?«

Otto nickte, erhob sich und klopfte Gerlach auf die Schulter. Alle Traurigkeit war von ihm abgefallen. Auch die Erinnerungen quälten ihn nicht länger. Er hatte ein Ziel und keine Angst.

Kapitel 13

Sie erreichten die Herberge schon am Mittag. Lioba rieb sich erfreut die Hände, als sie das kleine weiß getünchte Haus in Urdingi erblickte. Still lag der kleine Ort in der winterlichen Nachmittagssonne, noch nichts deutete darauf hin, dass hier am nächsten Tag der monatliche Markt stattfinden würde. Sie waren die Ersten und durften sich für ihren Wagen einen guten Platz in der Scheune aussuchen, was Johannes mit einem zufriedenen Lächeln quittierte. Morgen würden sie in aller Herrgottsfrühe anspannen, mit dem Wagen zum Markt ziehen und dort Winterkohl verkaufen. Urdingi lag günstig am Rhein, nicht weit von der Furt entfernt und dort, wo der Mühlenbach in den Rhein mündete. Viel befahrene Fernwege in der Nähe führten Reisende vorbei; aber auch die Bauern in der Umgebung nutzten den Markt, um ihre zur Neige gehenden Vorräte aufzufüllen.

Morgen würden die ärmeren von ihnen sicher ihr letztes Vieh verkaufen, das sie nicht mehr durch den Winter bringen konnten. Aber der Sandnerhof verfügte noch über so viele Vorräte, dass ein Teil davon selbst jetzt noch, im Hartung, verkauft werden konnte, und das für gutes Geld oder ausgezeichnete Tauschwaren.

Lioba nestelte an ihrem Wollumhang herum und beobachtete ungeduldig, wie Johannes das Maultier ausspannte. Sie fuhr sich zum wiederholten Mal mit der Hand über ihren geflochtenen Zopf und prüfte, ob er noch richtig gebunden war. Christina drückte ihr die Hand und warf ihr einen vielsagenden Blick zu. Lioba nickte.

Es war so weit. Sie überzeugte sich noch einmal, das Johannes auch wirklich beschäftigt war, dann ließ sie die Hand der Freundin los und huschte am Haus vorbei auf den Weg. Rasch schloss sie das Gatter hinter sich. Aber ruhiger wurde sie erst, als sie das Dorf hinter sich gelassen hatte und den Weg am Bach erreichte.

Es war nicht weit. Wenn sie sich beeilte, würde sie wieder zurück sein, bevor Johannes Verdacht schöpfte. Sie lief schnell. Ihr hastiger Atem entließ kleine weiße Wölkchen in die Luft. Der Matsch auf dem Weg war hart gefroren, dazwischen schimmerten die hellen Eisflächen der Pfützen. Wenigstens lag kein Schnee.

Lioba schlug die Kapuze ihres Wollmantels hoch und zog sie tief ins Gesicht. Kälte schnitt ihr in die Haut, aber sie achtete nicht darauf, sondern lief mit energischen Schritten weiter.

Wochenlang hatte sie sich auf diesen Tag vorbereitet. Sie hatte mit Christina geredet, war für Hildegundis die gehorsamste Tochter der Welt gewesen. Hatte ihre Stiefmutter dann gebeten, Johannes und Christina auf den Markt begleiten zu dürfen. Es wäre gut, wenn sie sich jetzt schon an ihre künftigen Pflichten als Bäuerin auf dem Sandnerhof gewöhnen könnte, hatte sie ihr gesagt und damit ihre Erlaubnis bekommen. Als sie Burg Linn bei ihrer ersten Fahrt zum Markt das erste Mal gesehen hatte, hatte der bohrende Schmerz in ihr sie ganz kleinlaut werden lassen.

Seine Burg! Sie hatte vom Weg aus nur die hölzernen Zinnen hinter der steinernen Wehrmauer sehen können. Dann waren sie an dem kleinen Dorf Linn vorbeigekommen und an der Kirche, die zum Kloster St. Suitbert gehörte, wie Johannes ihr erklärt hatte.

Fast einen halben Tag hatten sie bis nach Linn gebraucht. Dann noch mal etwas weiter bis nach Urdingi am Rhein. Morgen nach dem Markt würden sie wieder zurückkehren, und sie würde sich weiter gegen Johannes' Nachstellungen wehren müssen.

»Es ist doch nicht mehr lang bis zur Hochzeit«, hatte er immer wieder gedrängt. »Wir könnten Schweineblut fürs Laken nehmen, das merkt keiner.«

Sie hatte sich erfolgreich geweigert, bisher. Hatte darauf bestanden, als Jungfrau in die Ehe zu gehen. Hatte gesagt, sie wolle keinen Bastard zeugen. Und überhaupt, was diese Drängelei sollte!

Johannes hatte sich zähneknirschend zurückgezogen, aber nach dem heutigen Tag würde alles noch schlimmer werden, das wusste sie.

Sie hielt an, um zu verschnaufen. Durch die kahlen Äste der Bäume schimmerte die helle Mauer von Burg Linn. Endlich.

Ihr Herz begann, aufgeregt zu schlagen. Sie lief über die Planken der Brücke zum Tor hinauf, als die Männer oben auf dem Wehrgang sie erblickten.

»Was willst du?« Der Kriegsknecht musterte sie von oben bis unten. Er hatte ein zerfurchtes, wettergegerbtes Gesicht unter seinem Helm.

Lioba presste ihre kalten Hände zusammen. Sie hatte von den Linner Bäuerinnen in Urdingi erfahren, dass er in Linn war. Aber vielleicht war er ausgeritten? Oder er machte einen Besuch, der sich bis zum Abend hinzog? Lioba mochte nicht daran denken. Heimlich spähte sie zum Burghaus hinauf, zu den mit Schweinsblasen verschlossenen Fensteröffnungen. Sie atmete tief und streckte ihr Kinn nach vorn, um ihren Worten mehr Gewicht zu verleihen. »Sagt eurem Herrn, Lioba möchte ihn sprechen!«

Der Kriegsknecht musterte sie abschätzig. Seine Lippen kräuselten sich misstrauisch. »Was willst du von ihm?«

»Das sage ich nur ihm.«

Der Mann winkte ab. »Schlag's dir aus dem Kopf, Mädchen.«

Lioba, die mit dieser Antwort gerechnet hatte, trat einen Schritt nach vorn. »Wenn der Herr erfährt, dass ich hier war und du mich nicht zu ihm gelassen hast, wird er sehr ärgerlich werden!«, rief sie mit scharfer Stimme zum Wehrgang hinauf. »Ich bin nämlich diejenige, die ihm das Leben gerettet hat.«

Der Mann starrte sie überrascht an. Unschlüssig rieb er sich am Kinn, dann tauchte sein Kopf hinter die Wehrmauer. Eine Weile war es still, bis sich das Tor öffnete. Lioba atmete auf. Der Torknecht musterte sie noch einmal von oben bis unten, dann wandte er sich um und bedeutete ihr, ihm zu folgen.

Sie folgte ihm über den lehmigen Hof der Vorburg, der gefroren in der Winterkälte harrte. Mehrere Wirtschaftsgebäude, vermutlich Ställe und Vorratshäuser, drängten sich auf dem Hof. Aus einem kräuselte sich Rauch, vermutlich lag dort die Küche. Sie mussten noch einmal den Burggraben überqueren, um zur Hauptburg zu gelangen. Am Burghaus schließlich befahl der Mann ihr zu warten, dann stieg er die Treppe zum Eingang des Herrenhauses hinauf. Lioba zog zitternd ihren Mantel enger und tastete schon zum unzähligsten Mal nach dem kleinen Gegenstand in ihrer Gürteltasche. Vor Aufregung hatte sie einen leer gefegten Kopf. Sie glaubte, sie würde gleich kein Wort herausbringen können.

Endlich erschien der Kriegsknecht wieder und winkte sie die Treppe hinauf. Auf seinem Gesicht zeichnete sich nun so etwas wie ein Lächeln ab, als er sie ins Innere vorließ.

Der Rittersaal war nicht wirklich groß, aber Lioba, die nur die rußgeschwärzten Kammern ihres Bauernhofs gewohnt war, kam er riesig und prächtig vor. Die Dielenbretter bebten unter seinen Schritten, als Thomas ihr entgegeneilte.

»Lioba!« Er streckte seine Hände nach ihr aus. Eine glückliche Weile lang genoss sie seinen Anblick: die dunklen Locken – etwas länger jetzt –, die sein gut geschnittenes Gesicht umgaben, das Strahlen in seinen Augen. Den rötlichen Schimmer auf seinen Wangen, die von viel Bewegung an frischer Luft zeugten. Die Wärme seiner Hände, die sie nicht loslassen wollten.

Er ließ sie auch nicht los. Still betrachtete er sie wie sie ihn. Er lächelte, zog sie an sich, als wäre die Zeit stehen geblieben seit dem letzten verzweifelten Kuss, den er ihr am Morgen ihres Abschieds gegeben hatte. Als hätte es die letzten Monate nicht gegeben. Durch ihren Mantel und seine Cotte hindurch spürte Lioba seinen warmen Körper.

Sie sagten nichts, Worte waren nicht nötig. Er strich ihr über das Haar, das in langen Wellen ihren Rücken hinunterfloss. Küsste ihren Scheitel. Nahm ihr Gesicht in die Hände und bedeckte es mit Küssen. Senkte seine Lippen auf ihren Mund. Sie öffnete ihre Lippen. Roch seinen Geruch, den sie so vermisst hatte. Gewahrte verzückt, wie er an ihrem Mantel nestelte, bis der schwere Stoff endlich auf den Boden fiel. Hörte ihn leise stöhnen. Verlor den Boden unter den Füßen.

Sie fühlte sich aufgehoben, in ein kleines Gemach getragen, in dem es nur ein Bett mit schweren Vorhängen gab und eine kleine Fensterluke, durch die trübes Licht hereinfiel. Er bettete sie auf sauberen Laken, und sie bot ihm ihren Mund dar, ihren Leib.

»Sei vorsichtig«, bat sie ihn.

»Ja, Liebes.« Er zog an den Vorhängen, bis eine zeitlose Dämmerung sie umhüllte.

* * *

Es dauerte lange, bis sie wieder dachte. Bis die Dinge in ihrer Klarheit wieder in ihr Bewusstsein rückten: Das Licht, das durch einen Spalt durch die dunklen Vorhänge sickerte. Thomas' warmer Oberkörper unter ihrem Kopf. Sein Herzschlag an ihrem Ohr.

Sie fühlte sich wohlig wie ein Stück Holz, das gerade von der Sonne getrocknet wurde. Otto hatte ihr jede Angst genommen, und so war das, was ihr zuerst bedrohlich erschienen war und sie einengen wollte, verschwunden. Unter seinen Küssen und Berührungen war sie zu einem Fluss geworden, der beständig anschwoll und schließlich über die Ufer getreten war, um den fruchtbaren Boden zu benetzen.

Sie wusste, dass es richtig gewesen war. Etwas, das sich so anfühlte, konnte nicht falsch gewesen sein.

Sie wagte es nicht, sich zu rühren. Sie wollte ewig so liegen bleiben. Haut an Haut mit ihm, um den sie in den vergangenen Monaten so viele Tränen vergossen hatte. Die letzte Stunde hatte sie für alles mehr als genug entschädigt. Sie fühlte seine Hand auf ihrem Haar. Vorsichtig hob sie ihren Finger, fuhr die Vertiefung zwischen seinen Bauchmuskeln entlang.

Sünderin!, schoss es ihr durch den Kopf. Sie hatte mit Thomas, mit einem Fremden, das Bett vor der Ehe geteilt. Sie war keine Jungfrau mehr. Sie seufzte tief. War sie nicht schon immer eine Sünderin gewesen? Sie würde sich etwas einfallen lassen müssen. Schweineblut.

Sie musste lachen.

»Was ist?«

Thomas' Stimme hallte dumpf in seinem Oberkörper.

»Nichts.« Sie seufzte glücklich.

»Na sag schon.«

Sie hob den Kopf. Er musterte sie zärtlich. Sie konnte nicht anders, als ihn zu küssen. Sie hätte ihn immer küssen können, bis ans Ende ihres Lebens. Er vergaß seine Frage.

Sie bettete wieder ihren Kopf auf seine Brust, verbot sich jeglichen Gedanken.

»Mein Bruder hat im Kloster lesen und schreiben gelernt und mir eine Geschichte vorgelesen«, erzählte er. »Von einem Ritter, der seine Tage mit seiner Geliebten im Bett verbringt. Das könnte ich mir mit dir gut vorstellen.«

»Warum machen wir es dann nicht?« Sie hob den Kopf, und er betrachtete sie ernst.

»Weil es kein gutes Ende nimmt.«

»Ist die Geschichte denn schlecht ausgegangen?«

»Das erzähle ich dir ein andermal.«

»Warum nicht jetzt?«

»Weil … weil … sie ist zu lang, und ich habe keine Lust dazu.«

»Nein«, erwiderte sie. »Weil wir keine Zeit mehr haben.«

Die Traurigkeit überfiel sie wie ein Fangnetz. »Ich muss zurück. Ich bin mit Christina und Johannes in Urdingi auf dem Markt. Sie fragen sich bestimmt schon, wo ich bin.«

»Ich bringe dich zurück.«

Lioba nickte. Sie spürte Tränen aufsteigen. Was hatten sie nur getan? Wie könnte sie ihn jetzt noch verlassen?

Sie sah weg und fischte nach ihren Gewändern, damit er ihre Tränen nicht sah, doch er ergriff ihren Arm.

»Warum bist du gekommen?«, fragte er.

Lioba antwortete nicht sofort. Ihr wurde klar, dass ihr Leben ohne ihn fortan die Hölle sein würde. Sie schluchzte auf und presste sich an seine Brust. Jäh fiel ihr wieder ein, was die Linner Bäuerinnen in Urdingi ihr zugetragen hatten, nachdem sie begonnen hatte, Johannes und Christina auf die monatlichen Märkte zu begleiten – auch der junge Linner Burgherr hätte im letzten Frühjahr das Kreuz genommen.

»Geh nicht weg«, flüsterte sie, während Tränen ihre Wangen hinabrannen. »Geh nicht mit auf den Pilgerzug. Bleib hier. Bitte!«

Sie hörte sein Herz klopfen. Sanft strich er immer wieder über ihr Haar. Dann schob er sie von sich fort. »Ich habe im Frühjahr gelobt zu gehen, und ich werde es tun«, sagte er.

Sie zuckte zurück. »Warum? Nur weil du es gelobt hast?«

»Auch deshalb.« Er sah sie mit unverwandtem Blick an.

»Weshalb noch?« Sie konnte sich nicht vorstellen, dass es noch weitere Gründe geben könnte, freiwillig in einen Krieg zu ziehen.

»Weil ich es will.« Auf seinem Gesicht lag ein Ausdruck, den sie noch nie gesehen hatte.

»Aber Thomas, wie kann …«

»Nenn mich nicht mehr Thomas.«

Entsetzt starrte sie ihn an. Dieser Mann mit dem harten Ausdruck im Gesicht erschien ihr auf einmal fremd. Er schob sein Kinn nach vorn. »Ich bin nicht mehr Thomas, sondern Otto von Linn.«

Lioba fror. Das Gefühl, getäuscht worden zu sein, überkam sie. Sie warf sich hastig ihr Unterkleid über und sprang aus dem Bett.

»Du bist gemein!«, rief sie. »Du wolltest nur mit mir das Bett teilen, und jetzt zeigst du mir dein wahres Gesicht! Vielleicht hast du mich schon immer getäuscht, vielleicht warst du niemals Thomas …« Sie schluchzte laut auf.

Er sprang auf und trat hinter sie. Sanft umschlang er ihren Oberkörper. »Psssst, ruhig, Liebes!« Er küsste ihr Haar. Gemeinsam verharrten sie so und sahen durch das Fenster, durch das gelbliches Tageslicht hereinsickerte. Liobas Wut verflog. Sie genoss Ottos Nähe, spürte verzückt seinen Körper an ihrem. Verstohlen atmete sie tief seinen Geruch ein, als könnte sie ihn so auf ewig für sich bewahren.

»Ich kann mich wieder an alles erinnern«, flüsterte er an ihrem Ohr und erzählte ihr, wie er die Männer, die ihn überfallen hatten, im Wald wiedererkannt hatte. »Alles ist wieder da, mein ganzes Leben.«

Lioba dachte, dass sie sich eigentlich für ihn freuen müsste, aber in Wahrheit bedauerte sie es. Sie weinte still, und er drehte sie zu sich um und wischte ihr mit seinem Daumen die Tränen von den Wangen.

»Warum kann es nicht mehr so sein, wie es war?«, fragte sie weinend. »Wärst du doch niemals entdeckt worden! Wir hätten zusammen weggehen können und irgendwo …«

Otto presste seine Lippen aufeinander und ließ sie los. Er ließ sich aufs Bett sinken, verbarg seinen Kopf in den Händen. »Ich habe darüber nachgedacht«, gestand er offen und ließ die Hände sinken. »Mein Oheim hat mich sofort weiter im Kämpfen unterrichtet, kaum dass wir hier waren. Ich bin ein Krieger, verstehst du? Ich habe nichts anderes gelernt.« Er griff nach seiner Bruoch. »Ich habe meinen Besitz belehnt, um mitgehen zu können. Ich bin Lehnsmann des Erzbischofs von Köln geworden.«

Heller Schrecken erfasste Lioba. Zitternd beobachtete sie, wie er in seine Beinlinge schlüpfte.

»A… aber warum??«, stieß sie hervor.

Er warf ihr einen kurzen Blick zu. »Das kannst du nicht verstehen, Lioba.« Er streifte sich sein Hemd über, öffnete die Truhe und zog ein kürzeres Obergewand heraus. »Wir alle werden Soldaten Christi – mein Onkel, meine Vettern –, wir haben vor Gott geschworen, die Heilige Stadt aus den Händen der Ungläubigen zu befreien.«

Lioba schüttelte den Kopf. Sie hatte einige Male Pastor Werinharts Predigten gehört, mit denen er die Notwendigkeit des heiligen Pilgerzuges heraufbeschworen hatte, aber sie konnte nicht glauben, dass es Jesu Wille war, unzählige Männer in den Tod zu schicken.

Das sagte sie nun Otto. Er band schweigend seinen Schwertgurt. »Ich wusste, dass du es nicht verstehst«, meinte er nur. Sein Gesicht hatte den verschlossenen Ausdruck von vorhin angenommen.

Lioba zitterte. Ihr fiel auf, dass sie noch halb nackt dastand, während er bereits vollkommen angekleidet war. Mechanisch zog sie sich an, während sie dachte, dass sie nun verloren sein würde. Ohne ihn. Mit dem, was sie getan hatte. Mehr denn je wurde ihr bewusst, dass er vielleicht sterben und sie einen ungeliebten Mann heiraten musste.

»Ich … werde vermählt«, sagte sie tonlos.

Er rührte sich nicht. »Wann?«

»Nächsten Monat. Zu Mariä Lichtmess.«

»Schon?« Sein Gesicht war eine Maske.

Sie forschte in seiner Miene vergeblich nach einer Regung. Still nickte sie, während sie mit den Tränen kämpfte.

»Wen?« Seine Stimme kam aus dem Nichts, hörte sich hart und kalt an.

»Johannes.«

Ein finsterer Ausdruck glitt über sein Gesicht. Er starrte eine Weile aus dem Fenster und sagte nichts.

»Ich bringe dich jetzt zurück.«

Wie aus der Ferne drang seine Stimme an ihr Ohr.

»Warte!« Sie fingerte in ihrer Gürteltasche und zog den kleinen Gegenstand hervor. Liebevoll strich sie über den kleinen runden Rheinkiesel. Die weißen Maserungen in seinem grauen Gestein hatten die Form eines Kreuzes. Sie hatte den Stein nächtelang im Licht des zunehmenden Mondes liegen gelassen und ihn mit den stärksten Schutzworten besprochen, die sie kannte.

»Du musst mir versprechen, ihn immer zu tragen!« Sie entrollte die Lederschnur und hängte Otto den Stein um. Zufrieden stellte sie fest, dass sie die Länge richtig eingeschätzt hatte: Der Stein lag genau an jener Stelle seiner Brust, wo er am besten wirkte. Noch einmal machte sie das Kreuzzeichen vor ihm und sagte den Zauberspruch auf.

Otto ließ alles schweigend mit sich geschehen.

»Du wirst lebend zurückkommen«, sagte sie. »Ich habe dich nicht gerettet, damit du auf dem Kriegszug stirbst.«

Otto fasste ihre Hand und drückte sie fest. Dann küsste er sie noch einmal, bevor sie in den Burghof hinuntergingen, um Nabor zu holen.

Kapitel 14

Zu Mariä Lichtmess wurden Lioba und Johannes in einer kleinen, schlichten Zeremonie in der Kirche von Vissel verheiratet, dann zog sie zu ihm auf den Sandnerhof.

Im Lenzmond hörte Lioba die ersten Frühlingsvögel, und die Tage wurden wieder länger, aber in ihr herrschte Winter. Ihre Seele war eine hart gefrorene Landschaft – wie es an dem Tag war, an dem sie Otto das letzte Mal gesehen hatte. Jeden Abend, nachdem Johannes eingeschlafen war, betete sie still zu Jesus Christus, er möge Otto auf seinem Weg ins Heilige Land beschützen.

Ihr Leben war nun einfacher geworden. Auf dem Sandnerhof gab es genügend Knechte und Mägde, sodass sie sich mit Christina und deren Mutter Anna auf die Hausarbeit und das Spinnen und Weben beschränken konnte. Seit dem Tod der Sandnerhofbäuerin vor einigen Jahren hatte Anna die Stellung als Hausherrin inne. Jeder auf dem Hof wusste, dass sie und Albert, der Sandnerhofbauer, schon lange das Bett miteinander teilten, und Anna war eine großmütige, lebenslustige Frau. Zum ersten Mal erlebte Lioba, wie sehr sich die Eigenschaften der Hausherrin auf den ganzen Hof ausdehnen konnten. Selbst Johannes schien zufrieden mit Anna zu sein und hatte sie angenommen.

Annas ganzer Stolz war ihre Enkelin, die kleine Maria. Aufmerksam verfolgte sie jeden Fortschritt der Kleinen, und als diese ihre ersten Zähnchen bekam, trug sie sie so oft es ging mit sich herum. Doch dann bekam Maria ein Fieber, und der ganze Hof geriet in Aufregung. Christina wachte den ganzen Tag am Bett ihrer Tochter und betete zur Gottesmutter und zum heiligen Petrus.

Lioba bereitete Tee aus den Blüten des Holderbuschs und flößte ihn dem Kind ein. Als sie merkte, dass die Kleine kaum trank, bereitete sie ihr einen Trank aus Wegeblatt und süßte ihn mit ein wenig Honig. Schweigend stellte sie ihn Christina hin, die an der Wiege kauerte – ein verzweifeltes Bündel Mensch auf der Holzbank. Neben ihr hockte Albert und starrte trübsinnig vor sich hin. Anna kniete vor der Wiege, die Hände im stillen Gebet verschränkt.

»Sie ist ein Sonntagskind, sie wird's schaffen«, raunte Lioba der Freundin zu und strich ihr über den Arm. Christina nickte und warf einen sorgenvollen Blick in die Wiege, wo das Kind mit hochroten Wangen unruhig schlief. Nebenan brannte das Feuer unter dem Rauchfang, es zuckte im Luftzug auf, als Johannes mit einem Knecht vom Torfholen in der Heide hereinkam. Die Tür fiel krachend ins Schloss. Maria erwachte und begann zu weinen.

»Bei Gott, Johannes, du hast sie aufgeweckt«, schimpfte Christina. »Kannst du nicht vorsichtiger sein!«

»Tut mir leid.« Er wärmte sich die Hände am Feuer und rückte dann zu Lioba auf die Bank. »Hier!« Er hielt ihr seine kalten Hände an die Wangen. Lioba protestierte und rückte von ihm ab.

Christina nahm ihre weinende Tochter aus dem Bettchen und wiegte sie sachte. Dann begann sie plötzlich zu weinen.

Anna sprang auf und fühlte dem Kind die Stirn. Ihre Hand zuckte zurück. Rasch bekreuzigte sie sich. »Es ist das hitzige Fieber!«, rief sie. »Herrgott erbarme dich!« Sie sank auf die Knie, weinte und betete. Auch Christina brach in Tränen aus. Sie bettete das weinende Kind auf den Tisch, und alle umringten es und sprachen das Vaterunser.

Doch das Kind beruhigte sich nicht. Sein Gesichtchen leuchtete rot im Feuerschein, Schweiß glänzte auf seiner Stirn. Christina weinte. Anna flehte Jesus Christus, die Gottesmutter Maria und den heiligen Petrus um Hilfe an. Lioba starrte auf das weinende Bündel.

Es ist zu warm, durchfuhr es sie. Sanft fasste sie Christinas Arm.

»Unsere Gebete werden Maria nicht helfen, wenn wir nicht auch etwas tun«, sagte sie leise. »Lass mich sie trockenlegen und ihr zu trinken geben.«

Christina nickte durch ihren Tränenschleier hindurch. Aufmerksam beobachteten alle, wie Lioba das Kind nahm und es in Christinas winzige Schlafkammer brachte. Hier wickelte sie es neu, dann flößte sie ihm etwas zu trinken ein. Aber es schrie immer noch. Lioba ging zurück, tauchte ein sauberes Tuch in Brunnenwasser, legte das Kind auf Christinas Bett und rieb ihm Arme und Beine ab. Maria brüllte.

»Was tust du da?«, schrie Christina. Sie nahm ihr Kind auf und tröstete es.

»Sie muss kühler werden«, sagte Lioba. »Es ist zu heiß für sie nebenan. Lass sie bei dir schlafen heute Nacht.«

Christina bedachte Lioba mit einem ungläubigen Blick.

»Wir können uns gern abwechseln, nachts bei ihr zu wachen«, setzte Lioba hinzu.

Christina zögerte. Sie schaukelte ihre Tochter, die sich etwas beruhigte, und wechselte mit ihrer Mutter einen Blick. Schließlich nickte Anna. Die Männer trugen die Wiege in

Christinas kleine Kammer, die eigentlich schon mit ihrem Bett ausgefüllt war, und Christina legte ihre Tochter hinein. Bald schlief das Kind wieder ein.

Lioba legte der Freundin die Hand auf die Schulter. »Wenn du willst, passe ich auf sie auf, bis du schlafen gehst.«

Christina nickte. Sie sah ziemlich mitgenommen aus.

»Lasst uns für das Kind beten!«, forderte Anna, und alle ließen sich auf der Bank und auf den Schemeln am großen Tisch nieder, falteten die Hände und beteten. Lioba beobachtete sie durch die offene Tür, doch sie betete nicht mit. Sie wiederholte einen Satz, den sie von ihrer Großmutter gelernt hatte. Als Kind hatte sie zugesehen, wie die Großmutter ihn zu Hildegundis' Kindern gesprochen hatte, als diese fieberten. Es hatte nichts genützt.

Trotzdem hörte sie nicht auf, ihn zu sprechen, als sie an der Wiege niederkniete und das Kind sanft schaukelte. Vielleicht würde er jetzt helfen. Maria schlief unruhig, aber sie schlief wenigstens. Nach einer Weile kam Christina in die Kammer und löste Lioba ab.

»Wenn sie wach wird, gib ihr von dem Trank«, sagte Lioba und wiederholte: »Sie muss von innen kühler werden.« Das hatte sie von ihrer Großmutter gelernt. Christina nickte.

Lioba schlüpfte in ihre Kammer, die sie sich mit Johannes teilte. Im Gegensatz zum Gesinde, das im Stall schlief, verfügte die Familie des Sandnerhofs über eigene Kammern – eigentlich nur winzige Verschläge, in die gerade mal ein Bett passte, eine Truhe und das Nachtgeschirr. Sie hoffte, dass Johannes schon schlief, aber er war noch wach. Rasch zog sie sich ihr Kleid aus und schlüpfte unter die Wolldecke. Obwohl es kalt war und sie fror, rückte sie weit von ihm ab. Er kam näher, nahm sie in die Arme, presste seinen Mund in ihr Haar.

Lioba seufzte in sich hinein, während seine Lippen über ihre Ohren und ihren Hals hinunterwanderten und ihre Schulter küssten.

»Lass das!« Sie rückte wieder von ihm ab.

Er hielt inne. »Was ist los?«

»Ich bin müde.«

»Immer bist du müde!«

»Nein, nicht immer.« Sie seufzte wieder in sich hinein. Beim Allmächtigen, sie hatte keine Lust mehr auf diese dauernden Streitereien! Sein Verlangen war schier unerschöpflich, doch für sie war es keine Freude, das Bett mit ihm zu teilen.

»Heute bin ich müde«, flüsterte sie. »Morgen, ja?«

Er richtete sich auf und presste seinen Mund auf ihren. Dann schob er ihr Hemd beiseite und küsste ihre Brüste. Sie spürte Widerwillen. Warum war es nur ein so großer Unterschied, ob er es tat oder Otto? Sie hatte gehofft, Johannes könnte ihre Lust ebenso entfachen – vergeblich. Es war jedes Mal nur ein Erdulden. Sie hoffte inständig, dass sie bald ein Kind erwarten und er dann von ihr ablassen würde.

Schaudernd gewahrte sie, wie er seine Zunge um ihre Brüste kreisen ließ.

»Lass das, das ist Sünde.« Sie schob seinen Kopf weg.

»Unsinn!« Er presste sein hart aufgerichtetes Geschlecht an ihren Unterleib und hörte nicht auf, sie zu küssen. »Vor unserer Heirat wolltest du's doch unbedingt!«

Scham überwogte sie und flutete heiß ihr Gesicht. Sie war froh, dass er sie jetzt nicht sehen konnte. Ja, sie hatte seinem Drängen nachgegeben und noch vor der Heirat das Bett mit ihm geteilt – am letzten Tag ihrer Monatsblutung. Sie hatte keinen anderen Ausweg gewusst, vor ihm zu verbergen, dass sie keine Jungfrau mehr gewesen war.

In der Hochzeitsnacht hatten sie dann das Laken mit ein paar Tropfen Tierblut getränkt und es Albert gezeigt. Niemand hatte Verdacht geschöpft.

»Was ist aus meiner kleinen Wilden geworden?«, murmelte Johannes und spreizte ihre Beine.

Lioba presste ihre Lippen aufeinander, um nicht aufzuschreien. Sie hätte ihn schlagen mögen. Stattdessen hielt sie still und duldete es. Nachdem er stöhnend in ihr gekommen war, betete sie stumm zum Herrn, er möge ihr endlich ein Kind schenken, damit sie das nicht mehr länger ertragen müsste.

* * *

Am nächsten Morgen war Marias Fieber gesunken. Lioba bereitete ihr einen neuen Kräutertrank, und die Kleine lächelte sogar schon wieder. Christina weinte vor Erleichterung. Sie drückte Lioba fest an sich. »Wie gut, dass du hier bist!«

»Ja, du bist ein Segen für den Hof.« Anna lächelte zufrieden und tätschelte ihrer Enkeltochter die Wange. »Vielleicht gibt's ja bald noch mal Zuwachs auf dem Sandnerhof, ich würd's mir wünschen.« Sie grinste Lioba vielsagend an, die prompt rot wurde.

Lioba dachte, dass sie schleunigst einen Schutzanhänger für Maria finden müsste. Das Fieber hatte ihr gezeigt, dass es höchste Zeit wurde. Obwohl auch der Sandnerhof mit starken Worten und Kräutern über den Türen geschützt war, konnte sich immer noch leicht ein böses Wesen des schwachen Kinderleibes bemächtigen. Sie hatte es bei ihren drei kleinen Halbgeschwistern mitansehen müssen, und sie wollte es nicht noch einmal erleben. Sie wollte nicht, dass Christina ihre Tochter wieder der Erde zurückgeben musste.

Ihre Großmutter hatte damals natürlich auch Anhänger für die Kinder gemacht, aber sie hatten nicht gewirkt.

Wahrscheinlich hatten sie ihre Kraft verloren, als Hildegundis die Kleinen in ihrer Verzweiflung zu Pastor Werinhart gebracht hatte. Otto war der Einzige, der im Haus des Priesters gesund geworden war, dabei hatte er nicht mal einen Anhänger getragen.

Otto! Lioba seufzte in sich hinein. Wahrscheinlich hielt der Allmächtige selbst die Hand über ihn. Hoffentlich!

Später, als die Männer zum Holzholen in den Wald gegangen waren, hatte sie Gelegenheit, allein mit Christina zu sprechen. Sie saßen am Feuer und schälten faulige Lageräpfel für ein Mus.

»Du siehst blass aus«, bemerkte Christina und warf ein Apfelstück in die Schüssel.

»Das ist nichts«, entgegnete Lioba. »Du bist auch blass.«

»Ist doch kein Wunder nach der letzten Nacht. Aber du hast Kummer, Lioba, dabei müsstest du eigentlich glücklich sein. Du hast Johannes.«

Lioba biss sich auf die Unterlippe. Merkte man ihr so deutlich an, wie es ihr ging? Christina kannte sie offenbar noch besser, als sie dachte.

»Nun, ich …« Sie brach ab und ließ ihr Apfelstück sinken. Tränen stiegen ihr in die Augen. So saß sie eine Weile da, unfähig, etwas zu sagen. Christina legte ihr Messer weg und musterte sie aufmerksam. Obwohl sie die halbe Nacht nicht geschlafen hatte, sah sie zwar erschöpft, aber frisch und gesund aus.

»Weißt du, Mutter und ich sind wirklich froh, dass du hier bist«, meinte sie. »Das waren keine leeren Worte vorhin. Du bist mir tausendmal lieber als Notburgas Katharina oder die dumme Lutgard. Jeder weiß, dass sie Johannes schöne Augen gemacht haben. Aber er wollte nur dich. Das war schon immer so.«

Lioba lächelte durch ihre Tränen hindurch über Christinas Versuch, sie zu trösten. Katharina war die blasse, wenig hübsche Enkelin der alten Notburga und Lutgard eine stämmige

Bauerntochter, die längst über das beste Heiratsalter hinaus war. Dass Johannes sich für sie, Lioba, entschieden hatte, würde ihre Stellung im Dorf nicht gerade verbessern.

»Zu euch wäre nie ein Mädchen gekommen, das ihr nicht gewollt hättet«, stellte Lioba fest.

Christinas vielsagendes Lächeln gab ihr recht. »Wir mussten aber Va… Albert ziemlich bereden, bis er bereit war, deinen Vater zu fragen.«

Zum ersten Mal sah Lioba, wie ihre Freundin errötete, und sie begriff trotz ihrer Traurigkeit, warum. Vor Überraschung glitt ihr beinahe das Messer aus der Hand. Rasch legte sie es auf den Tisch zurück.

Wie hatte sie nur die ganzen Jahre hindurch übersehen können, was eigentlich unübersehbar war? Christina hatte das gleiche Lächeln wie Albert, der Sandnerhofbauer. Albert hatte sie nicht vom Hof verwiesen, nachdem sie schwanger geworden war. Dann war da noch Christinas enge Bindung zu Johannes, die aber nie etwas anderes als freundschaftlich war. Schließlich Albert und Anna, die sich unübersehbar liebten.

»Nun kennst du unser Geheimnis«, sagte Christina leise.

Lioba drückte ihr die Hand. »Ich hatte mich immer gewundert, warum Johannes nicht dich …«

Christina schüttelte den Kopf. »Du verrätst keinem etwas«, warnte sie mit fester Stimme.

»Natürlich nicht«, gelobte Lioba und hob feierlich ihre Hand. »Jesus sei mein Zeuge, dass kein Wort über meine Lippen kommt.«

Christina nickte zufrieden. »Ich glaub dir, dass du Wort hältst. Kannst du dir vorstellen, was Notburgas Katharina oder Lutgard gemacht hätten, wenn sie das erfahren hätten?«

Lioba nickte. Sie griff wieder zum Messer und fuhr fort, Äpfel zu schneiden, als sie Christinas Blicke bemerkte. »Eines Tages wirst du ihn vergessen haben«, sagte die Freundin leise und drückte Liobas Hand. »Glaub mir, es ist nur eine Frage der Zeit.«

Lioba spürte, wie ihre Tränen erneut hochstiegen. Sie wusste, von wem Christina sprach. Die Freundin kannte sie zu gut, um nichts von ihren wahren Gefühlen zu wissen. Außerdem wusste sie von ihrem Besuch bei Otto, sie war in Liobas Vorhaben eingeweiht gewesen. Sie war es auch gewesen, die eine Ausrede für Johannes gefunden hatte, als Lioba erst spät zurückkam. Er hatte keinen Verdacht geschöpft.

Lioba ließ ihren Tränen freien Lauf. Wenn Christina nur wüsste, was an jenem Nachmittag in der Burg geschehen war! Das Ungeheuerliche, was sie getan hatte, erschien ihr nun wie ein unwirklicher Traum. Die Freundin durfte es nie erfahren.

»Christina«, schluchzte sie. »Sind die Männer eigentlich immer so … so …?«

»Gierig?«, vollendete Christina. Ein Schatten huschte kurz über ihr hübsches Gesicht. Sie nahm ihr Messer wieder und begann, den nächsten Apfel zu schälen. »Johannes liebt dich. Warte erst mal ab, wenn ihr euer Kind habt, wird's besser. Er wird ruhiger und du …«

Sie schnitt ein braunes Stück aus der Apfelhälfte und warf sie in die Schüssel.

»Was werde ich?«

»Du wirst dein Vergnügen haben.«

»Nein.« Lioba konnte sich nicht vorstellen, dass sie jemals Freude daran haben könnte, mit Johannes das Bett zu teilen.

»Doch, es wird kommen, wart's nur ab. Es braucht nur ein bisschen Übung.«

»Übung?« Lioba wollte protestieren, wusste sie doch genau, dass dies nicht unbedingt vonnöten war, aber sie schloss noch rechtzeitig den Mund.

»Na ja, es wird schon noch werden. Sag ihm halt, dass er nicht so ungeduldig sein soll!«

Lioba nickte traurig und schnäuzte sich die Nase. Mehr Trost konnte sie nicht erwarten, aber es war auch mehr als genug. Sie dachte an den flüchtigen Schatten auf Christinas Gesicht.

»Willst du denn nicht mehr heiraten?«, fragte sie leise.

Langes Schweigen antwortete ihr. Christina erhob sich und legte ein paar Holzscheite in das heruntergebrannte Feuer.

»Ich weiß es nicht«, meinte sie dann. »Wer nimmt mich denn noch?«

»Oh, es gäbe bestimmt einige …«

»Nein! Ich glaube, Albert und Mutter wollen das nicht. Es kann alles so bleiben, wie es ist, meinst du nicht? Meine Maria und eure große Kinderschar …« Sie lächelte und zwinkerte Lioba zu.

Lioba zwang sich, ihr Lächeln zu erwidern. Sie begriff, dass sie versuchen musste, Otto zu vergessen, wenn sie hier ein einigermaßen gutes Leben führen wollte.

Aber ihr schien nichts unmöglicher zu sein als das.

Kapitel 15

Byzantinisches Reich, im Grenzgebiet zu Ungarn, Sommer 1189

Schauerlich hallten die Schreie des Gefolterten durch das Lager. Sie ebbten ab, als der Peiniger eine Weile von ihm abließ, um dann erneut und umso heftiger durch den Wald zu dringen. Schluchzer, gemischt mit Wortfetzen in einer fremdartigen Sprache, erklangen.

Obwohl es ein warmer Sommerabend war und er noch ein gepolstertes Wams unter seinem Kettenhemd trug, fröstelte Otto. Angestrengt starrte er in die Dämmerung, in der sich die Bäume um ihn herum allmählich schwarz färbten. Darüber glänzte der Himmel in einem kühlen Blau, glitzerten ungerührt die Sterne. Der Weg, den sie gekommen waren, schimmerte wie ein helles Band in den Baumwipfeln der Wildnis, die ihn umgab. Hinter ihm erstreckte sich das Lager – unzählige Feuer in der Dunkelheit mit den Silhouetten der Krieger davor. Ihre leisen Stimmen klangen gedämpft zu ihm hinüber. Hin und wieder lachte jemand.

Wieder schrie der Gefolterte, dann begann er zu weinen und in einer fremden Sprache zu flehen. Otto lief es kalt den

Rücken hinunter. Ob der Mann zu Gott flehte? Wer immer er war und was er getan hatte, Otto hoffte, dass seine Peiniger bald Gnade walten lassen und ihn an den nächsten Baum hängen würden. Aber vermutlich würden sie die Quälereien noch länger hinauszögern, um die anderen abzuschrecken. Jene, die sie seit Tagen immer wieder aus dem Hinterhalt angegriffen und die Nachhut mit Giftpfeilen beschossen hatten, die ihre Futterknechte überfallen und getötet, ihre Pferde gestohlen und unbewachte Wagen ausgeplündert hatten – Griechen, Serben, Bulgaren und Walachen oder was immer sie auch waren.

Seit Braničevo marschierte das Heer im gefechtsmäßigen Verband. Es war aufgeteilt in vier Abteilungen – einer Vorhut aus Kundschaftern folgten schwer bewaffnete Einheiten, die unter dem Kommando des Kaisersohns und einiger Bischöfe standen. Zum Schluss marschierte die Nachhut mit dem Tross, den der Kaiser selbst in geschützter Position begleitete. Das war keineswegs eine übervorsichtige Entscheidung des greisen Kaisers und seiner fürstlichen Berater gewesen, sondern hatte seine Berechtigung: Man wusste nie, was in diesem weitläufigen Bulgarenwald wirklich auf einen wartete. Jeden Augenblick konnte sich ein Giftpfeil aus der Dunkelheit lösen, konnten die Feinde den Tross überfallen und wehrlose Knechte abschlachten.

Otto seufzte. Der glorreiche Tag ihres Aufbruchs, die vergangenen Wochen erschienen ihm jetzt, in der herabsinkenden Nacht, wie Zeugen aus einer helleren Welt. Wie hatte man ihnen zugejubelt, als sie an jenem sonnigen Maitag vor den Toren von Regensburg aufgebrochen waren! Sie waren eine glänzende Schlange aus Tausenden von Männern gewesen – Herzöge, Grafen, Markgrafen und Bischöfe mit ihrem Gefolge, unter ihnen auch der Sohn des Kaisers, Herzog Friedrich von Schwaben, sowie Ritter und Fußsoldaten, Bogen- und Armbrustschützen, Kundschafter, Knappen und Pferdeknechte. Der Heerzug des lebendigen Kreuzes erstreckte sich bis zum

Horizont und wälzte sich langsam die Donau entlang nach Ungarn. Das prächtig geschmückte Schiff des Kaisers und seiner fürstlichen Berater glitt über die Donau, und Otto konnte sich noch gut an die Blumengirlanden erinnern, den Geruch nach Sommer, der alles einhüllte, und er hatte die Jubelrufe in den Ohren, mit denen sie aufgebrochen waren. In Ungarn wurden sie freundlich empfangen; König Bela bewirtete Kaiser Friedrich festlich und jagte mit ihm auf seiner weitläufigen Donauinsel, die Königin schenkte dem Kaiser ein kostbares Zelt. Das Heer durfte überall auf dem fruchtbarsten Weideland lagern, und in der Stadt Gran hatte man ihnen bereitwillig die Vorratshäuser geöffnet.

Das war jetzt nur noch ein schöner Traum.

Erste Schatten hatten sich gezeigt, als einige Männer mit ihren Pferden bei der Überquerung der Drau in den Strudeln des Flusses ertrunken waren. Bei Kubin war Graf Engelbert von Berg, in dessen Gefolgschaft sie ritten, an einem Fieber gestorben. Seit sie Ungarn verlassen hatten, schien sich das Pech wie Schlamm an ihre Fersen geheftet zu haben. Und nun die ständigen Angriffe der Feinde.

Otto hörte Schritte und langte zu seinem Schwertgriff. Erleichtert atmete er auf, als er die Umrisse von Gerlachs mächtiger Gestalt in der Dämmerung erkannte. Wachablösung, Gott sei Dank!

Nie hätte er zugegeben, wie froh er war, dass Gerlach oft die Nachtwachen übernahm. So mussten er und seine beiden Vettern nicht im Stockdunkeln Wache halten und konnten nachts durchschlafen.

Er straffte sich. »Du bist früh«, meinte er zu Gerlach.

»Ach, das ständige Würfelspielen geht mir auf die Nerven. In meinem Alter zieht man die Ruhe des Waldes vor«, sagte Gerlach mit rauer Stimme. Sein Helm zeichnete sich dunkel gegen den Himmel ab.

»Die Ruhe des Waldes?« Otto deutete in die Richtung, aus der das Geschrei des armen Walachen erklang. »Wann machen sie endlich Schluss mit ihm?«

»Am besten gar nicht«, erwiderte Gerlach. »Die Hunde begreifen es nicht anders.« Er sah sich um und seufzte. »Du wirst dich noch daran gewöhnen.«

Otto nickte, obwohl er den Worten seines Oheims keineswegs zustimmte. Er wusste, dass er sich nie daran gewöhnen würde.

»Der Statthalter von Braničevo hat unseren Kaiser doch friedlich empfangen, und der byzantinische Kaiser hat uns freies Geleit durch sein Reich zugesagt. Warum gibt es jetzt dauernd diese Hinterhalte?«

»Ihre Taten sind anders als ihre Worte«, erwiderte Gerlach. »Ich würde eher einer Hure trauen als den verdammten Byzantinern!« Er spie verächtlich auf den Waldboden. Wieder schrie der Gefolterte auf. Ein paar Männer grölten.

Otto atmete tief die kühle Waldluft ein. Dankbar ergriff er Gerlachs Flasche, die dieser ihm hinhielt, und nahm ein paar Schlucke Wasser. »Ich bin froh, wenn wir erst in Niš sind«, sagte er aufrichtig und meinte das nicht nur wegen der Vorräte, die sie in der befestigten Stadt wieder auffüllen könnten. Er wollte diesem undurchdringlichen Wald und den ständigen Überfällen endlich entkommen.

»Ob du es glaubst oder nicht, du wirst dich wirklich daran gewöhnen«, wiederholte Gerlach. »Nun geh zu den andern.« Er klopfte Otto auf die Schulter und lehnte sich an einen Baumstamm.

Otto gehorchte. Auf seinem Rückweg durch das Lager fragte er sich, was Gerlach wohl während der langen Wachstunden durch den Kopf gehen mochte. Ob er immer noch an Ida von Rothe dachte? Ihm war aufgefallen, dass er nie zu den Trosshuren ging wie die meisten anderen Männer und auch die ungarischen Dorfschönen, die den Rittern eindeutige Blicke zugeworfen hatten, nicht beachtet hatte. Auf einmal reute es Otto, dass er sein Versprechen nicht wahrgemacht und die von Rothes eingeladen hatte. Nun, er würde es nachholen, wenn sie wieder lebend zurückgekehrt waren.

Kurz, bevor er seinen Lagerplatz erreichte, überlegte er es sich anders und ging zu Nabor. Er wechselte mit den beiden Knechten, die die Pferde bewachten, ein paar Worte und wollte sich dann davon überzeugen, dass es seinem Hengst gut ging.

Nabor spitzte die Ohren, als er ihn herankommen hörte, er schien ihn schon erwartet zu haben.

»Na, mein Lieber.« Sanft strich Otto seinem Pferd über den Hals. Bei dem Gedanken, Nabor könnte von den Wilden gestohlen oder sogar getötet werden, wurde er wütend, und die Schreie des gefolterten Mannes erschienen ihm plötzlich weniger schlimm. Vielleicht hatte Gerlach recht, und die Feinde würden sich durch sein Geschrei tatsächlich von ihren Überfällen abschrecken lassen.

Nabors Nähe hatte etwas Beruhigendes, und Otto fühlte plötzlich, wie die Müdigkeit ihn überkam. Er ließ sich unter einem Baum nieder. Kurz noch sah er Lioba vor sich und meinte, ihr seidiges Haar spüren zu können, wie es durch seine Finger glitt – dann löste sich das Bild auf, und er schlief ein.

Als er wieder wach wurde, herrschte tiefe Nacht. Der Himmel hatte sich schwarz gefärbt, und es war still im Lager. Die Kühle des Waldes war durch sein dickes Wams und das Kettenhemd hindurch in seine Glieder gekrochen. Etwas hatte ihn geweckt – das Plätschern von Wasser, das zuerst wie ein Traum von einem Wasserfall zu ihm gekommen war und ihn dann hatte wach werden lassen. Schaudernd schlug er die Augen auf. Neben ihm erleichterte sich ein Mann an dem Baum.

»… wenn ich dann an deinem Busen ruh, dann mach ich nicht die Augen zu … oh nein!«, sang der Mann und lachte leise. »... Ich mache nicht die Augen zu, wenn ich an deinem Busen ruh!«

»He!« Otto fuhr hoch. »Pass auf, wo du hinpinkelst, Säufer!«

Unverwandt starrte der Krieger auf Otto herunter. Er hatte seine Kettenhaube abgesetzt, und im Dunkeln erkannte Otto nur die Umrisse seiner zerzausten Haare. Ein Streitkolben baumelte an seinem Gürtel, der Griff seines Schwertes blitzte gleich daneben auf.

»Oh, ...schuldigung«, murmelte der Mann. »Hab dich nicht geseh'n. Es is' so dunkel hier in dem verdammten Wald!« Er kicherte und wandte sich ab, um seine Notdurft zu Ende zu verrichten. Leise summte er das Lied weiter.

Otto wischte sich einen Tropfen Urin aus dem Gesicht und atmete wütend. Im Dunkeln konnte er schemenhaft erkennen, dass der Mann den weißen Wappenrock mit dem schwarzen Kreuz der Männer des Erzbischofs trug.

»Du solltest nicht so viel trinken, Ritter«, sagte er und erhob sich.

Der Mann schob seinen Wappenrock zurück. Langsam wandte er sich zu Otto um. »Spiel dich nicht so auf, Knabe«, versetzte er mit rauer Stimme.

»Du hast mir ins Gesicht gepinkelt!«

»Ich hab mich entschuldigt.«

»Und du meinst, damit ist die Sache erledigt?«

Der Mann kam näher und baute sich vor Otto auf. Er überragte ihn um fast einen ganzen Kopf. »Du solltest vorsichtiger mit deinen Worten umgehen, Kleiner.«

Otto wich ein wenig zurück. Der Mann hatte eine unglaubliche Bierfahne, aber er wirkte auf einmal erstaunlich nüchtern.

»Der Kaiser hat das Saufen verboten«, versetzte er. »Ritter wie du sind eine Gefahr für uns alle.«

Der Mann starrte ihn an. In der Dunkelheit konnte Otto sein Gesicht nicht erkennen. Er sah nur das zerzauste Haar und roch seinen schlechten Atem.

Überraschend schnell packte der Mann Otto am Kragen. »Ich hasse junge Klugscheißer wie dich. Du kannst froh sein, dass ich heute beim Würfelspiel 'ne Menge Geld gewonnen hab und gut gelaunt bin, sonst würd ich dich in die Erde rammen!« Er ließ Otto los und wandte sich zum Gehen. Ottos Vernunft sagte ihm, dass es klüger wäre, den Mann gehen zu lassen, doch seine Wut ließ ihn nicht los.

»Wer ist das Großmaul, mit dem ich es zu tun habe?«, hörte er sich durch den Wald fauchen. Der Ritter hielt inne und drehte sich langsam zu ihm um. Er lachte leise, machte eine ungeschickte Verbeugung vor ihm.

»Gestatten, Megenhart von Forst, Söldner des Erzbischofs von Köln. Und mit wem habe ich die Ehre?«

Die spöttische Stimme des Mannes regte Otto nur noch mehr auf. Seine Hand glitt zum Schwertgriff.

»Otto von Linn.«

Megenhart kam näher, doch sein Blick war jetzt nicht mehr auf Otto gerichtet. Ein Geräusch im Wald hatte ihn abgelenkt. Das Geräusch, mit dem ein Pfeil in einen Körper fuhr. Otto wandte sich um und sah, wie einer der beiden Pferdeknechte zu Boden sank.

»Schnell!« Megenhart packte Otto und schob ihn hinter den Baum.

Erneut sirrte ein Pfeil durch das Dunkel, und auch der zweite Knecht fiel zu Boden. Er stöhnte nicht einmal mehr.

Die Pferde wieherten und zerrten ängstlich an ihren Leinen. Otto bückte sich nach seinem Schild, den er vor dem Baum hatte liegen lassen, doch Megenhart hielt ihn zurück und legte einen Finger auf seine Lippen.

Widerwillig gehorchte Otto dem Älteren. Die Pferde schnaubten, tänzelten nervös. Erschreckt hörte Otto Nabors angstvolles Wiehern durch den stillen Wald dringen. Megenharts kräftigen Körper vor sich lugte er vorsichtig hinter dem Baum hervor und entdeckte die dunklen Umrisse der Bogenschützen, die sich aus dem Gebüsch am Wegesrand lösten und zu den Pferden schlichen. Megenhart setzte seine Kettenhaube auf und zog sein Messer aus dem Gürtel. Er gab Otto ein Zeichen. Otto ahnte, was Megenhart vorhatte. Sie hatten keine andere Wahl.

Immer mehr Männer lösten sich aus dem Gebüsch am Wegesrand und schlichen zu den Pferden. Schon banden sie die Tiere los.

Da zischte Megenharts Messer durch die Luft und verschwand im Dunkeln. Nur ein dumpfes Geräusch und ein Stöhnen verrieten ihnen, dass es getroffen haben musste. Gleichzeitig stieß der Ritter einen ohrenbetäubenden Schlachtruf aus.

Hastig zogen die Diebe ein paar Pferde, die sich sträubten, in den Wald. Einige ließen von den Tieren ab, drängten sie beiseite und stürzten sich auf Otto und Megenhart. Otto hatte gerade noch Zeit, sein Schwert zu ziehen. Er hob seinen Schild auf und sah, wie Megenhart sich todesmutig ohne Schild auf zwei Männer gleichzeitig stürzte.

Eine Erinnerung blitzte in ihm auf. Er sah die Sonne wieder, die durch die Bäume geschienen hatte, als er und sein Knecht von den Pferden gestiegen waren, um dem Mann vor dem umgekippten Wagen zu helfen. In diesem Augenblick waren die Söldner aus dem Gebüsch gestürzt.

Was war der Fehler?, fuhr es ihm durch den Kopf. Wir waren getrennt, wir waren zu Fuß, sie waren zu viele gewesen.

Er holte tief Luft, stieß einen der Räuber beiseite und folgte Megenhart, um ihm den Rücken frei zu halten.

Es waren auch jetzt wieder viele. Megenhart stieß einen weiteren gewaltigen Schrei aus und schwang seinen Streitkolben. Die Angreifer umzingelten sie, riefen etwas in ihrer Sprache. Im Dunkeln konnte Otto nur ihre Schatten erkennen. Er hörte einen Pfeil sirren, hob seinen Schild. Dumpf krachte das Geschoss auf das Holz. Ottos Herz raste. Sein Blut jagte im Rhythmus seines schlagenden Herzens durch seinen Körper. Er dachte nicht nach, sondern handelte instinktiv, wie er es in den unzähligen Stunden bei Gerlach gelernt hatte. Sein Schwert zuckte vor und fuhr einem der Diebe in die Brust. Stöhnend fiel der Mann zu Boden.

Otto fühlte einen Schlag auf dem Arm, fuhr herum, stieß dem Angreifer seinen Schild vor die Brust. Er hörte, wie Megenhart mit seinem dornigen Streitkolben einem Mann den Schädel einschlug.

Aus den Augenwinkeln sah er, wie ihnen mehrere Soldaten vom Lager her mit gezogenen Schwertern zu Hilfe kamen. Einer der Angreifer brüllte einen Befehl, und die Pferdediebe verschwanden so schnell in der Dunkelheit, wie sie gekommen waren.

»Heiliger Herr Jesus!« Megenhart ließ seinen Streitkolben sinken und beugte sich schwer atmend nach vorn. »Mann, ist mir schlecht!«

Er stapfte zum nächsten Baum, keuchte und erbrach sich dort.

Otto lief zu Nabor und klopfte ihm beruhigend den Hals. »Gott sei Dank ist dir nichts passiert!« Zitternd umklammerte er den Hals des Tieres. Sein Herz schlug immer noch wie verrückt. Immer mehr Ritter, Fußkämpfer und Knappen kamen heran und umringten sie, auch Hartwich und Volkmar, Ottos Vettern.

»Otto!«, rief Hartwich. »Zum Glück! Wir hatten uns schon gefragt, wo du bleibst.«

»Ja, genau«, stimmte Volkmar zu. »Wir dachten schon, du wärst bei …« Er brach ab und grinste.

»Schön, dass ihr nach mir gesucht habt«, schnaubte Otto. Er riss sich die Kettenhaube vom Kopf. Wenn Megenhart ihn nicht geweckt hätte, wäre er höchstwahrscheinlich tot.

»Was ist hier passiert?« Ulrich von Neufeld, Pentakontarch ihrer Einheit, war mit einigen seiner Männer herangekommen. Er winkte einem der Fackelträger, der die Flamme über die beiden toten Angreifer hielt. Es waren dunkelhaarige Männer mit ledernem Brustschutz, offenbar beides Bogenschützen. Megenharts Streitkolben hatte mehrere Löcher in den Schädel des einen gerissen. Der andere hatte einen roten Fleck dort, wo Ottos Schwert ihn getroffen hatte. Die Augen in seinem kindlichen Gesicht starrten überrascht ins Leere. Ein Knabe, durchfuhr es Otto. *Ich habe einen Knaben getötet.*

»Pferdediebe«, sagte Megenhart hinter ihm. »Sie schossen Pfeile aus dem Gebüsch da drüben auf die armen Kerle hier.«

Die Fackelflammen beleuchteten die beiden toten Knechte. Ulrich von Neufeld gab zweien seiner Männer ein Zeichen, die daraufhin zu den Knechten gingen und prüften, ob sie wirklich tot waren.

Sie nickten ihm zu.

»Hölle und Henker!« Der Pentakontarch runzelte die Stirn. »Mehr habt ihr nicht erwischt? Keine Gefangenen gemacht?«

»Wir waren zu zweit, Ulrich!«, sagte Megenhart. »Die mindestens zu zehnt. Der Angriff kam völlig überraschend. Der Kleine hier und ich«, er legte Otto die Hand auf die Schulter, »können froh sein, dass wir morgen das Tageslicht erblicken werden.« Seine Stimme klang wieder völlig nüchtern.

»Gottverdammtes Pack«, fluchte Ulrich von Neufeld. »Schafft mir die Kerle aus den Augen! Und unseren Männern gebt morgen ein anständiges Begräbnis.« Er wandte sich zum

Gehen, aber dann drehte er sich noch mal um. »Warum wart ihr beide überhaupt hier?«

»Ich wollte mir ein bisschen die Beine vertreten«, antwortete Megenhart. »Und der Kleine ist bei seinem Pferd eingeschlafen.«

Ulrich von Neufeld winkte seinem Fackelträger, der daraufhin die Flamme vor Otto hielt. Der Pentakontarch musterte Otto mit zusammengekniffenen Augen.

»Wie ist dein Name?«

»Otto von Linn.«

Mittlerweile hatte Otto sich wieder so weit erholt, dass er dem Blick ruhig begegnete. Ulrich von Neufeld war ein wichtiger Gefolgsmann des Grafen Engelbert von Berg.

»Du bist Gerlach von Linns Neffe.«

»Ja, Herr.«

Ulrich nickte. »Bleib immer schön bei deiner Lanze, Junge. Keine Alleingänge mehr!«

»Ja, Herr.«

In diesem Augenblick lief einer der Fußkämpfer herbei und verbeugte sich vor seinem Anführer. »Sie haben noch mehr überfallen!«, keuchte er. »Es gibt weitere Tote, drüben beim Weg.«

Ulrich von Neufeld fluchte wieder. Die Ritter blickten sich bestürzt an. Dann folgten sie dem Fußkämpfer zu jener Stelle, wo der Überfall stattgefunden hatte. Ein paar Männer bildeten einen Kreis um jemanden, der auf dem Boden lag. Die Fackelflamme senkte sich, damit alle sehen konnten. Der Krieger trug seine vollständige Rüstung, nur der Helm war ihm beim Sturz vom Kopf gerutscht. Ein Pfeil steckte in seinem Auge. Man hatte ihm Ketten- und Bundhaube heruntergestreift und ihm die Kehle durchgeschnitten. Mehrere Blutstreifen durchzogen sein schütteres graues Haar.

»Vater!«, schrie Volkmar und ließ sich vor dem Toten auf die Knie fallen. Sein älterer Bruder Hartwich folgte ihm wie ein geprügelter Hund.

»Gerlach von Linn«, sagte jemand.

»Der andere ist auch so übel zugerichtet. Die Schweine haben die beiden Wachmänner umgebracht, um in Ruhe unsere Pferde klauen zu können.«

Otto hörte die Worte, als kämen sie von weit her. Er hörte sie, aber er nahm sie doch nicht wahr. Er wusste, wer vor ihm lag, aber er wollte nicht begreifen, dass es sein Oheim war. Reglos stand er im Kreis zwischen den anderen und starrte auf die Rücken seiner weinenden Vettern.

Gerlach. Der Mann, der ihm mehr Vater gewesen war als jeder andere, lebte nicht mehr. Er, Otto, war noch Stunden vorher an seiner Stelle gewesen. Hätte Gerlach nicht freiwillig die späteren Wachen übernommen und seinen Söhnen und ihm die früheren überlassen, wären sie jetzt tot.

Er wusste es, durchfuhr es Otto, *er wusste, dass sie immer in der tiefen Nacht angreifen, nie in der Dämmerung. Er hat sich freiwillig für uns geopfert.*

Da stiegen ihm Tränen in die Augen, und er kniete neben seinen Vettern nieder und weinte mit ihnen um Gerlach von Linn.

Die Männer schwiegen betreten. Einer nach dem anderen kam, klopfte ihnen auf die Schultern und drückte ihnen ihr Beileid aus.

»Er war ein guter Mann, ein ehrenhafter Ritter«, sagte Ulrich von Neufeld.

»Tut mir leid, Kleiner. Er muss ein guter Kämpfer gewesen sein, wenn du von ihm gelernt hast.«

Otto sah auf. Im grauen Morgendunst konnte er zum ersten Mal Megenharts Gesicht erkennen.

Kapitel 16

Im Frühjahr brachte Hildegundis einen Sohn zur Welt und musste ihn im Sommer schon wieder beerdigen. An einem regnerischen Tag im Erntemonat 1189 gab Pastor Werinhart den Kleinen, der kaum ein paar Wochen alt geworden war, der Erde zurück. Das ganze Dorf hatte sich versammelt, um die dürren Worte des Priesters zu vernehmen und mit den Eltern zu trauern.

Gebückt harrte Hildegundis am Grab ihres Jungen. Sie war nur noch ein Schatten ihrer selbst – graugesichtig, der Mund ein Strich, wartete sie zwischen Berthold und Gertrud, die sie stützten, als die Knechte den kleinen Sarg in die Erde ließen. Ihre tränenumflorten Augen schimmerten wie zwei große glänzende Kristalle in ihrem breiten Gesicht. Auch Berthold wischte sich die Tränen aus den Augen, als der Sarg hinabgelassen wurde, und er faltete traurig die Hände. Von ihm erwartete man, stark zu bleiben, obwohl es doch auch seine Kinder waren, die immer wieder starben.

»… aber der Allmächtige öffnet seinen Schoß, um die Seele dieses unschuldigen Kindes zurückzunehmen. So wird sie immerdar bleiben im Herrn, sicher und behütet, bis ans Ende aller Tage.«

Werinhart hob seine mageren Hände und machte das Kreuzzeichen über dem Grab, dann faltete er sie zum Gebet. Während er die Fürbitte sprach, polterte die nasse Erde dumpf auf den kleinen Sarg. In das Geräusch mischte sich das herzzerreißende Schluchzen von Hildegundis. Lioba spürte Fiedis kalte Hand in ihrer. Immer wieder schniefte er, und sie gab ihm ein kleines Leinentuch. Rasch strich sie ihm über sein feuchtes Haar.

Hildegundis tat ihr leid. Alles, was die Stiefmutter ihr angetan hatte, trat auf einmal in den Hintergrund, und Lioba fühlte nur noch Mitleid. Sie legte eine Hand auf ihren Bauch, in dem ihr eigenes Kind heranwuchs. Wie schlimm musste es sein, das Leben in sich wachsen zu spüren, das Kind unter Schmerzen zu gebären, um es dann wieder zu verlieren? Sie erinnerte sich an die Beerdigungen ihrer anderen drei Halbgeschwister – jedes Mal war Hildegundis ein wenig mehr in sich zusammengesunken. Sie warf einen Blick auf Johannes, der steif an ihrer Seite wartete. Vermutlich sehnte er das Ende der Zeremonie herbei, um endlich den Rest des regnerischen Tages mit den Nachbarsbauern beim Würfelspiel in ihrer Wohnstube zu verbringen.

»… denn dein ist das Reich und die Kraft und die Herrlichkeit in Ewigkeit. Amen«, betete Pastor Werinhart.

Nachdem er den Segen gesprochen hatte, schlich die Gemeinde über den Kirchhof zurück zum Tor. Wo sonst nach den Sonntagsmessen geredet und gelacht wurde, herrschte nun betretenes Schweigen. Es gab kaum eine Familie, die nicht schon mal ein Kind hier zurücklassen musste.

Lioba blinzelte in den grauen Himmel. Über ihnen ragte der Kirchturm von St. Clemens in die Höhe. Das Kreuz auf dem Dach trotzte den dunklen Wolken.

Als sie wieder hinunterschaute, hatte Friedrich sie losgelassen und war zu Hildegundis gelaufen. Lioba zog sich die Kapuze ihres Umhangs tiefer ins Gesicht und blickte sich kurz zu Christina um, als wollte sie sich vergewissern, dass die Freundin noch da war.

Als sie sich wieder umdrehte, sah sie in das Gesicht der alten Notburga.

Sie erschrak, so plötzlich war die Alte neben ihr aufgetaucht, kaum dass sie den Kirchhof verlassen hatten.

Notburga hob ihren dürren Zeigefinger und tippte Lioba auf die Brust.

»Du bist schuld«, rief sie.

Lioba wich zurück.

»Todesbringerin! Hast den Tod in Hildegundis' Haus gebracht!«, fauchte die Alte.

Lioba sah auf den Mund der Frau – eine dunkle Höhle mit Zahnstümpfen. Die Worte umkreisten sie, drangen durch ihre Ohren in ihren Kopf, ohne dass sie ihren ungeheuerlichen Sinn sofort begriff.

»Hast nichts als Unglück gebracht. Drei tote Kinder in einem Haus – und jetzt warst du wieder da und hast deinen giftigen Atem auf das unschuldige Kind geworfen. Weiche von uns!« Sie streckte die Arme aus und legte ihre beiden Zeigefinger übereinander, sodass sie ein Kreuz bildeten.

Lioba hielt die Luft an, als die Alte den Bann gegen sie spie.

Ja, sie war einmal in ihrem Elternhaus gewesen und hatte das Kind besucht, zu seiner Taufe. Davor hatte man sie nicht in ihr altes Zuhause gelassen; immer wieder hatte man neue Ausreden gefunden, warum sie nicht kommen sollte. Ein paar Mal waren ihr Vater und Fiedi auf dem Sandnerhof gewesen, und jedes Mal hieß es, Hildegundis sei unpässlich, es wäre besser, sie würde nicht kommen. Erst später, als das Kind da war, hatte sie es endlich sehen dürfen, von Hildegundis mit scharfen Augen bewacht.

Nun dämmerte Lioba, warum, und es erschien ihr so unfassbar, dass sie es nicht glauben konnte. Sie schüttelte den Kopf, während sie auf Notburgas dürre Finger starrte, die vor ihr das Kreuz formten.

»Wir glaubten, du wärst ins Wasser verschwunden, aber du bist noch da. Weiche von uns!«, kreischte die Alte.

»Das ist nicht wahr, ich hab dem Kind nichts getan!«, rief Lioba. Hoch und zittrig hallte ihre Stimme durch den grauen Tag.

Doch Notburga hörte nicht auf sie. »Weiche von uns!«, rief sie und hielt ihre dürren Finger unbeeindruckt gekreuzt vor Lioba hin. Ihre Augen in dem runzligen Gesicht spien tiefe Verachtung.

Lioba wich zurück, prallte gegen Johannes' Arm.

Er fasste ihre Hand und schob die alte Frau mit der anderen weg. »Lass sie in Ruhe, Notburga, sie hat nichts getan.«

Lioba presste sich an Johannes und verbarg ihr Gesicht an seiner Schulter. Schaudernd beobachtete sie aus den Augenwinkeln, wie die Dörfler sich schweigend um sie herum den Weg zurück zu ihren Höfen bahnten. Niemand hatte ein Wort für sie, niemand ergriff Partei. Nur Hildegundis blieb stehen und bedachte Lioba mit einem langen Blick. In ihren kristallenen Augen wütete der Hass wie ein verletztes Raubtier.

Sie gibt mir die Schuld, durchfuhr es Lioba. *Alle geben mir die Schuld. Es ist viel schlimmer als nur das Gerede.* Der Schrecken ergriff sie mit solcher Wucht, dass ihr die Knie weich wurden. Angst fuhr ihr in den Magen und würgte in ihrer Kehle.

Ihr Vater wich ihrem Blick aus, nahm Hildegundis am Arm und führte sie schweigend fort. Fiedi sah sie traurig an, aber er ließ seine Mutter nicht los. Schließlich gingen sie wortlos weiter.

»Fiedi!«, schrie Lioba. »Ich war's nicht! Ich könnte so was nie tun!«

Friedrich sah sich noch einmal kurz nach ihr um und nickte ihr zu.

Lioba fühlte, wie etwas in ihr zerriss. Tränen stürzten aus ihr heraus. Sie legte den Kopf an Johannes' Brust und weinte hemmungslos.

Da spürte sie eine Hand auf der Schulter. Christina.

Die Freundin wartete im Regen und schenkte ihr einen mitleidigen Blick. Hinter ihr warteten Albert und Anna, die die kleine Maria trug. Ihre neue Familie.

»Unglaublich, was die alte Hagazussa getan hat«, erboste sich Anna und schaukelte ihr Enkelkind. »Und niemand hat ihr Einhalt geboten! Lioba, geh zu Pastor Werinhart und sag ihm, was passiert ist. Er kann das in seinem Dorf nicht dulden.«

»Der Pastor hilft mir nicht«, schluchzte Lioba. »Er hasst mich ebenso wie Notburga. Wegen … wegen …« Sie brach ab und weinte.

»Ist ja gut …« Christina nahm sie in die Arme und tröstete sie. »Du kannst nichts für deine Mutter. Als gelehrter Kirchenmann muss Pastor Werinhart das wissen. Mutter hat recht, du solltest zu ihm gehen. Beichte ihm deine Sünden und tu Buße. Wenn du das tust, wird dich niemand mehr beschuldigen.«

Lioba musste an Werinharts wutverzerrtes Gesicht denken, als er sie in seinem Haus bei Otto entdeckt hatte, und ein kalter Schauer überlief sie.

»Er wird mir nicht helfen«, beharrte sie.

»Unsinn!«, fuhr Johannes dazwischen. »Wasch dich rein, dann werden sie der alten Hagazussa nicht mehr glauben.«

»Aber ich hab doch gar nichts getan!«

Christina ließ Lioba los und drückte ihre Hand. Regenfäden fielen auf ihre Nase unter der Kapuze. Albert, Anna und Johannes musterten sie mit abschätzenden Blicken.

Lioba zitterte. Sie fühlte sich wie ein wildes Tier, das von seinen Jägern in die Enge getrieben wurde und jeden Augenblick den Todesstoß erwartet.

»Ihr glaubt dem alten Weib doch nicht etwa?«, rief sie. »Nein, nicht? Sagt, dass ihr der nicht glaubt!«

Alle schwiegen eine Weile. »Johannes«, zischte Lioba. »Du bist mein Mann, in Gottes Namen. Meinst du, du hast mit einer Hagazussa das Bett geteilt? Das ist doch Irrsinn.«

Johannes wich ein wenig zurück. »Beherrsch dich, Lioba. Natürlich glaube ich ihr nicht. Aber … Christina hat recht, du solltest trotzdem Buße tun, auch wenn du unschuldig bist.«

»Genau«, pflichtete Christina ihm bei. »Ich hab dir schon letztes Jahr gesagt, du solltest öffentlich büßen, das hab ich auch getan. Damit das Gerede aufhört.«

»Sie reden also immer noch«, stellte Lioba mit leiser Stimme fest. »Was reden sie denn? Dass ich dem Kleinen Giftkräuter gegeben habe? Oder hab ich ihn heimlich verzaubert? Was habe ich getan?«

»Hör auf«, versetzte Johannes. »Ich weiß auch nicht, was in die Alte gefahren ist.«

»Vielleicht hat deine Stiefmutter dich bei ihr beschuldigt«, sagte Christina.

»Ja, so wird's gewesen sein«, pflichtete ihr Anna bei.

Bei dem Gedanken an Hildegundis' hasserfüllten Blick stiegen neue Tränen in Liobas Augen. Aber viel schlimmer als dieser Blick war das Schweigen ihres Vaters. Hatte er damals nicht auch geschwiegen, als ihre Mutter … nein, daran wollte sie nicht denken. Mit aller Kraft schob sie die Erinnerung weg.

Sie sah in die betrübten Gesichter der anderen und begriff, dass sie wohl tun musste, was von ihr verlangt wurde, auch wenn sie unschuldig war. Sie musste die Anschuldigungen aus der Welt schaffen und beweisen, dass sie eine gottesfürchtige Frau war und keine Hexe. Damit das Gerede endlich aufhörte.

»Tu es für unser Kind«, mahnte Johannes.

Lioba legte eine Hand auf ihren Bauch. »Notburga und Hildegundis sind Hagezussen, nicht ich«, rief sie. »Die Klatschmäuler, alle, die sich das Maul über mich zerreißen und mich anklagen, obwohl ich nichts getan habe, sind die wahren Hagezussen!«

Niemand erwiderte etwas. Anna schaukelte die kleine Maria, die zu weinen angefangen hatte. Johannes nahm Liobas Arm und zog sie fort.

»Ich bring dich jetzt zum Pastor«, sagte er nur.

Mit klammen, feuchten Fingern zog Lioba ihren Wollmantel enger. Sie zitterte und weinte, aber sie fühlte, dass sie keine andere Wahl hatte.

* * *

Werinhart sah nicht überrascht aus, als er ihnen die Tür zum Pfarrhaus öffnete. Ein Lächeln flog sogar kurz über sein mageres Gesicht, nachdem Johannes ihm den Grund ihres Auftauchens genannt hatte.

»Du bringst mir deine Frau, Johannes.« Er tastete nach seinem Kreuz, das er vor der Brust trug. »Der Allmächtige wird sich ihrer annehmen, sei gewiss.«

Johannes nickte. Er drückte Lioba kurz den Arm, ehe er im Grau des regnerischen Sommertages verschwand.

Lioba folgte Werinhart in die dunkle Wohnstube. Es roch nach Essensresten und nach Kuhdung. Auf dem großen Tisch drängten sich dicht beschriebene Pergamentblätter neben einem unglaublich dicken Buch mit einem Holzeinband. Ein Blatt trug die Zeichnung eines menschenähnlichen Wesens mit Hörnern und einem langen Schwanz.

Ein kalter Schauer überlief Lioba. Nur mit Mühe widerstand sie dem Drang, sofort das Haus zu verlassen und hinter Johannes herzulaufen.

Patto, der sich gerade an der Feuerstelle zu schaffen machte, hob erstaunt den Kopf, als er Lioba sah. Erschrecken zeichnete sich auf seinem Gesicht ab.

»Ich werde dir die Beichte in der Kirche abnehmen«, sagte Pastor Werinhart. »Warte nur, ich bin gleich zurück.« Er verschwand in seiner Kammer. Ein kalter Lufthauch fuhr in die Wohnstube und wirbelte ein paar Aschenreste auf, als er die Tür hinter sich schloss.

Patto starrte Lioba an, als sei sie ein Geist, und sie fragte sich schaudernd, ob er vielleicht auch an Notburgas Anschuldigungen glaubte. Langsam setzte sie die Kapuze ihres Umhangs ab. Sie wusste, dass sie nicht gut aussah – verheult, mit einem schmucklosen Kopftuch, das sie nun immer tragen musste, seitdem sie verheiratet war –, aber dennoch wollte sie es versuchen.

Sie zwang sich zu jenem Lächeln, mit dem sie Patto schon einmal bezaubert hatte.

»Patto, sag mir bitte, was wird im Dorf über mich geredet?«

Der Knecht legte das Holzscheit weg und richtete sich auf. Er trug wie immer keine Kappe, und ein paar Haarsträhnen klebten auf seiner blassen Stirn.

»Bitte sag's mir!« Sie legte ihre ganze Kraft und Liebenswürdigkeit in ihren Blick. Flehend trat sie auf ihn zu, aber Patto wich vor ihr zurück. Entsetzen spiegelte sich in seiner Miene.

»Bitte Patto! Glaub mir – nichts von dem, was Notburga gesagt hat, ist wahr!«

Doch der Knecht wandte sich wortlos ab und ergriff das Feuereisen. Knarrend öffnete sich die Tür der Schlafkammer.

Werinhart stand auf der Türschwelle und lächelte. »Nun, Lioba, folge mir in die Kirche.«

* * *

Auf dem Altar flackerte eine Kerze. Das trübe Licht des regnerischen Nachmittags fiel durch die Bleiglasfenster in den schlichten Innenraum der Kirche und tauchte ihn in mattes Licht. Alles hier kannte Lioba gut – die Kacheln des Fußbodens, die schlichten Bänke für die Gemeinde, die steinernen Säulen, die die Rundbögen des Gewölbes trugen. Hinter ihr an der Mauer lagen die Gräber der Vorfahren der von Rothes.

Aber trotzdem war es etwas Ungewöhnliches, zu dieser Zeit in der Kirche zu sein. Lioba fröstelte. Obwohl der Priester die Tür geschlossen hatte, war ihr kalt. Mit Befremden beobachtete sie, wie Werinhart sein Weihrauchgefäß schwenkte, und ein beißender Geruch breitete sich überall aus und hüllte sie ein. Sie sah auf das Bild über dem Altar – Jesus mit seinen Jüngern beim Abendmahl. In einer Nische die Statue der Gottesmutter mit dem Kind.

Lioba seufzte in sich hinein. Was immer Werinhart vorhatte, sie hoffte, dass es schnell gehen würde und die Buße nicht allzu hart wäre. Selbst wenn sie diese Nacht in der Kirche verbringen müsste, würde sie jede Buße mit Freuden annehmen, wenn sie dadurch die furchtbare Anschuldigung aus der Welt schaffen könnte. Dieses alte Weib durfte so etwas nie wieder zu ihr sagen! Sie würde sogar drei Nächte und noch mehr freiwillig in der Kirche verbringen, wenn sie dadurch wieder zu ihrer Familie könnte. Wenn alles wieder wie früher wäre.

Ihre Augen füllten sich mit Tränen.

»Im Namen des Vaters und des Sohnes und des Heiligen Geistes. Amen.«

Ein paar Tropfen Weihwasser landeten auf ihrem Gesicht, auf ihrem Kopftuch, auf ihrem Kleid und hinterließen feuchte Flecken auf dem verblichenen Stoff. Sie leckte sich die Lippen. Durch ihren Tränenschleier bekam sie mit, wie Pastor Werinhart sie besprengte. Seine langen Finger umklammerten ein kleines Buch, während seine harte Stimme fremdartige Worte formte: *»… sancte Michael Archangele, defende nos in praelio adversus principes et potestates …«*

Gehörte das zur Buße? Nun, wahrscheinlich wandte der Pastor bei ihr nun ein erweitertes Ritual an, um sie beichten zu lassen und dann von ihren Sünden loszusprechen. Was immer er auch täte, sie musste es dulden. Sie dachte an den Blick ihres Bruders. Fiedi!

Lioba schluchzte auf. Wenn sie ihn nun nicht mehr sehen dürfte! Wenn ihre Familie sich von ihr abgewandt hatte! Vater! Wie konnte er das zulassen? Er musste doch wissen, dass Notburgas Anschuldigungen unhaltbar waren.

»Herr, kehre ein in dieses Haus, und halte alle Nachstellungen der Feinde fern. Deine heiligen Engel mögen darin wohnen und uns im Frieden bewahren. Und dein Segen sei über uns allezeit.«

Lioba faltete die Hände. Vor ihr ragte Werinhart wie ein Schatten auf. Das Gebet schien ihn ganz erfasst zu haben, er schien nur noch aus den Worten zu bestehen, die er sprach. Ein Speichelregen flog aus seinem Mund und landete in vielen kleinen Flecken auf seiner Stola.

»… bittet für uns. Sei uns gnädig, verschone uns, oh Herr. Von allem Übel erlöse uns, oh Herr, von aller Sünde, von den Nachstellungen des Teufels, von Zorn, Hass und allem bösen Willen. Christus, höre uns. Christus, erhöre uns. Herr, erbarme dich unser. Christus, erbarme dich unser …«

Lioba fühlte ein feines Prickeln im Nacken. Die Turmglocke schlug einmal, zweimal … siebenmal. Sie fühlte, wie das Kind in ihrem Leib sich bewegte – es war wie der ferne Flügelschlag eines Vogels. Sie musste durch ihre Tränen hindurch lächeln.

Werinhart runzelte die Stirn. »… Christus, höre uns. Christus, erhöre uns. Herr, erbarme dich unser. Christus, erbarme dich unser …«

Lioba legte eine Hand auf ihren Bauch. Der Weihrauch machte sie benommen, und sie spürte Übelkeit aufsteigen. Sie versuchte, sie niederzukämpfen.

»… wie flüchtiger Rauch verweht, wie Wachs vor dem Feuer zerfließt, so vergehen die Frevler vor Gottes Antlitz!« Die Stimme des Priesters zerschnitt die weihrauchgeschwängerte Luft. Laut hallten seine Worte in der Kirche wider und umkreisten sie wie ein Vogelschwarm. Die Ader an seinem Hals pochte. Er nahm ein hölzernes Kreuz und hielt es vor sie hin.

»Seht das Kreuz des Herrn! Flieht, ihr feindlichen Mächte!«

Lioba atmete tief. Die Übelkeit ließ sich nicht vertreiben. Das feine Prickeln in ihrem Nacken wurde zu einer Klaue, die ihr den Hals zuschnürte. Sie zitterte, ihr Herz jagte. Der Vogel in ihrem Inneren rollte und drehte sich.

»… im Namen und in der Kraft unseres Herrn Jesus Christus beschwören wir dich, jeglicher unreine Geist, jegliche teuflische Macht, jegliche feindliche Sturmschar der Hölle: Ihr werdet ausgerissen und hinausgetrieben aus der Kirche Gottes, von den Seelen, die nach Gottes Ebenbild erschaffen …«

Werinhart beugte sich über sie und hauchte ihr seinen Atem ins Gesicht. Sein Speichel traf ihre Haut. Der Wortschwall, der aus der dunklen Höhle seines Mundes quoll, vermischte sich mit dem Weihrauchdunst und schien sie zu ersticken. Das Unheil ballte sich in ihren tiefsten Höhlen zusammen und stieg aus ihrem Magen herauf. Übelkeit überwältigte Lioba. Sie sprang auf, stürzte durch die Kirche nach draußen und erbrach sich auf dem Kirchhof.

Keuchend und zitternd richtete sie sich wieder auf, als sie auch schon das bleiche Gesicht Werinharts hinter sich erblickte. Mit ausgestreckten Armen hielt er das Holzkreuz vor sie hin.

»*Ecce Crucem Domini, fugite, partes adversae!*«, rief er.

Lioba schüttelte den Kopf, als sie in sein wutverzerrtes Gesicht starrte. Der Pastor war von Sinnen! Ihn hatte derselbe Wahn ergriffen, dem auch Notburga verfallen war.

Lioba begriff, dass sie hier wegmusste. Wenn sie bliebe, würden sie und ihr ungeborenes Kind in Gefahr sein. Sie raffte ihr Gewand und begann zu laufen. Obwohl ihr Magen sich erneut aufbäumte, rannte sie über den Kirchhof so schnell sie konnte. Erst später, weit außerhalb der Sichtweite des Pastors und als sie sicher war, dass er ihr nicht folgte, hielt sie schwer atmend auf dem Weg inne und erbrach sich erneut.

Kapitel 17

Byzantinisches Reich, Philippopel, im Spätsommer 1189

Heiß brannte die Sonne auf die thrakische Tiefebene. Obwohl der Sommer sich bereits dem Ende zuneigte, hatte sie nichts an Kraft verloren. Die Hitze lag wie ein träges Tuch über Philippopel und wurde durch kaum ein Lüftchen gemildert.

Otto war froh, dass er an diesem Abend endlich keine Rüstung mehr tragen musste, als er mit seinen Vettern durch die verwinkelten Straßen der alten romanischen Stadt zur Schenke ging. Er fühlte sich leicht. Wie seine Vettern trug er nur ein dünnes Obergewand über seinen Beinlingen und seinen Dolch im Gürtel. Alle hatten im Fluss gebadet, sich umgezogen und ihre Waffen und Rüstungen bei den Knappen und Kriegsknechten zur Bewachung zurückgelassen. Sie waren sich ihres Glücks bewusst, das eine befestigte Stadt als Lagerstätte ihnen bot, hatten sie doch in den letzten Wochen fast nur unter freiem Himmel geschlafen. Zuletzt hatten sie außerdem einen beschwerlichen Gebirgsweg bewältigt, wo die Engpässe mit gefällten Bäumen und Felsbrocken versperrt waren, die sie jedes Mal mühsam freiräumen oder niederbrennen mussten. Davor hatten sie die Stadt Sofia menschenleer vorgefunden, und der versprochene und so sehnlich erwartete Proviantmarkt hatte wieder einmal nicht stattgefunden, wie so oft in den letzten Wochen.

Auch die Bewohner Philippopels waren geflohen, als sich das Kreuzfahrerheer näherte, aber sie hatten sämtliche Vorräte zurückgelassen, an denen die Männer sich gütlich getan hatten.

Der Kaiser hatte nach den Strapazen der letzten Tage eine mehrtägige Rast angeordnet, und sie hatten das Glück gehabt, zwischen all den Grafen und Bischöfen, die die größten Häuser für sich und ihr Gefolge beanspruchten, ein kleines Wohnhaus innerhalb der Stadtbefestigung gefunden zu haben. Sie teilten es sich mit anderen von Berg'schen Rittern, während die Knechte und der Tross in den Zelten außerhalb der Stadt lagerten.

»Hoffentlich finden wir den Weg gleich wieder zurück«, meinte Hartwich und blickte sich um, als könnte er sich irgendeinen markanten Punkt in dem engen Häuser- und Gassengewirr der Stadt merken.

»Mann, wir haben den Weg durch den verdammten Bulgarenwald gefunden, wir finden überall hin, sogar betrunken!«, versetzte sein Bruder Volkmar, der jüngere und dreistere von beiden. Mit einem zischenden Laut scheuchte er eine streunende Katze vom Weg. »Nur schade, dass hier keine Huren sind.«

»Ach, ein paar von unseren werden da sein«, spottete Hartwich.

Volkmar verdrehte die Augen. »Lieber geh ich in den Wald an einen Baum als auf eine verdreckte Latrine.«

»Nimm doch dein Packpferd«, versetzte Otto müde, dem Volkmar mit seinen dauernden Reden über Huren und was man alles mit ihnen anstellen konnte gehörig auf die Nerven ging. Für seinen jüngeren Vetter schienen Frauen nur Leckerbissen zu sein, nach denen man sich umso mehr sehnte, je seltener man sie bekam.

Die Männer betraten eine düstere Schenke. Ein Sponheimer Ritter, der sich im Weinbau auskannte, hatte die Weinstöcke am Rande der Stadt abgeerntet und einen Wein daraus gekeltert, um den sich die Männer nun rissen. Die Schenke war zum Bersten gefüllt. Viele Männer umringten einen Tisch, auf dem ein paar Huren tanzten; sie klatschten und stampften mit den Füßen auf den Boden. Die stickige Luft roch nach Wein, den Ausdünstungen der Menschen und dem billigen Parfüm der Huren. Mit raschen Blicken überflog Otto die Gruppen in den Bankreihen – ein buntes Gemisch aus allen Gegenden des Reiches. Sogar ein paar Männer des Groß-Župans von Serbien, die das Heer über die schwierigen Gebirgspässe begleitet hatten, waren anwesend. Otto und Hartwich ließen sich bei den von Berg'schen Männern, ihren Kampfgefährten, nieder und orderten Wein, nur Volkmar blieb am Tisch bei den Huren und feuerte sie zum Tanz an.

»Er kann's einfach nicht lassen«, meinte Hartwich und deutete auf seinen jüngeren Bruder.

Otto warf einen kurzen Blick auf seinen Vetter und zuckte mit den Schultern. Sein Gesicht glühte von der Sommersonne; er war erschöpft von den langen Ritten und den kurzen Nächten, zermürbt von den ständigen Attacken der Feinde, gegen die sie sich in den letzten Wochen immer wieder hatten wehren müssen. Er wünschte sich nichts sehnlicher, als endlich die Heilige Stadt zu erreichen.

Er starrte in seinen Becher, in dem der Wein schwamm, ein herbes Gebräu aus kaum vergorenen Trauben, und leerte ihn mit wenigen Schlucken.

»Es ist wahr«, drang die Stimme Ulrich von Neufelds, der weiter unten an der Tafel saß, durch den Lärm zu ihnen. »Unser Kaiser hat eine Nachricht des byzantinischen Kaisers Isaak aus Konstantinopel erhalten.«

Nach dieser bedeutungsschweren Einleitung ihres Pentakontarchen trat schlagartig Stille ein.

»Lassen sie uns jetzt endlich in Frieden weiterziehen?«, rief einer der Ritter, der Dietrich hieß und gleich neben Ulrich saß.

»Wo denkst du hin?« Mit einer wütenden Geste drehte Ulrich von Neufeld seinen Weinkrug hin und her. »Kaiser Isaak hat unsere Gesandten in den Kerker werfen lassen! Männer, die unser Kaiser in friedlicher Absicht geschickt hat! Er hat unser ganzes Heer beschämt.«

Die Ritter schwiegen betroffen. Man hatte schon lange geahnt, dass etwas schiefgegangen sein musste, nachdem die Gesandten nicht zurückkehrt waren, aber dass der Kaiser in Konstantinopel sich nicht scheute, einen Bischof, einen Grafen und den Kämmerer gegen jede gute Sitte und Gepflogenheit in den Kerker werfen zu lassen, zeigte deutlich, wie schlecht es um das Verhältnis zum Byzantinischen Reich bestellt war.

»Nun ist es offensichtlich – Kaiser Isaak hat den Eid gebrochen, den sein Kanzler noch in Nürnberg vor unserem Kaiser geschworen hat«, fuhr Ulrich fort. »Er denkt nicht daran, uns in Frieden durchziehen zu lassen, im Gegenteil! Wahrscheinlich paktiert er in Wahrheit hinter unserem Rücken mit Sultan Saladin.«

Hasserfülltes Schweigen breitete sich zwischen den Männern aus. »War doch klar, dass man diesem Hund nicht trauen kann«, rief einer der Männer. »Den Byzantinern kann man nicht trauen. Eine Schande für die Christenheit sind sie!«

»Obwohl wir geschworen haben, dass wir friedlich durchziehen und keiner Menschenseele etwas zuleide tun werden!«, rief Dietrich.

»Der Kaiser hat uns Proviantmärkte und Geldwechsel versprochen! Aber was tat er? Hetzte uns seine verfluchten Walachen auf den Hals«, erboste sich ein Dritter.

Weitere Unmutsäußerungen wurden laut, mischten sich in das Gegröle der Männer, die die tanzenden Huren anfeuerten.

»Was wird Kaiser Friedrich jetzt machen?«, fragte Hartwich, nachdem es wieder ruhiger am Tisch geworden war.

Ulrich von Neufeld zuckte mit den Schultern. »Er kann Kaiser Isaak auf keinen Fall mehr trauen. Wie ich ihn kenne, wird er aber sicher noch weiter mit Byzanz verhandeln. Ich fürchte, wir werden noch eine Weile hierbleiben müssen, Männer!«

Er hob seinen Krug, leerte ihn und knallte ihn verdrossen wieder auf die Tischplatte zurück. Die Ritter redeten aufgeregt durcheinander. Otto stürzte seinen Wein hinunter, erhob sich und trat an den Tisch zwischen die klatschenden Männer. Die Huren schwenkten aufreizend ihre Hüften. Einige Männer johlten und pfiffen.

Otto klatschte nicht. Stumm stand er zwischen den anderen und starrte auf die wogenden Brüste und schaukelnden Hüften, ohne sie wirklich wahrzunehmen. Die stickige Luft verschwamm vor seinen Augen, und er spürte, wie der Hass in ihm bohrte. Hass auf einen unbekannten Mann, jenen Kaiser Isaak im fernen Konstantinopel, der ihren Weiterzug behinderte und seine Hoffnung zerstörte, sie könnten noch vor dem Winter die Heilige Stadt erreichen.

Otto ballte die Fäuste. Er hätte sie am liebsten dem nächstbesten Dummkopf ins Gesicht geschlagen, wenn nicht das strenge Lagergesetz, das der Kaiser erlassen hatte, Prügeleien bei schlimmen Strafen verboten hätte.

Vor seinem inneren Auge sah er einen Mann mit durchschnittener Kehle auf dem Waldboden liegen, Blutstreifen im schütteren grauen Haar, und der Hass lohte in ihm, brannte in seinem Gemüt. Gerlach durfte nicht umsonst gestorben sein! Fast mehr noch als für seine eigenen Söhne hatte er sich für ihn, Otto, eingesetzt. Nun war Otto es ihm schuldig, dass er das weiterführte, was Gerlach nicht mehr konnte. Gerlach würde es von ihm erwarten, mehr noch als von seinen Söhnen, dem unsicheren Hartwich und dem leichtsinnigen Volkmar. Beim Allmächtigen, er würde es tun, so wie er es geschworen hatte.

Er würde seine Vettern schützen, so gut es ging, und Jerusalem von den Heiden befreien. Er würde Gerlachs Werk in jeder Hinsicht zu Ende führen.

»Warum so grimmig, Kleiner?« Eine bekannte Stimme drang aus dem Dunst in seine Gedanken. Megenhart hatte sich neben ihm aufgebaut und beobachtete die tanzenden Frauen. Otto musterte ihn von der Seite. Sein markantes Profil mit der gebogenen Nase und den vorspringenden Brauen, unter denen die hellen, klugen Augen tief lagen – immer noch nötigte Megenharts Erscheinung ihm Respekt ab.

»Ich habe dir gesagt, du sollst mich nicht mehr Kleiner nennen!«

»Ah, du bist wütend«, stellte Megenhart fest. »Was ist das denn für eine langweilige Veranstaltung hier? Komm, lass uns woanders hingehen.«

Er nahm Otto am Arm und führte ihn durch die Menge der Zecher nach draußen. Sie lehnten sich an eine Hauswand und starrten in den dämmrigen Himmel. Irgendwo hinter den Hausdächern war gerade die Sonne untergegangen.

»Herrgott, vermisse ich mein Weib!«, rief Megenhart in ungewohnter Offenheit aus. »Was würd' ich jetzt für ihre weichen Schenkel geben!«

Otto verzog die Mundwinkel leicht nach oben, zu mehr war ihm im Augenblick nicht zumute. »Du vermisst deine Frau?«

Megenhart blickte abwesend auf die Schenkentür, wo gerade zwei Betrunkene singend heraustorkelten. »Ja, stell dir vor, man kann auch die eigene Frau mögen, selbst wenn die Ehe von anderen ausgehandelt wurde. Ich habe das Glück. Sie ist eine entfernte Verwandte, gehört zum reicheren Teil der Familie. Ich hatte außer meinem Namen eigentlich nichts vorzuweisen.

Meinen Vater kenne ich nicht, und meine Mutter betet jetzt in einem Kölner Kloster für meine Seele.«

Otto musterte Megenhart erstaunt. Es war ungewöhnlich, dass dieser so viel von sich erzählte. Sie hatten sich ein paar Mal zum Würfeln getroffen und sich auch öfter tagsüber gesehen, weil ihre Einheiten unter demselben Banner in der kaiserlichen Abteilung ritten. Es war, als bestünde seit jener Nacht im Bulgarenwald ein unsichtbares Band zwischen ihnen, ohne dass sie sich einander verpflichtet fühlten. Sie hatten trotz ihres Altersunterschieds oft dieselbe nüchterne Sichtweise auf die Dinge, dennoch war Megenhart auch ein Mann mit Humor. Seine seltsamen Witze und Bemerkungen bewiesen, dass er das Leben von der leichteren Seite nahm, und damit heiterte er Otto oft auf.

»Mein Weib hat mich bei einem Familienbesuch gesehen und wollte mich unbedingt«, erzählte Megenhart. »Damit hat sie ihrem Vater so lange in den Ohren gelegen, bis er eingewilligt hat. Sie ist seine vierte Tochter, die ersten drei hatte er zu dieser Zeit schon gewinnbringend verheiratet. Er war es, der mir einen Platz im erzbischöflichen Heer verschaffte.« Megenhart seufzte und beobachtete, wie die Betrunkenen singend durch die Gasse schwankten. »Nun wäre es gut, wenn wir auch ruhmreich zurückkehren würden.«

»Du hattest Glück«, bestätigte Otto.

»Und du?«

»Ich habe keine Frau.«

»Auch keine Liebste? Niemanden?«

Otto schüttelte den Kopf. Er musste an Lioba denken. »Es gab mal ein Mädchen, aber sie ist verheiratet.«

»Schade. Ach, Weiber«, seufzte Megenhart. »Hat man sie, ist's manchmal schwer, hat man sie nicht, ist's noch schwerer. Du kriegst sicher noch die Frau, die für dich bestimmt ist.« Er lächelte gönnerhaft und klopfte Otto auf die Schulter.

Otto dachte an den zarten Frauenkörper zurück, der in der Dämmerung der zugezogenen Bettvorhänge auf ihm gelegen hatte. Fast war ihm, als könnte er sie wieder riechen, als bräuchte er nur die Hand auszustrecken, um ihr über das Haar zu streichen. Er wünschte sich diesen Augenblick mit einer Heftigkeit zurück, die ihn erschreckte. Wütend stieß er einen Stein so weit weg, dass er gegen die gegenüberliegende Hauswand prallte.

»He – was ist los?«

»Hast du nichts von der Nachricht gehört, die der Kaiser bekommen hat?«

»Von unseren Gesandten?«, fragte Megenhart. »Natürlich hab ich davon gehört. Das ganze Heer spricht davon.«

»Wie können sie dann feiern und fröhlich sein? Sollten wir diese hinterhältigen Hurenknechte nicht endlich spüren lassen, dass sie nicht alles mit uns machen können?«

Megenhart verschränkte die Arme vor seiner Brust. Wie alle trug auch er nur ein Hemd, das ihm locker über die Beinlinge fiel. »Das werden wir auch«, sagte er mit ungewöhnlich ernster Stimme.

Otto warf ihm einen fragenden Seitenblick zu.

»In Konstantinopel hält man offenbar nichts davon, Verträge einzuhalten«, fuhr Megenhart mit gesenkter Stimme fort. »Kaiser Isaak ist nicht nur wortbrüchig geworden, sondern führt in Wahrheit Krieg gegen uns. Mit seiner Hinhaltetaktik will er uns aufhalten und Sultan Saladin damit in die Hände spielen. Es gibt keinen Grund mehr für uns, den Eid, den wir ihm gaben, noch zu halten. Ich weiß, es gibt einige hochrangige Männer, die lieber heute als morgen zurückschlagen würden.«

»Friedrich von Schwaben«, meinte Otto.

Megenhart nickte. »Natürlich, der Königssohn will als Erster seinen Mut unter Beweis stellen, wie schon so oft. Aber es gibt noch mehr Edle, Fürsten und Bischöfe, denen nicht mehr nach Frieden zumute ist. Sie scharen schon geeignete Männer um sich, um byzantinische Städte einzunehmen. Ich selbst werde einer von ihnen sein.«

Otto zog tief die warme Luft ein. Megenhart sah auf ihn herunter. Seine tiefliegenden Augen unter den vorgewölbten Brauen blickten ernst, aber voll Zuversicht.

»Wem wirst du dich anschließen?«, fragte Otto.

»Friedrich Vogt von Berg. Ein sehr mutiger Mann. Man sagt von ihm, er sei streng zu seinen Feinden, aber treu zu seinen Freunden. Mein Eindruck hat das bestätigt. Er ist Noriker, aber ihm sind Männer aus allen Gegenden des Reiches willkommen, sagt er, Hauptsache, es sind tapfere Männer.«

Otto spürte, wie sein Herz aufgeregt zu klopfen begann.

»Es gibt keinen besseren Weg, beim Kaiser Eindruck zu machen«, setzte Megenhart leise hinzu. »Später, wenn wir siegreich in die Heimat zurückkehren, wird sich der Kaiser an unsere Taten erinnern.«

»Du meinst also, der Kaiser wäre damit einverstanden, wenn wir es den Byzantinern heimzahlen?«

Megenhart blickte ihn an, als wäre er schwer von Begriff. »Er ist nicht nur damit einverstanden, er will es sogar! Friedrich von Schwaben würde niemals etwas tun, das gegen den Willen seines Vaters ist, ganz im Gegenteil. Wenn wir ihm folgen, können wir nur gewinnen.«

»Du hast recht!« Otto stieß sich von der Hauswand ab und stemmte vor Megenhart die Hände in die Hüften. »Ich will auch nicht mehr tatenlos in dieser Stadt herumsitzen! Wenn wir schon nicht weiterziehen, dann komme ich mit euch. Nimm mich mit zu diesem Vogt, stell mich ihm vor.«

»Wenn ich ihm von deinem Mut erzähle, wird er dich gern aufnehmen. Es soll unser Schaden nicht sein.«

Otto nickte. Er dachte nicht an Beute oder Ruhm, er dachte an die Blutstreifen im schütteren Haar seines Onkels, und sein Hass brannte wie Feuer.

Kapitel 18

Über das Land hatte sich eine eigentümliche Stille gelegt. In den letzten Tagen hatte es Neuschnee gegeben, und eine dicke Schneeschicht lag über den starr gefrorenen Feldern und schluckte jedes Geräusch. Nur die Stimmen einiger Dorfkinder, die an dem sonnigen Nachmittag im Schnee tobten, drangen von Ferne an Katharinas Ohren. Sie kämpfte sich mühsam vorwärts. Der Weg war durch Schneewehen bedeckt, bei jedem Schritt sank sie tief ein. Eine Windböe fegte zwischen den Bäumen hindurch und fuhr unter ihren Wollmantel. Seufzend hielt sie inne und blickte über das glitzernde Weiß, das sich vor ihr erstreckte. Das schneebedeckte Strohdach des Sandnerhofs lag in einiger Entfernung vor ihr. Rauch kräuselte sich aus der Öffnung im Dach in den blauen Himmel.

Nicht mehr weit.

Katharina gab sich einen Ruck und stapfte weiter. Johannes' Frau lag schon seit dem Abend in den Wehen. Als die beiden Frauen des Hauses sich nicht mehr zu helfen wussten, hatten sie nach Notburga geschickt, aber die hatte sich geweigert, der »Todesbringerin«, wie sie sie nannte, das Kind auf die Welt zu bringen. Da hatten auch sämtliche Bitten und Versprechungen nichts genutzt. Wenn ihre Großmutter etwas nicht wollte, dann wollte sie nicht. So war sie eben.

Aber sie hatte Katharina nicht verboten, der Sandnerhöflerin zu helfen. Katharina tat das nicht aus Mitleid oder weil ihr sonst keiner helfen wollte, oder gar wegen des Balgs. Sie tat es für Johannes und natürlich wegen der Belohnung, die sie bekommen würde, falls alles gut ginge. Jeder wusste, wie reich die Sandnerhöfler waren, sie mussten im Winter nicht hungern. Vielleicht könnte sie heute Abend noch ein fettes Stück Speck mit nach Hause nehmen. Außerdem gab es noch eine Belohnung ganz anderer Art für sie: Die Erfahrung, die sie bei einer schwierigen Niederkunft als Hebamme sammeln konnte, war für sie als junge Frau ohne eigene Kinder, der man nicht viel zutraute, Gold wert.

Angst hatte Katharina keine. Mochten die anderen Frauen ruhig furchtsam vor der Todesbringerin zu Hause bleiben, sie würde ihre Pflicht zur Nächstenliebe gegenüber dem Herrn erfüllen, die er von jeder Christenseele forderte.

Sie war angekommen. Vor ihr ragte der Flechtzaun halb aus dem Schnee. Der Graben, der den Hof umgab, war zu Eis gefroren. Dahinter lag der Hof im milden Wintersonnenlicht. In dem Bewusstsein, ihr Ziel erreicht zu haben, kämpfte sich Katharina die letzten Schritte über den Hof und pochte an die Tür.

Es dauerte nicht lange, bis Christina ihr öffnete. »Dem Herrn sei gedankt!« Sie strahlte erleichtert und zog sie in die Wohnstube, in der das Feuer prasselte.

Katharinas Augen brauchten einen Augenblick, um sich an das trübe Licht zu gewöhnen. Am Tisch saßen die Männer beim Würfelspiel und nickten ihr kurz zu – der alte Albert, ein paar Knechte und Johannes! –, ihr Herz klopfte schneller, als sie ihn erblickte. Gleich neben ihm stand die Wiege mit der schlafenden Maria, daneben kniete eine Magd und summte ein Lied.

Christina nahm Katharina den Mantel ab und ließ ihr kaum Zeit, ihre steif gefrorenen Hände am Feuer zu wärmen. Dann führte sie sie in einen kleinen, nur durch einen Vorhang abgetrennten Bereich in der Nähe des Feuers.

Lioba lag auf einem Lager aus Stroh; neben ihr kniete Anna und tupfte ihr mit einem Lappen die schweißbedeckte Stirn ab. In einer Ecke kauerte eine verängstigte Magd.

»Gott sei Dank bist du gekommen!« Anna bekreuzigte sich und lächelte Katharina erleichtert zu, als diese den Raum betrat.

Lioba lächelte nicht. Bleich und mit tiefen Ringen unter den Augen lag sie da; Katharina war sich nicht einmal sicher, ob sie sie überhaupt erkannte.

Sie fühlte Genugtuung. Diese armselige Gestalt hatte nichts mehr mit jener hübschen Frau zu tun, der die Männer zu Erntedank gierige Blicke hinterhergeworfen hatten. Es bewies ihr wieder einmal mehr, dass der Herr die äußerliche Hülle vernichten konnte, wann immer er wollte. Nur auf die unsterbliche Seele kam es an.

»Wie lange dauert's denn schon?«, fragte sie geschäftig und packte ihre Mitbringsel aus – eine Rolle Garn, das scharfe Messer, mit dem man die Nabelschnur durchtrennte, einen Mörser, einen Napf mit Schweineschmalz, einen grünlich schimmernden Stein und den Beutel mit Notburgas Geburtskraut, das sie ihr heimlich entwendet hatte.

»Gestern Abend, kurz nachdem wir alle eingeschlafen waren, ging's los«, berichtete Anna. »Das Kind will einfach nicht kommen.«

Besorgt sah sie auf Lioba hinunter und drückte ihr die schlaffe Hand.

Katharina nickte. Ein scharfer Geruch zeigte ihr an, dass die Frauen den Raum bereits mit Räucherwerk von bösen Geistern gereinigt hatten. Gut so. Es bewies, dass sie zumindest etwas von dem wussten, was zu tun war. Sie beugte sich über die Schwangere und tastete ihr vorsichtig den Leib ab, wie sie es von Notburga gelernt hatte.

Lioba stöhnte leise. Katharina nahm den Heilstein und legte ihn der Gebärenden auf den Bauch. Er stammte aus dem Magen der fruchtbarsten Kuh aus dem Dorf und besaß außergewöhnliche Kräfte. Dann wies sie die beiden anderen Frauen an, mit ihr zur heiligen Margareta zu beten, der Schutzpatronin der Gebärenden.

Lange beteten die drei Frauen, doch kein Zeichen deutete darauf hin, dass das Kind zur Welt kommen wollte. Lioba lag teilnahmslos auf ihrem Strohlager. Hin und wieder krallte sie ihre Hände in den Arm ihrer Freundin und stöhnte vor Schmerzen. Ihr schmächtiger Körper war zu schwach für eine schwere Geburt.

Christina wandte sich an Katharina. »Kann man denn gar nichts tun?«, fragte sie leise.

Katharina dachte nach. Vielleicht wollte der Allmächtige Lioba das Leben nehmen, weil sie Hildegundis' Kinder getötet hatte. Wäre es nicht besser, wenn die Todesbringerin stürbe, damit die Welt von ihr befreit wäre? Johannes könnte wieder heiraten, wen er wollte. Diese Vorstellung gefiel Katharina, und eine Weile erging sie sich in Träumen darüber, wie Johannes bei ihrer Großmutter um ihre Hand anhalten würde.

Doch dann brachte ein erneutes Stöhnen sie in die Wirklichkeit zurück. Es gab einen Nachteil, einen sehr gewichtigen sogar. Wenn Lioba unter ihren Händen stürbe und das Kind ebenso, müsste sie nicht nur auf ihre Belohnung verzichten, sondern sie käme auch in den Ruf, eine schlechte Hebamme zu sein. Die Frauen würden ihr nicht mehr trauen. Das wäre verhängnisvoll für sie, denn von was sollte sie leben, wenn ihre Großmutter stürbe und sie keinen Mann fände?

Sie gab sich einen Ruck. Sie musste es mit Notburgas Kraut versuchen. Ihre Großmutter hatte damit schon einige schwere Geburten gemeistert.

»Habt ihr Wein im Haus?«, fragte sie.

Verdutzt hielt Anna im Beten inne und starrte sie überrascht aus ihrer Ecke heraus an. Wein, das war etwas so Teures und Erlesenes, dass es einfache Bauern unmöglich besitzen konnten. Aber sie nickte und stürzte hinaus, um wenig später mit einem kleinen Krug zurückzukehren.

»Hier, wir haben Rheinwein.« Stolz hielt Anna Katharina den Krug hin. »Hat Johannes bei einem Händler in Urdingi gegen einen Sack Mehl eingetauscht.«

»Jaja.« Katharina hatte sich schon gedacht, dass mehr in den Vorratsgruben des Sandnerhofs lagerte als bei den meisten Bauern des Dorfes. Sie holte ein kleines Bündel getrockneter Kräuter aus ihrem Beutel, legte sie in den Mörser aus gebranntem Ton und zerstampfte sie geschickt zu Pulver. Dann schüttete sie das Pulver in einen Becher mit dem Wein und gab ihn Lioba zu trinken.

»Was gibst du ihr da?«, fragte Christina neugierig und roch an dem Wein. Sie rümpfte die Nase ob des stechenden Geruchs.

»Das Mittel wird ihren Schmerz lindern und dem Kind helfen, aus dem Mutterleib zu kommen.«

Christina nickte ängstlich und warf einen besorgten Blick auf Lioba. Die leerte den Becher in großen Schlucken; wahrscheinlich hätte sie alles getrunken in der Hoffnung auf Hilfe. Christina ließ sich an ihrem Lager nieder, ergriff ihre Hand und murmelte das Vaterunser.

Anna erhob sich und ging zu den Männern. Katharina hörte, wie sie sie schalt, mit dem Würfeln aufzuhören und mit ihnen die heilige Margareta für das Leben von Mutter und Kind anzuflehen.

Die Männer gehorchten tatsächlich. Katharina malte sich aus, wie dankbar Johannes wäre, wenn sie das Leben seiner Frau und seines Kindes retten würde. Sie gab sich der Vorstellung hin, dass er ihr auf Knien danken und ihr die Hände küssen würde, die sie ihm huldvoll reichte. Alle Frauen aus den Dörfern der Umgebung würden nur noch nach ihr schicken, wenn sich ein Kind ankündigte; sie wäre die gefragteste Wehmutter der Gegend, und Notburga könnte sich endlich zur Ruhe setzen.

»Heilige Margareta, bitte für uns …«, murmelten die Männer.

Ein Schrei löste Katharina aus ihren Träumen. Die Beine weit gespreizt, lag Lioba auf ihrem Strohlager und krallte ihre Hand in den Arm ihrer Freundin. Endlich! Das Kraut schien zu wirken. Katharina kniete vor der Gebärenden, zwischen deren Schenkeln ein dunkler langer Spalt klaffte. Erleichtert atmete sie auf. Nun würde es nicht mehr lange dauern. Lioba atmete tief in der kurzen Pause zwischen den letzten Wehen. Das Leben war wieder in sie zurückgekehrt.

Katharina dankte Gott für das Wunderkraut ihrer Großmutter und nahm sich vor, ihr bei nächster Gelegenheit das Geheimnis seiner Herkunft zu entlocken. Lioba schrie bei der nächsten Wehe und flehte zum Allmächtigen. Katharina wunderte sich darüber. Wenn sie wirklich vom Bösen besessen war, wie Pastor Werinhart meinte, warum rief sie dann in ihren schlimmsten Kindsnöten den Allmächtigen an? Nun, vielleicht war das nur eine geschickte Verstellung. Der Böse sollte ja ein Meister der Verstellung sein. Einen Augenblick war es still. Das Beten der Männer war verstummt, man hörte nur noch das Brausen und Knacken des Feuers, dessen Flammen ihren Lichtschein durch den Vorhang warfen.

»Oh Gott, ooooohh!«, schrie Lioba, als die nächste Wehe einsetzte, und unter ihrem Wehklagen erschien der Kopf des Kindes.

Katharina zog ihn vorsichtig aus dem Leib der Mutter, dann drehte sie den Körper ein wenig zur Seite, um erst der linken, dann der rechten Schulter den Durchgang zu ermöglichen. Ein letzter Ruck, und der kleine nasse Körper glitt aus Liobas Leib in Katharinas Hände.

»Ein Junge«, verkündete die Hebamme. Sein Geschrei erfüllte bald den ganzen Raum und mischte sich mit dem Jubelgeschrei der Frauen. Katharina nahm ihn und wischte ihn mit einem Lappen sauber, band die Nabelschnur ab und durchtrennte sie, wickelte ihn in ein warmes Tuch. Lioba war erschöpft in ihre Kissen zurückgefallen und streckte die Arme nach ihrem Kind aus, aber Katharina brachte es zu seinem Vater. Sie spürte ein unruhiges Kribbeln in der Magengegend.

»Hier ist dein Sohn.« Sie überreichte Johannes das schreiende Bündel, während sie heimlich zwei Finger ihrer rechten Hand zu einem Kreuzzeichen übereinanderlegte. »Dreh ihn auf den Bauch«, hieß sie ihn und beobachtete, wie er ihrem Befehl Folge leistete und das Kind bäuchlings auf den Tisch legte. Er runzelte die Stirn. »Was ist das?«, fragte er und deutete auf einen großen, feuerroten Fleck im Nacken des Neugeborenen.

Katharina starrte auf den unförmigen Fleck und biss sich auf die Lippen. Sie ahnte, dass nun viel von ihren Worten abhängen würde. Ihr Wort würde etwas gelten, weil es ihr gelungen war, Mutter und Kind bei einer schwierigen Geburt zu retten. Ihr Ansehen im Dorf würde steigen, man würde sie künftig bei Fragen zu Empfängnis und Schwangerschaft um Rat fragen.

Aber sie hatte so eine Missbildung bei einem Neugeborenen noch nicht gesehen. Ihre Großmutter vielleicht, aber sie konnte sie ja nicht fragen. Doch sie wusste auch so, was Notburga sagen würde: Es war ein Zeichen. Der böse Geist, der die Todesbringerin beherrschte, hatte sein Kind mit einem Mal gezeichnet.

Katharina räusperte sich. Es fiel ihr nicht leicht, sich zu den Worten zu überwinden, aber ihr war bewusst, dass es ihre Aufgabe als Hebamme war, Vätern, die um ihre Meinung fragten, ihren Rat nicht vorzuenthalten. Sie gab sich einen Ruck.

»Ich fürchte, es ist ein Zeichen«, flüsterte sie.

Johannes sprang auf und packte ihren Arm. »Was meinst du damit?«

»Eponosus hat sein Kind gezeichnet.«

»Sein Kind??« Die Augen schienen aus Johannes' breitem Gesicht zu treten. Er schlug sich die Hand vor den Mund und ließ sich schwer auf die hölzerne Bank zurückfallen.

Die anderen Männer schwiegen betreten. Das Neugeborene weinte, aber niemand wollte es hochnehmen und wiegen.

Katharina hatte kein Mitleid mit dem Kind. Sie fühlte nur Mitleid mit Johannes.

»Du meinst, es ist ein *fremdes* Kind? Nicht meins?« Seine Stimme war so leise, dass sie kaum neben dem Knistern des Feuers zu hören war. Er beugte sich nach vorn und sah Katharina hilfesuchend an. Die Verzweiflung in seiner Miene schnitt ihr ins Herz. Sie nickte hastig.

»Der Vater hat sein Kind gezeichnet. Am besten, du wirfst es ins Feuer«, flüsterte sie. Das Kind konnte nicht getauft werden, weil seine Seele dem gehörte, der es gezeichnet hatte.

Bauer Albert zuckte zusammen.

»Was ist los?« Anna war herangekommen und stemmte die Hände in die Hüften. Sie sah auf den Nacken des Jungen und fuhr zusammen. Christina trat an den Tisch. Erschrecken zeichnete sich auf ihrem Gesicht ab, als sie das rote Mal erblickte, das sich bis in die dunklen Haare des Kindes hinaufzog. Die Magd, die ihr gefolgt war, schrie auf. Die andere Magd, die an Marias Wiege hockte, schlug die Hände vor ihr Gesicht und begann zu weinen. Christina streckte die Hände aus und nahm das Kind. Aber ihre Mutter fasste sie am Arm.

»Was tust du da?«

»Das siehst du doch: Lioba ihr Kind bringen.«

»Das wirst du nicht!« Der Griff ihrer Mutter wurde fester. »Johannes hat seinen Sohn noch nicht anerkannt.«

Christina hielt inne. Alle blickten auf Johannes, der zusammengesunken auf der Bank kauerte, das Gesicht hinter seinen Händen verborgen. Er schüttelte den Kopf. Dann sprang er auf, riss seinen Wollmantel vom Nagel und stürzte aus dem Haus.

Krachend fiel die Tür hinter ihm ins Schloss. Ein Schwall kalter Luft kam herein und ließ das Feuer tanzen.

Katharina seufzte enttäuscht und dachte, dass sie jetzt wohl keine Belohnung mehr bekommen würde, obwohl sie doch gute Arbeit geleistet hatte.

Sie warf einen Blick auf den schreienden, rotgesichtigen Wechselbalg in Christinas Arm und verspürte den drängenden Wunsch, dieses Unglückshaus so schnell wie möglich zu verlassen. Hätte sie sich auch vorher denken können, dass die Todesbringerin kein normales Kind zur Welt bringen würde! Hastig warf sie ihre Habseligkeiten in ihren Beutel zurück, nahm den Mantel und folgte Johannes in den kalten Winterabend. In der Dämmerung sah sie seine Spuren im Schnee, die zum Stall führten, und wollte ihnen folgen. Aber dann widerstand sie dem Verlangen.

Es würde noch Möglichkeiten geben, später. Außerdem wäre jetzt nicht der richtige Zeitpunkt. Sie seufzte tief, stapfte zum Weg und machte sich entschlossen auf den Rückweg. Ihre Großmutter und Pastor Werinhart mussten erfahren, was geschehen war.

* * *

Lioba lag in ihrem Ehebett. Sie fühlte sich immer noch schwach von der Niederkunft, obwohl diese schon ein paar

Tage zurücklag. Die Ruhe des frühen Winterabends umgaben sie und ihr Kind, und sie genoss die Stille. Christina hatte ihr ihren Sohn gebracht, nach einer unendlich langen Zeit, wie ihr schien, und sie hatte ihn in die Arme genommen und gestillt. Nun schlief er neben ihr, sauber gewickelt und fest geschnürt in seinen Stoffbinden. Lioba konnte ihn gar nicht genug ansehen. Der zarte dunkle Haarflaum, das winzige rote Köpfchen. Wie ruhig er schlief!

Seidige Wimpern bedeckten seine zarte Haut, während sein Mund im Schlaf ein paar saugende Bewegungen machte.

Das Mal an seinem Nacken machte ihr nichts aus. Sie fand es nicht schlimm; ihr Sohn war nicht vollkommen, aber sonst hatte er alles, was ein kleiner Mensch haben musste, war gesund und kräftig.

Lioba küsste ihn sanft auf die Stirn. Ihre Gebete für das Leben ihres Kindes und ihr eigenes waren erhört worden. Sie hatte während ihrer Schwangerschaft auch stets die von ihrer Großmutter empfohlenen Tränke genommen und alles getan, wozu Anna und Christina ihr geraten hatten. Vor allem hatte sie versucht, Notburgas Anschuldigungen und jenen schrecklichen Nachmittag mit Werinhart in der Kirche zu vergessen.

Sie hatte mit niemandem darüber gesprochen. Johannes und Christina hatte sie später erzählt, sie hätte ihre Buße getan, und die beiden hatten nicht weiter gefragt. Auch Werinhart hatte nichts mehr zu ihr gesagt und bei den Messen wie immer durch sie hindurchgesehen, wie die meisten der anderen Dorfbewohner auch.

Zuletzt hatte sie an den Sonntagen Unwohlsein vorgeschützt und war nicht mehr zu den Messen gegangen. Dass man sie schnitt, war dabei weniger schlimm als das Schweigen ihrer eigenen Familie. Seit dem Tod ihres kleinen Halbbruders redete Hildegundis nicht mehr mit ihr, und ihr Vater und Fiedi besuchten sie nicht mehr.

Das war wirklich unerträglich. Sie war noch einmal zu ihnen gegangen, aber Gertrud hatte sie an der Tür abgewiesen. Danach hatte sie ihren Vater bei der Feldarbeit aufgesucht.

»Ich hab das Kind nicht getötet!«, beschwor sie ihn.

Ihr Vater zog sie von den anderen weg und betrachtete sie lange mit seinen hellen Augen. »Ich weiß«, sagte er schließlich und seufzte.

»Warum sagst du *ihr* das nicht?« Liobas Stimme wurde laut. *»Sag* es ihr, beim Allmächtigen!«

Reglos stand Berthold vor ihr, die Augen trüb und traurig. »Ich habe es getan, aber sie glaubt mir nicht. Sie hörte schon immer mehr auf das Gerede als auf mich.«

Lioba schnürte es die Kehle zu, als sie die mutlosen Worte ihres Vaters vernahm.

»Und Fiedi?«, brachte sie mühsam heraus, nur um zu sehen, wie er hilflos mit den Schultern zuckte. Sie hätte ihren Vater packen und schütteln mögen, wenn er ihr nicht so leidgetan hätte.

»Geh zu deiner Familie, Lioba«, hörte sie ihn sagen. »Du hast einen guten Mann, er wird für dich sorgen. Gott sei mit dir.« Danach hatte er sich umgedreht und war einfach weggegangen.

Lioba wollte nicht mehr daran zurückdenken.

Sie hatte viel geweint. Johannes hatte sich immer weggedreht, er hatte sie in Ruhe gelassen, seit sie das Kind erwartet hatte, aber diese Ruhe hatte nichts Gutes an sich. In ihr lagen Wut, Unverständnis, Schroffheit. Wenn Johannes sich abwandte und sofort einschlief, ohne sie noch einmal in den Arm zu nehmen, wie er es sonst immer getan hatte, dann spürte sie deutlich die Ablehnung in seinem Verhalten.

Er war enttäuscht von ihr. Sie war ihm keine gute Ehefrau, und deshalb wollte er jetzt auch sein Kind nicht sehen. Deshalb kam er nicht, sondern saß nur noch im Stall oder in der

Wohnstube und betrank sich, anstatt sich darum zu kümmern, dass sein Sohn endlich getauft wurde.

Lioba beugte sich über das zarte Gesichtchen ihres schlafenden Kindes. Wilem. Sie hatte ihm noch in der Schwangerschaft einen mächtigen Schutzanhänger gemacht, der nun an seiner kleinen Brust ruhte – ein mit ihrem Haar umwundenes Kreuz aus Ebereschenholz, getränkt mit ihrem eigenen Blut. Wilem würde wachsen und sie nie allein lassen. Wie sie ihn nie im Stich lassen würde, egal, was er täte. Sah Johannes denn nicht, wie ähnlich er ihm war? Er würde ihn annehmen, wenn er nur erst mal zu ihr zurückkommen würde.

Lioba seufzte tief und küsste Wilems Stirn, als sich die Tür zu ihrem Verschlag öffnete. Vorsichtig lugte Christina durch den Spalt. Trat dann ein, als sie sah, dass Lioba wach war. Sie brachte einen Teller Milchbrei und einen heißen Kamillentrank, stellte ihn an Liobas Bett, warf einen Blick auf das schlafende Kind und lächelte. Aber es war ein hastiges Lächeln, ein verstohlenes, eins, das sie ihr nur schenkte, wenn sie beide allein waren.

»Hat er getrunken?«

»Ja.«

»Hast du auch genug Milch?«

Lioba nickte stolz. »Mehr als genug. Ich glaub, ich könnte zwei Kinder satt kriegen.«

Christina lächelte wieder ein dünnes Lächeln. Sie blickte sich um, als fürchtete sie, dass jemand sie belauschen würde.

»Hast du mit Johannes gesprochen?«

Christina nickte, aber sie wich Liobas Blick aus.

»Wann kommt er denn endlich? Der Junge muss getauft werden.«

Christina knetete ihre Finger. »Lioba, er …« Sie brach ab, und ihr Gesicht verzerrte sich, als wollte sie weinen. In diesem Augenblick erschien Johannes hinter ihr in der Tür.

»Johannes!« Liobas Miene erstarrte, als sie im Dämmerlicht sein Gesicht erkannte. Noch breiter als sonst, aufgedunsen, die Augen glasig. In seiner Miene lag ein Ausdruck grimmiger Entschlossenheit. Er trat an ihr Bett, und ehe sie es verhindern konnte, nahm er Wilem und stapfte wortlos mit ihm hinaus.

»Johannes!!«, schrie Lioba. Sie schlug die Wolldecke beiseite und sprang aus dem Bett. Folgte ihrem Mann in die Wohnstube.

Mit energischen Schritten durchquerte er den Raum, vorbei am zuckenden Feuer und weiter nach draußen in die Kälte.

Lioba hastete hinterher. Sie hörte nicht auf Christinas Rufen, schüttelte ihren Arm ab. Ein Schwall kalter Luft schlug ihr entgegen, drang durch ihr dünnes Hemd und ließ sie zurückweichen.

In der Dunkelheit erblickte sie die Silhouetten vieler Menschen, die sich auf dem Hof vor dem Haus versammelt hatten. Ein paar Fackeln warfen ihren Lichtschein auf ihre Gesichter. Sie standen schweigend, als würden sie auf etwas warten.

Lioba erschrak, als sie Werinharts schmale Gestalt zwischen ihnen erblickte. Er hielt eine brennende Fackel in der Hand. An seiner einen Seite warteten Notburga und Katharina, an der anderen stand Patto. Um sie herum hatten sich Bauern, Knechte und Mägde aus ihrem Dorf geschart – eine schweigende Wand. Mitten zwischen ihnen harrte Hildegundis, die Miene zu Stein gefroren, Gertrud neben sich. Ein kalter Windhauch strich über den Hof und ließ ihre Fackeln tanzen. Johannes stapfte über den Hof und übergab seinen Sohn dem Priester. Werinhart nahm das kleine Bündel schweigend entgegen, hob die Hand und schlug das Kreuzzeichen vor Johannes.

»Im Namen des Vaters, des Sohnes und des Heiligen Geistes. Amen.«

»Amen«, echote die Gemeinde, dann setzte sie sich langsam in Bewegung.

Johannes senkte den Kopf. Er wartete ab, bis sich die Menge umgewandt hatte, um mit knirschenden Schritten im Schnee den Hof zu verlassen.

Lioba stockte der Atem. Sie konnte nicht glauben, was sie sah. Panik ergriff sie. Sie langte nach ihrem Mantel, warf ihn sich um, sprang in ihre Winterstiefel und rannte über den Hof hinter den anderen her.

Dunkelheit umfing sie. Die Kälte biss in ihre Lunge, kroch unter ihren Mantel und fraß an ihren Leibbinden, die sie unter ihrem Hemd trug. Schnee fiel in ihre Stiefel, während sie sich durch ihn hindurchkämpfte. Aber sie achtete nicht darauf.

Bald hatte sie die anderen erreicht. Sie sah ihre dunklen Gestalten vor sich, hörte sie leise flüstern und den Schnee unter ihren Schritten knirschen. Sie stieß die ersten beiseite.

»Gebt mir meinen Sohn zurück!«, brüllte sie. Die Dörfler hielten inne. Sie kämpfte sich zwischen ihnen hindurch bis zu jener Stelle, wo sie Wilem weinen hörte. Es zerriss ihr das Herz vor Angst und Wut.

»Seid ihr von allen guten Geistern verlassen?«, schrie sie und stieß die alte Notburga weg, die sie aufhalten wollte. »Ich will mein Kind zurück!«

Werinhart fuhr zu ihr herum. Die Fackel loderte vor ihr auf, beleuchtete sein mageres Gesicht.

»Schweig, Weib! Das Kind ist nicht deins. Wir bringen es dem zurück, von dem du es hast!«

Die Flammen leckten nach ihrem Gesicht. Lioba fuhr ein wenig zurück. Werinhart wandte sich um und stapfte entschlossen weiter durch den Schnee.

Lioba heftete sich an seine Fersen. »Gib mir meinen Sohn! Gib ihn mir zurück!«

Laut hallte ihre Stimme durch die schweigende Winternacht. Vor ihnen tauchte der dunkle Saum des Waldes über dem hellen Schneefeld auf. Am Himmel funkelten die Sterne, dazwischen hing eine schmale Mondsichel. Hinter Lioba murmelten und redeten die Dorfbewohner durcheinander.

Werinhart fuhr herum und stieß seine Fackel gegen Lioba. Heiß wogten ihr die Flammen ins Gesicht.

»Vade!«, brüllte er. *»Vade!«*

Lioba spürte, wie sie gepackt wurde. Kräftige Hände umschlangen ihre Arme, hielten sie fest. Sie wehrte sich nach Kräften, aber je mehr sie sich wehrte, desto heftiger zogen und drängten sie die Männer zurück. Sie hörte ihren Sohn schreien. Hilflos musste sie mit ansehen, wie er von Werinhart weggetragen wurde, weiter den Weg entlang, bis in den Wald hinein. Dort tanzten die Fackeln wie leuchtende Punkte zwischen den Baumstämmen und wurden in der Ferne immer kleiner.

Lioba schrie. Sie schrie so laut, dass es alle Waldbewohner hören mussten. Sie schrie, bis die Kälte sich so sehr in ihre Lunge fraß, dass ihr die Stimme versagte. Jemand presste ihr seine raue, kräftige Pranke auf den Mund. Von Ferne hörte sie die Dörfler Gebete murmeln.

Was würden sie mit Wilem tun? Lioba spürte, wie die Frage in ihr Herz schnitt. Es tat so weh, dass sie nicht daran denken konnte.

Die Männer zerrten und schoben sie den Weg zurück zu ihrem Haus. Schon sah sie das schneebedeckte Dach des Sandnerhofs vor sich, den Flechtzaun, durch dessen Tor die Männer sie schoben. Eine Fackel tauchte auf, dahinter Johannes' breites Gesicht.

Hass loderte in ihr auf. Voller Zorn spie sie vor ihm in den Schnee.

»Du sollst auf ewig verflucht sein!«, schrie sie. »Höllenfeuer soll dich verbrennen! Schmerz wird dich fressen! Ewig wirst du brennen! Ewig!«

Ihr Mann wich zurück, als sei er geschlagen worden. Dann nickte er den Männern zu, die sie hielten, und sie brachten sie in den Stall und banden sie dort an einen Holzpfosten.

Lioba schrie weiter. Sie schrie, solange sie schreien konnte. Das Vieh wurde unruhig. Die Kühe hoben die Köpfe und brüllten, der Ochse stampfte mit den Hufen und schüttelte sein mächtiges Haupt, sodass seine Kette rasselte. Die beiden Ziegen liefen in ihrem Pferch hin und her und meckerten. Aber niemand sonst schien sie zu hören.

Die Nacht senkte sich herab wie ein schwarzes Tuch und hüllte die schreiende Lioba ein, bis sie nichts mehr sah als die leuchtenden Augen der Katze, die sie aus sicherer Entfernung beobachtete.

Kapitel 19

Als die Nacht am tiefsten war, begann es zu schneien. In der Luft wirbelten Schneeflocken. Sie legten sich auf den Waldboden und fielen in den Bach, der leise murmelnd durch den Wald floss. Sein Wasser hüpfte über glitschige Steine und rauschte unter querliegenden Ästen hindurch, riss Stöckchen und Laub mit sich fort, zupfte an langen Ufergräsern und zerrte an mächtigen Wurzeln, bewegte Steine und höhlte in immerwährendem Fließen den Grund.

In das Glucksen des Wassers mischte sich das klägliche Greinen eines Kindes.

Sie versteckte sich hinter einem Baum und lauschte. Sie hatte es erst nicht gehört, als sie auf der Suche nach einem Baumpilz, den sie in dieser Nacht zu schneiden hoffte, dem Bach gefolgt war. Doch dann hatte sie innegehalten und still gelauscht. Eine Windböe war durch die Bäume gefahren und hatte das Weinen an sie herangetragen. Vorsichtig lugte sie hinter der mächtigen Eiche hervor, entdeckte im Mondlicht den niedergetrampelten Schnee und einige abgeknickte Zweige am Bachufer. Dort, wo sich die meisten Fußspuren drängten, lag ein dunkles Stoffbündel.

Sie musste ein paar Mal gegen die Kälte blinzeln, ehe sie es sehen konnte. Das Bündel bewegte sich. Sie hob den Kopf und witterte die kalte Luft. Roch das Wasser, den Schnee, das modrige Laub darunter. Roch feuchtes Holz und ferne Feuer.

Dann lauschte sie wieder eine Weile. Erst, als sie nichts hörte, wagte sie es, ihr Versteck zu verlassen und sich dem Bündel zu nähern. Sie kniete nieder und schob behutsam die Decke beiseite. Im milden Licht des Mondes sah sie ein winziges Köpfchen aus dem Stoff hervorlugen.

Das Kind hörte auf zu schreien. Seine offenen Augen blickten eine Weile in die Kühle der Winternacht. Seine feinen Lippen schimmerten bläulich. Der beißende Geruch nach seinen Exkrementen stach ihr in die Nase.

Sie bewegte ihre steif gefrorenen Finger, die sie gegen die Kälte in Lappen gewickelt hatte, schob den Zeigefinger hinaus. Vorsichtig berührte sie die Stirn des Säuglings. Er schrie wieder, und sie hob ihn auf und wiegte ihn ein wenig. Als sie ein leises Lied summte, wurde er ruhig.

* * *

Die Magd hatte das Stallfenster offen gelassen. Kalte Luft strömte herein, und die Wärme des Viehs entwich nach draußen. Im hereinfallenden Licht tanzten Staub und kleine, trockene Blüten von dem Heu, mit dem das Vieh gefüttert worden war.

Lioba betrachtete ihre fleckigen Stiefel. Zwischen dem Schmutz auf ihren Beinen schimmerte hin und wieder ein heller Fleck Haut. Darüber lag das Hemd, grau und verschmiert unter ihrem Wollmantel. Das Blut ihres Wochenflusses war durch den Stoffpfropfen, den sie im Körper trug, und die Leinenbinden hindurchgelaufen und an ihren Beinen getrocknet. Ihr Gesicht spannte vor Schmutz und Kälte.

Sie drehte den Kopf und blickte auf den Holzteller hinunter. Kohlgemüse mit Hirsebrei. Im Becher dampfte frische Kamille.

Sie bedauerte, dass sie atmen musste. Atmen und riechen, sodass ihr der Essensgeruch in die Nase steigen konnte. Sie versuchte, nicht zu riechen und wandte den Kopf wieder zum Fenster.

Schneeluft. Wahrscheinlich würde es bald Neuschnee geben. Ein Schnee, der alle Spuren verwischte.

Nicht spüren. Nicht denken.

Sie würde sterben. Sie war nicht einmal wütend über die Magd, die immer das Fenster offen ließ. Nein, sie war ihr sogar dankbar, denn sie wollte sterben, erfrieren und verhungern wie ihr Sohn.

Ihre Lippen formten sich in einem lautlosen Gebet.

»Allmächtiger Gott, lieber Herr Jesus Christus, liebe Gottesmutter, bitte hört auf das Gebet einer armen Sünderin. Nehmt die Seele meines Kindes zu euch, obwohl er nicht getauft wurde. Ich war zu schwach, um ihn taufen zu lassen, und mein Mann wollte es nicht. Der Pastor hätte ihn nie getauft. Aber ich hab ihm einen Namen gegeben. Er heißt Wilem. Bitte, allmächtiger Gott, nimm Wilems Seele zu dir, erbarme dich seiner Seele …«

So betete sie in einem fort. Abwechselnd bat sie Gott um Wilems Seele und um ihr eigenes Seelenheil. Wenn sie jetzt stürbe, ohne dass Werinhart ihr die Beichte abgenommen und die Letzte Ölung gegeben hatte, dann musste sie Gott selbst um Vergebung ihrer Sünden bitten.

Sie sah durch das Fenster in den grauen Himmel und schloss die Augen. Sie würde durch das Licht hindurchgehen, um in den Himmel zu gelangen, zu Jesus Christus und allen Heiligen. Vielleicht wäre sie noch eine Weile im Fegefeuer, aber bestimmt nicht lange, denn um sie würde niemand weinen.

Es gäbe niemanden, der mit seinen Tränen Öl in ihr Fegefeuer schütten würde.

Fiedi vielleicht. Sie musste lächeln, als sie an ihn dachte. Nun, dann würde sie seinetwegen noch ein wenig länger im Feuer bleiben. Diese Bürde würde sie gern auf sich nehmen. Aber danach würde sie bestimmt zu Gott und zu Jesus Christus in den Himmel kommen. Sie war kein schlechter Mensch gewesen. Die einzige Sünde, die sie begangen und nicht gebeichtet hatte, war jene mit Thomas gewesen.

Thomas. Sie dachte daran, wie sie ihn gefunden hatte. Wie sie mit ihm nachts im Wald gewesen war. Wie sie zu Erntedank mit ihm getanzt hatte. Und dann jener Nachmittag letztes Jahr …

Tränen stiegen ihr in die Augen und liefen ihr die Wangen hinunter. Sie fühlte ihren salzigen Geschmack auf den Lippen. Es war so lange her! Es erschien ihr nun wie eine Geschichte aus einem fremden Leben, als ob alles nicht ihr, sondern einer anderen passiert wäre. Ob er überhaupt noch lebte?

Lioba begann, ein drittes Gebet zu murmeln. Sie flehte zu Gott, er möge Thomas' Leben beschützen und seine Seele vor dem Bösen erretten. Für sie würde er immer Thomas bleiben, selbst wenn er sich wieder Otto nannte.

Später, als die Sonne vom Stallfenster weggewandert war, kam Christina. Sie sah den vollen Teller bei Lioba stehen und runzelte die Stirn. Aber anstatt ihr wieder Vorhaltungen zu machen wie gestern und am Tag zuvor, kniete sie vor ihr nieder. Sie musterte sie eine Weile, dann sagte sie: »Johannes lässt dir sagen, er ist bereit, dir zu verzeihen. Er lässt dich frei, wenn du isst und versprichst, wieder eine gehorsame Frau zu sein.«

Lioba gab keinen Mucks von sich. Sie sah weiter aus dem Fenster, als hätte sie die Worte nicht gehört. Nie wieder würde sie zu Johannes zurückkehren. Sie würde eher sterben, als noch einmal das Bett mit ihm zu teilen. Das sagte sie Christina nicht, sondern presste nur die Lippen fest zusammen, aber die Freundin kannte sie gut genug, um auch dieses kleine Zeichen deuten zu können. Sie schluckte.

»Sei doch nicht so stur! Das ist ein großzügiges Angebot. Jeder andere Mann hätte …«

Liobas Kopf fuhr herum. »Hast du es gewusst?«

»Was?« Überrascht über den plötzlichen Ausbruch wich Christina zurück.

»Dass sie … Wilem holen.« Jedes einzelne Wort kostete Lioba eine große Überwindung.

»Wilem?«

»Meinen Sohn.«

Christina schwieg eine Weile und sah auf den Boden. Dann schüttelte sie den Kopf. »Sie haben es vor mir geheim gehalten, weil sie fürchteten, dass ich es dir sagen würde. Ich habe nur gehört, wie …«, sie schluckte wieder und vermied es, Lioba anzusehen, »wie Katharina am Abend der Geburt zu Johannes gesagt hat, das Kind habe ein Zeichen, es sei von … Ich hab den Namen nicht verstanden – sie sagte, es sei von dem gezeichnet, der sein Vater sei.«

»Was?«, rief Lioba bestürzt.

Christina hob den Kopf und beobachtete die Freundin genau. »Sie meinte, es sei ein *fremdes* Kind«, fuhr sie fort.

Lioba lachte bitter. Sie lachte, um nicht schreien zu müssen. »Sie meinte also das Mal, das er im Nacken hatte. Gott sei mein Zeuge, dass Johannes der Vater meines Kindes ist.« Sie griff nach ihrem Anhänger, den sie unter dem Hemd trug. »Ich schwöre es bei Gott und allen Heiligen!«

Christina nickte. Sie sah auf einmal sehr traurig aus.

»Glaubst du mir, Christina?«

»Ja, ich glaube dir.«

Lioba lächelte und drückte ihre Hand. »Ich werde im Himmel für deine Seele bitten«, sagte sie und sah wieder aus dem Fenster. Es hatte zu schneien begonnen. Sie hatte recht gehabt, es gab Neuschnee.

Christina schwieg lange. Sie drehte eine dunkle Haarlocke, die ihr aus dem Kopftuch gefallen war, zwischen zwei Fingern hin und her. Dann richtete sie sich auf, nahm Liobas Kinn in die Hand und zwang sie, sie anzusehen. »Ich lasse dich nicht sterben. Ich will, dass du lebst.«

Lioba blickte sie nur teilnahmslos an.

»Ich meine es ernst! Hast du mich verstanden?«

Lioba schwieg.

Christina seufzte, erhob sich und stapfte mit wütenden Schritten aus dem Stall.

Lioba wunderte sich. Ein solches Verhalten hätte sie ihrer vernünftigen Freundin gar nicht zugetraut.

Sie begann, wieder zu beten. Doch dieses Mal betete sie nicht nur um die Seele ihres Sohnes und um Vergebung ihrer eigenen Sünden, sondern sie wünschte Katharina im Stillen in die Hölle.

Dann musste sie wieder an ihr Neugeborenes denken. Wilem.

Sie atmete tief und versuchte, nicht an seinen warmen kleinen Körper zu denken, an sein Gesichtchen, seine winzigen Hände. Nicht denken, nicht fühlen.

Nur nicht fühlen.

* * *

Als das Licht schwand und die Dämmerung allmählich den trüben Wintertag ablöste, kehrte Christina in den Stall zurück. Sie brachte eine Waschschüssel mit, frische Kleidung, eine Wolldecke und warf alles auf den Melkschemel. Dann zog sie ihr kleines Messer aus dem Gürtel und schnitt Lioba die Fesseln entzwei.

»Hier, trink!« Sie hielt ihr neuen Kamillentrank vor die Nase.

Lioba schüttelte den Kopf und wandte sich ab.

Christina kniete sich hin und begann, die Freundin zu entkleiden. »Hilf mit!«, herrschte sie sie an. »Du musst leben. Es ist Gottes Wille, dass du lebst.«

Lioba zog die Beine an, damit die Freundin ihr nicht die Schuhe ausziehen konnte. »Woher willst du das wissen?«

»Er hat es mir gesagt.«

»Ah, Gott spricht mit dir?«

Christina packte sich ungerührt eins von Liobas Beinen und streifte den Schuh ab. »Er hat es mir in meinen Gebeten gesagt. Er hat gesagt, es ist eine Sünde, wenn jemand das Leben verweigert. Er will nicht, dass du eine Sünde begehst.«

Lioba krallte ihre nackten Zehen in das Stroh. Widerwillig duldete sie, dass Christina ihr den zweiten Schuh abstreifte. »Beeil dich, es ist sehr kalt hier drin.«

Sie zerrte an Liobas Mantel, doch Lioba sträubte sich. »Ich geh nicht zurück zu Johannes! Ich geh nicht zurück!«

»Pssst, leise!« Christina senkte ihre Stimme und warf einen ängstlichen Blick auf die Stallwand, die an das Wohnhaus grenzte. »Du *musst* nicht zurück zu ihm.«

»Aber ich bin doch seine Frau!«

»Psssst!« Christina legte den Finger auf Liobas Lippen. »Niemand sagt, dass du zurückmusst.«

Lioba starrte ihre Freundin an. Sie hasste es, dass die andere sie aus ihrer Ruhe riss, ihren Frieden mit Gott störte. Wie konnte sie nur behaupten, Gott wolle, dass sie lebe?

»Lass mich in Ruhe.« Sie drehte den Kopf. »Geh weg.«

Christina seufzte. »Es ist eine Sünde, wenn du dein Leben wegwirfst«, wiederholte sie. »Gott hat mir befohlen, dir zu sagen, dass du weiterleben sollst. Dein Sohn lebt vielleicht noch.«

Lioba fuhr herum und starrte sie ungläubig an. »Unsinn, er ist tot. Sie haben ihn getötet.« Ihr Gesicht verzerrte sich, als wollte sie weinen, aber es kamen keine Tränen.

»Sie haben ihn nicht in den Bach geworfen, sie haben ihn nur auf dem Waldboden abgelegt …«

»Hör auf!«, kreischte Lioba. Sie hielt sich die Ohren zu.

»Lioba!«

»Lass mich!«

Christina ließ ihre Arme sinken. Dann wühlte sie in ihrer Gürteltasche und zog etwas hervor, hielt es der Freundin hin. Widerstrebend sah Lioba auf die kleine Strohpuppe, die mit ein paar Wollfäden ungeschickt zusammengebunden worden war – Kopf, Arme, Beine. Ein kleiner Flicken Stoff war um ihren Rumpf geknotet worden.

Lioba brauchte nicht viel Fantasie, um die Arbeit ihres Bruders zu erkennen. Sie nahm die Puppe. Vorsichtig strich sie mit den Fingern über den groben Wollstoff, dann über die Halme, die sich am Kopf zu einem Wust Strohhaare bündelten.

»Ich soll dir sagen, Fiedi betet für dich«, sagte Christina. »Er will vorbeikommen.«

Fiedi! Wie ein feiner Sonnenstrahl fuhr der Gedanke an ihn durch Liobas Gemüt.

»Soll er dich *so* sehen?«, setzte Christina nach. »Zieh dich wenigstens für ihn um, er muss dich ja nicht so in Erinnerung behalten.«

Lioba streckte die Arme aus, damit Christina sie hochziehen konnte. Taumelnd kam sie auf die Beine und ließ sich von der Freundin ausziehen. Vorsichtig wickelte Christina die Leinenbinden ab, die an Liobas Körper klebten, warf sie auf den Boden. Dann wusch sie sie von Kopf bis Fuß, wickelte ihr neue Leinenbinden um und streifte ihr ein frisches Untergewand und ein sauberes Hemd über. Sie hatte Liobas Winterkleid vom letzten Jahr mitgebracht. Vorsichtig zog sie es ihr über den Kopf und knotete die Schnüre fest. Sie holte neues warmes Wasser, wusch ihr die Haare, schnitt ihr Finger- und Fußnägel.

Lioba ließ alles teilnahmslos mit sich geschehen. Sie leerte ihren Becher und ließ sich sogar von der Freundin nötigen, ein paar Löffel vom Gemüsebrei zu essen.

Was wäre schon dabei, wenn Christina bereits jetzt die Totenwaschung an ihr vornähme. So hätten sie später nicht mehr so viel zu tun. Sie würden ihren Körper – die seelenlose Hülle, die er nach ihrem Tod wäre – sowieso nicht auf dem Kirchhof beerdigen. Aber Fiedi sollte sie so in Erinnerung behalten, wie sie war.

Trotzdem musste sie sich eingestehen, dass sie sich etwas besser fühlte, als sie sich unter ihrer Wolldecke zum Schlafen legte. Und das erste Mal seit jenem schrecklichen Abend schlief sie wieder ein paar Stunden.

Sie sah aber immer noch schlimm aus, das konnte sie an dem erschreckten Gesicht ihres Bruders ablesen, als er am nächsten Morgen kam. Christina belehrte ihn flüsternd und wartete an der Stalltür, damit sie ungestört miteinander reden konnten.

»Weiß jemand, dass du hier bist?«, fragte Lioba.

Fiedi schüttelte seinen Blondschopf und sah unverwandt auf sie hinunter.

»Setz dich.« Sie deutete auf das Stroh neben sich.

Er zögerte, knetete seine Hände und schien einen inneren Kampf auszufechten. Dann gehorchte er, ließ aber ein wenig Abstand zwischen ihnen.

Sie zog die Strohpuppe hervor, ließ sie auf ihrem Bein hin und her wandern.

»Schön, nicht?«, fragte er stolz und nickte mit dem Kopf in Richtung Puppe. »Ich hab auch noch den Stock, den Thomas mir gemacht hat. Damit hab ich schon viele besiegt, selbst den Korri. Eine gute Waffe ist das. Ich bin unbesiegbar.«

Lioba musste lächeln. Tief sog sie die Luft ein, als Fiedi neben ihr saß. Er roch so vertraut.

»Wir spielen immer Kampf gegen die Heiden. Niemand will die Heiden spielen, also müssen wir auslosen. Gestern war ich Saladin, und ich hab mit meinem Schwert unseren Kaiser getötet«, erzählte er. »Eigentlich sollte es andersrum sein, Kaiser Friedrich hätte *mich* töten und die Heilige Stadt befreien müssen, aber ich habe die Ritter mit meinem Sarazenenheer aufgehalten.«

Er sprang auf und vollführte einen Kampf mit einem unsichtbaren Schwert. »Wir haben uns Jerusalem aus Schnee gebaut«, fuhr er fort. »Mit Häusern und einer Burg! Sie hat sogar eine richtige Mauer.« Er hielt inne und sah auf seine Schwester herunter. »Glaubst du, dass Thomas wiederkommt? Ob er schon viele Heiden getötet hat?«

»Ich weiß es nicht«, sagte Lioba müde. »Komm, setz dich wieder hin. Kannst doch gleich weiterspielen.«

Er kniete sich neben ihr ins Stroh. »Wann wirst du denn wieder gesund?«, fragte er leise.

»Bestimmt bald. Bete für mich, Fiedi.«

»Mach ich«, sagte er und nickte. »Mama betet auch für dich. Damit deine Seele befreit wird.«

»Ach ja?« Lioba lachte bitter auf. Wie heuchlerisch ihre Stiefmutter doch war! »Sag ihr, sie braucht nicht für mich zu beten. Meine Seele *ist* befreit.«

»Von dem bösen Kind?« Rasch schlug sich der Junge mit der Hand vor den Mund und sah Lioba ängstlich an.

Lioba durchfuhr der Schrecken, und sie brauchte ihre ganze Kraft für die nächsten Worte. »Wie kannst du nur so was sagen? Er war kein böses Kind, Fiedi. Er war ein ganz normales Kind von meinem Mann und mir …« Sie brach ab, weil sie nicht an Wilem denken konnte, ohne dass sie glaubte, vor Kummer sterben zu müssen. »Er hieß Wilem«, setzte sie mit Mühe hinzu.

»Aber er war doch nicht getauft«, protestierte Fiedi. »Wie kann er dann einen Namen haben?«

»Ich habe ihm seinen Namen gegeben.«

»Aber das darfst du nicht. Wenn man ihn ruft, kommt Eponosus.«

»Was sagst du da?« Lioba stockte der Atem, als sie die Worte hörte. Sie erinnerte sich an die augenlosen Höhlen eines Pferdeschädels im Wasser, und ihr wurde noch kälter, als ihr ohnehin schon war.

»Woher hast du den Namen?«, stieß sie mühsam hervor.

Ihr Bruder wich ein wenig vor ihr zurück. Er zuckte mit den Achseln.

»Woher?« Niemand durfte diesen Namen aussprechen, ohne dass es Lioba ins Herz schnitt. Wie schlimm, wenn die Kinder ihn womöglich auf den Straßen riefen!

Doch Fiedi schüttelte seinen breiten Kopf und schob trotzig die Unterlippe vor.

»Du darfst den Namen nicht aussprechen, Fiedi, hörst du? Es ist gefährlich!«

»Warum denn?«

»Weil das der Name eines bösen … Geistes ist.«

Ihr Bruder betrachtete sie eine Weile schweigend. »Ja, aber ist das nicht der Name des Vaters von deinem Kind?«

Lioba rang nach Luft. Sie hatte Mühe, ihre Fassung zu bewahren. »Sie sagen, dass Ep…, dass dieser böse Geist der Vater meines Kindes ist?«

Friedrich nickte.

»Wer sagt das?«

»Na, alle. Mama, die Gertrud … und der Pastor …«

»Hör auf, Fiedi!« Lioba fühlte sich, als wäre sie in einem finsteren Traum gefangen. Der ihre Mutter verschlungen hatte, würde also nun auch sie verschlingen. Den Sohn hatte er ihr schon genommen, nun würde sie folgen müssen.

Sie seufzte tief. »Auch wenn die Leute im Dorf das glauben. Sie irren sich«, sagte sie mit matter Stimme.

Friedrich überlegte eine Weile. »Weil deine Mutter eine Hagazussa war, glauben sie, dass du auch eine bist«, meinte er schließlich.

»Meine Mutter war keine Hagazussa. Du weißt doch, dass sie eine Nonne war.«

»Aber warum wurde sie dann …?«

»… bin ich eine Hagazussa? Was glaubst du?«

Ihr Bruder musterte sie nachdenklich, dann schüttelte er den Kopf. »Du bist Lioba«, sagte er.

»Na siehst du.« Sie lächelte müde.

Als er gegangen war, kroch sie unter ihre Decke und schloss die Augen. Er hatte gesagt, dass er wiederkommen würde. Aber sie wusste nicht, ob sie das wollte.

Sie wollte nur sterben. Sie wollte zu ihrem Sohn.

Kapitel 20

Die Strahlen der Nachmittagssonne schienen durch die kahlen Äste der Bäume, warfen helle Streifen auf den Schnee und ließen ihn aufglitzern. Daneben, wo die Baumstämme ihre Schatten warfen, glänzte er bläulich kühl. Kalte Luft schnitt Christina ins Gesicht und biss in ihre Haut. Sie hatte das Gefühl, ihre Lunge würde bei jedem Atemzug von innen gefrieren, weshalb sie in kleinen, hastigen Zügen einatmete und die Luft sogleich wieder ausstieß.

Vor ihr atmete Patto ebenso flach, während sie durch den Schnee stapften. Sie sah die kleinen weißen Wölkchen seiner Atemluft vor seinem Mund. Bei allen Heiligen, war das kalt!

Sie konnte sich nicht erinnern, dass es jemals einen so harten Winter gegeben hätte. Doch, fiel es ihr wieder ein, der Winter, in dem Buschers Hedwig gestorben war, ihre Freundin. In jenem Winter war auch Liobas Großmutter gestorben, in dem Winter danach die Kleine von Hildegundis. Und nun Wilem.

Christina nestelte an ihrem Wollmantel. Obwohl er mit Kaninchenfell gefüttert war und sie gefütterte Stiefel, Lederfäustlinge und eine Kapuze über ihrem Kopftuch trug, war ihr immer noch kalt. Mühsam kämpfte sie sich hinter Patto durch den Schnee und versuchte, ihre Stiefel immer genau in seine Fußspuren zu setzen. Vor ihnen lag eine Schneedecke, unter der sich irgendwo ihr Weg befinden musste. Man konnte seinen Verlauf nur an der Schneise zwischen den Bäumen erkennen.

»Mist!« Christina hatte Pattos Fußspur verfehlt, trat in den tiefen Schnee, strauchelte. »Kannst du nicht kleinere Schritte machen?«

Patto wandte sich zu ihr um. »Nun komm schon, 's ist nicht mehr weit. Nur noch 'n bisschen.« Schon stapfte er weiter.

Christina verschnaufte. Er hatte leicht reden! Er war um einiges größer als sie und kräftiger von der vielen Arbeit, die er für den Pastor erledigen musste. Verbissen kämpfte er sich vorwärts, während sein brauner Wollmantel hinter ihm über die harte Schneedecke kratzte.

Sie wischte sich die Tränen aus den Augen, die ihr die kalte Luft hineingetrieben hatte, blickte über die weiße Wüste und lauschte. Ein Windhauch schob Schnee von einem kahlen Ast und ließ ihn auf den Boden rieseln. Aus den Verwehungen unter den Bäumen ragten kahle Sträucher heraus. Irgendwo vor ihnen gluckste der Bach.

Christina seufzte. Einen Augenblick erwog sie, zum Sandnerhof zurückzukehren und sich am Feuer zu wärmen, doch dann gab sie sich einen Ruck und stapfte weiter hinter dem Knecht des Pastors her.

Er war entschlossen wie sie. Sie hatte es gespürt, als sie ihn angesprochen hatte. Er hatte sofort eingewilligt, sie musste ihm nicht mal ein Hähnchen versprechen. Er stimmte zu, obwohl er nicht zu Liobas Freunden gehörte und es Irrsinn war, was sie taten. Aber ihr waren die Blicke aufgefallen, mit denen er Lioba immer angesehen hatte, und seine Enttäuschung damals am Erntedankabend war ihr nicht entgangen.

Nun schien ihn das schlechte Gewissen anzutreiben; es ließ ihn in großen, knirschenden Schritten vor ihr herstapfen und eine Schneise für sie in den unberührten Schnee schlagen.

Das Glucksen des Baches wurde lauter. Sie roch die feuchte Kühle des Wassers und sah, wie sich die Bäume an seinem Ufer für einen kleinen Platz lichteten. Zahlreiche Tierspuren zeigten, dass hier das Wild an den Bach kam, um zu trinken.

Patto hielt inne und stemmte die Hände in die Hüften, während er auf Christina wartete. Sein sonst so blasses Gesicht leuchtete rot aus seiner Kapuze heraus. »Hier!« Er deutete auf eine Stelle am Bachufer.

Christina hielt keuchend inne und starrte in das klare Wasser, das über die Steine hüpfte. Sie verschnaufte ein paar Atemzüge lang, ehe sie sich auf die Stelle besann, die Patto meinte. Eine großflächige Vertiefung unter dem Neuschnee zeigte ihr, dass hier vor nicht allzu langer Zeit viele Menschen gestanden hatten.

»Hier, in der Mitte.« Patto stapfte in die Vertiefung und begann, den Schnee mit seinen Händen beiseitezuschieben.

Christina hielt die Luft an. Ihr Herz begann, schneller zu schlagen aus Angst vor dem, was sie gleich zu sehen bekommen würden, und sie bat Gott in einem hastigen Gebet um Beistand. Schließlich musste er ihr den Traum, dass Liobas Sohn noch lebte, geschickt haben, und wenn der nicht wahr wäre, dann könnten sie das Kind wenigstens beerdigen. Das war sie ihrer Freundin schuldig.

Pattos lederne Fäustlinge arbeiteten sich weiter voran. Er hatte den Neuschnee weggeschoben und war jetzt auf eine Schicht älteren, verharschten Schnee gestoßen. Seine Lederfäustlinge kratzten über die gefrorene, weiße Decke, stießen auf etwas Hartes.

Christina hielt den Atem an. Sie wagte kaum hinzusehen, mochte sich nicht vorstellen, wie ein kleiner, gefrorener Körper zum Vorschein käme, der einmal Liobas Kind gewesen war.

Sie presste ihre Fäustlinge gegeneinander und hielt den Atem an. Pattos wirbelnde Hände verschwammen vor ihren Augen, die vor Kälte tränten. Ein Stein, Gott sei Dank!

Christina bekreuzigte sich erleichtert.

Patto richtete sich auf. »Ich versteh das nicht. Es muss genau hier gewesen sein.« Ratlos blickte er sich um, als könnte er unter dem Neuschnee etwas erkennen.

»Vielleicht hast du dich vertan. Es war dunkel, du hast nicht viel gesehen. Grab woanders weiter.«

Patto nickte und machte sich daran, einen größeren Kreis in der vertieften Stelle freizulegen. Energisch schob er den Schnee weg, scharrte so tief, bis die ersten feuchten Grasbüschel zum Vorschein kamen. Bald hatte er alles von der Vertiefung geschabt, aber da war nirgends die Spur eines toten Säuglings.

Patto erhob sich und wischte sich den Schweiß von der Stirn. Seine Blicke irrlichterten ängstlich durch die Bäume. Er senkte seine Stimme zu einem Flüstern. »Das kann nur eins bedeuten: *Er* hat sich sein Kind geholt.«

Christina verharrte einen Atemzug lang schweigend, während sie versuchte, ihr Zittern so weit unter Kontrolle zu bringen, dass ihre Zähne nicht aufeinanderschlugen.

»Unsinn«, blaffte sie. »Denk doch mal nach, Patto. Wahrscheinlich haben die wilden Tiere den Kleinen geholt.«

Ihr schauderte bei dem Gedanken, doch sie starrte den Knecht des Pastors beschwörend an. Sie musste ihn davon überzeugen, dass sie recht hatte.

Patto kratzte sich mit dem Fäustling durch den Stoff seiner Kapuze am Kopf. »Dann müsste man noch was sehen«, meinte er. »Spuren von den Tieren oder … wer weiß was.«

»Das hast du vielleicht alles mit abgeschabt.«

»Nein.« Patto schüttelte seinen Kopf. »Nein, nein! Der Pastor hatte recht – es war ein *fremdes* Kind, es *musste* ausgesetzt werden. *Er* hat es gefunden und mitgenommen. Komm, weg von hier!« Seine ängstliche Stimme verhallte zwischen den kahlen Bäumen. Er zog Christina am Ärmel und zerrte sie zum Weg zurück.

»Patto!«

Sie stolperte hinter ihm her, bekam ihn am Mantel zu fassen. »Patto, warte doch! Es kann auch bedeuten, dass mein Traum wahr ist und das Kind noch lebt!«

Der junge Mann wandte sich um und warf ihr einen ungläubigen Blick zu. Dann lief er weiter. »Ich hätte auf den Pastor hören müssen, verflucht, ich hätte nicht mit hierhinkommen dürfen, ich arme Seele.« Immer schneller stapfte er voran.

Christina hatte Mühe, ihm zu folgen.

»Patto!«, rief sie. »Du hast nichts Böses getan. Lioba sagt, ihr Kind sei von Johannes. Sie leidet Höllenqualen! Es ist keine böse Tat, nach dem Kind zu suchen. Wir hätten es beerdigen können.«

Der Knecht zuckte mit den Schultern, während er weiterlief. »Ich muss es beichten! Ich muss es beichten!«

Christina strengte sich an. Mit Macht schob sie ihre Stiefel durch den Schnee. Nach paar langen Schritten hatte sie Patto eingeholt und hielt ihn an seinem Mantel fest. Widerwillig blieb er stehen.

»Du musst nichts beichten«, fuhr sie ihn an. »Du hast nichts Böses getan. Du hättest Liobas und Johannes' armem Kind nur ein würdiges Begräbnis verschafft. Und sie hätte ihren Seelenfrieden wieder.«

Christinas Miene verzerrte sich, als der Schmerz plötzlich in ihr aufwallte. Wenn sie das Gerede im Dorf doch nur ernster genommen hätte! Aber sie hatte ja nicht ahnen können, wie schlimm alles werden würde. Und doch – sie hätte hellhörig werden müssen, als Pastor Werinhart ausgerechnet an dem Sonntag, an dem Lioba wegen Übelkeit nicht in der Messe war, über die Ansichten eines gelehrten Mönches über Wechselbälger gepredigt hatte. Die Dörfler hatten an seinen Lippen gehangen. Der Priester galt als gebildeter Mann, sie glaubten ihm alles.

Wenn sie nun zurückdachte, hatte es genug Anzeichen gegeben, die sie hätte erkennen können: Notburgas widerliche Anschuldigungen, Hildegundis' Hass, und dass Lioba von allen gemieden wurde, zuletzt sogar von der eigenen Familie. Wer wusste schon, was die bösen Zungen im Dorf wirklich redeten? Zum Schluss hatten sie selbst nichts mehr gehört, denn nach Johannes' Hochzeit galten sie als Verbündete Liobas.

Johannes' Veränderung aber war das, was sie auf jeden Fall hätte sehen müssen. Christina biss sich auf die kalten Lippen, als sie sich selbstquälerisch ihre eigenen Versäumnisse aufzählte. Sie hätte merken müssen, wie unglücklich er war, wie sehr er sich immer mehr in sich zurückzog. Natürlich hatte sie es gemerkt, aber sie hatte gedacht, es würde sich schon wieder geben. Eines Tages, hatte sie angenommen, würde Lioba ihre unmögliche Liebe zu Otto von Linn vergessen haben und sich mit ihrer Ehe abfinden.

Sie hatte sich geirrt. Sie hatte nicht gewusst, wie trocken der Boden war, auf den Katharinas brennende Worte fielen. Teufelsbrut, verdammte! Die wollte Johannes nur für sich haben, diese falsche Schlange! Mochte ihre Seele eines Tages in der Hölle brennen!

»Was ist?«

Christina musste so elend ausgesehen haben, dass sich Patto trotz seiner Angst um sie sorgte.

Sie streckte die Hand aus, legte sie an Pattos kalte Wange. »Bitte beichte ihm nicht. Er muss nicht wissen, dass wir hier waren. Wir haben nichts Unrechtes getan.«

Patto erstarrte unter ihrer Berührung, ließ sie sich aber gefallen. In seinem Gesicht arbeitete es. Er schien einen heftigen inneren Kampf auszufechten. »Du kennst ihn nicht«, sagte er schließlich. »Er findet alles heraus.«

»Nein, tut er nicht. Er ist auch nur ein Mensch wie wir alle. Wenn wir beide schweigen, wird niemand etwas erfahren. Du musst nur den Mund halten.« Sie nahm die Hand weg und lächelte.

»Der Pastor glaubt …« Patto räusperte sich, sah sich um, senkte seine Stimme zu einem Flüstern. »Er hat ein Buch. So eins mit Bildern von seltsamen Tiermenschen. Früher hat er das immer in sein Schreibpult geschlossen, aber er wird nachlässiger. Er lässt's schon mal liegen, sodass ich …«

»Du konntest die Bilder sehen.« Christina presste ihre Fäustlinge zusammen.

Patto nickte. »Du ahnst nicht, was für Wesen es gibt«, flüsterte er und sah sich wieder hastig um. »Die Welt ist voller böser Geister. Wenn sie nachts zu dir kommen, dann können sie …«

»… ein Wechselbalg zeugen, das kein Mensch ist.«

Mit trockenem Mund wiederholte Christina ihr Wissen aus der Messe, die Pastor Werinhart gelesen hatte. Ihr wurde auf einmal ganz schwindelig. Sie musste sich an dem Knecht festhalten, um nicht zu Boden zu sinken.

»Was ist?« Er hielt sie einen Augenblick fest. »Geht es?«

»Ich glaube, wir sollten jetzt zurückgehen.« Sie musste an ihre kleine Tochter denken.

»Da ist noch was.« Patto fasste ihren Arm. »Der Pastor glaubt, dass Lioba … dass sie in der Hand eines bösen Geistes ist.«

»Unsinn«, versetzte sie. »Wenn sie das wäre, hätten wir was gemerkt.«

Doch Patto ließ sich nicht beeindrucken. »Sie ist von demselben Geist besessen wie ihre Mutter, sagt er.«

Christina fror vom Stehen im Schnee. Sie zitterte, und nun konnte sie nicht verhindern, dass ihre Zähne aufeinanderschlugen.

»Du glaubst doch nicht diesen Unsinn, den er erzählt!«, entgegnete sie verächtlich und zog ihn am Ärmel. Doch mit ihrer Forschheit wollte sie nur die eigene Unsicherheit überspielen, die sie ergriffen hatte. Hatte sie sich Pattos Zuneigung für Lioba nur eingebildet? Warum war er mit ihr hier, wenn er nicht wenigstens Zweifel hatte, dass der Mord an Liobas Kind richtig gewesen war?

Patto wich ihrem Blick aus. Er sah auf den Boden, während er mechanisch weitersprach. »Das Böse ist in unser Dorf zurückgekehrt, sagt der Pastor.«

»Er irrt sich. Sieh dir Lioba an, sie sieht aus wie ein Engel! Sie könnte niemandem etwas zuleide tun.« Christina schickte sich an, weiterzugehen, und Patto verstand die Aufforderung und stapfte ihr voraus.

»Das Böse verstellt sich, sagt der Pastor. Es versteckt sich manchmal hinter dem liebenswürdigsten Gesicht. Oft hört man aus dem schönsten Mund die hässlichsten Worte.«

»Ja, aber nicht aus Liobas Mund«, stellte Christina fest. »Sie *ist* es nicht, Patto! Genauso wenig wie ihre Mutter.«

»Du bist ihre Freundin«, versetzte er. »Bist schon gefangen in ihrem Netz, wie Johannes auch. Wie die ganze Familie. Ihrer bisherigen Familie hat sie nur Unglück gebracht. Pass auf deine Tochter auf.«

Christinas Zähne schlugen aufeinander. Sie schlotterte am ganzen Leib, obwohl sie sich bewegte. »Lioba hat Maria gerettet, als die Kleine Fieber hatte«, verteidigte sie ihre Freundin. »Sie würde ihr nie etwas Böses antun, und sie hat auch Hildegundis' Kinder nicht getötet.«

»Bist du dir sicher?« Patto stapfte unverdrossen weiter.

»Ja!« Christina schnaufte, ihr lief die Nase. Die Luft biss in ihre Lunge und ließ sie keuchen. Aber sie würde nicht aufgeben, die Freundin zu verteidigen. »Das sind nichts anderes als böse Verleumdungen, die die Klatschweiber genährt haben, und deshalb ist dieses Unrecht geschehen!«

Ihr Kreischen hallte durch den Wald und ließ Patto innehalten. Er wandte sich wieder zu ihr um. »Dann hat sie dich schon in ihrer Gewalt«, sagte er. »So wie mich früher. Aber der Pastor konnte mich davon überzeugen, dass ihr süßes Gerede nur dazu da war, damit sie ihren Willen bekam, das hab ich ja gesehen, und dafür war ihr jedes Mittel recht. Gott sei Dank hat der Pastor mir verziehen, dass ich ihn ihretwegen hintergangen hab.«

Er hackte mit der Schuhspitze in den Schnee, und Christina meinte, Werinharts Stimme noch nie so deutlich aus jemand anderem herausgehört zu haben. Sie begriff, dass es keinen Sinn mehr hatte, mit Patto zu streiten. Sollte der Knecht je Zweifel an Pastor Werinharts Worten gehabt haben, dann waren sie durch das Verschwinden von Liobas Sohn endgültig beseitigt worden. Dass sie nichts gefunden hatten, war für ihn sicher nur der letzte Beweis, dass Werinhart recht hatte und der Säugling von seinem wahren Vater entführt worden war. Vermutlich würde Patto dem Pastor auch ihre Suche beichten. Sie hätte dem Handlanger Werinharts nicht trauen dürfen. Sie schalt sich, weil sie so vertrauensselig gewesen war. Aber niemand sonst hätte ihr die Stelle gezeigt, wo sie den Säugling abgelegt hatten.

»Ist schon gut, Patto«, sagte sie. »Lass uns jetzt weitergehen, ja? Sonst glauben sie mir zu Hause nicht, dass ich wirklich nur beichten war.«

Patto lächelte dünn. Er wandte sich um und stapfte wieder voraus. Sie redeten nicht mehr, bis sie den Sandnerhof erreicht hatten, der dunkel aus dem Schnee herausragte.

Christina war es inzwischen gelungen, ihren Ärger über Patto und ihren Verdruss über sich selbst so weit zurückzudrängen, dass sie wieder klar denken konnte. Es gelang ihr, im Geiste einen Schritt zurückzutreten, um das Ganze zu betrachten, wie wenn man mit Abstand ein ganzes Feld oder einen Baum in Augenschein nahm. So konnte sie die Gefahr erkennen. Sie würden früher oder später versuchen, das Böse aus ihrem Dorf zu verbannen, wie sie es schon einmal getan hatten. Früher oder später würden sie Lioba holen wie ihren Sohn.

* * *

Lioba rieb sich die Hände über dem Glutgefäß, in dem ein paar Holzkohlen glommen, spürte, wie die Wärme in ihre kalten Glieder zurückkehrte. Sie tat das nur Christina zuliebe.

Schon seit Tagen hatte die Freundin ihren zähen, unerschütterlichen Kampf um ihr Leben verstärkt. Sie hatte ihr warme Schaffelle, eine zusätzliche Wolldecke und das Glutgefäß besorgt. Sie brachte ihr jeden Tag zwei warme Mahlzeiten und ging nicht eher, bis sie etwas Gemüse- oder Hirsebrei, ein wenig Brot und Käse verzehrt hatte. Sie sorgte dafür, dass Fiedi jeden Tag kam, sie redete mit Lioba.

Christina kämpfte mit einer Hartnäckigkeit um ihr Leben, die Lioba tief in ihrem Inneren beeindruckte, und dieser Kampf zeigte Wirkung.

Lioba wärmte sich selbst die Hände. Es war ihr nicht mehr gleichgültig, wenn sie fror. Durch das Essen fühlte sie sich etwas kräftiger, und manchmal konnte sie sogar schlafen. Neben den vielen Annehmlichkeiten, die sie am Leben erhalten sollten, war es aber vor allem ein Gedanke, der Liobas Dunkelheit durchdringen und sich in ihrem Kopf festsetzen konnte: die Hoffnung, dass Wilem noch leben könnte.

Christina hatte ihr von der Suche nach seinem Leichnam erzählt, von den fehlenden Spuren, von dem Traum, der ihr verraten hatte, dass das Kind lebte.

Lioba tauchte einen Finger in den Napf mit einer Salbe aus Schweineschmalz, den Fiedi ihr gestern gebracht hatte, und rieb sich damit die spröden Lippen ein. Es war ihr gleichgültig, dass niemand außer Christina und Fiedi vorbeikam und die Magd nicht mit ihr sprach. Sie fühlte keine Bitterkeit mehr, selbst Johannes war ihr gleichgültig. Gott würde ihn für seine Sünden zur Rechenschaft ziehen, einst würde er büßen müssen für das, was er getan hatte, wie alle anderen auch. Werinhart, Notburga, Katharina – sämtliche bösen Zungen aus dem Dorf würde Gott strafen, vielleicht auch seine treueste Dienerin Hildegundis. Wenn er schon ihren Wilem durch ein Wunder gerettet hatte, dann zeigte das doch, dass es ihm nicht gleichgültig war, was hier auf Erden geschah. Dann war das sein Zeichen für sie, dass sie weiterleben sollte.

Ja, so musste es sein. Der Allmächtige – oder auch Jesus Christus – hatte ihren Sohn gerettet und wollte, dass sie weiterlebte.

Er hatte ihr Christina als seinen Engel geschickt, damit sie sie rettete. Sie würde am Leben festhalten.

Lioba sah aus dem Stallfenster, vor das Christina ein Tuch gespannt hatte, und begann zu beten. Sie dankte Gott für Wilems Leben und Christinas Hilfe, sie bat ihn um Vergebung für ihre Sünden und flehte ihn an, das Leben Ottos zu schützen.

* * *

In der folgenden Nacht hörte Lioba Stimmen vom Wohnhaus in den Stall dringen. Zwei Männer stritten sich. Sie erkannte die tiefen Stimmen von Johannes und Albert, aber so sehr sie sich auch mühte, sie verstand die Worte nicht. Stundenlang harrte sie voller Angst und konnte kein Auge zutun, und als der Morgen graute, kam Christina. Sie trug eine Kerze und ihren Wollmantel über dem Nachtgewand. Der Flammenschein zuckte über ihr besorgtes Gesicht. Sie ließ sich neben Lioba auf die Knie sinken und stellte die Kerze ab.

»Sie haben sich deinetwegen gestritten«, raunte sie durch die Dunkelheit. »Albert hat von Johannes gefordert, dich endlich wieder aufzunehmen. Johannes hatte zwar gesagt, er könnte dir vergeben, aber nun sagt er, er wolle keine besessene Frau. Er würde zum Pastor gehen und ihn um Auflösung der Ehe bitten.«

»Er denkt, dass ich *besessen* bin?« Heiser klang Liobas Flüstern durch den Stall. Sie glaubte, nicht richtig zu hören. Betäubt starrte sie auf die graue Wolle des Mantels, den die Freundin trug, sah, wie sich die langen Locken bewegten, als Christina nickte.

»Glaubst du das auch?«

Christina schüttelte den Kopf. »Nein. Der Pastor, Notburga und Hildegundis haben sich in ein Hirngespinst reingesteigert. Das Schlimme ist nur, dass die anderen ihnen glauben.«

Lioba ließ ihren Kopf sinken und rieb sich die Stirn. Sie war in einem bösen, nicht enden wollenden Albtraum gefangen.

»Albert meinte, Ehen könnten nicht aufgelöst werden, da sie vor Gott geschlossen werden, selbst in einem solchen Fall nicht. Johannes widersprach ihm, so ging es hin und her.«

»Er will mich nicht mehr«, murmelte Lioba. Sie sah auf die Kerze, von der ein Wachstropfen herunterrollte und sich auf der Tonschale zu einem Fleck sammelte. »Ich will ihn auch nicht mehr.«

Sie hob den Kopf und begegnete Christinas Blick. Die Besorgnis darin erschreckte sie. Noch nie hatte die Freundin sie so angesehen.

»Es ist sehr ernst, Lioba«, flüsterte Christina. »Du solltest fliehen, noch heute Nacht. Wer weiß, auf welche Einfälle Johannes noch kommt. Vom Dorf ganz zu schweigen. Du bist hier nicht mehr sicher.«

Nicht mehr sicher. Die Worte hallten wie Peitschenhiebe durch Liobas Kopf. Konnte es noch schlimmer um sie stehen? Sie hatten ihr den Sohn weggenommen, nur die Hölle konnte schlimmer sein. Aber nun griffen sie auch nach ihrem Leben.

»Hier …« Christina gab ihr einen Wollmantel. »Flieh, solange du kannst.«

»Aber – wo soll ich denn hin?«

Anstatt ihr zu antworten, langte Christina in ihre Gewandfalten und gab ihr eine kleine Silbermünze. »Weit kommst du damit nicht, aber sie wird dir ein wenig helfen.«

Lioba schloss ihre Faust fest um die Münze, die flach war wie Pergament. Unter normalen Umständen hätte sie sich gefreut, denn sie hatte noch nie Geld besessen. Aber nun bedeutete ihr das nichts. Unverwandt sah sie auf den Beutel, den Christina ihr gab.

»Das wird für die nächsten Tage reichen. Und hier …« Sie gab ihr ihre eigenen fellgefütterten Lederfäustlinge.

»Das kann ich nicht annehmen. Es sind deine einzigen Handschuhe.«

»Doch, kannst du.« Christina half ihr, aufzustehen. »Ich werde mir in diesem Winter neue machen. Es gibt im Augenblick sowieso nicht viel zu tun.«

Lioba war dankbar für den Großmut der Freundin. Aber wie sollte sie draußen in der Kälte überleben?

»Wo immer du hingehst, Gott sei mit dir!« Christina machte das Kreuzzeichen vor Lioba.

Lioba nickte, umarmte sie. Dann trat sie hinaus aus dem Stall in den dämmrigen Morgen.

III

BYZANTINISCHES REICH, BEI ADRIANOPEL, IM WINTER 1190

Kapitel 21

Der Morgen graute über den Dächern der kleinen Stadt. Am östlichen Horizont über der ostthrakischen Ebene schimmerte ein schmaler Streifen Morgenrot, der den kommenden Tag ankündigte. Aber noch kräuselte sich kein Rauch in den Himmel, die Bewohner von Moniakus schienen noch in tiefem Schlaf zu liegen. Ihre Häuser drängten sich hinter der Mauer auf einem engen Flecken gegen den kalten Wind zusammen.

Niemand bemerkte etwas Verdächtiges, bis sich der Armbrustbolzen aus einem Gebüsch am Rande des Feldes löste, die kühle Luft durchschnitt und in die Brust des Kumanen fuhr, der auf dem Wehrgang Wache hielt. Obwohl man in der Dämmerung nicht gut sehen konnte, war es ein wohlplatzierter Schuss. Der Kumane brach sofort zusammen und sank hinter die Wehrmauer. Ein zweiter Armbrustbolzen flog durch die Dämmerung und traf den nächsten. Dann lösten sich die Schatten der Krieger aus den Büschen, warfen Seile und Haken über die nicht allzu hohe Mauer, an denen sich die Mutigsten von ihnen hochzogen. Sie wurden von herbeieilenden Wachen mit Pfeilen beschossen, von denen die meisten an den eisernen Rüstungen der Angreifer abprallten. Die Krieger überwanden die Mauer, kletterten über die toten Kumanen und öffneten ihren Kameraden das Stadttor. Zu spät gewahrten die Bewohner, was los war, zu spät ertönte die Glocke der kleinen orthodoxen Kirche St. Dismas, die sich in der Mitte des Ortes über alle Dächer erhob und bisher sämtlichen Stürmen widerstanden hatte. Man hatte nicht wirklich mit einem Angriff gerechnet. Man hatte gehofft, hier, in diesem einsamen Landstrich Ostthrakiens, von den Angriffen der Lateiner, wie sie überall im Byzantinischen Reich genannt wurden, verschont zu bleiben, und deshalb keine Vorkehrungen getroffen. Verschlafen taumelten die Bewohner aus ihren Betten, rissen ihre Kleider, ihre Kinder und die notwendigsten Habseligkeiten mit sich und stürzten aus den Häusern. Wer konnte, rettete sich aus dem hinteren Stadttor in die Wälder, bevor die Lateiner ihr blutiges Werk verrichten konnten.

Als die Sonne sich erhoben hatte und ihre Strahlen auf die Hausdächer warf, rannte die Meute Kämpfer mit gezogenen Schwertern durch die Gassen von Moniakus, drang in die Häuser, trieb die Bewohner hinaus und raffte alles an Vorräten zusammen, was sie bekommen konnten, so, wie sie es schon unzählige Male getan hatten in den letzten Monaten.

Nachdem die Schreie und das Gebrüll der Krieger verebbt waren und nur noch die Befehle des Vogtes und seines Marschalls erklangen, hielt Otto inne. Er wischte sein blutiges Schwert an einem Grasbüschel ab und schob es zurück in die lederne Halterung. Er hatte einen Kumanen getötet und einen weiteren Soldaten, der sich ihm in den Weg gestellt hatte. Nun beobachtete er, wie seine Kameraden die Dorfbewohner auf dem freien Platz vor der Kirche zusammentrieben. Megenhart pochte mehrmals energisch mit dem Schwertknauf gegen das verschlossene Kirchentor.

»Macht auf oder wir brennen alles nieder!«, brüllte er den üblichen Satz, einen der wenigen Sätze, die er auf Griechisch beherrschte und die er eigens für diesen Zweck gelernt hatte.

Drinnen tat sich lange nichts, und Megenhart musste noch mehrmals gegen die Tür schlagen und drohen, bis sie sich endlich öffnete und der verängstigte Priester im Spalt erschien. Megenhart stieß die Tür weit auf, sodass Licht ins Innere drang. Sonnenstrahlen fielen auf die erschreckten Gesichter der Dorfbewohner, die sich in die Kirche geflüchtet hatten – Frauen, Kinder und Alte. Otto hörte, wie die Karren durch die Gassen rumpelten und seine Kameraden die Packpferde heranführten. In den Kirchen gab es immer am meisten zu holen.

Megenhart verschwand im Innenraum. »Nun komm schon!«, rief er und winkte Otto.

Otto zögerte. Obwohl es ein kühler Wintermorgen war, schwitzte er unter seiner Kettenhaube und dem Helm. Ihm war übel vom Wein, den sie am Abend zuvor im Lager überreichlich getrunken hatten, und er fühlte sich so müde, als würde das Eisen, das er trug, auch in seinen Adern fließen. Langsam folgte er Megenhart in das dämmrige Kirchengewölbe, in dem es nach Wachs und Kerzenduft roch. Er vermied es, den ängstlichen Blicken der Stadtbewohner zu begegnen, die sich in eine Ecke des Kirchenschiffs drängten. Eine merkwürdige Stille, die nur durch das Klirren ihrer Sporen unterbrochen wurde, herrschte im Raum. Er lag in einfacher Schlichtheit; nur hinter dem Altar stand ein großes, mit Blattgold überzogenes Bild mit der Passion Christi – viel zu schwer, um es hinauszutragen.

»Sie haben alles versteckt«, sagte Megenhart verärgert und packte den griechischen Priester am Gewand. »Wo ist das Geld?«

Der Mann antwortete mit einer Flut an hastig hervorgestoßenen Wörtern, von denen sie kein Wort verstanden. Megenhart zog sein Schwert und setzte es ihm an die Kehle. »Münzen!«, blaffte er. *»Hyperpera!«*

Der Priester zitterte am ganzen Leib, hob die Hände und deutete auf eine Ecke.

Megenhart ließ sein Schwert sinken, und sie folgten dem Mann in einen kleinen Raum. Das Licht einer Kerze flackerte auf und warf seinen Schein auf einen mit kostbarem Kirchengerät überladenen Tisch. Wortlos öffnete Megenhart seinen mitgebrachten Lederbeutel und schob einen mehrarmigen goldenen Leuchter, eine reich verzierte Hostienschale, einen Löffel und ein Messer mit einem goldenen Griff hinein. »Siehst du?«, wandte er sich grinsend an Otto, »ich hab's doch gesagt, dieser Hund hat alles versteckt.«

»Was willst du mit dem Zeug?«, fragte Otto und beobachtete mit kaum verhohlenem Widerwillen, wie sein Freund den Sack verknotete.

»Auf dem Markt in Konstantinopel gegen gutes Geld eintauschen.«

»Belade dich nicht zu sehr«, warnte Otto. »Du weißt, die Wege über die Gebirge sind steil und beschwerlich.«

Doch Megenhart hörte nicht auf seinen Einwand. Er öffnete den Deckel eines Tongefäßes. Seine Miene leuchtete auf, als er die Münzen darin erblickte. »Dem Herrn sei Dank! Der nächste Proviantmarkt kann kommen.« Er grinste wieder, zog einen weiteren Beutel hervor und hielt ihn auf. Otto nahm das Gefäß und ließ die vielen kleinen Silber- und Kupfermünzen in den Beutel fallen. Glücklich verknotete Megenhart den Sack und wandte sich mit Otto zum Gehen. Da erblickten sie das Bild über der Tür. Es war nicht besonders groß und nicht gut gemalt, aber dennoch konnte man deutlich die Männer in ihren eisernen Rüstungen erkennen. Ihre Schweinsköpfe schimmerten rosa unter den Helmen. Ihre unförmigen Gestalten liefen auf allen vieren, während mutige byzantinische Soldaten ihnen die Köpfe abschlugen und die Kehlen durchschnitten. Ein Byzantiner ritt auf einem Schwein, dessen Beine sich unter seiner Last bogen, ein anderer hielt einen bluttriefenden Schweinskopf in seiner Hand.

Megenharts Miene verzog sich. »Ich kann diese Schmierereien nicht mehr sehen.« Er zog sein Schwert und zerschnitt das Bild mit mehreren wütenden Streichen. Dann fuhr er zum Priester herum und presste ihm seine mächtige Hand um die Kehle. »Vergebung, ja? Vergebung für das Töten von Pilgern, ist es das, was du hier predigst?« Seine Finger bohrten sich in den Hals des Priesters. »Vergebung für alle, die uns töten! Das predigt ihr, oder? Gib's zu!«

Megenhart drückte seine Schwertspitze an die Brust des Mannes. Der Priester stieß einen Schwall fremder Worte aus, mit denen er offenbar um sein Leben flehte. Otto legte die Hand auf den Arm seines Freundes. »Lass ihn in Ruhe. Wir haben ihnen genug Angst eingejagt.«

»Damit er am Sonntag wieder Hass predigen kann?«, entgegnete Megenhart mit dunkler Stimme. »Ich sollte diese lebende Schande für die Christenheit töten.«

Noch nie hatte Otto Megenhart so aufgebracht gesehen. Er wunderte sich über seinen Freund, zumal es nicht das erste Bild dieser Art war, das sie in Kirchen entdeckten. Ihre Gesandten, die nach mehrmonatiger Gefangenschaft in Konstantinopel endlich freigelassen worden waren, hatten berichtet, dass der Patriarch von Konstantinopel die Pilger Christi als Hunde bezeichnet hätte. Wer von den Byzantinern hundert Pilger tötete, hätte er in der Hagia Sophia gepredigt, und wäre er auch des Mordes an zehn Männern beschuldigt, würde dennoch Vergebung vom Herrn erlangen.

Seitdem hatte das Heer des lebendigen Kreuzes noch mehr als ohnehin schon in der Gegend von Adrianopel gewütet, wohin es nach vielen Wochen unnützen Aufenthaltes mit stockenden Friedensverhandlungen mit Kaiser Isaak gezogen war. Man war gegen Städte, Burgen und Dörfer gezogen und hatte sich genommen, was man ihnen nicht freiwillig geben wollte – Proviant, Vorräte, Geld.

»Megenhart, lass ihn!«, forderte Otto müde, aber energisch. Der Überdruss verursachte ihm ein schlechtes Gefühl in der Magengegend. Er hatte genug vom Töten, von zu Tode erschrockenen Frauen und Kindern, von zitternden und bettelnden Priestern. Wenn das eherne Gesetz des Vogtes ihnen nicht ausdrücklich befehlen würde, Frauen, Kinder und Alte zu verschonen, würde er ihm schon lange nicht mehr folgen.

Megenhart ließ den Priester los, aber er schubste ihn kräftig gegen die Wand, sodass es ein dumpfes Geräusch gab und der Mann in Tränen ausbrach. Otto presste die Lippen fest zusammen. Er versuchte, ruhig zu bleiben und gegen seinen rebellierenden Magen zu kämpfen, als sie mit klirrenden Sporen durch das Kirchenschiff nach draußen stapften. Die Sonne stand inzwischen hoch am Himmel und wärmte den Platz, wo die Männer des Vogtes die Stadtbewohner zusammengetrieben hatten und damit begannen, sie in die Kirche zu drängen. Megenhart und Otto verluden die Beutesäcke auf ihre Packstute.

»Wo ist Volkmar?«, fragte Otto den Ritter Dietrich, doch der zuckte mit den Schultern. Ein zweiter, den Otto fragte, deutete vage in eine Richtung. Otto gab Megenhart die Zügel und rannte los.

»Warte nicht auf mich!«, rief er über die Schultern zurück.

»Musst du denn immer der Aufpasser sein?«, brüllte ihm Megenhart hinterher. »Lass ihn doch in Ruhe!«

Aber Otto hörte nicht auf ihn. Er hastete durch die engen Straßen der kleinen Stadt, die ein trauriges Bild ihrer Eroberung abgab. Tote lagen auf den Straßen verstreut, auch Frauen und Kinder – ein Zeichen, dass sich nicht alle an den Befehl des Vogtes hielten. Ritter holten die Vorräte aus den aufgebrochenen Häusern und verluden sie auf Karren und Packpferde.

»Suchst du Volkmar?«, fragte einer, der einen Korb in einen Wagen hievte.

Otto nickte, und der Mann deutete grinsend auf den nächsten Hauseingang. Der Blick des Mannes ließ Ottos Magen in einer schlechten Vorahnung rebellieren. Er lief in das Haus und kam in eine dunkle Stube, wo ein großer Topf über einer erkalteten Feuerstelle hing. Es roch nach den Kochdünsten des Vortages, die noch im Raum hingen. Auf dem Boden lag ein Mann mit verrenkten Gliedern, ein Dolch steckte in seiner Brust.

Von der anderen Seite des Feuers erklang das rhythmische Klatschen von Haut auf Haut. Eine junge Frau lag auf dem Boden und starrte mit ausdruckslosen Augen an die Decke. Der Mann lag auf ihr und bewegte sich im regelmäßigen Takt auf und nieder.

Als Otto Volkmar erkannte, erfasste ihn der Zorn wie eine gewaltige Welle. Er packte ihn, riss ihn hoch und schleuderte ihn mit solcher Wucht durch den kleinen Raum, dass er gegen ein Regal prallte. Ein paar Becher und Näpfe rutschten von den zitternden Brettern und fielen zu Boden, wo sie in unzählige Scherben zersprangen.

»Verdammtes Schwein!« Otto holte aus und hieb seinem Vetter die Faust ans Kinn. »Hurenbock!«

Sein nächster Schlag traf Volkmar auf die Wange.

Der Jüngere wehrte sich nicht und erwiderte nichts, doch der selbstzufriedene Ausdruck in seiner Miene ließ Otto nur noch wütender werden. »Ich sollte dich dem Vogt ausliefern, damit du die Strafe für Hurenböcke erhältst!«, brüllte er.

Aus den Augenwinkeln sah er, dass die Frau aufgestanden war und sich in den Keller flüchtete. Ihn erfasste Reue bei der Vorstellung, was sein junger Vetter ihr und ihrem Mann angetan hatte. Er packte Volkmar und zerrte ihn aus dem Haus, wo sie in raschen Schritten die Gasse hinunter zurück zur Kirche liefen.

»Tu das nie wieder!«, schrie Otto. Als Volkmar nichts erwiderte, hielt er inne. »Schwör, dass du es nie wieder tust!«

Volkmar schob trotzig seine Unterlippe vor. Die Sonne schien auf sein Jungengesicht und ließ die hellen Bartstoppeln darin aufleuchten.

»Schwör oder ich zeig dich dem Vogt an!«

Volkmar schwieg.

Otto hob die Faust. Er bereute zutiefst, dass er vor einigen Wochen den Bitten seines Vetters nachgegeben und ihn auf die Beutezüge mitgenommen hatte.

»Also gut, ich schwör's!« In Volkmars frechem Gesicht stand nun doch die Angst.

Otto ließ seine Faust sinken. Seine Wut verflüchtigte sich allmählich, doch sein Magen beruhigte sich nicht. Er lehnte sich an einen Holzschuppen und erbrach sich.

* * *

Als sie am nächsten Tag schwer beladen ins Lager von Adrianopel zurückkehrten, rannte ihnen ihr Knecht schon entgegen. »Willkommen zurück, Herr«, sagte er und nahm die Zügel des Pferdes.

»Was ist passiert?«, fragte Otto besorgt, als er die bedrückte Miene seines Knechts bemerkte. »Haben sie etwa schon wieder Pferde gestohlen?«

»Nein, Herr.«

»Was ist dann geschehen?«

Der Knecht wischte sich hastig mit der Hand durch sein kurzes Haar und suchte nach Worten. »Es hat gestern einen Angriff auf das Lager gegeben … Euer Vetter Hartwich, er ist …«

Otto hörte nicht weiter zu. Er riss dem Knecht die Zügel aus der Hand und gab seiner Stute die Sporen. Rasch galoppierte er zu den Zelten, die sich um die Stadt Adrianopel gruppierten. Hier, in der flachen Gegend am Flussufer, lagerte das Heer des lebendigen Kreuzes Christi, seit es im Herbst 1189 Philippopel nach den gescheiterten Friedensverhandlungen mit Kaiser Isaak verlassen hatte. An diesem Tag war das Lager in großer Aufregung. Wie Otto von einem Fußsoldaten namens Peringer erfuhr, hatten Einheiten eines griechischen Söldnerheeres tags zuvor die am wenigsten geschützte Südflanke des Lagers angegriffen. Sie hatten offenbar gewusst, dass das Lager durch die Abwesenheit des Kaisersohns Friedrich von Schwaben und seiner Einheiten geschwächt war. Aber man habe sie trotzdem in die Flucht schlagen können, erzählte Peringer stolz.

»Dort«, sagte er und deutete auf ein Zelt, »sind die Toten aufgebahrt.«

Otto schlug die Zeltplane zurück. Ein leichter Verwesungsgeruch wogte ihm entgegen. Man hatte die Toten in einer langen Reihe auf eine Stoffbahn gelegt, sorgfältig ausgerichtet, als würden sie noch in Gefechtsformation marschieren. Zwei Knechte wachten bei ihnen, ein Priester, der zum Gefolge des Bischofs von Münster gehörte, murmelte Gebete.

Otto entdeckte Hartwich sofort. Er lag in der Mitte zwischen anderen Rittern. Sein bleiches Gesicht sah friedlich aus, als würde er nur schlafen. Aber sein Kettenhemd hatte in der Brust ein Loch mit einem roten Fleck geronnenen Blutes.

»Wer war das?«, fragte Otto Peringer mit tonloser Stimme.

»Ein Armbrustschütze hat ihn erwischt. Euer Vetter – er war sehr tapfer, hat sich den Feinden sofort entgegengestellt. Ich hab es gesehen, ich war ja auch dabei.«

Die Augen in dem schmalen Gesicht des Jünglings leuchteten stolz. Man konnte ihm deutlich anmerken, wie froh er war, davongekommen zu sein.

Otto wandte sich ab und kniete sich zu Füßen des Toten. Hartwich sah aus wie früher im Schlaf. Wie früher, ehe sie ihn manchmal grob geweckt hatten, als er wieder einmal verschlafen hatte. Er hatte das rundliche Gesicht seiner Mutter, aber in seinem Naturell war er weder Vater noch Mutter, sondern ein ganz eigener Charakter gewesen.

»Möge der Allmächtige deine Seele behüten«, murmelte Otto. Er legte seine Hände auf die kalten Hände Hartwichs, während ihm Tränen in die Augen stiegen. Er würde Hartwich vermissen wie einen Bruder. Nun würde er seiner Tante nicht nur den Tod ihres Mannes, sondern auch den ihres Sohnes überbringen müssen. Otto presste die kalten Hände des Toten und weinte.

Als später die anderen kamen und er Volkmars Schluchzen hörte, erhob er sich und blickte in Megenharts versteinertes Gesicht.

»Ich höre auf«, sagte er nur und ging an ihm vorbei nach draußen, wo die Luft des Winterabends sein Gesicht kühlte.

Megenhart folgte ihm. »Warum?«, fragte er leise. »Du hättest seinen Tod nicht verhindern können, selbst wenn du hiergeblieben wärst.«

»Das meine ich nicht. Ich habe genug«, sagte Otto. »Wir laden zu viel Schuld auf uns. Wir sind nicht hier, um zu rauben, zu plündern und zu morden, darauf habe ich keinen Eid geschworen! Wir sind hier, um Jerusalem von den Heiden zu befreien.«

In der Dunkelheit hörte er Megenhart leise seufzen. »Du kannst mir glauben, dass mir das auch nicht gefällt«, meinte er. »Aber du siehst ja, was sie tun, wie hinterhältig sie sind. Sie wollten uns aufhalten, am liebsten zerstören. Hätten wir ihnen nicht immer wieder zugesetzt, wäre es nicht zu den neuen Friedensverhandlungen gekommen. Kaiser Isaak muss einlenken, er muss uns die Schiffe stellen, damit wir endlich über den Hellespont nach Kleinasien kommen.«

»Ja«, meinte Otto düster. Ihm war auf einmal kalt. »Seit Monaten sitzen wir hier fest. Wir hätten schon längst in Jerusalem sein sollen.«

»Kaiser Isaak wird die Bedingungen unseres Kaisers annehmen«, versicherte Megenhart. »Er wird nicht riskieren, dass wir Konstantinopel angreifen. Seine Spione werden ihm berichtet haben, dass uns sechstausend serbische Männer helfen werden. Ihm bleibt gar keine andere Wahl. Du wirst sehen, bald werden unsere Gesandten gemeinsam mit ihren Unterhändlern mit einem Friedensvertrag im Gepäck zurückkommen.«

»Wie auch immer«, sagte Otto. »Ich werde dem Vogt nicht mehr folgen.« Er wandte sich ab und stapfte mit energischen Schritten davon, während der kalte Wind seine Tränen trocknete.

Im Zelt konnte er es nicht ertragen, Hartwichs leeres Lager zu sehen, das noch so aussah, wie er es verlassen hatte. Er nahm seine Felle und Decken, rollte sie zusammen und zog damit ins Zelt der Knechte, die ihm überrascht Platz machten.

Als die Nacht sich herabsenkte, zog er den Rheinkiesel hervor, den Lioba ihm geschenkt hatte, und umklammerte ihn fest mit beiden Händen.

Kapitel 22

Der Zeitpunkt war gut gewählt. Eine milchige Wintersonne stand am Himmel und warf ihren Schein auf die verschneiten Felder. Vor Lioba lag die Burg in der Sonne. Schnee glitzerte auf den Dächern der Wirtschaftsgebäude und der Hauptburg, die alles überragte. Ein paar Kinder schlitterten johlend über den zugefrorenen Burggraben, und der Wachmann am Tor ließ sie gewähren.

Lioba wusste, dass er der freundlichste von allen war, denn sie hatte alle beobachtet in den letzten Tagen, in denen sie die Burg ausspioniert hatte. Sie hatte sich fest vorgenommen, dass man sie nicht noch einmal wie eine streunende Katze verscheuchen würde. Dieses Mal musste es klappen.

Aus der Ferne ertönte die Glocke von St. Clemens, die das Ende der Messe ankündigte. Am Morgen, kurz nachdem Lioba aus ihrem Versteck in der Heide hierhingekommen war, hatte ein Wagen die Burg verlassen und war den verschneiten Weg zur Kirche gefahren. Die Herrin besuchte die Sonntagsmesse. Lioba hatte Glück, denn sie wusste, dass Ida von Rothe nicht oft zur Messe fuhr. Sie zog sich die Kapuze tiefer ins Gesicht. Die Kinder würden gleich zum Essen nach Hause laufen und sollten sie nicht erkennen. Niemand durfte sie erkennen.

Ihr Herzschlag beschleunigte sich, als sie das Rattern von Rädern und das Klopfen von Hufschlägen auf der festgestampften Schneedecke hörte. Sie lugte hinter den Sträuchern hervor und sah den herrschaftlichen Wagen zurückkommen. Einer der Burgmannen saß auf dem Zugpferd und trieb es an, nur ein Berittener begleitete den Wagen.

Gut. Eine bessere Gelegenheit würde sie nicht finden, bevor Kälte und Hunger sie umbrachten. Sie lauschte, hörte den Wagen näher kommen. Gleich würde er hinter der Biegung auftauchen, hinter der sie wartete. Sie hielt die Luft an. Als sie das Pferd kommen sah, löste sie sich aus dem Gebüsch und trat auf den Weg.

Der Burgmann konnte gerade noch rechtzeitig das Pferd zügeln.

»Was soll das?«, schimpfte der Bewaffnete, der den Wagen begleitete, und lenkte sein Pferd bedrohlich nah an sie heran. »Geh aus dem Weg!«

Lioba sah die Nüstern des Tieres keinen Schritt weit von ihr. Sie hob den Kopf, sodass der Mann ihr Gesicht sehen konnte.

»Ich muss die Herrin sprechen. Mein Name ist Lioba.«

»Was fällt dir ein, dich uns in den Weg zu stellen!« Er lenkte sein Pferd noch näher an Lioba heran.

Ihr Herz raste, aber sie wich keinen Fußbreit von der Stelle. »Ihr müsst mich schon niederreiten, wenn Ihr weiterkommen wollt.«

Sie achtete darauf, so laut zu sprechen, dass sie auch im Wagen zu hören war. Sie hatte sich den Ablauf dieses Wortgefechts viele Male vorgestellt und genug Zeit gehabt, ihre Worte zu bedenken. »Ich habe eine wichtige Botschaft für die Herrin.«

Sie starrte auf die heruntergelassene Stoffplane am oberen Teil des Wagens. Endlich, als sie es schon nicht mehr glaubte, hob sich ein Stück Stoff, das den Ausblick verdeckte, und Ida von Rothe spähte hinaus. Grau und schmal schimmerte ihr Gesicht unter dem weißen Schleier, es sah so verändert aus, dass Lioba erschrak. Wenn die Herrin krank wäre, würde ihr Vorhaben scheitern. Dennoch zögerte sie nicht, sondern stapfte entschlossen zum Wagen. Sie machte einen tiefen Knicks.

»Verzeiht, Herrin, dass ich Euch aufhalte«, sagte sie höflich mit wohlgesetzten, einstudierten Worten. »Aber ich hatte leider keine andere Wahl. Ich habe eine wichtige Botschaft für Euch.«

Sie wartete mit klopfendem Herzen. Selbst durch ihre heruntergeschlagenen Augenlider bemerkte sie, wie Ida von Rothe sie musterte, und sie konnte sich vorstellen, was diese dachte. Sie spürte ein feines Prickeln im Nacken, wie immer, wenn von irgendwoher Gefahr drohte. Neben ihr klopften die Hufe dumpf auf den Schnee, als der Bewaffnete näher heranritt.

Ida von Rothe hob ihre schmale Hand. »Lass gut sein. Das Mädchen fährt mit mir.«

Lioba fing den überraschten Blick des Mannes auf. Sie hatte es geschafft! Erleichtert hob sie ihren Mantel und kletterte in die kleine dunkle Höhle des Wagens. Sie ließ sich auf der hölzernen Bank gegenüber der Herrin nieder und hörte, wie der Burgmann das Pferd antrieb. Der Wagen ruckte an und schaukelte langsam den Weg weiter zur Burg. Lioba konnte Ida von Rothe im dämmrigen Inneren kaum erkennen; sie fühlte nur die Gegenwart der anderen und roch deren Parfüm.

Sie spürte Angst in sich aufsteigen. Ihre Zukunft – und die ihres Sohnes, sollte er noch leben – würde davon abhängen, ob sie jetzt die richtigen Worte finden würde. Was wäre, wenn man sie in der Burg gefangen nähme? Sie schob diesen Gedanken weit von sich. Sie musste nur ihre Worte so lange hinauszögern, bis sie in der Burg waren.

»Ich weiß, was du mir sagen willst, Lioba.«

Die Stimme der Herrin klang müde und dünn durch das Dunkel hindurch. Lioba erschrak, weil das Gespräch einen anderen Verlauf zu nehmen schien, als sie geplant hatte. Sie atmete tief und besann sich. »Das wisst Ihr nicht.«

»Doch, ich weiß es, Kind.« Ein tiefer Seufzer erklang aus der Dämmerung. »Man hat deinen Sohn im Wald ausgesetzt. Sie glaubten, er wäre ein Wechselbalg.«

Die nüchternen Worte trafen Lioba mehr, als sie gedacht hatte. Sie konnte die Wahrheit immer noch nicht hören, ohne erneut das Gefühl zu haben, jemand würde ihr mit einem Messer das Herz zerschneiden.

»Sie haben mir mein Kind genommen, obwohl es ein gesundes Kind war, von meinem Mann und mir. Sie haben es im Wald ausgesetzt, in eisiger Kälte, wo es jämmerlich erfror oder von wilden Tieren …« Mit Mühe rang sie um Fassung. Sie atmete tief und versuchte, ruhig weiterzusprechen. »Mein Mann hat das Kind nicht taufen lassen, weil er glaubte, es sei ein … ein … *fremdes* Kind. Aber mein Sohn – Wilem – war ein ganz gewöhnliches Kind.« Sie schluchzte auf. »Er war ein Säugling wie jeder andere. Er hatte nur … ein rotes Mal im Nacken … Sie sagten, das sei ein Zeichen. Dann kamen sie nachts und … Johannes gab ihnen unseren Sohn …« Lioba konnte nicht mehr weitersprechen. Wie von Ferne hörte sie ihre eigenen kurzen Schluchzer, während der Wagen durch den Schnee rollte. Lange nahm sie nichts anderes wahr. Als sie schon fürchtete, Ida von Rothe würde anhalten und sie hinauswerfen, sah sie das Stofftuch, das ihr hingehalten wurde. Sie nahm es und schnäuzte sich die Nase. Dann brach alles aus ihr heraus – über das Gerede im Dorf, Notburgas Anschuldigungen, Werinharts seltsames Ritual, das er an ihr versucht und das sie nicht verstanden hatte, Wilems Geburt. Sie merkte nicht, wie der Wagen über die Holzbohlen ratterte und im Burghof zum Stehen kam. Sie hörte die gebrüllten Befehle der Kriegsknechte nicht. Sie spürte nur, dass jemand ihr zuhörte, und vergaß, dass dieser jemand die Herrin war. Erst ein lautes, sehr bestimmtes

»Genug!« riss sie aus ihrem Redeschwall. Erschreckt hielt sie inne.

Ida von Rothe hatte sich erhoben und ließ sich von einem Burgmann aus dem Wagen helfen. Sie hob den Kopf und blickte zur Burg hinauf. »Ich sehe noch keinen Rauch! Habt ihr das Feuer noch nicht entzündet?«

Ein Knecht eilte herbei und verneigte sich hastig. »Es ist schon geschehen, Herrin«, meinte er.

»Gut. Ist mein Sohn zurück?«

»Nein.«

Ida zog ihre Mundwinkel leicht nach unten. Ehe sie sich zum Gehen wandte, sagte sie: »Das Mädchen bleibt hier. Gib ihr etwas zu essen und sag Judith, sie soll sich um sie kümmern.«

»Jawohl.«

Benommen taumelte Lioba hinaus auf den Burghof. Sie sah Ida von Rothe hinterher, beobachtete, wie ihr blauer Mantel durch das Tor zur Hauptburg verschwand. Erleichtert atmete sie auf.

* * *

Nachdem man sie eine Woche lang als Küchenmagd hatte arbeiten lassen, ließ Ida von Rothe Lioba zu sich rufen. Judith, Hausmagd in der Hauptburg und Idas Leibdienerin, holte Lioba aus der Küche und begleitete sie zur Herrin. Sie war eine kleine stille Frau, hinter deren schmächtiger Statur sich mehr Kraft verbarg, als man ihr auf den ersten Blick zutraute. Die Augen in ihrem Gesicht blickten rasch umher und ließen trotz der zurückhaltenden Art auf einen wachen Geist schließen. Lioba mochte sie und sah sie als Verbündete, selbst wenn Judith ihr wie allen anderen in der Burg reserviert begegnete. Wenn sie etwas von dem Gerede im Dorf aufgeschnappt haben sollte, dann ließ sie es sich Lioba gegenüber nicht anmerken.

»Die Herrin hat ihr Bett heute nach der Krankheit wieder verlassen«, erklärte Judith. »Aber sie ist noch schwach. Sieh dich vor und strenge sie nicht zu sehr an. Sprich nur, wenn du gefragt wirst.«

»Ja.« Lioba senkte den Kopf, als sie an ihren Redeschwall zurückdenken musste. Im Nachhinein gesehen erschien es ihr ungeheuerlich, was sie getan hatte. Aber die Worte waren aus ihr herausgestürzt, ohne dass sie es gewollt hatte.

»Die Herrin lässt dich sofort nach ihrer Genesung rufen«, fuhr Judith fort. »Ich hoffe, du weißt das zu schätzen.«

Lioba nickte, während sie zur Burg hinaufschritten. Die Hauptburg lag auf einem erhöhten Gelände, das von der Vorburg durch einen Wassergraben getrennt wurde. Umgeben von einem weiteren Palisadenzaun thronte sie über ihnen – ein wuchtiger, zweigeschossiger Turm mit bogenförmigen Fenstern im unteren Geschoss. Auf den Palisadenspitzen lagen Hauben von Schnee. Der freundliche Kriegsknecht winkte ihnen vom Wehrgang her zu. Lioba warf ihm ein Lächeln zurück. Heimo, wie er hieß, war oft in der Küche gewesen und hatte sie in den letzten Tagen mit seinem unerschöpflichen Vorrat an lustigen Geschichten erheitert, von denen sie nicht wusste, ob sie stimmten oder er sie sich in seinen langen Tagen und Nächten auf dem Wehrgang zurechtgesponnen hatte.

Im Burghof musste Lioba innehalten und verschnaufen. Sie war immer noch schwach von den Geschehnissen der letzten Wochen. Judith prüfte, ob ihr Kopftuch richtig saß und ihr graues Mägdegewand, das sie trug, keinen Fleck hatte. Dann nickte sie zufrieden und öffnete die Tür zum Turm. Sie stiegen eine schmale Treppe ins Obergeschoss hinauf. Lioba musste an Burg Linn denken und fühlte einen Stich im Herzen. Vieles hier erinnerte sie an Ottos Burg und an den Winternachmittag, den sie gemeinsam verbracht hatten. Er hatte sich unlöschbar in ihr Gedächtnis gebrannt, und manchmal hatte sie die Erinnerung an ihn hervorgeholt und ihn betrachtet wie einen seltenen, sehr kostbaren Edelstein. Vor allem in den Nächten während ihrer Flucht, die sie in einsamen Schafställen und Schuppen außerhalb des Dorfes verbracht hatte, war die Erinnerung stets ein wärmendes Feuer gewesen. Es hatte sie am Leben erhalten, genauso wie die Hoffnung, dass Christinas Traum wahr sein könnte und Wilem noch lebte. Nur deshalb hatte sie nicht aufgegeben, hatte weiter gegen Kälte, Hunger und Hass angekämpft und ihren Plan geschmiedet, zur Burg zu fliehen.

Lioba hob den Kopf und atmete tief, bevor sie den Rittersaal betrat. Wärme empfing sie. Eine mächtige Holzdecke überspannte den Saal, der mit grauem Gestein ausgelegt war. An einer Wand hing ein großes Bild mit dem Wappen der von Rothes, gegenüber ein riesiger, mit einem biblischen Motiv bestickter Wandbehang.

Am Kopfende des Saals brannte ein Feuer in einem mächtigen Kamin, davor saß die Herrin in einem Lehnstuhl. Klein und schmächtig sah sie aus in der Wolldecke, die sie umhüllte, als wäre sie in den Tagen ihrer Krankheit geschrumpft. Ihre Haut wirkte hell und durchscheinend im Licht der Nachmittagssonne, das durch das große, mit Tierblasen bespannte Burgfenster hereinfiel.

Lioba zuckte zusammen, als sie in das graue Gesicht der Herrin sah. Was immer das für eine Krankheit war, die Ida von Rothe in ihren Fängen hatte, sie hatte sicher nur eine Atempause eingelegt. Sie fraß an ihr, und sie würde ganz sicher zurückkehren.

Lioba senkte den Kopf, als sie leise über das Gestein tappte, damit Ida nicht den Schrecken und das Mitleid in ihrer Miene lesen konnte. Sie wusste, dass sie ihre wahren Gefühle nicht gut verbergen konnte und man ihr deutlich ansah, was sie dachte.

»Setz dich.« Ida von Rothe deutete auf einen Schemel zu ihren Füßen.

Lioba gehorchte. Sie hatte Angst vor dem, was die Herrin ihr sagen würde, Angst, dass sie wieder in die Kälte musste, oder dass man sie – schlimmer noch – ins Dorf zurückschicken und sie zwingen würde, zu Johannes zurückzukehren. Mit Mühe mahnte sie sich innerlich zur Ruhe und sah still auf das Profil von Ida von Rothe, die ins Feuer blickte.

»Was weißt du über deine Mutter? Hat dir dein Vater von ihr erzählt?«

Lioba schüttelte den Kopf. »Er hat wenig von ihr gesprochen. Ich kann mich erinnern, dass sie mich auf ihre Wanderungen mitgenommen hat. Ich sehe ihren Korb noch vor mir …« Sie wunderte sich, dass sie sich auf einmal ohne Schmerz erinnern konnte.

»Deine Mutter war eine gute Frau«, sagte Ida. »Schade, dass dein Vater dir nichts über sie erzählt hat. Du siehst ihr ähnlich – beide habt ihr dieses schmale Gesicht mit den braunen Augen …«

Sie warf einen kurzen Blick auf Lioba hinunter und sah dann wieder ins Feuer. »Ich erinnere mich noch gut an den Sommer, in dem sie zu uns kam – wie aus dem Nichts war sie da und saß plötzlich in der Kirche, und alle Männer von Vissel haben die Hälse nach ihr gereckt, weil sie so hübsch war, und alle Frauen haben sie aus genau diesem Grund gehasst. Aber sie hatte nur Augen für einen Tagelöhner, für deinen Vater, und er hatte nur Augen für sie. Sie heirateten bald, obwohl es hieß, dass sie eine entlaufene Nonne sei, die das Gelübde abgelegt hätte und deshalb nicht heiraten dürfte. Es waren noch mehr Gerüchte über sie im Umlauf, die allesamt einer wilden, bösen Fantasie entsprungen zu sein schienen, aber sicher stimmte keins von ihnen.«

»Es stimmt, meine Mutter war Nonne«, bestätigte Lioba leise. »Sie ist aus einem Kloster geflohen.«

Ida nickte. »Dein Vater und sie zogen nicht als Tagelöhner umher, sondern lebten in einem kleinen Haus auf meinen

Ländereien«, fuhr sie fort. »Sehr bald zeigte sich, wie gut sich deine Mutter mit Kräutern auskannte und wie viel sie über die Heilung von Krankheiten wusste. Sie war auch eine gute Hebamme, Gott hab sie selig.« Ida schlug das Kreuzzeichen vor ihrer Brust. »Sie hat meine beiden Mädchen auf die Welt geholt, das waren schwierige Geburten.« Sie seufzte tief. »Der Herr hat meine Töchter leider viel zu früh wieder zu sich gerufen. Wie du siehst, müssen wir alle einmal den Verlust von Kindern beklagen.« Sie warf Lioba ein kleines betrübtes Lächeln zu, ehe sie weitersprach. »Deine Mutter verriet mir einmal, dass sie aus einem besonderen Kloster stammte. Eins, das von einer sehr klugen Frau gegründet worden war, und dass man dort nach den Lehren dieser Frau heilte. Deshalb wusste sie so viel über diese Dinge.«

Sie blickte nachdenklich ins Feuer. »Den einfachen Leuten im Dorf erschien das Können deiner Mutter unheimlich. Manchmal riefen sie sie in höchster Not, wenn sie nicht mehr weiter wussten und sich ein Wunder erhofften. Dann glaubten sie, es ginge nicht mit rechten Dingen zu, wenn deine Mutter ihnen helfen konnte. Sie misstrauten ihr.« Ida seufzte. »In dem Winter, als das Furchtbare geschah, muss das Gerede schon groß gewesen sein. Als deine Mutter einem Kind auf die Welt half, das schwer missgestaltet war, wurde ihr ihre Hilfsbereitschaft zum Verhängnis. Man beschuldigte sie, ihre Kräfte von einem bösen Geist zu haben und ertränkte sie im Fluss.«

Lioba blickte in die zuckenden Flammen. Das Bild des grauen Wassers im Schnee tauchte wieder vor ihr auf, wie es gurgelnd am Holzgestell vorbeifloss. Das Wasser, in dem der Körper ihrer Mutter versunken war. Ihre blonden Haare, die sich wie ein Strahlenkranz um ihren Kopf ausgebreitet hatten. »Sie haben sie Ep… dem Geist des Wassers gegeben«, murmelte sie. »Weil sie glaubten, er würde verschwinden, wenn er sie erst zurückhätte.«

Lioba sprang auf, hörte, wie ihr Schemel von der hastigen Bewegung umfiel und auf den Steinboden krachte. Hilflos stand sie vor Ida und rang mit ihren Erinnerungen.

Die Hände der Herrin krallten sich um die Armlehnen. »Haben sie dich zusehen lassen? Unglaublich! Setz dich wieder hin, Mädchen.«

Mechanisch gehorchte Lioba. Obwohl das Feuer sie wärmte, zitterte sie am ganzen Leib. Ida von Rothe beugte sich zu ihr. »Du darfst deinen gesunden Menschenverstand nicht vergessen, niemals! Deine Mutter besaß ihn auch, Gott sei ihrer Seele gnädig.«

Lioba schluchzte auf, aber es kamen keine Tränen. Sie hatte seit Wilems Tod so viel geweint, dass sie keine Tränen mehr hatte.

»Deine Mutter diente keinem bösen Geist, genauso wenig wie du«, fuhr Ida fort. »Ich kannte sie gut. Sie war eine gute Frau, gesegnet mit den Gottesgaben der Klugheit und der Freundlichkeit. Niemand, der reinen Herzens ist, hätte ihr etwas antun können. Es ist immer der Neid, der Böses in die Herzen der Menschen sät. Es sind die boshaften Zungen, und es ist die Dummheit, die alles glaubt. Leider habe ich zu spät davon erfahren, sonst hätte ich es vielleicht noch verhindern können. Aber die Dörfler haben ihre … heidnischen Bräuche schon immer abseits der Herrschaften ausgeübt, im Geheimen, und ich fürchte, dass sogar der Pastor seinen Anteil daran hat, vielleicht sogar die Ursache selbst ist.«

»Werinhart hat mich schon immer gehasst«, brach es aus Lioba heraus. »Er sagte einmal, ich sei wie *sie*. Glaubt Ihr, er hat meine Mutter umgebracht?«

»Ich weiß es nicht«, antwortete Ida mit leiser Stimme. »Wer trägt schon die Schuld – die Mörder oder diejenigen, die den Hass säen? Vielleicht tun wir ihm Unrecht, wenn wir ihm allein die Schuld geben. Alle waren beteiligt, sie haben gemeinsam dieses Verbrechen begangen.«

»Aber Werinhart ist ihr Anführer«, ereiferte sich Lioba. »Und dieses Mal trug er meinen Sohn in den Wald.« Sie schluchzte wieder auf bei der Erinnerung und schlug sich die Hände vor das Gesicht.

Die Stimme der Herrin drang durch die Nebelwand aus Kummer zu ihr. »Es tut mir leid, dass sich nun alles auf diese schreckliche Weise wiederholt hat. Wenn ich es gewusst hätte … Deine Freundin hatte recht, es ist gut, dass du geflohen bist. Gut, dass du zu mir gekommen bist, Kind.« Ein trockener, tiefer Husten raubte ihr kurz die Stimme. Sie trank etwas, dann fuhr sie fort. »Ich werde diesen Missglauben auf meinen Ländereien nicht mehr dulden. Ich habe mit meinem Sohn gesprochen, er ist einverstanden. Du bleibst hier, und ich werde einen Brief an das Kloster schreiben, ihnen die Ereignisse schildern und um Ablösung dieses *Vicarius* bitten. Beten wir darum, dass sie ihn bald ersetzen.«

»Aber dann schicken sie ihn in ein anderes Dorf, wo er weiter Unheil anrichten kann.«

»Möglicherweise, aber nicht mehr hier.«

Unbemerkt war Sigboto hereingekommen und hatte Liobas Worte gehört. Mit energischen Schritten durchquerte er den Saal und kam zu ihnen, legte seiner Mutter eine Hand auf die Schulter. Lioba sprang auf und sank in einen tiefen Knicks, den sie inzwischen gelernt hatte.

»Setz dich.«

»Verzeiht, ich wollte Eure Entscheidungen nicht infrage stellen«, sagte sie hastig. »Ich bin Euch dankbar, dass ich hierbleiben darf.«

Sigboto lächelte. Sein dunkelblondes Haar floss ihm bis auf den braunen Samt seiner Cotte. »Unser Koch war zufrieden mit dir. Du kannst als Küchenmagd bleiben.«

»Ihr werdet es nicht bereuen.« In Liobas Kopf tanzte und wirbelte es. Sie fühlte etwas wie Freude – oder besser ein Gefühl, das sie entfernt daran erinnerte. Tief knickste sie vor Ida von Rothe; sie hätte ihr sogar die Füße geküsst, wenn diese es verlangt hätte.

Aber abends, als sie auf ihrem Felllager in der Küche neben dem verglimmenden Feuer lag, kehrte die Erinnerung an ihre Mutter zurück. An jenem kalten Winternachmittag war es ihrem Vater nicht gelungen, Lioba zurückzuhalten. Sie hatte sich von ihm losgerissen und sich durch die Gaffenden gedrängt, bis nach vorn, wo der Wind ungehindert von den vielen wärmenden Leibern eisig über den Schnee wehte. Dort sah sie Werinhart aus einem Buch lesen, während der Wind durch seinen Mantel pfiff und er sich mit der anderen Hand die Kappe festhalten musste.

Das Wasser gurgelte an dem Holzgestell vorbei, das den ausgeblichenen Pferdeschädel trug. Man hatte ihrer Mutter das Kopftuch abgenommen, sodass sich ihre langen blonden Haare im Wasser entfalteten wie Sonnenstrahlen. Wie ein Engel sah sie aus, nur bekleidet mit einem Hemd, und so würde sie auch in den Himmel kommen. Davon war Lioba überzeugt.

Sie hatte nicht geschrien. Niemand, das hatte sie tief in ihrem Kinderherzen gewusst, hätte Macht über die Seele ihrer Mutter – nur Gott.

Ihr Vater hatte um ihre Mutter geweint, anfangs, bis er Hildegundis geheiratet und ihre Mutter durch die Arbeit auf dem Bauernhof allmählich vergessen hatte.

So jedenfalls hatte sie sich bisher immer erklärt, warum er nicht mehr über sie sprach, aber nun wurde Lioba klar, dass er sie vergessen *wollte.* Er wollte sich nicht mehr an seine Frau erinnern, an die Schande, die sie für ihn bedeuten musste, ebenso wenig, wie er sie, Lioba, gegen die Dörfler verteidigen wollte.

Lioba ballte ihre Hände zu Fäusten. Als sie noch ein Mädchen war, war ihr der Vater immer Schutz und Trost gewesen, der einzige, den sie nach dem Tod ihrer Mutter noch besessen hatte. Aber nun ahnte sie, dass sie niemals sicher gewesen war. Ihr Vater hatte sie verraten, wie er auch ihre Mutter verraten hatte, und sie wusste nun, weshalb sie die Erinnerung an jenen furchtbaren Winternachmittag all die Jahre hindurch aus ihrem Kopf verbannt hatte: Sie hatte damals nicht nur den Tod ihrer Mutter gesehen, sondern auch ihren Vater, der zugesehen und nichts getan hatte.

Kapitel 23

In der Burg fühlte Lioba sich endlich wieder sicher. Selbst wenn man im Dorf erfahren hätte, dass sie hier war, würde niemand es wagen, ihr hier nach dem Leben zu trachten. Trotzdem verbarg sie sich immer, wenn die Bauern in die Vorburg kamen, um ihre Abgaben zu bringen. Niemand sollte sie sehen. Eines Tages, so hoffte sie, würde sämtliches Gerede über sie verglimmen wie die Reste eines Feuers und alle würden glauben, sie wäre tot.

Dann kam der Frühling und ließ den Schnee tauen. Die Bauern eggten und säten, fuhren Mist auf die Felder und bestellten ihre Hausgärten. Die Gräser bekamen ein tieferes Grün, und alles, was bisher verborgen im Schoß der Erde geruht hatte, drängte ans Licht. Spitze grüne Triebe wuchsen, Knospen grünten, frühe Blumen blühten. Im Gegensatz zu dieser ungebändigten Kraft, die Neubeginn und Geburten verhieß, siechte der Körper Ida von Rothes allmählich dahin. Er schien jeden Tag ein bisschen mehr unter ihren schönen Kleidern zu verschwinden, während sie auf ihrem Lehnstuhl saß und ins Feuer blickte, das man eigens für sie noch brennen ließ. Judith und Lioba bereiteten ihr gegen den Husten Kräutertränke aus Lattichblättern und Aufgüsse mit Fichtennadeln. Judith wich ihr nicht von der Seite und betete morgens und abends mit ihr. Manchmal, wenn sie verhindert war oder die Pflichten sie anderswo banden, kam Lioba und verrichtete die Arbeiten an ihrer statt, wobei sie sich genau an Judiths Anweisungen zu halten hatte.

An diesem Nachmittag schickte Judith schon vor der üblichen Zeit einen Knecht zu Lioba in die Küche und ließ sie holen. Lioba wunderte sich, fügte sich aber gern, denn die Pflege der Herrin war ihr viele Male lieber als Küchenarbeit.

Man hatte die Kranke in ihr Bett gebracht. Lioba erschrak, als sie Ida in den Kissen liegen sah. Bleiche, wächserne Haut spannte sich über die Knochen des ehemals schönen Gesichts. Jedes Mal, wenn sich ihre Brust hob und senkte, erklang ein rasselndes Atemgeräusch.

Sie wird sterben, schoss es Lioba durch den Kopf. Sie sank am Bett in die Knie und sprach ein Gebet. Als Ida die Augen öffnete, nahm sie das feuchte Tuch aus der Schüssel und tupfte ihr die Stirn ab.

»Angela.« Idas schmale Hand langte nach ihrer.

»Nicht Angela, Herrin, Lioba. Ihr verwechselt mich mit meiner Mutter.« Lioba drückte die schmale Hand, als ein Hustenanfall die Kranke erfasste und ihren Leib schüttelte. Lioba setzte ihr den Becher mit dem Kräutertrank an die Lippen und ließ sie trinken.

Kraftlos sank Ida in die Kissen zurück. »Ebo«, flüsterte sie. »Mein Sohn – ich kann ihn nicht mehr sehen.« Sie schwieg, und eine Weile war nur ihr schwerer Atem zu hören.

»Es werden bestimmt bald Botschaften eintreffen, Herrin«, tröstete Lioba sie.

Ida sah sie traurig an. »Zu spät für mich«, flüsterte sie kopfschüttelnd und schloss die Augen. Eine Träne rollte ihr über die Wange und fiel auf das Kissen.

Lioba strich ihr über den knochigen Handrücken, während sie gegen ihre eigene Verzweiflung ankämpfte. Wie schlimm musste es sein, sterben zu müssen, ohne zu wissen, ob Mann und Sohn noch lebten? Sie darf hier nicht allein liegen, dachte sie. Sie braucht Beistand.

»Soll ich nicht doch nach dem Priester schicken lassen, Herrin?«

Ida reagierte lange nicht. Dann bewegte sie ein wenig den Kopf hin und her.

»Also nicht«, stellte Lioba erleichtert fest. »Wie Ihr wünscht.«

Ida öffnete den Mund. Sie versuchte, etwas zu sagen, aber es gelang ihr nicht. Lioba musste ihr Ohr nah an den Mund der Herrin legen, bis sie etwas hören konnte.

»Bete für mich.«

Lioba nickte, drückte wieder die dünne Hand. Sie kniete sich hin und betete laut das Vaterunser und sämtliche Gebete, die sie kannte.

Dabei schlief die Kranke ein. Als der Nachmittag sich neigte und Judith immer noch nicht zurückgekehrt war, begann Lioba, sich Sorgen zu machen. Wo war Sigboto? Sollte er nicht besser hier sein bei seiner sterbenden Mutter, anstatt immer mit seinen Kriegsknechten auszureiten? Was machten die da draußen überhaupt den ganzen Tag? Die Jagdzeit war längst vorbei, sie hatten in den letzten Wochen nur noch Kaninchen mitgebracht.

Lioba seufzte wütend auf. Sie fürchtete, dass Ida sterben könnte, ohne dass der junge Herr noch einmal bei ihr gewesen wäre, und dann würde er ihr Vorwürfe machen. Sie kannte ihn mittlerweile gut genug, um zu wissen, wie unberechenbar er war.

Sie vergewisserte sich, dass die Kranke fest schlief und schlich sich danach aus dem Schlafgemach. Leise durchquerte sie den Saal, der sich leer vor ihr erstreckte. Wie viele lange, einsame Tage hatte Ida von Rothe wohl schon hier verbracht, während ihr Mann und ihre Söhne fort waren? Was mussten die Edelfrauen doch für öde Stunden verbringen, während ihre Männer und Söhne jagten, ausritten oder in Kriege zogen. Während sie auf sie warteten, stickten sie ihre Wandbehänge, dachte Lioba, als sie an dem großen Wandbehang neben dem Fenster vorbeikam, genauso, wie sie endlose Stunden mit Weben verbracht hatte.

Sie hielt einen Augenblick inne, um ihn in Ruhe zu betrachten.

Evas Verführung durch die Schlange. Sehr kunstvoll. Kaum auszudenken, wie viele Stunden die Herrin damit zugebracht haben musste. Sie wollte gerade weitergehen, als sie bemerkte, dass die Tür, die vom Saal ins oberste Stockwerk führte, nur angelehnt war. Einer der Wächter musste sie offen stehen gelassen haben, ehe er auf den Turm gegangen war, um dort Wache zu halten.

Lioba seufzte und ging hin, um sie zu schließen. Frische Luft zog von der Treppe herein. Sie roch nach Kräutern, Wiesen und dem Regen, der gerade gefallen war. Lioba konnte nicht widerstehen, hielt inne und atmete für ein paar tiefe Züge ein. Von oben klang ein Geräusch zu ihr herunter. Sie trat auf die Stufe und horchte. Es war ein Rascheln, dem ein leises Poltern folgte. Vermutlich war der Wächter wegen des Regens in die Turmkammer gegangen, um sich aufzuwärmen. Vielleicht könnte er ihr sagen, wo Sigboto war.

Sie stieg die Treppe hinauf. Die schwere Holztür zur Turmkammer stand einen Spalt breit offen. Das war nicht gut, sie würde dem Wächter sagen müssen, dass er die Türen geschlossen halten sollte, damit keine Kühle ins Treppenhaus drang. Es war schon schwierig genug, das Schlafgemach der Herrin warmzuhalten.

Lioba stieß die Tür auf und trat ein. Ihre Augen brauchten einen Atemzug, um sich an die Dunkelheit zu gewöhnen. Langsam zeichneten sich die Gegenstände ab. Die Kammer war vollgestellt mit Pfeilkisten, Ständern mit Lanzen und Speeren sowie Körben und Fässern, die all jene Dinge beherbergten, die zur Verteidigung einer Burg vom Turm aus notwendig waren. Vor der Pritsche, die den Wächtern als behelfsmäßige Schlafgelegenheit diente, kniete Judith. Sie hatte ihre Ellenbogen auf die Wolldecke gestützt. Ihr dunkles Haar, durch kein Kopftuch gehalten, fiel lang und strähnig auf die Decke. Hinter ihrem hochgeschobenen Gewand kniete Sigboto mit aufgerichteter Gestalt. Seine Hand langte in Judiths Nacken und presste ihren Kopf auf die Pritsche, während sich seine Miene in den letzten Stößen lustvoll verzerrte.

Erschrecken trat in Judiths Gesicht, als sie Lioba erblickte, doch trotz ihrer demütigen Haltung gelang es ihr, den Kopf zu schütteln.

Lioba war einen Augenblick wie gelähmt. Dann begegnete sie Sigbotos Blick. Er sah sie an und lächelte, während er ungerührt in seinem Tun fortfuhr. Hastig drehte sie sich um, verließ die Kammer und schloss die Tür hinter sich. Ihre Füße jagten die Treppe hinunter, durch den großen Saal zurück ins Schlafgemach Ida von Rothes. Sie fiel vor dem Bett der Herrin nieder, faltete die Hände. Ihre Lippen formten die Worte des Vaterunsers, aber sie konnte sich nicht auf das Gebet besinnen. Immer wieder sah sie Sigbotos Lächeln vor sich.

* * *

Erst, als der Abend graute, kam er, um nach seiner Mutter zu sehen. Hinter ihm sah Lioba Judith wie einen Schatten durch den Saal verschwinden. Lioba erhob sich hastig und sank in einen tiefen Knicks. Sie war froh, ihm nicht in die Augen sehen zu müssen, doch er befahl ihr aufzustehen und benahm sich, als wäre nichts geschehen. Mit energischen Schritten durchquerte er das Gemach und warf einen prüfenden Blick auf seine Mutter.

»Wie geht es ihr?«

»Sie … schläft.«

»Das sehe ich. Ich wollte wissen, wie es ihr geht und nicht, was sie tut.«

»Entschuldigt.« Lioba senkte den Kopf, während ihr Herz schneller klopfte, solche Angst jagte seine Gegenwart ihr ein. Sie spürte seinen Blick auf ihrem gesenkten Kopf und ihrer Gestalt.

»Sieh mich an!«, befahl er ihr.

Sie gehorchte und hob den Kopf. Er musterte sie, als sähe er sie zum ersten Mal. Die klassischen Gesichtszüge seiner Mutter wirkten bei ihm etwas kantiger, und auf seiner glatten Stirn hatte sich eine feine Falte gebildet.

»Warum bist du in die Turmkammer gekommen? Wen hast du gesucht?«

Lioba ballte ihre Hände zu Fäusten, während ihre Gedanken durcheinanderwirbelten. Würde er sie nun bestrafen, weil sie ihn in dieser peinlichen Lage entdeckt hatte? Mit Mühe kämpfte sie gegen ihre Angst an. Sie musste ihm sagen, wie es um seine Mutter stand.

»Euch«, sagte sie. »Eure Mutter wird ins Reich des Allmächtigen eingehen. Es dauert nicht mehr lange.«

»Ah.« Das kleine Lächeln, das in seinen Mundwinkeln gespielt hatte, erstarb. Er sah auf seine Mutter hinunter. Langsam hob er seine Hand, um ihre Stirn zu berühren, zog sie wieder zurück. »Wie lange … wird es noch dauern?«

Lioba schluckte hastig. Woher sollte sie das wissen? Als Mädchen hatte sie ihre Großmutter sterben sehen. Es war mehr eine Ahnung, ein Gefühl, dass es bald zu Ende sein würde. Sie sah in Sigbotos fragendes Gesicht. »Ich weiß es nicht genau, Herr. Vielleicht einen Tag, oder auch zwei.«

Er presste seine schön geschwungenen Lippen zu einem schmalen Strich zusammen. »Ich dachte, du kennst dich in diesen Dingen aus.«

Sie erschauerte, als sie den Spott aus seiner Stimme heraushörte. Aber sie widersprach ihm nicht. Es war besser, ihn glauben zu lassen, sie kenne sich aus, als dass er glaubte, sie sei nur eine dumme Bauersfrau.

»Sie hat nichts mehr gegessen und nur noch wenig getrunken«, antwortete sie. »In den letzten Stunden ist sie immer schwächer geworden. Vielleicht wacht sie nicht mehr auf.«

Er nickte. Seine Mundwinkel zogen sich nach unten. »Pastor Werinhart muss ihr die Letzte Ölung geben.«

Erschreckt horchte Lioba auf. Aber sie hatte sich mittlerweile so weit in der Gewalt, dass sie ihm mit einigermaßen fester Stimme antworten konnte. »Als Eure Mutter wach war – heute Nachmittag – habe ich ihr genau das vorgeschlagen, aber sie wollte ausdrücklich keinen Priester. Sie sagte, sie wolle ihre Seele dem Allmächtigen allein anvertrauen.«

Sigboto hob eine seiner Brauen, während seine grauen Augen sie ungläubig musterten. »Das sagst du nur, weil du nicht willst, dass er dich hier sieht. Du kannst dich meinetwegen verstecken, wenn er kommt.« Er grinste vielsagend.

»Nein, das ist es nicht«, entgegnete sie ruhig. »Ich habe es Eurer Mutter ja selbst angeboten. Sie wollte wirklich keinen Priester. Sie würde ihn ablehnen.«

Sigbotos Grinsen erstarb. Er zuckte mit den Schultern. »Nun, dann bekommt sie eben keinen Priester. Sie hat Pastor Werinhart sowieso nie gemocht.« Er warf einen kurzen Blick auf die Sterbende, dann wandte er sich zum Gehen. Kurz vor Lioba blieb er stehen. »Du bleibst bei ihr. Gib mir Bescheid, wenn sich an ihrem Zustand etwas ändert oder wenn sie nach mir ruft. Verstanden?«

Lioba nickte und machte wieder einen Knicks. Sigboto nickte ihr zu und ging an ihr vorbei zur Tür hinaus.

* * *

Ida von Rothe starb in derselben Nacht, ohne noch einmal das Bewusstsein wiedererlangt zu haben. Still glitt ihre Seele aus dem Schlaf in den Tod hinüber, ohne priesterlichen Beistand, wie sie es gewünscht hatte. Lioba glaubte fest daran, dass ihre Seele auch so ins himmlische Königreich gelangen würde.

Sie fragte sich bange, ob die Herrin wohl ans Kloster geschrieben und um Werinharts Absetzung gebeten hatte, denn Sigboto würde es ganz sicher nicht tun. Aber selbst wenn sie es getan hätte, wäre es fraglich, ob es etwas nutzte. Wahrscheinlich würden die Herren des Klosters solche Dinge selbst entscheiden.

Ida von Rothes Leichnam wurde in der Dorfkirche von Vissel beigesetzt, bei ihren verstorbenen Mädchen, wie sie es bestimmt hatte, und Pastor Werinhart sprach ein paar schlichte Worte. Alle Dörfler kamen, um der Herrin das letzte Geleit zu geben. Die hörigen Bauern brachten Eier, frischen Käse, Osterlämmer und Kränze, die aus Frühlingsblumen gewunden waren, zur Burg.

Lioba verbarg sich vor ihnen in der Küche, ging dem Koch zur Hand und kümmerte sich um den Burggarten. Sie lockerte die Erde, düngte sie mit Stallmist und pflanzte Zwiebeln und Möhren. Jeden Abend, wenn sie sich an der erlöschenden Glut in der Küche zum Schlafen legte, betete sie für Ida von Rothe, für Wilem, Otto, Christina und Fiedi, und sie fragte sich, was nun aus ihr werden sollte, da die Herrin tot war.

Judith, die weiter als Burgmagd in der Hauptburg diente, sah sie nur selten, und jedes Mal sah sie blasser und schmaler aus. War sie schon immer still gewesen, so sprach sie jetzt kaum noch, und mit keiner Silbe erwähnte sie jemals die Geschehnisse in der Turmkammer.

Sigboto nutzte die länger werdenden Tage, um täglich mit ein oder zwei Kriegsknechten auszureiten. Sie kamen immer erst zur Dämmerung zurück, und danach hörte man sie noch lange durch die offenen Fenster der Burg würfeln und lachen.

Eines Abends im Ostermonat brachten sie noch vier weitere Reiter mit, und der Koch wurde angewiesen, rasch eine Mahlzeit herzurichten. Fluchend befahl Cumpolt, wie der Koch hieß, Lioba, das Feuer zu schüren und begab sich selbst in die Vorratskammer, um die erlegten Kaninchen vom Vortag zu holen.

»Hoffentlich bleiben die nicht lange«, sagte er missmutig und würzte das Fleisch. »Die sehen ziemlich hungrig aus.«

Lioba pflichtete ihm bei, während sie den eingelegten Weißkohl aus dem Fass schöpfte. »Der Kohl reicht nicht mehr lange. Sie müssen mit dem Vorlieb nehmen, was wir noch haben.«

Cumpolt nickte, denn er wusste genau, was Lioba meinte: Selbst die reichhaltigen Vorräte des herrschaftlichen Hauses waren nach dem langen Winter zusammengeschrumpft.

»Wenn sie länger bleiben, werden sie sich ihr Essen erjagen müssen«, sagte er und legte das Fleisch in die Pfanne.

»Ich könnte ein Mus aus unseren Dörrkirschen machen«, überlegte Lioba laut.

»Kommt gar nicht infrage!«, fiel ihr der Koch ins Wort. »Wenn nach dem Essen das Bier reichlich fließt, dann haben die genug.« Er schnaubte verdrießlich und wandte sich wieder dem Fleisch zu, als die Tür zum Küchenhaus aufsprang und Judith erschien. »Der Herr verlangt nach dem Essen!« Sie warf hastige Blicke in die Pfannen und Töpfe. »Schnell, füllt die Schüsseln! Sie haben Wein geordert. Wir brauchen noch einen Knecht für die Tafel. Lioba, du musst mir auftragen helfen.«

»Ich mach ja schon«, maulte Cumpolt, und Judith verschwand, um einen weiteren Knecht zu holen. Kurz darauf erschien sie mit dem verschlafenen jungen Mann und trieb alle zur Eile an, bis sich eine kleine Kolonne von Dienern mit dem Essen zur Hauptburg begab. Im Saal hatten zwei Kriegsknechte schon ein langes, glatt geschliffenes Brett auf zwei Böcke gelegt – die Tafel für Sigboto und seine Gäste. Bald vermischte sich der Geruch nach Gebratenem mit dem des Feuers, und die Männer schoben sich das Fleisch in die Münder. Sigboto thronte mit roten Wangen und leuchtenden Augen in der Tischmitte und genoss den Abend sichtlich.

»Esst Männer, es ist genug für alle da«, forderte er seine Gäste auf und orderte noch einen Gang. »Ich muss mein Gesinde auf Trab bringen, die sind's gar nicht mehr gewohnt, Gäste zu haben. Meine Mutter war eine sehr ruhige Frau.«

»Nun, wir werden dir schon die Einsamkeit vertreiben, Sigboto«, meinte der Mann, der neben ihm saß, und hob seinen Becher. »Auf einen guten Sommer!«

»Auf einen guten Sommer!«

Die Becher krachten aneinander, wurden an Münder gesetzt und rasch geleert.

Lioba musterte Sigbotos neuen Kumpan misstrauisch, als sie neben Judith darauf wartete, nachzuschenken. Der Mann gefiel ihr nicht. Er hatte zwar ein hübsches Gesicht, aber kalte Augen. Seine dunklen Haare flossen strähnig und lang auf die Schultern, er trug ein Kettenhemd, das mit Lederärmeln geflickt war.

»Wer ist er?«, fragte sie Judith flüsternd. »Hast du seinen Namen gehört?«

»Ortwin von Falkenstein. Der Herr kennt ihn von früher, als er noch Knappe auf Burg Falkenstein war. Ich glaube, sie sind sogar Waffenbrüder.«

Lioba ließ ihre misstrauischen Blicke über die Fremden wandern, von denen einer abgerissener als der andere aussah. Sie wollte eine Bemerkung über ihr Aussehen machen, ließ es aber dann. Sie musste bei Judith vorsichtig sein. Man konnte nie wissen, was von ihren Worten an Sigbotos Ohren gelangte.

»Wo ist Burg Falkenstein?«, fragte sie stattdessen.

»In der Nähe von Holkerode«, erklärte Judith knapp.

Lioba nickte. Sie hatte keine Vorstellung davon, wo dieser Ort lag, aber sie wagte es nicht, noch weitere Fragen zu stellen.

Argwöhnisch beäugte sie die schlichten Holzschilde, die an der Wand aufgereiht standen. Keines trug ein Wappen.

»Pass auf, wenn du sie bedienst«, flüsterte ihr Judith warnend zu. »Schau ihnen nicht in die Augen. Sei am besten unsichtbar.«

»Ganz sicher«, presste Lioba zwischen den Zähnen hervor. Ihr schauderte bei dem Gedanken, einer der Ritter könnte sie mit seinen kräftigen Händen packen und seine dreckigen Fingernägel in ihre Haut bohren.

»Wo bleibt unser Bier?«, rief Sigboto. Die beiden Frauen beeilten sich und füllten die Becher bis zum Rand. Ein Knecht trug neues dampfendes Fleisch herein, und bald hatten die Ritter Liobas und Judiths Anwesenheit vergessen und sprachen unbekümmert.

»Ich danke Jesus, dass er uns wieder zusammengeführt hat«, sagte Ortwin. »Erst letzten Winter musste ich einen meiner Männer der Erde überlassen, einen guten Mann. Dass wir uns getroffen haben, ist ein Zeichen des Himmels.« Er legte den Arm auf Sigbotos Stuhllehne. »Stellt euch vor, dieser Kerl hat früher immer alle von uns im Ringen besiegt! Jeden Einzelnen hat dieser verdammte Bock geschlagen!«

Alle lachten und klopften auf die Tafel. Ortwin hob seinen Becher. »Auf Sigboto den Starken!«

»Auf Sigboto den Starken!«, echoten alle und tranken.

Sigboto stürzte sein Bier hinunter, sein Gesicht glühte. Er stieß Ortwin spielerisch seinen Ellenbogen in die Rippen. »Jetzt erzähl mir endlich, wo du all die Jahre warst. Bist du untergetaucht, um dich vor der großen Pilgerfahrt zu drücken?«

»Wo denkst du hin? Aber du hast recht, es ist eine Weile her, seit mein Onkel Falkenstein an sich gerissen hat. Seitdem sind meine Männer und ich ein Bund von Heimatlosen auf der Suche nach Glück.«

»Auf der Suche nach Silber, meinst du wohl.«

Ortwin schwieg eine Weile und drehte den Becher in seinen Händen. »Man braucht Silber, um eine Burg zurückzuerobern«, sagte er schließlich mit gesenkter Stimme.

»Oh«, machte Sigboto. »Was sagt dein Onkel dazu?«

»Er ist auf der großen Pilgerfahrt.«

»Wie günstig für dich.«

»Ja, nicht wahr? Er wird nicht wieder zurückkommen.«

Sigboto beugte sich nach vorn. Das Licht der Kerzen, die auf dem Tisch brannten und in eisernen Haltern an den Wänden, zuckte über seine neugierige Miene. »Wie kannst du das wissen?«

Ortwin zögerte, seine Blick schweifte in die dunklen Ecken im Saal und in die Schattenbereiche, wo Lioba und Judith warteten.

»Kann ich frei sprechen, Bruder?«

Sigboto warf Lioba und Judith einen flüchtigen Blick zu. »Niemand wird hier was verraten, es sei denn, er möchte seine Zunge verlieren.«

Ortwin nickte. »Gut. Sagen wir einfach, ich bin mir sicher. Es gibt jemanden am erzbischöflichen Hof in Köln, der mir etwas schuldet. Derjenige hat gute Beziehungen zur erzbischöflichen Kanzlei. So erfahre ich stets aus zuverlässiger Quelle, wer von unseren Pilgerfahrern ins Reich Christi eingegangen ist und nicht mehr zurückkehren wird.«

»Du bekommst Botschaften aus dem Heiligen Land?« Sigboto fuhr wie ein Bussard nach vorn. »Weißt du etwas über meinen Vater und meinen Bruder?«

»Schschscht, nicht so laut«, warnte Ortwin. »Soweit man mir berichtet hat, ist das Heer Christi noch lange nicht im Heiligen Land angelangt. Der byzantinische Kaiser ist wortbrüchig geworden und hat unseren Truppen weder die versprochene Versorgung zukommen lassen noch das sichere Geleit. Im Gegenteil, die Byzantiner haben immer wieder Hinterhalte gelegt. Unsere Männer haben sich das natürlich nicht gefallen lassen und einige ihrer Städte eingenommen. Das letzte Schreiben kam aus ihrem erzwungenen Winterlager in Adrianopel.«

»So lange sind sie schon weg und immer noch nicht in Jerusalem!«

»Sie sind noch nicht mal über den Hellespont. Die haben noch eine schöne Wegstrecke vor sich, Bruder.«

Ortwin klopfte Sigboto auf die Schultern. »Von deiner Familie habe ich nichts gehört. Sieh das mal als ein gutes Zeichen an.«

Sigboto starrte wieder in seinen Becher, dann setzte er ihn an die Lippen und leerte ihn in einem Zug. »Du bist ein feiner Kerl, Ortwin. Ich könnte dich küssen!« Er grinste über beide Backen.

»Übertreiben wir es lieber nicht. Nimm die gute Botschaft als Dank für deine Gastfreundschaft.«

»Wie ich dich kenne, hast du einen Plan.«

»Einen Plan?«

»Na, was die Burg deines Onkels betrifft.«

»Du meinst, *meine* Burg.«

»Oh, verzeih, natürlich meine ich *deine* Burg. Wie willst du sie einnehmen, wo du nun sicher bist, dass dein Onkel nicht zurückkehrt? Du hast doch bestimmt einen Vetter, der sein neues Eigentum mit Zähnen und Klauen verteidigen wird.«

»Eben nicht!« In Ortwins Augen lag ein triumphierendes Glitzern. »Der ist seinem Vater treuherzig auf die Pilgerfahrt gefolgt, auf der Suche nach Seelenheil und geistigem Lohn.«

»Eher auf der Suche nach Beute«, bemerkte Sigboto trocken.

»Nein, so einer ist der nicht. Dem geht's wirklich um sein Seelenheil. Der hat sich vom Pfaffengerede verrückt machen lassen. Ob du's glaubst oder nicht – manchmal danke ich Jesus, dass er mich zu einem ehr- und heimatlosen Kerl gemacht hat.«

Beide lachten und tranken.

»Also ist Falkenstein nun herrenlos?«

»So herrenlos wie ein ausgesetzter Köter«, frohlockte Ortwin. »Vielleicht …«, er beugte sich nach vorn und senkte die Stimme, sodass Lioba ihn nur noch mit Mühe verstehen konnte, »… wird's meinen Vetter ja auch noch erwischen. Mein Onkel ist tot, mein Vetter und unser Lehnsherr, der Graf von Saffenberg, sind weit weg auf dem Kreuzzug. Es gibt keine bessere Gelegenheit als jetzt, mir meinen Besitz wieder zu nehmen, der mir rechtmäßig zusteht.«

»Aber der Gottesfrieden! Die Burgen der Soldaten Christi sind durch die Kirche geschützt, solange sie auf dem Kreuzzug sind«, wandte Sigboto ein.

»Gewiss, guter Freund. Aber Schlachten werden durch Mut und Entschlusskraft gewonnen und durch die Wahl des richtigen Zeitpunkts. Du musst zur richtigen Zeit das Richtige tun, das ist es. Ich sag dir, die Gräfin von Saffenberg wird's dulden, wenn eine kleine Burg weit entfernt von ihrer den Besitzer wechselt, und keinen Pfaffenarsch wird's kümmern. Ich werde ihr später meine Aufwartung machen.«

Sigboto sah seinen Freund nachdenklich an, dann grinste er. »Du alte Ratte.«

Doch Ortwin grinste nicht. »Du musst nachdenken und deine Gelegenheiten nutzen«, sagte er leise. »Wer das nicht tut, ist ein Narr.«

»Hast du denn genügend Silber?«

Ortwin nickte. »Genug für einige Männer. Komm mit und hilf mir. Ich würde dir im Gegenzug auch unter die Arme greifen.«

»Wobei?«

»Nun, bei deinen … Gelegenheiten.«

Jetzt sah Sigboto sehr nachdenklich aus. Er beugte sich nach vorn und sagte etwas zu seinem Freund, das in den Gesprächen der anderen Männer unterging. Lioba konnte nichts mehr verstehen. Sie wusste nicht, wie und wann Ortwin gedachte, seine Burg zurückzuerobern und ob Sigboto ihm helfen würde oder nicht. Sie hatte auch so schon mehr als genug gehört, und sie begriff, dass es gefährliches Wissen war, das sie durch Zufall mitbekommen hatte. Aber das Wichtigste hatte sie nicht erfahren. Sie wusste nicht, ob Otto noch lebte. Sie wäre am liebsten zu Ortwin gelaufen und hätte ihn angefleht, ihr zu sagen, ob er etwas von ihm gehört hatte.

Sie trat an den Tisch, schenkte Bier in die Becher, die ihr hingehalten wurden. Der Lärm, den die Männer machten, hallte dröhnend in ihrem Kopf wider. Sie wechselte den Krug und schenkte Ortwin Rheinwein ein, denn er trank kein Bier.

»Danke!«

Sie hob den Kopf. Seine kalten Augen ruhten auf ihrem Gesicht.

»Sie ist recht hübsch, Bruder! Willst du sie mir nicht für die Nacht überlassen?«

Lioba hielt den Atem an. Ihre Hände krallten sich um den Weinkrug. Hätte sie doch nur nicht aufgeblickt! Sie hätte unsichtbar bleiben müssen, wie Judith gesagt hatte. Sie wollte etwas über Otto erfahren, aber nicht auf diese Weise. Womöglich wusste Ortwin auch gar nichts von ihm.

Sigbotos Blick wanderte über Liobas Gestalt. »Tut mir leid, Freund, sie gehört mir.«

Lioba atmete auf. Sie knickste und wollte weggehen, aber Ortwin versperrte ihr mit seinem Arm den Weg. »Komm schon, Bruder! Hab ich heute nicht mein ganzes Wissen mit dir geteilt?«

»Hab ich dir nicht meine Hilfe versprochen? Die Magd gehört mir.«

»Schade.« Ortwin ließ den Arm sinken. Bedauernd starrte er Lioba auf die Brüste, und sie wandte sich rasch ab und zog sich in ihre dunkle Ecke zurück. Sie zitterte am ganzen Leib, als sie Judiths Hand spürte, die sich um ihre schloss. Tief atmete sie die rauchgeschwängerte Luft ein.

* * *

Es war mitten in der Nacht, als die beiden Frauen endlich zwischen den schlafenden Männern die Tafel abräumen konnten. Leise schlichen sie sich mit den leeren Krügen und den schmutzigen Schüsseln und Platten zurück in die Vorburg und erledigten gemeinsam den Abwasch.

»Bleib hier«, sagte Lioba danach. »Lass sie einfach schlafen.«

»Ich muss zurück. Ich muss das Feuer entfachen und …«

»… das kann der Knecht machen. Wenn sie noch was zu essen wollen, bringt's ihnen der Koch. Wir sollten nicht mehr zu ihnen gehen.«

Judith sah sie an, als käme sie vom anderen Ende der Welt. »Aber Lioba! Ich bin die Hausmagd. Wenn ich meine Pflichten nicht erfülle, wird er mich …« Sie brach ab und schlug sich die Hände vors Gesicht.

»Was tut er?«

»Das hast du doch gesehen.«

»Er tut es gegen deinen Willen?«

Judith nickte.

Lioba überlief ein kalter Schauer. »Ein Grund mehr, hierzubleiben. Du tust als Magd deine Pflichten, aber nicht auf seinem Lager.«

»Du verstehst das nicht«, erwiderte Judith. »Du warst eine freie Bäuerin. Aber ich bin unfrei geboren. Meine Mutter war hier und ihre Mutter auch. Wir dienten schon immer den von Rothes. Wir haben immer unsere Pflichten erfüllt, und Ida von Rothe war eine gute Herrin …«

»Ja, aber ihr Sohn ist kein guter Herr«, gab Lioba zurück. Sie wunderte sich über ihre eigenen kalten Worte. »Wenn er dich nicht sieht, dann …«

»… befiehlt er mich zu sich«, vollendete Judith. »Sei keine Närrin, Lioba. Er ist nun mal der Herr dieser Burg und kann mit mir tun, was er will.«

»Wie du meinst«, gab Lioba zurück. »Ich bleibe jedenfalls hier.«

Enttäuscht beobachtete sie, wie Judith die Tür öffnete und in den grauen Morgen verschwand. Sie rollte ihre Felle an der Feuerstelle aus und schlief augenblicklich ein.

* * *

Am nächsten Morgen wurde der Koch angewiesen, Vorräte für mehrere Tage zusammenzupacken. Und noch am selben Tag ritten Sigboto und Ortwin mit ihren Männern fort. Sigboto nahm seine beiden besten Bewaffneten mit und übergab Heimo, der nach dem Tod des Burgkommandanten im letzten Herbst nun der älteste der Männer war, das Kommando über die Burg.

Lioba war sehr erleichtert. Sie brauchte nicht viel Fantasie, um zu erraten, wohin die Männer ritten, trotzdem wollte sie sichergehen und horchte Heimo aus.

»Hat der Herr gesagt, wohin die Reise geht?«, fragte sie ihn, als er am späteren Morgen in die Küche kam, um nach Essensresten zu fragen. Er ließ sich schwerfällig auf seinem Schemel nieder und streckte die Hände am Feuer aus. »Die Wege des Herrn sind unergründlich.« Er lächelte, sodass sein Gesicht noch breiter wurde. »Wohin er ist, weiß ich nicht, aber er wird sicher für 'nen halben Monat weg sein. Warum fragst du, Mädchen?«

»Ach, nur so.« Lioba gab ihm einen Teller mit Fleischresten vom Vorabend.

»Und die Neugierde der Weiber ist unerschöpflich«, zog Heimo sie auf und schob sich eine Handvoll Kaninchenfleisch in den Mund. »Nicht wahr, Cumpolt?«

Der Koch brummte sich etwas in den Bart und ließ sein Messer auf eine der letzten Möhren niedersausen. »Ist besser für die Vorräte, wenn die Herren weg sind«, meinte er.

»Ja, nicht? Ist ein verdammt langer Winter gewesen, und es muss doch für uns alle reichen.« Heimo lachte sein tiefes Lachen, das Lioba so mochte.

»Nun – wenn ihr nichts dagegen habt, dann könnte ich Wildkräuter sammeln«, schlug sie vor. »Der Hollauch wächst jetzt überall, der schmeckt gut und heilt von innen.«

Heimo ließ seinen Teller sinken. »Meinst du, ich werde von ein paar Blättern satt? Da musst du aber verdammt viele sammeln, Mädchen.«

Er lachte so sehr, dass sein dicker Bauch bebte. Lioba warf einen prüfenden Blick auf seine geschwollenen, rötlich gefärbten Hände. »Du könntest den Hollauch gut gebrauchen, er zieht dir die üblen Säfte aus dem Leib. Er hilft bestimmt auch gegen das Reißen in den Gliedern.«

Heimo räusperte sich. »Was du nicht sagst. Halt du mal ein Menschenalter draußen Wache, bei Tag und Nacht, bei Sonne, Wind, Regen und Schnee. Ein Wunder, dass es mich überhaupt noch gibt.« Er klopfte sich auf die Schenkel.

»Ich könnte dir auch Nesseln für einen Heiltrank sammeln«, schlug Lioba vor.

»Du lässt wohl nie locker, was?« Er warf einen fragenden Blick zu Cumpolt hinüber.

»Meinetwegen, soll sie gehen«, brummte der Koch. »Ich hätt nichts dagegen. Kriegen wir halt 'n bisschen mehr auf die Löffel.«

»Also gut, Mädchen, hol mir das Kraut. Woll'n mal seh'n, ob du recht hast«, meinte Heimo. Er ließ sich noch eine Portion Fleisch geben und ging dann wieder in den Regen hinaus.

Lioba konnte es kaum erwarten, endlich wieder sammeln zu gehen. Ungeduldig wartete sie, bis es aufhörte zu regnen, nahm einen Korb und verließ Burg Rothe.

Sie hüllte sich in ihren Umhang, zog sich die Kapuze tief ins Gesicht und machte einen weiten Umweg um Vissel herum bis zum Wald, um von den Dörflern auf keinen Fall entdeckt zu werden.

Es war ein kühler, windstiller Frühlingstag. Schweres Gewölk hing am Himmel. Die Bäume standen unbeweglich wie grüne Glocken, in denen Amseln flöteten. Lioba hielt inne und versuchte, in der Ferne den Sandnerhof auszumachen. Wie es wohl Christina, Anna und der kleinen Maria ging? Ob Johannes sie für tot hielt?

Sie versuchte, den aufkommenden Zorn niederzukämpfen. Sie musste jeden Gedanken an ihn in den tiefsten Winkel ihres Geistes verdrängen. Er hatte es nicht verdient, dass sie jemals wieder an ihn dachte. Gott würde ihn für sein Tun zur Rechenschaft ziehen, davon war sie überzeugt. Der Gedanke an Fiedi aber schnitt ihr ins Herz, denn sie vermisste ihren Bruder.

Traurig schritt sie weiter, tiefer in den Wald. Neben ihr erstreckte sich lichter Laubwald; aus einiger Entfernung hörte sie den Bach rauschen. Bald sah sie den weiten grünen Teppich des Hollauchs mit seinen zahllosen weißen Blüten unter den hohen Bäumen. Eigentlich war es für die Ernte schon spät, aber sie würde bestimmt noch genügend Pflanzen finden, die noch nicht blühten. Sie zog ihr Messer hervor, suchte eine kräftige Pflanze, murmelte einen Spruch und schnitt vorsichtig ein paar der langen Blätter ab. Würziger Geruch stieg ihr in die Nase.

Sie kniete sich auf den Waldboden, streckte die Hände aus, strich über die feinen weißen Sternchenblüten, die sich dem grauen Himmel entgegenreckten. Wie alle Lebewesen hofften sie darauf, dass die Wolken aufbrechen und die Sonne hindurchlassen würden, damit sie bald ein Lichtstrahl träfe.

Sie war wie diese Pflanzen – im Schatten. Sie hatte alles verloren, woran ihr Herz hing – ihren Geliebten, ihre Familie, ihre Freunde, ihren Sohn. Ihr Leben war in den Schatten gefallen. Selbst wenn sie wieder ein Sonnenstrahl träfe – könnte jemals wieder etwas in ihr blühen?

Sie tastete nach den kräftigen Blättern des Hollauchs. Alles spross, blühte, knospte, drängte sich zum Licht. Wenn Wilem tot wäre, würden diese Pflanzen durch seine feinen Knochen hindurch wuchern. Die Erde hätte die Säfte seines Leibes aufgenommen, Tiere hätten sich an seinem Fleisch satt gegessen. Seine Seele wäre bei Gott, aber er wäre eingegangen in den Leib des Waldes, in die Tiere und Pflanzen, und sie würden etwas von ihm wissen. Sie würden sich an ihn erinnern.

Lioba weinte. Es war das erste Mal seit längerer Zeit. Ihre Tränen rollten ihr die Wangen hinunter und fielen auf Hollauchblüten und verdorrte Buchenblätter.

»Helft mir«, flehte sie. »Sagt mir, ob er noch lebt!« Sie nahm eine Sternenblüte des Hollauchs, riss ihre Blättchen nacheinander ab.

»Er lebt!« Das letzte Blatt fiel zu Boden, und ihre Schluchzer verebbten. Wenn er noch lebte, dann war Christinas Traum wahr. Die Freundin hatte ihr nicht nur davon erzählt, damit sie weiterlebte. Hatte sie nicht auch gesagt, sie hätten Wilems Leichnam nicht gefunden? Vielleicht hatte ihn eins der Waldwesen genommen und zog ihn nun wie ein eigenes Kind auf.

Dieser Gedanke jagte Lioba einen kalten Schauer über den Rücken. Aber sie wusste, sie hätte nur eine Wahl, wenn sie ihren Sohn wiederhaben wollte: Sie musste ihn im Wald suchen. Überall. Selbst in den tiefsten Gruben und in den versteckten Höhlen. Sie musste ihre Angst überwinden und alles nach ihm absuchen.

Sie hob den Kopf und spähte durch den lichten Eichenwald zum Fichtendickicht hinüber. In der Ferne hörte sie den Bach rauschen.

Heute war kein guter Tag zum Kräutersammeln, weil es zu feucht war, aber morgen würde es vielleicht besser sein. Trocken und sonnig. Sie würde wiederkommen.

Kapitel 24

Reich der Seldschuken, einen Tagesmarsch vor Ikonium, im Frühling 1190

Noch nie hatte Otto den Kaiser aus nächster Nähe gesehen. Ein paar Mal von Weitem, als er noch beritten war und die Kavallerie immer hinter dem Fußvolk wartete, wenn der Kaiser seine Ansprachen an die Soldaten des lebendigen Kreuzes hielt. Nun aber gehörte Otto selbst zu den Fußkämpfern und wartete in einer der vorderen Reihen am Weg, während die Morgensonne von einem wolkenlosen Himmel auf sie niederbrannte.

Er beobachtete, wie der Kaiser auf seinem Apfelschimmel thronte, sah seinen rötlichen Bart, die klugen Augen unter dem grauen Haar. Es war das Gesicht eines fast siebzigjährigen Mannes, in das sich die Linien seines langen Lebens gelegt hatten, und die Spuren der vielen Jahre, die er bereits die Geschicke des Heiligen Römischen Reiches lenkte. Etwas Unnahbares ging von diesem kaiserlichen Antlitz aus. Strenge wäre zu viel gesagt, Überheblichkeit erst recht, aber Kaiser Friedrich besaß zweifellos jene Autorität, die einen vom Papst gesalbten und gekrönten Herrscher eines großen Reiches auszeichnete. Er trug eine Rüstung wie alle, trotz der Hitze, und wählte seine Worte sorgfältig.

»Männer!«, rief er und ließ seinen Blick über ihre ausgedünnten Reihen schweifen. »Fast ein Jahr ist seit unserem Aufbruch vergangen. Wir haben uns aufgemacht, um als Ritter Christi die Heilige Stadt von den Ungläubigen zu befreien. Wir sind durch Ungarn marschiert, durch den Bulgarenwald, durch das Byzantinische Reich. Wir haben uns in zermürbenden Kämpfen gegen die ständigen Angriffe der Byzantiner zur Wehr gesetzt. Wir haben ihnen widerstanden, bis ihr Kaiser einlenkte und uns Schiffe stellte, die uns über den Hellespont nach Kleinasien brachten. Durch die Gnade des Allmächtigen konnten wir tapfer weitermarschieren auf unserem Weg in die Heilige Stadt. Wir haben niemals nachgelassen!

Auch dann nicht, als uns hier in Kleinasien anstelle der Byzantiner die Türken überfielen, uns immer wieder angriffen, unsere Vorräte stahlen, Männer und Pferde töteten, obwohl der Sultan uns freies Geleit versprochen hatte. Aber wir haben durchgehalten, obwohl wir hungern und dursten mussten, weil es keine Märkte gab und diese karge Gegend kaum einen Grashalm für uns übrig hatte. Ihr wisst genauso wie ich, Männer, was für Entbehrungen wir in den letzten Wochen hinnehmen mussten und welche Verluste wir erlitten haben.«

Der Kaiser legte eine kleine Pause ein, während sein Pferd unruhig den Kopf hochnahm und die Ohren spitzte, doch er zügelte es straff. Otto musterte den Apfelschimmel, betrachtete das Fell, die schöne Mähne, die glänzenden dunklen Augen und fühlte einen Stich im Herzen.

Der Kaiser hatte recht, sie hatten Verluste hinnehmen müssen. Er hatte Nabor verloren, als sie Anfang des letzten Monats den breiten Fluss Avelonica überquert hatten. Otto vermied es, an den traurigen Augenblick zurückzudenken, in dem er sein Pferd in der Strömung davontreiben sah. Nabor war nicht das einzige Tier gewesen, das an diesem Tag ertrank. Es hatte einige Pferde, Esel und Maultiere erwischt, auch einen Ritter und einen Knappen, ja auch er selbst hatte sich nur mit Mühe aus der Strömung retten können. Später, als sie durch die anatolische Hochebene marschiert waren und das große Hungern begonnen hatte, als ein Tier nach dem anderen verdurstet und verhungert war, hatte er sich oft damit getröstet, dass Nabor zumindest dieses Schicksal erspart geblieben war.

In dem trockenen Hochland hatten sie oft kein Wasser gefunden, und die versprochenen Proviantmärkte gab es nicht. Der Hunger war von Tag zu Tag unerträglicher geworden. Es war so weit gekommen, dass sie die Stute schlachten und essen mussten, später hatten sie die Pferdehäute ausgekocht.

Und als wäre all das nicht genug, mussten sie währenddessen immer wieder gegen die Türken kämpfen, deren Reiterhorden wie aus dem Nichts auftauchten und sich ebenso schnell wieder zurückzogen, nachdem sie ihre Pfeile und Wurflanzen verschossen hatten.

Ihre Pilgerschaft war zu einer einzigen schweren Prüfung Gottes geworden. Der Hunger war das Schlimmste. Es gab Ritter, die ihrem Glauben abgeschworen hatten und zu den Türken übergelaufen waren. Andere, die nicht mehr konnten, hatten sich einfach auf die Erde gelegt, den Tod erwartet und waren von den nachrückenden Feinden geköpft und zu Märtyrern Christi gemacht worden.

»Trotz unserer Entbehrungen und obwohl wir geschwächt sind, ist es uns gelungen, vor drei Tagen den Angriff eines gewaltigen türkischen Heeres niederzuschlagen, den die Söhne des Sultans gegen uns geführt haben!«, rief der Kaiser. Seine Stimme hallte laut über ihre Köpfe hinweg bis weit in die wartende Kavallerie hinein.

Jubel brandete auf. Die Männer klopften mit ihren Fäusten auf ihre Rüstungen und auf ihre Schilde – wer noch einen hatte.

Die Berittenen hoben ihre Lanzen. Ja, es war ein Wunder, dass sie gesiegt hatten. Vielleicht hatten sie das auch dem Kaiser und seiner umsichtigen Führung zu verdanken. Er galt ihnen wie ein Vater. Er hatte für Disziplin gesorgt, mit Kaiser Isaak und dem seldschukischen Sultan verhandelt und oft sogar selbst in die Kämpfe eingegriffen, trotz seines Alters. Sie achteten die Erfahrungen seines langen Herrscherlebens, denn sie wussten auch, dass er schon einmal einen heiligen Pilgerzug unternommen hatte und wieder zurückgekehrt war. Er würde sie trotz aller Widrigkeiten sicher ins Heilige Land führen, davon waren die meisten von ihnen immer noch überzeugt.

»Diese Siege zeigen mir, dass der allmächtige Gott mit uns, mit seinen Rittern des lebendigen Kreuzes ist!«, rief Kaiser Friedrich.

Erneuter Jubel brandete auf.

»Auch wenn uns der Sultansohn Malik droht, dass die Türken heute mit ihrer ganzen Heeresmacht zur Entscheidungsschlacht gegen uns antreten werden, so sind das nichts als leere Drohungen, denn ihre Worte sind größer als ihre Taten. Uns ist der Sieg gewiss! Wir werden uns weiter den Weg mit dem Schwert bahnen, wenn es sein muss, und nicht weichen! Der Herr ist mit uns! Heute Abend werden wir unsere Zelte im königlichen Park des Sultans aufschlagen.«

Der Apfelschimmel tänzelte, und das Heer Christi jubelte seinem Kaiser zu. Kaiser Friedrich hob seinen Schild und ritt wieder zu seiner Einheit zurück, und sein Heerzug setzte sich langsam in Bewegung. Otto spürte den Schmerz in seinen wundgelaufenen Zehen neu aufflackern, aber er wusste, dass er ihn bald nicht mehr fühlen würde. Ebenso wenig wie den Durst, an den er sich fast schon gewöhnt hatte. Neben ihm marschierte Volkmar, dem es nicht besser ging.

»Glaubst du, dass wir es schaffen werden?«, fragte sein Vetter.

Otto hörte das Zittern in seiner Stimme und fühlte sich auf einmal sehr alt, als er die Worte hörte, denn ihm wurde bewusst, dass Volkmar eigentlich noch ein Kind war, kaum dem Knappenalter entwachsen, ein fragender, maulender, verzogener Knabe, der gerade die Welt entdeckte.

In was für eine Welt war er gestoßen worden, kaum dass er den Kinderschuhen entwachsen war?

Bei den Angriffen in den letzten Wochen hatten sie viele Männer getötet, und sie konnten Gott danken, dass es sie nicht erwischt hatte.

»Natürlich werden wir es schaffen«, sagte Otto und spie die Graswurzel aus, die er gegen den Durst gekaut hatte. Er schwitzte, seine Füße schabten an dem Leder seiner zu kleinen Schuhe und seine ausgetrockneten Lippen brannten. Aber er versuchte, so viel Zuversicht wie möglich in seine Stimme zu legen. »Wir haben den besten Kaiser der Welt«, bekräftigte er. »Außerdem ist Jesus Christus bei uns, denn er will, dass wir die Heilige Stadt von den Ungläubigen befreien.«

»Meinst du, sie werden uns nichts tun?«, fragte Volkmar mit zitternder Stimme und deutete auf die Wand aus seldschukischen Kriegern, die sie aus sicherer Entfernung beobachteten.

Otto folgte seinem Blick und runzelte die Stirn. Tief atmete er die heiße Luft ein. »Sie wissen, dass sie uns nicht besiegen können.«

»Aber sie sind doch so viele«, jammerte Volkmar. »Sie sind ausgeruht, haben gegessen und getrunken, und wir …« Seine Stimme versagte in heller Empörung ob der Ungerechtigkeit.

»Sei still!«, fuhr Otto ihn an.

Volkmar klappte seinen Mund zu und hörte auf zu klagen. Unter dem gleißenden Himmel zog sich der Weg schnurgerade hin, und sie konnten in der Ferne schon die Mauern von Ikonium erkennen.

Otto presste seine trockenen Lippen zu einem Strich zusammen, als sein Blick die seldschukischen Krieger suchte. Würden sie es wirklich nicht wagen, sie anzugreifen? Es war ihre Stadt, auf die sie gerade vorrückten, der Sitz ihres Sultans und das Herz ihres Reiches.

Aber sie waren immer wieder geschlagen worden, sie mussten wissen, dass die Soldaten Christi wegen ihrer eisernen Rüstungen und ihres unerbittlichen Kampfeswillens nicht zu besiegen waren. Otto sah wieder weg, versuchte, sich auf den Weg zu besinnen, ihr nahes Ziel, die Rücken der Soldaten vor ihm.

Was auch immer geschähe, es würde Gottes Wille sein. So sehr er sich auch wünschte, endlich die Heilige Stadt zu erreichen – sie waren noch längst nicht dort, und wer wusste schon, was Gott noch einfallen würde, um sie zu prüfen. Was auch immer es wäre – er musste es annehmen, so viel hatte er inzwischen begriffen, selbst wenn es sein Tod sein würde. Dann wäre seine Seele endlich mit der seiner Mutter vereint, mit ihr und später auch mit der von Lioba. Otto musste lächeln, als er an sie dachte, und er vergaß für eine Weile seinen Durst und seine schmerzenden Füße. Langsam wie die über den Himmel wandernde Sonne rückten sie unter den Augen der seldschukischen Krieger auf die Mauern von Ikonium vor, und als die Sonne sich anschickte, unterzugehen, erreichten sie endlich den grünen Flecken des königlichen Parks vor der Stadt. Endlich Wasser! Endlich Gras für die Pferde!

Otto und Volkmar tranken, bis sie nicht mehr konnten, sie füllten ihre Flaschen und leerten auch die. Nachdem sie die Zelte aufgebaut hatten, begann es zu regnen, und der Regen rauschte auf das Zeltdach und füllte ihnen die hinausgestellten Becher und Näpfe.

»Ist das nicht ein Hohn, dass es ausgerechnet jetzt regnet, an unserem letzten Abend vor der Eroberung der Stadt?«, maulte

Volkmar. »Wochenlang Durst, und jetzt regnet's, wo wir nicht mal wissen, ob wir morgen überhaupt noch trinken können.«

»Kannst du nicht mal still sein?«, herrschte Otto ihn an.

»Oh, ich finde, der Junge hat recht«, hörte er eine wohlbekannte Stimme und fuhr herum. Megenhart hatte das Zelt betreten, er nickte ihrem Knecht zu, der draußen mit den Näpfen hantierte. Otto sah, dass der Knecht begeistert auf die Münze blickte, die Megenhart ihm gegeben hatte.

»Es könnte durchaus sein, dass unsere unsterblichen Seelen schon morgen vor unseren Schöpfer treten müssen«, meinte Megenhart. »Ikonium ist ihre Hauptstadt, sie werden sie bis aufs Blut verteidigen.«

Otto musterte ihn missbilligend. Der Hüne war schmal im Gesicht geworden. Es sah so aus, als wäre seine Gestalt in der Rüstung geschrumpft.

»Was willst du?«, fragte Otto.

Megenhart trat in die Mitte des Zeltes und zog einen Brotlaib aus seinem Beutel, der die Gier in den Gesichtern der beiden anderen aufleuchten ließ. »Mit euch essen und reden«, sagte er in liebenswürdigem Ton. »Falls dies wirklich mein letzter Abend sein sollte, so will ich ihn in angenehmer Gesellschaft verbringen.«

»Ach ja? Die Gesellschaft der Männer des Vogts war dir doch in den letzten Wochen genug«, versetzte Otto mit schneidender Stimme.

»Das scheint so«, erwiderte Megenhart und hielt ihm den Brotlaib hin. »Verpflichtungen sind leider ebenso bindend wie Neigungen.«

»Ja, eine Beutegemeinschaft hat starke Bande«, spottete Otto.

»Vor allem ist sie für das Überleben äußerst hilfreich«, gab Megenhart zurück. Sie starrten sich eine Weile wortlos an.

»Darf ich?«, fragte Volkmar und zupfte an dem Brot.

Megenhart nickte. Er brach ein Stück vom Laib ab und reichte es Otto. »Herrgott noch mal, nimm's endlich!«

Da ließ Otto sich nicht mehr bitten, nahm das Brot und biss hinein. Er roch an dem weichen Teig, als hätte er noch nie welchen gerochen. Langsam kaute er, und mit jedem Bissen kehrten wieder mehr Lebensgeister in ihn zurück. Sie ließen sich auf den Fellen nieder und kauten schweigend, während der Regen auf den Zeltstoff rauschte. Irgendwo grollte der Donner. Otto lächelte bitter – in den letzten Wochen hatten sie sich nach jedem Tropfen gesehnt, und nun hatten sie auf einmal Wasser im Überfluss. Dennoch war es ihm gleichgültig. Volkmar hatte recht, vielleicht würden sie morgen schon tot sein.

»Was willst du wirklich?«, fragte er Megenhart. »Wir hatten schon viele Abende, an denen der Tod nahe war, und an keinem hattest du das Bedürfnis unserer Gesellschaft. Also warum jetzt?«

Ein flüchtiges Lächeln huschte über Megenharts Gesicht. »Sehr scharfsinnig, Kleiner. Du hast recht. Obwohl es mich kränkt, dass du nicht glaubst, dass ich wirklich wegen deiner Gesellschaft hier bin.« Seine Stimme hatte einen rauen Klang angenommen.

Sie fuhren zusammen, als ein Donner laut krachte.

»Nun, mein Durst nach Ruhm und Beute rächt sich jetzt«, fuhr Megenhart fort. »Morgen werde ich bei den Einheiten des Kaisersohns Friedrich von Schwaben sein, den der Vogt begleitet. Sie werden als Erstes gegen Ikonium anstürmen. Sollte es dem Allmächtigen gefallen, mir mein armseliges Leben zu nehmen, bitte ich dich, etwas für mich zu tun.« Er räusperte sich.

Volkmar und der Knecht taten, als hörten sie nicht zu.

»Wenn du wieder zurückkommst, reite zu meiner lieben Frau und gib ihr das.« Er hielt Otto einen kleinen Lederbeutel hin. »Du weißt, wo du sie findest. Sag ihr …« Er musste sich offenbar sehr überwinden, die nächsten Worte auszusprechen.

»Sag ihr, ich habe die ganze Zeit an sie gedacht und … würde mich sehr freuen, wenn unsere Seelen sich einst wieder vereinen.«

Otto nahm den Lederbeutel von Megenhart entgegen und barg ihn in seiner Hand. »Wie kommst du darauf, dass ich ihn ihr geben kann? Ich könnte genau wie du schon morgen sterben.«

Megenhart betrachtete ihn mit einem undeutbaren Blick. »Ich glaube, du bist mit Glück gesegnet, Kleiner. Ich fühl das hier …« Er deutete auf seine Magengegend. »Du wirst bestimmt aus der Hölle hier rauskommen.«

Otto lächelte. Sein Groll war vergangen. Er fühlte sich geschmeichelt und seltsam berührt. »Ich werde es ihr bringen, versprochen«, sagte er. Megenhart nickte, und während sie aßen, der Donner über ihnen grollte und Otto vergeblich versuchte, nicht an den morgigen Tag zu denken, an dem sie die Hauptstadt der Seldschuken einnehmen mussten, wusste er, wie sehr er sich genau das wünschte, was Megenhart ihm prophezeit hatte – überleben und in die Heimat, nach Hause zurückzukehren.

Kapitel 25

Sigboto kehrte erst im Erntemonat zurück, als das Korn schon fast eingefahren war. Er hatte einen Kriegsknecht verloren, führte aber ein voll beladenes Packpferd mit sich. Er ließ die prall gefüllten Beutel und Kisten in den Keller der Hauptburg bringen und gut verschließen. Niemand wusste, was er mitgebracht hatte, aber dass es keine Vorräte waren, ahnten alle. Doch niemand wagte es, etwas zu sagen.

Lioba nahm sich in Acht. Sie fürchtete sich vor Sigboto und bedauerte seine Rückkehr. Sie hatte in den letzten Wochen ungestört den Wald erkunden können. Heimo hatte sie gehen lassen, wann immer sie wollte, und Cumpolt hatte die Kräuter, die sie mitgebracht hatte, als willkommene Bereicherung seiner Mahlzeiten genutzt. Sogar Heimos Hände sahen nun besser aus, auch wenn er das auf die warme Jahreszeit und nicht auf Liobas Nesselsaft zurückführte. Lioba hatte ihre Angst nach und nach überwunden und hatte sich im Laufe der Monate immer tiefer in den Wald vorgewagt, bis zum Rand des undurchdringlichen Sumpfes. Sie kannte mittlerweile die verborgenen Wege der Tiere, ihre Futterstellen und Nester. Einmal hatte sie Fußspuren entdeckt und sie verfolgt, bis sie sich im Bach verloren, und sie hatte weiter Hoffnung geschöpft, dass Wilem noch lebte.

Aber nun war Sigboto wieder da, und das bedeutete: nur noch die nötigsten Waldgänge, stattdessen jeden Abend bei den würfelnden Männern im Saal einschenken. Zu allem Übel erwartete Judith ein Kind und erbrach sich jeden Tag. Sie war nur noch ein Schatten ihrer selbst, der sich mühsam hochhielt und sich durch die Hauptburg schleppte, bis Sigboto sie in die Vorburg verbannte und durch Lioba ersetzen ließ.

Von da an hatte Lioba keine Tage mehr, nur noch Nächte. Sie hatte zu warten, bis auch der letzte Betrunkene im Saal weggenickt war, um dann die Tafel abzuräumen und das Geschirr zu spülen. Danach war es zu spät, um noch in der Küche zu schlafen, weil der Koch in aller Herrgottsfrühe mit der Arbeit begann. Also schlief sie in der Vorratskammer der Hauptburg, denn sie musste vor den Männern wieder wach sein und ihnen die Mahlzeiten auftragen.

Nur tagsüber, wenn Sigboto ausritt, hatte sie ein wenig Ruhe, die sie darauf verwendete, in den Wald zu gehen und sich um Judith zu kümmern. Sie bereitete ihr Tränke aus verschiedenen frisch gesammelten Kräutern und brachte sie ihr täglich in den Stall, wo Judith auf einem Strohlager lag.

»Leer.« Zufrieden blickte sie in die Schüssel, die neben der Kranken stand. »Es geht dir besser.«

Judith nickte. Ihr teilnahmsloser Blick glitt an Lioba vorbei aus dem Stallfenster hinaus, wo sich ein warmer Sommertag dem Ende zuneigte. Lioba kannte diesen Blick. Auch sie hatte vor nicht allzu langer Zeit so erbärmlich im Stall gelegen und nur durch Christinas unermüdliche Hilfe überlebt. Dasselbe würde sie jetzt für Judith tun. Sie zwang sich zu einem Lächeln, stellte den Krug mit frischem Obstsaft auf den Boden und half ihr, sich auf ihrem Lager aufzurichten.

»Zeit zu essen!« Sie hielt ihr den Hirsebrei unter die Nase.

Judith verzog das Gesicht.

»Er ist mit frischen Äpfeln.«

»Sind sie schon reif?« Ein schwaches Lächeln glitt über Judiths mageres Gesicht. Ihre Teilnahme gab Lioba genug Mut für einen neuen Versuch. »Koste sie mal, sie schmecken herrlich.«

Judith rümpfte die Nase.

»Bitte! Mach's für das Kleine.«

Ein Schatten huschte über die Miene der Schwangeren. Sie ließ sich schwerfällig auf das mit Stroh gefüllte Kissen zurücksinken und starrte ins Leere.

Das war also der Grund. Sie lehnte das Kind in ihrem Leib ab.

»Es ist so ruhig«, flüsterte sie.

Lioba runzelte die Stirn und warf einen Blick auf den gewölbten Leib. »Wann ist es so weit?«

Judith schüttelte den Kopf und sah weg.

»Weißt du es nicht?«

»Bald. Vielleicht noch einen Mond.«

Lioba kniete sich an ihr Lager. »Ich kenne mich leider mit Geburten nicht aus. Wenn es so weit ist, musst du nach der Dorfhebamme schicken lassen. Sie soll noch jemanden mitbringen, denn ich werde mich vor den Dörflern verstecken müssen.«

Judith starrte Lioba mit weit aufgerissenen Augen an. Dann nickte sie hastig. Lioba drückte ihr die Hände und reichte ihr den Teller. Sie wartete, bis die Magd etwas von dem Brei gegessen hatte, dann machte sie sich auf den Rückweg in die Hauptburg.

Später würde sie wieder nach ihr sehen und ihr die Abendmahlzeit bringen.

Im großen Saal traf sie Sigboto allein an. Er ließ einen Silberbecher sinken, den er gerade betrachtet hatte, als sie eintrat.

Sie erschrak. Hastig knickste sie, schritt zur Tafel und stellte Krug und Becher ab. Sie musste einen Stoff beiseiteschieben, denn die Tafel war überhäuft mit kostbaren Stoffen, Pergamentrollen, Silber- und Glasbechern, Löffeln und Messern mit kunstvoll verzierten Griffen.

Der Schatz, durchfuhr es Lioba. Sigbotos Belohnung für seine Mithilfe bei der Eroberung von Burg Falkenstein. Oder seine Beute.

Sie vermied es, hinzusehen. »Wünscht Ihr noch etwas, Herr?«, fragte sie mit gesenktem Kopf und wartete mit klopfendem Herzen, bis endlich sein gewohntes »Nein« käme, wie immer.

Aber diesmal kam es nicht. »Komm her.« Sigboto winkte sie heran. Er trug einen klobigen Silberring, den er früher noch nie getragen hatte.

Während er trank, musterte er sie eine Weile mit unverwandtem Blick. Sie wartete ab, bis er das Wort an sie richtete, alles andere war ihr verboten.

»Du hast mir deine Ergebenheit noch nicht geschworen«, sagte er.

»Aber ich bin Euch doch ergeben, Herr.«

»Das ist nicht von Belang. Meine Mutter hat dich unter ihren Schutz genommen, als du nichts hattest. Wenn du hierbleiben willst, wirst du mir die Treue schwören müssen.«

Lioba biss sich auf die Lippen. Ihre Freiheit aufgeben sollte sie. »Ich w… weiß nicht, ob das geht, schließlich b… bin ich eine freie Bäuerin. Ich bin mit Johannes vom Sandnerhof verheiratet.«

»Ich weiß.« Sigboto strich nachdenklich über einen grünen Samtstoff. »Wäre es dir lieber, wenn ich dich zu ihm zurückschicke?«

»Nein.«

»Na also?« Er hob seine Brauen. »In drei Tagen, zum nächsten Vollmond, leistest du den Schwur vor Zeugen, verstanden? Dann kannst du dich meinetwegen weiter hier verstecken.«

In Liobas Kopf brannte es. Sie würde ihre Freiheit verlieren und Sigboto bis an ihr Lebensende dienen müssen. Sie würde in Unfreiheit sterben, und sollte sie jemals wieder Kinder bekommen, würden auch sie Unfreie sein. Aber zurück zu Johannes konnte sie nicht. Nie mehr würde sie ins Dorf zurückgehen.

Sie spürte, wie Sigboto sie musterte und bemühte sich um eine gleichmütige Miene, aber offenbar beherrschte sie ihr Mienenspiel immer noch nicht.

Er lächelte. »Also ja?«

Sie nickte.

»Gut.«

Sie knickste und wandte sich zum Gehen, aber er hielt sie zurück. »Halt dir mal diesen Stoff an.« Er hielt den grünen Samtstoff hoch. »Ich will sehen, wie er an dir aussieht.«

Sie versuchte, ruhig zu atmen und sich ihre Angst nicht anmerken zu lassen, als sie langsam zu Sigboto ging und ihm den Stoff abnahm. Sie spürte, dass sie ihm ihre Angst nicht zeigen durfte. Männer wie er waren Raubtiere, die die Angst anderer witterten. Sie musste mutig sein – oder zumindest so tun.

Sie gab sich einen Ruck, hüllte sich in den Stoff und kräuselte ihn in den Hüften. »Man könnte einen schönen Bliaut daraus machen«, sagte sie. »Eurer Mutter hat Grün auch immer gut gestanden.«

Sigboto stellte seinen Becher zurück auf die Tafel. Er erhob sich, umrundete sie mit langsamen Schritten und betrachtete sie eingehend. Zu ihrem Schrecken blieb er nah vor ihr stehen, zog ihr wortlos das Kopftuch ab.

»Löse dein Haar, lass es herunterfallen!«

Ihr Herz schlug schneller. Sie glaubte, er müsste das Pulsieren der Ader an ihrem dünnen Hals sehen, als sie den Knoten löste und ihre Haare herunterfallen ließ.

Er nickte anerkennend. »Du könntest eine vollkommene Edelfrau sein. Ich verstehe, was Otto an dir fand.«

»Otto?«

»Stell dich nicht dumm. Ich habe doch gesehen, wie er dich geküsst hat, in der Nacht, als wir ihn holten.«

Sie wunderte sich, dass er sich daran noch erinnerte. »Er war auf unserem Hof.«

Sigboto betrachtete sie mit ausdruckslosem Gesicht. Im Gegensatz zu ihr beherrschte er das Spiel der verschlossenen Miene, man wusste nie, was er dachte oder fühlte. »Mein Nachbar hat einen guten Blick für das Schöne, das muss man ihm lassen. Beinahe hätte er dich weggeschnappt, auf meinen Ländereien! Aber nur beinahe. Er wird nicht wiederkommen und du wirst mir gehören.« Sigboto lächelte ein Lächeln, das seine Augen nicht erreichte.

Lioba versuchte, ruhig zu bleiben. »Wie könnt Ihr Euch sicher sein, dass er nicht zurückkehrt?«

»Glaub mir, die meisten kommen nicht zurück. Es wird sein wie bei der letzten Pilgerfahrt. Die Sarazenen haben damals viele von unseren Kriegern niedergemetzelt, und gewonnen wurde nichts.«

»Es muss nicht wieder so sein, Herr«, flüsterte Lioba. »Es könnte auch gelingen.«

Sigboto verzog sein hübsches Gesicht zu einem verächtlichen Ausdruck. Er ging zur Tafel zurück, öffnete ein mit Schnitzereien versehenes Holzkästchen und nahm ein Paar Ohrringe heraus. Dann winkte er Lioba zu sich und hielt es ihr an. Missbilligend schüttelte er den Kopf.

»Nein, dieser grüne Stein passt nicht zu deiner Augenfarbe. Nehmen wir diesen Bernstein.« Er langte wieder in das Kästchen und hielt ihr ein Paar mit Gold verzierte kleine Steine an die Ohren. »Ausgezeichnet! Man könnte einen großen Staat mit dir machen. Aber leider bist du ja keine Edelfrau.« Er seufzte, als würde er das wirklich bedauern.

Lioba erschauerte. Sie nahm den Stoff ab und legte ihn wieder auf die Tafel zurück. Rasch steckte sie sich ihr Haar wieder zu einem Knoten zusammen und band sich das Kopftuch um. Sie wollte sich gerade zum Gehen wenden, als Sigboto hinter sie trat.

Er kam ihr so nahe, dass sie die Wärme seines Leibes spüren und seinen Atem riechen konnte. Mit einer Hand strich er über den grünen Samt. »Ist es nicht ein wunderbarer Stoff?«, flüsterte er. »So weich und zart. Passend für eine schöne Frau. Wie schade, dass nur Edelfrauen solche Stoffe tragen dürfen. Wenn du willst, lasse ich dir ein Kleid daraus nähen, und du trägst es für mich.«

Liobas Herz hämmerte. Sie atmete tief, um ihren raschen Herzschlag zu beruhigen, aber es nützte nichts. Sie spürte, wie es in ihrem Nacken kribbelte und sich die Härchen auf ihren Unterarmen aufrichteten. Sie würde schreien, sollte er sie auch nur einmal anfassen. Aber niemand würde kommen, um ihr zu helfen.

Sie wich einen Schritt zur Seite. »Habt Ihr das Judith auch gefragt? Ich will Euren Stoff nicht! Wenn ich Euch Treue schwöre, dann nur als Magd, nicht als Hure.«

Sigboto ließ die Hand sinken. Seine Miene verdüsterte sich. In seiner Hand zuckte es, als wollte er sie schlagen, aber dann beherrschte er sich. »Freches Weib«, presste er hervor. »Raus mit dir! Sofort!«

Sie knickste und rannte aus dem Saal. In ihrem Kopf rauschte und hämmerte es. Schnell floh sie durch die Hauptburg, überquerte die Brücke, die zur Vorburg führte. Erst als sie die Küche erreicht hatte und das gleichmäßige Klopfen hörte, mit dem

Cumpolts großes Messer durch das Gemüse fuhr, fühlte sie sich wieder einigermaßen sicher.

Aber sie war nicht sicher. Sie wusste, dass Sigboto sie jederzeit wieder zu sich befehlen und dann vielleicht das nachholen könnte, was er beabsichtigt hatte, auch ohne Treueschwur. Sie könnte enden wie Judith, und bei diesem Gedanken zog sich ihr Magen vor Angst zusammen.

»Cumpolt«, sagte sie. »Mir ist schlecht, ich leg mich besser hin. Der Junge muss heute Abend beim Herrn einschenken.«

Der Koch wandte sich um und musterte sie mit gerunzelter Stirn. »Was ist denn – hast du mein Essen nicht vertragen?«

»Ich weiß nicht, aber mir ist so elend, dass ich glaube, das Essen muss gleich wieder raus. Bitte sag dem Jungen Bescheid. Ich geh in den Stall zu Judith und schlafe dort.«

Cumpolt drehte unschlüssig das Messer in der Hand. »Meinetwegen«, sagte er schließlich. »Aber dem Herrn wird's nicht gefallen.«

»Er hat's sicher auch nicht gern, wenn ich ihm mein Essen von heute Mittag quer über die Tafel breche.«

Cumpolt zuckte mit den Schultern und wandte sich wieder seinem Gemüse zu. Wahrscheinlich glaubte er, sie wollte sich vor der Arbeit drücken, aber das war ihr gleichgültig. Sie schöpfte ein wenig Hirsebrei aus dem großen Topf und nahm einen Krug Beerensaft für Judith. Sie lief an den Pferden vorbei in den hinteren Teil des Stalls zu Judiths Strohlager, aber es war leer. Der Teller mit dem halb aufgegessenen Brei stand neben der zurückgeschlagenen Wolldecke.

»Judith?«

Lioba hörte, wie ihre Stimme verklang. Keine Antwort. Als sich ihre Augen an die Dämmerung des Stalls gewöhnt hatten, erkannte sie einen dunklen Fleck auf der Wolldecke. Sie streckte einen Finger aus und fühlte den Wollstoff – er war feucht. Judith hatte ihr Fruchtwasser verloren, die Geburt stand bevor.

Aber wo war sie? Lioba suchte den Stall nach ihr ab, dann die gesamte Vorburg, aber sie fand sie nicht. Sie fragte den Stallknecht, aber er hatte sie nicht gesehen. Schließlich ging sie zu Heimo.

»… sie kann nicht weit sein«, sagte sie. »Sie hat das Fruchtwasser verloren, ihr Kind kommt bald.«

Heimo legte seine breite Stirn in Falten. »Warte, ich frage den Torwächter.« Er klopfte ihr auf die Schulter und stapfte zum Tor. Lioba sah, wie er den Mann befragte und wie die Männer sich austauschten, aber sie verstand nicht, was sie sagten. Schließlich kam Heimo zurück. Er schüttelte bedauernd den Kopf. »Er hat sie rausgelassen. Sie hat ihm gesagt, sie wolle zur Dorfhebamme.«

»Oh Gott, sie hätte nicht allein gehen dürfen! Sie kann doch gar nicht mehr laufen. Heimo, wir müssen sie suchen. Sie könnte gestürzt sein, oder ihr könnte sonst irgendetwas zustoßen. Bitte nimm dir ein paar Männer und sucht sie. Der Herr würde wütend sein, wenn ihr etwas passieren würde.« Lioba war zwar nicht davon überzeugt, aber auf Heimo wirkten ihre Worte.

»Gut, Mädchen. Wir werden seh'n.«

Er rief nach einem Kriegsknecht, sie sattelten ihre Pferde und ritten in den dämmrigen Sommerabend hinaus. Lioba konnte nichts anderes tun als warten. Sie zog sich in den Stall zurück, schuf sich ein behelfsmäßiges Lager aus Stroh und Decken und legte sich hin, aber sie konnte nicht schlafen. Ihre Gedanken kreisten. Ob Judith geflohen war? Oder hatte sie tatsächlich versucht, es zu Notburga zu schaffen? Wo blieben denn nur die Männer?

Lioba lag steif auf ihrem Lager und lauschte auf jedes Geräusch. Durch das Stallfenster floss kühle Luft herein. Die Sonne war untergegangen, und die Vögel sangen nicht mehr.

Stille lag über dem Land. Nur von Ferne war das Rauschen des Windes in den Bäumen zu hören.

Endlich erklang das Knarren, mit dem sich das Burgtor öffnete. Lioba sprang auf und stürzte hinaus. Im Licht der Fackel, die am Tor brannte, sah sie Heimo und den anderen Knecht auf ihren Pferden. Müde schüttelte er den Kopf und saß ab. »Wir haben sie nicht gefunden.«

»Wart ihr im Dorf? War sie nicht bei Notburga?«

»Nein, sie war nirgends.« Heimo zuckte mit den Schultern und führte das Pferd in den Stall.

»Aber sie muss doch irgendwo sein. Wenn sie schon ihr Wasser verloren hat, dann kann sie es nicht mehr weit geschafft haben.«

»Wir haben alles abgesucht. Es tut mir leid.« Er warf Lioba einen bedauernden Blick zu. »Geh schlafen, Mädchen, die Nacht ist kurz. Sie wird schon wiederkommen. Sie weiß, dass der Herr überall nach ihr suchen würde. Wenn er sie dann findet, möchte ich nicht in ihrer Haut stecken.«

Lioba überlief ein kalter Schauer. Sie nickte traurig und zog sich auf ihr Lager zurück. Heimo hatte recht. Aber sie hatte auch die Warnung gehört, die in seinen Worten steckte. Sigboto würde nicht zögern, sein Eigentum überall zu suchen und hart zu bestrafen, wenn er es für angebracht hielt.

* * *

Sigboto ritt am nächsten Morgen mit seinen Kriegsknechten aus, als wäre nichts geschehen. Wenn er etwas von Judiths Fehlen bemerkt haben sollte, dann ließ er es sich nicht anmerken.

Kaum waren sie fortgeritten, kehrte Judith zur Burg zurück. Bleich wie eine getünchte Wand taumelte sie in den Stall und sank Lioba in die Arme, die ihr sogleich auf das Lager zurückhalf.

»Heiliger Jesus, wo warst du nur?«

Judith starrte sie eine Weile an. Dann wandte sie den Kopf ab und begann, still zu weinen.

Lioba erschrak. Sie begriff, dass etwas Schlimmes passiert sein musste. Dann bezwang sie ihre Angst und musterte die andere genau. Der Bauch unter dem grauen Mägdekleid wölbte sich nicht mehr so stark nach außen. Judith ergriff Liobas Hand, lenkte sie vorsichtig und ließ sie ihr Gewand hochschieben. Ein großer Fleck dunkelroten Blutes klebte zwischen ihren Beinen.

Lioba atmete tief. Wo immer Judith niedergekommen war, es war sicher nicht bei Notburga gewesen.

»Warte, ich helf dir!« Sie sprang auf und rannte aus dem Stall, ohne weitere Fragen zu stellen. Sie hastete in die Küche, schürte das Feuer, erhitzte Wasser.

»Mir ist immer noch schlecht«, log sie Cumpolt weiter an. »Ich muss mir einen Kräutertrank machen.«

»Aber heute Abend bist du wieder auf der Höhe, ja?«, raunzte der Koch. »Für einen Tag schaff ich das in der Küche allein, aber länger verzichte ich nicht auf den Knecht.«

»Jaja.« Lioba nahm eine Handvoll vom frisch gesammelten Wegeblatt, zerstieß es im Mörser und warf es ins heiße Wasser. Dann nahm sie unbemerkt ein paar saubere Leinentücher und ihr altes Kleid an sich und brachte alles in den Stall. Judith lag still auf ihrem Lager und starrte mit offenen Augen an die Decke.

Lioba beeilte sich, schöpfte Wasser aus dem Brunnen, vermischte es mit dem heißen Kochwasser, sodass es angenehm warm war, und brachte den Eimer in den Stall.

So ausgerüstet, ging sie zu Werke, wie Christina es bei ihr getan hatte, entkleidete Judith, wusch sie gründlich. Im Gegensatz zu ihr hatte Judith sich aber nicht aufgegeben. Sie war zwar sehr erschöpft, half aber bei allen Verrichtungen bereitwillig mit.

Lioba hatte viele Fragen, aber sie beschränkte sich vorerst auf die eine, die wichtigste von allen.

»Wo ist dein Kind?«

Die Magd sah sie mit großen traurigen Augen an. Dann schüttelte sie langsam den Kopf.

Ein kalter Schauer überlief Lioba. »Ist es tot?«

Judith sah an ihr vorbei zum Stallfenster hinaus. Das Licht des hellen Sommertages fiel auf ihr Gesicht und ließ es aufschimmern wie das einer Toten. Schrecken durchfuhr Lioba und ein Gefühl heftigen Widerwillens. Nur mit Mühe gelang es ihr, ihn zu unterdrücken und die Wöchnerin weiter mit dem Lappen abzuwaschen. »Der Allmächtige hat die Seele des Kleinen zu sich genommen, nicht wahr?«, flüsterte sie. Alles andere wäre undenkbar.

Judith nickte, während sie weiter aus dem Fenster sah.

Eine Woge des Mitgefühls erfasste Lioba. Sie kannte die Welt, in der die andere sich befand, dem Tode näher als dem Leben.

»Hast du ihm einen Namen gegeben?«

»Ja.«

»Gut, dann wird Gott es bei seinem Namen rufen. Wir werden für seine Seele beten.«

»Ja.« Tränen liefen Judith die Wangen hinunter und fielen auf ihr Kleid.

Lioba musste sich sehr beherrschen, um nicht selbst auch in Tränen auszubrechen. Zum Glück wusste sie inzwischen genug durch ihre eigene Niederkunft, um der anderen mit dem Nötigsten helfen zu können. »Hast du eine Nachgeburt gehabt?«

Die andere nickte.

»War sie … vollständig?«

Judith sah sie an, als verstünde sie nicht recht, doch dann nickte sie.

»Gut.«

Lioba befahl ihr, sich hinzulegen, zerriss ein Tuch und rollte ein Stück Stoff zusammen. Dann befahl sie ihr, sich den Pfropfen einzuführen. Als das getan war, wickelte sie sie wie einen Säugling fest in mehrere Leinentücher, wie man es mit ihr gemacht hatte. Zufrieden blickte sie auf Judith hinunter.

»Du solltest am Feuer liegen! Hier im Stall ist's zu kalt für dich. Eigentlich solltest du im Gemach der Herrin sein …«

»Nein!« Judiths Stimme klang erstaunlich klar und hell.

Lioba setzte den Becher ab, den sie gerade gefüllt hatte.

»Es wäre aber wirklich besser …«

»Nein. Er soll mich nicht so sehen.«

»Er kümmert sich sowieso nicht um dich.« Lioba bereute ihre unbedachten Worte, als sie deren Wirkung sah.

Judiths Miene verzerrte sich, als hätte sie Schmerzen. Ihre Hand tastete nach der von Lioba, drückte sie fest. Sie schwiegen beide lange. Als Lioba schon glaubte, die Magd wäre eingeschlafen, öffnete Judith die Augen.

»Du musst *gehen.«*

»W… wie meinst du das?«

»Weg von hier. Solange du noch kannst.«

Lioba starrte sie an. »Aber du …«

»Bleib nicht meinetwegen«, flehte Judith. »Ich komme klar. Du musst weg! Du bist hübsch, und er wird dich nehmen. Er macht vor keiner Frau halt.«

»Ja.« Lioba fühlte, wie ihre Finger kalt wurden. Sie wusste, dass Judith recht hatte, aber sie sträubte sich gegen die Erkenntnis. Wäre die Herrin doch noch am Leben! Sie hätte sie beschützt, und Sigboto hätte nie sein wahres Gesicht gezeigt. Wie sehr wünschte sie sich Schutz, einen sicheren Hort, wo sie bleiben könnte. Aber wenn sie hierbliebe, würde sie sicher dasselbe Schicksal treffen wie Judith, und sie würde ihre Freiheit für immer verlieren. Es stimmte, sie musste fliehen, weitersuchen nach einem Ort, an dem sie endlich sicher sein konnte. Dazu fiel ihr nur ein Ort ein, aber davor hatte sie immer noch Angst.

* * *

Nur wenig später verließ sie die Burg unter dem Vorwand, Kräuter zu sammeln.

Es war ein warmer Sommertag. Die Kornernte war eingebracht, und von den nächstgelegenen Bauernhöfen klang schon vereinzelt der gleichmäßige Takt der Dreschflegel aus den Scheunen. Über dem Stoppelfeld kreiste ein Vogelschwarm.

Sie hielt inne, beschattete ihre Augen mit der Hand gegen die Sonne und beobachtete ihn eine Weile. Ein paar Atemzüge lang wünschte sie sich an einen Ort, an dem sie niemand kannte und wo sie gefahrlos leben könnte. War nicht auch ihre Mutter aus dem Kloster geflohen und hatte woanders eine neue Heimat gefunden? Sie könnte dasselbe tun.

Aber dann würde sie nie erfahren, ob Wilem und Otto noch lebten.

Sie wandte sich um, zog ihr Kopftuch tief ins Gesicht und lenkte ihre Schritte in den Wald.

Kapitel 26

An einem warmen Spätsommermorgen kroch Lioba aus dem Tannendickicht, in dem sie die Nacht verbracht hatte, in den lichteren Wald. Zum Glück waren die Nächte immer noch warm und mild, sodass ihr nicht kalt wurde, denn sie wagte es nicht, ein Feuer zu machen, das man weithin sehen könnte.

Turmartig wölbten sich hohe schlanke Buchen über ihr. Sie stapfte durch das Laub vom Vorjahr, aus dem kleine Bäume emporwuchsen. Wieder würde sie einen Tag verbringen wie jeden anderen: Suche nach Essen, Suche nach einem Schlafplatz. Schlafen. Aufstehen. Suche nach Essen … Ihre Vorräte waren aufgebraucht, und seit Tagen ernährte sie sich nur noch von dem, was sie im Wald fand.

Wenn sie doch nur Fallen stellen könnte! Wenn sie Waffen besäße und gelernt hätte, Tiere zu erlegen, wenn sie ein ordentliches Feuer machen könnte, dann würden ihre Speisen reichhaltiger sein.

Aber sie kannte nur die Pflanzen – Blätter, Blüten, Beeren, ein paar frühe Haselnüsse –, alles, was der Wald ihr gab.

Wenigstens hatte sie niemanden gesehen, seit sie hier war. Die Bauern hatten mit der Ernte zu tun, und für die Schweinemast war es noch zu früh. Einmal hatte sie Qualm gerochen, der von den Sümpfen herüberwehte, und sie hatte große Angst bekommen und gehofft, dass es kein Gesindel war, aber der Geruch war verzogen. Vielleicht war es ein einsamer Jäger gewesen, der heimlich wilderte, was hin und wieder vorkam.

Lioba trat auf eine Stelle, wo Sonnenstrahlen durch die Blätter einiger Eichen fielen, und wärmte sich eine Weile in der Sonne. Leise säuselte ein Windhauch in den Blättern. Die Luft war warm und würzig, roch nach Erde, Gras, nach vergangenen und künftigen Sommern. Sie gönnte sich eine Verschnaufpause, atmete tief, schloss die Augen. Sie wusste, dass sie nicht mehr lange bleiben könnte. Bald, spätestens im Herbst, würde sie gehen und sich irgendwo als Magd verdingen müssen. Sie konnte nicht bleiben und glauben, Wilem jemals wiederzufinden oder gar auf Ottos Rückkehr hoffen. Bei diesem Gedanken durchfuhr sie helle Verzweiflung. Wenn nur Ida von Rothe nicht gestorben wäre! Die Herrin hätte sicher keinen Treueschwur von ihr verlangt. Sie hätte weiter als Magd dortbleiben und nach Wilem suchen können.

Lioba war so vertieft in ihre Gedanken, dass sie das ferne Hundegebell erst nicht hörte. Als sie es vernahm, krallte sie ihre Hände in den Stamm der Eiche und schluckte ihre Tränen herunter. Lauschte. Fühlte, wie ihr Herzschlag sich beschleunigte und die Härchen auf ihren Armen sich aufrichteten. Das Gebell kam von Vissel herüber. Sigboto ging wieder auf die Jagd.

Sie horchte weiter, ob es sich vielleicht doch entfernen würde, aber es kam näher. Hastig durchstöberte ihr Geist mehrere Fluchtmöglichkeiten. Sie hatte eine kleine Höhle entdeckt, aber die lag zu weit weg, um sie noch erreichen zu können. Die Eichen in der Nähe waren nicht dazu geeignet, sie hastig zu erklimmen. Also musste sie zurück ins Tannendickicht.

Das Gebell wurde lauter. Sie kamen sie sicher suchen. Sie hatten sie schon am Tag nach ihrer Flucht gesucht, aber zum

Glück hatten die Hunde die Witterung am Bach verloren. Danach waren sie noch einmal wiedergekommen, hatten hinter dem Bach gesucht, aber sie hatte sich in einer Höhle vor ihnen verstecken können. Danach waren sie nicht wieder zurückgekehrt.

Aber nun – heiliger Herr Jesus! Sie schien Sigboto sehr verärgert zu haben.

Liobas Hand glitt zu dem Anhänger unter ihrem Kleid, zog das kleine Kreuz hervor und presste es fest, während sie ein hastiges Gebet sprach. Dann nahm sie ihren Beutel und rannte los.

Sie tauchte ins Dickicht, tiefer und tiefer lief sie in die stechenden Tannen hinein, bis deren würziger Duft sie umhüllte, dann wartete sie eine Weile mit klopfendem Herzen. Das Hundegebell wurde lauter.

Sie stellte sich vor, wie die Meute ihre Fährte aufnehmen und ihr ins dichte Tannengehölz folgen würde, bis sie sie gestellt hätten, wie sie sie kläffend umkreisten, wie die Schergen sie dann – den Hunden folgend – ergreifen und vor ihren Herrn bringen würden. Sie sah Sigboto vor sich, wie er lächelnd auf sie heruntersah, sie fesseln und auf seine Burg zurückbringen ließ. Was danach geschehen würde, mochte sie sich nicht mehr vorstellen.

Im Dickicht war sie nicht sicher. Sie rannte durch die Tannen, so schnell sie konnte, presste sich durch stachelige Äste, kümmerte sich nicht darum, wie die Zweige an ihrem Kleid hängen blieben und sich in ihre Haut bohrten. Sie verließ das Dickicht zur anderen Seite, zu den Sümpfen hin, und sie rannte weiter. Laut hallte das Gebell hinter ihr im Wald. Sie hörte trockene Äste knacken, Hufschläge, das Schnauben der Pferde. Jemand stieß einen Befehl aus, und die Meute jagte weiter.

Lioba rannte. Ihr Herz hämmerte so laut, dass es in ihrem Kopf dröhnte. *Lieber Herr Jesus, lass sie mich nicht finden! Ich will nicht zurück.*

Sie hielt keuchend inne. Vor ihr lag der Sumpf unter den Bäumen. Wasser glitzerte zwischen Schilfpflanzen und schwarzer, aufgewühlter Erde. Aus einem stillen Tümpel ragte eine Schilfinsel, in die ein toter Baum gefallen war. Dahinter erstreckten sich weithin Moorgräser, auf die die Sonne schien und sie strohgelb aufleuchten ließ. Auf einer Wiese darin erhoben sich ein paar mächtige alte Bäume.

Wenn sie es dahin schaffen könnte!

Sie hörte, wie die Hunde nun durch den Tannenwald jagten, und ein kalter Schauer lief ihren Rücken hinunter. Es würde nicht mehr lange dauern, und sie hätten sie eingeholt.

Lioba bekreuzigte sich. Sie atmete tief durch, fühlte, wie sie am ganzen Leib zitterte. Dann gab sie sich einen mächtigen Ruck und lief in den Matsch. Sie spürte, wie sie einsank und das Wasser sich in ihren Schuhen sammelte. Entschlossen watete sie weiter. Vielleicht war es besser zu sterben, als irgendwo in der Fremde das triste Leben einer Magd zu führen. Auf jeden Fall war der Tod besser, als zurück zu Sigboto zu müssen. Das kalte Wasser griff nach ihrem Gewand und zog sie tiefer. Nach und nach wurde alles schwer. An ihren Schuhen klebten Gewichte aus Schlamm, während der vollgesogene Stoff ihres Kleides sie tiefer in den Tümpel zog. Sie stemmte sich gegen die Gewichte und watete langsam weiter, fühlte, wie sie tiefer im schlammigen Boden versank. Sie konnte nicht schwimmen.

Hilflos ruderte sie mit den Armen, als das Wasser stieg. Sie sah das Schilf vor sich, bekam ein paar Stängel zu fassen. Vorsichtig zog sie sich zur Insel, als sie merkte, wie sie den Boden unter den Füßen verlor. Sie hörte, wie die Hunde näher kamen. Immer lauter hallte ihr Gebell durch den Wald.

Lioba schnappte nach Luft. Brackiges Wasser drang in ihren Mund und rann ihr kalt den Hals herunter. Sie griff nach dem toten Baum, erwischte die Stelle, wo er kantig aus dem Tümpel emporragte, und hielt sich daran fest. Schon tauchten die Hunde am Rande des Sumpfes auf. Sie kläfften und winselten, wagten sich aber nicht ins Wasser hinein. Lioba duckte sich hinter den Baumstamm und hielt die Luft an.

Sie hörte Hufschläge, ein schnaufendes Pferd. Ein barscher Befehl brachte die Hunde zum Schweigen. Nun hörte sie nur noch Vogelgezwitscher und das sanfte Klirren von Zaumzeug.

»Verdammt!«, fluchte Sigboto. »Sie muss hier doch sein!«

»Meint Ihr, sie kennt den Weg durch die Sümpfe?«, fragte sein Kriegsknecht.

»Glaub ich nicht. Aber wo ist sie dann?«

Lioba hörte, wie die klopfenden Hufe sich langsam am Rande des Sumpfes auf und ab bewegten. Sie hielt die Luft an und presste sich nah an den Stamm, spürte förmlich, wie Sigbotos scharfe Blicke das Schilf absuchten. *Lieber Herr Jesus, lass ihn mich nicht finden. Lass nicht alles umsonst gewesen sein.*

»Hölle und Henker, sie kann sich doch nicht in Luft auflösen!«

»Vielleicht ist sie in den Tümpel gegangen«, meinte Sigbotos Scherge.

»Wie? Nein, da käm' sie doch nicht mehr lebend raus.«

»Na, vielleicht hat sie doch Verbündete in der anderen Welt.«

»Unsinn! Komm, versuchen wir es weiter unten. Soll mich doch der Leibhaftige holen, wenn ich das Weib nicht wiederkriege.«

Zu ihrer unendlichen Erleichterung hörte Lioba, wie die Pferde sich langsam entfernten. Auf einen Pfiff hin folgten ihnen die Hunde. Trotzdem wagte sie es nicht, sich zu rühren und wartete noch lange, bis sie sicher sein konnte, dass sie fort waren.

Erst dann bewegte sie ihre steif gefrorenen Zehen auf dem schlammigen Grund des kalten, faulig riechenden Wassers. Sie musste zurück und sich trocknen, doch das Prickeln im Nacken zeigte ihr, dass etwas nicht stimmte. Vom Sumpf her erklang ein Geräusch. Sie fuhr herum.

In den hohen Gräsern am Rande des Tümpels stand eine Frau. Reglos, als wäre sie dort festgewachsen, harrte sie dort und starrte Lioba an. Sie trug abgewetzte Männerkleidung und einen Bogen. Über ihrer Brust spannte sich der Gurt eines Pfeilköchers, in ihrem Gürtel steckte ein großes Messer.

Lioba erschrak. Aber dann, als die Frau sich immer noch nicht rührte, erholte sie sich nach ein paar Atemzügen von ihrem Schrecken. »K… kannst du mir helfen? Ich kann nicht schwimmen.«

Die Frau musterte sie abschätzig mit ihren schmalen Augen, die in ihrem wettergegerbten Gesicht lagen. Ihre schwarzgrauen Locken waren mit einem Lederband zusammengehalten, aus dem sich mehrere Strähnen gelöst hatten.

»Was gibst du mir, wenn ich dir helfe?«, fragte sie.

Lioba spürte, wie ihre Zähne vor Angst und Kälte aufeinanderschlugen. »Ich hab nichts, was ich dir geben könnte.« Sie dachte an ihren Beutel, der irgendwo im Sumpf versunken war. »Meine Vorräte sind weg und …«

»… hast du Fleisch?«

»Nein.«

Die Frau runzelte die Stirn. Lioba, die Angst hatte, dass sie wieder gehen könnte, ohne ihr zu helfen, überlegte hastig, was sie ihr anbieten könnte. Ihr fiel nur noch eins ein. »Wenn du willst, k… kannst du meinen Schutz haben.« Sie hielt ihr den Anhänger hin, den sie am Hals trug. »Es ist ein starkes, gutes Kreuz, hat immer geholfen! Du k… kannst es haben, wenn du willst.«

Die Frau blickte auf den Anhänger und rührte sich nicht. Nichts in ihrer Miene deutete darauf hin, wie ihr der Vorschlag gefiel.

Als Lioba schon überlegte, wie sie es allein durch den Tümpel zurückschaffen könnte, hob die Frau einen starken Ast auf und hielt ihn ihr hin.

Lioba atmete auf. Dankbar ergriff sie den Ast, hielt sich daran fest und ließ sich vorsichtig ans Ufer ziehen. Erleichtert, wieder festen Boden unter den Füßen zu haben, kroch sie auf das Gras.

»Danke.« Lioba fingerte nach ihrem Kreuz, doch die Frau schüttelte den Kopf. Sie ließ den Ast fallen und zog den Gurt ihres Pfeilköchers zurecht. Ihre Fingernägel waren schwarz.

»Du musst dich trocknen«, sagte sie nach einem Blick auf Liobas nasses schmutziges Kleid. »Komm mit.«

Schon wandte sie sich um und verschwand in den Moosgräsern. Lioba erhob sich rasch und heftete sich an ihre Fersen. Sie folgte der Frau über feste kleine Moosbüschelhügel und abgestorbene Baumstämme auf einem unbekannten Weg durch den Sumpf. Mehrmals mussten sie Wasseradern, kleinere Tümpel und Matschpfuhle von unbekannter Tiefe überspringen, bis sie endlich festen Boden unter den *Füßen hatten.* Es war jene Wiese, die Lioba schon vom Ufer aus gesehen hatte. Sie war größer als gedacht; sie mussten noch eine ganze Weile laufen, bis sie eine kleine Hütte erreichten, die auf der höchsten Stelle der Insel lag.

»Warte hier!« Die Frau lief voraus und verschwand in der Hütte.

Lioba ließ sich keuchend auf die Knie fallen. Eine ungeheure Erleichterung durchflutete sie, als sie das Häuschen in der Sonne liegen sah. Umgeben von Büschen und Bäumen lag es vor Blicken verborgen auf festem Land. Ein Floß lag in einiger Entfernung am Ufer eines kleinen Sees.

Zitternd erhob sie sich, als die Frau wieder in der Tür ihrer Hütte erschien. Sie gab ihr ein Stoffbündel. »Hier ist was zum Anziehen. Weiß nicht, ob's dir passt. Du kannst im See baden.«

Sie deutete mit dem Kopf in Richtung der glatten Wasserfläche.

»Danke.« Lioba nahm das Bündel. »Wie ist dein Name?«

»Relindis.«

Lioba lächelte. Als die Frau nichts mehr sagte, ging sie zum schilfigen Ufer hinüber. Die Aussicht, jetzt schon wieder ins Wasser zu gehen, gefiel ihr gar nicht, aber sie sah ein, dass sie den Schlamm abwaschen musste. Sie zog die nassen Gewänder aus, glitt in den See und wusch sich von Kopf bis Fuß, dann trocknete sie sich mit dem Stück Stoff, in das die Kleidung eingewickelt war. Sie streifte sich die neuen Gewänder über. Es war Männerkleidung – Beinkleider, Hemd und ein einfaches Obergewand, das an vielen Stellen ausgebessert und mit Flicken versehen, aber sauber war. Statt der Kordel nahm sie jedoch ihren eigenen schmalen Ledergürtel, um das Obergewand zu gürten. Dann wusch sie ihr Kleid im See.

Warm schien die Sonne auf sie herab, als sie zur Hütte zurückging. Relindis hatte bereits ihre Schuhe zum Trocknen in die Sonne gestellt. Ein gefüllter Napf stand auf dem hölzernen Tisch für sie bereit. Relindis deutete auf ein Brett, das auf zwei Baumstümpfen lag. »Setz dich.«

Lioba gehorchte und beobachtete, wie Relindis ihr Kleid über eine Schnur hängte, die zwischen zwei Bäume gespannt war.

»Lebst du hier allein?«, fragte sie, als Relindis zurückkam.

»Siehst du hier noch jemanden?«

»Nein.« Ihre Frage war wohl etwas dumm gewesen.

»Niemand kommt hierher. Nun iss schon!« Relindis deutete auf den Holznapf, in dem eine körnige Masse schwamm, und ließ sich neben ihr nieder. Sie füllte einen Becher mit Wasser und stellte ihn auf den Tisch.

Lioba gehorchte. Der Haferbrei sah nicht gut aus, schmeckte aber. Sie kam sich vor, als wäre sie im Paradies, bei einem Engel, der bald seine Verkleidung ablegen und sich ihr in seiner wahren Gestalt zeigen würde. Vielleicht war Relindis eines der Waldwesen, die man aus den alten Geschichten kannte und die die Menschen fürchteten, aber doch nie zu Gesicht bekamen.

Verstohlen musterte Lioba ihr Gegenüber und suchte nach versteckten Zeichen, aber sie fand nichts.

»Wie ist dein Name?«, hörte sie die Frau fragen.

»Lioba.«

»Hast du diese Insel vom Ufer aus gesehen?«

»Ja.«

Relindis runzelte die Stirn, offenbar gefiel ihr die Antwort nicht. »Dann müssen wir aufpassen und dürfen nicht zu weit von der Hütte weggehen. Die Insel ist nicht immer zu sehen, nur an sehr klaren Tagen. Meistens liegt sie versteckt im Sumpf, vom Dunst verhüllt.«

»Ah.« Lioba nickte und stellte den Napf auf den Tisch zurück. »Dann ist es sicher unheimlich, hier zu leben.«

»Nicht unheimlicher als in deinem Dorf.«

Lioba ließ den Löffel sinken. »Woher weißt du, woher ich komme?«

Relindis musterte sie aufmerksam. Ihre Augen lagen tief in dem gebräunten Gesicht. Sie hatte eine dunkle, glatte Haut, dabei war sie von ihren Gesichtszügen her schon eine ältere Frau.

»Ich habe gesehen, wie die Männer dich mit ihren Hunden verfolgt haben«, sagte sie. »Sie werden weiter nach dir suchen.«

Lioba wurde auf einmal wieder kalt. »Sie kennen den Weg durch den Sumpf nicht.«

»Nein, niemand kennt den Weg, und das soll auch so bleiben. Ich habe sie gesehen, sie haben Pferde. Es ist dein Herr, der dich sucht.«

»Er ist nicht mein Herr. Ich bin eine freie Bauersfrau.« Rasch schloss Lioba den Mund und nahm sich vor, vorsichtig zu sein. Sie wusste nicht, wer oder was diese Fremde war.

»Trotzdem sucht er dich. Er wird wiederkommen.«

Lioba schluckte. Bei dem Gedanken, die Frau könnte sie durch den Sumpf in den Wald zurückschicken, begann sie zu zittern.

»K… kann ich nicht bleiben? Wenigstens, bis ich mich ausgeruht habe?«

Relindis betrachtete sie ungerührt. »Warum sucht er dich, wenn du nicht seine Leibeigene bist?«

»Er … ist wütend, weil ich weggelaufen bin.«

»Nur deshalb?«

»N… nein. Ich glaube, er sieht mich trotzdem als sein Eigentum an. Außerdem …« Sie brach ab, als sie an den Abend mit Ortwin von Falkenstein zurückdachte und an die Schätze, mit denen Sigboto zurückgekehrt war. Plötzlich wurde ihr klar, dass Sigboto sie auch suchen könnte, weil sie zu viel wusste. Sie hatte an dem Abend alles mitbekommen, kannte Ortwin von Falkensteins Pläne und hatte Sigboto mit seinen Schätzen gesehen. Sie wusste, dass er zu einem Raubritter geworden war. Auf keinen Fall durfte die Frau etwas davon ahnen, sonst würde sie sie hier nicht verstecken.

»Außerdem?«

»Nun, er …« Lioba überlegte hastig, was sie der Frau sagen sollte, als ihr Judith wieder einfiel. »Er ist nicht gut zu Frauen.«

»Aha.« Relindis sah eine Weile an ihr vorbei in die Büsche. »Ich hatte mir gedacht, dass er ein furchtbarer Herr sein muss, wenn du lieber im Sumpf ertrinken willst, als zu ihm zurückzugehen.« Sie starrte eine Weile nachdenklich vor sich hin. »Gib mir jetzt deinen Schutz«, verlangte sie.

Lioba, die gehofft hatte, die andere würde ihr Geschenk nicht mehr einfordern, fühlte Bedauern aufsteigen. Ihre Finger tasteten nach dem Anhänger an ihrer Brust. Sie hatte ihn einst von ihrer Mutter bekommen, er war das Einzige, was sie von ihr noch besaß.

Aber er gehörte nun Relindis, weil sie ihn ihr versprochen hatte. Widerwillig zog sie das Lederband über ihren Kopf und reichte der Frau den Anhänger.

Eine gierige Freude trat in Relindis' Blick, als sie das Kreuz aus Ebereschenholz betrachtete. Sie streckte ihre Hand aus, fuhr sanft über die hölzernen Perlen, mit denen das Kreuz umwunden war. Ein kleines Lächeln trat in ihre Züge und hellte ihre Miene für einen Augenblick auf. Sie öffnete ihre Gürteltasche, entnahm ihr einen Gegenstand und legte ihn zwischen sich und Lioba.

Lioba hielt die Luft an, als sie das kleine Kreuz erkannte. Sie hatte es nicht mit Perlen umwunden wie ihre Mutter, sondern mit einer Strähne ihres eigenen Haares. Deutlich war der dunkle Fleck getrockneten Blutes zu erkennen, mit dem sie es beträufelt hatte.

»Eine schöne Arbeit«, sagte Relindis. »Zwar nicht vollkommen, aber trotzdem sehr wirkungsvoll.«

»Wo hast du es her?«, fragte Lioba tonlos. Ihre Stimme war verschwunden in den Tiefen ihres Körpers. Ihr war, als konnte sie ihren Sohn wieder riechen, sein zartes Gesichtchen sehen. Holz und Haar seines kleinen Kreuzes verschwammen vor ihren Augen. Sie nahm es, strich mit den Fingern über das Haar.

»Es ist deine Haarfarbe. Es ist von dir«, stellte Relindis fest.

Lioba schlang ihre Hände um das Kreuz. »Ich habe es für meinen Sohn gemacht! Sie haben ihn im Wald ausgesetzt.« Ihr war, als müsste sie augenblicklich in Tränen ausbrechen. Nur mit Mühe schluckte sie sie herunter.

Relindis nickte. Sie nahm Liobas Anhänger und ließ ihn in ihre Gürteltasche gleiten. Dann erhob sie sich.

Lioba folgte ihr in die Hütte. Sie konnte kaum etwas sehen in der kleinen, engen Behausung, in der es nach Ziege und scharfen Kräutern roch. In dem Licht, das durch die Tür hereinfiel, erblickte sie eine Feuerstelle auf dem festgestampften

Lehmboden. Daneben lag ein schlafender Säugling auf einem Schaffell.

Sie ließ sich auf die Knie fallen. Das Kind war in grobes Leinen gehüllt, das die Alte mit Kordeln festgeschnürt hatte. Es hatte den Kopf zur Seite gelegt, und in seinem Nacken leuchtete noch das rötliche Mal.

»Wilem!« Lioba konnte sich nicht an ihm sattsehen. Sie hob ihre Hand, strich vorsichtig über den zarten Haarflaum auf seinem Kopf. Gott hatte ihr ihren Sohn wiedergegeben!

Sie kroch zu Relindis, küsste den Saum ihres Obergewands. Dann sandte sie ein Dankgebet zu Gott.

»Ich habe ihn Serapio genannt«, sagte Relindis. »Er ist ein ruhiges, gutes Kind. Er schläft viel und hat keine Angst vor den Hühnern. Leider hatte ich keine Leinenbinden für ihn.«

Lioba kroch wieder zu Wilem. Was war er doch groß geworden! Und gesund war er auch! Sie weinte vor Glück.

»Ich habe ihn im Wald gefunden, unten am Bach. Er war schon ganz blau gefroren. Erst glaubte ich, er wird nicht mehr, aber dann hat er's doch geschafft. Er ist ein zäher kleiner Kämpfer.«

»Der Herr wird deine Seele retten.« Lioba lächelte Relindis dankbar durch den Tränenschleier zu.

Relindis winkte ab. »Wer hat ihn ausgesetzt?«

Lioba wollte nicht mehr an jene Nacht zurückdenken, aber sie zwang sich zu einer Antwort. »Leute aus meinem Dorf«, sagte sie. »Der Pastor. Sie glaubten, Wilems Vater wäre ein … ein fremdes Wesen. Weil er dieses Zeichen hat.« Sie deutete auf das Mal im Nacken des Kindes.

Relindis stemmte die Hände in die Hüften. Hinter ihr fiel das Licht durch die Tür und ließ ein paar Staubflusen aufleuchten, die sich in ihren Locken verfangen hatten.

»Ich glaube, du hast viel zu erzählen«, sagte sie. »Aber dein Sohn sollte jetzt seine Mutter sehen.«

Sie ging zu Wilem und strich ihm über das Köpfchen, dann zwickte sie ihn sanft in den Bauch. Der Kleine lächelte im Schlaf, dann schlug er die Augen auf. Relindis nahm ihn auf, schaukelte ihn auf ihren Armen. »Sieh mal, Serapio, deine Mutter hat dich gefunden.«

Wilem sah zu der Frau, die eine Fremde für ihn war. Er hatte Augen und Haare wie sie. Lioba lächelte. Er blickte sie unverwandt an, dann drehte er sich weg und vergrub sein Gesicht an Relindis' Schulter.

Lioba ließ enttäuscht ihre Hände sinken.

»Erwarte nicht zu viel. Bisher war er nur mit mir allein«, beruhigte Relindis sie. »Er wird sich noch an dich gewöhnen.«

»Also darf ich bleiben?«

Relindis antwortete nicht sofort. Sie legte Wilem zurück auf sein Lager. Dann nahm sie eine Tonflasche und tauchte sie in einen Krug mit Ziegenmilch, verschloss sie mit einem kleinen Ledersauger. Sie nahm das Kind auf und ging mit ihm aus der Hütte ins Sonnenlicht.

Lioba folgte ihr. »Ich weiß nicht, wo ich sonst hingehen soll«, fuhr sie fort. »Meine Familie hat mich verstoßen und mein Mann auch. Ich kann nicht mehr zurück.«

Relindis ließ sich mit Wilem auf der Bank nieder und bedeutete ihr, sich neben sie zu setzen, was Lioba tat. Sie beobachtete, wie Relindis dem Jungen die Ziegenmilch fütterte. Dabei erzählte sie ihr von den Geschehnissen in jener Winternacht, in der man Wilem ausgesetzt hatte, und wie es ihr danach ergangen war.

»Die Dörfler würden mich töten, wie sie es bei ihm versucht haben«, schloss sie und warf einen zärtlichen Blick auf ihr trinkendes Kind. »Sigboto … also der junge Herr, er würde darauf bestehen, dass ich ihm die Treue schwöre und seine Leibeigene werde.«

Wilem schob die Flasche weg. Relindis richtete ihn auf und klopfte ihm auf den Rücken. Er blickte seine Mutter an und begann zu weinen.

Lioba seufzte. Relindis musterte sie über die Schulter des Kindes hinweg. »Ich habe dich im Wald beobachtet«, sagte sie schließlich. »Du hast ihn schon lange gesucht, nicht?« Ohne eine Antwort abzuwarten, fuhr sie fort: »Du kannst für eine Weile bleiben. Es ist gut, wenn jemand hier ist und auf ihn aufpasst, wenn ich jagen bin. So werdet ihr euch aneinander gewöhnen. Du wirst mir im Haushalt und bei den Vorräten helfen. Hier findet man viel, es wird für uns alle reichen. Aber du wirst den Weg durch die Sümpfe nie allein gehen.«

Sie schaukelte das Kind auf den Knien. Lioba wäre ihr am liebsten um den Hals gefallen.

»Mit Haus- und Gartenarbeit kenne ich mich aus«, rief sie. »Ich komme doch vom Bauernhof! Die Ziege kann ich dir melken und neue Beete anlegen, wenn du willst. Ich kenne mich auch mit Kräutern aus, kann Tränke und Salben machen. Ich mache alles, was du willst.«

Relindis winkte ab. »Nun, die Kräuter, die du kennst, wachsen hier in den Sümpfen nicht. Außerdem kenne ich mich selbst ein wenig damit aus.«

»Ach so.« Enttäuscht sah Lioba auf Wilems kleinen Rücken. Sein Händchen krallte sich in Relindis' Locken fest. Sanft löste sie den Griff. »Aber ich kann dir zeigen, was hier in den Sümpfen wächst, wenn du willst.«

Wenn sie wollte? *Natürlich will ich,* dachte Lioba und willigte glücklich ein. Dies war der schönste Tag in ihrem Leben, denn sie hatte Wilem wiedergefunden. Ihr Leben hatte wieder einen Sinn bekommen. Sie würde bleiben, hier bei ihm, und sich nie wieder von ihm trennen.

Kapitel 27

Rudolf stieß seine Feder zurück ins Tintenfass. Es hatte keinen Sinn, ihm fiel einfach nichts ein. Seit dem frühen Morgen brütete er nun schon über dieser Seite, aber das Pergamentblatt hatte sich noch nicht einmal halb gefüllt. Er las die letzten Sätze, die vorigen Seiten seiner Geschichte und seufzte tief. Niemals würde er seine Worte so stellen können wie Walther von der Vogelweide, würden seine Verse so gut sein wie die von Hartmann von Aue. Er sollte aufhören, das teure Pergament zu besudeln, es war die reinste Verschwendung, und obendrein brachte er seinen Freund im Kloster damit unnötig in Gefahr.

Er erhob sich von seinem Schreibpult und trat ans Fenster. Ein hellblauer Himmel wölbte sich über die weite, flache Landschaft des Niederrheins. Dort, wo der dunkelblaue Horizont mit dem Himmel verschmolz, floss irgendwo der Rhein. Die Bäume jenseits des Burggrabens hatten schon den rötlichbraunen Schimmer angenommen, der auf den nahenden Herbst hindeutete.

Tief atmete Rudolf die milde Luft des schönen Spätsommertages ein. Er sollte jetzt besser draußen sein, jagen oder das Land inspizieren, wie sein Vater, Gerlach und Otto es tun würden, wenn sie hier wären, anstatt nutzlose Buchstaben auf teures Pergament zu schreiben. Warum war er nicht wie alle anderen Männer seiner Familie? Er hatte schon immer lieber geträumt anstatt sich dem wirklichen Leben zuzuwenden, und nun hatte ihn das Schreiben in der Gewalt wie die Eule eine Maus in ihren Klauen. Immer wieder zog es ihn ans Schreibpult, am besten gleich morgens, um die Einfälle niederzuschreiben, die ihm in der Nacht gekommen waren. Auf diese Weise hatte sich nach und nach eine Geschichte geformt, ähnlich wie die von Erec und Enite, die er im Kloster abgeschrieben hatte, aber einfacher und nicht mit der Sprachgewandtheit eines Hartmann von Aue. Zuletzt hatte es immer häufiger Tage wie diesen gegeben, an dem kein einziges kluges Wort mehr aus seiner Feder fließen wollte.

Vielleicht lag es daran, dass er sich um Otto sorgte. Nur spärlich sickerten Neuigkeiten von den Soldaten Christi in die Heimat zurück, und wenn, dann waren es keine guten.

Er hatte bisher nur eine einzige Botschaft erhalten. Sie war im letzten Winter durch einen Boten von Burg Altendonk zu ihm gelangt und hatte ihm von Gerlachs Tod im Sommer zuvor berichtet. Jedes Wort, das der Bote ihm ausgerichtet hatte, war von der tiefen Trauer seiner Tante und von ihrer Angst, auch ihre Söhne zu verlieren, angefüllt gewesen. Aber Otto lebte!

Rudolf wandte sich vom Fenster ab. Vielleicht war er aber auch inzwischen gestorben, ohne dass er, Rudolf, davon erfahren hatte.

Es würde dauern, bis eine solche Kunde zu ihm durchdrang. Was ihm Sorgen bereitete, war die Frage, wie er in diesem Fall nur ein fähiger Herr über die Burg werden sollte. Er war kein Ritter und hatte nie gelernt, Männer anzuführen und Besitz zu verwalten. Bei vielen Gelegenheiten in den letzten Monaten hatte er erfahren müssen, wie unklug es von seiner Mutter gewesen war, ihn nach dem Tod seines Vaters im Kloster zu lassen. Sie hatte es aus Güte getan, weil er sie angefleht hatte, ihn dort zu lassen, aber sie hätte ihn zu sich nehmen und in die Verwaltung der Ländereien einweisen müssen.

Rudolf seufzte, ließ sich wieder auf dem Schemel vor seinem Schreibpult nieder und las die letzten Sätze. Auf einmal wusste er, wie er weiterschreiben musste. Er nahm die Feder, tauchte sie in das Tintenfass, kratzte über das Pergament. Er hatte kaum die nächsten Wörter geschrieben, als die Tür zum Turm aufsprang und der Turmknecht in den Saal stapfte. Atemlos hielt er inne und verbeugte sich knapp vor ihm. »Herr von Rothe ist auf dem Weg zu uns.«

Rudolf ließ die Feder sinken. »Herr von Rothe? Was will er denn hier?«

Der Turmknecht hob seine Schultern und setzte eine Miene auf, die deutlich verriet, dass er das unmöglich wissen könne.

Ich habe ihm eine dumme Frage gestellt, dachte Rudolf.

Er glitt vom Schemel. »Wo ist Isanrich?«

Der älteste seiner Kriegsknechte und Burghauptmann würde wissen, was zu tun wäre.

»Im Burghof.«

»Gut, ich gehe zu ihm.«

Der Turmknecht warf einen missbilligenden Blick auf Rudolfs Gewand. »Mit Verlaub, Herr, Ihr solltet Euch rüsten«, riet er. »Man weiß nie, was die im Schilde führen.«

»Sicher.« Rudolf warf sich seinen Mantel über und steckte sich sein Messer in den Gürtel, dann folgte er dem Knecht hinaus. Kaum hatten sie den Hof betreten, eilte ihnen Isanrich schon entgegen. »Sigboto von Rothe mit einem Bewaffneten, Herr«, meldete er. »Sie haben eine Nachricht von Eurem Bruder.«

»Von Otto? Wie kann er eine Nachricht von ihm haben?«

»Das weiß ich nicht, Herr, er will nur mit Euch sprechen.«

Rudolf nestelte nervös an seinem Umhang. Es musste eine sehr wichtige Botschaft sein, wenn der Herr der Nachbarburg persönlich kam, um sie ihm zu überbringen. Ob er ihm trauen konnte? Sigboto war noch nie zu ihm gekommen. Das Verhältnis der beiden edlen Familien war immer noch nicht freundschaftlich, aber man redete wenigstens wieder miteinander, seitdem die von Rothes geholfen hatten, Otto wiederzufinden. Daran erinnerte sich Rudolf nur zu gut.

Was kümmerte ihn ein jahrzehntealter Zwist, den weder er noch Sigboto miterlebt hatten? Er wusste nicht einmal genau, um was es eigentlich gegangen war; nur flüchtig erinnerte er sich an die Erzählungen von Streitereien um Bauernhöfe und Nutzungsrechte.

Es wurde endlich Zeit, den alten Zank zu begraben, entschied Rudolf, erst recht, wo Männer aus ihren beiden Familien gemeinsam am Kreuzzug teilnahmen.

Er straffte sich. Sigboto war in derselben Lage wie er, auch sein Bruder war auf der großen Pilgerfahrt. Vielleicht hatte er etwas Neues erfahren, und – bei Gott! – er, Rudolf, wollte wissen, was mit Otto geschehen war.

»Lasst sie rein«, befahl er seinem Hauptmann.

Isanrich zögerte. Schweiß glänzte auf der Stirn seines verwitterten Gesichts. »Vielleicht sollten wir das besser nicht tun. Wollt Ihr nicht erst vom Tor der Vorburg aus mit ihm reden?«

»Sagtest du nicht, sie sind nur zu zweit?«

»Ja, Herr, aber …«

»Nun, wir sind mit dir fünf Männer, davon drei Bogenschützen, die du auf dem Wehrgang postieren kannst. Es wäre unhöflich, wenn wir unserem Nachbarn so deutlich unser Misstrauen zeigen würden, indem wir ihn vor dem Tor abfertigten.«

Isanrich nickte, obwohl er nicht überzeugt aussah. »Dann lassen wir sie aber nur in die Vorburg, Herr. Wir schließen das Tor zur Hauptburg und postieren unsere Bogenschützen auf dem Wehrgang.«

Rudolf runzelte die Stirn. »Soll ich meinen Nachbarn empfangen wie einen gemeinen Dieb?«

»Nein, aber wir müssen Vorsicht walten lassen.«

Rudolf seufzte, dann willigte er schließlich ein. Sein Hauptmann hatte die meiste Erfahrung, und es wäre klug, seinen Rat zu befolgen. Er beobachtete, wie Isanrich über den Burghof davoneilte und den Bogenschützen entsprechende Befehle erteilte. Auf einmal fühlte er sich sehr verloren, obwohl sich mittlerweile das gesamte Gesinde auf dem Hof versammelt hatte. Sogar Agnes, die hübsche Küchenmagd. Es gab nicht oft Neuigkeiten in diesem einsamen Landstrich.

Er hörte, wie das Tor geöffnet wurde, dann vernahm er das Klopfen der Hufe auf den Planken der Brücke. Sigbotos Wappenrock der von Rothes leuchtete ihm schon von Weitem entgegen. Neben ihm ritt ein Mann mit langen dunklen Haaren, der Lederärmel am Kettenhemd trug.

Rudolf hatte ihn schon einmal gesehen, aber er wusste nicht mehr wo.

Er sah Sigboto lächeln und trat ihm entgegen. Aber da erblickte er die eiserne Spitze der Lanze, die sich auf ihn richtete. Er sprang zurück, doch Sigbotos Hengst galoppierte unerschrocken in das Gesinde, das in alle Richtungen zerstob. Rudolf spürte die schwere kalte Lanze in seinen ungeschützten Leib gleiten und einen entsetzlichen Schmerz. Er hörte das Gebrüll der Krieger, in das sich Agnes' hoher Schrei mischte, das Zischen von Pfeilen, das die Luft durchschnitt.

»Es sind noch mehr am Tor!«, schrie einer der Knechte. »Oh Gott, sie sind drinnen!«

Rudolf hörte hastige Schritte, Hufgetrampel, Gebrüll. Er sah den blauen Himmel des Spätsommertages über sich. In diesem Augenblick war ihm klar, dass er sterben würde. Das Geschrei verklang in der Ferne, und er spürte den Schmerz nicht mehr.

Noch einmal dachte er an seine Geschichte, dann dachte er an Otto, ehe die Nacht ihn umhüllte.

* * *

Es kam die Zeit, in der die Tage merklich kürzer und die Nächte länger wurden. Am ersten Vollmond im Herbst, nachdem die Wildgänse zum Überwintern gekommen waren, lächelte Wilem seine Mutter das erste Mal an. Er hatte lange gebraucht, bis er sich an sie gewöhnt hatte. Zuerst hatte er immer nur geweint, wenn Relindis fortgegangen war. Lioba konnte ihm ja nicht sagen, wie viel besser es für ihn war, dass sie auf ihn aufpasste und er nicht mehr tagsüber allein zurückgelassen wurde, nur in Gesellschaft der Ziege und des Huhns. Relindis hatte ihn immer in den zweiten, verlassenen Ziegenpferch gelegt, gemeinsam mit seinen strohgefüllten Stofftieren, die sie ihm genäht hatte. Nun aber ließ Lioba ihn in der ganzen Hütte herumkrabbeln, wenn sie genug Zeit hatte, um auf ihn zu achten. Sie fütterte und wickelte ihn und beobachtete mit Freude, wie er begann, sich an der Bank hochzuziehen, die sie zu Beginn der kälteren Tage in die Hütte gebracht hatten. Sie musste nur aufpassen, dass er in seiner Entdeckerlust nicht zu nah ans Feuer kam oder an die vielen Näpfe, Körbe und Tongefäße, in denen Relindis ihre Kräuter und Salben aufbewahrte.

An diesem Abend wusch Lioba ihren Sohn in dem Holzbottich, in dem sie sonst seine Windeln einweichte, und er patschte mit seinen Händchen ins Wasser und lachte. Sie lachte mit und dankte Gott, während ihr die Freudentränen über die Wangen liefen. Ihr Sohn hatte endlich wieder zu ihr gefunden. Als sie ihn aus dem Wasser hob, protestierte er lauthals, aber sie wickelte ihn unbeeindruckt in ein großes Tuch und trocknete ihn ab.

Die Tür öffnete sich und Relindis kehrte zurück. Ein kalter Luftschwall wogte in die Hütte und ließ die Flammen tanzen. Lioba hielt Wilem fest im Arm.

»Du solltest ihn nicht so oft baden«, mahnte Relindis und warf einen missbilligenden Blick auf Wilems nassen Haarflaum. »Vor allem nicht, wenn er Husten hat.«

Sie hängte ihren Mantel an einen Nagel in der Wand und legte ihren Beutel auf den Tisch.

Lioba gab Wilem ein Stofftier, dann rubbelte sie seine Haare trocken. »Du hast recht«, gab sie freimütig zu. »Darüber hab ich nicht nachgedacht.«

»Du musst lernen, erst zu denken, bevor du etwas tust«, versetzte Relindis. »Du gleichst noch viel zu sehr einem jungen Zicklein, das gedankenlos auf der Wiese herumspringt.« Sie zwickte Wilem sanft in seinen nackten Bauch, bis er lachte. »Wir werden ihm einen Dampftopf machen und ihn dann warm einpacken, nicht wahr, Serapio?«

»Aaaahhhhgrrrrruuuuhhh«, machte Wilem.

Lioba setzte sich mit ihm auf die Bank und zog ihm sein Hemdchen an. Sie warf einen Blick auf den Inhalt des Beutels, den Relindis auf dem Tisch ausbreitete. »Stoff! Wo hast du den her?«

Relindis lächelte stolz, während sie mit den Händen über den grauen Wollstoff fuhr. »Habe ich bei einer Bäuerin gegen meine Wundsalbe eingetauscht. Sie hat ein offenes Geschwür, die Arme.«

»Dann warst du im Dorf?« Lioba konnte sich nicht erinnern, dass Relindis ihr erzählt hätte, den Wald schon einmal verlassen zu haben.

»Ich gehe manchmal in die Dörfer auf der anderen Seite des Sumpfes.« Sie wandte sich ab, nahm den Krug und goss Wasser in den eisernen Topf. Dann legte sie ein neues Holzscheit ins

Feuer. »Du hast unser Wasser für sein Bad verbraucht. Du musst neues holen, sonst haben wir nicht mehr genug zu trinken.«

»Mache ich gleich«, beeilte sich Lioba zu sagen. Sie war Relindis immer noch zutiefst dankbar und tat alles, was diese von ihr verlangte. Nun hielt sie erfreut den Wollstoff in die Höhe. Er würde für Wilems Obergewand reichen und – wenn sie es geschickt anstellte – auch für seine ersten Beinkleider.

»Du kannst ihm daraus ein schönes Winterleibchen nähen«, sagte Relindis, die wieder an den Tisch getreten war. Sie hockte sich vor Wilem und schäkerte ein wenig mit ihm herum.

»Du warst lange weg, ich habe mir Sorgen gemacht«, sagte Lioba.

»Unnötig. Ich komm immer wieder zurück, das weißt du doch.«

Lioba schwieg. Sie wollte ihr nicht sagen, dass sie jeden Tag fürchtete, Relindis könnte nicht mehr zurückkehren. Wie sollte sie dann jemals den Weg aus den Sümpfen herausfinden? Bei passender Gelegenheit würde sie sie bitten, ihr den verborgenen Weg zu zeigen.

Relindis breitete ihre Arme aus. »Na, kommst du zu mir, Serapio?« Wilem lächelte und streckte seine Ärmchen aus. Relindis nahm ihn auf und schaukelte ihn.

Es gab Lioba einen Stich, dass sie ihn immer noch Serapio nannte, obwohl sie wusste, dass Lioba ihm den Namen Wilem gegeben hatte. Was war das überhaupt für ein Name, wo kam er her? Er klang so fremdartig, sie hatte ihn noch nie gehört, und er passte überhaupt nicht zu ihrem Sohn.

»Das Dorf, in das du gegangen bist – gibt es dort einen Pastor?«

Relindis hörte auf, den Jungen zu schaukeln. »Warum?«

»Na ja, ich dachte … er könnte Wilem vielleicht taufen.«

Relindis wandte sich ab. Sie nahm eine Handvoll getrockneter Kräuter aus einem Napf und warf sie ins brodelnde Wasser.

Dann hielt sie Wilem über den Topf, damit er den Wasserdampf einatmete.

»Ich verstehe nicht, dass du ihn noch taufen lassen willst, nach all dem, was euer Priester ihm angetan hat.«

Lioba atmete tief den würzigen Geruch nach Kräutern und Fichtennadeln ein, der sich in der Hütte ausbreitete. »Aber alle Kinder müssen getauft werden! Wenn Wilem etwas passiert, und er ist nicht getauft … seine Seele wäre verloren.«

»So, wer sagt das? Der Pfaffe aus deinem Dorf?« Relindis warf ihr einen spöttischen Blick zu. »Sie erzählen den Menschen alles Mögliche in den Kirchen. Sie machen ihnen Angst, damit sie sie beherrschen können, sie rufen zu Kriegszügen auf und säen dabei nur Mord, Hass und Unglück. Denk nach, Lioba! Gott ist allmächtig, und deshalb kann er die Seelen ungetaufter gestorbener Kinder zu sich holen, wann immer er will.«

Lioba starrte die andere durch den Wasserdunst hindurch an. Sie hatte noch nie jemanden so reden gehört.

Wilem nieste, und Relindis nahm ihn aus dem Wasserdampf und wischte ihm mit einem Tuch das Näschen ab. »Ich verstehe dich nicht«, fuhr sie fort. »Der Pastor hat mit seinen böswilligen Behauptungen erst deine Mutter und dann dich ins Gerede gebracht. Die Dorfgemeinde hat dich ausgeschlossen. Sie haben deine Mutter getötet und deinen Sohn im Wald ausgesetzt. Und nun willst du, dass Serapio getauft wird?«

»Warum nennst du ihn immer so?«, entfuhr es Lioba. »Er heißt Wilem.«

»Das ist der Name, den du ihm gegeben hast, bevor man ihn aus deiner Welt ausstieß. Ich habe deinen Sohn aufgenommen und ihm einen neuen Namen gegeben.«

»Aber er ist *mein* Sohn. Ich bestimme seinen Namen.«

Relindis sah Lioba über Wilems Schultern hinweg an. »Wenn ich ihn nicht aufgenommen hätte, wäre er jetzt tot.«

Lioba wich ihrem Blick aus. Die Worte hatten sie getroffen. Sie spürte, dass Relindis recht hatte. Der Pastor selbst hatte Wilem töten wollen, wie könnte sie es da zulassen, dass jemals wieder ein Pastor ihren kleinen Sohn in den Armen hielt? Relindis hatte vielleicht wirklich das größte Anrecht darauf, Wilem einen Namen zu geben, weil sie ihn gerettet hatte. Sie war dadurch auch zu seiner Mutter geworden, ein wenig jedenfalls.

Relindis trat vor Lioba hin und schaukelte Wilem auf und ab. »Wir nennen ihn weiter bei den Namen, die wir ihm gegeben haben«, schlug sie in versöhnlichem Tonfall vor. »Er hört auf beide Namen. Eines Tages wird er sich für einen entscheiden.«

Lioba warf einen Blick auf ihren Sohn. »Also gut, wie du meinst«, willigte sie ein. Der Gedanke fühlte sich noch neu und ungewöhnlich an.

Relindis lächelte, gab ihr den Jungen zurück. »Nun sehe ich ein anderes Mädchen in dir.«

»Ein anderes Mädchen?«

»Ja, die junge Frau, die in dir steckt. Die monatelang nach ihrem Kind sucht, von ihrem Herrn flieht und eher in einem Sumpftümpel ertrinkt, als sich von ihm fangen zu lassen.«

»Aber …« Lioba spürte, wie ihre Wangen heiß wurden. Manchmal konnte Relindis einen aber auch anstarren! Lioba wich ihrem Blick aus und sah auf den Boden. Relindis' Finger schob sich unter ihr Kinn. »Sieh mich an!«

Widerwillig gehorchte Lioba.

Relindis lächelte. Ihre dunklen, tief liegenden Augen funkelten unergründlich. »Keine niedergeschlagenen Augen mehr! Zeig mir den Mut, den du hast. Ich weiß, deine Ziehmutter, die Bauersfrau, hat dir wahrscheinlich alles Mögliche eingeredet, dass du schlecht wärst oder schwach oder was hat sie gesagt?«

»… dass ich aussehe wie ein Reh und zu schwach für die harte Feldarbeit bin.«

Relindis ließ ihr Kinn los. Ihre Mundwinkel zogen sich verächtlich nach unten. »Aha. Warst du wirklich zu schwach dafür?«

»Nein.«

»Siehst du! Sie hat es nur behauptet. Du warst die Feldarbeit nicht gewöhnt und konntest sie später auch nicht mehr verrichten.«

»Ich musste Stoffe für die Herrschaft weben«, sagte Lioba.

»Deshalb hat sie dich nicht aufs Feld gelassen. Sie wollte, dass du webst. Sie hat über dich bestimmt und dich erniedrigt. Der Pastor hat behauptet, du wärst von demselben bösen Geist besessen wie deine Mutter und alle haben dich geschnitten. Ich glaube, in Wahrheit haben sich die Dorfburschen nach dir verzehrt und die alten Schranzen waren neidisch wegen ihrer weniger hübschen Töchter. Deshalb haben sie sich ihre Schandmäuler über dich zerrissen. Glaube mir, ich kenne die Menschen.« Sie machte eine wegwerfende Handbewegung.

Lioba musste an Hildegundis denken, an Johannes und Patto. »Meine Stiefmutter hat mich gehasst«, hörte sie sich sagen. Sie wunderte sich über ihre eigene nüchterne Stimme.

»Sie hat dich gehasst, weil du sie an deine Mutter erinnert hast. Sagtest du nicht, die wäre schön gewesen? Deine Stiefmutter hat es gehasst, wie dein Vater dich angesehen hat und dass dein Bruder dich liebte, ihr eigener Sohn, der doch nur zu ihr halten sollte!«

»… und ihre eigene Mutter.«

»Ja, davon hast du mir erzählt.« Relindis hockte sich vor Lioba und sah sie eindringlich an. »Sie hat dich gehasst, weil sie dich gefürchtet hat. Sie hatte Angst, ihre geliebten Menschen könnten dich mehr lieben als sie, verstehst du?«

»Ich hab mir auch schon gedacht, dass sie mich hasst, weil sie meine Mutter in mir sieht, weil sie eifersüchtig ist«, meinte

Lioba. »Sie konnte nie ertragen, dass mein Vater auch mich gernhat.«

Relindis lächelte. »Menschen mit einem großen Herzen können dulden, wenn der geliebte Mensch noch andere liebt. Aber die Kleinherzigen können das nicht. Sie ahnen nichts von der wahren Größe Gottes.«

»Hildegundis hat ihre Kinder verloren.«

»Ja«, sagte Relindis. »Das klare Wasser ihrer Seele ist verdorben. Der Tod ihrer Kinder hat sie zu einem fauligen Tümpel gemacht, der gefährliches Gift verströmt.«

Sie beugte sich nach vorn. »Denk an deine Mutter, von der dir die Herrin von Rothe erzählt hat. Willst du nicht werden wie sie?«

»Ich weiß nicht, wie sie war«, sagte Lioba traurig.

Relindis erhob sich. »Doch, du weißt es. Ich sehe sie in dir.«

»Aber … ich bin auch wie mein Vater.«

»Selbst der mächtigste Herr ist auch nur ein elender Sünder. Du musst vor ihm das Haupt beugen, aber nicht dein Herz, verstehst du?«

Verwirrt nickte Lioba. So hatte noch nie jemand mit ihr gesprochen. Diese Gedanken waren ihr fremd, aber sie gefielen ihr. Sie hob ihren Blick und tat der anderen den Gefallen, sie direkt anzusehen.

Relindis lächelte zufrieden. »Gut. Ich werde dir beibringen, was ich weiß, und du wirst erfahren, was deine Mutter wusste.«

»Ich verstehe nicht …«

Wilem begann zu weinen, und Lioba nahm die Flasche mit Ziegenmilch, die sie vorbereitet hatte, und fütterte ihn.

»Das wirst du noch verstehen.«

»Wie kannst du wissen, was meine Mutter wusste?«

Relindis antwortete nicht, sondern sah sie nur mit einem undeutbaren Blick an. »Deine Mutter war eine heilkundige Frau«, sagte sie schließlich. »Sie war auch eine Hebamme. Ich kann dir leider nicht zeigen, wie man Kinder auf die Welt holt, aber dafür weiß ich anderes.«

»Du hast mir doch schon viel gezeigt«, meinte Lioba. »Ich kenne jetzt sämtliche Sumpfpflanzen und weiß, welche nutzbar sind und welche gefährlich.«

»Das war erst der Anfang, aber es ist noch lange nicht genug. Wir müssen deine Mutter wiederfinden. Sie kann dir helfen, deinen wahren Weg zu erkennen. Willst du deine Mutter wiedersehen?«

Lioba setzte Wilem auf und klopfte ihm sanft auf den Rücken. Wie konnte Relindis ihre geheimsten Wünsche kennen? Wie konnte sie wissen, wie sehr sie sich danach sehnte, ihre Mutter noch einmal sehen zu können. Wenn sie doch noch einmal mit ihr sprechen könnte!

Sie strich Wilem über den Rücken und sah ins Feuer, das ruhig vor sich hinbrannte, Scheit für Scheit verzehrend.

»Ich weiß, dass du es willst«, sagte Relindis. Sie erhob sich, nahm Wilem auf. »Hast du genug gegessen, Kleiner? Zeit, den Engeln gute Nacht zu sagen! Gute Nacht, Gabriel, gute Nacht Michael, ihr mächtigen Himmelsfürsten. Spannt eure Flügel auf und breitet sie über den kleinen Knaben. Beschützt ihn vor allem Bösen und schenkt ihm gute Träume.« Sie legte Wilem in den Ziegenpferch auf sein Felllager und deckte ihn mit seiner Wolldecke zu. Dann malte sie ein Schutzzeichen über ihn in die Luft.

Wilem brabbelte noch ein wenig vor sich hin, bis er einschlief.

* * *

Später, nachdem sie gegessen hatten und das Feuer langsam herunterbrannte, nahm Relindis einen Napf aus ihrem Vorrat und rieb Lioba Hals, Gesicht und Hände mit einer Salbe ein. Sie hieß sie, ihr Gewand zu öffnen und ihre Schuhe auszuziehen, verteilte die Salbe auf ihrem Bauch und ihren Füßen. Dabei murmelte sie immer wieder dieselben Worte in einer fremdartigen Sprache. Lioba hatte noch nie solche Worte gehört. Sie spürte das Prickeln im Nacken, aber der Wunsch, ihre Mutter wiederzusehen, war größer als ihre Angst.

»Denk an deine Mutter«, ermahnte sie Relindis.

Lioba sank auf ihr Nachtlager am Feuer. Die Salbe war fettig und roch nach starken Kräutern. Relindis' Sätze hallten in ihrem Kopf wider, als wäre er ein leerer Saal. Tausendfaches Echo.

»Wie hieß sie?«

Nur noch schwach drang die Stimme an ihre Ohren.

Lioba öffnete den Mund und sagte etwas. Sie hörte nicht mehr, was sie sagte. Sie sah, wie Relindis etwas um sie herum auf dem Boden verstreute, sie sah ihre schmutzigen Schuhe an ihren Schultern.

Die Flammen des Feuers zuckten höher. Sie kamen näher und drohten, sie zu verschlingen, aber dann wanderten sie fort und wurden zu einer undurchdringlichen Wand, die in der Ferne brannte. Sie sah die schwarze Silhouette eines bewaffneten Ritters mit seinem Pferd. Mit erhobener Lanze galoppierte er ins Feuer und verschwand in den Flammen.

Lioba wollte schreien, aber der Schrei erstarb in ihrer Kehle. Sie war verloren in einem weiten, waldlosen Land. Karstige Felsen ragten aus dem hellem Sand einer Ebene empor. Dann verschwanden sie, und das Land erstreckte sich weit und öde bis zu einem blutroten Horizont. Der Himmel über dem gelben Sand leuchtete rot, als ob ein Feuer in ihm brannte. Wind heulte auf, blies den Sand vor sich her und türmte ihn zu hohen Bergen, ließ die Stoffe der verlassenen Zelte vibrieren. Er ergriff die zitternden Zelte, schleuderte sie fort, bis die Nacht sie verschlang. Danach legte er sich wieder.

Die Nacht brach herein und beugte sich mit ihren zahllosen Sternen über die Ebene. Es war windstill und kalt. Pfoten tappten lautlos durch den kalten Sand, hinterließen Spuren für kurze Zeit.

»Thomas!«, schrie Lioba. »Thoooomaaas!«

Aber sie erhielt keine Antwort.

Kapitel 28

Die Bucht vor Akkon, im Herbst 1190

Ein Geräusch weckte ihn. Mühsam wandte er den Kopf, um ihn gleich wieder abzuwenden, als das Licht ihn blendete. Rasch schloss er die Augen, um den gleißenden Sonnenschein auf dem Meer nicht zu sehen. Der Zeltstoff vibrierte im kühlen Wind, und ein Schwall frischer Luft wehte herein und ließ ihn frieren, obwohl er innerlich brannte. Er zitterte. Seine Zunge glitt über seine ausgetrockneten Lippen, als könnte sie sie befeuchten. Seine Kehle brannte wie Feuer, aber er hatte aufgehört, sich nach Wasser zu sehnen. Das, was in ihm lohte und ihn verzehrte, war nicht durch Wasser zu löschen, das wusste er.

Er würde sterben, aber selbst darüber dachte er nicht mehr nach, weil es für ihn zur Gewissheit geworden war. Um ihn herum herrschte hundertfacher Tod. Diejenigen, die nicht in den zermürbenden Kämpfen auf ihrem endlosen Weg hierhin gefallen waren, starben nun geschwächt durch den ständigen Hunger oder an der Seuche, einer nach dem anderen. Der Tod wütete in den Reihen der Soldaten und raffte ohne Unterschied Vornehme und Arme, Alte und Junge dahin. Wer vor Antiochia verschont geblieben war und es bis hierhin geschafft hatte, starb jetzt.

Otto vernahm ein Geräusch. Dann ein weiteres, als würde jemand Wasser in einen Becher gießen. Danach herrschte Stille, nur noch das Brennen und Pochen in seinem Kopf. Sein Gesicht fühlte sich an, als würde es zerbersten. Hatten ihn seine Sinne getäuscht?

Nein, es war wirklich ein Geräusch gewesen. Er spürte, wie dünne, aber kräftige Hände in seinen Nacken griffen und seinen Kopf anhoben. Er sah den Becher vor sich und trank. Wasser!

Kühl rann es seine brennende Kehle hinab in die Tiefen seines ausgehungerten Magens. Er trank noch mehr, er hätte unzählige Becher leeren können, Eimer, ja ganze Seen. Sein Durst war über die Tage und Wochen in der Wüste ins Unermessliche gestiegen; nie wieder würde er das Gefühl des Dursts vergessen.

Hinter dem Becher sah er ein Gesicht – mager, fast kindlich noch, nur Augen unter einem dunklen Haarschopf. Daneben einen Mann, den er kannte. Er kannte seinen Geruch, wusste, wie er hieß, aber sein Name fiel ihm nicht mehr ein.

Als er die bestürzte Miene des Mannes sah, erschrak er.

»Entschuldige«, murmelte er, aber er hörte seine eigene Stimme nicht. Aus seinem Mund war kein Laut gekommen, er hatte nur die Lippen bewegt, aber auch das tat ihm weh. Nun erinnerte er sich wieder, dass er ein paar Zähne verloren hatte.

Der Mann beugte sich über ihn. Er streckte seine Hand aus, als wollte er ihn berühren, dann zog er sie wieder zurück. Er hatte unglaublich große und kräftige Hände. Wie konnte jemand noch so gesund sein, wo doch alle Männer starben? Das konnte nicht mit rechten Dingen zugehen.

Otto wollte seine Hände falten, aber es gelang ihm nicht, er konnte sie nicht einmal bewegen. Aber der Mann faltete seine großen Hände, und er sagte etwas, das Otto nicht verstand.

Wieder wurde seine brennende Kehle mit Wasser benetzt, die großen Augen unter dem dunklen Haarschopf waren dicht über ihm.

Ein Junge.

Er hatte ihn noch nie gesehen. Warum war Volkmar nicht hier, wo war der Knecht? Mit Mühe formte sein Mund die Namen, aber es kam nichts heraus. Der Hüne musste sich tief über ihn beugen.

»V-o-l-k-m-a-r?«

Der Mann schüttelte den Kopf. Seine Miene war sehr ernst. Also war Volkmar tot, gestorben wie alle anderen, wie auch er sterben würde. Der heilige Georg war gekommen, um ihn vor den Allmächtigen zu bringen. Es war ein gutes Zeichen, denn der Heilige war sicher nicht zu jedem Ritter gekommen. Er kam nur zu den besten.

Otto sank in sich zusammen. *Mutter,* dachte er, und eine alte Erinnerung tauchte in ihm auf. Seine Seele würde sich mit ihrer wieder vereinen, endlich. Dann kam ein anderes Bild – ein schlankes Mädchen mit blondem Haar, das sich über eine Pflanze beugte. Das ihn mit leuchtenden Augen ansah. Otto lächelte.

IV

VISSEL AM RHEIN, IM ERNTEMONAT 1192

KAPITEL 29

Lioba spannte die Bogensehne. Scharf beobachtete sie die Tauben, die vom Dorf her auf das Stoppelfeld zuflogen, und hoffte, sie würden nah genug herankommen, damit sie eine erwischen konnte. Sie hätte es verdient, denn seit den Morgenstunden hatte sie in ihrem Versteck am Waldrand darauf gewartet, dass die Tiere kämen, um die letzten Körner auf den abgeernteten Feldern zu fressen.

Nun war es endlich so weit.

Sie kniff die Augen etwas zusammen, um besser sehen zu können, beobachtete, wie sich die Tauben in der Nähe niederließen und zu picken begannen.

Jetzt nur kein Geräusch machen! Sie atmete ruhig und besann sich auf ein Tier. Zielte und schoss. Legte sofort einen neuen Pfeil ein, als die Tauben davonflogen, und schoss erneut. Der dunkle Punkt fiel wie ein Stein vom Himmel und landete auf dem Feld.

Lioba triumphierte. Noch ein Treffer, damit hatte sie nicht gerechnet. Sie schlug sich lächelnd auf den groben Stoff ihrer Beinlinge, hängte sich den Bogen um. Nachdem sie sich vergewissert hatte, dass niemand in der Nähe war, kroch sie aus ihrem Versteck zwischen den Büschen hervor und lief aufs Feld.

Sie zog die Pfeile aus den toten Tieren und wischte sie notdürftig mit ein paar Blättern ab, ehe sie sie wieder in den Köcher steckte. Dann sammelte sie die Tauben ein und verfrachtete sie in ihren Beutel.

Lioba frohlockte. Die Wildgänsejagd im Winter zahlte sich nun aus – sie war schneller und sicherer geworden. Heute Abend würde es Taubenbrüstchen geben, sehr zur Freude von Relindis. Mal sehen, was sie noch alles finden würde, der Tag war ja noch lang. Sie warf einen Blick in die Richtung, in der ihr Heimatdorf lag.

Nicht weit von ihr entfernt, gleich hinter dem abgeernteten Weizenfeld, lag der Sandnerhof. Wenn sie zur Wegbiegung ginge, könnte sie im sicheren Schutz des Busches nach langer Zeit mal wieder einen Blick auf ihn werfen. Es war so lange her, dass sie hier gewesen war! Sie hatte oft an Fiedi und an ihren Vater gedacht und sich gefragt, wie es Christina und ihrer kleinen Maria ging. Wie gern hätte sie ihr erzählt, dass sie Wilem wiedergefunden hatte und wie es ihm ging, dass er nun ein munterer kleiner Kerl war, der auf der Sumpfinsel spielte. Sie hatte es der Freundin zu verdanken, dass sie sich nicht aufgegeben und schließlich ihren Sohn wiedergefunden hatte.

Lioba kniff die Augen gegen den einsetzenden Nieselregen zusammen und beobachtete, wie ein neuer Taubenschwarm heranflog und sich auf dem Feld niederließ. Sie führte einen inneren Kampf aus. Bei diesem Wetter würden kaum Bauern auf den Feldern sein. Sie könnte bis zur Wegbiegung laufen, wo sie sich notfalls rasch im Gebüsch am Waldrand verstecken könnte. Wahrscheinlich würde sie sowieso niemand mehr erkennen, so wie sie aussah in ihrer Jagdkleidung – mit grünem Kopftuch und einem mit Erde beschmierten Gesicht, damit die Tauben sie im Gebüsch nicht sehen konnten.

Andererseits – wenn ihr jemand begegnen würde und sie zu fliehen gezwungen wäre, müsste sie schnell genug sein, um mögliche Verfolger mit falschen Spuren abzulenken. Keinesfalls dürfte jemand den versteckten Weg durch den Sumpf zu Wilem und Relindis finden.

Als ihr das klar geworden war, gab sie ihrer Neugier nach, lief bis zur Wegbiegung und verbarg sich dort im Gebüsch. Vorsichtig lugte sie durch das Geäst, sah den Kirchturm von St. Clemens hell und groß von Weitem und die Höfe von Vissel verstreut in den Feldern liegen. Aber sie hatte sich geirrt – von hier aus konnte sie den Sandnerhof nicht sehen. Sie musste noch näher heran.

Sie lauschte, ob der Wind ihr vielleicht Stimmen und Geräusche zutrug, und pirschte sich dann, nachdem sie nichts gehört hatte, leise am Waldrand weiter, bis sie die Felder des Sandnerhofs erreichte. Eine graue Wolkendecke hing über dem gelben Stoppelfeld. Doch dort, wo der Sandnerhof hätte stehen müssen, dehnte sich nur noch ein großer schwarzer Flecken.

Lioba kniff die Augen leicht zusammen und lenkte ihren Blick noch mal hin, ob sie auch richtig gesehen hatte. Ein paar verkohlte Holzreste ragten dort empor, wo einst der Hof gestanden hatte, sonst war nichts mehr zu sehen. Von dem prächtigen Obstgarten waren nur noch ein paar Apfelbäume am Feldrand übriggeblieben, daneben lag der einsame Fischteich.

Lioba schluckte. Sie spürte, wie ihr Herzschlag sich beschleunigte. Lange starrte sie auf die abgebrannte Stelle und dachte, dass alles nur ein böses Trugbild wäre, das sich gleich auflösen und den Sandnerhof wieder freigeben würde. Sie blinzelte die kühle Luft und den Regen fort in der Hoffnung, das Bild ließe sich dadurch vertreiben.

Aber es blieb. Der Sandnerhof war verschwunden. Nun wusste sie, warum es hier so eigentümlich still war. Es war niemand mehr hier, der die Felder bewirtschaftete.

Lioba spürte, wie die Angst sie mit einem kalten Schauer überwogte. Sie ließ die Äste des Strauchs zurückfallen und atmete ein paar Mal tief durch. Den ersten Impuls, wieder in den Wald zurückzulaufen, unterdrückte sie aber. Eine Weile kämpfte sie mit ihren widerstrebenden Gefühlen, doch dann siegte die Neugierde. Vielleicht waren noch mehr Höfe im Dorf abgebrannt. Sie hatte zwei Winter mit Relindis und Wilem allein im Sumpf gelebt, abgeschnitten von der Welt. Da hatte viel geschehen können.

Sie musste es erfahren. Aufmerksam horchte sie, und als sie nichts hörte, gab sie sich einen Ruck, verließ ihr sicheres Versteck und lief zum schwarzen Flecken. Ein merkwürdiges Gefühl erfasste sie, als sie die verkohlten Reste des Hofes sah. Feiner Nieselregen fiel auf den verbrannten Boden. Der stolze Hof, sein großes Tor, der Stall, das Webhaus, die Räucherei – alles war verschwunden. Selbst der hölzerne Baumbrunnen war verbrannt. Nur ein großes Feuer konnte solche Spuren hinterlassen.

Sie ging dorthin, wo die mächtige Linde gestanden hatte. Bilder vom Erntedankfest tauchten wieder auf, und sie fühlte Tränen aufsteigen. Sie musste daran denken, wie sie hier mit Otto getanzt hatte.

Es war wirklich so, dass später nur noch die Erinnerungen blieben. Ihre Erinnerungen an jene Tage standen wie ein zweites Bild neben dem traurigen Anblick der Gegenwart.

Lioba blinzelte ihre Tränen weg und spähte zum Dorf hinüber. Die Strohdächer der nächsten Bauernhäuser lagen unangetastet in einiger Entfernung. Sie atmete auf. Also hatte es nur den Sandnerhof getroffen. Das Haus ihrer Familie, die sie im Stich gelassen hatte. Was war mit Christina geschehen, was mit der kleinen Maria? Als sie an ihre Freundin und das Kind dachte, krampfte sich ihr Magen zusammen. Sie lehnte sich an den verkohlten Pfahlstumpf und atmete tief. Nach einer Weile siegten ihre Vernunft und ihr Hunger über ihre Trauer und ihre Fragen, und sie erhob sich.

Sie musste weg. Später würde sie noch genug Zeit haben, um zu trauern. Sie ging zu den Apfelbäumen am Feldrand und sah nach, ob sie abgeerntet waren. Kaum hatte sie den ersten erreicht, hörte sie es im Nachbarbaum rascheln, und ein blonder Junge sprang aus dem Baum. Er landete sicher auf den Füßen, richtete sich auf und starrte sie einen Wimpernschlag lang voller Schrecken an. Dann hastete er fort.

Lioba sah ihm hinterher. Die stämmige Gestalt, der immer ein wenig zu schwerfällige Lauf, das Haar – sie erkannte ihren Bruder sofort.

»Fiedi!« Leise hallte ihre Stimme durch den Nieselregen.

Der Junge hielt inne und wandte sich zu ihr um.

»Ich bin's, Lioba.« Sie wischte sich mit der Hand über das Gesicht, als würde dadurch der Dreck abgehen. Er starrte sie an, bis sich seine Miene im plötzlichen Erkennen aufhellte. Langsam kam er zurück, blieb aber in einiger Entfernung vor ihr stehen. Misstrauisch musterte er sie.

»Ich bin's *wirklich«*, bekräftigte sie und lächelte durch ihre Tränen hindurch.

Er war größer geworden, fast so groß wie sie. Seine Beinlinge reichten ihm immer noch nur bis zu den Waden. Zögerlich kam er zu ihr, und sie fielen sich in die Arme. Er roch noch genauso wie früher.

»Fiedi«, murmelte sie.

Er ließ sie los. »Was hast du mit deinem Gesicht gemacht?«

»Das ist meine Tarnung, weil ich jage. So sehen mich die Tauben nicht, wenn ich mich im Gebüsch verstecke.«

»Du *jagst*?«

»Erzähl es niemandem.« Sie legte einen Finger auf seinen geöffneten Mund. »Was hast du in dem Baum gemacht?«

»Verstecken gespielt.«

»Du spielst immer noch Verstecken?«

Fiedi nickte verlegen. Er wusste, dass er eigentlich schon zu alt für solche Spiele war.

»Dann sind deine Freunde auch hier?«

»Nur der Korri. Versteckt sich weiter hinten.« Er deutete mit dem Kopf in eine unbestimmte Richtung. Lioba zog ihren Bruder hinter einen Weißdornbusch, der am Feldrand wuchs.

»Er darf mich nicht sehen«, flüsterte sie. »Niemand darf wissen, dass ich hier bin. Du darfst niemandem etwas verraten, hörst du?«

Fiedi nickte. »Warum bist du denn überhaupt weggegangen? Wo warst du die ganze Zeit?«

Ein Geräusch ließ sie herumfahren. Vorsichtig spähte sie hinter den Busch, aber sie sah nichts.

»Sprich leise«, ermahnte sie ihn. »Wenn dein Freund in der Nähe ist, muss ich weg. Er darf mich auf keinen Fall sehen.«

»Nein, er ist weiter hinten. Ich hab ihn noch gehört, eh ich auf den Baum geklettert bin.«

Lioba musste lächeln. Ihr Bruder sah immer noch wie früher aus, aber man konnte schon die Statur, die er später einmal als Mann haben würde, erahnen.

»Wie geht es Vater?«, wollte sie wissen. »Und … Mutter … geht es ihnen gut?«

Zu ihrer Erleichterung nickte er. »Sie sind wie immer. Aber ich habe eine kleine Schwester bekommen. Sie fängt schon an zu sprechen.«

Das Leuchten in seinen Augen gab ihr einen Stich ins Herz. »Wie schön«, sagte sie tonlos.

»Lioba, wo warst du? Warum bist du weggelaufen?«

Sie hörte deutlich den Groll in seiner Stimme, und es drängte sie, ihm die Wahrheit zu erzählen. Es musste furchtbar für ihn gewesen sein, dass sie so plötzlich verschwunden war. Aber dann erinnerte sie sich daran, was Relindis sie gelehrt hatte – niemals unbedacht reden –, und sie zwang sich zur Vorsicht. »Was hat dir Christina nach meinem Verschwinden erzählt?«

»Sie sagte, du wärst geflohen, aber sie wüsste nicht, wohin.«

»Das ist wahr.« Lioba nickte. »Was sagten sie im Dorf, wo ich wäre?«

Ihr Bruder zögerte. Er warf einen hastigen Blick in den Wald, ehe er antwortete. »Sie sagten, du wärst zu … zum Vater deines Sohnes gegangen.«

»Ah. Hätte ich mir denken können.«

»Johannes ist tot.« Friedrich sah an ihr vorbei über das Feld, als erwartete er, dass dort jeden Augenblick jemand erscheinen würde.

Sie deutete mit dem Kopf auf den schwarzen Flecken, wo der Sandnerhof gestanden hatte.

»Im Feuer?«

Ihr Bruder nickte.

»Was ist passiert?«

Fiedi blickte zu Boden. Er schwang seinen Fuß über ein paar Grasbüschel hin und her. »Der Sandnerhofbauer wollte nichts an den Herrn Sigboto abgeben. Da sind sie eines Nachts gekommen, beim letzten Vollmond, und haben alles niedergebrannt und die Ernte mitgenommen.«

»Der junge Herr?«

»Ja. Es waren mehrere Ritter, hat Korri mir erzählt. Er hat sich heimlich hingeschlichen. Hat aber nicht viel sehen können, nur, wie sie ihre Fackeln ins Haus und aufs Dach geworfen haben. Er hat die Schreie gehört. Alles hat lichterloh gebrannt.« Seine Stimme zitterte vor unterdrückter Wut. »Wir trauten uns nicht hin, haben nur das Feuer von Weitem gesehen. Erst am nächsten Morgen, da sind ein paar Männer aus dem Dorf hingegangen, auch Vater. Da lebte niemand mehr.«

In Liobas Kopf hämmerte es. »Was ist mit Christina und Maria? Albert und Anna? Sind sie *alle* tot?«

Fiedi hob den Blick nicht, während sein Fuß weiter über die Grasbüschel schwang. Er nickte nur.

Ihr verschlug es die Sprache. Ihre Hände tasteten in den Busch, als wollte sie dort Halt finden, aber sie stach sich nur an den stacheligen Zweigen. Regentropfen rollten von den Blättern und durchnässten ihr Gewand. »Aber Christina war unschuldig! Und Maria, sie war doch noch so klein …« Lioba schluchzte. »Er durfte das nicht tun! Albert war ein freier Bauer.«

»Der junge Herr ist ein böser Mann. Mutter sagt, er ist eine Strafe Gottes. Sie betet jeden Abend, der alte Herr von Rothe und sein älterer Sohn mögen endlich von der Pilgerfahrt zurückkommen. Aber niemand glaubt noch daran.« Betrübt schüttelte er den Kopf. »Sie sind wahrscheinlich tot, sagt Mutter. So wie unser Kaiser tot ist.«

»Der Kaiser ist tot?«

»Wusstest du das nicht? Wo warst du denn nur?« Misstrauen lag in Friedrichs rundlichem Gesicht, das dadurch auf einmal sehr dem seiner Mutter ähnelte. »Er ist auf dem Weg ins Heilige Land in einem Fluss ertrunken, vor zwei Jahren schon.«

Der Kaiser ist tot, hämmerte es in Liobas Kopf. Der Vater des Reiches, der es schon seit Ewigkeiten regierte, war nicht mehr da. Was war aus dem Heer Christi geworden, wenn er nicht mehr da war?

»Und die anderen?«, fragte sie, kaum hörbar. »Der Herr von Linn, ist er wieder zurückgekehrt?«

»Nein«, flüsterte Fiedi. »Niemand ist zurückgekommen. Pastor Werinhart betet jeden Sonntag in der Messe für die Seelen der Soldaten Christi.«

Lioba blickte in den grauen Himmel, über den ein Taubenschwarm hinwegflog. Die Vögel ließen sich wieder auf dem Feld nieder und pickten Körner. Alle waren tot. Christina, Johannes, Albert und Anna, sogar die kleine Maria. Und Otto wahrscheinlich auch. Lioba spürte, wie der Tränenkloß ihr den Hals zuschnürte.

Sie hatte in den letzten beiden Jahren kaum noch geweint. Hatte gut in der Geborgenheit ihres abgeschiedenen Lebens mit Relindis und Wilem gelebt und immer gehofft, Otto eines Tages wiederzusehen.

»Wir haben einen neuen König, Heinrich, der älteste Sohn des Kaisers.«

Aus weiter Ferne drangen die Worte ihres Bruders an ihre Ohren. Der graue Tag verschwamm vor ihren Augen. Sie vergaß alle Ermahnungen von Relindis, ihre Gefühle in Gegenwart anderer nicht zu offenbaren, und weinte wieder wie früher, wie ein kleines Mädchen.

Friedrich kam zögerlich näher und nahm sie in die Arme. »Nicht weinen, Lioba! Sie sind alle bei Jesus im Himmel, sagt Mutter. Wir beten jeden Abend, damit alles wieder gut wird.«

Lioba schluchzte in sein grobes Gewand, das nach Stall und den Kochdünsten vieler Tage roch. Gott hatte Johannes gestraft für das, was er seinem Sohn angetan hatte, da war sie sich sicher. Aber Christina? Wie konnte er dulden, dass ein so guter Mensch wie sie umgebracht wurde? Und dann auch noch ein kleines, unschuldiges Kind!

Sie war so lange unaufmerksam, dass sie die Hufschläge viel zu spät bemerkte. Sie ließ Fiedi los und spähte zum Weg hinüber. Die beiden Reiter entdeckten sie im selben Augenblick. Sofort gaben sie ihren Pferden die Sporen.

Lioba stockte der Atem. »Lauf zum Dorf, Fiedi!« Sie stieß ihren Bruder fort und begann, in die entgegengesetzte Richtung zu rennen. Wenn sie schnell genug war, könnte sie es vielleicht noch bis zum Wald schaffen, ehe die Pferde sie einholten. Ihre Schuhe sanken in die feuchte Erde des Feldes. Sie scheuchte die Tauben auf, die sich laut flatternd von ihrem großen Fressen erhoben. Hinter ihr donnerten die Hufe der galoppierenden Streitrösser über den Boden.

Lioba rannte. Sie war schnell geworden, viel schneller, kräftiger und ausdauernder als früher. Relindis hatte ihr doch noch vertraut und ihr den Weg durch die Sümpfe gezeigt, und vielleicht, weil sie fürchtete, selbst eines Tages zu alt dafür zu sein, hatte sie ihr noch vieles mehr gezeigt. Lioba konnte stundenlang laufen, jagen und fischen, ihr Körper war gestrafft wie eine Bogensehne.

Aber die Pferde waren schneller. Ihre Hufschläge wurden lauter. Lioba spürte, wie der Boden unter ihren mächtigen Hufen erzitterte.

Sie werden mich niederreiten, schoss es ihr durch den Kopf. Die Büsche am Waldrand tauchten vor ihr auf. Als sie glaubte, sie könnte sich durch einen gewagten Sprung ins Geäst retten, schnitt ihr ein Streitross den Weg ab, und das ohrenbetäubende Stampfen der Hufe hüllte sie ein. Das Pferd war grau, mit dunklen Flecken auf seinem Fell. Unter dem Helm seines Reiters flossen lange dunkelblonde Haare hervor und fielen auf das Eisenhemd; graue Augen zu beiden Seiten des Nasenschutzes blickten abschätzend auf sie herunter. Dann verzogen sich die schön geschwungenen Lippen unter dem Nasalhelm zu einem Lächeln.

»Sieh mal an, der Dorfbengel hatte recht. Wie schön, dich wiederzusehen, Lioba!«

Sie rührte sich nicht. Steif beobachtete sie, wie Sigboto vom Pferd stieg, sie langsam umrundete und betrachtete, als wäre sie ein Tier, das er zu kaufen gedachte.

»Beim Allmächtigen, wie siehst du nur aus? Irre ich mich, oder trägst du einen Jagdbogen?« Er betrachtete lange das Holz ihres Bogens, das sich quer über ihre Brust spannte

Ein kalter Schauer überlief sie.

»Zeig mir deinen Beutel«, forderte er sie auf.

Sie gehorchte schweigend und beobachtete, wie er ihren Beutel aufschnürte und hineinsah. »Hm, Taubenbrüstchen«, sagte er und verzog seinen Mund zu einem spöttischen Grinsen. Er gab ihr den Beutel wieder zurück, warf einen Blick über das Feld. »Wer hätte gedacht, dass dieser trübe Tag noch so schön werden würde?« Er nickte seinem Kriegsknecht zu, der daraufhin von seinem Pferd stieg. »Wir nehmen dich mit. Wenn du dich nicht wehrst, lasse ich deinen Bruder in Ruhe und deiner Familie geschieht nichts.«

Lioba rührte sich nicht. Sie fühlte ihr Herz pochen, während sie es still geschehen ließ, wie der Kriegsknecht ihr Bogen und Köcher abnahm. Er nahm einen Strick aus seiner Satteltasche und band ihr die Handgelenke zusammen. Dann hoben die Männer sie gemeinsam auf das Pferd. Der Kriegsknecht schwang sich hinter sie auf den Rücken des Tieres.

»Genieße den Ausritt! Du kannst dich glücklich schätzen, so hoch hinauf kommt ein Bauernmädchen sonst nicht.«

Die Männer lachten schallend. Lioba klammerte sich an die raue Mähne des Pferdes und rang um Fassung. Unter ihr setzte sich das Tier schaukelnd in Bewegung. Sie ritten über das Feld und dann den Weg entlang zum Dorf. Die verkohlten Überreste des Sandnerhofs glitten an ihnen vorbei, aber Sigboto würdigte sie keines Blickes. Von Fiedi war keine Spur zu sehen. Lioba atmete auf.

Kluger kleiner Bruder! Ihr Verräter musste sein Freund Korri gewesen sein, mit dem er Verstecken gespielt hatte.

Neben ihnen erstreckten sich die Felder. Bauernhöfe schmiegten sich in die Landschaft. Sie sahen friedlich aus, aber Lioba hatte das Gefühl, dass sie unzählige Augenpaare aus den Ställen und offenen Fensterläden heraus beobachteten.

Ob man sie noch erkannte, in ihren Beinlingen und so schmutzig im Gesicht, wie sie war?

Sie fühlte, wie Sigboto sie von der Seite ansah. »Soll ich dich ihnen überlassen, meine Liebe? Was meinst du, würde der Priester mit dir machen?«

Lioba sah starr geradeaus und versuchte, nicht zu zittern. Sie fragte sich, warum er mit ihr durch das Dorf ritt und nicht vorher den Weg zur Burg genommen hatte. Wollte er sie tatsächlich zum Pfarrhof bringen?

Denk nach, hämmerte es in ihren Schläfen. Sie hörte Relindis' Stimme, als wäre sie wirklich da. *Denk nach, ehe du sprichst. Verschließe deine Miene. Zeig keine Gefühle.*

Vor allem keine Gefühle zeigen. Sie tat, wie Relindis ihr befohlen hatte. Zwang ihr verletztes Herz zur Ruhe. Wurde zu einem Krieger, der sich hinter einem Schutzschild verbirgt.

Denk nach. Der Verstand musste jetzt zu ihrer Waffe werden, zu ihrem Schwertarm und ihrer Lanzenspitze. Sie hatte beim Jagen gelernt, ihren Verstand und ihren Körper zu gebrauchen. Einmal war sie einem Keiler gefährlich nahegekommen; sie hatte sich erst im letzten Augenblick vor ihm retten können. Seitdem wusste sie, dass das Überleben davon abhing, ob man in großer Angst klar denken konnte.

Würde Sigboto sie wirklich zu Werinhart bringen? Nein, er würde sein Recht, jemanden zu bestrafen, nie an einen Priester abtreten, schon gar nicht an Werinhart, den seine Mutter schon verabscheut hatte und der vermutlich der Grund für ihre wenigen Kirchenbesuche war. Wahrscheinlich wollte er ihr nur Angst einjagen, indem er sie den Dörflern zeigte. Sie sollten wissen, dass sie noch lebte und nun in seiner Hand war.

Lioba sah ihr Elternhaus am Wegesrand liegen und meinte fast, sie könnte Fiedis blonden Haarschopf im Stallfenster ausmachen.

Lieber Herr Jesus, lass Sigboto sein Versprechen halten, Fiedi in Ruhe zu lassen, betete sie still. Sie spürte förmlich Hildegundis' und Gertruds neugierige Blicke, die sie aus dem Dunkel ihrer Kammern heraus verfolgten. Das ganze Dorf hielt den Atem an.

»Der Junge soll seine Belohnung kriegen«, sagte Sigboto zu seinem Kriegsknecht gewandt.

»Is' niemand zu sehen«, gab dieser zurück. »Später.«

»Verkriechen sich alle wie die Mäuse in ihren Löchern«, knurrte Sigboto. »Selbst der gottverdammte Vicarius.«

Er warf einen verächtlichen Blick zur Kirche hinüber, die vor ihnen auftauchte. Neben ihr kauerte das kleine Pfarrhaus. Rauch kräuselte sich aus seinem Strohdach, aber es war niemand zu sehen.

Sie ritten an der Kirche vorbei und nahmen den Weg zum Wald. Lioba atmete auf. Sie hatte richtig vermutet, Sigboto lieferte sie nicht den Dorfbewohnern aus. Aber sie mochte sich nicht ausmalen, was er mit ihr tun würde.

Denk nach. Sie sträubte sich zu denken. Für die Männer war sie Freiwild. Sie könnten im Wald über sie herfallen und sie anschließend vergraben. Niemand würde jemals davon erfahren. Relindis würde sie in Vissel suchen, aber sie würde sie nicht finden. Ihr Vater würde auch jetzt nicht nach ihr suchen. Fiedi würde weinen und keine Fragen stellen. Wenigstens Wilem wäre in Sicherheit.

Lioba fühlte das Kettenhemd des Kriegsknechts in ihrem Rücken. Sie sah das Geflecht seines Handschuhs, das die Zügel umschloss, und spürte, wie die Angst in ihr hochkroch. Sie schloss die Augen und dachte an Wilem.

»Du bist jetzt Witwe«, hörte sie Sigbotos Stimme.

Lioba riss die Augen auf. Sigboto hatte sein Pferd auf dem Waldweg neben sie gelenkt. Verdammt, es war nicht gut, in Anwesenheit des Feindes die Augen zu schließen.

»Ich weiß«, sagte sie. Vielleicht wäre es besser, ihn anzusehen. Sie wandte den Kopf.

Er nickte, und ein Lächeln umspielte seine Mundwinkel. »Sag nicht, dass du es bedauerst, nach dem, was er dir angetan hat.«

Er sprach mit ihr, das war ein gutes Zeichen. Vielleicht sollte sie mit ihm reden.

»Was ich bedaure, ist der Tod unschuldiger Menschen.«

»Ooooch«, höhnte er. »Du tust, als ob du eine Heilige wärst. Dabei warst du doch mit dem Bösen im Bunde, wenn ich mich richtig erinnere?«

Lioba überhörte die Frage. Vielleicht, schoss es ihr durch den Kopf, wäre es gut, das nicht mehr abzustreiten. Sollte er doch glauben, sie hätte einen mächtigen Verbündeten in der anderen Welt. Wenn sie klug genug vorginge, würde es ihr vielleicht gelingen, ihn davon zu überzeugen.

»Christina und ihre Eltern waren unschuldig. Sie haben Euch nichts getan.«

»Das sehe ich anders«, versetzte er ungerührt.

»Christina war meine Freundin. Und die kleine Maria …« Beinahe schluchzte sie auf, als sie an das unschuldige Mädchen dachte, das hatte sterben müssen. »Ihr seid ein Barbar, Herr!«

Der Kriegsknecht ließ einen Zügel los und schlug ihr mit seiner Eisenfaust ins Gesicht. Ihr Kopf flog nach hinten und prallte gegen seine Brust. Ihre Wange brannte, und es tat höllisch weh, aber sie presste die Zähne zusammen. Sie wollte den Männern nicht den Gefallen tun zu weinen. Sie spürte, wie sich Blut auf ihrer Wange sammelte und auf ihr Gewand tropfte.

»Christina war meine Freundin«, wiederholte sie trotzig.

»Ach tatsächlich?«

»Ja, das war sie. Was würdet Ihr tun, wenn man Euren Freund tötet?«

»Ich würde zuerst prüfen, ob es wirklich wahr ist. Wenn das so ist und ich den Mörder kenne, würde ich ihn töten.«

»Seht Ihr, und ich werde geschlagen, wenn ich den Mörder meiner Freundin anklage.«

Die Faust des Kriegsknechts zuckte, aber Sigboto gab dem Mann ein Zeichen. »Lass nur, ich will diese Schlacht mit Worten führen«, wies er ihn grinsend an. »Ich zanke mich gern mit aufsässigen Bauernmädchen. Du beschuldigst mich also, deine Freundin und ihr Kind getötet zu haben?«

Lioba schwieg und presste ihre Lippen zusammen. Das Gespräch entwickelte sich in eine Richtung, die ihr nicht gefiel. Sie spürte, dass etwas nicht stimmte.

»Ich habe kein Recht, Euch zu beschuldigen, Herr.«

»Aber zu beschimpfen?«

Sie schluckte. Herrgott, was wollte er nur? Ihr wurde klar, dass sie nicht so vorlaut hätte sein dürfen. Sie hatte gleichzeitig zugegeben zu wissen, was in jener Nacht passiert war. Er konnte sich nun leicht denken, dass ihr Bruder es ihr erzählt hatte.

Sie durfte Fiedi aber auf keinen Fall in Gefahr bringen.

»Ich hatte auch kein Recht, Euch zu beschimpfen«, sagte sie zerknirscht. »Es tut mir leid.«

»Ah, so schnell knickst du ein?«, rief Sigboto. »Schade, es begann gerade erst, Spaß zu machen. Ich dachte, du wärst anders als diese langweiligen Bauernmädchen, die kaum den Mund aufkriegen.«

Vor Angst, ergänzte Lioba im Geiste. Heimlich atmete sie auf. Sie hatte nicht zugeben müssen, das Fiedi ihr alles verraten hatte.

Sie begann zu ahnen, was Sigboto sich wünschte. Kurzweil. Er wollte unterhalten werden.

Wenn es ihr gelänge, ihn bei Laune zu halten, würde er sie vielleicht nicht im Wald vergewaltigen und verscharren.

»Warum sucht Ihr Euch Bauernmädchen, wenn sie Euch langweilen?«, versetzte sie und warf ihm einen raschen Seitenblick zu.

Er hob die Mundwinkel ein wenig an, während er sein Pferd um ein Loch im Weg herumlenkte. »Die Edelfrau, die meine Mutter für mich erwählt hat, sieht aus und frisst wie eine Kuh. Warum sollte ich mich mit einer Kuh vermählen, wenn ich nun die Freiheit habe, es nicht zu tun?«

»Weil sie reich ist?«

Sigboto warf ihr einen finsteren Blick zu. »Reich bin ich selber.«

»Sicher, aber …« Hastig suchte sie nach den passenden Worten, die ihn nicht verärgern würden. Ihre Wange brannte wie Feuer. »… jeder Herr hat eine Familie und … Nachkommen, die seinen Besitz erben werden.«

»Wie du vielleicht weißt, habe ich einen älteren Bruder, der unseren Besitz erben wird. Er kann sich mit Kühen vermählen und eine Rinderherde mit ihnen zeugen.«

Der Kriegsknecht lachte derb. Lioba überlegte. Sie fühlte das feine Prickeln im Nacken und wusste, dass sie jetzt nichts Falsches sagen durfte. Sie wandelte auf einem gefährlichen Grat.

»Aber wenn Eurem Bruder etwas geschieht und Ihr den Besitz weiterführen müsst?«

Sie beobachtete aus den Augenwinkeln, wie Sigboto das aufnehmen würde, aber seine ausdruckslose Miene bewies ihr, dass ihm dieser Gedanke nicht fremd sein konnte.

»Dann kann ich mir immer noch eine Frau suchen«, gab er zurück. »Aber es muss eine edle Stute aus feinstem Geblüt sein, keine derbe Kuh.«

Der Kriegsknecht lachte, und Sigboto fiel in sein Lachen mit ein. Laut hallten ihre Stimmen durch den Wald. Lioba spähte unauffällig durch die Bäume und hielt heimlich nach einem Fluchtweg Ausschau.

Nur lichte Eichen. Selbst wenn sie es mit einem Trick vom Pferd hinunterschaffen würde, käme sie hier nicht weit.

Außerdem war sie gefesselt. Sie musste auf eine günstigere Gelegenheit warten.

Bald erreichten sie einen hoch gelegenen breiten Weg, der durch den Wald führte. Lioba kannte ihn, viele Händler nutzten ihn, wenn sie vom Rhein herüberkamen und weiter nach Norden oder nach Süden wollten. Sie überquerten den Weg und folgten ihrer Richtung weiter. Lioba kannte die Strecke; sie war sie einige Male mit Johannes und Christina gefahren – sie führte nach Urdingi am Rhein.

Was hatten die Männer mit ihr vor? Wollten sie sie vielleicht auf ein Rheinschiff verfrachten und in einer Stadt verkaufen? Sie hatte einmal gehört, dass es in den Städten geheime Märkte geben sollte, in denen Menschen wie Vieh verkauft würden.

Lioba zitterte. Nur mit Mühe konnte sie verhindern, dass ihre Zähne unkontrolliert aufeinanderschlugen. Der einzige Gedanke, den sie in ihrer aufsteigenden Angst noch fassen konnte, war, dass sie sich den Weg merken musste, wenn man sie weiter wegbrächte, um später wieder zurückkehren zu können. Wenn es denn ein Später gäbe.

»Was ist, hat es dir die Sprache verschlagen?«

Sigbotos Stimme riss sie aus ihrer Angst heraus. Er wollte weiter mit ihr sprechen, was kein schlechtes Zeichen sein konnte. Lioba warf ihm einen raschen Blick zu, während sie mit sich selbst rang, mit der alten Lioba, die wieder die Oberhand über sie gewinnen wollte, jenes Mädchen, das schweigend in Angst verfallen wäre und ein Gebet zu Jesus gesandt hätte, er möge ihr helfen.

»Du musst dir erst selbst helfen, dann kannst du beten«, hatte Relindis ihr in den letzten zwei Jahren stets eingeschärft. »Gott sieht es gern, wenn man sich selbst hilft. Ihm sind Menschen lieb, die etwas tun und nicht nur beten.«

»Gott die Arbeit abnehmen«, hatte sie das immer genannt. Sie hatte viele Gedanken und Einsichten gehabt, die neuartig für Lioba waren, aber die meisten hatten ihr gefallen. *Relindis,* dachte Lioba und seufzte in sich hinein. Die alte Frau hatte nicht verdient, sie an einen Barbaren zu verlieren. Sie musste durchhalten und beweisen, dass sie etwas von ihr gelernt hatte.

»Es hat mir die Sprache verschlagen, dass ich nicht weiß, wohin Ihr mich bringt«, sagte sie geradeheraus und versuchte, ihre Stimme möglichst fest klingen zu lassen.

»Das wirst du noch sehen«, versetzte Sigboto knapp und lenkte sein Pferd vor sie. Verdammt, nun hatte sie seine Aufmerksamkeit verloren, weil sie zu lange geschwiegen hatte. Aber der Weg wurde auch schmaler, sodass sie nur hintereinander reiten konnten. Sie redeten jetzt nichts mehr. Am frühen Nachmittag öffnete sich der Wald für Felder, Wiesen und eine wasserumspülte Insel, auf der sich die hellen Zinnen von Burg Linn in den grauen Himmel erhoben.

Sigboto lenkte sein Pferd darauf zu.

Kapitel 30

Die Magd war nicht sehr gesprächig. Lustlos tauchte sie den Lappen in das warme Wasser und wusch Lioba den Dreck aus dem Gesicht.

Durch das weit geöffnete Fenster des Gesindehauses drang die regengeschwängerte Luft des warmen Hochsommerabends herein. Sein mildes Licht fiel auf mehrere Holzpritschen, die in den Raum gepfercht waren wie zu viele Schafe in einen zu kleinen Stall.

An der hinteren Wand – in einem Winkel, der nicht durch das Licht erhellt wurde – kauerte ein Mädchen auf ihrer Pritsche und wiegte sich wortlos hin und her. Ihre Anwesenheit und ihr seltsames Gebaren beunruhigten Lioba, zumal sie fühlte, wie das Mädchen sie verstohlen beobachtete.

Sie versuchte, es nicht mehr zu beachten, und besann sich auf die Magd, die ihr das Gesicht abtrocknete.

»Wie ist dein Name?«, fragte sie sie nun schon zum zweiten Mal und setzte ihr freundliches Lächeln auf, um endlich eine Antwort zu bekommen. Aber es nützte nichts, im Gegenteil. Die Magd schien sich über ihr Lächeln nur noch mehr zu ärgern. Ihr herzförmiges Gesicht verschloss sich zu einer abweisenden Maske, während sie Lioba die Beinkleider vom Leib zerrte und ihr barsch befahl, in einen Wasserbottich zu steigen, damit sie sie waschen konnte.

Lioba zog scharf die Luft ein – das Wasser war eiskalt. »Ich kann das selbst.« Sie griff nach dem Lappen, aber die Magd weigerte sich, ihn ihr zu geben.

»Befehl vom Herrn«, meinte sie nur knapp und fuhr fort, Lioba von Kopf bis Fuß zu waschen.

Lioba blickte auf das krause braune Haar der Magd herunter, das im Licht rötlich aufschimmerte, und ihr fiel ein, dass sie sie schon einmal gesehen hatte, flüchtig, kurz bevor Otto sie mit Nabor zurück nach Urdingi gebracht hatte. Sie zwang sich wieder zu dem Lächeln.

»Seit meinem letzten Besuch hier hat sich viel verändert auf Burg Linn«, meinte sie leichthin.

Die Magd hob den Kopf und sah sie an, als sei sie eine Fliege, die sie gleich erschlagen würde. »Wir haben einen neuen Herrn«, erwiderte sie schroff, nahm ein großes Tuch und begann, Lioba mit kräftigen Bewegungen abzutrocknen.

»Otto von Linn ist der Herr dieser Burg«, sagte Lioba.

»Otto ist nicht mehr zurückgekommen.«

»Ist er tot?«

Das Handtuch hielt kurz inne, um danach umso kräftiger zu rubbeln. »Ja.«

»Wer sagt das? Herr Sigboto?« Liobas Stimme klang schrill durch den Raum.

Die Magd warf das Handtuch hin und öffnete eine Truhe. Sie durchstöberte mit raschen, geübten Bewegungen die Kleider darin und zog ein Gewand hervor.

»Der Pilgerzug ist verloren«, sagte sie und warf die neuen Kleider auf die Pritsche. »Der Kaiser ist tot, und meisten unserer Soldaten Christi auch. Niemand wird mehr zurückkommen.«

Lioba krümmte sich, als hätte man ihr einen Hieb in den Magen verpasst. Sie konnte sich nicht vorstellen, dass Otto tot war. Alles in ihr sträubte sich gegen diesen Gedanken, auch wenn der Verstand ihr sagte, dass die Magd wahrscheinlich recht hatte. Vielleicht hatte Sigboto auch Gewissheit durch seinen Freund Ortwin von Falkenstein und dessen Beziehungen in die erzbischöfliche Kanzlei erlangt und danach Burg Linn erobert. Sie musste es herausfinden.

»H… hat … was ist mit Rudolf von Linn?«, brach es aus ihr heraus. »Er ist doch Herr der Burg, solange Ot… solange sein älterer Bruder fort ist.«

Die Magd musterte sie stumm, dann schüttelte sie den Kopf.

»Ist er tot?«

Die Magd nickte, wies Lioba an, die Arme zu heben, damit sie ihr das Hemd überstreifen konnte.

»Hat Sigboto … hat der Herr ihn getötet?«

»Stell nicht so viele Fragen«, versetzte die Magd und hieß sie, sich vor den Bottich zu knien. Lioba fühlte, wie sich ihre Augen mit Tränen füllten, während ihr langes Haar in das Wasser getaucht und ihr Kopf grob geknetet wurde. Ihre Tränen fielen in den Waschzuber.

Wenn Sigboto diese Burg eingenommen und Rudolf getötet hatte, hieß das, er glaubte nicht mehr an Ottos Rückkehr. Er fühlte sich sicher genug, dessen Burg einzunehmen.

Die Magd wickelte Liobas nasse Haare in das Leinentuch und kümmerte sich danach um ihre schmutzigen Fingernägel.

Mit Mühe gelang es Lioba, ihre Tränen herunterzuschlucken. »Sag mir doch, wie du heißt«, versuchte sie es noch einmal.

»Zobeida!«, erklang es von der Wand her. »Sie heißt Zobeida! Seltsamer Name, nicht?« Das Mädchen kicherte.

»Halt den Mund!«, fuhr die Magd sie an.

»Heißt du wirklich so?«

Die Schere zuckte. »Früher hieß ich mal anders«, erwiderte Zobeida. »Aber das ist lange her.«

Sie steckte die Schere zurück in ihre Gürteltasche und zog einen Knochenkamm hervor, mit dem sie begann, Liobas Haare zu kämmen.

Ja, dachte Lioba, *alles verändert sich. Früher war ich ein Bauernmädchen, das von der Welt nicht viel wusste. Nun bin ich Mutter, Jägerin und Sammlerin.* Sie war Wilems Mutter, und sie würde alles daransetzen, lebend hier herauszukommen und zu ihrem Sohn zurückzukehren.

Zobeida nestelte an ihrem Hals, um eine Kette abzunehmen, aber Lioba fuhr herum. »Lass das!«

»Der Herr hat mir befohlen, alles abzunehmen«, protestierte Zobeida.

Lioba erhob sich von der Pritsche. Sie bedachte die andere mit einem langen finsteren Blick.

»Nein.« Ihre Stimme klang fest und bestimmt.

»Aber der Herr …«

»Er wird mir erlauben, meinen Schutzstein zu tragen.« Fest umschloss Lioba den flachen Anhänger aus grünlich schimmerndem Ton, der sie in den letzten zwei Jahren beschützt hatte. Sie hatte ihn von Relindis bekommen und wusste, welche Kräfte er barg.

Zobeida sah nicht überzeugt aus, aber sie widersprach auch nicht. Sie hielt Lioba das Gewand an – ein Bliaut aus grünem Samt – und nickte. »Es wird dir passen.«

Lioba ließ sich widerspruchslos in den weichen Stoff hüllen und musste an den Abend vor ihrer Flucht denken, als Sigboto ihr genau diesen Stoff angehalten hatte. Ein kalter Schauer überlief sie. Sie wünschte sich so sehr, Zobeida würde sie besser vorbereiten auf das, was gleich geschehen würde, aber gleichzeitig hatte sie Angst davor. Sie musste einen Weg zur Flucht finden, unbedingt.

* * *

Nur wenig später schritt sie durch die Dämmerung die Treppe zum Eingang der Burg hinauf. Eine Fackel brannte in der eisernen Halterung und warf ihren Lichtschein über viele Löcher und Vertiefungen, wo man das Wappen derer von Linn herausgeschlagen hatte. Der Kriegsknecht packte sie wortlos am Arm und öffnete die Tür, die zum Rittersaal führte.

Sie sah einen schweren Vorhang, der die Hälfte des Saals von der anderen abtrennte. Der Kriegsknecht schob den Stoff beiseite und schob sie in das, was dahinter war.

Lioba hielt inne. Wärme schlug ihr entgegen. Um sie herum hingen schwere Samtstoffe, die von einem Gestell herunterflossen. Über ihr spannte sich baldachinartig eine Decke aus leichtem, glänzenden Stoff. Schweres Parfüm hing in der Luft und nahm ihr fast den Atem. Sigboto thronte auf einem mit Seidenkissen ausgelegten Sessel. Zu seinen Füßen kauerten zwei junge Mädchen. Sie trugen nichts als ein paar lose geknotete Stoffe über ihren Hüften und Brüsten, die kaum ihre Blöße bedeckten.

»Aaaahh!« Sigboto klatschte in die Hände, als er Lioba sah. Ein paar Kerzen in kunstvoll geschmiedeten Ständern zu beiden Seiten seines Sessels tanzten im Luftzug, als der Vorhang hinter Lioba zufiel.

»Willkommen auf Burg Linn!«

Auf seinen Wink hin erhob sich ein leicht bekleidetes Mädchen, nahm einen Silberkrug und schenkte roten Wein in einen der Becher, den sie Lioba mit einem unterwürfigen Lächeln gab. Das Mädchen war sehr hübsch, aber sicher kaum älter als zwölf Winter. Als sich ihre Augen an die Schatten gewöhnt hatten, bemerkte Lioba noch mehr Mädchen, die auf mit teuren Brokat- oder Samtstoffen bespannten Kissen ruhten, alle viel zu jung, um schweren Wein zu trinken.

Sigboto deutete auf ein Kissen in seiner Nähe und beobachtete jede ihrer Bewegungen, als sie sich steif darauf niederließ.

Er hob seinen Becher, und sein hübscher Mund verzog sich zu einem Lächeln.

»Auf unser Wiedersehen.«

»Auf unser Wiedersehen«, echote sie mechanisch. Der Wein war unverdünnt und roch nach starken Kräutern. Sie durfte auf keinen Fall zu viel davon trinken.

»Gefallen dir meine Elfen?« Sigboto beugte sich nach vorn. Ein großer dunkelroter Juwel, eingefasst in filigranes Gold, funkelte an seinem Finger. Lioba fragte sich, wo er so reiche Beute gemacht haben könnte.

»Sie sind noch sehr jung«, gab sie mit fester Stimme zurück. Sie durfte sich nicht beeindruckt zeigen. Sie musste weiter die Rolle spielen, die sie auf dem Hinweg schon gespielt hatte, weil die ihm offenbar gefiel. Sie musste ihn beeindrucken, nicht umgekehrt.

»Die Mädchen sind nichts gegen deine Schönheit.« Sigboto lehnte sich in seinem Sessel zurück und ließ seine Blicke ungeniert über ihren Körper wandern.

Lioba tat, als bemerkte sie es nicht. »Wo habt Ihr sie her?«, fragte sie schroff.

Sigboto grinste. Eines der Mädchen strich sanft über sein langes seidenes Gewand. Das andere warf Lioba einen warnenden Blick zu.

»Die Soldaten Christi haben uns viel aus dem Orient mitgebracht – die Wenigen, die zurückgekehrt sind. Wusstest du, dass die sarazenischen Fürsten in ihren Palästen unzählige Frauen haben? Man erzählt sich von Sultan Saladin, er besitze einen Harem mit Hunderten von Frauen. Wie herrlich muss doch sein Leben sein! Ich finde, wir sollten uns mehr von den Ungläubigen abschauen.«

»Dies ist also Euer Harem.« Lioba blickte sich um, sah die Mädchen auf ihren Kissen kauern und schweigen.

Sigboto lächelte. »Meine Elfen umgeben mich wie Blumen. Wann immer ich Lust habe, kann ich eine von ihnen pflücken und mich an ihrem Geruch erfreuen. Das ist wahres Vergnügen.« Er hob seinen Becher und trank in mehreren heftigen Schlucken.

Lioba atmete tief. Sie hob ebenfalls ihren Becher und nippte an ihrem Wein. Die scharfen Gewürze überdeckten den unangenehmen Geruch, den er verströmte.

»Ihr habt Burg Linn zu einer Lasterhöhle gemacht. Wenn der Erzbischof erfährt, was hier passiert, wird er nicht erfreut sein.«

Sigboto beugte sich vor. »Niemand wird es erfahren, weil niemand davon weiß. Meine Vertrauten schweigen, und dem Rest wurden die Zungen herausgeschnitten.« Er erhob sich behände wie eine Katze, trat vor sie hin und forderte sie auf, aufzustehen.

Lioba gehorchte widerstrebend. Er nahm ihre Hand, hob ihren Arm und ließ sie sich wie eine Tänzerin drehen, während er sie mit Blicken verschlang.

»Wie schön du bist«, raunte er, zog sie zu sich heran, schob ihre Haare weg und küsste sie in den Nacken. »Nun bin ich Besitzer von Burg Linn. Ich werde weitere Burgen besitzen, so Gott will, und du kannst meine erste Frau sein.« Er presste ihr seine schön geschwungenen Lippen auf den Mund. Seine Zunge suchte nach ihrer, während seine Hände über ihren Rücken strichen.

Lioba fühlte gleichzeitig Widerwillen und Erregung. Sie streckte die Arme aus und schob ihn mit aller Kraft weg.

»Was würde Eure Mutter sagen, wenn sie Euch so sähe?«

»Ich fürchte, da muss ich dich enttäuschen«, blaffte er und brauchte eine Weile, bis er seine wutverzerrte Miene wieder unter Kontrolle hatte. »Meine Mutter hat sich noch nie um mein Seelenheil gekümmert. Sie hat ihre letzten Monde damit zugebracht, Gott auf Knien um das Wohl meines Bruders und meines Vaters anzuflehen.«

Sein hübsches Gesicht verzog sich zu einem Lächeln, das seine Augen nicht erreichte. Er verschränkte die Arme auf dem Rücken und begann wieder, Lioba zu umschreiten. Dabei ließ er sie nicht aus den Augen. Er hob seine Hand, strich vorsichtig mit einem Finger über ihre blutverkrustete Wange. »Meine Mutter mochte dich. Sie hat nur Gutes über dich gesprochen. Wenn du eine Edle wärst, würde ich dich zur Frau nehmen.« Er grinste. »Ich habe eine Überraschung für dich. Komm.« Er packte ihren Arm und zerrte sie mit sich, schob einen der Vorhänge beiseite. Er nahm eine Fackel aus ihrer eisernen Halterung und tauchte sie ins Kaminfeuer, dann stieß er eine schwere Holztür auf, die gleich dahinter lag. Eine schmale Treppe wand sich in die Höhe, bis sich ihre Stufen in der Dunkelheit verloren.

»Nein!«, rief Lioba, doch er zog sie weiter.

»Hast du Angst?« Die Fackelflamme warf einen zuckenden Lichtschein auf sein ebenmäßiges Gesicht, das sich zu einem spöttischen Grinsen verzog. Er verstärkte seinen Griff und stieß sie grob die Treppe hinauf. Auf einem Treppenabsatz hielt er an, zog einen großen Schlüssel aus einer seidenen Gürteltasche, schob ihn in das Schloss. Knarrend öffnete sich die Tür zu einem dunklen Gemach. Ein übler Gestank nach Fäulnis und Staub schlug Lioba entgegen. Sie presste sich die Hand vor die Nase. Der Fackelschein zuckte über ein paar Holzpritschen, die zu beiden Seiten des Gelasses standen. In ihnen lagen Körper, die sich unter den Wolldecken abzeichneten, und Schädel mit langen Haaren, deren Gesichter in den unterschiedlichsten Stadien der Verwesung faulten. Ein feiner Luftzug strömte von irgendwoher und trug eine neue Wolke Verwesungsgeruch heran.

»Einer meiner Freunde hat einen Sklaven aus dem Orient mitgebracht, der sich auf eine besondere Kunst der Totenbehandlung versteht«, raunte Sigboto. »Er sagte, in seinem Land habe man es so weit gebracht, dass die Toten wie Lebende aussehen.«

Er hielt die Fackel tiefer ins Gelass. Der Lichtschein der Flamme zuckte über einen kleinen Schädel, dessen bleiche Haut sich über Knochen spannte. Ihr dunkles Haar umgab den Kopf wie zu Lebzeiten. Lioba erwartete jeden Augenblick, dass Judiths Augen sich öffnen und in gewohnt rascher Art umherblicken würden, als würde sie noch leben.

Sie stieß einen Schrei aus, riss sich los und hastete die Stufen hinunter. Der üble Geruch schien sie aus der Totenkammer heraus zu verfolgen, die Bilder tanzten in ihrem Kopf. Sie war in einen Albtraum geraten, den ihr ein Geist mit bizarrer, böser Fantasie geschickt hatte. Der Teufel selbst hatte sie auf seiner Burg empfangen und ihr einen Blick in die Hölle gewährt.

Sie dachte daran, wegzulaufen, aber sie wusste, dass sie nicht weit kommen würde. Am anderen Ende des Saals sah sie den Kriegsknecht neben den Vorhängen des Harems wachen.

Schwer atmend lehnte sich an den Kamin. Sie starrte in die Flammen des Feuers und versuchte, die Bilder abzuschütteln. Verzweifelt kämpfte sie gegen ihre aufsteigende Übelkeit an. Bisher hatte sie geglaubt, sie würde mit Sigboto spielen. Nun wusste sie, dass es umgekehrt war. Er war Herr dieser Burg und konnte mit ihr machen, was er wollte. Sie und die anderen – sie waren alle dem Tode geweiht.

Nein!, schrie eine Stimme in ihrem Inneren, sie durfte sich nicht von dem Schrecklichen, das sie gesehen hatte, beeindrucken lassen. Genau das wollte er: ihr Angst einjagen, sie einschüchtern.

Heiliger Herr Jesus, betete sie, *lass mich hier lebend rauskommen. Bitte halte deine Hand über die kümmerliche Flamme meines Lebens, damit ich zu Wilem zurückkehren kann.*

Aber Gott hatte das Leben dieser anderen Frauen nicht verschont. Warum sollte er ausgerechnet ihres beschützen?

Vielleicht würden hier alle sterben, weil sie in der Burg des Leibhaftigen war, wo Gott keine Macht hatte. Hier herrschte nur das Böse.

Dieser Gedanke traf sie mit solcher Wucht, dass sie ihre mühsam aufrechterhaltene Beherrschung verlor. Über ihr brachen Wellen zusammen, und das Meer der Verzweiflung riss sie mit sich fort. Sie war nichts anderes als ein hilflos treibendes Hölzchen im Ozean der Gewalten, und wenn sie je etwas anderes geglaubt hatte, dann war es Täuschung gewesen. Alles, was Relindis ihr in den letzten Jahren eingeschärft hatte – dass sie ihrer eigenen Kraft vertrauen sollte, die Gott ihr verliehen hatte, und niemals aufgeben durfte, den Weg zu gehen, den er ihr vorgegeben hatte –, brach zusammen im Angesicht des übermächtigen Bösen.

Sie presste ihre Hände vors Gesicht und weinte. Das Knarren der Tür und ein kalter Luftzug zeigten ihr an, dass Sigboto ihr gefolgt war. Er trat hinter sie, strich ihr über das Haar.

»Nicht weinen, meine Liebe«, raunte er. »Ihre Leiber sind doch nur schöne Hüllen. Ihre unsterblichen Seelen sind längst bei Gott.«

Ein kalter Schauer überlief sie, als sie seine Hände spürte. Was für ein Hohn, dass ausgerechnet er von Gott sprach!

Lioba verachtete sich, weil sie sich vor ihm die Blöße gegeben und ihre Angst gezeigt hatte. Er hatte ihren Zusammenbruch gesehen und konnte nun triumphieren. Sie trat einen Schritt zurück, wischte sich die Tränen aus den Augen und wartete ab.

Sigboto trat an sie heran und nahm ihr Gesicht in seine Hände. Mit sanftem, aber unnachgiebigem Druck zwang er sie, ihn anzusehen. »Oh, meine Liebe! Der Anfang ist immer schwer, ich weiß, aber glaube mir, wir werden noch viel Vergnügen miteinander haben.«

Er küsste sie auf die Stirn, dann senkte er seinen auf ihren Mund. Seine Hände drückten ihr den Kiefer auseinander. Gierig schob er seine Zunge in ihren Mund. Sie wand sich aus seinem Griff und fuhr zurück. Beobachtete aus der Entfernung, wie sich sein Gesicht zu der Fratze jenes bösen Geistes verzerrte, der ihn beherrschte.

»Du schuldest mir immer noch einen Schwur.«

»Ich schulde Euch gar nichts!«

»Ach nein?« Sigboto trat vor sie hin, lächelte ein kaltes Lächeln auf sie herunter. »Das werden wir sehen.« Er rief nach dem Kriegsknecht, der sofort herbeieilte.

Die Vorhänge wogten, als er am Harem vorbei auf sie zukam.

Sigboto flüsterte ihm etwas ins Ohr, woraufhin der Mann nickte und mit ebenso wuchtigen Schritten den Saal verließ.

Lioba kämpfte gegen ihre Angst. Sie fragte sich, ob es nicht besser gewesen wäre, sich Sigbotos Wünschen zu fügen. Wer weiß, was nun mit ihr geschehen würde.

Nach einer Weile kehrte der Kriegsknecht mit einem weiteren Mann zurück. Sie führten eine Frau in den Saal und schoben sie vor Sigboto hin. Die Frau hielt sich aufrecht und sah Sigboto geradewegs an, aber in ihrer Miene konnte man deutlich die Zeichen mühsam unterdrückter Angst erkennen. Ihre braunen Locken fielen ungehindert auf ihr Mägdegewand.

»Christina!« Lioba konnte nicht glauben, dass ihre Freundin tatsächlich vor ihr stand. Christina lebte, sie war nicht mit den anderen verbrannt. Sie ging zu ihr und umarmte sie. Zögerlich schlossen sich Christinas Arme um sie, und sie fühlte sich einen Augenblick lang geborgen. Als sie sich voneinander lösten, erschrak sie über das Entsetzen in Christinas Gesicht.

»Warum bist du hier?«, flüsterte Christina. »Ich dachte …«

Lioba schüttelte den Kopf. Sie freute sich so sehr, die Freundin wiederzusehen, dass es ihr die Sprache verschlug.

»Du hast mich umsonst beschimpft, meine Liebe«, sagte Sigboto lächelnd. »Aber du hast dich ja bereits entschuldigt. Nun wirst du mir noch den Schwur des Gehorsams leisten.«

»Nein.«

»Ach, ach!« Seufzend gab Sigboto seinem Knecht ein Zeichen. »Du wirst es dir noch anders überlegen.«

Der Knecht stieß Christina auf den Boden, riss ihr das Gewand entzwei. Der andere Mann trat hinzu, zog eine Reitpeitsche hervor und ließ sie auf Christinas entblößten Rücken sausen.

Christina heulte auf. Ein paar alte Narben auf ihrer Haut zeigten, dass sie schon früher auf diese Art bestraft worden war.

»Du hast es in der Hand, ihren Schmerz zu beenden», sagte Sigboto. »Wenn du mir Treue schwörst, hört mein Knecht auf.«

Der nächste Peitschenhieb landete auf Christinas Rücken. Sie presste die Lippen fest zusammen.

Lioba sank in die Knie. »Hört auf! Ich schwöre, was Ihr wollt«, hörte sie sich sagen.

»Eine kluge Entscheidung.« Sigboto gab seinem Kriegsknecht ein Zeichen und baute sich vor Lioba auf. »Also sprich mir nach: Ich werde meinem Herrn Sigboto von Rothe dienen mit allem, was ich habe, und ihm gehorsam sein bis in den Tod.«

Er wartete, bis sie ihm nachgesprochen hatte, dann fuhr er fort: »Sollte ich Kinder bekommen, werden auch sie Herrn Sigboto und seinen Nachkommen dienen und gehorsam sein bis in den Tod. Dieser Eid gilt, bis der Herr oder seine Erben mich oder meine Kinder von ihm entbinden und uns die Freiheit schenken.«

Er legte eine kleine Pause ein und wartete auf Liobas Wiederholung, ehe er weitersprach. »Dafür verspricht dir der Herr, für dein Auskommen zu sorgen und dich bei Gefahr für Leib und Leben zu schützen.«

Lioba murmelte alles mechanisch nach. *Er hat keine Nachkommen, also wird der Schwur mit seinem Tod erlöschen,* dachte sie, *und von Wilem weiß er nichts.* Sie bemerkte Sigbotos Hand vor ihrem Gesicht, küsste widerwillig seinen dunkelroten Ring.

»Was für ein besonderer Augenblick«, schloss er lächelnd, nachdem sie sich erhoben hatte. »Wir werden deinen Eid zu gegebener Zeit würdig beglaubigen lassen.«

Auf ein Kopfnicken hin hoben die Kriegsknechte Christina auf. Hastig bedeckte sie ihre Blöße, während sie es vermied, jemanden anzusehen. Lioba fühlte, wie ihr Gesicht heiß wurde, als ihr einfiel, dass sie selbst es gewesen war, die Sigboto von ihrer Freundschaft zu Christina erzählt hatte. Beim Allmächtigen, warum hatte sie nur so etwas Dummes getan! Aber sie hatte auch geglaubt, ihre Freundin wäre tot.

»Willst du nicht unsere Kleine holen, meine Liebe?«, wandte sich Sigboto an Christina. Seine Stimme hatte wieder einen sanfteren Klang angenommen.

»Sie schläft schon, Herr.«

»Wie schade. Sie ist so hübsch mit ihren goldenen Locken und ihren blauen Augen, ein Engel vor dem Herrn. Du müsstest sie sehen, Lioba!«

»Das Kind schläft tief und fest, ich würde es nur ungern wecken, Herr«, wiederholte Christina. »Lioba hat sicher Verständnis dafür, wenn sie Maria morgen erst sieht.«

»Natürlich«, sagte Lioba hastig, voller Freude darüber, dass Maria noch lebte.

»Nun«, meinte Sigboto, »aber *du* kommst jetzt mit.« Er nickte seinen Kriegsknechten zu, die Christina daraufhin wieder in ihre Mitte nahmen und vor eine Tür zerrten. Sigboto packte Lioba am Arm und schob sie an Christina vorbei in das Gemach.

Sie kannte es sofort wieder, es war Ottos ehemalige Schlafkammer. Eine Mischung aus Wehmut, Sehnsucht und Angst überfiel sie, als sie sie betrat. Nichts mehr erinnerte an jenen wunderbaren Winternachmittag, an dem sie hier mit Otto das Bett geteilt hatte. Von den Wänden des Gemachs hingen dunkle Samtvorhänge herab, die noch den Boden bedeckten. In einem Glutgefäß dampften Holzkohlen und verbreiteten eine parfümgeschwängerte Wärme in der Höhle, deren Mitte ein Lager aus Seidenkissen bildete.

»Gefällt dir mein Gemach?« Sigboto lehnte die Tür an. »Die Ungläubigen haben uns einiges voraus. Ich finde ihre Art zu leben weitaus edler und bequemer als unsere kahlen und kalten Burgen. Meinst du nicht auch?« Er deutete auf den Kissenberg.

Sie zögerte. Die Wärme und der schwere Duft nahmen ihr fast den Atem, die schrecklichen Bilder aus dem Turmgelass verfolgten sie immer noch. Aber sie wusste, dass ihr die eigentliche Schlacht noch bevorstand. Mit großer Mühe zwang sie sich zur Besonnenheit.

Denk nach!, rief Relindis ihr zu.

Vielleicht war es das, was Gott von ihr verlangte: sie musste beweisen, dass sie das Gelernte auch anwenden konnte. Gott wollte wissen, ob es sich lohnte, sie weiter durch eine Frau wie Relindis unterweisen zu lassen, deshalb schickte er ihr diese Prüfung. Wenn sie überlebte, hätte sie sie überstanden und dürfte weiterlernen, tiefer eintauchen in Relindis' Welt.

Aber sie hatte Fehler gemacht. In dem Bestreben, Sigboto auf dem Hinritt zu unterhalten, hatte sie zu viel gesprochen und ihre Freundschaft mit Christina verraten. Er würde ihre Freundin zweifellos weiter quälen, wenn sie ihm nicht zu Willen war.

Sie atmete tief und versuchte, ruhig zu bleiben. »Ich dachte nicht, dass ich Euch auch im Bett gehorsam sein soll«, sagte sie mit Blick auf den Kissenberg.

»Ich habe die Hoffnung, du tust es freiwillig«, versetzte er, trat auf sie zu und schlang seine Arme um sie. Er presste sie fest an sich. »Nie hätte ich gedacht, dich wiederzusehen, nachdem du in den Sümpfen verschwunden warst. Dein Haar …« Er strich mit seiner Hand darüber, dann packte er ihren Hinterkopf und zwang sie, ihn zu küssen.

Sie hasste es, festgehalten zu werden. Aber sie duldete seinen Kuss widerwillig. »Herr«, raunte sie, als er von ihr abließ, »ich habe Durst. Lasst uns noch etwas von dem Gewürzwein kommen.«

»Wie du willst.« Sigboto klatschte in die Hände und rief nach Wein.

Wenig später erschien eines der Mädchen und brachte ihnen den Silberkrug mit zwei Bechern, stellte alles auf dem Boden ab und schenkte ihnen ein.

Lioba begann zu schwitzen. Sie merkte, wie ihre Hände feucht wurden. Das Mädchen knickste tief vor Sigboto und verließ das Gemach. Sie wusste, dass es nun vor allen Dingen darauf ankam, dass sie ruhig blieb. Aber ihr Herz pochte, und sie hatte das Gefühl, Sigboto würde das Vibrieren ihrer Ader am Hals bemerken. Tatsächlich bedeckte er nun ihren Hals mit Küssen.

»Warum so aufgeregt?«, fragte er. »Es wird dir nichts geschehen, im Gegenteil, wir werden uns die ganze Nacht aufs Wunderbarste vergnügen. Ich hoffe, du hast die Freuden der Liebe bereits erkannt, oder hat dich dein Bauer etwa übel zugeritten?« Sein Mund knabberte an ihrer Haut.

Sie zwang sich zu einem Lächeln. »Seht doch selbst, ob ich lieben kann, aber verbietet mir nicht, aufgeregt zu sein, denn Ihr seid schließlich der Herr.«

»Ach ja? Bisher schien dich das nicht sonderlich zu beeindrucken.«

»Das hier ist etwas anderes«, gab sie zurück.

Anstatt einer Antwort küsste er sie wieder. Als er sie zu den Kissen zog, schob sie ihn von sich fort. »Herr«, begann sie. »Ich werde tun, was Ihr von mir erwartet. Aber es ist mir nicht angenehm, wenn meine Freundin dabei vor der Tür ausharren muss. Schickt sie weg und schließt die Tür.«

Sorgsam musterte sie ihn. Alles würde jetzt davon abhängen, was er tun würde. Er zögerte, doch dann wandte er sich schließlich zu ihrer ungeheuren Erleichterung um und stapfte zur Tür.

Sie hatte nur wenige Wimpernschläge Zeit. Hastig zog sie ihren Anhänger hervor und riss seinen Stoffverschluss aus der winzigen Öffnung. Dann beugte sie sich über Sigbotos Weinglas, indem sie ihm den Rücken zuwandte, und ließ das Pulver hineinrieseln.

Die Hälfte macht schlafen, das Ganze bringt den Tod.

Relindis' Worte pochten ihr in den Ohren. Sie hörte, wie Sigboto seinem Knecht einen Befehl gab. Dann wurde die Tür ins Schloss gedrückt. Hastig ließ sie den Anhänger wieder unter ihrem Gewand verschwinden. Sie wandte sich um und reichte Sigboto seinen Becher.

»Auf eine gute Nacht!« Sie zwang sich zu einem freundlichen Lächeln und hob ihren Becher. Hoffentlich würden die Gewürze des Weins den Geruch des Giftes überdecken. Vermutlich war dem Wein bereits mehr zugesetzt worden, als ihr lieb war. Viele der Mädchen hatten seltsam abwesend gewirkt. Wer weiß – vielleicht hatte Sigboto nicht nur teure Seidenstoffe, sondern auch fremdartige Rauschmittel erbeutet.

»Möge die Nacht so werden, dass du sie nie vergisst!«, hob er an, setzte sich den Becher an den Mund und leerte ihn in einem Zug. Dann warf er ihn fort, sodass er mit einem dumpfen Knall auf dem Boden landete und in eine Ecke rollte. Er nahm ihren Becher, stellte ihn weg und zog sie auf die Kissen.

Hungrig senkte sich sein Mund auf ihren, dann presste er ihn auf ihre Brüste.

Sie hielt die Luft an.

Lieber Herr Jesus, lass es schnell wirken, betete sie still.

Seine Hand glitt nach unten, schob ihr Kleid hoch, glitt über ihre Schenkel und verharrte zwischen ihren Beinen. Grob fuhr er mit einem Finger in ihre empfindlichste Stelle, dann packte er sie fest, zog sie zu sich heran und spreizte ihre Beine. Er schob sein seidenes Gewand beiseite, nestelte an seiner Bruoch, während er vor ihr kniete. Aber dann entglitten ihm die Bewegungen, und sein Körper kippte vornüber und sank über ihr zusammen.

Sie brauchte eine Weile, um sich zu beruhigen. Lauschte dem Widerhall ihres pochenden Herzens und sandte ein Dankgebet zu Jesus. Dann schob sie Sigbotos schweren Leib beiseite und kroch unter ihm hervor. Hastig strich sie sich immer wieder den Bliaut glatt, als könnte sie dadurch Sigbotos Berührungen fortwischen. Sie wischte sich über den Mund. Sammelte sich. Überwand sich und fühlte vorsichtig an seinem Hals, ob sein Herz noch schlug. Atmete auf.

Heiliger Herr Jesus!

Sie wartete noch eine Weile ab, bis sie sicher sein konnte, dass er wirklich das Bewusstsein verloren hatte. Dann überwand sie sich und entkleidete ihn vorsichtig, verstreute seine Kleidungsstücke im Gemach. Danach kauerte sie sich auf die Kissen und wartete ab. Als die Kerzen ein ganzes Stück weiter heruntergebrannt waren, schlich sie sich leise hinaus.

Sie musste Christina zum Glück nicht lange suchen. Die Freundin lag wach im Gesindehaus und sprang sofort auf, als sie die Tür öffnete. Erleichtert fielen sie sich in die Arme und pressten ihre Wangen aneinander.

»Wo ist Maria?«, flüsterte Lioba. Sie zog Christina aus dem Haus und schloss leise die Tür, um die schlafenden Mädchen nicht zu wecken.

»Schläft drinnen, bei mir im Bett.«

»Gut.« Tief atmete Lioba die klare würzige Nachtluft ein. Die Bilder des soeben Erlebten schwirrten in ihrem Kopf, und sie konnte sie nicht verdrängen. Sie sah zum Himmel hinauf, wo unzählige Sterne funkelten. »Die Wolken haben sich verzogen. Es wird ein schöner Tag morgen«, sagte sie, um sich abzulenken.

»Ja, aber ein paar Stunden wird es noch dauern, bis er kommt«, bestätigte Christina, die ihrem Blick gefolgt war. »Du bist früh zurück. War es … schlimm mit ihm?« Ihr sorgenvoller Blick bohrte sich in Liobas Gesicht.

Hastig schüttelte Lioba den Kopf und wich ihrem Blick aus. »Er war betrunken und ist ziemlich schnell eingeschlafen.«

Christina nickte und schwieg eine Weile. Offenbar hatte sie verstanden, dass Lioba darüber nicht sprechen wollte.

Lioba schlang die Arme um ihre Freundin. »Gott hat uns wieder zusammengeführt. Das ist das Wichtigste.«

»Ja!« Christina schluchzte vor Erleichterung auf.

Eine Weile verharrten sie in stiller Freude über das unverhoffte Glück ihres Wiedersehens und hielten einander fest wie zwei Ertrinkende.

Christina hob ihre Hand, strich Lioba vorsichtig eine Strähne aus dem Gesicht. »Du bist anders geworden. So … wunderschön«, hauchte sie. »Wo warst du denn nur die ganze Zeit? Ich dachte, ich sehe dich nie wieder.«

»Ich glaubte dasselbe von dir.« Lioba drückte Christinas Hand, als müsste sie sich immer noch davon überzeugen, dass ihre Freundin auch wirklich da war. »Ich habe euren verbrannten Hof gesehen und meinen Bruder getroffen. Er hat mir erzählt, was passiert ist. Im Dorf glaubt man, sie hätten euch alle getötet.«

Christina seufzte leise. »Das habe ich mir gedacht. *Er* hat von uns verlangt, wir sollten ihm jedes Jahr einen hohen Betrag und sämtliche Erträge aus dem Kohl- und Obstverkauf geben. Wir wären arm geworden! Vater – ich meine Albert – weigerte sich und wollte die Sache vor den Dechanten von Nüss bringen. Aber sie kamen nachts beim letzten Vollmond, töteten alle und brannten den Hof nieder.« Ihre Miene verzerrte sich schmerzvoll bei dieser Erinnerung, und sie brauchte eine Weile, ehe sie weitersprechen konnte. »Uns hat er hierhingebracht, Maria und mich, zu den anderen. Ich wusste ja nicht, was hier passiert.« Ihre Hand krallte sich in Liobas Arm. »Wir sind in der Hölle! Immer wieder bringt Sigboto neue Mädchen her, und andere … verschwinden und kommen nie wieder.« Ihr Gesicht verzerrte sich wieder in heller Angst. »Er weist uns Rollen zu. Manche Mädchen erhebt er, dann lässt er sie fallen. Er erniedrigt und erhöht uns, wie es ihm gefällt. Die ihm nicht gehorchen, bestraft er und weidet sich an ihrem Schmerz. Er ist der Leibhaftige!« Sie bekreuzigte sich.

Lioba drückte ihr den Arm und schluckte. »Wenigstens ihr – Maria und du – seid gerettet.«

Christina sah sie mit einem undeutbaren Blick an. »Maria ist seine Tochter«, sagte sie mit matter, dumpfer Stimme.

Lioba starrte sie an. Deshalb also war Sigboto so begeistert von der Kleinen und hatte sie ihr unbedingt zeigen wollen. »Ich hab's nicht geahnt«, sagte sie mit tonloser Stimme.

»Nein, wie solltest du auch? Aber es ist so.« Christina starrte traurig vor sich hin. »Ich wünschte mir so oft, sie hätte einen anderen Vater.«

Ihre Stimme klang so voller Verachtung, Wut und Hilflosigkeit, dass es Lioba tief berührte. »Und ich habe dich immer beneidet«, sagte sie. »Weil du schon ein Kind hattest.« Sie versuchte ein Lächeln, aber es misslang.

»Ich hatte immer Angst, er würde sein Kind haben wollen«, seufzte Christina. »Aber sie ist ja nur ein Mädchen, Gott sei Dank.« Sie lächelte gequält.

»Aber sie ist der Grund, warum er euch beide nicht getötet hat«, stellte Lioba fest.

Christina nickte traurig, und sie schwiegen eine Weile.

»Merkt denn eigentlich niemand, was hier vor sich geht?«, fragte Lioba schließlich.

»Nein, wie denn?« Christina schüttelte heftig den Kopf. »Er hat den Linner Knechten die Zungen abschneiden lassen und die Burgmänner getötet und durch seine vertrauten Wachleute ersetzt. Manchmal kommen noch andere Männer, sein Freund, und dann müssen wir …«

Sie brach ab und schluchzte. Lioba legte ihr den Arm auf die Schultern. »Ist das vielleicht Ortwin von Falkenstein?«

»Ja. Woher kennst du ihn?«

»Nachdem ich von euch geflohen bin, damals, bin ich zur Burg gegangen. Die Herrin gab mir Obdach, ich durfte als Küchenmagd bleiben. Aber dann starb sie und Sigboto wurde immer schlimmer. Ortwin von Falkenstein und seine Männer kamen oft zu Besuch. Sigboto muss ihm geholfen haben, seine Burg wiederzubekommen. Ich glaube, sie haben noch mehr Burgen geplündert.«

»Ja, woher sollte er sonst den Schmuck und das ganze Silber haben?«, stieß Christina bitter hervor. »Sie plündern die Burgen, deren Herren von der großen Pilgerfahrt nicht zurückgekehrt sind. Die Mädchen kommen aus irgendwelchen Dörfern von weit her.«

Lioba überlief ein kalter Schauer. Sie musste wieder an das denken, was sie im Turmgelass gesehen hatte. Sie hätte es Christina gern erzählt, aber sie wollte sie nicht damit belasten. Sie musste die schrecklichen Bilder fest in sich verschließen. »Wir müssen hier weg«, sagte sie nur.

Christina nickte. Sie zog ängstlich die Wolldecke enger, die sie sich umgehängt hatte.

»Gibt es einen geheimen Weg aus der Burg hinaus?«

»Wenn ich den kennen würde, wäre ich längst nicht mehr hier.«

»Hm.« Lioba hob den Kopf und musterte die hölzerne Wehrmauer, die sich vor ihnen erstreckte. Neben dem Backhaus lehnte der Wachmann schlafend am Palisadenzaun.

»Wir müssen da rüber, es gibt keinen anderen Weg«, raunte Christina und deutete auf die Mauer.

»Wie sollen wir das mit Maria schaffen? Der Wachmann schläft sicher nicht die ganze Nacht.«

»Nein, aber er ist allein. Er müsste eigentlich das Tor bewachen. Wenn es eine dunkle Nacht ist, können die Wachen von der Hauptburg aus nur wenig von der Vorburg sehen. Dort«, sie deutete auf ein Gebäude, das gleich an der Wehrmauer lag, »wir können es vom Stall aus versuchen, über den Zaun zu kommen. Von da aus ist es nicht weit zur Brücke.«

»Aber – ist das Ufer dort nicht zu steil abschüssig?«

»Wir müssen vorsichtig sein«, warnte Christina. »Ich hab's mir schon oft überlegt, traute mich aber nicht, eins der Mädchen zu fragen. Ich vertraute keinem von ihnen. Aber jetzt, mit dir – wir könnten es zusammen schaffen.«

Sie sahen sich einen Atemzug lang in stillem Einverständnis an. In die Freude über ihr Wiedersehen mischte sich die Hoffnung, dass ihr Plan gelingen könnte.

»Was ist mit dem Wachmann?«, fragte Lioba. »Falls er aufwacht, musst du ihn ablenken, damit ich ihn niederhauen kann.«

»Nein, du musst ihn ablenken, du bist hübscher als ich«, entgegnete Christina. »Ich nehme den Krug und schlag ihn damit nieder.«

»Nein, lass mich das machen. Du nimmst Maria.«

Christina schwieg eine Weile. »Was machen wir nur mit ihr, wenn sie weint?«, fragte sie dann.

»Sie ist doch schon ein verständiges Mädchen, oder? Sie muss unbedingt still bleiben!«

Christina nickte, aber sie sah verzweifelt aus.

»Wir müssen noch heute Nacht fliehen.«

»Nein, das geht nicht, die Nacht ist viel zu hell!«

»Still.« Lioba warf einen raschen Blick zum Wachmann hinüber, der immer noch neben dem Backhaus lehnte. Wenn Sigboto wüsste, wie schlecht die Burg bewacht wurde, dachte sie. »Wir *müssen* es sofort tun! Ich hab Sigboto ein Schlafmittel in den Wein gegeben. Wenn er aufwacht und ich noch hier bin, bin ich verloren!«

»Beim Allmächtigen!« Christina bekreuzigte sich mit runden Augen. »Wie hast du das nur gemacht?«

Lioba lächelte. »Ich habe bei einer Frau gelebt, die mir viel beigebracht hat.«

»Wo denn?«

»In einem Dorf hinter den Sümpfen«, log Lioba schnell. »Komm, wir müssen uns beeilen.«

Christina seufzte, dann willigte sie ein. Sie wandte sich um und ging ins Gesindehaus zu den schlafenden Mädchen.

Lioba folgte ihr.

Kapitel 31

Nur wenig später, zur tiefsten Stunde der Nacht, schlichen sie sich zu dritt über den Hof der Vorburg. Unzählige Sterne und ein halber Mond, der nur manchmal durch zarte Wolkengespinste verdeckt wurde, leuchteten am Himmel.

Christina trug ihre Tochter – ein kleiner blonder Engel, dem sie zuvor bei ihrer aller Leben eingeschärft hatte, nur ja keinen Laut von sich zu geben – in einem Tragetuch auf ihrem Rücken.

An Liobas Schulter hing ein Beutel mit Gewändern und Bettlaken, mit deren Hilfe sie den Palisadenzaun überwinden wollten. Sie duckten sich in den Schatten der Scheune. Nicht weit von ihnen lehnte der Wachmann am Zaun neben dem Backhaus und schnarchte leise.

Die beiden Frauen tauschten fragende Blicke aus.

»Er wird uns schon nicht hören«, flüsterte Lioba schließlich.

Christina nickte, sie schien erleichtert zu sein. Sie spähte auf den Hof, um den sich die Gebäude der Vorburg gruppierten, warf einen ängstlichen Blick zur Hauptburg hinüber. Dunkel zeichnete sich der Burgturm vor dem sternenklaren Himmel ab. Auf seinem Dach hing das Banner der von Rothes schlaff und schwarz von seinem Mast herab.

»Wir bleiben im Schatten der Häuser«, raunte Christina. »So kommen wir am besten auf die andere Seite.«

Lioba nickte. Sie hörte ihr eigenes Herz laut in der Stille pochen, und das Prickeln im Nacken wollte nicht aufhören. Ihre Freundin hatte recht, die Nacht hätte dunkler sein müssen. Wenn die Wachmänner auf der Hauptburg auch nur eine Bewegung bemerkten, würden sie sofort Alarm schlagen, und es wäre um sie geschehen. Leise arbeiteten sie sich von Schatten zu Schatten, von der Scheune über die Räucherei zu einem niedrigen Vorratshaus. Dabei kamen sie dem Wachmann gefährlich nahe, so nah, dass er sie mit seiner Lanze hätte erreichen können, wenn er wach gewesen wäre. Nach dem Vorratshaus und dem Kräutergarten kam – endlich! – der Stall, ein langgestrecktes Gehöft, das mit der Kopfseite bis fast an den Zaun reichte.

Christina öffnete vorsichtig die Stalltür, die ihnen knarrend einen Spalt freigab. Eine stockdunkle Höhle, in der es nach Heu und Pferden roch, öffnete sich vor ihnen. Lioba tastete nach der Hand ihrer Freundin. Sie spürte förmlich, wie die Tiere ihre Ohren spitzten und sie durch die Dunkelheit hindurch beobachteten. Das Schnarchen des Stallknechts dröhnte laut durch den Raum.

Lioba folgte ihrer Freundin eine hölzerne Stiege hinauf. Ein paar Stufen ächzten unter ihrem Gewicht. Das Schnarchen des Knechts setzte aus. Erschreckt hielten die beiden inne. Lioba wagte es kaum zu atmen, als sie ein Pferd schnauben hörte.

Lieber Herr Jesus, betete sie, *ich verspreche dir alles, wenn du uns nur heil hier rausbringst.* Sie musste an Relindis und Wilem denken. Ihr Sohn würde sie vermissen, Relindis würde sie sicher bereits überall suchen. Sie hörte, wie das Pferd erneut schnaubte. Da setzte das Schnarchen wieder ein.

Sie atmete auf, presste Christinas Hand. Vorsichtig kletterten sie die Stiege weiter hinauf bis zum Heuboden. Dunkel ragte das würzig riechende Heu vor ihnen auf, doch es gab eine

Vertiefung dort, wo die Knechte das Heu schon entnommen und an die Pferde verfüttert hatten. Mit Mühe erklommen sie den Heuberg, schoben sich darüber hinweg.

»Dahinten ist die Luke«, flüsterte Christina, während sie sich mit Maria durch das Heu kämpfte.

»Hm.« Lioba folgte ihrer Freundin in die völlige Dunkelheit. Das Heu pikste und kratzte sie. Plötzlich musste Maria niesen. Lioba hörte, wie Christina beruhigend auf sie einflüsterte, aber das Kind musste noch einmal niesen. Danach war alles still. Das Schnarchen des Stallknechts setzte wieder aus. Lioba hörte nichts als das Klopfen ihres Herzens. *Lieber Herr Jesus!*

Sie wagten es nicht, sich zu rühren. Atemlos hörten sie, wie der Stallknecht sich erhob und mit schwerfälligen Schritten an den Pferden vorbei durch den Stall stapfte. Er murmelte ein paar unverständliche Laute, klopfte einem Pferd den Hals.

Dann hörten sie es durch die dünne, löchrige Holzdecke unter dem Heu hindurch plätschern. Der Knecht musste genau unter ihnen stehen und sich erleichtern. Lioba hielt die Luft an. Reglos lauschten die Frauen auf die Schritte des Knechts, die sich langsam wieder entfernten. Sie hörten, wie er mit seltsamen Lauten ein paar Pferde beruhigte und sich dann wieder auf seinem Lager niederließ.

Es dauerte aber noch eine ganze Weile, ehe sein Schnarchen endlich wieder durch den Stall dröhnte.

»Komm!« Christina schob sich weiter voran. Maria hatte die Arme um ihren Hals geschlungen und lag auf ihrem Rücken wie ein Äffchen. Lioba heftete sich dicht an die beiden. Sie war angespannt vor Furcht, aber in einem Winkel ihres verängstigten Herzens fühlte sie sich so müde und mutlos wie nie zuvor.

Doch dann hörte sie das schabende Geräusch, mit dem ein Holzriegel beiseitegeschoben wurde. Christina öffnete vorsichtig den Fensterladen. Kühle Nachtluft strömte herein, vermischte sich mit dem Heugeruch. Lioba kroch neben ihre

Freundin und spähte hinaus. Gleich vor ihnen ragten die spitzen Pfähle des Palisadenzauns in die Höhe. Davor lag der Wehrgang nicht mal eine Armlänge von ihrer Luke entfernt. Sicher hatten die Erbauer des Stalls nicht bedacht, wie leicht es mögliche Eroberer der Burg hätten, durch die Luke in den Stall zu kommen, als sie ihn zu nah an die hölzerne Wehrmauer setzten. Aber für sie war es ein Glücksfall.

Christina erklomm mit Liobas Hilfe den Rand der Luke, hielt nach dem Wachmann Ausschau und rettete sich und Maria mit einem mutigen Sprung auf den hölzernen Wehrgang.

Lioba tat es ihr nach.

Sie pressten sich in den Schatten der Palisaden und spähten ängstlich zur Hauptburg hinüber. Nichts regte sich dort, aber sie warteten vorsichtshalber noch eine Weile ab, ehe sie ihre Flucht fortsetzten. Lioba warf einen Blick durch die spitzen Pfähle des Zauns nach unten, wo der Burggraben floss. Im milden Licht der Sterne konnte sie das schmale Rasenstück sehen, das vom Fuße des Zauns steil zum Burggraben hin abfiel.

Der schwierigste Teil der Flucht stand ihnen noch bevor. Sie setzte ihren Beutel ab und zog die Bettlaken hervor, die sie bereits fest zusammengeknotet hatten, dann wand sie die Schlinge um eine der spitz zugeschnittenen Pfähle. Ihr Fluchtseil reichte bis fast auf den Boden – Gott sei Dank.

Liobas Herz begann zu hämmern. Sie prüfte, ob der Tragegurt noch fest und sicher um Maria lag, dann nickte sie.

»Willst du zuerst?«

Sie konnte ihre Angst um die Freundin kaum bezwingen. Würde Christina es schaffen, sich und ihr Kind die steile Wand hinab zu tragen? Wenn das Seil nun riss, weil die beiden zu schwer waren?

Aber Christina nickte und lächelte ihr mutig zu. Lioba strich Maria beruhigend über die zarte Wange, dann half sie ihrer Freundin über die spitzen Holzpfähle. Christina packte das Seil mit ihren kräftigen Armen, stieß sich geschickt mit den Füßen von dem Zaun ab. Langsam glitten die beiden auf diese Art an den Holzpfählen hinunter. Ein dumpfes Geräusch zeigte an, dass sie sicher unten gelandet waren.

Lioba atmete auf. Sie bekreuzigte sich rasch, tastete nach dem kleinen Fläschchen an ihrem Hals. Ihr neuer Schutz, der ihr bisher immer geholfen hatte, auch am gestrigen Abend wieder. Sie prüfte noch mal, ob die Schlaufe noch fest genug war, dann kletterte auch sie über die Palisaden und ließ sich langsam an dem Seil hinunter. Sie war froh, dass sie in den letzten beiden Jahren durch das viele Laufen und Jagen deutlich kräftiger geworden war. Langsam ließ sie sich nach unten und sprang ins hohe Gras am Fuße der Wehrmauer. Erleichtert atmete sie auf und rieb sich die brennenden Hände.

»Wir haben es geschafft!« Sie drückte Christina den Arm, tätschelte Maria die Wange.

»Noch nicht.« Christina deutete auf den Weg, der vor ihnen lag. Langsam tasteten sie sich in der Dunkelheit an der Mauer entlang durch das hohe Gras. Neben ihnen fiel das Ufer steil zum Burggraben herab, der still in der Dunkelheit floss. Er würde sich bald, nachdem er den Graben gespeist hatte, wieder zu einem Bach vereinen, der zum Rhein floss. Es war still, nur ihre Schritte raschelten im Gras. Der Wind rauschte leise in den Blättern der Weiden, die das andere Ufer des Grabens säumten. Nach einer Weile schweigenden Marsches erreichten sie die Brücke, die vor dem verschlossenen Burgtor über den Graben führte.

Lioba half Christina, sich an dem Pfahl hochzuziehen, damit sie das Geländer überwinden konnte, und folgte ihr dann. Rasch liefen sie über die Brücke und tauchten ins Dunkel der Bäume auf der anderen Seite des Grabens.

»Jetzt haben wir es geschafft!«, keuchte Christina, während sie eine Weile verharrten. Lioba warf einen Blick zurück zur Burg, deren Umrisse sich dunkel vor dem Sternenhimmel abzeichnete.

»Wir sind frei!«, lachte sie leise.

Frei. Erst jetzt, wo sie diesen herrlichen Zustand wiedererlangt hatten, begriff sie die Bedeutung dieses kleinen Wortes.

Die Burg erschien ihr wie ein Albtraum, ein Flecken des Bösen, den sie hinter sich gelassen hatte.

»Wir müssen weiter«, drängte sie. Keinen Augenblick wollte sie länger in der Nähe der Hölle bleiben.

Aber Christina war noch nicht so weit. Sie wartete, bis ihr Keuchen sich gelegt hatte, dann tröstete und ermahnte sie ihr verängstigtes Kind.

»Das Dorf hinter den Sümpfen«, sagte sie schließlich, »meinst du, Sigboto findet uns da wirklich nicht?«

»Nein, ganz sicher nicht«, antwortete Lioba und versuchte, so viel Zuversicht wie möglich in ihre Stimme zu legen. Sie hatte bisher noch keine Zeit gehabt, Christina von Relindis zu erzählen. Das würde sie nun auf dem Heimweg nachholen.

»Wir müssen nur die ganze Nacht hindurch laufen. Wenn wir schnell genug sind, schaffen wir es bis zum Morgengrauen. Ich nehme am besten Maria, damit du dich ausruhen kannst.«

»Lass nur, ich kann sie noch tragen. Gleich kannst du sie nehmen.«

»Wie du meinst.«

Sie wandten sich in die Richtung des Weges, der sie zurück nach Vissel führen würde. Ein Knacken im Wald ließ sie zusammenfahren. Aus dem Gebüsch am Wegesrand tauchte eine Gestalt auf. Ehe sie etwas tun konnten, packte ein Mann Lioba und presste ihr seine eiserne Hand auf den Mund, erstickte ihren Schrei.

»Wenn du still bist, geschieht deiner Freundin nichts.«

Christina blieb stehen, als wäre sie von einem Zauberspruch gebannt worden.

Lioba spürte das eiserne Geflecht eines Kettenhemdes in ihrem Rücken und schluchzte auf. Sie hatten es so weit geschafft, um doch noch gefangen zu werden! In dem matten Licht konnte sie den Schrecken erkennen, der sich auf Christinas Gesicht abzeichnete.

Aber ihre Freundin sagte nichts.

Hilflos musste Lioba mit ansehen, wie ein zweiter Bewaffneter aus dem Gebüsch sprang und Christinas Arm packte.

»Ihr kommt mit uns«, befahl er. Die Sporen des Ritters klirrten, als er ihnen über den Weg voranstapfte. Der andere Bewaffnete entließ Lioba aus der Umklammerung, nahm ihren Arm und zog sie mit sich. Hoch ragte sein Helm über ihr auf.

»Wer seid Ihr?«

»Das wirst du gleich sehen.« Seine Stimme klang dunkel, und er überragte sie um Haupteslänge. Sie bogen vom Weg ab auf einen schmalen Pfad. Einer der Männer ging voran, der andere bildete den Abschluss, während sie schweigend durch das Unterholz stapften. Lioba zitterte, obwohl sie einen Umhang trug und ihr vom Laufen noch warm war. Sie zwang sich nachzudenken, aber ihr erschöpfter Geist wollte keinen klaren Gedanken mehr fassen. Sie wollte nur noch nach Hause, zurück zu Wilem und Relindis. Müde lief sie hinter Christina her durch das Gebüsch, das sich bald zu einer Obstbaumwiese lichtete, dann zu einem Garten, der zu einem großen Bauerngehöft gehörte. Die Bewaffneten stießen die Tür des Flechtzauns auf, tätschelten den Hofhund, der schwanzwedelnd auf sie zukam. Widerwillig duldete es Lioba, dass das Tier sie ausgiebig beschnupperte, ehe es sich Christina zuwandte.

»Ist gut jetzt.« Der Hüne neben ihr zog den Wachhund weg, der sich wieder in seine Hütte verkroch.

Im Gehöft war es dunkel und kühl. Über ihnen wölbte sich ein hohes Dach, und es roch nach Stroh, Heu und Kühen. Lioba hörte, wie die beiden Männer sich flüsternd berieten.

»Ich finde, wir sollten ihn wecken.«

»Hat das nicht Zeit bis morgen?«

»Nein, er hat gesagt, wir sollen ihn wecken, wenn es etwas Wichtiges gibt, und das hier ist wichtig.«

»Also gut.«

Schwere Schritte stampften über Holzdielen. Eine Fackel wurde entzündet. Ihr Lichtschein fiel auf ein paar Männer, die in ihren Kettenhemden auf dem Boden schliefen. An den Wänden der Scheune stapelte sich getrocknetes Stroh in den Bansen, auf einer Empore lagerten Säcke mit gedroschenem Getreide. Der Hüne beugte sich über einen der Schlafenden, flüsterte ihm etwas ins Ohr. Der Mann fuhr hoch. Lioba sah, wie er im Fackelschein die Augen geblendet zusammenkniff.

Die Erinnerung an ein altes Bild überkam sie – ein verletzter junger Mann in der Dämmerung von Pastor Werinharts Stube, dessen Kopf sie in ihrer Hand hielt. Ihr Herz tat einen gewaltigen Satz.

Leicht kam der Mann auf die Füße, nahm die Fackel. Ihr Lichtschein zuckte über sein gut geschnittenes Gesicht, dessen Züge nun schärfer hervortraten. Die Augen lagen verschattet in tiefbrauner Haut, das schwarze Haar wuchs kaum einen Finger breit auf seinem Kopf. An Wangen, Kinn und Hals sprossen dunkle Barthaare.

Sie konnte nicht glauben, dass er wirklich vor ihr stand. Überwältigt starrte sie ihn an, während die Freude sie durchflutete. »Du *lebst!*« Sie spürte die Wärme des Feuers, als die Fackel ihr Gesicht beleuchtete.

Lange betrachtete er sie. Er streckte seinen Arm aus, fühlte ihr Haar, und ein Lächeln glitt über sein Gesicht. »Lioba.« Er kam auf sie zu, nahm sie in die Arme und presste sie fest an sich.

Sie barg den Kopf an seine Schulter und atmete tief seinen vertrauten Geruch ein. Er war zurückgekehrt! »Thomas! Du hast überlebt«, hörte sie sich sagen.

Er ließ sie los. Ein schmerzlicher Ausdruck flog über sein Gesicht. »Es gibt keinen Thomas mehr, nur noch Otto.«

Enttäuscht zog sie ihren Umhang enger.

Der Hüne trat an Ottos Seite. »Wir haben die beiden Frauen dabei beobachtet, wie sie über die Mauer der Vorburg kletterten. Sie haben Tücher aneinandergebunden und sich daran heruntergelassen.«

»Danke, Megenhart. Gut, dass du mich geweckt hast.«

Nach und nach erwachten auch die anderen Männer, richteten sich schlaftrunken auf ihren Schaffellen auf und starrten die beiden Frauen neugierig an. Es waren zwei fremde Ritter und ein Junge mit pechschwarzen Haaren und dunklen Augen, die größer zu sein schienen als sein Gesicht.

»Christina!« Otto wandte sich an Liobas Freundin.

»Herr von Linn.« Sie knickste, soweit ihr das mit Maria auf dem Rücken möglich war. »Dank sei dem Allmächtigen, dass er Euch wieder hergeführt hat!«

Otto hob seine Mundwinkel zu einem kleinen Lächeln an. »Das ist deine Tochter?«

»Ja, das ist meine Maria. Sie war noch ein Säugling, als Ihr ins Heilige Land aufgebrochen seid.«

»Ich weiß. Ich erinnere mich doch an das winzige Kind, das du beim Erntedankfest mit dir herumgetragen hast.« Otto tätschelte Maria die Wange. »Wie tapfer sie ist! Du kannst sie ruhig herunterlassen, hier wird ihr nichts geschehen.«

»S… sie ist müde.« Zögernd kam Christina Ottos Aufforderung nach. »Habt Ihr die Heilige Stadt von den Ungläubigen befreit?«, wollte sie wissen.

»Nein«, versetzte Otto schroff. »Dem Allmächtigen hat es gefallen, uns mit einer harten Pilgerreise zu prüfen und uns die

Heilige Stadt nicht zu geben. Der englische König Richard hielt es für klüger, Jerusalem nicht einzunehmen und stattdessen Friedensverhandlungen mit Sultan Saladin zu beginnen.«

»Oh«, machte Christina. »Haben sie Frieden geschlossen?«

»Das wissen wir noch nicht, aber ich glaube schon. Saladin war kampfmüde und seine Truppen geschwächt.«

»Der Kaiser ist tot, wie wir gehört haben. Was ist mit dem deutschen Heer geschehen?«

»Ja, er ist tot«, sagte Otto traurig. »Ertrunken in einem Fluss im Reich der Seldschuken. Sein Sohn Friedrich von Schwaben hat nach ihm das Kommando übernommen, aber er starb an der Seuche, wie die meisten von uns.« Er deutete auf die Männer, die aufgestanden waren und sie nun umringten. »Meine Freunde und Kampfgefährten Peringer und Dietrich. Ein paar von den wenigen, die überlebt haben. Und das ist Saif, der unbedingt in das Land der Lateiner mitkommen wollte.« Er lächelte und legte dem Jungen mit den großen schwarzen Augen, der ein viel zu großes Gewand trug, seine Hand auf die Schulter. »Megenhart habt ihr ja schon kennengelernt und Isanrich, der Hauptmann meiner Burg.« Er nickte dem älteren Mann mit dem verwitterten Gesicht zu, der sie mit Megenhart hierhin gebracht hatte. Lioba kannte ihn, er hatte sie an dem Winternachmittag auf Burg Linn zu Otto geführt. Sie fühlte, wie ihre Augen feucht wurden. Sie war so aufgewühlt, dass sie kein Wort sagen konnte. *Otto lebt, er hat überlebt*, hämmerte es in ihrem Kopf. Er ist einer von den wenigen, die es zurückgeschafft haben. Niemals hätte sie gedacht, dass diese Nacht eine so glückliche Wendung nehmen würde.

»Wir waren wohl zu lange weg«, fuhr Otto fort. »Als wir im Gefolge des Grafen von Kleve zurückkamen, mussten wir feststellen, dass einige Burgen ihren Besitzer gewechselt haben, trotz des Landfriedens, den die Kirche verordnet hat.« Er sah Lioba unverwandt an. »Wenn Isanrich und mein Dorfpriester uns nicht gewarnt hätten, dass Sigboto meine Burg eingenommen hat, wären wir ihm ahnungslos ins Messer gelaufen.«

»Ihr habt doch einen starken Schutz«, entfuhr es Lioba. Sie hatte sich inzwischen wieder so weit in der Gewalt, dass sie ihn im Beisein der anderen förmlich anredete.

Otto sah sie an, als er auf eine Stelle seiner Brust deutete. »Einen sehr starken Schutz, der mich drei Jahre lang begleitet hat. Ich habe ihn mehr als einmal gebraucht.«

Lioba hörte seine raue Stimme und hätte ihn am liebsten in die Arme genommen und getröstet, aber sie waren ja nicht allein. Außerdem spürte sie eine Unnahbarkeit bei ihm, die früher nicht da gewesen war.

»Warum wart ihr auf Burg Linn?«, wollte er wissen.

»Er hat uns gefangen genommen«, antwortete Christina und erzählte ihm, wie Sigboto den Sandnerhof niedergebrannt und alle getötet hatte.

Lioba war froh, dass ihre Freundin wieder das Reden übernahm. Sie wollte schweigen in ihrem Glück, dass Otto zurückgekehrt war.

»Er hat einen Ort des Schreckens aus Eurer Burg gemacht, Herr«, schloss Christina.

»Was meinst du damit?« Megenhart trat nach vorn.

Christina schlang ihre Hand um die ihrer Tochter, die sich ängstlich an ihre Gewandfalten drückte. »Er hält sich einen Harem von Frauen und macht mit ihnen, was er will.«

Gemurmel entstand unter den Rittern. »Ratte!«, schimpfte Peringer.

Isanrich schüttelte stirnrunzelnd den Kopf.

»Was hat er mit dir gemacht?« Ottos Blick bohrte sich in Liobas Augen.

»Nichts.« Sie schüttelte den Kopf. »Aber ich musste den Sklaveneid leisten.«

»Nichts sonst?«

Alle starrten Lioba an. »Nein.«

Megenhart schnaubte ungläubig.

»Ich war noch nicht lange auf der Burg, und er … war zu betrunken.« Lioba warf Christina einen scharfen Blick zu. Die Freundin nickte, sie hatte verstanden, dass Lioba nicht mehr verraten wollte.

Otto presste seine Lippen zu einem Strich zusammen. Er lehnte sich gegen einen Pfosten und rieb sich mit der Hand über die Stirn.

»Wie viele Männer sind auf der Burg?«, fragte Megenhart.

»Sigboto, sein Freund, zwei Wachmänner in der Hauptburg und in der Vorburg einer«, zählte Christina auf. »Dann natürlich noch der Koch, der Stallknecht und … die Frauen.«

»Also fünf Bewaffnete«, stellte Megenhart fest. »Das stimmt mit unseren Beobachtungen überein. Er hat wahrscheinlich nicht alle Männer der alten Linner Besatzung getötet.«

»Er hat den Knechten die Zungen herausgeschnitten«, sagte Christina. »Die Burgwächter stammen von seiner Burg, glaube ich.«

»Beim Allmächtigen!«, rief Megenhart aus.

Otto stieß sich von dem Holzpfeiler ab und schnellte wie eine Schlange nach vorn. »Lebt keiner mehr von meinen Wachmännern?«

»Äh…« Überrascht über seinen plötzlichen Vorstoß wich Christina ein wenig zurück. »Soweit ich weiß, nein. Nur der Koch und der Stallknecht. Ach ja, und noch die Magd.«

Isanrich seufzte tief. Otto presste nachdenklich seine Faust gegen eine Handfläche. »Danke«, sagte er schließlich. »Ihr seid ein wahrer Glücksfall für uns.«

Eine Weile schwieg er, und die Ritter wechselten fragende Blicke. »Ziemlich dünne Besatzung, meint ihr nicht?«, fragte Megenhart in die Runde. »Ich finde, wir können es wagen, Ottos Burg einzunehmen, was, Männer?«

»Na klar!«, riefen sie. »Wozu sind wir sonst hier? Wir haben gesagt, wir helfen uns gegenseitig.«

»Lasst uns den Ärschen das Fell über die Ohren ziehn!«, knurrte Isanrich.

Otto wandte sich an Lioba. »Wie genau habt ihr es aus der Burg geschafft?«

Lioba erzählte ihm von ihrer Flucht über den Heuboden des Stalls auf den Wehrgang.

»Das war sehr mutig.«

»Siehst du, Kleiner, so erkennt man die Schwachstellen seiner Burg«, scherzte Megenhart.

»Da ist nur noch etwas.« Christina trat einen Schritt nach vorn.

Alle starrten sie an.

»Sigboto erwartet seinen Freund und dessen Männer für die nächsten Tage. Kann sein, dass die morgen schon kommen.«

»Seinen Freund? Wer ist das?«, fragte Otto.

»Ortwin von Falkenstein mit seinen Männern. Sie … kommen manchmal zur Burg, um sich mit Sigbotos Frauen zu vergnügen.«

Otto blickte sie finster mit gerunzelter Stirn an. »Wie viele Männer sind das?«

Christina überlegte. »Das letzte Mal waren sie zu viert«, meinte sie schließlich. »Ich glaube, es sind Söldner.«

»Verdammt«, fluchte Otto. Er und Megenhart sahen sich eine Weile schweigend an. »Kennst du von Falkenstein?«

»Nein, nie gehört den Namen.«

»Wir bleiben trotzdem bei unserem Plan?« Otto sah fragend in die Runde.

Megenhart stapfte ein paar Mal auf und ab und fuhr sich mit der Hand durch die kinnlangen Haare. »Wir müssen ihnen einen Hinterhalt legen. Mit den Frauen. Wir können sicher sein, dass sie sie morgen suchen werden. Machen wir es wie die Byzantiner! Dann kriegen wir sie an ihren gottverdammten Hammelbeinen und machen sie nieder.«

»Ja, dann sind's schon ein paar weniger«, meinte Dietrich.

»Danach nehmen wir ihre Pferde und Schilde und reiten zurück zur Burg«, ergänzte Peringer. »Die anderen verstecken sich in der Nähe und folgen, sobald der Wachmann das Tor geöffnet hat.«

»Wie Sigboto es mit uns gemacht hat«, sagte Isanrich traurig. Er warf einen raschen Blick auf Otto, der finster vor sich hin brütete.

»Guter Plan«, meinte Megenhart und blickte in die Runde der Kämpfer. Die Männer nickten. »So machen wir es. Da ist nur noch eine Kleinigkeit: Wir brauchen die beiden Frauen hier als Lockvögel für den Hinterhalt.«

»Auf keinen Fall!«, erwiderte Otto. »Wir können den Hinterhalt auch so legen. Wir wissen, wohin sie reiten werden. Es gibt nur einen Weg nach Vissel.«

Megenhart stemmte die Hände in die Hüften. »Eine Falle ist immer besser mit einem Lockvogel, das brauche ich dir doch nicht zu sagen, oder?«

»Nein.« Otto schüttelte den Kopf. »Auf keinen Fall.«

»Komm schon. Sobald wir die Kerle niedergemacht haben, sind sie in Sicherheit.«

Lioba trat einen Schritt nach vorn. »Ich allein werde euer Lockvogel sein«, hörte sie sich sagen. »Ihr braucht keine zwei. Christina und Maria bleiben hier.«

»Nein.« Otto schleuderte ihr einen wütenden Blick entgegen.

»Doch«, widersprach sie.

»Wenn wir die Kerle nicht erledigen, bist du verloren.«

Lioba krallte ihre Hände in den feinen Stoff ihres Bliauts. Sie musste an Wilem und Relindis denken, die zu Hause auf sie warteten. Aber es war auch Relindis, die ihr beigebracht hatte, den Mut für eine Tat aufzubringen, die sie für richtig hielt. Sie wollte Otto helfen, seine Burg wiederzubekommen, und Sigboto musste unbedingt verschwinden. »Es ist ein guter Plan«, sagte sie.

»Ich könnte mit Sigboto verhandeln«, schlug Otto vor.

»Otto!« Megenhart sah missbilligend auf ihn herunter. »Dieser Mistkerl verhandelt ganz sicher nicht mit dir. Du hast doch gehört, wie er ist.«

»Könnten euch denn nicht die Männer des Grafen helfen?«, fragte Christina zaghaft.

»Sicher nicht, er ist Sigbotos Lehnsherr.«

»Und Euer Lehnsherr, Otto?«

»Der Erzbischof?« Otto schüttelte den Kopf. »Der hat andere Sorgen, als sich um meine kleine Burg zu kümmern.«

»Er könnte ein paar Männer schicken«, wandte Christina ein.

Megenhart trat vor sie hin und machte eine tiefe Verbeugung vor ihr. »Gestatten, gute Frau, Megenhart von Forst, Ritter des Erzbischofs.«

»Oh. Entschuldigt bitte, das wusste ich nicht.« Christina schloss ihren Mund und warf Lioba einen hilflosen Blick zu.

»Nehmt mich als Lockvogel«, bekräftigte Lioba. Sie musste an Judith denken und die vielen Pritschen im Turmgelass, an den unglaublichen Gestank. Nie wieder würde sie diesen Geruch vergessen können.

Otto starrte sie wütend an. »Du hast mir schon einmal das Leben gerettet.«

Sie hielt seinem Blick stand. »Ich werde Euch wieder helfen.«

Er presste die Lippen aufeinander. »Also gut«, sagte er schließlich. »Megenhart und ich werden den Hinterhalt bilden. Saif, du bist unser Bote wie immer. Christina, du gehst mit deinem Kind zum Bauern hier, er ist mir treu ergeben und wird euch verstecken. Isanrich, Peringer und Dietrich, ihr versteckt euch vor der Burg.«

»Guter Entschluss.« Megenhart nickte zufrieden.

»Also, bei Sonnenaufgang.« Otto lächelte freudlos, und alle ließen sich wieder auf ihren Fellen nieder, bis auf Isanrich, der wieder nach draußen ging, um Wache zu halten.

Lioba teilte sich mit Christina und Maria ein notdürftiges Lager aus Wolldecken und Stroh. Das Kind schob seinen Daumen in den Mund und schlief sofort ein, ebenso Christina.

Nur Lioba lag noch lange wach. Sie spähte über die Reihe der schlafenden Ritter hinweg hinüber zu Otto und fragte sich, ob er schlief. So lange hatte sie ihn nicht mehr gesehen! Sie hätte stundenlang mit ihm reden können. Sie wollte alles von ihm wissen, was er in all der Zeit erlebt hatte und wie es ihm gelungen war, zu überleben. Wer wusste schon, ob es nicht ihre letzten gemeinsamen Stunden wären. Aber sie wagte es nicht, zu ihm zu gehen.

Kapitel 32

Als der Morgen graute, brachen sie auf. Sie gingen zu Fuß den Weg nach Vissel und suchten sich dort eine passende Stelle im Wald, weit genug von der Burg entfernt, um flüchtigen Frauen als Schlafplatz zu dienen. Otto und Megenhart trugen ihre Rüstung, Armbrüste, Schwerter und Messer. »Es wird dir nichts passieren, Mädchen«, sagte Megenhart. »Lass dich nur nicht von ihnen packen.«

»Ja, wird schon.« Sie lächelte so zuversichtlich wie möglich zurück, ehe sie sich zu beiden Seiten des Weges im Gebüsch verbargen. Sie wusste selbst nicht, woher sie die Kraft nahm, ihre Zuversicht zu spielen. Längst hatte sie nicht mehr denselben Mut, der sie in der Nacht das Versprechen hatte geben lassen. Sie hatte kaum geschlafen, war unendlich müde und sehnte sich nach ihrem Kind. War sie verrückt gewesen, sich auf ein solches Wagnis einzulassen?

Nur Ottos Anwesenheit beruhigte sie ein wenig. Er wartete neben ihr mit gespannter Armbrust, die Lippen zu einem Strich zusammengepresst. Manchmal sah er sie an, sagte aber nichts.

Sie spähte zum Weg hinüber, der im Sonnenlicht vor ihr lag. Frische Luft kroch unter den dünnen Stoff ihres Bliauts. Noch war es kühl, aber es versprach, ein schöner Tag zu werden. Durch reglose Äste fielen Sonnenstrahlen auf den Morgendunst. In der Luft lag eine milde, frische Würze; es roch nach Erde, Laub und Tannennadeln. Ein paar Vögel begrüßten zwitschernd den neuen Tag. In ihr Gezwitscher mischte sich der ferne Klang von Hufschlägen.

»Sie kommen«, raunte Otto und legte einen Bolzen in seine Armbrust.

»Gott sei mit dir«, sagte er und drückte ihren Arm. Trotz der Bräune sah sein Gesicht grau aus vor Müdigkeit.

»Mit dir auch.« Sie nickte ihm zu und trat auf den steinigen Waldweg. Einen Atemzug noch sah sie die Äste dort schwanken, wo er sich verbarg, dann besann sie sich auf das, was vor ihr lag. Sie lief ein paar Schritte zurück und hielt inne, um den näher kommenden Hufschlägen zu lauschen. Der Hinterhalt lag gleich nach einer Wegbiegung, so würden die Reiter sie erst im letzten Augenblick sehen. Sie würde eine kleine Strecke laufen müssen, um sich den Anschein zu geben, vor ihnen zu fliehen und dann genau dort innehalten, wo Otto und Megenhart im Gebüsch warteten. Sie hatte sich die Stelle gut gemerkt.

Es wird schon gut gehen, beruhigte sie sich. Sie hielt die Luft an. *Lieber Herr Jesus, lass nichts Schlimmes geschehen. Lass es nicht zu viele sein. Was habe ich nur getan!*

Sie hörte die Pferde näher kommen. Als sie um die Biegung ritten, hielt sie erschreckt inne und sah sich um.

Bei Gott, sie waren zu dritt!

Lioba spürte, wie ihr Herz aussetzte, um dann umso rascher zu schlagen. Sie brauchte ihren Schrecken nicht einmal mehr zu spielen. Hastig rannte sie den Waldweg entlang, während sie hörte, wie die Reiter ihre Pferde antrieben. Es war nicht weit bis zu jener Stelle, wo Otto und Megenhart im Gebüsch lauerten. Genau dort holten die Reiter sie ein, umkreisten sie mit ihren Pferden.

»Da ist ja das entflogene Vögelchen!« Sigbotos Freund starrte verächtlich auf sie herunter. Er war derjenige, der sie tags zuvor von Vissel hierhergebracht hatte. Der dumpfe Aufprall eines Armbrustbolzens weckte ihn jedoch aus seinem Hochmut. Der Bolzen durchschlug sein Kettenhemd und fuhr ihm in den Rücken. Der Mann fiel vom Pferd, das sogleich davongaloppierte. Ein weiterer Bolzen kam von der anderen Seite, wo Megenhart lag, und traf den nächsten Mann im Rücken. Er schrie auf, und sein Pferd lief mit ihm davon den Waldweg hinunter, während er sich gekrümmt an den Zügeln festklammerte. Eine Weile noch rannte das Pferd mit ihm über den Weg, bis er heruntersank und auf den steinigen Waldweg fiel. Ein Blutfleck durchtränkte sein Kettenhemd.

Lioba sah die Flanken eines Streitrosses gleich neben ihr. Jemand packte grob ihr Haar und riss sie mit sich fort. Laut gellte ihr Schrei durch den Wald. Sie schlug nach der eisernen Faust, die es festhielt. Zwecklos. Das Pferd wieherte, als der Mann ihm die grob die Sporen gab. Lioba beugte sich verzweifelt der Faust, die ihr Haar festhielt und folgte dem Pferd.

Der Schmerz war unerträglich.

Als sie glaubte, jeden Augenblick würde die Haut von ihrem Kopf reißen, spürte sie, dass jemand hinter ihr war. Ein Schwert blitzte auf, zerschnitt die Luft und fuhr durch das Kettenhemd in den Arm des Mannes. Die Faust öffnete sich und gab Liobas Haare frei. Aber ehe der Ritter ein zweites Mal zustechen konnte, gab der Mann seinem Pferd die Sporen und galoppierte über den Waldweg davon. Megenhart tauchte aus dem Unterholz auf, legte die Armbrust an und schoss, doch der Bolzen traf nicht. Sie konnten nur noch sehen, wie die Gestalt des Reiters immer kleiner wurde, bis sie schließlich hinter der nächsten Biegung verschwand. Megenhart fluchte.

»Geht es?« Besorgt beugte sich Otto über sie, betastete ihr Haar.

Lioba hielt sich die brennende Kopfhaut und nickte tapfer.

»Das war knapp. Du warst sehr mutig.« Er bückte sich, riss ein Grasbüschel ab und wischte damit das Blut von seinem Schwert.

Megenhart spähte den Waldweg hinunter, wo die Hufschläge allmählich verklangen. »Hoffentlich hast du ihn gut erwischt«, sagte er, ehe er zu einem der Toten stapfte, um dessen Schild aufzuheben. »Verdammt, das Pferd ist weg!« Er blickte sich suchend um. »Wo ist der verfluchte Gaul?«

»Megenhart! Wir haben keine Zeit! Wir müssen vor dem Kerl an der Burg sein.«

Megenhart brummte etwas Unverständliches und bemühte sich weiter, die Pferde einzufangen.

Otto kniete sich neben einen der Toten, und Lioba kam zu ihm. »Nun hast du mir auch das Leben gerettet«, sagte sie, während sie versuchte, das Gesicht des Wachmanns nicht zu beachten.

Nicht so Otto. »Ich kenne ihn nicht«, sagte er erleichtert. »Warum schickt Sigboto so viele Männer, um nach euch zu suchen?«

Lioba zwang sich, den Toten anzusehen. Er war noch jung, hatte kaum einen Bartflaum in seinem knabenhaften Gesicht. Es gab ihr einen Stich ins Herz. »Er … er ist einer von Burg Rothe.«

»Woher weißt du das?«, fragte Otto.

»Ich war ein paar Mal auf der Burg«, sagte sie ausweichend und betrachtete den nächsten Toten. Sie nickte. »Dieser auch.«

Gott sei Dank war es nicht Heimo.

Otto erhob sich. Er sah erleichtert aus. »Wir haben zwei von seinen Männern erwischt«, sagte er zu Megenhart, der die beiden ausgerissenen Pferde an den Zügeln herbeiführte.

Megenhart nickte mit finsterem Gesicht. »Also machen wir jetzt, dass wir zur Burg kommen und hoffen wir, dass der Dritte, den du verletzt hast, nicht vor uns da ist.«

Otto nickte. Er nahm eins der Pferde am Zügel und führte es zu Lioba. »Kannst du dich im Sattel halten?«

»Ich denke schon«, versicherte Lioba, die daran dachte, dass sie erst am Tag zuvor von Vissel hergeritten war. »Wenn ich den Gaul nicht allein reiten muss.«

Otto half ihr hinauf und schwang sich dann selbst hinter ihr auf den Pferderücken. Seine Nähe gab ihr Trost und Halt. Sie spürte, wie ihre Anspannung sich ein wenig löste. »Werden sie keinen Verdacht schöpfen, wenn ihr nur zu zweit seid?«, fragte sie Otto.

»Nein«, entgegnete er. »Wir haben ihre Schilde und reiten ihre Pferde. Sie werden uns das Tor öffnen. Der von Roth'sche Torknecht wird tot sein, ehe er überhaupt begriffen hat, was los ist.«

»Wie du meinst.« Lioba atmete tief. »Um sicherzugehen, dass sie euch auch wirklich das Tor öffnen, bleibe ich auf dem Pferd.«

Ein langes Schweigen antwortete ihr. »Das wirst du nicht«, meinte er schließlich. »Ich werde es nicht zulassen.«

»Du musst.«

»Ich muss gar nichts.«

»Beim Allmächtigen! Du musst doch zugeben, dass sie euch eher reinlassen, wenn ich dabei bin!«

Wieder antwortete ihr langes Schweigen. Otto ritt das Pferd so langsam, dass Megenhart sich schon nach ihnen umsah.

»Was ist das denn für eine langsame Mähre?«, schimpfte er.

»Schon gut, wir kommen ja«, rief Otto zurück. Und sagte dann leiser zu Lioba: »Du hast dich verändert.«

»Du warst drei Jahre fort. Glaubst du, die Zeit ist hier inzwischen stehen geblieben?«

»Natürlich nicht.«

»Willst du mich jetzt vom Pferd stoßen?«

Er schwieg lange. Dann sagte er: »Sobald wir im Burghof sind, wirst du dich verstecken, bis wir mit ihnen fertig sind. Versprich es!«

Sie hob die Hand und schwor bei der heiligen Gottesmutter, dass sie dies tun würde. Erst da war er zufrieden.

Sie lehnte sich an sein Eisenhemd und betete um sein Leben.

* * *

Als sich wenig später die hellen Zinnen der steinernen Hauptburgmauer vor dem blauen Himmel abzeichneten, kam ihnen ein hochgewachsener Jüngling entgegen. Er hatte die Kapuze seines Umhangs tief ins Gesicht gezogen. Er hob die Hand und gab Otto ein verstohlenes Zeichen. Otto nickte.

»Was heißt das?«, fragte Lioba.

»Sigbotos Freunde sind angekommen. Aber der Kerl hat's nicht zur Burg geschafft.«

Liobas Herzschlag beschleunigte sich. Musste dieser Ortwin von Falkenstein ausgerechnet heute hierherkommen! Wenigstens hatte es der Verletzte nicht mehr zur Burg zurückgeschafft, sodass Sigboto nichts von ihrem Hinterhalt wissen konnte. Vielleicht war er ja ohnmächtig vom Pferd gefallen. Sie bewunderte Otto und seine Männer für ihre Vorsicht, als ihr klar wurde, wie wichtig diese kleine Botschaft war. Wenn der Mann zurückgekehrt wäre, hätte er die Burgbesatzung warnen können, und sie wären wahrscheinlich noch am Tor angegriffen worden. Ihr Herz schlug noch rascher, als sie begriff, in welcher Gefahr sie sich befand. Sie hatte sich bisher sicher gefühlt, weil Otto bei ihr war, aber diese Sicherheit war trügerisch.

»Wohin geht Saif?«, fragte sie.

»Er holt unsere Waffen.«

»Ah. Weiß er denn, wo er sie findet?«

»Natürlich. Saif findet immer alles«, meinte Otto. »Er ist ein kluger Junge.«

»Ihr habt ihn aus dem Heiligen Land mitgebracht?«

»Megenhart hat ihn als Knappe genommen. Der Junge hat keine Familie mehr. Er hat mich vor Akkon gesund gepflegt.«

»Du warst krank? Hattest du die Seuche?« Lioba lief es kalt den Rücken herunter, obwohl Otto hinter ihr saß.

»Ja, aber ich hatte Glück.«

Lioba starrte auf seine eisernen Handschuhe hinunter, die die Zügel hielten, und alles verschwamm vor ihren Augen. Dass er überlebt hatte, war ein Wunder.

Nur wenig später ritten sie auf das Tor der Vorburg zu. Megenhart verbarg einen guten Teil seiner hünenhaften Gestalt hinter dem Schild der von Rothes. Otto ritt mit Lioba, die eine Leidensmiene aufgesetzt hatte, voran. Zum Glück bedeckte sein Nasalhelm einen guten Teil seines Gesichts.

»Oh, habt ihr sie gekriegt?«, rief der Torwächter und starrte verächtlich auf Liobas grünen Bliaut hinunter.

Otto nickte nur und vermied es, den Mann anzusehen. Der Torwächter verschwand und öffnete ihnen kurz darauf das Tor. Liobas Magen krampfte sich zusammen, als sie in den Hof der Vorburg ritten, aus dem sie erst in der Nacht geflohen war.

»He, ihr könnt wenigstens mal was …« Weiter kam der Torwächter nicht. Megenharts Schwert fuhr mit Wucht in seine Brust. Der Mann sank zusammen, und Megenhart sprang vom Pferd und zog den Leichnam schnell hinter das Torhaus. Es dauerte nicht lange, als weitere Hufschläge auf den Planken der Burgbrücke erklangen. Isanrich, Peringer und Dietrich folgten ihnen. Sie stiegen von ihren Pferden und schlossen das Tor.

Der Stallknecht, der gerade einige Pferde versorgte, unterbrach seine Arbeit und starrte ihnen entgegen.

»Gottschalch!«, zischte Otto, ehe der Mann im Stall verschwinden konnte. Er ritt zu ihm.

Mit offenem Mund starrte Gottschalch zu ihnen hinauf. Lioba wandte sich um. Otto hatte seinen Helm angehoben, sodass sein Gesicht zu sehen war. Der Stallknecht gaffte ungläubig, ehe sich sein breites Gesicht in heller Freude verzog. Er murmelte etwas Unverständliches, trat an das Pferd, umklammerte Ottos Fuß, küsste ihn inbrünstig. Tränen wässerten seine hellen Augen, als er zu Otto hinaufstarrte, als könnte er es nicht fassen, seinen Herrn tatsächlich wieder vor sich zu sehen.

Otto legte einen Finger auf seinen Mund und deutete auf seine Freunde. Der Stallknecht nickte und strahlte über das ganze Gesicht, als er Isanrich wiedersah. Er öffnete den Mund, um etwas zu sagen, aber es kamen nur ein paar unverständliche Laute heraus.

Otto deutete auf die Pferde. »Hat der Herr Besuch?«

Die Miene des Stallknechts verzog sich, als hätte er Mist gegessen.

»Wie viele sind es?«, drängte Otto.

Endlich schien dem Stallknecht zu dämmern, dass Otto es eilig hatte, und er besann sich. Er hob seine dicke Hand und spreizte die Finger, wobei er den Daumen aussparte.

»Vier?!«

Gottschalch nickte mit finsterem Gesicht.

Lioba erkannte die Pferde und ihr Zaumzeug. Otto ließ sich von dem Pferd gleiten, ging zu einer Stute mit rötlichem Fell und schwarzer Mähne und klopfte ihr vorsichtig den Hals. Sie bewegte die Ohren, antwortete ihm mit einem leisen Schnauben.

»Es ist meine Stute«, sagte er zu Lioba, die inzwischen auch abgestiegen war. Seine Stimme klang rau, und seine Lippen unter dem Nasenschutz verzogen sich wütend. »Sie wurde mir bei dem Überfall gestohlen.«

»Dann war es Ortwin von Falkenstein«, meinte Lioba. »Er und seine Männer. Ihr müsst aufpassen, sie sind gefährlich.«

»Woher kennst du ihn?«, fragte Otto.

»Er war einmal zu Gast auf Burg Rothe, als ich dort war.«

Otto starrte sie eine Weile wortlos an und wandte sich dann an seinen Stallknecht. »Wo sind die übrigen Wachleute?«

Gottschalch deutete zur Hauptburg hinüber.

»Sind alle dort?«

Der Stallknecht nickte.

»Sie sind alle auf der Hauptburg«, sagte Otto zu seinen Freunden, die inzwischen herangekommen waren und sie umringten. »Sie sind jetzt zu sechst und vielleicht noch ein paar Knechte.«

»Mist«, fluchte Megenhart. »Wir kriegen also was zu tun.« Er blickte stirnrunzelnd zur Hauptburg hinauf und gab Gottschalch die Zügel seines Pferdes. »Aber sie werden nicht mit uns rechnen.«

Die Männer nickten und führten ihre Pferde in den Stall. Otto wandte sich an Gottschalch. »Wirst du uns helfen?«

Der Stallknecht nickte, seine Augen leuchteten.

»Gut. Dann kümmere dich um unsere Pferde und bleib dann bei den Frauen. Lass keine in die Burg, hast du verstanden?«

Gottschalch nickte eifrig.

»Wo sind die Frauen untergebracht, Lioba?«

»Im Gesindehaus.«

Otto nickte grimmig. Seine Faust schloss sich fest um ihre Hand. Während sich seine Freunde zwischen den Häusern verbargen, ging er mit Lioba zum Gesindehaus, aber sie hielt ihn zurück. »Nimm mich mit in die Burg«, bat sie, ihren tiefen Widerwillen niederkämpfend. »Sigboto hat bestimmt befohlen, mich sofort zu ihm bringen zu lassen.«

»Kann ich mir denken«, entgegnete Otto finster. »Kommt gar nicht infrage.« Ohne noch etwas zu sagen, stapfte er ins Gesindehaus.

Eine Wolke schweren Parfüms wogte ihnen entgegen, als sie eintraten. Die Mädchen saßen auf ihren Pritschen, frisierten sich oder malten sich vor Handspiegeln die Lippen rot. Alle hielten inne und starrten sie an. Ein Mädchen schrie auf und kauerte sich hinter seine Bettstatt, einem anderen entglitt der Spiegel und zerbarst auf dem Boden.

Zobeida ließ die Haarnadel fallen, mit der sie gerade die Haare eines der Mädchen aufstecken wollte. Sie musterte Otto eine Weile wortlos, dann lief sie zu ihm und sank vor ihm auf die Knie. Sie kroch näher, umschlang seine Beine und schluchzte.

Otto legte die Hand auf ihr krauses Haar, dann half er ihr auf.

»Dem Himmel sei Dank, dass Ihr lebt!« Sie bekreuzigte sich. »Dem Himmel sei Dank!«

Sanft schob Otto sie fort und trat vor die Mädchen. »Habt keine Angst, es wird euch nichts geschehen. Ich bin Otto von Linn, der rechtmäßige Herr dieser Burg. Ihr bleibt hier und rührt euch nicht von der Stelle, bis ich es befehle. Agnes?«

Zobeida knickste tief vor ihm. Er beugte sich zu ihr und flüsterte ihr etwas ins Ohr, und sie nickte.

»Agnes wird hierbleiben, und ihr werdet tun, was sie sagt, verstanden?«

Die Mädchen nickten stumm.

Lioba spürte Agnes' missbilligenden Blick und fühlte, wie Abneigung in ihr aufstieg. Ihr dämmerte allmählich, warum Agnes sie so schroff behandelt hatte, als sie hergekommen war.

Otto wandte sich an Lioba. »Du wirst hierbleiben«, befahl er.

»Nein, Ihr müsst mich zu ihm bringen!«, begehrte sie auf. »Die Wachmänner der Hauptburg haben uns doch schon gesehen. Sie erwarten, dass Ihr mich zu ihm bringt.«

Ottos starrte sie mit einem finsteren Blick an. »Du hast es geschworen! Du bleibst hier bei den Frauen. Wir gehen zur Burg und erledigen die Kerle.«

Lioba öffnete den Mund, um noch etwas zu entgegnen, aber Otto machte eine abwehrende Handbewegung und wandte sich an Agnes. »Du wirst tun, was ich dir gesagt habe?«

»Ja, Herr.«

»Sehr gut.« Otto bedachte sie mit einem freudlosen Lächeln, das ihr herzförmiges Gesicht aufleuchten ließ.

Sie liebt ihn, durchfuhr es Lioba. *Sie weiß von uns.*

Grollend beobachtete sie, wie Otto das Gesindehaus verließ und zwischen den Häusern verschwand.

Die Sonne schien auf den stillen Innenhof der Vorburg, auf dem sich ein paar Spatzen lärmend um verstreute Körner balgten. Sonst war alles ruhig. Ein Knecht kam von der Hauptburg herunter, wohl um das Essen zu holen, und wurde sogleich von Dietrich niedergeschlagen. Das ging so schnell und geräuschlos vonstatten, dass es Lioba fast den Atem verschlug. Der Knecht wurde in einen Spalt zwischen zwei Häuser gezogen, und kurz darauf tauchte Dietrich wieder auf.

Mit düsterem Blick verfolgte sie, wie Gottschalch heranstapfte und sich zu ihnen durch die Tür presste, nur, um neben ihr ebenfalls durch den offenen Spalt zu spähen. Sie beobachtete, wie Otto, Megenhart und die anderen durch das offene Tor der Hauptburg schlüpften und hinter der Mauer verschwanden. Bald darauf hörte sie jemanden hinter der steinernen Mauer der Hauptburg laut aufstöhnen. Ein Pfeil wurde von den Zinnen des Burgturms herabgeschossen, kurz darauf zischte ein weiterer durch die Luft. Lioba hielt den Atem an, als sie hörte, wie

Schwerter aneinanderklirrten. Jemand schrie. Danach breitete sich eine fast unheimliche Stille in der Burg aus.

Lioba überlief ein kalter Schauer. Sie fühlte, wie sie zu zittern begann.

Ortwin und seine Männer waren Söldner, Raubritter, sie hatten sicher schon viele Männer getötet. Konnte sie wirklich hierbleiben und darauf warten, welcher Sieger durch das Tor wieder zurückkäme? Wenn es Sigboto und Ortwin wären?

Sie hörte, wie einige der Mädchen weinten. Jemand war hinter sie getreten. Sie fuhr herum und sah in Agnes' blasses Gesicht.

»Warum bist du zurückgekommen?«, fragte sie mit hasserfülltem Blick.

Lioba antwortete nicht. Sie hatte nicht die mindeste Lust, sich jetzt mit Agnes zu streiten. Wortlos wandte sie sich ab und blickte wieder durch den Türspalt, soweit Gottschalchs breiter Rücken es zuließ.

»Warum haben sie uns nicht rausgebracht?«, jammerte eins der Mädchen.

»Sei still!«, wies Agnes es zurecht.

»Dazu war keine Zeit«, antwortete Lioba, ohne sich umzusehen.

Der Burghof lag still in der Sonne. Aus dem Küchenhausdach kräuselte sich Rauch, als wäre nichts geschehen. Lioba spähte zum Burgturm hinauf, aber sie konnte den Turmknecht nicht sehen. Sicher war er in den Saal gelaufen, um Sigboto und Ortwin und ihren Männern zu helfen.

Sie atmete tief. Dachte an Wilem und Relindis, dann an Otto. Sie dachte an Judith und ihr Kind, an das Turmgelass und an den schrecklichen Gestank. Dann stieß sie die Tür auf und tauchte mit einer blitzschnellen Bewegung an Gottschalch vorbei nach draußen auf den Hof. Agnes' Aufschrei und die

Protestlaute des Stallknechts nicht beachtend, rannte sie hinauf zur Hauptburg.

Sie hoffte, dass das Tor nun unbewacht war. Und tatsächlich – gleich hinter der Mauer lag ein toter Kriegsknecht auf dem Hof. Er war auf seinen Pfeilköcher gefallen, und die Pfeile waren aus seinem Köcher gerutscht und lagen verstreut neben ihm. Schnell sammelte Lioba sie ein und nahm sich den Bogen des Mannes, steckte die Pfeile in den Gürtel ihres Bliauts. Dann lief sie zum Burghaus und stieg die Treppe zum Obergeschoss hinauf. Schon von Weitem drang ihr Kampflärm entgegen.

Sie tastete sich vorsichtig bis zur Tür des Saals vor, schob sie weiter auf. Das Schwertgeklirr wurde lauter. Sie hörte einen Mann aufschreien und zu Boden fallen.

Hastig wandte sie sich ab und presste ihre Hände an die Mauer. Ihr Herz pochte laut und schnell. Was tat sie nur? War sie verrückt geworden, hierherzukommen? Dieser Kampf war Männersache, keiner würde wollen, dass sie sich hier einmischte. Sie sollte umkehren, solange man sie noch nicht bemerkt hatte. Aber sie musste wissen, was geschah!

Sie gab sich einen Ruck und spähte vorsichtig durch die angelehnte Tür in den Saal. Sigboto und Ortwin waren von dem Angriff tatsächlich überrascht worden. Ortwins Männer waren – offenbar in Erwartung eines reichhaltigen Mahls und der Vergnügungen mit den Frauen – ungerüstet und trugen nur dünne Gewänder über ihren Beinkleidern. Zwei von ihnen lagen schon getroffen auf dem Boden, aber auch Dietrich lag dort und rührte sich nicht.

Lioba sah die alles überragende Gestalt Megenharts, der gegen Ortwin von Falkenstein einen erbitterten Schwertkampf austrug. Isanrich kämpfte gegen den Turmknecht. Aber Otto konnte sie nirgendwo sehen, vermutlich kämpfte er hinter dem langen Stoff von Sigbotos Haremsgestell. Peringer focht in der Nähe gegen einen von Ortwins Männern. Es gelang ihm, den ungepanzerten Mann gegen eine Wand zu schleudern, ehe er mit einer heftigen, wütenden Bewegung den Stoff durchschnitt und ihn herunterriss. Das Holzgestell, das den Stoff hielt, ächzte unter den heftigen Bewegungen und krachte dann vollständig ein. Der Samt wogte zu Boden und wirbelte eine Parfümwolke auf. Er begrub einen Tisch mit Tafelsilber unter sich, das auf den Holzboden polterte, und tränkte sich mit Gewürzwein.

Der gefallene Stoff des Haremsgestells gab endlich den Blick auf den ganzen Rittersaal frei. Die blaue Seidencotte Sigbotos leuchtete zwischen den anderen Kämpfern auf. Das lange dunkelblonde Haar klebte an Sigbotos schweißnasser Stirn, als er gegen Otto kämpfte. Er hatte sich einen der von Rothe'schen Schilde, die an der Wand aufgereiht standen, genommen, und schützte damit seinen ungepanzerten Leib.

Otto hingegen war durch Helm und Kettenhemd geschützt, aber er hatte keinen Schild.

Lioba nahm ihren Bogen, legte einen Pfeil ein. Reglos verfolgte sie die Bewegungen Sigbotos durch den Türspalt. Sie könnte ihn erlegen wie ein Tier. Wo wäre der Unterschied? War er nicht ein menschliches Schwein, ein wütender Keiler, der die Frauen verzehrte? Es konnte der Welt nur zum Vorteil gereichen, ein solches Tier zu vernichten.

Sie atmete tief, spannte die Bogensehne an, nahm ihr Ziel ins Auge. Die blaue Seidencotte bewegte sich zornig vor Otto, hieb auf ihn ein wie ein Berserker. Otto hatte Mühe zu parieren.

Ich töte ihn. Der Gedanke tauchte unvermittelt in Liobas Hirn auf, wurde zur kalten Gewissheit.

Du sollst nicht töten. Dieses Gebot hatte sie in den Messen von Pastor Werinhart gehört. Aber in den Kriegszügen war es erlaubt, zu töten. Die Soldaten Christi durften, ja, sollten sogar die Ungläubigen töten. Wie war das mit Gottes Wort zu vereinbaren? Lioba musste an Wilem denken. Langsam ließ sie den Bogen sinken.

Dein Wille geschehe.

Da roch sie den Geruch nach verbranntem Stoff. Sie entdeckte eine Flamme, die ein Loch in den Samt gefressen hatte und schon nach den Resten des Holzgestells leckte. Das Feuer musste von einer Kerze stammen, auf die der Stoff gefallen war. Niemand hatte es bemerkt.

Lioba ließ den Bogen sinken. Sie wusste, dass sie sofort handeln musste, wenn die Flamme nicht auf die hölzernen Dielen des Saals übergreifen und schlimme Schäden anrichten sollte.

Sie legte den Bogen weg, schob sich durch den Türspalt und huschte in den Saal. Hier raffte sie Stoff zusammen und warf ihn auf das Feuer, um es damit zu ersticken, als sie es hinter sich poltern hörte.

Sie fuhr herum. Sigboto war auf die Knie gefallen. Aus seinem Rücken quoll Blut, durchtränkte die Seide. Er hob den Kopf, streckte die Hand nach ihr aus. Sie sah wieder zum Feuer und stellte fest, dass Peringer, der seinen Gegner inzwischen besiegt hatte, die restlichen Flammen austrat.

Da kniete sie sich hin und nahm Sigbotos Hand.

»Nicht!« rief Otto. »Er wollte dich töten!«

Lioba ließ Sigbotos Hand los. Seine hübsche Miene verzog sich zu einem Lächeln. »Haga…zussa«, murmelte er.

»Möge Gott Eurer Seele gnädig sein.« Sie schlug das Kreuzzeichen über seiner Brust, als er starb. Unendliche Erleichterung durchflutete sie.

»Warum hat er dich so genannt?«, fragte Otto, der hinter sie getreten war.

»Ich habe ihm ein Schlafmittel in den Wein geschüttet«, sagte sie und ließ sich von ihm aufhelfen. »Gestern Abend, als er mich …«

»Verdammter Hurenbock!« Otto trat mit dem Fuß gegen Sigbotos Bein. »Er hat schon als Knappe unehrenhaft gekämpft.«

Er setzte seinen Helm ab und wischte sich den Schweiß von der Stirn. Dann streckte er den Arm aus, riss Lioba an sich und drückte sie fest. Ihr Herz schlug ihr bis zum Hals, und sie sah für einen köstlichen Augenblick seinen unrasierten Hals vor sich und roch seinen Geruch. Aber dann ließ er sie wieder los.

»Danke«, murmelte er.

Megenhart schob erschöpft sein Schwert zurück in die Scheide. Zu seinen Füßen lag der Leichnam von Ortwin von Falkenstein.

Eine eigentümliche Stille dehnte sich plötzlich im Rittersaal.

»Warum hast du nicht auf mich gehört?«, fuhr Otto Lioba unvermittelt an. »Warum bist du hergekommen und hast mit deinem Leben gespielt? Hast du kein bisschen Vertrauen in die Kraft kampferfahrener Männer?«

Sie wich erschreckt zurück.

»Halt mal an, Kleiner, sie hat das Feuer erstickt!«, verteidigte sie Megenhart. »Wenn sie nicht hier gewesen wäre, wäre deine Burg vielleicht in Flammen aufgegangen Außerdem hat sie Sigboto durch ihren Anblick so abgelenkt, dass du ihn töten konntest.«

Otto fuhr sich mit der Hand über sein kurzes Haar. Trotz seiner sonnengebräunten Haut sah er erschöpft aus.

Lioba sehnte sich plötzlich nach dem jungen Knecht zurück, der mit ihr vom Feld nach Haus gegangen war und ihr die Vorteile körperlicher Arbeit erklärt hatte. Wie lange war das her! Sie fragte sich, wohin jener freundliche Mann, *ihr* Thomas, verschwunden war und wie er an seiner statt diesen harten jungen Ritter zurücklassen konnte. Sie lehnte sich an eine Wand und beobachtete, wie Peringer weinend vor Dietrichs Leiche kniete und Isanrich zwischen den Toten herumging und ihnen Waffen, Schmuck und Münzbeutel abnahm. *Es ist überstanden,* dachte sie, *der Mörder ist tot.* Sie hätte sich freuen müssen, aber der Gedanke ließ sie seltsamerweise kalt. Eine große

Teilnahmslosigkeit hüllte sie ein wie der Nebel, der an manchen Tagen über den Sümpfen lag. Sie fühlte sich nur unendlich müde.

Megenhart ließ sich erschöpft auf den Kaminabsatz sinken und brütete vor sich hin.

»Ich danke euch!«, rief Otto. »Nehmt euch alles als Beute, was sie haben.«

Er legte Megenhart die Hand auf die Schulter. »Mein Freund, ich danke dir, du hast Ortwin von Falkenstein getötet. Er war der Mistkerl, der mich im Wald überfallen und beraubt hat, ich habe mich an ihn erinnert. Er und seine Bande haben mir vor dem Kreuzzug einen feigen Hinterhalt gelegt und meine Rüstung gestohlen.«

Otto berührte mit dem Fuß die Schulter des Toten. Eine Strähne von Ortwins langem dunklen Haar verrutschte und fiel ihm ins Gesicht.

»War'n harter Brocken«, murmelte Megenhart.

Lioba hob den Kopf und sah Otto traurig an. »Ihr müsst noch etwas wissen«, begann sie und suchte nach den passenden Worten. »In Eurem Turmgelass ist … etwas Furchtbares. Ihr werdet es leerräumen und ausräuchern müssen.«

»Was meinst du mit furchtbar?«, fragte er.

Lioba zögerte. Ihr schauderte bei der Erinnerung an das, was sie in der Turmkammer erblickt hatte. Mühsam überwand sie sich und erzählte den Männern von den Leichnamen der Frauen.

Eine Weile herrschte verblüfftes Schweigen. Megenhart pfiff leise durch die Zähne.

Über Ottos Miene huschten düstere Schatten. Er kam zu ihr und legte ihr die Hand auf den Arm. »Was ist denn hier bloß alles passiert?«

»Ich weiß es nicht. Ich war ja nur einen Tag hier, Gott sei Dank.«

Otto musterte sie aufmerksam. »Nur einen Tag? Sagte Christina nicht gestern, er hätte den Sandnerhof niedergebrannt und euch mitgenommen?«

»Das ist eine lange Geschichte«, wich sie aus, während sie hastig überlegte. Es widerstrebte ihr, ihm alles zu erzählen. Sie wollte nicht, dass er erfuhr, was man ihr in Vissel angetan hatte. Aber sie musste ihm etwas sagen, das ihn vorerst zufriedenstellen würde. »Als Sigboto den Sandnerhof niederbrannte, war ich nicht mehr dort. Nach dem Tod meines Mannes … vor zwei Jahren … hat die Herrin mich in ihre Dienste genommen«, log sie rasch. »Im Andenken an meine Mutter, die ihre Hebamme war.«

»Dein Mann ist schon zwei Jahre tot?«

Lioba nickte und fuhr fort, ehe er weiterfragen konnte. »Als die Herrin dann starb, wurde Sigboto immer schlimmer. Ich musste vor ihm fliehen und lebte in einem Dorf hinter den Sümpfen.«

Otto runzelte die Stirn. »Wie bist du hierhergekommen?«

»Durch einen bösen Zufall. Ich hab mich wieder in mein Dorf gewagt und bin verraten worden. Sigboto und sein Knecht haben mich dann hierhin gebracht.«

»Und die anderen?«

»Wie die anderen Mädchen hierherkamen, weiß ich nicht. Christina sagte, die Männer würden sie von überallher heranschaffen.«

Otto wechselte mit Megenhart einen raschen Blick. »Erzähl weiter«, forderte er sie dann auf.

»Nun … das war schon … alles.«

Otto presste die Lippen aufeinander. Eine Weile sah er so wütend und traurig aus, dass es Lioba tief berührte. Sie hätte ihn gern in den Arm genommen wie an jenem Nachmittag im Januar, als sie hier gewesen war, aber er schien so unnahbar wie noch nie. Unsichtbare Bollwerke umgaben ihn.

»Ich glaube, der Herr Sigboto hätte es lieber gehabt, wenn seine Mutter für ihn gebetet hätte, anstatt nur für seinen Bruder«, sagte sie leise.

»Sein Bruder ist tot«, sagte Otto knapp. »Wenn sie für ihn gebetet hat, so hat es ihm nichts genützt.«

»Und sein Vater?«

»Ebenso.«

»Gott sei ihrer Seelen gnädig.« Lioba schlug das Kreuzzeichen vor ihrer Brust. »Nun lebt von der Familie niemand mehr.«

Megenhart grinste. »Nun, dann könnten wir uns eigentlich ihre Burg nehmen. Was meinst du, Kleiner?«

Otto zuckte mit den Schultern. »Ich werde Briefe zum Grafen von Saffenberg und zum Erzbischof schicken, damit das Ganze hier kein übles Nachspiel hat.«

»Wir sind deine Zeugen«, sagte Megenhart. »Wahrscheinlich werden die in Falkenstein froh sein, ihn los zu sein.« Er warf einen finsteren Blick auf Ortwin hinunter.

»Ja, und die Wege sind endlich sicher vor diesen Kerlen.«

Lioba hörte kaum noch zu. Sie war müde und erschöpft, wollte nur noch schlafen. Außerdem sehnte sie sich mit einer Heftigkeit nach ihrem Kind, dass es kaum auszuhalten war.

Sie wäre gern allein mit Otto gewesen, so viele unbeantwortete Fragen hatte sie noch. Sie hätten tagelang reden können, davon war sie überzeugt. Aber er war viel zu beschäftigt.

»Ich werde nach Hause gehen«, sagte sie förmlich.

Otto wandte sich zu ihr um. »Jetzt? Willst du nicht lieber noch bleiben?«

Sie schüttelte den Kopf. Die Halbherzigkeit, mit der er sie zurückhielt, tat ihr weh. Natürlich, er hatte genug zu tun. Sie hätten sich unter anderen Umständen wiedersehen müssen.

»Ich muss zurück in mein Dorf.«

»Aber …« Nun sah er doch enttäuscht aus. Er senkte den Kopf. »Wie du meinst. Isanrich wird dich bringen.«

Kein Protest. Kein Versuch, sie aufzuhalten. Sie wandte sich enttäuscht um und ging zur Tür.

»Lioba?«

Sie drehte sich um.

Otto sah sie mit einem undeutbaren Gesichtsausdruck an. »Danke für alles.«

Sie nickte, während die Hoffnung von ihr abfiel wie ein Gewand, das man sich abstreifte. Ihr Thomas von früher war tot. Überlebt hatte ein anderer – Otto von Linn, ein Fremder, dem sie nichts mehr bedeutete. Traurig verließ sie die Burg und lief zur Scheune, wo Christina auf sie wartete.

V

Kapitel 33

»Du musst uns absteigen lassen.«

Verwundert zügelte Isanrich seine Stute. »Hier?!«

Mit skeptischer Miene überblickte er das Sumpfgebiet, das sich vor ihnen erstreckte. »Wo ist denn dein Dorf?«

»Dahinter.« Lioba deutete kurz in eine Richtung, wo sich die mächtigen Bäume hinter den Moosgräsern erhoben. Sie stieg vom Pferd und straffte sich. »Lass uns allein weitergehen.«

»Aber …« Isanrich sah nicht überzeugt aus. »Wenn der Herr fragt, wo ich euch hingebracht habe?«

»Dann sagst du es ihm.« Lioba trat an das andere Pferd, auf dem Christina und Maria hinter Peringer saßen, und streckte die Arme nach Maria aus. Nur zögerlich gab Christina ihr das Kind. Ihr Gesicht war eine einzige Frage, aber sie sagte nichts. Schweigend ließ sie sich vom Pferd hinuntergleiten.

Isanrich gab Lioba ihren Bogen und ihren Pfeilköcher zurück, die er auf Burg Linn gefunden hatte. Aber er schien unschlüssig zu sein. Das Tier schlug mit seinem Schweif ein paar Mücken fort, während er zögerte und mit Peringer fragende Blicke wechselte.

»Nun reitet schon zurück!« Lioba reckte das Kinn nach vorn, ihre Stimme klang laut und fest. »Bestellt Otto von Linn meine besten Wünsche!«

Isanrich musterte sie nachdenklich. Peringer machte ein verstohlenes Kreuzzeichen vor der Brust.

»Also gut, möge Gott mit euch sein.« Isanrich hob die Hand und nickte ihnen noch einmal zu, ehe er sein Pferd herumzog und losritt. Peringer folgte ihm rasch, als könnte er nicht schnell genug davonkommen.

Lioba und Christina blickten den beiden noch eine Weile hinterher.

Als die Hufschläge der Pferde in der Ferne verklungen waren, fragte Christina: »Wo ist das Dorf?« Ihre scharfe Stimme durchschnitt die Luft des Sommertages.

Lioba stellte Maria auf den Boden, und Christina nahm ihre Tochter an die Hand. »Du hast mich angelogen«, warf sie ihr vor. »Es gibt hier gar kein Dorf.«

Lioba nickte nur. Sie trat einen Schritt auf ihre Freundin zu. »Es gibt ein gutes Zuhause für uns beide. Vertrau mir bitte!«

Doch Christina rührte sich nicht. Mit dem gesunden Misstrauen einer Katze, die ihr Junges verteidigt, wich sie zurück. »Warum hast du gelogen?«

Lioba suchte nach den passenden Worten. »Ich konnte niemandem etwas verraten. Dort …«, sie deutete auf die Sumpfinsel, die in dieser Stunde deutlich zu sehen war, »habe ich eine neue Heimat gefunden, nachdem die Herrin tot war und ich von Burg Rothe fliehen musste. Auf der Insel lebt eine Frau, die mir in den letzten Jahren wie eine Mutter war.«

Christina blickte hinüber in den Sumpf und runzelte die Stirn. Sie starrte Lioba an, als sei sie der Leibhaftige. »Da kann doch niemand leben!« Ihre Hand umschlang das Händchen ihrer Tochter. »Es sei denn, er ist … es ist … eine Hagazussa! Du willst mich zu einer Hagazussa bringen!«

»Christina!« Lioba zwang sich, ruhig zu bleiben. »Sie ist eine gute Frau!«

Christina schüttelte den Kopf. »Du willst uns zu ihr bringen, und dann finden wir den Weg aus dem Sumpf nicht mehr zurück.«

Lioba hob beschwörend die Hände. »Bitte, denk doch mal nach! Glaubst du wirklich, ich würde dich und Maria einer bösen Frau ausliefern? Ich bin deine Freundin. Du hast mich nach Wilems Tod gepflegt und mir das Leben gerettet. Wir sind zusammen aus der Burg geflohen. Ich würde dich doch nie in eine Falle locken!«

»Das sagst du nur, weil sie dich schon in ihren Bann geschlagen hat. Ich hab ja gleich gemerkt, dass du anders geworden bist. Du hast Sigboto ein Gift gegeben, damit er einschläft und kannst sogar … jagen.« Misstrauisch blickte sie auf Liobas Bogen.

Lioba seufzte. Sie hatte nicht mit so großen Zweifeln bei ihr gerechnet. Aber sie begriff, dass sie Christina mehr verraten musste, wenn sie wollte, dass die Freundin ihr folgte. »Also gut. Ich konnte dir die Wahrheit nicht verraten, weil niemand wissen soll, wo Relindis lebt. Der Weg durch die Sümpfe ist geheim. Sie hat ihn mir erst nach Wochen verraten, als sie mir endlich vertraute. Die Dörfler dürfen auf keinen Fall von ihm erfahren.«

Christina nickte, aber sie rührte sich nicht.

»Ich habe an deinen Traum geglaubt«, fuhr Lioba fort. »Dein Traum, dass Wilem noch lebt. Ich hab ihn wochenlang im Wald gesucht, als ich noch auf Burg Rothe war. Die Hoffnung war das Einzige, das mich am Leben hielt.«

Dann erzählte sie Christina, wie sie vor Sigboto in den Sumpf geflohen war und Relindis sie gerettet hatte, dass die Alte ihr Kind gefunden und wie sie mit ihnen vereint gelebt hatte.

Ihre Freundin hörte ihr ruhig und reglos zu. Dann endlich, nach einer langen stummen Weile, kam sie zu ihr und nahm sie in die Arme.

»Ein Wunder ist geschehen! Ich freue mich so für dich.« Sie wischte sich mit dem Handrücken die Tränen ab.

»Mama weint!«, rief Maria bestürzt und streckte ihre kleine Hand nach ihrer Mutter aus.

»Ja«, schluchzte Christina und nahm ihr Kind auf den Arm. »Ich muss weinen, weil ich mich so freue.«

Maria blickte ihre Mutter mit großen Augen an. Sie hob ihr Händchen und wischte ihr eine Träne ab. Christina lächelte durch ihre Freudentränen hindurch.

»Niemand in Vissel darf erfahren, dass er noch lebt«, sagte Lioba. »Versprich mir, dass du niemandem etwas sagst.«

Christina hob feierlich die Hand. »Bei allen Heiligen, ich versprech's! Natürlich sag ich niemandem was!«

»Glaubst du mir jetzt, dass Relindis eine gute Frau ist?«

Christina nickte.

»Du bist dir wirklich sicher, dass du mitkommen möchtest? Wenn nicht, könntest du vielleicht auch als Magd auf Burg Linn bleiben.«

»Nein, ich komme mit dir«, sagte Christina. »Ich möchte nicht zurück an den Ort, an dem ich so viel Schlimmes erlebt habe.« Sie folgte Lioba über den verborgenen Weg durch den Sumpf auf die Insel.

* * *

Relindis erwartete sie schon am Ufer. Reglos harrte sie dort, als wäre sie am Boden festgewachsen wie ein Baum. Ihr Gesicht war zerfurcht vor Sorge.

Sie nahm Lioba in die Arme, als wollte sie sie nicht mehr weglassen. *Sie wusste, dass wir kommen,* durchfuhr es Lioba.

Aber sie sagte es nicht. Sie hatte gelernt, dass man viele Fragen an Relindis durch Beobachtungen und Erkenntnisse beantwortete, nicht, indem man sie ihr stellte. Sie nahm Christina an der Hand. »Das sind meine Freundin Christina und ihre Tochter Maria. Ihr Hof wurde niedergebrannt, und sie haben keine Familie mehr. Bitte lass sie hierbleiben.«

Relindis betrachtete Christina lange wortlos, wie sie es schon bei Lioba getan hatte, nachdem sie sie im Sumpf entdeckt hatte.

Christina knickste vor ihr. Relindis legte ihr die Hand auf die Schulter. »Willkommen, Liobas Freundin«, sagte sie. Sie hob die Hand und fuhr mit einem Finger über Marias Wange.

Das Kind betrachtete sie mit großen Augen, dann drückte es sein Gesicht in das Kleid seiner Mutter.

»Sie hat Angst vor Fremden«, sagte Christina beschwichtigend.

Relindis lächelte. »Das wird sich schon noch geben.«

»Wie geht es Wilem?«, wollte Lioba wissen. »Hat er mich vermisst?«

»Was denkst du? Er hat geweint und nach dir gefragt.«

Sie gingen zur Hütte, deren Tür wie immer einladend offen stand. Auf einem saftigen Stück Gras war die Ziege angepflockt, und Wilem spielte gleich neben ihr. Relindis hatte ihn ebenfalls mit einem Seil an den Ziegenpflock gebunden.

»Wilem!« Lioba lief zu ihrem Sohn, band ihn los und nahm ihn auf den Arm. Der Junge lachte und streckte die Arme nach ihr aus.

»Siehst du, wen ich mitgebracht habe!« Sie zeigte ihm die Neuankömmlinge und stellte sie ihm vor, als sei er ein erwachsener Mann. Christinas Augen füllten sich wieder mit Tränen, als sie Liobas Sohn sah. Aber Wilem hatte nur Augen für Maria. Endlich eine Spielgefährtin in der Einöde! Sogleich und bedingungslos schloss er Maria in sein Herz, folgte ihr überall hin, und auch sie liebte ihn von Anfang an und übernahm die Rolle der älteren Schwester, die sie von nun an für ihn war.

* * *

Relindis hörte sich die Geschichten der beiden jungen Freundinnen begierig und geduldig an, abends, nachdem sie die Kinder schlafen gelegt hatten.

Sie war erleichtert, dass Lioba zurückgekehrt war. Nach ihrem Verschwinden hatte sie zunächst den ganzen Wald nach ihr abgesucht und sich dann – nachdem sie selbst in den tiefsten Gehölzen nichts gefunden hatte – sogar nach Vissel gewagt. Sie hatte den schwarzen Flecken des abgebrannten Sandnerhofs entdeckt und einem Dorfbengel einen gewaltigen Schrecken eingejagt, bis er ihr erzählt hatte, was geschehen war.

Danach, als sie wieder bei Wilem auf der Insel war, hatte sie Gott und die Mächtigen befragt. Dreimal hatte sie die Zeichen geworfen und eine eindeutige Antwort erhalten, die ihr nicht gefiel. Ganz und gar nicht. Aber es war Gottes Wille, und sie hatte sich ihm schließlich gefügt, wenn auch grollend und widerwillig.

Vertrauen, hatte es geheißen. Habe Vertrauen in Liobas Kraft. Es war ihr schwergefallen, sie ihrem Schicksal zu überlassen, aber das Kind brauchte sie nötiger. Es war eine harte Entscheidung gewesen, furchtbar und nur schwer erträglich.

Aber nun das. Relindis hatte lange nicht mehr erfahren, was Glück bedeutet. Ein wenig, als der Knabe zu ihr gekommen war und noch mehr, als seine Mutter ihm gefolgt war. Da hatte sie gewusst, dass ihre dunklen Jahre vorbei waren und eine neue Zeit angebrochen war. Eine Zeit, die gleichzeitig ihr eigenes Ende einleiten würde, aber das kümmerte sie nicht. Es war nicht von Belang. So musste es sein, der Ablauf würde Gesetzmäßigkeiten folgen, die seit Anbeginn der Zeit die Welt beherrschten. Es war das Leben selbst, der immerwährende Kreislauf von Geburt, Leben, Tod und Wiedergeburt, der nun erneut sichtbar wurde. Das Leben selbst war an diesem Tag ein weiteres Mal in ihre Hütte gekommen, in Gestalt eines kleinen Mädchens, und nun würde alles seinen unabänderlichen Lauf nehmen.

Diese Gewissheit beruhigte Relindis. Sie blickte auf die Kinder, die im Ziegenpferch auf ihren Fellen schliefen, bückte sich, strich Wilem über das kurze Haar und dem Mädchen über seine hellen Locken.

Maria. Dass sie aussah wie ein Engel, schien Relindis nur ein weiterer Beweis dafür zu sein, dass der allmächtige Beherrscher dieser Welt einen besonderen Humor besaß. Man konnte diesen Humor überall bemerken, wenn man nur genau hinsah und sich auf solche Zeichen verstand.

Relindis hatte sogleich erkannt, dass dieses Mädchen eine alte Seele besaß und etwas Besonderes war. Es würde eine gute Schülerin sein. Aber was hatte das arme Wesen in seinen wenigen Jahren schon alles miterleben müssen! Soldaten, die sein Heim niedergebrannt und seine Großeltern getötet hatten. Eine verängstigte Mutter. Gefangenschaft bei einem grausamen Lüstling. Flucht.

Relindis schauderte es, als sie an das Schreckliche dachte, das die Frauen ihr erzählt hatten. Sie erhob sich und verließ die Kinder, nahm ein paar zusammengerollte Kräuterkugeln aus einem Napf und legte sie auf das Becken mit den glühenden Kohlen. Zum Glück schliefen die beiden jungen Frauen so fest, dass sie nichts bemerkten. Sie rochen den Salbeigeruch nicht, der sich in der Hütte ausbreitete und auch nicht den Geruch nach Gänsefett, mit dem sie den Kerzenstummel eingerieben hatte, den sie nun auf den Boden zu ihren Füßen stellte. Sie ahnten nichts von dem Moorschlamm und dem Wasser, das sie umgab.

Es brauchte eine starke Kraft, um sie von den schlechten Geistern zu reinigen, die ihnen hierhin gefolgt waren.

Vor allem Liobas dunkel gelockter Freundin hafteten viele schlechte Kräfte an, und manche davon waren sehr alt. Vorsichtig fuhr Relindis mit der Hand über den Leib der Schlafenden, ohne ihn zu berühren.

»Nu vuill ih bidan den rihchan …«

Es würde lange dauern und viele Rituale brauchen, bis Christina von den schlechten Kräften befreit wäre. So, wie es auch bei Lioba gewesen war.

Lioba. Relindis kämpfte den aufsteigenden Schmerz nieder. Sie hatte die Möglichkeiten dieses Mädchens sofort erkannt, wie die Lehren der Äbtissin es verlangten. Lioba hatte bewiesen, wie schnell und bereitwillig sie alles lernen konnte, selbst die notwendigen körperlichen Verrichtungen. Natürlich musste es so sein, denn ihre Mutter hatte zu den Kundigen gehört, und Lioba hatte das Glück gehabt, nach deren Tod von ihrer Stiefgroßmutter wenigstens das Nötigste gelernt zu haben. Relindis hatte mit Freude den Staub von ihr abgewaschen, den die Behandlung durch die verdorbene Bauersfrau auf ihr hinterlassen hatte, damit sie den Zugang zu ihren wahren Fähigkeiten erlangen konnte.

Stolz blickte Relindis auf Lioba hinab. Ihre Schülerin war mutiger gewesen, als sie es sich in ihren kühnsten Träumen vorgestellt hätte. Es musste einen Grund dafür geben. Relindis kannte ihn nicht, aber mit der Sicherheit einer erfahrenen Frau witterte sie ihn wie die Jägerin das Wild. Sie hatte ihn in den Blicken Liobas gesehen, als diese von dem Kreuzritter gesprochen hatte.

Die Wege des Herrn sind unergründlich.

Relindis verharrte still. Energisch verbannte sie jeglichen Gedanken, um sich auf das Notwendige zu besinnen. Dann hob sie die Arme und begann, die Mächtigen herabzubeschwören.

Kapitel 34

»Möchtet Ihr nicht doch noch mal …?«

»Nein!« Otto knotete die Schnur, die seine Beinlinge hielt, und schob sein Leinenhemd darüber. Er blickte auf Agnes' krauses Haar und ihren halb entblößten Busen an seinen Schenkeln herunter.

»Wirklich nicht?« Sie hob den Kopf, die vollen Lippen in ihrem herzförmigen Gesicht verführerisch leicht geöffnet. Ihre Hände glitten an seinen Oberschenkeln hinauf. Sie senkte ihren Mund auf den Stoff.

Otto fühlte Widerwillen in sich aufsteigen, wie immer, wenn sie ihn bedrängte. Er machte sich von ihr los und trat ans Fenster. Tief atmete er die würzige Luft des frühherbstlichen Tages ein, genoss die Kühle auf seiner erhitzten Haut.

Agnes trat hinter ihn. »Werdet Ihr morgen wieder ausreiten?«, fragte sie.

Er wandte sich nicht zu ihr um, sondern starrte in den wolkenverhangenen Himmel. »Vielleicht.«

Sie kam wieder näher. Er nahm ihren Geruch jetzt deutlicher wahr – ein süßliches Gemisch aus ihren eigenen Düften und den Essensdünsten, denen sie in der Küche ausgesetzt war.

Er wusste, dass sie nicht so schnell aufgeben würde, und wappnete sich gegen ihren nächsten Angriff.

»Heute ist Michaelis«, raunte sie in sein Ohr. »Die Bauern haben Euch ins Dorf eingeladen, wisst Ihr nicht mehr? Sie wollen Euch sehen und mit Euch feiern.«

Ja, und du willst, dass ich dich mitnehme, dachte er finster und tat, als würde er ihre erneute Annäherung nicht bemerken. Sie war wie eine Wespe, die immer wieder auf den Honig flog. Er würde sie eines Tages zurück in ihr Dorf schicken müssen. Aber vorerst leistete sie ihm Gesellschaft und gute Dienste.

Er hatte während des Kreuzzuges die Dienste der Trosshuren kennengelernt und wusste, dass Agnes in dieser Hinsicht gut mithalten konnte – wo immer sie das gelernt hatte. Wie eine Jägerin die Schwäche eines Tieres witterte sie seine Einsamkeit, seine Trauer, seinen Wunsch nach einem Gespräch – mit wem auch immer – und nutzte es aus.

Sie wollte ihn. Aber er war nicht der Mann, der sich jagen ließ.

Er wandte sich vom Fenster ab und trat, ohne sie anzusehen, an ihr vorbei an Rudolfs Schreibpult. Ein Knecht hatte es wiedergefunden, nachdem sie die Leichenkammer entleert und ausgeräuchert hatten, zwischen altem Gerümpel in einer Ecke. Selbst die Pergamentblätter waren noch da gewesen, eng beschrieben in Rudolfs unverkennbarer Schrift. Otto hatte das Pult reinigen und wieder aufstellen lassen, so, wie er die ganze Burg hatte reinigen und instand setzen lassen. Er hatte aufgetragen, den Saal, sein Gemach und das Gesindehaus zu schrubben und auszuräuchern und die Pritschen der Mädchen zu zerhacken und zu verbrennen. Alle Spuren von Sigbotos Herrschaft waren restlos beseitigt. Die Mädchen hatte er in ihre Dörfer zurückbringen lassen; die Frauenleichen waren an der Dorfkirche beerdigt worden, wie Ortwin von Falkenstein und seine Männer auch. Nur Sigbotos Leichnam hatte er nach Vissel bringen lassen, damit dieser bei seiner Familie beerdigt werden konnte. Er hatte seinem Dorfpriester mehrere Briefe diktieren müssen, in denen er alles erklärte, an den Erzbischof von Köln und an den Grafen von Saffenberg, der Sigbotos und Ortwins Lehnsherr war. Zum Glück kannte er ihn vom Kreuzzug und wusste, dass er von ihm nichts zu befürchten hätte – im Gegenteil, der Graf wäre wahrscheinlich froh, dass sie die Raubritter getötet hatten. Trotzdem waren Megenhart und seine Freunde nicht abgereist, ohne Otto vorher ihren Beistand zu versichern. Die Bewohner von Linn und die Bauern der Höfe, die in der Nähe der Burg lagen, erholten sich nur langsam von dem Schrecken, den die Toten ihnen eingejagt hatten. Ihr Anblick hatte ihnen deutlich vor Augen geführt, was sich in der Burg in den letzten Wochen ohne ihr Wissen abgespielt hatte.

Otto strich sanft mit dem Finger über die Buchstaben, die Rudolf geschrieben hatte. Es war nicht richtig gewesen, ihn allein hier zurückzulassen. Er hätte wissen müssen, dass sein Bruder niemals mit einer ernsten Bedrohung fertig geworden wäre. Rudolf war eine andere Art von Mensch, eine, die Otto nie begriffen und nie geachtet hatte.

Er musste seine Tränen hinunterschlucken, wie so oft in letzter Zeit. Himmel noch mal, was war nur los mit ihm?

Er hatte auf dem Kreuzzug nur selten geweint. Er hatte die Hölle beinahe tränenlos ertragen. Nur nach den Toden jener, an denen sein Herz wirklich hing – Gerlach, seine Vettern und Nabor –, hatte er geweint. Er hätte ebenso gut sterben können wie sie, wie alle, die in den Kämpfen, am Hunger oder an der Pest gestorben waren. Es war reiner Zufall, dass er noch lebte, und er wusste, dass er nur knapp entkommen war. Jetzt, in der Heimat, wo er das alte, gleichförmige Leben wiederhatte und er nicht mehr fürchten musste, am nächsten Tag im Kampf sterben zu müssen, quälten ihn nachts Albträume, als wären ihm die Geister der gefallenen Freunde und der von ihm Getöteten hierhin gefolgt.

Energisch schluckte er erneut seine Tränen hinunter. Weinen war etwas für Weiber und Kinder, nicht für ihn.

Sollte Agnes ruhig meinen, sie wäre notwendig, um seine Einsamkeit zu vertreiben. Sie würde eines Besseren belehrt werden. Er würde seine Freunde einladen oder bei ihnen den Winter verbringen und sich binnen Jahresfrist eine edle Frau für die Heirat suchen, wie Gerlach es gewollt hatte.

Ein Geräusch an der Tür schreckte ihn aus seinen Gedanken. Der neue Knecht war hereingekommen und verbeugte sich vor ihm.

»Herr, der Dorfpriester möchte Euch sprechen.«

Otto nickte, erfreut über die willkommene Störung. »Lass ihn rein.«

Mit einer Handbewegung befahl er Agnes hinaus.

Sie raffte rasch ihren Rock und huschte mit beleidigtem Gesicht aus dem Saal. Kurz darauf betrat ein Mann den Raum. Er trug eine Filzkappe über seinem rötlichen Haar und eine lange braune Cotte, die an seinen breiten Hüften von einer Kordel zusammengehalten wurde. Er war ein wenig merkwürdig gewachsen und hatte erstaunlich große Hände und Füße für seine mittlere Statur. Die Dielenbohlen knarrten, als er den Saal durchquerte. Vor Otto hielt er inne und verbeugte sich tief vor ihm.

»Mein Herr«, begann er, »ich möchte Euch noch einmal daran erinnern, dass gleich das Michaelifest im Dorf stattfindet und Ihr herzlich eingeladen seid. Wir würden uns freuen, wenn Ihr uns die große Ehre erweist, mit uns zu feiern.«

»Danke, Wiricus, ich werde kommen.«

Freude leuchtete im Gesicht des Priesters auf. »Schön, Herr. Dann möchte ich Euch davon in Kenntnis setzen, dass ich die Heilpflanzen gegen Euer Zahnleiden nun vom Kloster bekommen habe. Ich habe sie eingesetzt und hoffe, dass sie gut gedeihen werden.«

»Sehr gut, Wiricus.« Otto zwang sich zu einem Lächeln. Dieser Priester war neu; er hatte seine Stelle als Vicarius an der Linner Kirche erst im Sommer vom Kloster St. Suitbert erhalten. Er legte sich offenbar mächtig ins Zeug, was Otto gut gefiel.

»Sonst noch etwas?«

»Ja, Herr.« Wiricus warf einen Blick auf Rudolfs Pergament. »Ich habe jemanden gefunden, der Euch die Geschichte vorlesen kann. Einer der Stiftsherren aus dem Kloster. Er kommt noch in diesem Herbst, um seinem Vicarius in Linn auf die Finger schauen«, setzte er grinsend hinzu, während er seine großen Hände hoch hielt.

Um Ottos Mundwinkel zuckte es. Er ging zu dem Priester und klopfte ihm auf die Schulter. »Das hast du sehr gut gemacht, Wiricus. Schick ihn gleich zu mir, wenn er da ist.«

»Sehr wohl, Herr.« Wiricus verneigte sich wieder tief und ging hinaus. Otto sah ihm hinterher und dachte, dass Gott ein gutes Werk getan hatte, diesen Mann zu seiner Kirche geschickt zu haben.

* * *

Noch am selben Abend ritt er mit Isanrich zum Dorf. Die Bauerngehöfte leuchteten in ihrem Blumenschmuck, mit dem sie für den festlichen Anlass des Erntedankfestes herausgeputzt worden waren. Kränze aus Blumen, Korn und Kräutern hingen an den Türen der Häuser, Ställe und Schuppen. Blumengirlanden wanden sich an Hauswänden und Strohdächern.

Die Dörfler umringten ein Feuer, das gerade eine Kornpuppe verzehrte, als Otto ankam. Ehrfürchtig verneigten sie sich vor ihm, dem Kreuzritter, einer der wenigen, der in die Heimat zurückgekehrt war. Die Nachricht seiner überraschenden Rückkehr hatte sich wie eine Flut ausgebreitet, und die Linner Bauern waren stolz auf ihren tapferen jungen Herrn. Gott hatte ihnen, ihrem Dorf und der ganzen Herrschaft Linn damit eine besondere Gunst erwiesen, die sie über alle anderen in der Gegend erhob. Es drängten sich deshalb auch viele Bauern aus der Umgebung auf dem Festplatz, um den jungen Kreuzfahrer zu sehen. Alle waren so befangen, dass sich zuerst nur der Priester in Ottos Nähe wagte.

»Haben sie es nicht schön hergerichtet?«, fragte Wiricus, der nicht von seiner Seite wich, und reichte Otto einen gefüllten Becher. »Die Frauen haben tagelang Kränze und Girlanden gewunden, und das neben ihrer Arbeit mit den Wintervorräten. Die Männer haben die Kornpuppe diesmal hierhin gebracht, weil es hier schöner ist, und man ist näher am Bierfass.« Er lachte und deutete auf die lodernden Flammen, vor denen ein paar Burschen und Mädchen tanzten. Ein Junge hatte seine Knochenflöte herausgeholt und spielte melodische Tanzlieder, begleitet von einem ebenso jungen Trommler.

»Schöne Musik«, meinte Otto versonnen und nahm ein paar kräftige Schlucke vom Bier. »Ich weiß es zu schätzen, dass die Dorfbewohner in diesem Jahr das Erntedankfest selbst ausrichten. Nächstes Jahr werde ich sie auf die Burg einladen, wie es üblich ist.«

Wiricus nickte eifrig. »Vielleicht hat der Herr dann schon ein edles Weib gefunden, das ihm seinen Haushalt führt.«

»Wir werden sehen, Pastor.« Otto trank noch ein paar Schlucke. Das Bier schmeckte gut.

»Ich bete für Euch«, versprach Wiricus. »Im Vertrauen gesagt, Herr, glaube ich, dass der Stiftsherr aus Weride sich nicht nur wegen meiner Wenigkeit herbemüht.«

»Was meinst du damit?« Otto beobachtete ein schlankes Mädchen, das von einem Burschen in die Höhe gestemmt wurde. Es lachte laut, als es wieder auf die Erde gesetzt wurde. Sein Blumenkranz auf dem langen blonden Haar war verrutscht.

Wiricus senkte seine Stimme. »Es wäre möglich, dass unsere Kirche in Linn Euch zu Ehren ein neues Patrozinium erhält, Herr«, sagte er und warf einen raschen Seitenblick auf Otto. »Da der Erzbischof von Köln Euer Lehnsherr ist, halte ich es sogar für mehr als wahrscheinlich, dass er Eurer Kirche diese Gunst gewährt.«

»Ach ja?« Otto warf einen raschen Blick auf den Priester und beobachtete dann das Mädchen weiter. Es war ihm gleichgültig, welche Ehrungen die Kirche erhalten würde. »Was würde das bedeuten?«, fragte er abwesend.

»Was das bedeuten würde? Aber Herr, das wäre außerordentlich! Die Kirche würde über die Grenzen von Linn hinaus bekannt werden. Denkt doch nur an unsere gute Lage gleich am Rhein! Für Pilger und Händler wäre es nicht weit, in unsere Kirche zu kommen. Wisst Ihr, was mit Köln geschah, nachdem der Erzbischof von Dassel die Gebeine der Heiligen Drei Könige, die der Kaiser ihm in Mailand geschenkt hatte, in die Stadt gebracht hatte? Die Stadt wurde überschwemmt von Pilgern und wird es immer noch. Diese Leute lassen viel Geld in der Stadt.«

Otto drückte Wiricus den Arm und leerte seinen Krug. »Du bist ein kluger Mann, aber du kannst nicht Pflaumen mit Äpfeln vergleichen. Dies hier ist Linn, ein kleines Dorf am Niederrhein, und das andere ist die größte Stadt im Heiligen Römischen Reich. Außerdem bin ich nur ein Soldat Christi, Gott sei Dank lebendig, und keine Reliquie.«

Er grinste, leerte seinen Becher und ließ ihn sich von einer herbeieilenden Magd neu füllen. »Was auch immer mit der Linner Kirche passiert, wir werden es sehen. Warten wir den Besuch des Stiftsherrn ab.«

Wiricus nickte, und sie tranken. Otto beugte sich zum Ohr des Priesters. »Du könntest mir aber einen anderen Gefallen tun. Meine Burg braucht eine neue Mauer. Ich will, dass sie eine Umwallung erhält, die sie uneinnehmbar macht. Kannst du dich nach einem guten Baumeister umhören?«

»Eine neue Umw…?«

»Pst.« Otto legte einen Finger auf seine Lippen. »Es wäre mir lieb, wenn du die Sache vertraulich behandelst.« *Wenn zwei Frauen es schaffen, unbemerkt den Zaun zu überwinden, ist die Burg viel zu unsicher,* wollte er hinzusetzen, besann sich aber dann. Wiricus wusste nichts von ihnen, und so sollte es auch bleiben. »Während des Kreuzzuges habe ich Burgen gesehen, die besondere Mauern hatten«, fuhr er stattdessen fort und erzählte dem Priester von den byzantinischen Festungen.

Wiricus hörte aufmerksam zu. »Nun, es dürfte schwer sein, hier einen geeigneten Baumeister zu finden, der Euren Ansprüchen genügen könnte, aber ich werde mich umhören.«

»Danke, Wiricus.«

»Wollt Ihr uns nicht vom Heiligen Land erzählen, Herr? Mehr als alles andere drängt es mich zu erfahren, wie die Stätten aussehen, an denen unser Herr gewandelt ist.«

»Später, Wiricus. Versprochen.« Otto stellte seinen Becher auf ein Fass und erhob sich. Er hatte bemerkt, dass das Mädchen allein am Feuer stand. Der Bursche war nirgends zu sehen.

Otto gab dem Priester ein Zeichen und ging zu dem Mädchen.

»Willst du mir deinen Namen verraten?«

Das Mädchen fuhr zu ihm herum. Feuerschein fiel auf sein rundliches Gesicht, das ihn von der Seite an jemand anderes erinnert hatte. »Jeute, Herr«, sagte sie, nachdem sie sich von ihrem Schrecken erholt hatte.

»Nun, Jeute«, sagte Otto und betrachtete enttäuscht ihr Gesicht. »Es ist ein schönes Fest, nicht?«

»Ja, Herr«, pflichtete sie ihm brav bei.

Er tauschte noch ein paar höfliche Sätze mit ihr, ehe er sie wieder stehen ließ und begann, mit den Bauern zu reden. Sie hatten durch den reichlichen Biergenuss ihre Scheu verloren und umringten ihn, als wäre er ein seltenes, fremdartiges Tier.

Während er ihnen – angetrunken durch das Bier – von den Stätten des Heiligen Landes erzählte, musste er an Lioba denken und wie er sie bei dem Erntedankfest nachts vor dem Feuer geküsst hatte. Ihre Augen hatten geleuchtet wie die Abendsonne über der Wüste. Nur sie besaß dieses Gesicht und hatte diese ganz besondere Stimme.

Er hatte geglaubt, er könnte sie vergessen. Aber das war ein Irrtum gewesen. Er hatte sie nie auch nur einen Tag vergessen können, und vielleicht war sie seine wahre Rettung gewesen.

Dann hatte er sie wiedergesehen – zu einem Zeitpunkt, an dem er nicht damit gerechnet hatte. Aus dem Mädchen war eine Frau geworden, noch dazu eine erstaunlich mutige. Sie hatte ihm geholfen, wie immer schon, sie hatte sogar ihr Leben für ihn riskiert.

Und sie war Witwe!

Aber er war Otto von Linn. Jeder erwartete von ihm, dass er eine Edle zur Frau nähme, und er wäre dumm, es nicht zu tun. Er würde seinen Ruf verlieren und vielleicht noch mehr, wenn er sich mit einer Frau von niedrigem Stand vermählte. Es war unmöglich.

»… und so hisste Herzog Leopold von Österreich nach dem Sieg über Akkon sein Banner neben denen der englischen und französischen Könige«, beendete er seine Erzählung. Er nahm seinen Becher und leerte ihn rasch.

Die Bauern, die ihm an den Lippen gehangen hatten, klatschten.

»Hoch lebe unser Herr! Hoch lebe unser Soldat Christi!«, rief einer, und alle brüllten durcheinander.

Otto hob die Hand und bedankte sich. Er hatte ihnen längst nicht alles erzählt. Nur von den hellen Seiten der Hölle hatte er berichtet, nur von den Ruhmestaten und den wenigen Triumphen, die sie errungen hatten. Die er miterleben durfte, später, nachdem er die Seuche überstanden hatte und mitkämpfen konnte. Er erzählte nur jenes, an das er sich ohne Schmerz erinnern konnte. Über alles andere würde er den Mantel des Schweigens breiten.

»Isanrich«, meinte er zu seinem Hauptmann, als sie durch die Dunkelheit zurück zur Burg ritten. »Du kennst doch die Stelle, wo ihr die beiden Frauen hingebracht habt.«

»Ja, Herr.«

»Gleich morgen reitest du zu den Sümpfen und beobachtest alles, was sich dort bewegt. Ich muss die Frauen finden. Hast du verstanden?«

Sein Hauptmann nickte.

Kapitel 35

Es war ein schöner, warmer Morgen. Sonnenlicht schimmerte in den Wipfeln der Bäume, ein sanfter Wind spielte mit den Blättern. Fast hätte man ihn für einen Frühlingstag halten können, wenn es nach Frühling gerochen hätte. Aber es roch nach Herbst. Die Bäume zeigten ihre erste gelblich rote Färbung, und trockene Blätter lagen unter den Bäumen. An den Feldrändern leuchteten die roten Punkte der Hagbeeren aus den Sträuchern.

Lioba beschattete ihre Augen mit der Hand gegen die Sonne und ließ ihren Blick zufrieden über die Felder gleiten. Sie würde reiche Ernte haben. Ihre Taschen platzten bald vor Eicheln und Hagbeeren, aber sie hatten ja nun auch mehr Mäuler zu stopfen. Es musste mehr gesammelt werden, und das machte sich bemerkbar an schweren Taschen und Körben, mehr Tieren, die erlegt werden mussten, längeren Sammel- und Jagdzeiten. Dafür konnten sie nun zu zweit jagen, während Christina in der Hütte blieb, um auf die Kinder aufzupassen und die Hausarbeit zu erledigen. Bald würden sie auch ihr das Jagen beibringen, denn Relindis würde eines Tages zu alt dafür sein.

Lioba lächelte bei der Vorstellung, ihre Freundin mit Pfeil und Bogen den Wald durchstreifen zu sehen. Es passte so gar nicht zu Christina, die durch und durch Bäuerin war, aber sie würde es lernen müssen, wie sie es gelernt hatte. Falls einmal jemand den Weg durch den Sumpf fände, müssten sie sich verteidigen können. Sie bereiteten nun außerdem mehr Heilsalben und -tränke zu, die Relindis in den Dörfern gegen Korn und Gemüse eintauschte. Lioba hatte sie allerdings nicht mehr in die Nähe von Vissel gelassen und kontrollierte nun selbst die Fallen in der Nähe des Dorfes. Sie hatte gesagt, Sigbotos Schreckensherrschaft auf Burg Linn hätte sich bestimmt in den Dörfern herumgesprochen, und es wäre besser, man hielte sie und Christina für verschleppt oder tot.

Christina war es recht. Sie hatte niemanden mehr im Dorf, an dem sie hing. Aber Lioba wünschte sich sehr, Fiedi noch einmal heimlich zu treffen. Wenn sie nur sicher sein konnte, dass er sie nicht verriet!

Sie seufzte, während sie durch das hohe Gras der Wiese stapfte. Falter taumelten auf den Wiesenblumen, und zwischen den Gräsern wuchs das letzte Garbenkraut, das sie ernten wollte. Sie kauerte sich ins Gras, zog ihr Messer aus dem Gürtel. Wenn Fiedi jetzt hier wäre, würde sie ihm nochmals die Worte einschärfen, die man beim Ernten dieses besonderen Krauts sprechen musste.

»Hör gut zu, Fiedi: ›Wie die Wunde Christi sich schloss, so möge das, was ich hier schneide, heilend wirken.‹«

Sie hörte die Schritte erst, als der Mann schon zu nah war, um noch einen Pfeil einzuspannen.

»Sprichst du immer noch den Spruch, ehe du die Kräuter erntest?«

Lioba sprang auf. Vor ihr stand Otto. Auf seinem schmalen, tiefbraunen Gesicht lag ein freundliches Lächeln. Er sah nicht mehr so erschöpft aus wie beim letzten Mal, als sie ihn gesehen hatte; die Ringe unter seinen Augen waren verschwunden.

Sie starrte ihn an. Das Garbenkraut glitt ihr aus der Hand und blieb in den hohen Gräsern hängen. Hastig wischte sie sich die schmutzigen Hände an ihren Beinlingen ab.

»Ah. Wie … hast du mich …?« Sie sah hinüber zum Feldrand, wo sein Pferd graste.

»Tut mir leid, wenn ich dich erschreckt habe«, meinte er. »Ich kann mich gut anschleichen. Kleine Kriegskunst, weißt du?«

Sie musterte ihn still, als müsste sie sich noch mal vergewissern, dass er es wirklich war. Er war nicht voll gerüstet, trug nur einen einfachen Lederharnisch und einen schmucklosen grauen Wollumhang, unter dem sich jedoch deutlich das Heft seines Schwertes abzeichnete.

»Du solltest nicht allein reiten, sonst wirst du wieder überfallen«, brach es aus ihr heraus.

Um seine Mundwinkel zuckte es. »Ortwin von Falkenstein und seine Männer sind tot, dank deiner Hilfe.«

»Wie hast du mich gefunden?«, wiederholte sie ihre Frage.

»Nun, ich habe neue Knechte. Sehr eifrige und aufmerksame Knechte.«

»Du hast uns verfolgen lassen?«

»So würde ich das nicht nennen. Aber wenn man sich öfter im Wald aufhält, nahe der Stelle, wo man euch hingebracht hat, und geduldig ist, kann man ein paar Entdeckungen machen.«

Er weiß von uns, schoss es ihr durch den Kopf. Vielleicht hat sein Knecht auch Relindis gesehen. Sie fühlte, wie ihr Gesicht vor Verlegenheit rot anlief. Sie tat, als bemerkte sie es nicht, und sah ihn weiter an.

»Ist dein Knecht uns bis nach Hause gefolgt?«

»Nein«, sagte Otto. »Warum hast du mir nicht gesagt, dass du bei der Heilerin lebst?«

»Die Heilerin?!«

»Ja. So nennt man sie in den Dörfern. Wusstest du das nicht?«

Lioba schüttelte den Kopf. Sie hatte nicht gewusst, dass man Relindis inzwischen so gut kannte. Aber natürlich, sie hatte in den letzten Wochen auch mehr Heilmittel eingetauscht, weil sie mehr gebraucht hatten.

»Isanrich hat sich ein wenig in den Dörfern umgehört«, erklärte Otto. »Die Menschen halten viel von ihr, ihre Salben und Tränke helfen ihnen. Aber das weißt du ja sicher selbst.«

Sie schüttelte den Kopf. »Nein, ich wusste nicht, dass man Relindis in den Dörfern achtet.« Sie wollte ihm nicht sagen, dass sie die letzten zwei Jahre auf der Insel im Sumpf und im Wald verbracht hatte.

»Relindis heißt sie? Warum tauscht sie nicht auch in Linn ihre Heilsalben? Ich hätte nichts dagegen. Oder du, wenn du magst.« Er kam ein wenig näher. »Ich würde mich freuen.«

»Ich … weiß nicht, ob sie das will«, entgegnete Lioba. Seine überraschende Gegenwart brachte sie durcheinander. Sie hatte das Gefühl, ein Sturm wäre durch ihren Kopf gefegt und hätte jeden klaren Gedanken mit sich gerissen.

»Ich verstehe.« Er sah enttäuscht aus. »Nun, es macht dir bestimmt Freude, bei dieser Frau zu leben, du kannst viel von ihr lernen, oder nicht?«

»Sie hat mir das Leben gerettet«, sagte Lioba. »Nachdem ich von Burg Rothe geflohen bin, habe ich mich im Wald versteckt. Sigboto hat mich immer wieder gejagt. Eines Tages waren sie mir so nah auf den Fersen, dass ich mich nur noch am Sumpf verstecken konnte. Relindis hat mich gerettet, und seitdem lebe ich bei ihr.«

»Gut, dass dieser Hurenbock tot ist«, knurrte Otto. »Dann bist du der Frau also zu großem Dank verpflichtet.«

Lioba nickte, ihr fiel nichts ein, was sie sagen sollte.

Otto warf einen raschen Blick auf sein Pferd, dann sah er sie nachdenklich an. »Bist du deshalb nicht zu deiner Familie zurückgekehrt, jetzt, wo Sigboto tot ist? Weil du lieber bei Relindis leben möchtest?«

Lioba nickte rasch. Er wusste ja nichts von Wilem und nichts davon, was man ihr in Vissel angetan hatte. So sollte es auch bleiben. Die Visseler hielten sie endgültig für tot, und Wilem konnte ungestört und beschützt auf der Insel aufwachsen. Sie würde nicht dulden, dass das gefährdet würde, auch nicht von Otto.

»Hätte ich mir denken können«, sagte er mit einem Lächeln. »Das Leben einer Bäuerin hat dir nicht gelegen.«

»Nein. Außerdem ist meine Stiefmutter zuletzt immer schlimmer geworden. Sie hat noch ein Kind verloren.«

»Tut mir leid«, sagte er. »Also willst du Heilerin werden und in die Fußstapfen dieser Frau treten?«

Lioba nickte. »Es tut mir leid, dass ich dich angelogen habe, als ich gesagt habe, ich lebe in einem Dorf. Aber in Vissel soll niemand wissen, dass ich bei der Heilerin lebe. Sie würden sich sowieso nur wieder die Mäuler zerreißen, und meine Eltern würden womöglich versuchen, mich wieder zu verheiraten. Ich hoffe, deine Knechte haben sich nicht in Vissel nach mir erkundigt?«

Otto schüttelte den Kopf.

»Dann sollen sie es auch weiterhin nicht tun.«

»Wie du willst.« Otto nickte ernst. Er schwieg eine Weile, dann sagte er: »Du möchtest also den glatten Schnitt, so, wie man zwei Gliedmaßen voneinander trennt? Vergangenheit und Zukunft sollen durch ein riesiges Meer voneinander getrennt sein?«

»Ja. Manchmal muss man die alten Geister begraben, damit etwas Neues wachsen kann.«

»Dann war es also schlimmer, als ich dachte.« Er runzelte die Stirn. »Das tut mir leid. Ich hätte …« Er schluckte so hart, dass sein Adamsapfel auf- und niederhüpfte.

»Was hättest du?«

Eine Weile sah er sie an. Er öffnete den Mund, um etwas zu sagen, schloss ihn dann wieder. »Du hast recht, manchmal muss man sich von der Vergangenheit lösen, um ein neues Leben zu beginnen.«

»Musst du das nicht auch?«, fragte sie. »Du hast bestimmt viel gesehen und …« Sie brach ab bei dem Gedanken, was er alles gesehen und miterlebt haben könnte.

»Du hast recht, auch ich muss viel vergessen«, sagte er mit rauer Stimme. Er wich ihrem Blick aus und sah zu seinem Pferd hinüber. »Ich muss nach meiner Stute sehen, kommst du mit?«

»Ja.«

Schweigend stapften sie durch das hohe Gras zum Feldweg. Lioba grübelte über seine Worte nach. Sie musste daran denken, wie sie an jenem Sommertag mit Fiedi über die Dorfwiese gelaufen war, ehe sie Otto gefunden hatte, und ein wehmütiges Gefühl stieg in ihr auf.

Was wäre alles anders geworden, wenn er nur Thomas geblieben wäre! Wäre er doch nur nie von seinem Onkel gefunden worden, hätte er sich doch nur nie erinnert! Aber es gab keinen Thomas, es hatte ihn vielleicht nie gegeben. Thomas hatte nur in ihrer Einbildung existiert.

»Was hast du?«

»Nichts.« Sie spürte seinen Blick und schluckte den dicken Kloß in ihrem Hals herunter. »Du hast mir noch gar nicht gesagt, warum du hergekommen bist.«

»Wie? Ach so, ja.« Er lächelte wieder, aber er wirkte auf einmal zerstreut. »Ich wollte mich bei dir entschuldigen, weil ich dir überhaupt nicht richtig gedankt habe. Das Feuer … Megenhart hatte recht, ohne dich wäre die Burg vielleicht abgebrannt. Ich habe mich wie ein Tölpel benommen, dich einfach so gehen zu lassen.«

Sie seufzte. »Aber du hast mir doch gedankt«, widersprach sie. »Außerdem hast du mir das Leben gerettet. Sigboto wollte mich töten.«

»Du hast ihn abgelenkt, als du in den Saal kamst. Dadurch konnte ich ihn töten.«

Eine Weile sahen sie sich schweigend an. Ein leichter Wind raschelte in den Ästen des Weißdornbusches. In sein Rauschen mischte sich der ferne Ruf eines Raubvogels.

»Dann schulden wir uns nichts mehr«, sagte Lioba schließlich und schluckte ihre Tränen hinunter.

»Doch.« Otto öffnete seine Gürteltasche und zog einen kleinen Gegenstand hervor. »Ich möchte dir etwas schenken.«

Erstaunt nahm Lioba die kleine Lederhülle, die er ihr entgegenhielt. Sie strich über das weiche Leder, wickelte das Band ab, welches das Leder zusammenhielt. Ein gelblich weißer Kamm, dessen Rücken ein kunstvolles Blumenmuster zierte, schimmerte ihr entgegen.

»Er ist aus Elefantenzahn gemacht.«

»Aus was?!«

»Dem Zahn eines sehr großen Tieres, das in weit entfernten Ländern lebt.«

»Er ist aus dem Heiligen Land!«, hauchte sie ehrfürchtig. Sanft strich sie über das Blumenmuster. Sie hatte noch nie etwas so Wertvolles besessen. Fest presste sie das Geschenk an ihre Brust.

»Danke.«

Otto nahm die Stute am Zügel, strich dem Tier über den Hals.

»Ist dein Streitross tot?«

Er nickte, während er mechanisch das Pferd weiterstreichelte.

»Nabor hat es nicht über das seldschukische Hochland geschafft.«

»Aber du.«

»Ich hatte Glück.« Er nahm die Stute am Zügel. »Ich muss jetzt zurück«, sagte er knapp und saß auf.

Sie klopfte der Stute den Hals, während sie gegen das Verlangen kämpfte, ihn zum Bleiben zu bitten. Sie hatte noch so viele Fragen, und sie hatten noch so viel nicht gesagt. Aber dann dachte sie an Wilem und presste die Lippen aufeinander.

»Überlegt es euch, ob ihr nicht doch eure Salben in Linn tauschen wollt«, meinte er. »Meine Dorfbewohner würden sich freuen. Genauso wie ich.«

Sie nickte, und er drückte seiner Stute die Fersen in die Flanken und ritt los. Lange noch sah sie ihm hinterher, bis der Wald ihn verschluckt hatte, und kämpfte gegen ihre Gefühle an, die in ihr summten wie ein Bienenschwarm.

* * *

Später, als sie durch den Wald zurück zum Sumpf gingen, erzählte sie Relindis, wen sie getroffen hatte.

»Er möchte, dass wir deine Salben auch in Linn eintauschen«, schloss sie und wartete begierig auf die Antwort der Älteren.

Relindis schwieg lange, während sie den Waldweg zurückliefen. Über ihrer Schulter hing ein Seil, an dem zwei tote Kaninchen baumelten. »Ich hab ihn gesehen«, sagte sie endlich.

»Otto?«

»Wen denn sonst? Glaubst du, es reitet jemand durch meinen Wald, ohne dass ich es merke?«

»Sei nicht so grob zu mir.«

»Dann stell keine dummen Fragen mehr.«

Lioba seufzte. Sie war so aufgewühlt, dass sie am liebsten geweint hätte, aber sie beherrschte sich.

»Er sah traurig aus.«

Relindis' Worte gaben Lioba einen mächtigen Stich in die Herzgegend. Ja, er war traurig, niemand wusste das besser als sie. Sie ahnte, dass sie der Grund für seine Traurigkeit war. Aber das durfte Relindis nicht wissen, weil Lioba ihr nie erzählt hatte, was zwischen Otto und ihr gewesen war.

»Der Kreuzzug hat ihn verändert«, meinte sie stattdessen. »Eine unsichtbare Mauer umgibt ihn, noch höher und dicker als früher.«

Hastig biss sie sich auf die Lippen, als sie merkte, was sie gesagt hatte. Sie warf der anderen einen raschen Seitenblick zu.

Relindis' Miene blieb ausdruckslos.

Als Lioba schon hoffte, ihre Worte wären überhört worden, sagte Relindis: »Ich habe geahnt, dass es eine Geschichte zwischen dir und dem Kreuzritter gibt.«

Liobas Herzschlag beschleunigte sich. Hätte sie sich auch denken können, dass Relindis ihre Bemerkung nicht entgangen war! Sie merkte immer alles.

»Wie kommst du darauf?«, fragte sie möglichst unbeteiligt.

»Ich hab deine Blicke gesehen, als du von ihm sprachst. Du hast dein Mienenspiel immer noch nicht unter Kontrolle. Außerdem musste es einen Grund für deine Hilfe bei der Wiedereinnahme von Burg Linn geben.«

Ein Anflug von Wut auf die Überlegenheit der anderen stieg in Lioba auf. »Was da einmal war«, stieß sie hervor, »ist vorbei und gehört zu meinem alten Leben.«

Relindis warf ihr einen langen Seitenblick zu. »Du irrst. Dein Herz ist an ihn gebunden. Manchmal hast du nachts seinen Namen gerufen.«

Lioba nagte an ihrer Unterlippe, während sie mit ihren widerstreitenden Gefühlen kämpfte. Relindis kannte also ihre verborgenen Geheimnisse; sie sah vielleicht sogar die Wahrheiten, die sie vor sich selbst versteckte. Sie beschloss, die Flucht nach vorn anzutreten. In kurzen Sätzen erzählte sie ihr die Geschichte von Otto und sich, verschwieg aber jenen Winternachmittag, den sie gemeinsam auf seiner Burg verbracht hatten.

Aber auch den schien Relindis zu erahnen. »Ist Wilem von ihm?«, fragte sie nüchtern, und Lioba errötete.

»Nein, er ist von Johannes.«

»Weiß er, dass du ein Kind hast?«

»Nein, er war ja schon längst auf dem Kreuzzug, als Wilem geboren wurde. Er weiß so gut wie nichts. Er ist auch nicht mehr der Thomas, den ich kannte.«

Relindis nickte. Ihr Schweigen dauerte lange, ehe sie weitersprach.

»Aber doch ist er derselbe. Jener Thomas, den du kennengelernt hast, ist in ihm verborgen. Vielleicht siehst du ihn nur nicht.«

Liobas Augen füllten sich mit Tränen. Sie blieb stehen und atmete tief die würzige Waldluft ein. »Als ich gerade mit ihm sprach, schien er ein wenig verändert zu sein. Ein bisschen … weicher, wie Thomas es war.«

»Aha. Hat er … einen Versuch gemacht, dir nahezukommen?«

»Nein. Er hat mir nur für meine Hilfe gedankt und mir etwas geschenkt.« Sie zog die lederne Hülle aus ihrer Gürteltasche und zeigte Relindis den Kamm.

Relindis nickte nur, sie hatte sich noch nie für teuren Tand begeistern können. Sie hatte auch keinen Blick für die hohe Kunstfertigkeit übrig, mit der der Kamm hergestellt worden war.

»Er wird sicher bald eine Edle heiraten«, sagte Lioba mit zitternder Stimme und steckte ihren Kamm wieder weg.

»Mag sein.«

»Ganz sicher. So muss es sein.«

Relindis erwiderte nichts, während sie langsam weitergingen. Ihr Schweigen wurde nur unterbrochen durch den traurigen Ruf eines Vogels.

»Er vermisst den Sommer«, sagte Lioba.

»Wen meinst du?«

»Na, den Vogel, er klingt, als würde er dem Sommer hinterherweinen.«

»Willst du sein wie er?«, fragte Relindis unvermittelt. »Willst du dein Leben lang ein trauriger Vogel sein, der dem Sommer hinterhertrauert?«

»Nein, wer will das schon?«

»Dann musst du dich deiner Vergangenheit stellen. Wir gehen nach Linn und tauschen dort Salben. Wir müssen sowieso noch mehr Dörfer aufsuchen, wir brauchen dieses Jahr mehr Wintervorräte.«

Lioba starrte Relindis an, als hätte sie nicht richtig gehört. »Ich bringe mich in Gefahr, wenn ich in die Dörfer gehe!«, rief sie, blieb stehen und stemmte die Hände in ihre Hüften. »Es könnte mich jemand aus Vissel entdecken. Du hast selbst gesagt, es wäre besser, die Visselner hielten Christina und mich für tot.«

Relindis blieb ebenfalls stehen und wandte sich Lioba ruhig zu. »Du bist mittlerweile mutig genug, dich zu wehren. Hast du das nicht zur Genüge bewiesen? Wenn du Pastor Werinhart heute wiedersehen würdest, er würde es nicht mehr wagen, dir etwas anzutun.«

»Das glaubst du«, entgegnete Lioba zitternd. »Du kennst ihn nicht. Du musstest ja nicht mit ansehen, wie er dein Kind in den Wald bringt, um es dort in der Winterkälte auszusetzen! Meinst du, ich will das noch mal erleben?«

»Nein, natürlich nicht. Aber du kannst dich nicht ewig vor der Welt verstecken. Ich werde mit dir gehen. Sollte der Pastor auftauchen, wird er es auch mit mir zu tun bekommen.«

»Aber du hast doch selbst gesagt, die Visselner sollten uns für tot halten!«, wiederholte Lioba mit schriller Stimme.

»Ich habe meine Meinung geändert.«

»Aber …«

»Kein Aber! Du hast nichts zu befürchten, die Dörfler waren im Unrecht! Kein Herr verfolgt dich mehr. Du wirst dich nicht weiter verstecken und ein trauriger Vogel werden.«

Lioba schwieg eine Weile, während die ungeheuerlichen Worte der Älteren in ihrem Kopf tanzten. »Du willst also, dass ich in die Dörfer gehe?«, sagte sie mit tränenerstickter Stimme. »Was ist mit Christina? Für sie wäre das doch weitaus ungefährlicher!«

»Ich werde älter, Lioba«, entgegnete Relindis ruhig. »Wir sind mehr Esser, und ich schaffe den Tausch in den Dörfern nicht mehr allein. Ihr werdet euch beide nicht ewig auf meiner Insel verstecken können, auch die Kinder nicht. Eines Tages wird dein Sohn fragen, woher er kommt. Er wird die Welt entdecken wollen, eher, als dir lieb ist.«

»Ja, aber dann ist er auch alt genug, sich selbst zu behaupten.«

Relindis trat einen Schritt auf Lioba zu. »Und du?«, fragte sie. »Du willst es deinem Sohn allein überlassen, gegen die bösen Mächte zu kämpfen? Du bist alt genug, dich selbst zu wehren! Du wirst deinem Sohn eines Tages den Weg in die Welt zeigen müssen. Wie willst du das machen, wenn du dich verkriechst?«

»Du willst uns nicht mehr bei dir haben!« Lioba brach in Tränen aus.

Relindis schüttelte ihren Kopf. Sie hob die Hand, strich Lioba eine Träne von der Wange. »Rede keinen Unfug. Dein Sohn und du, ihr seid mir beide ans Herz gewachsen. Deshalb will ich, dass ihr glücklich werdet. Dazu gehört, dass du wieder in die Dörfer gehen kannst, ohne Angst zu haben.«

»Niemals gehe ich zurück in mein Heimatdorf! Niemals wird eines der alten bösen Klatschweiber je meinen Sohn zu Gesicht bekommen, oder gar der Pastor.«

Relindis seufzte. »Das musst du auch nicht. Aber wenn sie ihn später einmal sehen sollten, durch Zufall in einem der Dörfer vielleicht, dann werden sie sich daran gewöhnen müssen, dass er noch lebt, und daran, dass auch du noch lebst.«

»Weißt du, was sie sagen werden? Sie werden sagen, der Geist, mit dem ich im Bunde bin, hat Wilem gerettet. Sie werden ihre bösen Geschichten überall in den Dörfern verbreiten.«

Relindis lachte ihr tiefes, seltenes Lachen. »Nun, dann werden wir ihnen umso leichter Angst einjagen können, dass sie mit ihrem dummen Geschwätz endlich aufhören und uns in Ruhe lassen.«

Lioba starrte die Ältere an. Ihr war alles andere als zum Lachen zumute. Sie fühlte sich, als würde das Boot sinken, mit dem sie über einen tiefen See fuhr. »Aber was ist mit dir?«, fuhr sie Relindis an. »Versteckst du dich nicht selbst auf deiner Insel vor den Augen der Welt? Vor was bist du eigentlich davongelaufen?«

Das Lachen starb auf Relindis' Gesicht. Lioba konnte sehen, wie sich die Miene der Älteren in eine ausdruckslose Wand verwandelte. Sie kannte und fürchtete dieses Wandgesicht, hatte es schon einige Male an Relindis gesehen – immer, wenn sie zu weit gegangen war.

Relindis streifte die Kaninchen ab und ließ sich auf einem Stein am Wegesrand nieder, sah in die untergehende Sonne.

»Du hast recht«, sagte sie schließlich mit tonloser Stimme. »Auch ich habe mich viele Jahre vor der Welt versteckt. Ich hatte meine Gründe dafür. Es hat lange gebraucht, bis ich es gewagt habe, in die Dörfer zu gehen.«

Lioba schwieg eine Weile betreten. Ihre Worte taten ihr nun leid. »Otto sagte mir, die Leute in den Dörfern nennen dich Heilerin. Ich wusste das nicht.«

»Ja.« Das Lächeln trat wieder in Relindis' Gesicht, dessen braune Haut in der Sonne warm leuchtete. »Das ist ein guter

Name. Es war einmal anders, zu einer anderen Zeit an einem anderen Ort. Du musst wissen, dass wir kundigen Frauen nicht überall gern gesehen werden. Ich kann nachempfinden, was du durchgemacht hast. Aber ich werde dir meine Geschichte nicht erzählen.«

Enttäuscht wollte Lioba aufbegehren, aber Relindis hielt sie mit einer Handbewegung davon ab. »Du wirst das so hinnehmen! Ich habe dir und deinem Sohn mehr gegeben als jedem anderen Menschen, den ich kenne. Deinen Sohn habe ich gerettet, und dir gab ich viel von dem, was ich weiß. Ich habe dir geholfen, deinen Mut zu finden. Du hast bewiesen, wie tapfer du sein kannst.«

Sie streckte die Hand nach Lioba aus. »Wir werden gemeinsam in die Dörfer gehen.«

Lioba ergriff Relindis' raue Hand. Ein wenig beruhigte sie es, dass Relindis mit ihr gehen würde. Aber trotzdem hatte sie Angst.

Kapitel 36

Noch im selben Herbst musste Lioba ihren Mut beweisen, sogar noch mehr, als ihr lieb war. Sie hatten schon fast alle Salben und Heiltränke bei den Bauern gegen Wintervorräte eingetauscht, als Maria krank wurde.

Nichts Ernstes, entschied Relindis, aber sie meinte, es wäre besser, wenn Christina und Maria allein in der Hütte blieben und Lioba und Wilem mit ihr in die Dörfer gingen. Es wäre besser, die Kinder zu trennen, sagte sie, weil Wilem sich sonst das Fieber bei Maria holen würde. »… und du könntest es auch bekommen«, setzte sie an Lioba gewandt hinzu.

Lioba seufzte und wickelte Wilem fest in seinen wollenen Umhang.

Sie wollte protestieren und sagen, dass das Fieber auch heute Abend noch auf Wilem oder sie überspringen könnte, ließ es aber dann. Relindis hätte bestimmt wieder irgendetwas Kluges dagegenzusetzen.

Ausgerechnet heute wehte ein kalter Nordostwind, der ihnen die Wangen rot färbte und ihnen einen Vorgeschmack auf den kommenden, kälteren Teil des Herbstes gab. Lioba zog Wilem sein Käppchen tief ins Gesicht und tat dasselbe mit ihrer Mantelhaube. Sie tauschten ihre Salben zuerst in Uphem und hatten dann das Glück, von einem Bauern auf seinem Maultierkarren nach Linn mitgenommen zu werden.

»Kommt ihr auch zum Wintermarkt nach Urdingi?«, wollte er wissen. »Eure Wundersalbe reicht bei meiner Frau bestimmt nicht über den Winter.«

»Ja, wir kommen hin«, meinte Relindis, die mit angezogenen Knien auf der Ladefläche des Karrens hockte, zwischen den Kornsäcken, die der Bauer zur Mühle fuhr.

Lioba warf ihr einen erstaunten Blick zu. Es wäre das erste Mal, dass sie auf diesen Markt gehen würden. Sie fragte sich, womit Relindis die ganzen Heilsalben herstellen wollte, die sie dort zu verkaufen oder zu tauschen gedachte.

Aber Relindis versprach dem Bauern, er könne sich darauf verlassen, dass seine Frau ihre Salbe bekommen würde, wenn sie nur gleich morgens dort wäre. »Sonst ist nämlich alles weg, erst recht, nachdem die Händler mit ihren Schiffen den Rhein heruntergekommen sind«, sagte sie. »Die sind wie die Heuschrecken und fressen alles kahl.«

Lioba musterte sie überrascht. Was war nur mit Relindis los? Sie war so ungewöhnlich gut gelaunt und tat, als wüsste sie genau, wie es auf dem Markt zuginge. Dabei war sie noch nie dort gewesen.

Oder etwa doch?

Seit ihrem Streit vor ein paar Wochen hatte Lioba sich oft Gedanken über Relindis' Vergangenheit gemacht und sich wieder einmal gefragt, woher sie ihr umfangreiches Wissen über die Heilkräuter und Krankheiten hatte. Lioba wusste es nicht, weil Relindis nie ein Wort darüber verloren hatte, aber sie wagte es auch nicht, sie zu fragen. Vielleicht würde sie ihre Geschichte eines Tages doch noch erfahren.

»So, ihr seid da!« Der Bauer zügelte sein Maultier und ließ sie absteigen. In der Nähe lagen ein paar Bauernhöfe verstreut auf dem flachen Land. »Wenn ihr wollt, nehm ich euch auf dem Rückweg wieder mit. Dauert nicht lange, bis ich den Weg wieder raufkomme.«

»Danke, wir warten hier auf dich«, willigte Relindis ein. Sie schenkte dem Bauern noch ein Lächeln, ehe er mit seinem Karren davonrumpelte.

Wilem lief nur ein kleines Stück, dann begann er zu weinen und wollte getragen werden. Lioba zog ihr selbst genähtes Tragetuch aus der Tasche und nahm ihn auf den Rücken. Er war schon recht schwer, und gemeinsam mit ihrer vollen Tasche hatte sie ein ziemliches Gewicht zu tragen. Aber sie hatten Glück und konnten bald in jeder Bauernkate ihre Salben gegen Birnen, Brot, Schweineschmalz und Kohl eintauschen. Eine Bäuerin gab ihnen sogar etwas Speck.

Beinahe jeder hatte ein Leiden, für das er sich Besserung erhoffte, ob es nun ein fauler Zahn, eine eiternde Wunde oder hartnäckiger Husten war. Relindis gab den Leuten meistens ihre Heilsalbe, die gegen alles half, wie sie behauptete, manchmal auch einen von den Tränken, die sie aus unterschiedlichen Kräutern hergestellt hatte. Sie hatte immer auch Ratschläge zur Linderung von Leiden und Gebrechen parat und entließ die Dörfler zum Schluss nie ohne einen guten Wunsch. Kein Wunder, dass sie so beliebt war.

»Warum hast du das nicht viel öfter getan?«, fragte Lioba, als sie zum nächsten Bauerngehöft gingen. »Du kannst gut mit den Menschen umgehen.«

»Oh, es war nicht notwendig. Nun aber sind wir mehr Esser.«

»Aber es macht dir Freude, das sehe ich doch!«

Relindis sah sie an, ihre Augen leuchteten. »Stimmt. Ich werde mich auch nicht mehr verstecken und meine Heilkunst verbergen. Deshalb werden wir in den nächsten Wochen alle Hände voll zu tun haben, wenn wir für den Markt in Urdingi Salben und Heiltränke herstellen.«

Lioba war so verblüfft, dass sie erst mal nichts mehr sagen konnte. War das der Grund, warum Relindis sie dazu gezwungen hatte, sie zu den Dörfern zu begleiten, ja sogar ihren Sohn mitzunehmen, obwohl es höchst gefährlich für sie war? Es ging ihr womöglich gar nicht darum, dass Lioba wieder unter Menschen kam, sondern um ihr eigenes Geschäft. *Sie hat gehört, dass sie in den Dörfern gut angesehen ist,* dachte Lioba, *also wagt sie sich wieder hinaus.*

Nachdenklich beobachtete sie ein paar Kinder, die sich kreischend auf einer Wiese um einen dreckigen Lederball balgten. Leise seufzte sie in sich hinein. Relindis war für sie nach all den Jahren immer noch ein Rätsel. Sie gönnte ihr von Herzen ihre gute Laune und ihren Erfolg. Ihretwegen könnte sie die bekannteste Heilerin des ganzen Niederrheins werden, denn sie war ihr dankbar und fühlte sich wohl bei ihr. Mittlerweile wusste sie mehr über die Heilkunde, als sie je zu erfahren gehofft hatte, und Wilem gedieh prächtig.

Eigentlich hätte sie zufrieden sein können, wenn nicht manchmal die schlechten Träume gekommen wären – und die ständige Angst, jemand aus ihrem Heimatdorf könnte sie wiedererkennen. Dann noch die Sehnsucht, die seit Wochen wieder an ihr nagte, wie eine alte Wunde, die wieder aufgebrochen war. Eine Wunde, die nicht heilen wollte, egal, was sie tat und wie sehr sie sich auch bemühte.

Energisch schob Lioba ihre trüben Gedanken fort. Sie traten an die Tür des nächsten Bauerngehöftes und klopften. Das Haus lag still, die Fensterläden waren geschlossen. Aus dem Abzug im Strohdach stieg Rauch. Relindis pochte lauter an das verblichene Holz, als sie hörten, wie sich ein Karren näherte. Er rumpelte über den Dorfweg und hielt kurz hinter ihnen an. Ein Mann in einer braunen Cotte und einem dunklen Umhang schwang sich vom Karren und kam auf sie zu. Er schien es eilig zu haben.

Kurz vor ihnen hielt er inne. »Verkauft ihr hier eure Heiltränke?« Er gestikulierte mit seinen großen Händen vor seiner Brust. »Hört auf damit, das dürft ihr nicht! Geht und lasst unsere Leute in Ruhe.«

Relindis ließ ihre Hand sinken und wandte sich dem Mann zu. Sie musterte ihn eine Weile, dann fragte sie ruhig: »Wer bist du?«

Der Mann stemmte seine Hände in die Hüften und musterte Relindis seinerseits. Rötlich schimmerndes Haar lugte hier und da unter seiner Filzkappe hervor. »Ich bin Wiricus, der Dorfpriester von Linn. Und ihr?«

Relindis ließ sich viel Zeit mit der Antwort. »Relindis«, sagte sie schlicht. »Das ist Lioba.«

Ein flüchtiger Blick des Priesters streifte Lioba, die hinter Relindis in sicherem Abstand zu ihm wartete.

»Wir haben die Erlaubnis, hier unsere Salben und Tränke zu tauschen«, setzte sie hinzu.

»Ach ja? Wer hat euch das erlaubt?«

»Dein Herr, Otto von Linn.«

Der Priester schnappte erstaunt nach Luft. »Davon weiß ich nichts! Warum hat er mir nichts davon gesagt?«

»Nun, das weiß ich nicht, guter Mann, vielleicht hat er es einfach vergessen.« Relindis wandte sich ab und klopfte erneut gegen die Tür des Bauernhauses.

Flink trat Wiricus zu ihr und baute sich vor ihr auf. »Untersteht euch, hier weiter eure wilden Kräuter einzutauschen! Ich will keine Zauberei in meinem Dorf! Die Leute hier sind einfache, reine Seelen, die in ihren Gebeten Trost finden. Ich helfe ihnen selbst mit den Heilkräutern aus Gottes Garten.«

Relindis bewegte sich keinen Fingerbreit. »Auch meine Kräuter stammen aus Gottes Garten«, entgegnete sie ruhig. »Wir betreiben keine Zauberei. Das schwöre ich beim allmächtigen Gott.« Sie hob feierlich die Hand.

Wiricus runzelte die Stirn. Er sah nicht überzeugt aus, aber er sagte nichts.

»Es stimmt, was sie sagt«, bekräftigte Lioba. Das Herz schlug ihr bis zum Hals, aber sie versuchte, ihre Stimme fest klingen zu lassen. »Dein Herr hat mir selbst gesagt, er möchte, dass wir in Linn Heilsalben tauschen.«

Wiricus musterte sie nun genau. Er warf auch einen Blick auf Wilem.

Lioba drehte sich so, dass er ihr Kind nicht sehen konnte.

In diesem Augenblick öffnete sich die Tür der Bauernkate, und ein alter Mann erschien im Türrahmen. Sein grobes Gewand schlotterte um seinen mageren Leib. »Was ist hier los?« Erstaunt blickte er von einem zum anderen. »Was wollt ihr denn alle hier?«

Ein übler Geruch und die Wärme eines Feuers wogten ihnen aus dem Haus entgegen.

»Wir wollen nach deiner Frau sehen«, sagte Wiricus hastig und bemühte sich um ein Lächeln. »Ist ihr Fieber gesunken?«

Der alte Mann zog ein finsteres Gesicht. Seine grauen Bartstoppeln schimmerten auf seiner fahlen Haut. »Ich glaub, sie wird nicht mehr, Herr Pastor. Ist gut, dass Ihr hier seid.«

Sein Gesicht hellte sich plötzlich auf, als er etwas hinter ihnen erblickte, und er verneigte sich tief. »Herr!«

Alle wandten sich um. Hinter ihnen auf dem Weg war eine braune Stute herangekommen. Otto von Linn zügelte sie und nickte ihnen zu. Er ließ einen rotgesichtigen Dorfjungen, der vor ihm auf dem Pferderücken saß, absteigen, dann glitt er selbst vom Pferd und gab dem Jungen eine Münze. Der Junge lächelte, nahm die Stute am Zügel.

Wiricus verneigte sich tief vor Otto, die Frauen knicksten.

»Lioba! Ich freue mich, dich zu sehen.« Seine Augen leuchteten, als er Lioba betrachtete. Seine Wangen schimmerten rötlich in seinem sonnengebräunten Gesicht. Er trug nur einen schlichten Wollmantel und sein ledernes Wams.

»Und du bist Relindis?«

Relindis nickte. Sie musterte ihn ruhig in der ihr eigenen Art.

»Seid willkommen in Linn! Wiricus, ich habe den Frauen erlaubt, ihre Salben und Tränke hier zu tauschen.«

Wiricus nickte ernst.

»Ich bin überzeugt davon, dass die Heilerinnen gut zu den Bauern sind«, setzte er mit Nachdruck hinzu.

»Wie Ihr wünscht, Herr«, sagte Wiricus ergeben.

»Nun, wir könnten uns die Bauersfrau ja gemeinsam ansehen«, schlug Relindis vor und warf einen raschen Blick auf den Priester. »Wenn du damit einverstanden bist.«

Wiricus zögerte, warf einen fragenden Blick auf seinen Herrn.

»Ja, macht nur«, willigte Otto ein. Er hielt Lioba, die den anderen ins Haus folgen wollte, zurück. »Die beiden schaffen das schon allein.«

Lioba nickte. Nur zu gern ließ sie sich von ihm zurückhalten. Aufgeregt fühlte sie, wie er ihren Arm nahm und sie auf den Weg führte, weg von den Häusern.

»Wer bist du denn?« Otto fasste Wilems kleine Hand. Wilem musterte den Fremden eine Weile, ehe er zu quengeln begann.

»… runter, Mama!«, rief er.

»Das heißt, ich möchte bitte runter!«, entgegnete Lioba streng.

»Runter!« Er weinte noch lauter und strampelte mit den Beinen.

Herrgott, musste er ausgerechnet jetzt ein solches Theater machen! Die ganze Zeit war er mustergültig artig gewesen, und nun das. Lioba löste ihren Tragegurt und ließ Wilem laufen. Sofort stürmte er auf seinen kurzen Beinen den Weg entlang.

»Du hast einen Sohn!« Otto hielt inne und starrte Lioba an. »Ich wusste nicht, dass du einen Sohn hast!«

»Ich habe dir auch noch nie von ihm erzählt. Er heißt Wilem.«

»Ist er … Lioba, ist er von *mir?*« Erwartungsvoll sah er sie an.

»Nein, er ist von Johannes.« Sie wich seinem Blick aus und ging Wilem hinterher, der auf ein umgepflügtes Feld gelaufen war.

Otto folgte ihr. »Warum hast du mir denn nie erzählt, dass du ein Kind hast?«

Lioba hielt inne, als Wilem sich mit seinem gepolsterten Hinterteil auf den Boden setzte und mit der feuchten Erde zu spielen begann. Sie sah auf und begegnete Ottos Blick. »Ich … es hat sich nie ergeben. Du hast mich nicht gefragt, wie es mir ergangen ist in den Jahren, die du weg warst.«

Otto sah auf Wilems kleine Gestalt hinunter. »Du hast recht«, meinte er schließlich mit rauer Stimme. »Ich war in Wahrheit noch vor Jerusalem. Es ist so viel geschehen …« Er brach ab und sah zum Wald hinüber, als würde er dort jemanden sehen, der nicht wirklich da war. »Ich habe viel zu lange gebraucht, um zu begreifen, dass ich der Hölle entkommen bin. Dass ich wieder in der Heimat bin, und dass *du* hier bist …« Er brach wieder ab und suchte nach Worten. »Was ist denn nur mit dir geschehen in den Jahren, als ich weg war? Bitte sag es mir.«

Lioba fröstelte, als eine kühle Windböe sie erfasste. Sie blickte auf ihren Sohn, der seine Händchen in die Erde grub. Sollte Otto wirklich alles erfahren? Wenn er erst wüsste, warum man sie in Vissel abgelehnt hatte, würde er sie dann nicht auch ablehnen? Sie sah in Ottos erwartungsvolles Gesicht.

»Bitte«, drängte er sanft.

Sie seufzte tief. Ein Stein lag auf ihrer Brust. »Sigboto nannte mich Hagazussa, weil ich ihn am Abend zuvor, als er mich bedrängte, mit einem Pulver betäubte«, begann sie. »Man nannte schon meine Mutter so, damals, bevor man sie umbrachte …« Sie sah das Erschrecken in Ottos Miene, überwand sich und erzählte ihm von ihrer Mutter, schilderte, was in Vissel mit ihr geschehen war, dass man Wilem ausgesetzt hatte, und erzählte ihm von ihrer Flucht zur Burg der von Rothes. Sie erzählte ihm von Sigboto und seinen Freunden, von Judith und von ihrer Flucht in die Sümpfe, wie Relindis sie gerettet hatte und schließlich auch, wie sie nach Burg Linn gekommen war.

»… ich hätte keine Stunde länger dortbleiben können«, schloss sie. »Sigboto hätte mich umgebracht wie alle anderen.«

Otto schüttelte den Kopf und betrachtete sie eine Weile wortlos. Lioba bückte sich und zog Wilem das schmutzige Händchen aus dem Mund.

»Du bist eine Kämpferin«, sagte Otto, nachdem sie sich wieder aufgerichtet hatte. Er schluckte, und sie konnte sehen, wie er um die nächsten Worte rang. »Wenn … wenn ich nicht weggegangen wäre, dann …«

»… wäre es mir wahrscheinlich genauso ergangen«, vollendete sie den Satz.

»Nein!« Otto schüttelte entrüstet den Kopf. »Du hättest zu mir kommen können, und ich hätte …«

»Du hättest mich niemals zur Frau nehmen können«, sagte Lioba. Ihre Stimme klang schärfer, als sie beabsichtigt hatte. »Ein einfaches Bauernmädchen … nie wärst du mit mir fortgegangen. Aber das ist jetzt nicht mehr von Belang.«

»Nein.« Er fuhr sich mit der Hand durch seine länger gewachsenen Haare. »Du kannst mir glauben, dass ich dich nicht vergessen konnte. Immer wieder habe ich an dich gedacht. Es war ein Fehler, wegzugehen, es war furchtbar. Weißt du, ich glaube, dein Stein hat mich am Leben erhalten.« Er lächelte. »Der Gedanke an dich … ich könnte dich wiedersehen …« Er brach ab und trat einen Schritt auf sie zu. »Ich liebe dich.«

Als sie nichts erwiderte, fuhr er fort: »Ich weiß, ich sollte eine Edle heiraten wie alle Männer meines Standes. Aber wenn ich mir vorstelle, jeden Tag eine Frau zu sehen und mit ihr zu reden, die eine Fremde für mich ist, möchte ich nicht heiraten, niemals! Ich habe nicht die Hölle überstanden, um dann mit einer Frau zu leben, die ich nicht will.«

Lioba starrte ihn an. Sie konnte nicht glauben, was er gerade gesagt hatte.

»Ich habe versucht, es dir beim letzten Mal zu sagen, aber es ist mir nicht gelungen. Ich fürchtete, du willst bei Relindis bleiben. Aber könntest du dir auch ein Leben mit mir vorstellen?«

Lioba sah ihn an und konnte nichts erwidern. Dieser Augenblick fühlte sich so unwirklich an, dass sie ihm nicht trauen mochte.

»Aber …«, stieß sie schließlich hervor, »aber das geht nicht.«

»Warum nicht? Willst du bei Relindis bleiben?«

»Nein, aber ich bin …«

»Dann gibt es kein Aber!« Er trat einen Schritt auf sie zu. »Ich will dich so, wie du bist. Es ist mir gleichgültig, was die Leute in Vissel über dich denken und auch, was sie über uns denken werden. Während des Kreuzzuges war der Tod allgegenwärtig, und er kam mir sehr nahe, als ich vor Akkon krank wurde. Ich habe viel gesehen und erlebt, und eins habe ich auf jeden Fall begriffen: Das Leben ist zu wertvoll, um es zu vergeuden. Es ist zu kostbar, um es mit der falschen Frau zu verbringen.«

Lioba hing an seinen Lippen. »Und Wilem?«, fragte sie leise.

»Er gehört zu dir, also gehört er auch zu mir.«

Sie schluckte, immer noch überwältigt von dem, was sie gerade gehört hatte.

»Also?«, drängte er sanft und sah sie erwartungsvoll an.

Sie nickte. Er nahm ihr Gesicht in seine Hände und küsste sie, wie er es schon einmal getan hatte, an jenem verschneiten Winternachmittag.

Lioba fühlte die sanfte Berührung seiner Lippen und spürte, wie ein Tor in ihr aufgestoßen wurde. Ein jahrelang aufgestauter Strom an Gefühlen stürzte auf sie ein. Sie schlang die Arme um ihn und ließ sich von seiner Leidenschaft mitreißen. Eine Zeitlang verlor sie sich in der Umarmung, bis er sie losließ.

Still tauschten sie Blicke, die sagten, was mit Worten nicht auszudrücken ist. Während sie noch überwältigt schwieg, dämmerte Lioba, dass es wohl niemals so gekommen wäre, wenn er nie weg gewesen, wenn all das Schreckliche nicht passiert wäre.

Als sie noch in Gedanken versunken dort stand, packte er sie an den Hüften, hob sie hoch und wirbelte sie herum, wie er es auf dem Erntedankfest schon getan hatte.

Sie mussten beide lachen. Er nahm sie in die Arme und küsste sie erneut.

»Ich werde nie genug von dir bekommen«, sagte er.

»Thomas«, flüsterte sie.

»Nenn mich, wie du willst.«

Als Wilem zu weinen begann, nahmen sie ihn auf und gingen mit ihm zurück zum Dorf.

Kapitel 37

Heinrich von Astenberg, Stiftsherr des Klosters St. Suitbert in Weride, war froh, das Ziel seiner Reise erreicht zu haben. Er hatte sich in aller Frühe aufgemacht, das Schiff rheinabwärts genommen und war von Wiricus, dem Vicarius des Dorfes, in aller Ehrerbietung empfangen und nach Burg Linn gebracht worden. Müde von den ungewohnten Beschwerlichkeiten einer Reise so spät im Jahr ließ er sich erleichtert von einer dicken, älteren Magd gewürzten Rheinwein einschenken, während seine Blicke durch den behaglichen Saal der Burg schweiften. Sie wanderten über den blank geputzten Dielenfußboden, streiften kurz den Wandteppich mit der Jagdszene und blieben schließlich an einem Strauß leuchtend gelber Herbstblumen auf der Tafel hängen. Ringula.

Sofort hellte sich die Stimmung des Stiftsherrn auf, denn er liebte den Anblick von Blumen im Herbst und noch mehr den Wein.

»Wie schön Ihr es hier habt«, sagte er anerkennend und betrachtete den jungen Hausherrn, der ihm gegenübersaß und seine Ungeduld kaum verbergen konnte. Einer der wenigen, die zurückgekehrt waren. Heinrich von Astenberg forschte in dem braun gebrannten Gesicht des jungen Mannes nach Spuren des

Erlebten, nach Zeichen der Pilgerschaft. Irgendetwas musste es sein, das Gott veranlasst hatte, diesen Mann zu erretten.

»Nun, das habe ich meiner Frau zu verdanken«, erwiderte Otto lächelnd und drückte der hübschen, schmalgesichtigen Dame neben ihm die Hand.

»Eurer *Frau?*« Heinrich von Astenberg hatte von diesem sehr seltsamen Verhältnis gehört, aber er wollte sich noch einmal vergewissern.

»Ja, meiner Frau, Lioba«, bekräftigte Otto und warf der Dame seines Herzens einen langen Blick zu.

Heinrich von Astenberg runzelte die Stirn. Es war befremdlich, keine edle Frau an der Seite eines Ritters zu sehen, und unter normalen Umständen hätte man wohl am Verstand dieses Mannes gezweifelt, aber er war kein normaler Mann, sondern ein Kriegsheld und zudem Lehnsträger des Erzbischofs. Also sagte Heinrich nichts.

Lioba lächelte. »Lasst uns vom Wein trinken«, forderte sie auf, und Heinrich von Astenberg begriff, dass diese Frau in der Lage war, das Herz eines edlen Mannes zu erobern.

»Nun«, sagte er, »wir haben allen Grund, unsere Becher zu heben, denn wie wir durch die erzbischöfliche Kanzlei erfuhren, ist es zu einem Friedensschluss zwischen dem englischen König Richard und Sultan Saladin gekommen. Alle Christen dürfen nun wieder ungehindert in die Heilige Stadt pilgern, sie haben freies Geleit!«

Er lächelte dünn, wohl wissend, dass die heilige Pilgerschaft ihr Ziel weit verfehlt hatte, denn man hatte weder Jerusalem zurückerobern können noch war das Wahre Kreuz wieder in ihren Besitz gelangt. Deshalb fiel es ihm schwer, diesen Friedensschluss als wirklichen Gewinn darzustellen. Aber so musste es wohl sein, nachdem es Gott gefallen hatte, ihnen den Sieg über die Ungläubigen zu verweigern.

Sie hoben ihre Becher. »Auf den Frieden!«, sagte Otto von Linn, und sie tranken den kühlen Wein, aber das bittere Lächeln des jungen Hausherrn entging Heinrich von Astenberg nicht.

»Das Königreich Jerusalem ist wieder aufgerichtet worden«, setzte er rasch hinzu. »Es reicht von Jaffa nach Tyros, mit Akkon als Hauptstadt.«

»Und Askalon?«, fragte Otto mit rauer Stimme.

Betrübt schüttelte Heinrich den Kopf. »Leider nicht.«

Er fühlte sich unbehaglich dabei, dies einem Ritter zu sagen, der sein junges Leben für die Eroberung der Heiligen Stadt aufs Spiel gesetzt hatte. Er sah, wie die Frau die Hand ihres Mannes drückte, und befand widerstrebend, dass es an der Zeit wäre, nun auch ihr ein paar höfliche Worte zukommen zu lassen, die das Gespräch zudem in eine andere Richtung lenken könnten. Er nahm einen großen Schluck. »Sehr gut gewürzt«, lobte er. »Man merkt die Könnerin in der Auswahl der Gewürze.«

Lioba nickte lächelnd, aber Heinrich hatte dennoch das Gefühl, dass seine Worte das Glück der beiden ein wenig getrübt hatten. Er beugte sich nach vorn. »Ich habe eine Neuigkeit, die Euch sicher erfreuen wird«, meinte er und leckte sich den Wein von den Lippen. »Eure Dorfkirche wird das Kreuzpatrozinium erhalten. Im nächsten Frühjahr, es ist bereits alles Nötige veranlasst worden.«

»Ah.« Diese überaus gute Botschaft schien Otto von Linn jedoch kaum zu bewegen. Seine Mundwinkel hoben sich nur ein wenig nach oben.

»Bitte nehmt Euch doch von dem Brot«, beeilte sich die Hausherrin zu sagen und deutete auf das Brett mit einem frisch gebackenen Brotlaib. Heinrich von Astenberg kam nur zu gern ihrer Aufforderung nach und brach sich ein Stück ab.

»Außerdem …«, fuhr er kauend fort und versuchte vergeblich, sein Gefühl, etwas wiedergutmachen zu müssen, niederzukämpfen, »außerdem hat das Dekanat in Nüss entschieden, die Pfarrstelle in Vissel mit einem neuen Vicarius zu besetzen, worum Ihr gebeten hattet. Schon die Herrin von Rothe – Gott sei ihrer Seele gnädig – hatte seinerzeit darum gebeten. Aber ich soll Euch noch einmal ausdrücklich sagen, dass die Besetzung solcher Ämter nur durch das Dekanat vorgenommen wird. Der Vicarius war sehr beliebt in Vissel. Es war deshalb eine besondere Gunst des Dechanten, Eurer Bitte nachzukommen und den Mann zu ersetzen, aber wir können natürlich keine Vorkommnisse eines solchen Missglaubens dulden. Das arme Kind.«

»Danke«, sagte Otto.

Lioba strahlte. Sie wechselte mit ihrem Mann einen raschen Blick, und Heinrich von Astenberg entging nicht, wie er erneut ihre Hand drückte.

»Was geschieht nun mit dem Vicarius?«, wollte sie von ihm wissen.

Der Stiftsherr zögerte. Hatte er gerade wirklich begonnen, dieses Landmädchen zu mögen? Neugierig war sie wie alle Frauen, und sie würde versuchen, ihren Mann zu beherrschen und ihren Einfluss auf ihn geltend zu machen. Gott schütze den ehrbaren Kreuzritter, dass er ein solches Weib an seiner Seite duldete. Er räusperte sich und wartete lange genug mit der Antwort, um ihr zu zeigen, wie ungehörig ihre Frage war.

»Er wird an einen Ort kommen, an dem er Gott und unserer Kirche gute Dienste erweisen kann.«

Ottos Mund wurde zu einem schmalen Strich, aber er sagte nichts. Lioba sah Heinrich von Astenberg eine Weile schweigend an. Dann erhob sie sich und bat ihn, mit ihm ans Fenster zu treten.

Widerstrebend stand er auf und folgte ihr. Sie nahm den mit einer Schweinsblase bespannten Windschutz aus der schmalen Fensteröffnung und bedeutete ihm, hinauszublicken. Zögernd trat er ans Fenster. Auf dem Burghof spielte ein kleiner blonder Junge unter der Aufsicht der Magd in der Sonne.

»Da ist mein Sohn Wilem«, sagte Lioba stolz. »Durch die Gnade Gottes ist er gerettet worden.«

Heinrich von Astenberg schlug das Kreuzzeichen vor seiner Brust und trat vom Fenster zurück. Er konnte nicht verhindern, dass er sich unbehaglich fühlte. *Das Weib hat das mit Absicht getan,* dachte er ärgerlich und ließ sich von ihr wieder an den Tisch zurückhofieren. Dabei trug er keine Schuld daran, was mit dem Kind geschehen war.

Immerhin sah sie nun zufrieden aus, und auch der junge Hausherr lächelte wieder. Er deutete ungeduldig auf die Pergamente, die auf dem Tisch lagen.

»Wärt Ihr jetzt so gut, Herr von Astenberg, uns vorzulesen?«

»Gewiss.« Der Stiftsherr nickte und ergriff ein Blatt. Er runzelte die Stirn, als er die vielen eng beschriebenen Seiten erblickte. »Oh, das wird lange dauern!«

»Bitte«, forderte Otto ihn freundlich auf. »Das ist die Geschichte meines toten Bruders. Schiebt Eure Geschäfte etwas auf. Seid unser Gast.«

Der Stiftsherr seufzte. »Wie Ihr meint«, sagte er, nahm einen großen Schluck Wein und begann zu lesen.

Glossar

Adrianopel heute Edirne, Stadt in der Türkei
Akkon alte Hafenstadt an der Küste des östlichen Mittelmeeres, gehört heute zu Israel. Im Mittelalter als besonders geschützter Hafen für die Kreuzfahrer von großer Bedeutung. Wurde nach dem Dritten Kreuzzug Hauptstadt des Königreichs Jerusalem
Beinlinge eine Art zweiteiliger Strumpf, der im Mittelalter von Männern über der Bruoch getragen wurde
Bliaut höfisches Obergewand, das im 12. Jh. getragen wurde
Brachmonat alte deutsche Bezeichnung für Juni
Braničevo byzantinische Festung an der Grenze zu Ungarn, ca. 60 km östlich von Belgrad
Bruoch eine Art Unterhose im Mittelalter
Cotte Obergewand, langärmeliges Schlupfkleid, das im Mittelalter von Männern und Frauen getragen wurde
Creinvelt im 12. Jh. der Name von Krefeld
Dechant Vorsteher mehrerer Pfarreien
Drachenberger Steine aus den Steinbrüchen des Drachenfelsens (ein Berg im Siebengebirge am Rhein)
Drusenkraut Rainfarn
Erntemonat alte deutsche Bezeichnung für August
Garbenkraut Schafgarbe

Grubenhaus in den Boden eingetieftes Haus, diente im Mittelalter oft als Webhaus

Hagazussa althochdeutsche Bezeichnung, auf die das spätere Wort »Hexe« zurückgeht und die schon im 9. Jh. im Zusammenhang mit pflanzenkundigen Frauen auftauchte

Hartung alte deutsche Bezeichnung für Januar

Hellespont früherer Name der Dardanellen (Meerenge im Mittelmeer zwischen der europäischen Halbinsel Gelibolu und Kleinasien)

Holkerode alte Bezeichnung für Hülchrath, heute ein Stadtteil von Grevenbroich

Hollauch Bärlauch

Hornung alte deutsche Bezeichnung für Februar

Hulda ein früherer Name für Frau Holle

Hyperperion byzantinische Goldmünze, (Mz.) Hyperperia

Ikonium heute die Stadt Konya in der Türkei, im 12. Jh. Hauptstadt des Sultanats der Rum-Seldschuken

Jaffa antike Hafenstadt am Mittelmeer, heute ein Teil von Tel Aviv in Israel

Kumanen turksprachiges Nomadenvolk aus Zentralasien

Lenzmond früherer Name für März

Niš Stadt in Serbien

Noriker alte Bezeichnung, geht auf die keltischen Noriker und die römische Provinz Noricum zurück, die sich früher u. a. auf einem Großteil des Gebiets des heutigen Österreich erstreckte

Nüss dialektisch für Neuss

Patrozinium Schutzherrschaft eines Patrons oder einer Patronin für eine Kirche

Pentakontarch Anführer einer 50er-Einheit (während des Kreuzzuges wurden die Soldaten in solche Einheiten eingeteilt)

Philippopel heute Plovdiv, Stadt in Bulgarien

Schwertfeger im Mittelalter Polierer und Schleifer der Schwertklinge

Schwertleite Zeremonie, mit der ein junger Krieger im Mittelalter in den Kreis der Ritter aufgenommen wurde
Tyros alte Küstenstadt am Mittelmeer, gehört heute zum Libanon
Urdingi früherer Name für Uerdingen, heute ein Stadtteil von Krefeld
Vissel früherer Name für Krefeld-Fischeln
Walachen romanisierte, altbalkanische Bevölkerung
Weride heute Düsseldorf-Kaiserswerth. Früher befanden sich hier außer der Kaiserpfalz noch das St. Suitbert-Kloster, der Ort und eine Zollstation.

Nachwort

Nachdem ich die Geschichte zu diesem Roman geplant hatte, suchte ich nach einem »passenden« Ritter als Hauptfigur, der wirklich lebte und am Kreuzzug teilnahm. Was gar nicht so einfach war. Der Augenzeugenbericht des sogenannten Ansbert, auf den ich mich bei meinen Recherchen zum Dritten Kreuzzug überwiegend stützte, führt nur die Männer des Hochadels auf, die mitgezogen sind – Herzöge, Bischöfe, Grafen, Markgrafen. Aber dann stieß ich auf Otto von Linn. An seinen sterblichen Überresten, die man 1989/90 bei Ausgrabungen an der »Alde Kerk«, der untergegangenen alten Dorfkirche von Krefeld-Linn, ausgrub, fanden sich Spuren von Mangelernährung und verzögertem Wachstum, die er als junger Mann erlitten haben musste. Diese Mangel- und Stresssituation ließ sich aus medizinischen Gründen ziemlich genau auf die Zeit zwischen dem 17. und dem 20. Lebensjahr Ottos festlegen, und genau in diese Zeit fällt der berühmte Dritte Kreuzzug Kaiser Friedrichs I. (Barbarossa).

Es ist belegt, dass Otto nach Erreichen seiner Volljährigkeit vor 1188 seine Burg, das »allodium de linne«, für 100 Mark Silber an den Kölner Erzbischof verkaufte (und sie als Lehen wieder zurückerhielt), wahrscheinlich, um das nötige Geld für die vorgeschriebene Ausrüstung zu bekommen. Ich hatte »meinen« Kreuzritter gefunden!

Nach seiner Rückkehr ging Otto daran, seine Burg mit einer neuen Ringmauer und Flankentürmen nach byzantinischem Vorbild zu verstärken. Somit legte er den Grundstein dafür, dass Burg Linn (die heute übrigens ein Museum ist) nicht untergegangen ist wie so manch andere Burg, sondern die Jahrhunderte überstand.

Insofern ist auch das Schicksal ihres einstigen Besitzers nicht im Dunkel der Zeit verschwunden wie das der meisten anderen Ritter, die am Dritten Kreuzzug teilnahmen. Von dem riesigen Kontingent, mit dem Kaiser Friedrich I. aufgebrochen war, schafften es nur sehr wenige Männer mit Herzog Friedrich von Schwaben bis vor Akkon. Und wer bis dahin nicht durch Feindeinwirkung, Hunger, Durst oder Krankheiten gestorben war, der starb dort an der Seuche. Herzog Friedrich, der als Nachfolger seines Vaters das deutsche Heer anführte, starb selbst an der Malaria. Der Rest des deutschen Heeres schloss sich den christlichen Belagerern unter König Philipp II. von Frankreich und dem englischen König Richard Löwenherz an. Letztlich konnte die Hafenstadt Akkon von den Kreuzfahrern wiedererobert werden und der Erhalt des Königreichs Jerusalem – mit Akkon als neuer Hauptstadt – wurde gesichert. Aber das eigentliche Ziel, die Eroberung von Jerusalem, gelang nicht. Richard Löwenherz schloss ein Abkommen mit Saladin, in dem unter anderem den christlichen Pilgern der freie Zugang nach Jerusalem ermöglicht wurde.

Dass Otto von Linn den Kreuzzug überlebt hat, war also ein großes Glück. Im Mittelalter hätte man wahrscheinlich gesagt, der Allmächtige hielt seine Hand über ihn. Dass sein Lebensweg so gut passte, war für mich ein besonderes Zeichen. Seine Geschichte musste erzählt werden.

Marion Johanning, im Mai 2017

Danksagung

Mein besonderer Dank gilt Herrn Dr. Christoph Reichmann, ehemaliger Leiter des Museums Burg Linn, durch dessen Arbeit und Schriften ich einen guten Einblick in das Leben Otto von Linns und die Entstehungsgeschichte der Burg erhalten habe. Seine Hinweise und Anregungen waren sehr wertvoll für mich. Ebenfalls danken möchte ich Herrn Dipl.-Ing. Detlef Stender für die geduldige Beantwortung vieler Fragen und natürlich auch dem Team des Museums Burg Linn.

Ich bin unendlich froh über Menschen wie den engagierten Heimatforscher Johann Peter Lentzen, der zu seinen Lebzeiten Zeugnisse seines Heimatortes Krefeld-Fischeln gesammelt und viel Wissenswertes aufgezeichnet hat. Für sein Buch *Die Gemeinde und Pfarre Fischeln im Kreise Crefeld* kann ich ihm leider nicht mehr danken, wohl aber den Menschen, die dafür gesorgt haben, dass es neu aufgelegt wurde.

Ich bedanke mich herzlich bei Franz Edlmayr von Amazon Publishing für die freundliche Begleitung und Unterstützung sowie bei meinen Lektoren Kanut Kirches und Cathérine Fischer für die vielen guten Vorschläge und Anregungen.

Ebenfalls danke ich Frau Lianne Kolf und ihrem Team für ihre Unermüdlichkeit, Autoren wie mir zur Seite zu stehen.

Und natürlich danke ich meinen treuen Beta-Lesern für ihre wertvollen Hinweise sowie meiner Familie und allen Freunden, die mich mit ihrem Rückhalt und ihrer liebevollen Aufmerksamkeit beim Schreiben dieses Buches unterstützt haben.

60007979R00295

Made in the USA
Middletown, DE
26 December 2017